한국 근대문학 양식의 형성과 전개

상허학회

한국 근대문학 양식의 형성과 전개

상허학회

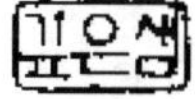

책을 내면서

<상허학회>가 2002년 12월로 창립 10주년을 맞이하였다. 학회지인 『상허학보』 역시 이번에 10호를 발간한다. 나란히 늘어선 두 개의 '10'이 란 숫자가 자못 무게를 전하며 적지 않은 감회를 불러일으킨 실로 '10년' 인 것이다.

그러므로 세월의 무게를 빙자하여 자그마한 자화자찬을 늘어놓는 것을 독자 여러분은 용서해주길 바란다. 한국적 현실 속에서 상허학회와 같은 학회가 10년을 한결같이 자신의 모습을 유지하는 것이 쉽지 않다는 것이 우리의 판단이다. 처음에는 소박한 공부모임으로 시작하여 지금껏 많은 시행착오와 어려움을 거치면서도 상허학회는 오로지 학구적 열정에 의해서만 평가하는 긴밀한 학문공동체를 지향해왔다. 상허 이태준에 대한 학문적 애정으로부터 출발하여 한국 근대문학 전반으로 관심의 범위를 넓혀오는 동안 우리는 — 학문외적인 요인의 배제, 학문적 소통과 비판정신의 진작을 모토로—지금껏 자신의 길을 개척해왔다. 그러므로 성실한 학습과 신랄한 비판이야말로 상허학회를 오늘날의 모습으로 있게 한 진정한 원동력이라고 말할 수 있을 것이다. 우리가 그 동안 줄곧 공동학습과 자체 내 예비발표를 거쳐 성과물을 내왔던 까닭도 이와 무관치 않다. 이 때문인지, 그간 간행한 9권의 학회지와 4권의 교양서 역시 많은 독자들로부터 과분한 주목을 받은 바 있다. 『상허학보』가 등재 후

보 학술지로 평가받은 것도 이러한 노력과 무관치 않으리라 생각한다. 이 모든 성과를 우리는 모든 분들과 함께 기뻐하며 마음 깊이 감사하고 있다.

이번 호는 작년 12월에 개최한 창립 10주년 기념 학술대회의 주제, 곧 '한국 근대문학 양식의 형성과 전개'를 중심으로 엮었다. '양식' 개념은 문예학에서 가장 널리 쓰이는 용어 중의 하나이면서 동시에 가장 애매한 용어 중의 하나이다. 1년여에 걸친 세미나 기간 중에 구성원들은 양식 개념의 다양한 층위에 대해 심도 깊은 학습을 전개해왔다. 이제 그 성과를 내놓는 자리에서 우리는 무엇보다 두려움과 부끄러움이 앞선다. 고백컨대 공동학습과 토론을 통해 우리가 확인한 것이 기존에 사용된 '양식' 개념의 다양성과 그 이론적 가능성에 불과하기 때문이다. 그러므로 이 책에 실린 연구들은, 말의 진정한 의미에서, 해결이기보다는 시작이며 답변이기보다는 문제제기이다.

그럼에도 우리는 이러한 문제제기를 통해 한국 근대문학 연구에서 '양식'에 대한 새로운 접근이 시작되기를 바라고 있다. 그것은 90년대 이후 한국 근대문학 연구에 대한 비판적 보완을 전제로 한다. 현실 사회주의의 몰락과 신자유주의에 기반한 세계화 바람은 이념적 문학연구에 조종을 울렸고, 변화의 근원으로서 '근대성'에 대한 성찰을 야기하였다. 뭉뚱그려 근대성 담론이라 부를 수 있는 일련의 논의들은 한국 근대문학 연구의 발전에 지대한 공헌을 하였다. 그러나 현재의 연구풍토가 문학연구의 기본이라 할 작품으로부터는 조금 더 멀어지고 있음도 간과할 수 없다.

그렇다고 우리가 고루한 의미의 '텍스트주의'의 부활을 의도하는 것은 아니다. 우리는 문학이라는 제도가 성립하고 작동하는 패러다임 자체에 대한 비판적 인식이 중요하며 이에 대한 연구가 이제서야 본격화되기 시작했다는 사실에 주목한다. 앞으로 이러한 방향의 연구를 통해 한국 근대문학의 체계와 작동원리가 보다 분명하게 해명될 것으로 기대한다.

하지만 우리는 또한, 문학 그 자체의 고유한 방식에 의해 굴절되고 내밀화되는 세계에 대한 인식도 중요하다고 판단한다. 해체와 배치가 중요한 만큼이나 그러한 해체와 배치가 문학적으로 자기를 현시하는 방식도 중요한 분석의 대상이라고 생각하는 것이다. 여기에서 문제적인 개념으로 부상하는 것이 양식 개념이다.

거칠게 말한다면 양식이란 시대정신이 문학적 텍스트로 구현되는 방식이자 형식 속에 녹아 있는 세계인식의 표출이다. 양식은 문학의 고유한 작동원리가 되는 동시에 시대와 정신에 의해 끊임없이 영향받는 가변적 실체다. 그것은 역사의 산물이면서 동시에 역사를 선취하며, 개별 작가의 미의식을 뛰어넘는 영역에 존재하지만 위대한 작가의 예술적 실천에 의해 돌파될 수 있는 무엇이다. 양식은 집합적 전체를 상정한다는 점에서 형이상학적 추상과 관련되지만, 개별 작품의 내용과 형식 속에서 실체화한다는 점에서 개별성의 구성원리이기도 하다. 이런 맥락에서 우리는 양식 개념을 통해 한국 근대문학사의 역동성과 질서를 새로운 각도에서 파악할 수 있을 것이라고 기대하고 있다. 문학연구에 고질적으로 존재하는 내용—형식 이분법을 극복할 수 있는 적절한 코드라는 사실도 유념하였다.

한국 근대문학사 연구에서 양식 개념은 다양한 함의를 지닌 채 사용돼왔다. 그것은 mode, style, genre, pattern, method, fashion 등등의 의미를 지닌다. 그 동안 양식은 연구자와 연구방법론에 따라, 혹은 연구 대상에 따라 명확한 용어법을 지니지 못한 채 혼란스럽게 사용돼왔다. 우리의 경우에도 思潮, 장르, 문체, 하위 장르(특정 유형), 서술법 등등의 의미로 혼용돼 온 것이다. 이러한 혼란은 보다 깊은 논의를 통해 정돈되어야 할 필요가 있다. 하지만 우리는 현재의 수준에서 그러한 혼란이 보여주는 가능성에 보다 주목하였다. 섣부르게 개념적 일반화를 시도하기보다는 존재하는 다양성을 확대함으로써 혼란 속에 내재한 가능성의 실체를 확인하려 했다. 그것은 일차적으로 우리들의 연구가 깊지 못한 데 원인이 있다. 그러나 양식 개념이 문예학에서 차지하는 이론적 위상도 한 몫을 했다. 특정한 내용—형식적 공통성을 지니며 텍스트를 규정짓는 다양한 작동원리를 양식 개념으로 지칭해왔던 것이다. 이 책에 실린 글들이 양식 개념에 대해 통일적인 모습을 보여주지 못하는 까닭을 이러한 차원에서 이해해주길 바란다.

많은 연구자들이 양식 연구에 동참했었다. 허나 결과적으로 볼 때 소출이 풍성하지 못하다. 분량의 문제도 주요한 걸림돌이었다. 그 때문에 원래 기획했던 체계에서 많은 부분들이 누락되고 말았다. 이번 특집에 아쉬움이 더 큰 이유 중의 하나이다. 이번 호에서 다루지 못한 주제들은 다음 호를 통해서, 혹은 다른 지면을 통해서 보고될 것으로 기대한다.

상허학회의 자랑인 <이태준 연구>는 이번 호에도 계속된다. 이태준의 지식인 소설에 나타난 민족의식을 재확인한 글과, 이태준이 휘문고보 재학 시절에 『학생계』에 투고했던 시 두 편을 발굴 소개한 글이 상허 이태준에 대한 우리 학회의 애정을 전해줄 것으로 믿는다.

앞머리에서 학회 창립 10주년과 학회지 10호 발간을 맞이하여 소박한 자긍을 내비친 바 있다. 그러나 우리는 우리가 나아가야 할 길과 그 길의 험난함에 대해 잘 알고 있다. 초심을 잊지 않고 성실한 연구로 보다 발전된 모습을 보여드릴 것을 약속드린다. 그것이 한국 근대문학 연구와 상허학회가 함께 발전할 수 있는 길일 것이다. 동학 여러분들의 애정어린 격려와 냉철한 비판만이 그것을 가능케 하리라 믿는다.

2003년 2월 15일
상허학회 편집위원회

❖ 목　차 ❖

한국 근대문학 양식의 형성과 전개

근대계몽기 전(傳) 양식의 근대적 성격
－『神斷公案』의 제4화와 제7화를 중심으로 －

김 찬 기*

I. 서론

신채호가 근대계몽기의 시대적 상황을 절절하게 묘사 한 바[1]대로 이 시기의 우리 민족은 제국주의의 침탈에 의해서, 그야말로 '천지에 집 없 는 가여운 신세(天地無家憐我輩)'로 전락한 상황이었다. 이러한 상황에서 존재의 근거를 '白頭'에서 찾는 것 자체가 세계를 지각하는 새로운 방식 이 될 수 있는지는 좀더 검토해야 할 문제이지만, 적어도 일군의 계몽의 기획자(개신유학자)들에게 '白頭'의 정신은 어쨌든 하나의 생성적 공리가 될 수는 있었던 듯하다. '백두의 정신'이 새로운 공리가 될 수 있다는 생 각, 그것이 바로'과거의 것(전통주의)'으로 '새것'을 감싸기(enveloppement) 할 수 있다는 개신유학자들의 사유 방식이었던 것이다. 이렇게 1900년대

---

1) 申采浩, 「舊曆歲除逢友述懷」, 『丹齋申采浩全集』 下, 乙酉文化社, 1972, 465쪽.
   "殘燈如對讀書秋 此夜羈人共此樓 天地無家憐我輩 光陰依舊向東流 終期滄海爲平地 只信 高山有白頭 倒盡長甁不成醉 隔窓風雪正颼颼."(김찬기, 『한국 근대문학과 전통』, 국학자료 원, 2002, 8~9 쪽 참조)

14

의 계몽 기획은, '새것'은 '과거'에 이미 들어 있던 것의 펼치기(developpe-ment)에 불과할 수도 있다는 이 도저한 사유 방식에 의해서 전개되고 있었다. 물론, 이러한 계몽의 기획은 기존의 공리를 그대로 연역한 결과만을 맹목적으로 준신하는 태도와는 다른 것이었다. 1900년대의 계몽의 기획자들에게 중요한 것은 '어떻게 하면 과거로 되돌아 가기의 오류에 빠지지 않으면서 과거를 펼칠 수 있을까'의 문제였다. 곧 과거의 공리를 비판적으로 수용하면서, 동시에 그것을 새로운 체계(공리) 속으로 포섭하느냐의 문제인 것이다. 한 마디로 1900년대의 계몽기획자들의 사상은 '개신, 즉 다시(re-)의 사상'인데, 이 도저한 '다시 시작하기(recommencement)'의 방식에 근거하여 1900년대 계몽의 기획은 그 자태를 드러내고 있었다. 어떠한 공리도 절대적일 수 없다는 가치론, 곧 근대적 세계주의 역시 절대적 공리가 될 수 없다는 사유 방식이 1900년대 개신유학자들에게 수용되고 있었음은 『神斷公案』의 연작 일곱 편을 고찰해 보면 잘 알 수 있다.[2] 특히, 제4화의 주인공 '봉이'나 제7화의 주인공 '어복손'을 통해서 구현하려고 했던 인물과 그 인물을 통해서 구현한 가치(주제)는 이러한 개신유학자들의 사유, 곧 '다시(re-)'와 '재생'의 사유 방식을 극명하게 드러내고 있다는 점에서 매우 의미 있는 작품이다. 1900년대 개신유학자들,

---

2)주지하다시피 『神斷公案』(1906, 5, 19~12, 31)은 중국의 공안 소설인 『용도공안』과 『초각박안경기』의 번안 연작소설이다. 이 중에서 제1화, 제2화, 제3화는 『용도공안』을 번안한 작품이고, 제5화는 『초각박안경기』를 번안한 작품이다. 또한, 제6화는 『棠陰比事』와 『欽欽新書』의 이야기와 『臨官政要』의 이야기와 모티프가 같다는 점에서 이들 작품의 번안이라는 주장(이헌홍, 「조선조송사소설연구」, 부산대 박사학위논문, 1987./손병국, 「한국고전소설에 미친 명대화본소설의 영향」, 동국대 박사학위논문, 1989./증천부, 「한국소설의 명대화본소설 수용 연구」, 부산대 박사학위 논문, 1995./)과 예전부터 전해오던 구비설화의 이야기를 토대로한 창작 소설(심재숙, 「근대계몽기 신작 고소설의 현실대응양상 연구」, 고려대 박사학위 논문, 2000.)이라는 주장 등이 있다. 본고에서는 이 다섯 작품은 일단 분석의 대상에서 제외하기로 한다. 우선 제6화를 제외한 나머지 네 작품(1화, 2화, 3화, 5화)은 중국 공안 소설을 거의 그대로 번안한 작품이어서 문학적 가치가 높지도 않을 뿐만 아니라, 전(傳)의 근대적 변용과도 거리가 먼 작품이므로 고찰에서 제외하기로 한다. 또한, 제6화 역시 논란의 여지는 있지만, 이 작품 역시 앞의 작품들과 대동 소이한 성격을 그대로 지니고 있다는 점에서 본고의 고찰에서 제외하기로 한다. 다만, 제4화(『김봉본전』)와 제7화(『어복손전』) 등은 예부터 전해오던 이야기(설화)를 전(傳)의 형식에 담아 새롭게 창작한 작품이라는 점에서 본고의 고찰 대상이 된다.

곧 계몽 기획의 주체들이 끊임없이 과거의 문예적 양식(대표적으로 전과 야담)을 갱신하려 했던 이유도 바로 여기에 있었던 것이다. 더욱이 근대계몽기에 들어와서도 '전(傳)'은 여전히 다른 서사 장르(소설/야담)와 장르 경쟁을 하면서 그 문학적 위상을 확보하고 있었다. 물론 근대계몽기에 들어와서도 '전(傳)'의 형식적 완강성은 여전하지만, 전대(前代)에 비해 부분적 변이(도입부의 간략화와 배경화/대화(토론)의 능동적 활용/논찬부의 전개부화와 인용시, 자작시 삽입)를 서사적 편폭으로 발전시키고 있는 작품들이 다수 산생되기 시작한다.3) 중요한 점은 이와 같은 형식적 변이를 보여주고 있는 작품들의 상당수가 허구성과 흥미성의 요소를 강화시키는 양상을 보여주고 있다는 점이다. 이는 엄밀하게 말하면 조선후기부터 허균, 박지원, 김려, 이옥의 전(傳) 작품에서 명징하게 드러나고 있었다. 이들의 전(傳) 작품은 양적인 측면에서는 조선 후기 전(傳)에서 압도적 지위를 점한 것은 아니나, 이들 작품이 보여주고 있는 전(傳)의 새로운 면목은 매우 중요한 위치를 차지하는 것이다. 본고에서 고찰하고자 하는 근대계몽기의 전(傳) 작품, 곧『神斷公案』의 제4화(「김봉본전」)와 제7화(「어복손전」) 역시 조선 후기의 이들 작품이 도달한 문예적 성취와 무관하지 않다는 점에서도 이들 작품의 전사적(傳史的) 의의는 자명해진다. 이와 같은 관점에 근거하여 본고에서는 바로『神斷公案』의 제4화(「김봉본전」)와 제7화(「어복손전」)의 전(傳)으로서의 양식적 특성과 인물과 그 인물이 구현하고 있는 가치의 재현 방식을 고찰함으로써 근대계몽기의 전(傳) 양식이 지니고 있는 근대적 성격의 일단을 규명해보고자 한다.

---

3) 물론, 조선시대 '전(傳)' 작품 중에는 연암의 경우처럼 형식과 내용 모두에서 파격적인 실험성을 보이고 있는 작품들도 존재한다. 이에 대해 임형택은 장르 의식에 기반한 결과라기보다는 "<사기>열전에 비견할만한 문장" 시도의 결과로 해석하였다.(이우성·임형택, 『이조한문단편집』하, 일조각, 1978, 245쪽.)

II. 전(傳)의 근대적 자기 갱신

비지전장(碑誌傳狀)의 문(文)이 다 그러하지만, 전(傳) 역시 '사실에의 直視'를 그 양식적 본령으로 삼는다. 전(傳)은, 인간의 진실은 사실에서 가장 잘 발견될 수 있다는 사고방식에서 성립된 양식이다. 그러므로 그것은 기본적으로 허구의 양식과 대립된다.[4] 허구의 양식과 대립되는 양식으로서의 전(傳)이 허구적 요소를 수용하고 있다는 사실은 우선 전(傳)의 장르적 성격의 문제와 같은 매우 논쟁적인 쟁점을 야기시킨다.[5] 전(傳)은 원칙적으로 자료에 기반하는 양식이다. 입전의 원천이 문헌자료이든 혹은 구전에 근거한 자료이든 서술의 서술의 기본 원칙은 '자료'에 근거하는 것이다. 그러나 이러한 원칙이 조선 후기에 들어오면, "대화를 상상적으로 창조하거나 실제보다 확장시켰고, 별다른 근거도 없이 자의적으로 입전인물의 생각이나 독백을 서술했으며, 일어났을지도 모른다는 단순한 개연성만 갖고서 자세한 행동들"[6]을 서술한다. 즉, 전통적인 전(傳) 양식에서는 수용될 수 없는 '허구적 상상력'이 적극적으로 발현되고 있는 것이다. 이렇게 '허구적 상상력'이 적극적으로 발현된 작품일수록 전(傳)과 소설의 장르적 교섭은 더욱 긴밀해진다. 조선후기에 들어 '傳을 빙자한 소설'이 창작되기 시작했다는 근거는 바로 이와 같은 허구적 상상력의 개입과 밀접한 관련이 있는 것이다. 또한 조선 후기에 들어와 입전된 일부의 전(傳) 가운데는 '기괴적(奇怪的) 요소'가 두드러지는 작품들이 나타나기 시작한다.[7] '포폄(褒貶)과 권징(勸懲)'으로 집약될 수 있는

---

4) 朴熙秉, 「한국문학에 있어 <傳>과 <소설>의 관계양상」, 『韓國漢文學硏究』 第12輯, 韓國漢文學 學會, 1989, 33쪽.

5) 이하 김찬기, 앞의 책, 16~32쪽 재인용.

6), 朴熙秉, 「朝鮮後期 <傳>의 小說的 性向 연구」, 서울大學校 博士學位 論文, 1991, 59쪽.

7) 조선 후기 전(傳)의 변모는 '흥미추구'라는 면에서도 확인된다. 전시대에는 전(傳)이 흥미를 위해 창작되는 일은 흔치 않았다. 대개 신성한 종교적 이유에서가 아니면, 근엄한

전통적 의미의 입전 의식이 조선 후기 일부 전(傳)에서는 상대적으로 약
화되면서 '기괴(奇怪)의 탐색'으로 드러나기 시작한다는 것이다.8) 물론,
이러한 '기괴(奇怪)의 탐색'은 우선 그것의 서술 양상에서부터 분명하게
드러나기 시작한다. 이러한 작품들에서는 입전된 인물이 '서얼, 점장이,
숯장수아내, 村民, 村漢, 豪人, 거간꾼, 인분수거꾼, 역관, 신선' 등 이른바
하층 여항인이 대부분을 차지한다. 이 지점에서 추론 가능한 가설은, 현
달한 인물을 입전하는 경우와는 달리 하층 여항인을 입전하는 경우에는
필연적으로 작자 자신의 창작의 여지가 넓어질 수밖에 없다는 점이다.
기본적으로 입전 인물에 대한 사실 자료(事實資料)가 부족할 수밖에 없
기 때문이다. 그러므로 작가는 불명확한 문견(聞見)이나 제보(提報), 구연
(口演) 등에 기반하여 입전할 수밖에 없는 것이다. 행장(行狀) 등의 전기
적 자료(傳記的 資料)가 명백하게 존재하는 경우에는 창작 주체는 그 자
료에 의해서 제한을 받게 되지만, 문견(聞見)과 제보(提報) 등에 의해서
입전되는 경우에는 창작 주체의 허구적 상상력과 수식(修飾)의 정도도
그만큼 넘칠 수밖에 없는 것이다.9) 조선 후기 일부 전(傳) 작품에서 드러
나기 시작한 이러한 성향은 근대계몽기의 전(傳)에서도 유사하게 나타나
는 현상의 하나이다. 이 논문은 바로 이 지점에서 입각된다. 필자는 근대

도덕적 동기에서, 혹은 인간적 연민에서 창작되었다. 이처럼 입전의 동기는 대체로 숭
고하고 도덕적이며 근엄했다. 그러나 17세기 이후 사정은 달라지기 시작한다. 즉, 앞에
든 이유들 외에 '흥미추구'라는 측면이 입전의 주요한 동기로 새로 첨가된다. 이제, 전
(傳)들 가운데에는 노골적으로 그 교훈적 성격을 부차적인 것으로 격하시키고, 개인의
독특한 경험담에서 맛볼 수 있는 흥미를 강조하거나 놀랍고 재미있는 소재에 관심을
돌리는 것들이 나타났다. 또 설사 표면적으로는 여전히 도덕적 교훈을 내세우고 있다
할지라도, 그 본질에 있어서 사건의 기이함과 인물의 특이한 체험에 강한 호기심과 흥
미성을 느껴 입전된 작품들이 대거출현했다.(朴熙秉, 앞의 글, 65~81쪽.)

8) 이러한 '기괴(奇怪)의 탐색' 현상은 전사(傳史) 초기에 이미 나타난 현상이었다. 즉 행록
을 기초 자료로 삼은 <金庾信傳>의 서두에서조차 김유신이 20개월 만에 태어났다는
출생담과 17세 때 석굴암에서 하늘과 교통하며 비법을 전수받았다 식으로 정통 역사서
인 『三國史記』 列傳에서조차 기괴적 요소가 개입된다. 때문에 '기괴'의 서술 양상이 조
선 후기만의 전적인 특징이 될 수는 없다. 다만, 필자는 이러한 현상이 하나의 특징적
인 문학사적 편폭으로 발전하기 시작한 시기를 조선 후기로 보고자 하는 것이다.

9) 朴晙遠, 「朝鮮後期傳의 事實受容樣相」, 『韓國漢文學研究』第12輯, 韓國漢文學學會, 1989,
67~68 쪽.

18

계몽기 신문·잡지에 산생된 수많은 전(傳) 작품에 대한 이해의 시각이 바로 조선 후기 전(傳)에 닿아 있어야 한다고 생각한다. 무엇보다도 이 시기의 전(傳) 작품의 성격이 조선 후기의 전(傳) 작품의 성격과 크게 다르지 않다는 것이다. 근대계몽기의 전(傳) 작품에서 드러나는 입전 인물의 다양성과 개성, 허구적 상상력의 개입 정도, 기괴적 요소의 발현 등의 변모상이 조선 후기 전(傳) 작품의 변모상과 크게 다르지 않다는 것이다.

특히, 본고에서 다루고자 하는 『神斷公案』의 제4화와 제7화에서 수용되고 있는 설화의 수용 등은 주목을 요할 필요가 있다. 주지하다시피 『神斷公案』은 중국의 공안 소설인 『용도공안』의 번안 연작소설이다. 이 중에서 각별히 주목을 요하는 작품은 제4화와 제7화이다. 다른 연작(제1화, 제2화, 제3화)은 『용도공안』과 『초각박안경기』를 번안한 작품(제5화)이지만, 제4화(『김봉본전』)와 제7화(『어복손전』) 등은 예부터 전해오던 이야기(설화)를 전(傳)의 형식에 담아 새롭게 창작한 서사체라는 점에서 우선 주목을 요한다. 이 두 작품을 통하여 근대계몽기에 들어와 전(傳)이 어떻게 자기 갱신을 거쳐 근대소설사와 접맥하는가를 규명하는 것은 매우 의미 있는 일이라 하겠다. 특히, 조선 후기 이후 근대계몽기에 이르기까지 서로 넘나들며 일어난 장르 운동의 결과, 곧 전(傳)의 소설취향성과 야담 취향성의 질량이 증가하면서 요컨대 전(傳)의 허구지향성(虛構指向性)이 강화된 작품들이 근대소설사의 한 축을 형성하게 된다. 더욱이 이 시기 전(傳)의 근대적 자태전환의 과정 속에서 형성된 '허구지향'의 전(傳)은 문체의 개혁과도 그 형성사적 관련성이 밀접한 것이었다. 이러한 점에서 1894년의 칙령은 한국근대문학사의 자기 갱신의 과정에 매우 중요한 단초를 제공한 것임에는 틀림없다.

1894년 11월 21일자 『官報』는 '법률과 칙령은 모두 국문을 원칙으로 하고 한문을 附譯하거나 혹은 국한문을 사용한다(法律勅令 總以國文爲本 漢文附譯或混用國漢文)'는 원칙을 공포하고 한문을 대신하여 국문을 공식 문체로 확정한다. 그러나 이 국문의 공식화는 문자 그대로 정부에 의한 일방적인 원칙의 제정이었지, 그것의 즉각적이고 전면적인 한문의 폐지와 문체의 개혁을 가져온 것은 아니었다.[10] 공문식(公文式)에 관한 정부의 이런 규정은 정부 자신이 먼저 파기하였다. 1895년 고종이 내린 교육칙어(敎育勅語)는 국한문체(國漢文體)로만 발표되었고 1908년 2월 6일 '관보(官報)'에서는 '各官廳의 公文書類는 一切 國漢文을 交用하고 純國文이나 吏讀나 外國文字의 混用함을 不得홈'이라고 하여 실제 국한문(國漢文)이 공식문체(公式文體)가 되었다. 즉 국문사용(國文使用)의 원칙이 정부 자신에 의하여 무너진 것이다. 이는 곧 한문(漢文)에서 국문(國文)으로의 전환이 쉽지 않았음을 보여준다.[11] 한문은 중국의 문언문(文言文)이지만 중세의 오랜 기간 동안 동아시아의 보편문어(普遍文語) 구실을 하면서, 동아시아 지식인의 세계관을 담아내는 표현문자로서 기능해 왔다.[12] 그러므로 한문을 폐지하는 것은 그들의 세계관을 폐기시키는 것이며, 마땅히 그들의 문예 형식 또한 폐기되는 것이었다. 중세 지식인의 문예 형식으로서의 전(傳)은, 이 지점에서 바로 자기 분해의 과정을 밟아야 할 형편에 직면해 있었다. 전(傳)의 '거사직서(據事直書)의 원칙'이 두드러지게 깨어지며, 전(傳)이 '허구'의 감화력을 적극적으로 수용하며 스스로의 '자태전환(自態轉換)'을 모색하기 시작한 분명한 지점이 바로 근대계몽기였다.[13] 특히, 근대계몽기 전(傳)의 이와 같은 성격을 극명하게 드러내고 있는 전(傳) 작품이 바로 『神斷公案』의 제4회(「김봉본전」)와 제7회(「어복손전」)라는 점에서 이 두 작품에 대해서 주목할 필요가 있다.

우선 「김봉본전」의 서사 분절을 7개의 에피소드로 나누어서 보면 다음과 같다.

---

10) 姜明官, 「漢文廢止論과 愛國啓蒙期의 國·漢文論爭」, 『韓國漢文學硏究』 第8輯, 韓國漢文學會, 1985, 198쪽.

11) 李基文, 「開化期의 國文使用에 관한 연구」, 『韓國文化』 5, 서울大學校 韓國文化硏究所, 1984, 67~68쪽.

12) 金興圭, 「韓國 漢文小說 調查·整理의 文化史的 意義」, 高麗大學校 民族文化硏究院 國際學術會議, 2001. 10, 29~30쪽.

13) 물론, 이전과는 다른 형식과 내용(주제)을 통해서 '전(傳)'의 '자태전환(自態轉換)'을 모색한 조선 후기의 연암(燕岩)·문무자(文無子)·담정(蕁庭)의 전(傳)에서 이러한 면모가 드러나기도 하지만, 그것이 전(傳) 전체의 원심력으로 작용하지는 않았다는 점에서 조선 후기 전(傳)은 근대계몽기의 전(傳)과 변별되는 지점이 존재한다.

① 스스로를 낭사라 자호하고 호탕, 소요하며 지내던 '봉이'는 처자가 굶주림과 추위에 시달린다는 편지를 받고 집에 돌아온다.

② 집에 돌아온 봉이는 이모부 이삼장을 찾아가 꾀를 써서 이모부의 주막을 빌린다. 그리고는 명의(名醫) 이군응과 함께 주막에 약방을 열어 부를 축적한다. 물론, 이군응은 재부 축적의 수단으로만 이용하고 돈을 벌자 한 푼도 주지 않고 쫓아버린다.

③ 이어 봉이는 해운화상에게 돈을 빌려달라는 부탁을 한다. 그러나 해운화상에게 거절을 당하지만, 끝내 탁발승을 이용하여 해운화상에게서 결국 2만 전을 탈취한다.

④ 봉이는 닭을 봉이라고 속여서 팔았던 닭장수와 주막을 한다. 이어 고리대금업을 하여 엄청난 재물을 축적한 이모부 이삼장을 속여 대동강 물을 팔아먹는다. 그리고는 대동강 물을 팔고 받은 돈을 물장수들에게 고루 나누어준다.

⑤ 한편, 추위와 굶주림에 시달려오던 처가 병이 들어 위독하자 다시 계책을 꾸며 이군응을 데려와 처를 치료하게 하고 자신의 말을 이군응에게 준다.

⑥ 봉이의 사기 행각이 계속 이어지자 나라에서는 봉이를 국가의 안위를 위협하는 인물로 보기 시작하고 결국은 봉이를 징치하기 위해 김경징을 평양 서윤으로 보내게 된다. 김경징은 유부남 주문형의 간통 사건은 사람이 해결할 수 없는 사건이라 판단하고 봉이를 궁지에 빠뜨리게 하기 위해서 이 옥사 사건을 봉이에게 맡긴다. 그러나 봉이가 이 옥사 사건을 잘 해결하여 오히려 봉이의 능력만 부각된다.

⑦ 봉이는 주문형 옥사 사건을 명쾌하게 해결하면서 평안남도의 도백과 이웃 군의 수령들에게까지 능력 있는 사람으로 사람들에게 알려지기 시작했지만, 끝내는 가족을 데리고 종적을 감추고 만다.

근대계몽기의 '허구지향'의 자태가 분명한 전(傳)에 와서는 이제 전(傳)이 소설로 보아도 무방하다 할 만큼, 완전히 열린 형식으로 전환되었다. 즉, 이 시기의 이러한 형식의 전(傳)은 같이 장르 경쟁을 하던 '사건 중심지향형'의 야담(野談)과 함께 근대계몽기의 계몽 기획의 주체, 곧 개신유학파(開新儒學派)의 사유와 세계관(애국계몽운동)을 담아내는 문예적 양식으로 전환되었다. 이러한 근대계몽기의 전(傳)의 특징을 완연하게 보여주고 있는 작품이 바로 「김봉본전」이라는 점에서 이 작품의 의의는 우선 분명해진다. 또한, 이 작품이 문제시되는 이유는 개신유학파의 사유와 예술의 근거가 이제 한문(漢文)에서 국한문(國漢文)으로 전환되었음을 바로 이 작품이 표징하고 있다는 데에 있다. 그들의 사유와 예술의 근거가 한문(漢文)에 있음에도 애국계몽의 주체를 민중으로 파악한 이상 한문이야말로 이제 비판의 대상이 되지 않을 수 없었던 것이다. 이제 전(傳)은 표현 수단을 '漢文 → 國漢文'으로 바꾸고, 거사직서(據事直書)의 서술 원칙을 파기하고 '허구의 상상력'을 적극적으로 수용하는 열린 형식으로 자태(自態)를 전환한 것이다.

그렇다면, 이 작품이 어떤 점에서 전(傳)이 될 수밖에 없는가. 전체적으로 소설적 요소가 작품을 압도하기 때문에 전적(傳的)인 요소는 퍽 미약하게 보인다. 무엇보다도, 일화(사건)와 일화(사건)가 서로 인과적 계기성을 띠며 결속되어 있기 때문에 서사적 갈등 구조가 소설의 그것과 동일하다는 점에서 일단 '소설'로 볼 수 있겠다. 그러나, '서두의 인정 기술(人情記述①→행적②~⑥→논찬⑦' 식의 서술체재와 인물의 행적에 기반한 일대기를 구성해 놓고 있다는 점에서 이 작품은 일단 전(傳)으로 볼 수 있다.[14] 물론, 입전된 '봉이'라는 인물이 '시정의 인물'이기 때문에 인정 기술은 극히 간략하게 처리되고 있다. 그러나, 이 작품의 전(傳)으로서의 두드러진 특징은 역시, '저항'의 가치를 구현하는 방식에 있다. 일단 이 작품은 봉이의 성품을 서술한 인정기술부(人定記述部)만 보더라도 사건의 전개 방향을 어느 정도 짐작할 수 있다. 곧, "서두에 입전인물의 품성을 제시한 다음 그것을 행적서술에서 확인하는 방식"[15]을 취하고 있는데 이러한 작품 조출 방식은 소설의 방식이 아니다. 즉, 품성이 '허랑한 사람(浪士)①'이 '허랑한 행위를 했다 ②~⑥'식의 구성 방식은 소설의 가치 구현 방식이 아니다. 소설은, 분절①의 확정 진술이 없는 상태에서 철저한 탐색의 과정을 통해 문제와 가치를 찾아나가는 방식을 취한다. 이런 의미에서 보면 에피소드 단위 곳곳에서 평자의 논찬이 족출하는 방

---

14) 물론 이러한 구성론적 특성은 전대 고소설과도 교집되는 특성임에는 분명하다.
15) 朴熙秉, 「朝鮮後期 <傳>의 小說的 性向 硏究」, 서울大學校 博士 學位論文, 1991, 228쪽.

식 역시 소설의 구성 방식과는 일단 거리가 멀다. 작품이 겨냥하고 하고 있는 가치를 평자가 개입하여 '그 가치를 스스로 진술해서 확인하는 형식'은 소설의 형식이 아니다. 소설은 평자가 미리 가치부터 말하는 형식이 아니다. 적어도 이와 같은 가치 구현의 방식에 기반해서 이 작품을 이해할 때, 소설에서는 많이 벗어나 있는 양식이다.

이와 같은 전(傳)적 요소에도 불구하고 이 작품을 역시 전(傳) 그 자체로만 볼 수 없는 이유는 역시 '갈등하는 개인'의 창출과 그 개인의 갈등을 중심으로 작품의 서사 구조가 짜여지고 있다는 점이다. 즉, 「김봉본전」은, 어떤 가치를 표창하기 위하여 그 가치 표창에 적합한 일화만들을 나열(삽화)적으로 제시하는 작품이라기보다는 일화와 일화의 충돌 과정에서 생성되는 갈등을 통하여 새로운 생성적 가치들이 제시되고 있다. 그 생성의 가치가 근대적 가치와 관련되어 있음은 다음의 절에서 확인해보기로 한다. 결론적으로 「김봉본전」은, 『황성신문』의 핵심적인 필진이었던 박은식, 유근, 장지연과 같은 개신유학파(開新儒學派)의 근대적 지향 가치의 그 일단이 '자태전환(自態轉換)의 도상(途上)에 있는 전(傳)' 양식을 통해서 표창된 작품인 셈이다. 『神斷公案』의 제4화(「김봉본전」)의 근대적 전(傳)으로서의 이와 같은 성격은 제7화(「어복손전」)에서도 잘 드러난다. 다음의 「어복손전」의 서사 분절 단위를 우선 정리해 보기로 한다.16)

① 오영환의 어리석음으로 인하여 상전(오영환의 가족)과 노비(오영환)이 모두

---

16) 『神斷公案』의 제7화의 원제는 「癡生員驅家葬龍宮 黠奴兒倚樓驚惡夢」이라는 긴 제목으로 발표된다. 이 작품에 대한 최초의 작품론이라고 할 수 있는 정환국(『신단공안』 제7화 「어복손전」연구」, 성대 석사학위 논문, 1994)과 이후 심재숙(『근대계몽기 신작 고소설의 현실대응양상 연구」, 고려대 박사학위 논문, 2000) 등에서도 이 작품이 어복손의 행적을 중심으로 전개되고 있다는 점을 들어 「어복손전」으로 명명하고 있다. 어복손의 행적을 중심으로 보면 타당한 명명이지만, 이 작품의 서두, 곧 인정 기술부에서 작가의 서술 시각이 오영환의 어리석음과 의식의 전근대성을 비판하는데 초점이 맞추어져 있다는 점을 들면, 작가의 서술 시각과 정확하게 부합하는 명명도 아니다. 그러나 원제의 이름이 너무 긴 것을 감안하고 어복손의 행적이 작품 전개의 중핵이라는 점을 감안할 때, 「어복손전」 역시 크게 무리가 가는 명명은 아니므로 본고에서도 일단 기존 선행 연구의 명명을 그대로 따르기로 한다.

죽는 비극이 발생했다.

② 오영환의 노비 어복손은 오영환에게 속량을 청하였다가 거절을 당하자 한을 품으며 갖가지 방식(오영환의 말 팔아먹기/ 냉면에 코 빠트리기/ 오영환인 척 가장하여 기생과 사통/ 오영환의 친구 농락하기 등)을 이용해서 오영환을 골탕먹인다.

③ 어복손은 세도가의 재상을 통하여 속량을 이루려고 하지만, 재상이 실세하여 속량의 꿈이 사라진다.

④ 어복손은 자신을 죽이라는 오영환의 편지를 딸(오영환의 딸)과 혼인시키라는 내용으로 위조하고, 결국 오영환의 딸을 겁탈하기까지 한다.

⑤ 오영환이 어복손을 용담에 빠트려 죽이려 하나, 꾀를 내어 살아난 어복손이 오히려 오영환에게 용궁에 가면 벼슬을 할 수 있을 것이라는 말을 하여 오영환을 유혹하고, 이에 오영환은 가족을 데리고 용담에 빠져 죽는다.

⑥ 이어 어복손은 오영환의 딸 연옥에게 같이 살 것을 요구하지만 연옥이 말을 듣지 않자 연옥마저 죽인다.

⑦ 오영환의 가족이 밤마다 꿈에 나타나 어복손을 괴롭히자 어복손은 전라도 진산으로 도망하여 살다가 학질에 걸린다.

⑧ 학질에 걸린 어복손을 고치기 위해 어복손과 친하게 지내던 고을 이방이 원님에게 거짓으로 곤장을 때려 위협해 달라는 부탁을 하자, 자신의 죄가 발각이 된 줄로 알고 어복손은 그간의 자신의 행악을 모두 실토하고 사형을 당한다.

「어복손전」이 전(傳)의 형식을 그대로 수용하고 있음은 이 작품의 서두, 곧 인정 기술부에서 작가의 입전 의도가 그대로 드러나고 있음에서도 잘 확인된다. 이 작품은 서사 분절 ①부분에서 이미 이 작품의 주제가 예시되고 있다. 즉, 이 부분에서 오영환 가족과 노비(어복손)의 죽음과 같은 참사는 결국, 오영환의 어리석음에서 기인된 바, 이는 다음과 같은 서술(若魚福孫의 逞頑心覆主人은 是今古無對的奇慘事니 悲夫라. 雖然이나 斯豈魚福孫의 黠哉아 乃吳永煥의 癡也로다 － 1906. 10. 10)에서 분명하게 드러난다. 참사(가족과 노비의 죽음)의 원인이 오영환의 어리석음에 있다는 입전자의 서술 의도가 작품의 서두에서 미리 제시되는 이러한 형식이야말로 전(傳)의 전형적인 형식인 셈이다. 또한, 서두의 인정 기술부에서 제시된 상전(오영환)과 노비(어복손)의 행적과 캐릭터가 나머지 ②~⑧의 에피소드를 통하여 확인되는 형식을 취하고 있다는 점에서 이 작품은 또한, 전형적인 전(傳)의 형식을 취하고 있다고 보아야 한다. 그렇다면 이 작품의 어떠한 요소가 전대(조선 시대)의 전(傳) 양식과는 변별되는 점인가. 그것은 역시 '속량'의 문제를 두고 상전(오영환)과 노비(어복손) 사이에서 설정되고 있는 갈등 구조의 특성에서 일단 전대의 전(傳)과는 별별되는 지점이 존재한다. 무엇보다도 이 작품은 중층의 갈등 구조를 설정하고 있다는 점이다. 어복손의 궁극적인 지향가치, 곧 신분제 타파와 오영환의 지향가치, 곧 신분제 고수의 문제가 충돌하면서 야기된 갈등은 사실 어복손의 상전(오영환) 골탕 먹이기식의 방식으로는 해결될 수 있는 문제가 아니었다. 이러한 방식은 '꾀쟁이 하인형' 유형의 설화에서 흔히 나타나는 방식의 반복에 불가하다. 전대의 전(傳) 작품은 설령 기존의 설화 모티프를 차용하는 경우에도 대개는 단순한 '속이기 모티프'의 나열에 그치는 경우가 대부분이어서 갈등의 역동성(심화)이 주조되지 않는 경우가 대부분이다. 이에 반해, 이 작품은 전대의 전(傳)과는 다른 또 한 겹의 갈등 구조를 만들어 놓는데, 바로 어복손이 노비신분에서 벗어나기 위해 장안의 세도가를 찾아가는 구조에서 이점은 극명해진다. 이 한 겹의 구조를 주조함으로써 이 작품의 갈등의 역동성은 한층 두드러진다. 즉, 어복손의 적극적 행위(신분 해방을 위해 재상가에 찾아가 속량을 구하는 것)가 제시되면서 오영환과 결탁한 '유생'과 재상의 아들인 '색중귀'와 같은 인물들이 자연스럽게 재현되어 '속량'의 문제를 둘러싸고 벌어지는 이들 사이의 갈등의 폭과 깊이가 한층 심화된다. 물론, 서사 분절 ③에서 확인되는 바와 같이 재상이 갑자기 실세하면서 어복손의 속량의 꿈은 사라진다. 어떻게 보면 싱거운 해결 방식일 수 있지만, 이것이 다시 ④ 이후의 서사 분절의 계기가 된다는 점에서 ③의 서사 분절과 ④ 이후의 서사 분절은 서로 인과적 결속 구조를 형성하고 있다고 보아야 할 것이다. 바로 이와 같은 중층의 갈등 구조는 전대의 전(傳) 양식에서 흔히 찾아지는 갈등 구조가 아니라는 점에서 근대계몽기의 전(傳) 작품으로서의 이 작품의 특성은 더욱 분명해진다.

III. 근대적 개인의 탄생

근대는 인식과 제도의 전반적인 합리화를 지향하고 있다는 점에서 '근대'와 '합리화'는 서로 밀접한 관련을 맺고 있다. 즉, 근대의 과정을 인식과 제도의 합리화 과정으로 이해하는 이러한 태도야말로 이미 상식화된 것인 바, 적어도 근대계몽기 서사체에서 이와 같은 사유가 처음으로 극명하게 드러난 작품이 바로 『神斷公案』의 제4화(「김봉본전」)와 제7화(「어복손전」)이라 볼 수 있다.[17]

> 仁鴻이 撫手大歎道 噫라, 仁鴻 此手로 不能將一千勇將百萬大兵ᄒ야 擒住了 黑風大王朶 思大王等物ᄒ고 只籠叱一個老的物이라 ᄒ더라.(『神斷公案』 제4화, 1906. 7. 16)

위의 인용문은 당대의 명의(名醫) 이군응을 속이는 수법(이군응과 주막에 약국을 열어 돈을 번 후, 이군응이 그동안 먹은 식사비를 제하는 방식)으로 돈을 갈취한 후, 봉이가 스스로 자괴감에 떨어져 한 말이다. 즉, '일천 용장과 백만 대병을 이끌고 일세에 공명을 세우는 영웅이 되지 못하고' 다만 굴종적인 현실의 노예가 되어버린 자신을 한탄하고 있는 것이다. 문제는 봉이의 이와 같은 자괴와 한탄이 기본적으로 중세적 신분제의 모순에서 기인되고 있다는 점이다. 표면적으로는 자신의 사기적 행위에 대한 반성이지만, 결국은 철저한 신분제 하에서의 굴종적 삶에 대

---

17) 물론, 『神斷公案』의 근대 인식은 이미 연암, 담정, 문무자 등의 '전(傳)' 작품 등에서 이미 싹터 있었다. 이들이 보여주고 있는 근대 인식과 『神斷公案』의 근대 인식의 관련성을 해명하는 작업은 차후의 연구 과제로 남긴다.

한 자각에서 비롯된 자괴와 한탄인 셈이다. 이후의 봉이의 행적이 지배
층의 타락과 무능을 우롱하는 것으로 일관되고 있다는 점에서 봉이의 정
체성은 이제 분명해진다. 즉, 봉이는 중세의 신분제적 모순과 그것이 야
기한 모든 제도적 모순에 저항하는 인물로 변화되기에 이른다.

生長於父懷母抱之中에 長似襁褓之兒이니 脾胃가 如何이완디 儼然坐堂上而
稱太守이며 食的눈 長是肉이오 飮的눈 長酒라. 生來에 都不知糟糠粗糲이거니
安知窮民의 視苦茶를 如甘薺ᄒ눈 情狀이리오? 苟聞得百姓의 餓死ᄒ면 必然道
何不食肉糜오 ᄒ리니 何以牧民이며 大明律大典通編은 一句도 不曾讀이오 無
冤錄檢屍等語눈 一字도 不能解라. 小訟大獄에 只憑吏屬輩의 舞智舞文ᄒ리니
何以治獄이리오? 城主가 苟要治民이딘 早解了銅章ᄒ고 歸家學問數十年에 爲
我城主가 方是合當이니 今日에 要城主治民이면 是將新生的鷄卵ᄒ야 先求子時
與丑時이니 豈不令人悶悶이리오?(『神斷公案』 제4화, 1906. 8. 11)

봉이의 사기적 행위가 끊임없이 일어나자 조정에서는 평양 서윤 김경
징을 내려보내 봉이를 징치하기로 한다. 문제는 봉이가 백성들에게 단순
한 사기꾼이 아니라 봉건적 질서에 저항하는 인물로 인식되어 있다는 점
이다. 봉이를 잡으러 간 관리조차도 봉이의 도피를 권유할 정도로 봉이
는 이미 기층 민중과 함께 호흡하는 존재로 되어 있었던 것이다. 봉이가
도피를 권유하는 관리의 말을 듣지 않고 김경징과 맞설 수 있었던 것도
결국 봉이의 행위가 백성과 단단하게 결속되어 있었기 때문이었다. 봉이
의 행위는 "어떤 현실적 결과를 가져오는지 개의하지 않고, 스스로의 신
념을 행동화한"18) 가치 합리적 행위의 전형적 사례라 볼 수 있다. 위의
인용문에서도 잘 드러나듯이 봉이는 중세적 신분제의 모순과 지배 체제
의 부도덕성을 단호하게 비판하고 있다. 봉이는 김경징(양반)을 '강보에
싸인 아이(襁褓之兒)'로 비유한다. 한 마디로 김경징(양반)은 강보, 곧 중
세적 신분제 하에서의 안일한 삶을 향유하고만 있어서 '백성(窮民)'의 처
참한 현실을 이해하지 못한다는 것이다. 뿐만 아니라 봉이는, 양반들이

───────────────

18) 윤평중, 『포스트 모더니즘의 철학과포스트 마르크스주의』, 서광사, 1992, 25쪽.

'법률을 공부하지도 않고, 설령 공부를 하더라도 법조항을 자의적으로 해석하여 법을 남용하는 실태'가 극심함을 아울러 비판하고 있다. 중세 신분제 하의 양반의 계급적 특권과 그들의 모순이 봉이를 통해서 적나라 하게 드러나고 있는 것이다. 이렇게 제도의 모순을 인식하고 그것을 비 판할 수 있는 인물은 중세적 인물이 아니다. 그것은 자신이 어떤 부당한 체제나 이념에 복속되는 타율적 존재가 될 수 없다는, 곧 자율적 존재로 서의 인간의 가치를 자각한 근대적 인간이다. 이러한 의미에서 보면『神 斷公案』제4화의 주인공 봉이는 스스로의 신념에 의하여 자신의 행위를 가치화(행동화)한 전형적인 사례가 되는 인물이다. 이와 같이 '의식(중세 적 지배 질서의 질곡)'과 '제도(신분제)'의 간극을 좁히는 과정이 '합리화 의 과정'이며 그것이 또한 '근대'의 과정이라는 점을 명징하게 보여주고 있는 인물이 바로 '봉이'인 것이다.

이와 같은 '봉이'형 인물이 더 예각화되어 나타난 인물이 바로『神斷 公案』제7화의 주인공 '어복손'이다.

魚福孫이 道 小人도 億萬人類之一이오나 不知父祖以上何時何代에 落 下了這坑塹인지 斥小之각도 屈伸任意ᄒ며 枝棲之鶺도 飮啄隨分이거늘 彼蒼蒼者天이여, 此何人斯온지塊然此七尺之軀가 便非我所有라. 呼我以爲 牛에 應之以爲牛ᄒ고 呼我以爲馬에 應之以爲馬ᄒ야 言忠行篤ᄒ야도 閭 里殘氓이 差與爲朋友ᄒ며 年高髮白ᄒ야도 鄰家寸童 呼之如儕類ᄒ며 甚 則或受了某宅書房主의 無情之撻楚ᄒ며 又甚則或被了某宅道令主의 不當 之責罰ᄒ야 上典之外에 不知有機百上典ᄒ니 此生何處에 可以免此이올는 디 人或聞之ᄒ면 必謂小人이 是僭越踰分的漢字라 홀지니 大監如天之度 에 一次念及ᄒ소셔. 天下에 豈有斯人麽잇가? 世上에 豈有斯人가?(『神斷 公案』제7화, 1906. 11. 22)

중세적 신분제 하에서의 어복손과 같은 하층민(노비)은 백발 노인이 되어서도 어린 아이들이 자신들을 동무처럼 부르는 모욕을 받아들여야

만 하고, 양민(閭里殘民)조차 자신과 같은 하층민(노비)과 벗이 되는 것을
부끄러워 한다는 것이다. 뿐만 아니라 자신의 상전이 아니라 하더라도
양반이 때리면 체벌의 이유가 없더라도 맞아야만 하고, 양반이 자신을
우마(牛馬)로 여기면 우마로 응대해야만 하는 처지가 바로 노비의 처지
라는 것이다. 중세적 신분제 하에서의 노비는 '동등한 인격을 가진 존재
가 아니다'라는 자각이 바로 위에 제시된 인용문에서 절절하게 드러나고
있는 것이다. 때문에 "천하에 어찌 이런 사람이 있겠느냐?"는 어복손의
마지막 절규에는, 이와 같은 차별적 인간관에 기초한 전근대적 신분제를
거부하고 평등한 인격체로 살고자 하는 어복손의 근대적 각성이 담겨져
있는 것이다.19) 곧 어복손의 궁극적 지향 가치는 '인간 평등'이라는 보편
적(근대적) 가치의 실현에 있다. 인간(노비)이 스스로의 본래적 가치를 상
실하고 수단화될 때, 곧 수단의 고착화 현상이 심화된다면 그 사회의 가
장 궁극적이고 고귀한 인간의 가치는 공적인 영역에서 퇴각될 것이다.
『神斷公案』 제7화가 중세적 이야기 문학에서 근대적 서사문학으로 전환
되는 지점에서의 한 단계를 조주하는 작품이라면, 그것은 무엇보다도 조
선 후기 한문 단편이나 전(傳)의 전통을 계승하는 한편, "봉건체제의 내
부에서 서서히 성장하는 일종의 시민적 공간"20)의 리얼리즘을 드러내고
있다는 점이다. 바로 이러한 시민적 공간의 리얼리즘은 어복손과 같은
주체의 생성이 전제되지 않고는 도달할 수 없는 것인 바, 어복손의 '천하
에 어찌 이런 사람이 있겠느냐'로 극명하게 집약되고 있는 이러한 자각
적 인식이야말로 "주체의 정립 과정"21)을 약여하게 드러내고 있는 것이
라 하겠다. 결론적으로 중세적 신분 질서(제도)의 질곡에 의해서 파국을
맞는 한 인간(어복손)을 통해서 왜 인간이 평등한 가치를 존중해야 하는
가를 예각화시키고 있는 이 작품이야말로 근대계몽기의 문학적 수확임

---

19) 沈載淑, 「근대계몽기 신작 고소설의 현실대응양상 연구」, 高麗大學校 大學院 博士學位論
　　文, 2000, 157쪽.
20) 최원식, 「우전신호열선생고희기념논총」, 창작과비평사, 1983, 427쪽.
21) M. Bermann(윤호병 역), 『현대성의 경험』, 현대미학사, 1994, 12~40쪽.

에는 분명하다.

> 我計將安出고卽而오. 又猛然自責道 王侯將相이 本無種子니 豈有定分가? 魚
> 變而爲龍ᄒ고 川流而爲海ᄒᄂ니 物猶有然이어던 人何足怪리오? 假使奴反爲主
> ᄒ고 班降爲常ᄒ야도 是我不關痛癢的라. 我豈由這件事ᄒ야 負了我千金佳約이
> 리오?(『神斷公案』 제7화, 1906. 12. 13)

위의 인용문은 재상의 아들 색중귀가 어복손의 속량을 부탁하는 기생
일지홍의 말을 이어 받아 어복손의 속량을 허락하며 한 말이다. 색중귀
가 중세적 신분제 안에서 온갖 혜택을 누려온 주체라는 점을 헤아린다면
위의 진술은 매우 이례적인 것이다. 한 마디로 색중귀와 같은 양반들에
의해서 고착화된 중세적 신분제의 모순이 이들 스스로에 의해서 부정되
고 있는 셈이다. '노비가 상전이 되고 양반이 상인이 된다 해도 전혀 상
관할 바가 아니다(假使奴反爲主ᄒ고 班降爲常ᄒ야도 是我不關痛癢的라)'
는 색중귀의 진술은 이 작품이 궁국적으로 구현하고자 했던 가치였다.
그 가치가 주인공 어복손의 진술을 통해서 드러나는 것이 아니라, 양반
색중귀의 입을 통해서 진술되고 있다는 사실은 전근대적인 신분제의 모
순을 더욱 날카롭게 부각시키기 위한 작가의 의도와 무관하지 않다. 작
가는 전근대적 신분제의 모순을 개혁하지 않으려는 집권층의 전근대성
을 비판하려는 의도에서 설화에는 등장하지 않는 색중귀라는 인물을 창
조하고, 색중귀를 철저하게 이율배반적 인물로 형상화함으로써 중세적
신분제 하에서 온갖 혜택을 향유하고 있던 집권층의 부패상과 시대착오
적인 전근대 의식을 풍자하고자 했던 것이다.

Ⅳ. 결론

근대계몽기의 문학적 위상은 전대 양식과의 상호 관련성의 문제가 해명되지 않고서는 그 실상이 온당하게 드러날 수 없다. 근대계몽기에도 여전히 전(傳)은 그 소설사적 위상이 빛나고 있었다. 특히, 전대 유학자들이 비교적 긍정적 관점에서 수용했던 전(傳) 양식과 그것의 근대적 계승의 문제를 해명하는 것은 매우 긴요한 과제라 할 것이다. 이러한 관점에 근거해 보면, 『황성신문』에 191회에 걸쳐 연재된 『神斷公案』의 연작 일곱 편, 그 중에서도 전래되는 설화를 전(傳)의 형식에 담아 창작한 제4화(「김봉본전」)와 제7화(「어복손전」)의 문학적 위상을 검토하는 것은 이 시기의 전(傳)의 성격을 고찰하는 데 매우 중요한 시사점을 제공하고 있다는 점에서 매우 의의 있는 일이라 하겠다. 이 두 작품은 근대계몽기에 이르러 전대의 전(傳) 양식이 스스로의 자태 전환의 과정을 통하여 근대문학에 접맥되고 있는 모습을 보여주고 있다는 점에서, 곧 양식사의 차원에서도 매우 가치 있는 작품임이 확인되었다. 또한, 이 두 작품이 보여주고 있는 근대적 가치의 구현, 곧 중세의 신분제적 제도가 야기한 모순을 자각한 인물들(봉이/어복손)이 구현하고 있는 근대적 가치(평등의 가치)가 왜 중요한 것인지를 예각화시키고 있다는 점에서도 이 시기의 중요한 문학적 수확임에 틀림없었다.

주제어 : 근대계몽기, 전(傳), 근대적 갱신, 중세적 신분제, 근대적 개인

◆ 참고문헌

1. 기본자료
『皇城新聞』

2. 연구논문
姜明官, 「漢文廢止論과 愛國啓蒙期의 國·漢文論爭」, 『韓國漢文學研究』 第8輯, 韓
    國漢文學會, 1985, 195~252쪽.
金興圭, 「韓國 漢文小說 調査·整理의 文化史的 意義」, 高麗大學校 民族文化研究院
    國際學術會議, 2001. 10, 29~30쪽.
朴熙秉, 「한국문학에 있어 <傳>과 <소설>의 관계양상」, 『韓國漢文學研究』 第12
    輯, 韓國漢文學學會, 1989, 31~44쪽.
朴熙秉, 「朝鮮後期 <傳>의 小說的 性向 연구」, 서울大學校 博士學位 論文, 1991.
申采浩, 「舊曆歲除逢友述懷」, 『丹齋申采浩全集』 下, 乙酉文化社, 1972.
沈載淑, 「근대계몽기 신작 고소설의 현실대응양상 연구」, 高麗大學校 大學院 博士
    學位論文, 2000.
李基文, 「開化期의 國文使用에 관한 연구」, 『韓國文化』 5, 서울大學校 韓國文化研究
    所, 1984, 67~68쪽.
윤평중, 『포스트 모더니즘의 철학과포스트 마르크스주의』, 서광사, 1992.
이우성·임형택, 『이조한문단편집』 하, 일조각, 1978.
최원식, 『우전신호열선생고희기념논총』, 창작과비평사, 1983.

◆ **국문초록**

이 논문은 근대계몽기에도 여전히 그 소설사적 위상이 빛나고 있었던 전(傳) 양식과 그것의 근대적 수용의 문제를 규명하는 데에 있다. 특히,『황성신문』에 191회에 걸쳐 연재된『神斷公案』의 연작 일곱 편, 그 중에서도 전래하는 설화를 전(傳)의 형식에 담아 창작한 제4화(「김봉본전」)와 제7화(「어복손전」)의 문학적 위상을 검토하는 것은 이 시기 전(傳)의 성격을 고찰하는 데에 있어서도 매우 중요하다. 이 두 작품은 근대계몽기에 이르러 전대(前代)의 전(傳) 양식이 보여주고 있는 자태(自態) 전환의 과정을 선명하게 드러내고 있다는 점에서도 중요한 작품이다. 또한, 이 두 작품에서는 근대적 가치, 곧 평등의 가치가 왜 중요한 것인지를 봉이와 어복손을 통해서 예각화시키고 있다는 점에서도 이 시기의 중요한 문학적 수확임에 틀림없었다. 결론적으로『神斷公案』제 4화와 제7화가 중요한 문학사적 평가를 받을 수 있다면 그 이유는 무엇보다도, 이 두 작품이 조선 후기 한문 단편이나 전(傳)의 전통을 계승하는 한편 새로운 근대적 가치를 내장하고 있기 때문일 것이다.

◆ SUMMARY

A study on the characteristic of a "Chon(傳)" in the korean enlightment period

Kim, Chan-Ki

In this paper, I tried to examine the modern accommodation of a "Chôn," an antique form of a biographical prose, which was still much used in literary field during the Korean Enlightenment period. To investigate the characteristic of a "Chôn" in the Korean enlightenment period, I focused on the seven serial works of *"Sindan Gongan"* published on the newspaper "Hwangsông." Especially, I closely examined "Kimbongbonchôn", the forth work, and "Ôboksônchôn," the seventh work. These two works were very important in that they revealed the transformation process of a "Chôn" of the previous period into the Korean Enlightenment period. In these two works, why the modern value of equality was important was sharply demonstrated by the two protagonists Bongi and Ôboksôn, thus the two works were worth to be recorded as valuable literary outcomes of the period. The reason these two works were highly evaluated was that these two works, on one hand, inherited the tradition of a short prose written in Chinese characters or a Chôn of the late Chosun period, and on the other hand, comprehended new modern value of equality.

Keywords : The Korean enlightenment period, Chôn; an antique form of biographical prose, Modern innovation, The medieval class system, Modern individual

이 논문은 1월 15일 투고되어 소정의 절차를 거쳐 2월 10일 게재 확정되었음.

개화기 서사의 장르적 성격

손 정 수*

1. 개화기 서사의 역사성

　개화기 서사는 두 가지 방향에서 접근할 수 있다. 우선 첫 번째 방향을, 전통적인 서사 양식이 근대적인 인쇄 매체, 곧 구체적으로는 신문과 결합하는 역사적 과정에서 발견할 수 있다고 한다면, 그 다른 방향은 근대적인 서사 양식으로 정착된 '소설'이라는 장르의 관점에서 그 기원을 찾아가는 과정에서 마련될 수 있다. 이 두 방향이 교차하는, 그럼에도 불구하고 각각의 출발점으로 환원되지 않는 고유의 영역이 곧 개화기 서사의 존재 영역이라고 할 수 있을 것이다. 그리고 이 영역이 그 이전(전통적 서사 양식) 혹은 이후의 서사 양식(근대적 서사로서의 소설)에 대해 갖는 연속성/차이에 대한 사유가 서로 결합, 혹은 반발하는 양상 속에 개화기 서사의 장르적 성격 문제가 놓여 있다.

　기존의 연구사는 구소설로부터 신소설이라는 과도기적 양식을 거쳐 근대소설에 도달하는 연속적 과정 속에서 개화기 서사의 성격을 도출해

---

* 계명대.

내고 있는 것이 일반적이다. 가령 송민호의『한국 개화기소설의 사적 연구』(일지사, 1975)에서는 개화기 소설에 나타난 구소설적 요소와 신소설적 요소의 혼류 양상을 분석하고 있는바, 이는 개화기 서사가 구소설적 영향을 탈각시키면서 마침내 근대 소설에 이르는 과정 가운데에 위치한 전환기적 현상이라는 전제를 알게 모르게 그 바탕에 두고 있으며, 실제로 분석을 통해 도출된 결과는 이를 입증하고 있는 듯 보인다. 하지만 실제 이 시기 서사들의 선후 관계는 구소설로부터 근대 소설에 이르는 연속적 과정 속에 재배치되어 있으며, 그렇기 때문에 분석의 결과 재배치된 담론의 구조와 실제 역사적 과정 속의 담론의 존재 양태는 여러 지점에서 어긋나 있다. 물론 큰 흐름으로 볼 때, 구소설로부터 근대 소설에 이르는 이행 과정 속에 개화기 서사가 놓여 있다는 사실은 부정되지 않는다. 문제는 객관적인 사실들을 배열하는 것처럼 보이는, 일견 투명한 듯한 시선 속에서 작동하고 있는 보이지 않는 힘의 작용이다. 개화기 서사에 대한 이러한 전형적인 접근 방식의 구도는 그 이후에도 크게 변하지 않고 있다.

한원영(『한국 개화기 신문연재소설 연구』, 일지사, 1990)은 개화기의 신문 소설의 전모를 밝힘으로써 이러한 패러다임을 보충했고, 이후 김영민(『한국근대소설사』, 솔, 1997)과 정선태(『개화기 신문 논설의 서사 수용 양상』, 소명출판, 1999)는 개화기 신문에 실린 논설들의 서사적 성격을 드러냄으로써 이 패러다임의 외연을 확장시킨 바 있다. 이들의 연구에서 공통적으로 드러나는 면모 가운데 하나는, 한국 서사문학의 전통이 단절되었다는 임화의 이른바 이식문학사론을 극복하기 위해, 서사문학의 전통이 근대적 문학 양식으로 새롭게 재창조되면서 계승되는 연속적인 계보를 구성하고자 하는 시도이다. 물론 연속적인 계보를 구성한다는 의지 자체를 문제삼을 수 있는 것은 아니다. 하지만 이 의지에는 임화의 이식문학사론이 왜 극복되어야 할 대상인가에 대한 물음이 결여되어 있다. 다만 일종의 당위이자 암묵적인 합의 사항으로 전제되어 있을 따름이다. 문제는 이 암묵적인 합의를 강요하는 보이지 않는 힘이 실제의 역사적

과정을 은폐하고 그것의 의미를 굴절시키고 있다는 점이다. 그러한 의미
에서 이 힘에는 이데올로기적 성격이 내포되어 있다고 할 수 있을 것이
다. 그런데 (혹은 그렇기 때문에) 문제는, 실상 임화의 신문학사를 잘 살
펴보면 임화의 주장 또한 이러한 대안적 시도와 그 구조면에서 크게 구
별되지 않는다는 점에 있다.

   임화가 그의 문학사에서 제시하고 있는 신문학은 근대 문학, 곧 "시민
정신을 내용으로 하고 자유로운 산문을 형식으로 한 문학 그리고 현재
서구문학에서 보는 바와 같은 유형적으로 분백된 장르 가운데 정착된 문
학"1)이다. 임화 신문학사의 실제 내용은 신문학에 도달하기까지의 과도
기적 과정으로 되어 있는바, 그 과도기의 출발점은 사조(詞藻)나 회장소
설과 같은 구시대의 문학이며 정치소설 및 번역소설의 단계를 거쳐 '재
래의 형식을 빌어 새 사상을 표현하는 절충적인' 성격의 신소설에 이르
러 신문학의 발생 조건이 마련된 것으로 되어 있다. 그런데 임화는 이러
한 신문학의 규정과 그 내용을 제시하기에 앞서, "시조, 가사, 구소설 혹
이두 문헌 또는 한문전적까지도 서구적 의미의 문학, 즉 예술 문학적인
성질의 유산을 전부 문학사 가운데 포함하는 것"2)이며, "신문학사 연구
는 서구적 형태의 문학이 성립하고 발전한 역사를 중심으로 가능한 한,
이상의 두 문학사적 조류(조선언문학사와 조선한문학사 − 인용자)와의
교섭을 천명하는 것으로 스스로 제 구극(究極)의 과제를 삼을 것"3)이라
고 적고 있다. 이렇게 보면, 임화가 설정하고 있는 문학사의 단절은 전통
적인 문학과 신문학 사이에 서사 형태의 유사성이 없다거나 개화기 문학
에 구문학적 요소의 영향이 없다는 의미가 아니다. 그것은 신문학의 토
대 및 시대정신이 근대일 수밖에 없으므로 그러한 토대와 시대정신을 자
립적으로 갖추지 못한 조선의 경우 그 신문학의 성격이 이식문학일 수밖
에 없다는, 말하자면 구체적인 문학작품은 그것을 근본에서 규정하고 있

---

1) 임화, 「개설 신문학사」, 『조선일보』, 1939. 9. 8.
2) *Ibid.*, 1939. 9. 7.
3) *Ibid.*, 1939. 9. 9.

는 토대와 시대정신 반영이라는 임화 문학사 서술의 기본적인 방법론의
산물인 것이다.

> 한문과 결별하여 그야말로 의지할 곳이 없는 문학으로 하여금 재출발의 기
> 점이 되어준 것도 이조의 언문문학이요, 아직 자기의 형식을 발견하지 못하여
> 방황하던 나신(裸身)의 새 시대 문학정신에다 풍우(風雨)를 피할 의장을 입혀
> 준 것이 또한 이조의 언문문학이다.
> 요컨대 비록 낡은 양식 가운데 결합되었다 할지라도 이조의 언문문학 가운
> 데는 생생한 조선어의 보옥(寶玉)이 숨어 있었다. 그 보옥들을 가지고 새 시대
> 의 문학은 오직 새로운 양식을 구조(構造)하면 그만이었다.
> 이 점에 있어 특히 또 하나 간과할 수 없는 점은 시조, 가사, 창곡, 소설 등
> 의 수다(數多)한 이조 언문문학의 유산 중 새 시대의 문학에 가장 가까운 형식
> 의 문학만이 새 정신을 담는 낡은 용기가 될 자격을 얻은 점이다.[4]

임화의 견해에 따르면, 신문학사의 토대와 시대정신을 규정하는 것은
서구적 의미의 근대인바, 이 토대와 시대정신에 대응되는 문학적 양식을
구비하지 못한 조선의 상황에서 그 대체물로 등장한 것이 전시대의 언문
문학이다. 그 가운데에서도 '새 시대의 문학에 가장 가까운 형식의 문학'
이 그 대체물로서의 자격을 얻는다. 문제는 여기에서 도달해야 할 새로
운 문학의 상이 이미 전제되어 있고 그 이전의 문학적 사실들은 이 목적
에 도달하기 위한 필연적 과정으로서 배치되어 있다는 점이다. 기술의
순서는 구문학으로부터 출발하여 신문학에 도달하는 시간적 과정으로
제시되어 있지만, 실제로는 그 반대이다. 도달해야 할 목적이 전제되어
있고 그로부터 과거로 되돌아가 출발점으로 회귀하는 역방향의 과정에
다름 아닌 것이다.
위의 인용에 나타나 있는 바와 같이, 임화 스스로가 개화기 초기 서사
에 등장하는 구문학적 요소와 그 성격에 대해 거론하고 있는바, 개화기
서사에 나타난 구문학적인 요소를 강조함으로써 문학사의 연속성을 마

---

4) *Ibid.*, 1939. 12. 8.

련하고 임화의 이식문학사론을 극복한다고 하는 시도는 그 자체에 난점을 내포하고 있다. 임화가 이식 혹은 모방했다고 한 것은 근대의 토대와 정신인바, 임화 이식문학론의 문제점은 문학을 시대정신의 양식으로 파악하는 그의 신문학사 방법론 자체에 내재된 사유방식에 기인하는 것이라 하겠다.[5] 물론 임화의 문학사 서술과 그 이후의 개화기 연구들 사이에는 구문학과 신문학의 관계에서 그 단절을 강조하느냐 아니면 연속성을 강조하느냐의 차이는 있지만, 연속성을 강조하고 있는 후자의 경우에도 일종의 민족주의 이념에 의거한 심정적인 차원을 벗어나고 있지 못하고 있다고 할 수 있다. 요컨대 어떠한 경우에도, 신문학에 대한 구문학의 영향을 뒷받침할 구체적 근거는 제시하지 못하고 있는 것이다. 결국 문제는 근대 정신과 그 양식인 근대 문학이라는 목적을 전제하고, 이를 그 이전 시기에 투사하여 그 계보를 구성하는 시선 자체에 놓여 있다. 이 점에서, 임화의 신문학사와 그 이후의 개화기 문학 연구사의 구조는 동일하다고 할 것이다.

근대적 양식으로서의 소설이 그 내용과 규범을 확립하지 못한 상황에서 이전 시기 문학의 요소를 차용하는 것은 서구의 근대 초기 소설의 경우나 일본 근대 초기 소설의 경우도 마찬가지이다. 가령 16, 7세기 영국에서 'novel'이라는 장르적 명칭하에 생산된 것은 지금의 같은 성격의 근대적 소설이 아니라, 뉴스 발라드(news ballad),[6] 범죄담(the tales of criminals), 익살담(brief accounts of jokes and jest), 보카치오식의 연애담(Boccacciolike love intrigues) 등이다. L. Davis의 견해에 따르면, 이 시기의 담론들에서는

---

5) 이러한 맥락에 의거하자면, 임화의 이식문학사에 대한 비판은 논리적으로 다음 두 가지 방향에서 수행될 수 있다고 생각된다. 첫째로, 우리 근대의 자생적 토대가 부재하다는 임화의 전제를 비판하는 방식이 가능하다. 이와 같은 방식의 접근은 1970년대 초반에 비롯되었고 이제는 더 이상 주장되고 있지 않지만 이 전제의 이데올로기적 흔적은 여전히 강력하다. 다른 하나는 문학을 시대정신의 양식화로 보는 임화의 전제에 대한 비판을 통해 마련될 수 있다. 본고의 방식은 후자의 방향에 의거한다.

6) 초기 영국 저널리즘에서 하층 계급의 독자에게 지진, 전쟁, 살인, 자연재해, 초자연적 현상 등의 사건을 알리거나 종교적 교훈을 설파하는 내용의 발라드. 이 장르에 속한 어떤 발라드는 사랑이나 역사와 같은 비뉴스적인 사건들에 초점을 맞추고 있지만, 전체적으로는 저널리스틱한 발라드가 주종을 이룬다.

40

새롭지 않음에도 불구하고 새롭다고 주장되는 이와 같은 모순이 예외라
기보다는 일종의 규칙을 이루고 있는 것으로 설명된다.[7]

일본의 경우도 근대 초기 소설의 출발점은, 최근에 일어난 사건을 흥
미 본위로 각색한 독부 이야기, 복수물 등이 전통적 양식인 게사쿠(戱
作)[8] 형식으로 씌어진 것들이었으며, 이들은 소신문[9]의 잡보란에 기사의
일부로 작성된 것이었다.[10]

물론 이에 대한 본격적이고 전문적인 검토가 요구되는 것이겠지만,

---

7) Lennard J. Davis, *Factual Fictions: The Origins of the English Novel*, University of Pennsylvania Press, 1996. chapter Ⅲ 'News/Novels: The Undifferentiated Matrix' 참조.

8) 에도 중기 이래, 주로 에도에 발달했던 속문학, 특히 소설류. 讀本, 黃表紙, 合卷, 洒落本, 談義本, 滑稽本, 人情本 등의 총칭. 실제로 일본 개화기 신문의 잡보 기사를 작성했던 기자들은 戱作者들이었다. 특히 일본 개화기의 소신문에서는 讀本, 滑稽本, 人情本, 草双紙 등의 문체가 주로 사용되었다. 讀本이 시대물에 주로 사용된 역사 기술체라면, 滑稽本과 人情本은 유곽을 묘사했던 문예 형식인 洒落本으로부터 파생된 회화체인바, 이들은 이러한 전대의 戱作 형식을 차용하여 사건의 스토리를 이야기할 때에는 讀本의 문체, 시정의 토픽을 묘사하는 경우에는 滑稽本의 문체, 남녀의 얽힌 심리를 묘사할 때에는 人情本의 문체를 각각 사용했던 것이다. 그리고 신문 잡보 기사에 삽화가 등장하기 시작한 이후에는, 앞의 문체들을 사용하면서도 가장 알기 쉬운 草双紙의 그림 설명 문체가 큰 효과를 발휘하기도 했다. 本田康雄, 『新聞小說の誕生』, 平凡社, 1998. pp. 27~40 참조.

9) 소신문과 대신문의 구분은 신문의 크기와도 관련이 있지만, 근본적으로는 신문의 내용과 성격에 직접적으로 관련된다. 대신문이 논설 중심의 정론지라면, 소신문은 잡보란이 중심이 된 흥미 위주의 대중지라고 할 수 있다. 本田康雄은 일본 신문소설의 성립과정을 논하면서, 대신문과 소신문의 성격과 그들의 관계 변화에 주목하고 있는데, 어느 시점 이후 대신문이 정당의 기관지로 변화하면서 쇠퇴해가는 반면, 소신문이 논설란을 설치하고 대신문의 체제로 변화하기 시작하는 상황이 그것이다. 메이지 30년대에 일본의 전국을 제패하게 되는 『요미우리 신문』이나 『아사히 신문』도 애초에는 소신문으로 출발한 것이었다는 흥미로운 사실 또한 이러한 맥락에서 발생한 것이다. 이들 신문에 실렸던 잡보 기사들이 연재의 형태를 취하면서 잡보 기사도 소설도 아닌 애매한 성격의 연속물로 변화하고, 이들 대중적 취향의 연속물은 坪內逍遙의 영향 아래 놓인 『요미우리 신문』 소설란의 본격 소설과 대립구도를 형성하게 된다. 삽화를 중심에 둔 연속물과 삽화가 없는 『요미우리 신문』의 본격 소설은 형식상으로도 뚜렷이 구분되는 것이었다. 하지만 本田康雄는 당시의 신문 구매층의 의식 속에 과연 『요미우리 신문』의 급진적이고 전위적인 근대 소설과 『아사히 신문』의 통속적인 연속물을 구분하는 '소설'에 대한 오늘날과 같은 관념이 있었겠는가, 라는 의문을 제기하고 있다. 이와 같은 구분의 불투명성은 『요미우리 신문』의 소설들에도 삽화가 첨가되어 본격적인 소설과 대중물을 구분하는 형식상의 기준마저 사라지고 그로 인해 내용상의 시대물과 근대 소설의 차이는 있어도 그 형태는 똑같은 신문소설이 성립되면서 더욱 더 텍스트 속에 내재화되기에 이른다. 本田康雄, *Op. cit.*, pp. 204~232 참조.

10) 中村光夫, 『明治文學史』, 筑摩書房, 1963. pp. 28~40 참조.

일단 근대 초기의 저널리즘에서 구시대의 이야기 양식을 차용하는 것이 보편적인 양상이라고 가정한다면, 한편으로 전통적인 이야기 양식을 차용하여 그것에 친숙한 독자들의 기호에 부응하면서, 다른 한편으로 거기에 저널리즘적인 내용을 끌어들이는 방식은 근대 초기 저널리즘의 일반적인 속성과 관련되는 것일 터이다. 만일 그렇다면, 개화기 서사에 이전 시대의 양식이 차용된다고 해서 그것이 곧 이전의 전통이 면면히 계승되고 있는 것이라 판단할 수 있는 근거가 될 수는 없을 것이다.

본고의 문제의식은 이 지점에서 비롯된다. 곧 문제는 개화기 서사의 성립과 이행의 과정에 내포된 역사적 성격을 분석하는 작업이다. 곧 완성된 근대소설의 처지에서 뒤돌아보지 않고 그 역사적 과정의 실제를 그 자체로 드러내는 것이 그 작업의 과제일 것이다. 현재의 시선에서 바라볼 경우, 옛날 이야기 형식과 새로운 이야기 형식의 경계(말하자면 근대소설과 그렇지 않은 것의 경계), 고급한 이야기와 저급한 이야기의 경계는 분명한 듯하지만, 경험되고 있는 장 속에서 그러한 경계는 언제나 불투명할 수밖에 없다.(우리들 중 누가 눈앞에 놓인 현재의 무수한 이야기들 속에서 소설적인 것과 그렇지 못한 것, 문학적인 것과 그렇지 않은 것, 좋은 작품과 그렇지 않을 작품 사이의 뚜렷하고도 보편적인 경계에 대해 말할 수 있을까!) 그리고 현재의 시점에서 과거의 작품을 문제삼는 경우에도 현재의 해석적 권위로부터 벗어나고자 하면 그와 같은 해석적 권위가 부과한 경계와 우선적으로 마주하지 않을 수 없다. 개화기 서사의 장르적 성격을 규명하는 문제 또한 이와 관련된다. 곧 개화기 서사의 장르적 성격을 드러내기 위해서는 그 서사들에 접근하는 시선 속에 내재된 현재의 장르(소설)에 대한 관념을 우선 괄호 속에 넣지 않으면 안 되는, 일종의 방법적인 인식론적 단절이 요구된다고 할 것이다.

2. 계몽과 서사 사이의 긴장

개화기 서사에 대한 연구 가운데 비교적 최근의 경향으로 19세기 신문의 논설란이나 잡보란에 실린 서사들을 개화기 소설 범주에 넣어 그 영역을 확대하고자 하는 시도를 들 수 있다. 김영민은 논설란과 잡보란에 실린 서사들을 '서사적 논설'의 범주로 지칭하고 있으며, 이 양식은 "야담을 비롯한 조선조의 전기문학(傳奇文學)이나 조선 후기 연암의 소설 등 조선조의 다양한 한문 단형 서사 양식과 직간접적인 연결 고리를 지니고 있는 서사 문학 양식"11)이며 이후 '논설적 서사'로 이어져 근대소설의 발생적 계보의 일부를 이루고 있다는 견해를 제시한 바 있다. 한편 정선태는 특히 『독립신문』『믹일신문』『뎨국신문』『황성신문』 등에 실린 228편의 논설의 서사적 성격을 검토하고 이를 통해 '개화기 신문 논설의 서사 수용' 양상의 전체적 윤곽을 제시하고 있다.

그런데 실제로 이들 19세기말의 신문들을 살펴보면, 논설란이나 잡보란이라는 항목이 갖는 성격이 매우 특이함을 발견할 수 있다. 논설이나 잡보에 실린 기사 가운데 서사적 특성을 보유하고 있는 글이 있는 신문들을 중심으로 그 '특이함'을 살펴보기로 한다.

가령 『독립신문』은 1896년 4월 7일자 창간호의 경우, 가로 22cm, 세로 33cm의 크기에 3단 4면의 형태로 되어 있는바, 지면의 배치는 1면 논설, 2면 관보, 외국통신, 잡보, 3면 광고와 우체시간표, 4면 영문판 등으로 되어 있다. 『협성회회보』(1898)와 『믹일신문』(1898)의 경우 2단 4면 조판인데, 전자의 경우 1898년 1월 1일 창간호 기준으로 1면 논설, 2면 논설과 내보, 3면 외보와 회중잡보, 4면 회중잡보의 구성으로 되어 있으며, 후자의 경우 1898년 1월 26일자 창간호 기준으로 1면 논설, 2면 관보와 잡보,

---

11) 김영민, 『한국근대소설사』, 솔, 1999. 47쪽.

3면 외국통신, 전보, 회중잡보, 4면 광고 등으로 구성되어 있다. 한편『뎨
국신문』의 경우도 2단 4면의 형태인데, 1898년 8월 10일 창간호는 1면 告
白(社告)과 관보, 2면 잡보, 3면 잡보, 4면 전보와 광고로 되어 있으나,
1898년 8월 14일자부터는 논설이 실리기 시작하면서 1면 논설, 2면 논
설, 관보, 3면 잡보, 4면 잡보, 광고 등으로 논설의 비중이 점차 늘어나
게 된다.

19세기말에 간행된 이들 신문들은 대체로 유사한 형태를 취하고 있는
바, 공통되는 가장 뚜렷한 특성은 논설의 절대적 비중이다. 대체로 논설
의 비중은 신문 전체의 절반 가량을 차지하고 있는 상황을 고려하면, 이
들 신문에서 논설의 위상이 지금과 같지 않음을 금방 확인할 수 있다. 이
러한 사정은 이들 신문들의 논설에 서사적 특성을 보유한 글들이 실리게
되는 조건을 이룬다.[12] 곧 개화기 신문의 기본적 목적은 일반 대중들의
계몽의 수단인바, 이러한 목적을 달성하기 위해서는 대중적 접근이 가능
한 서사적 형식의 글이 요구되며 이러한 형식이 현실화될 수 있는 조건
은 서사의 분량을 감당할 수 있는 기본적인 공간의 확보라고 할 수 있다.
이러한 맥락에서 이들 신문의 잡보란의 경우에도, 기사의 분량이 긴 것
은 일반적으로 서사적 형태를 취하고 있는 것을 볼 수 있다.

---

12) 정선태의 언급처럼 논설이 미완성의 형식이고 그 때문에 미분화된 다양한 성격의 글들
을 끌어안을 수 있었고, 그래서 이야기 형식이 차용될 수 있었다고 보는 것에는 큰 무
리가 없다. 문제는 이 이야기 형식을 '문학적' 서사라고 규정하는 곳에 놓여 있다. 과연
이러한 판단의 근거는 무엇인가? 그가 비교의 대상으로 전제하고 있는「의산문답」이나
「동호문답」에 문학적 성격을 부여하는 것은 근대적인 문학에 다름 아니며, 개화기 신문
논설의 서사를 '문학적' 서사로 규정하는 것 역시 그러하다. 그런 의미에서 보면, 한국
문학의 연속성은 실제로 존재하는 사실들의 관계 속에서 발견된 것이 아니라, 근대 문
학이라는 목적을 전제하고 이를 이전 시기에 투사하는 연속성의 사유에서 이미 작동하
고 있는 것이라고 할 수 있다. 말하자면 연속성은 바라보는 대상이 보유한 성격이 아
니라, 그 대상을 바라보는 시선 속에 이미 내재해 있는 셈이다. "근대적 제도로서의 문
학이 그 독립적인 영역을 확보하지 못한 미분화의 상태에서 서사문학은 논설란을 빌어
명맥을 이어가면서 그 가능성을 실험했다고 할 수 있을 것"(정선태,『개화기 신문 논설
의 서사 수용 양상』, 소명출판, 1999. 191쪽)이라는 결론은 이러한 전도된 시선의 산물
이 아닐까.

●강화 수는 죠경터가 흔 친구의게 밧을 돈 일쳔오빅량이 잇눈디 그 보인 김병비를 제 집으로 유인ᄒ야 무슈히 구타ᄒ며 ᄉ십여일을 가두고 오륙년 변리를 회계ᄒ여 구쳔여량을 니라고 무수히 곤욕을 뵈이미 김병비가 관변으로 일쳔팔빅량을 주마ᄒ고 이걸ᄒ되 듯지 아니ᄒ고 더욱 힝픽ᄒ미 홀수업셔 본관에 졍소훈즉 강화부윤 리희챵씨가 셔울 올나와 잇다가 졔사 흥기를 죠가가 사사로이 ᄉ룸을 구류ᄒ눈 픠습이 가통ᄒ니 사실ᄒ야 보ᄒ라고 향쟝과 형리를 막이눈지라 그 졔사를 도부ᄒ엿더니 소위 향쟝과 형리비가 보고 심상히 넉여 거힝ᄒ지 아니ᄒ미 다시 졍소ᄒ엿더니 졔사 흥기를 죠가에 픠습이 갈스록 더욱 심ᄒ니 잡아 가두라고 쏘 향쟝과 형리를 막이되 여젼히 거힝ᄒ지 아니ᄒ다가 급기 부윤이 환관훈 후 지판할 시 부윤이 분부ᄒ기를 너의 젼량밧고 아니 밧눈 것은 자의로 사화 죠쳐ᄒ되 죠가의 사문 결박하고 힝픽훈 죄눈 용셔치 못ᄒ리니 갓쳐잇스라 ᄒ더니 그 잇흔날 죠가눈 즉시 방송ᄒ고 김병비를 착슈ᄒ고 돈 슘쳔 이빅 오십량을 밧치라고 독촉ᄒ니 죠가에 셰력으로 관제를 두번이나 붓치되 시힝이 못 되고 급기 지판홀 쩌에도 쳐음에눈 공평이 죠쳐 ᄒ려다가 필경에눈 경계 없시 돈을 만이 갑ᄒ라ᄒ니 억울하다고 김병비의 슘쵼이 고등 지판소에 소지 흔다더라

위의 인용문은『뎨국신문』제2호인 1898년 8월 11일 잡보란의 맨 끝에 실려 있는 기사이다. 다른 신문들도 대체로 그러하거니와, 잡보란의 전반부에 정치적인 사건 중심의 짧은 기사가 실려 있다면, 후반부로 갈수록 기사의 분량이 길어지면서 그 내용 또한 민사 관계 중심의 사건들이 서사적 형태로 제시되어 있는 것을 발견할 수 있다.

『황성신문』의 경우는 이 시기의 다른 신문들에 비해 활자가 작고 하위 영역의 분화가 세부적이며 그에 따라 잡보란의 독립성과 그 비중이 상대적으로 큰 것이 특징이다. 1898년 9월 5일자 창간호의 경우, 1면 논설과 관보, 2면 사설과 잡보, 3면 잡보, 4면 외국통신, 전보, 광고 등으로 구성되어 있어 잡보의 비중(2면 2단부터 3면까지)은 전체 기사의 절반 가량에 해당된다. 아래의 인용문은 각각 『황성신문』 창간호에 실려 있는 잡보란의 전반부와 후반부의 기사이다.

　(A)　(日相遲行)　日本伊藤侯爵이去月三月十日에離發ㅎ는軒盖가미우忽忽ㅎ더니于今仁港에留ㅎ야出帆치못ㅎ엿다니무숨事故가有ㅎ지船便이無ㅎ지其仔細홈은아즉知치못ㅎ깃노라

　(B)　(得債爲官)　평양 진위더 참위 김치영이가 제 지조업시 늠의 지조를 사가지고 ᄉ관이 된말은 본샤에셔 임의 긔지 ᄒ엿거니와 그 전후 리력을 ᄌ셰히 드른즉 김씨가 작년 삼월에 윤길션의 돈을 빗 엇어 가지고 셔울 올나와셔 모쳐에 밧치고 청ᄒ여 참위를 도독ᄒ여 가지고 ᄂ려가 ᄉ관을 ᄃ니는더 윤길션이가 그 빗을 밧으려ᄒ즉 김씨ᄂ 본리 오입ᄌ데라 갑흘돈이 업고 그 빅부 김박천의게 물니려 ᄒ니 그 빅부가 엇지 갑기를 됴화ᄒ리오 김씨의 힝실 괴악ᄒ거슨 이무가론이얼니와 윤씨로 론ᄒ여도 당초에 년소ᄒ 외입자데을 빗 주ᄂ 일이 엇지 온당 ᄒ리오 ᄉ관이라 ᄒᄂ거슨 기예를 잘 비화 가지고 병뎡을 거ᄂ려 민국을 보호 ᄒ쟈ᄂ 거신더 오입ᄌ데가 돈을 가지고 ᄉ관을 도독ᄒ야 오입으로 ᄉ무를 삼으니 빅셩이 엇더케 보호을 닙으리오 ᄒ고 본샤에 편지가 왓기로 긔지ᄒ노라

　같은 신문의 같은 일자 잡보란에 실려 있음에도 불구하고 (A)와 (B)의 두 기사는 그 형식과 내용의 특성이 매우 다르다. 우선 (A)는 국한문혼용의 문체로 되어 있는데 이는 『황성신문』이 국한문혼용체를 기본으로 하고 있다는 사실에 근거한다. 반면 (B)는 신문의 다른 부분과는 달리 순한글체로 되어 있으며 띄어쓰기까지 되어 있다. 한편 (A)는 '～ᄒ엿다니'라는 어미에서 볼 수 있는 것처럼 취재한 사실에 근거한 것이라고 보기에는 무리가 있고 더구나 그 자세한 사정을 알 수 없다고 기록하고 있어 오늘날의 신문기사와는 뚜렷하게 구분된다. 그럼에도 불구하고 이 내용은 당시 신문의 일반적인 잡보 기사를 기준으로 하면 그다지 낯선 것은 아니다. (A)가 사실 기술체를 취하고 있음에 비해 (B)는 기사 내용을 서사화하고 있다는 점에서 차이를 발견할 수 있다. 이미 보도한 기사[13]에 자세한 전후 사정을 덧붙이는 형식으로 되어 있는 이 대목에는 피의자 김

---

13) 이 기사가 실린 것이 『황성신문』의 창간호이지만, 『황성신문』은 주2회 간행되던 「대한황성신문」의 판권을 인수하여 일간의 형태로 변경하여 창간된 것이므로 이 사실의 보도는 「대한황성신문」에 실렸던 것임을 추측해 볼 수 있다.

치영을 중심으로 채권자 윤길선과 피의자 김치영의 백부 김박천 사이에 일어난 사건을 기술하는 한편, 사건에 대한 기사 작성자의 의견을 덧붙임으로써 서사의 형식을 취하고 있다.

말하자면『황성신문』의 경우 잡보란의 기사는 하나의 통일된 기술 형식으로 고정되어 있지 않으며 그 가운데 일부는 서사적 형식을 취하고 있고 이러한 구분은 문체와 띄어쓰기 등의 형태적 측면에서도 발견되고 있다. 곧『황성신문』잡보란은 기사와 서사 사이에 폭넓게 걸쳐져 있는 한편, 그 가운데에서도 서사적 특성을 보유한 기사들은 다른 영역들과 형식적으로 구분되는 양상을 보이고 있는 것이다. 이로 보면, 저널리즘의 대중적 속성을 반영하는 서사체 지향성은 신문의 종류와 무관하게 그 속에 잠재되어 있으며, 다만 신문 내에서 담론 양식와 배치와 그 비중에 따라 현실화의 양상이 다르게 드러나고 있다고 할 수 있을 것이다.

한편 일본인에 의해 경영된『한성신보』(1894)의 경우는 4면 가운데 1면은 일본문 기사로, 또다른 1면은 광고로 되어 있어, 나머지 2면이 한글 기사인데, 논설이 거의 실리지 않고 단편적인 관보초록을 제외하면 잡보의 비중이 절대적이다. 더구나『한성신보』는 이 시기의 다른 신문들이 2단 혹은 3단 조판의 형태였음에 비해 6단 조판의 형태로 되어 있어 잡보 자체의 기사량은 다른 신문들에 비해 월등하다. 이렇게 본다면, 개화기 초기의 신문 가운데서 다른 신문이 아닌『한성신보』의 잡보란에서 처음으로 서사물이 발견된다는 사실은 결코 우연이 아니다. 이들 서사는 대부분 연재물의 형식으로 되어 있다는 점에서 다른 잡보 기사들과 형식적으로 구분되고 있다. 이러한 구분은 「孀婦冤死害貞男」(1897. 1. 12~16)부터는 '소설'란으로 독립되면서 더욱 뚜렷하게 되기에 이른다. 물론 '소설'란으로 분류된 이들 서사가 그렇지 않은 서사들과 어떻게 내용상에서 구별되는가를 살펴보는 일도 의미가 있지만, 이에 앞서 고찰되어야 할 것은 신문 내에서 이들 서사의 영역이 차지하고 있는 위상과 그것의 변화 양상이라고 할 수 있다.

이상에서 살펴본 바와 같이, 개화기 초기 신문에서 논설이나 잡보는 신문의 일부분이 아니라 신문 그 자체인 것이다. 이처럼 채워야 할 영역이 큰 부분에 서사들이 끼어들고 있다. 이 영역에는 계몽적 이념을 담고 있는 서사들만 있는 것은 아니다. 형식뿐만 아니라 내용까지 구소설적인 유희성 중심의 서사들이 태반이며 논설에 실린 서사의 경우에도 거기에서 교훈적인 덕목을 이끌어내고 있기는 하나 한갓 옛날 이야기에 지나지 않는 것이 적지 않다. 이렇게 보면 개화기 신문에 실린 서사들 가운데 계몽적 이념을 담고 있는 서사는 일부분에 지나지 않는다. 이러한 사태는 이미 성립된 근대 소설의 관점에서 바라보면 한심한 일일지도 모르나, 일반 독자를 상대로 하는 당대 저널리즘의 관점에서 보면 그 속성에 그대로 부합하는 것이다. 말하자면 신문이라는 '제도'가 담론의 생산과 배치, 그리고 그 성격을 규정하고 있는 형국이라 할 것이다. 이러한 의미에서 이들 서사는 완결된 형태에서 본 결여태가 아니라, 그 자체의 역사적 존재방식을 지니고 있는 당대 담론 체계의 일부라고 할 것이다.

그렇기 때문에 한 신문 내의 서사들이 내용이나 형식에서 반드시 근대 소설을 향해 발전해 나가는 양상을 보이고 있는 것은 아니다. 『한성신보』의 경우 「조부인전」(1896. 5. 19~7. 10)에 이어, 전통적 지식인이었던 신진사가 일본에 다녀온 후 귀국하여 이학사에게 문명의 이념을 설득하는 형식의 「신진사문답기」(1896. 7. 12~8. 27)가 등장하지만, 그 이후에 실린 「기문전」 「곽어사전」 「이소저전」 「성세기몽」 등등에서는 그와 같은 계몽적 이념의 요소를 전혀 찾아볼 수 없다. 이러한 사태는 이후의 신문들에서도 같은 양상으로 드러나고 있다. 가령 『대한일보』의 경우 「龍含玉」(1906. 2. 23~4. 3)은 「一念紅」(1906. 1. 23~2. 18)보다 후에 발표된 작품이다. 「일념홍」이 구소설적인 구성과 서술에도 불구하고 근대 문명의 소개와 개화기 시대의식을 제시하고 있는 것에 비해, 「용함옥」은 주제, 구성, 서술, 표기 등으로 면에서 구소설의 전형적인 유형이라고 할 수 있다. 그렇기 때문에 「용함옥」이 「일념홍」에 비해 후에 발표된 작품임에도 불구하고, "시대적인 감각이나 사상성 등에서 훨씬 뒤지고 있음은 이해가 가지 않는다"14)는 지적이 나오는 것도 무리가 아니다. 그러나 이들 서사가 근대 소설 성립의 도구들로 기획된 것이 아니라 저널리즘의 일부를 이루고 있는 영역임을 상기한다면, 이러한 사정 또한 크게 부자연스러운 것은 아니다.

문체의 경우도 같은 맥락에서 살펴볼 수 있다. 김영민은 '서사적 논설'들이 산문체 한글 문장으로 되어 있다는 점에서 근대적 문장이나 아직 언문일치를 이루지 못했다는 점에서 전근대적인 문장이라고 지적하고 있다.[15] 그러나 한문, 국한문, 국문을 동시에 사용하다가 호를 거듭할수록 국문기사를 줄여나간 『한성주보』(1886)의 경우나 국문체에서 국한문체로 변경한 『대한매일신보』(1904)의 경우, 그리고 국한문체로 출발한 『대한민보』(1909)의 경우를 생각해 보면, 문체 선택의 문제는 그리 간단하지 않다고 할 것이다.[16] 이 또한 근본적으로는 서사 자체가 보유한 자질이라기보다 저널리즘적 속성에 닿아 있는 것이라고 볼 수 있기 때문이다. 산문체의 문제도 그러하다. 가령 『뎨국신문』(1898~1910)에 실려 있는 개화기 서사의 문체가 일부를 제외하고는 모두 문어체이며, 이러한 문체와 표기법의 특성이 신문기사의 그것과 구별되지 않는다는 지적[17]이 있고 보면, 이 또한 개화기 서사들의 기사적 성격을 보여주는 일면이라고 할 수 있을 것이다. 요컨대 개화기 서사들은 그 매체인 신문과 분리되지 않으며, 그러므로 이 경우 신문은 개화기 서사의 등장 요인이라는 차원이 아니라, 개화기 서사의 본질 그 자체에 맞닿아 있는 것이다.

---

14) 한원영, 『한국개화기 신문연재소설연구』, 일지사, 1990. 276쪽.
15) 김영민, *Op. cit.*, 42~43쪽.
16) 김윤식, 『한국근대문학양식논고』, 아세아문화사, 1980. 88~192쪽 참조.
17) 한원영, *Op. cit.*, 146쪽.

3. 개화기 서사에서 '소설' 개념의 위상

앞서 살펴본 바와 같이, 『한성신보』의 경우 처음에는 잡보의 기사들과 구별되지 않는 형식으로 잡보란 속에 서사들이 배치되다가, 어느 시점 이후 소설이라는 항목으로 잡보란 내에서 다른 기사들과 구분되는 형태로 전환됨을 볼 수 있다. 「孀婦冤死害貞男」(1897. 1. 12~16) 이후 그러한 양상이 나타나고 있다. 그러나 이러한 표지는 별다른 의미를 부여받지 못했는데, 그러한 표지가 서사의 형태와 특별한 관련을 보여주지 못하고 있기 때문이다. "이 둘은 표제의 옆에 소설이란 표시를 했느냐 안했느냐만이 다를 뿐 구성이나 양상은 조금도 다를 바 없다. 까닭에 이것은 같은 소설로 취급하여 무리가 아닐 줄 안다",[18] 혹은 "비실명 소설들에 소설이라는 양식 표기가 있는가 없는가 하는 사실은 그러한 작품의 양식적 특색을 확정짓는 일과 별반 관계가 없다"[19]는 지적들은 이와 같은 맥락에서 나온 것이다.

'소설'이라는 명칭이 서사에 별다른 영향을 주지 못하였다는 사실은 이 시기까지 여전히 '소설'이라는 개념이 정착되고 있지 않았음을 보여주는 것이라 하겠다. 이러한 사정은 『대한매일신보』(1904)에 이르러서도 크게 변화하지 않고 있다. 그럼에도 불구하고 이 지점에 이르러, 이전에 논설과 잡보란에 분산되어 있던 서사들이 신문 전체의 구조 내부에서 고정적인 위치를 점하게 되고, 연재물의 형태를 띠면서 서사적 특성이 강화되고 있다는 사실은 중요한 의미를 지닌다.

『대한매일신보』의 경우, 『한성신보』나 『대한일보』와 달리 일본인 경영의 신문이 아니라 민족지라는 점에서 그들과 논의의 범주를 달리 하는 측면 또한 존재한다. 말하자면 『독립신문』, 『황성신문』, 『미일신문』, 초

---

18) 한원영, *Op. cit.*, 228쪽.
19) 김영민, *Op. cit.*, 56쪽.

기의『뎨국신문』등의 19세기말의 신문들과는 다른 특성과 상황을『대한매일신보』를 비롯한 1900년대 중반의 신문들에서 발견할 수 있는 것이다. 우선은 조판 형태나 활자 크기에서『대한매일신보』는 이전의 민족지들과 크게 다른 면모를 보여주고 있는바, 이전의 신문들이 2단 혹은 3단 조판의 형태를 취하고 있었던 것에 반해,『대한매일신보』는 6단 조판의 형태를 취하고 있기에 기사량이 월등히 많으며 신문 내의 각 영역의 분화도 이전 신문들에 비해 세부적이다. 그리고 잡보란의 마지막 부분에는 서사물이 연재되어 있는바, 이 공간은 이전 신문의 잡보란에서 서사적인 기사가 위치하고 있었던 지점이다. 바로 이 공간에 「쇼경과 안즘방이 문답」(1905. 11. 17~12. 13), 「이티리국 아마치전」(1905. 12. 14~21), 「향로방문의싱이라」(1905. 12. 21~1906. 2. 2), 「거부오해」(1906. 2. 20~3. 7) 등의 계몽적 서사들이 실려 있다.

(A) 대한매일신보에는 「향로방문의싱이라」, 「쇼경과안즘방이문답」, 「이티리국아마치젼」, 「청루의녀젼」, 「거부오희」, 「수군제일위인이순신」, 「동국거걸최도통」, 「세계역사」 등의 소설이 연재되어 있다. 이들 소설은 모두가 소설란이 고정 설정되어 연재되었으나, 동 신문 야승란에 연재된 「격선여경녹」이나 「서강월」 같은 것은 비록 야승란에 실리기는 하였으나 구성이나 서술 등이 현대소설이나 신소설까지는 미치지 못하나마 소설 범위에 넣어 마땅하다고 본다.[20]

(B) 「대한매일신보」에 게재된 소설은 우선 그 성격도 두 가지로 분류될 수 있다. 명목에 있어서 '소설'이라는 표지가 분명히 붙어 있는 작품과 그렇지 않은 작품이 그것이다. 전자에 해당하는 작품에는 「청루의녀젼」과 「거부오해」가 있으며, 후자에 해당하는 작품은 「쇼경과 안즘방이 문답」, 「이티리국 아마치젼」, 「향노방문의생이라」 등이다.
그러나 이들 작품이 그 내용적 성격 자체에 있어서는 표지의 유무에 불구하고 별차가 없이 대동소이하며, 또한 모두가 무서명소설이란 점에서 공통성을 갖고 있는 것이다.[21]

---

20) 한원영, *Op. cit.*, 92쪽.
21) 이재선, 『한국개화기소설연구』, 일조각, 1972. 56~57쪽.

우선 (A)에서는 『대한매일신보』에 「향로방문의싱이라」, 「쇼경과안즘방이문답」, 「이티리국아마치젼」, 「청루의녀젼」, 「거부오희」, 「수군제일위인이순신」, 「동국거걸최도통」, 「세계역사」 등이 소설란에 고정 설정되어 연재되었다고 하고 있으나, 이는 사실과 다르다. 「쇼경과안즘방이문답」, 「이티리국아마치젼」, 「향로방문의싱이라」 등은 소설란이 아니라 잡보란의 후반부에 실려 있기 때문이다. 한편 (A)에서는 「적선여경록」이나 「서강월」이 야승란에 실려 있고, 또 구성이나 서술이 현대소설이나 신소설에 미치지 못하지만, 그래도 소설 범주에 넣어야 한다고 주장하고 있다. 적어도 글의 표면에는 소설로 분류해야 할 근거는 없다. 이 경우 이러한 주장의 보이지 않는 근거는 이 두 글이 어느 정도 완전한 서사 형태를 갖추고 있다는 사실에서 비롯된다. 그러나 이 두 작품은 계몽 혹은 news의 요소를 구비하고 있지 않다. 그래서 '야승'란에 실려 있는 것이기도 하다.

(B)에서 소설이라는 표지의 유무는 그 장르적 성격에 영향을 미치지 못하는 것으로 분석되고 있다. 소설이라는 표지가 붙어 있는 것은 엄밀히 말하면 「청루의녀젼」 하나라고 할 수 있다.(「거부오해」의 경우, 연재 첫 회에는 소설이라는 표지가 나오지만, 2회부터는 나오지 않는다.) 「청루의녀젼」 또한 계몽 혹은 news의 요소를 전혀 갖추고 있지 않다. 이렇게 보면, 『대한매일신보』에 실려 있는 서사들의 경우 '소설'이라는 명칭은 장르적 성격에 영향을 미치지 못한다기보다 오히려 이전 시대의 서사양식에 붙여진 명칭이라고 봐야 되지 않을까. 나머지 것들은 모두 '잡보란'에 실려 있는 것으로, 경우에 따라 몽유록, 대화체, 전(傳) 형식 등으로 상이하지만, 실제 경험적 요소를 반영하고 있는 시사적 사실에 의존하고 있다는 점에서 '신문/소설'22)의 성격을 공통적으로 지니고 있다. 잡보란

---

22) 이 글에서 사용하는 '신문/소설'은 '신문소설'과 구분된다. '신문소설'이 정치, 경제, 사회, 문화 등의 범주의 배치와 분화의 체계 속의 한 영역이기에 소설 장르의 자율화를 전제로 한 것이라고 한다면, '신문/소설'은 그와 같은 범주가 분화되지 않은 상태에 대응되는 개념이다. 곧 '신문소설'이 소설이 실린 매체에 의거한 분류법의 산물이라면, '신문/소설'은 서사의 성격과 관련된 양식 개념이라 할 것이다.

의 경우, 여러 가지 형태의 항목들이 뒤섞여 있지만, 그 배열의 순서는 대체로 역사 그 자체가 가장 우선이고 허구적인 성격이 강화될수록 뒷부분에 배치되는 것을 볼 수 있다. 그리고 현재가 앞이고 과거 역사는 뒤이다. 그리하여 위의 '신문/소설'은 거의 잡보란의 가장 뒤에 배치되어 있다. 이러한 원리에 의거하여, 「파란말년사」와 「향긱담화」가 같은 일자에 실릴 경우, 말할 것도 없이 「파란말년사」 뒤에 「향긱담화」가 배치된다. 「陋俗當禁」과 「파란말년사」의 경우 「누속당금」이 앞이고 「파란말년사」가 뒤이다. 함께 개화기 서사로 분류되고 있는 「의티리국아마치젼」과 「향로방문의싱이라」의 경우 「의티리국아마치젼」이 「향로방문의싱이라」에 앞선다.(1905년 12월 21일자)

이와 같은 원리가 영향을 미친 결과로, 『대한매일신보』의 서사 형식의 글들은 현재의 사건을 소설적 대상으로 설정하기 곤란하게 되어 있다. 잡보의 영역이 사실과 허구의 스펙트럼으로 되어 있으며, 개화기 서사들이 존재하는 영역은 허구적 극단에 치우쳐 있기 때문이다.

한편 이 영역이 잡보의 다른 영역과 구분되는 것은 문체적 특징에서도 찾을 수 있다. 곧 서사적 담론을 제외한 잡보의 대부분이 국한문혼용체로 되어 있는 것에 비해, 서사적 영역은 순한글체로 되어 있다는 점이 그것이다. 「山人說夢」(采藥翁)과 「夢登天門」(吁噓子)이 잡보의 앞부분에 실려 있으며 국한문혼용체로 되어 있는 점에서 본다면, 이들은 『대한매일신보』에 실린 다른 서사들과는 성격이 다르다고 할 것이다. 이러한 맥락에서 보면, 같은 역사적 담론이라도 국한문혼용체로 된 「파란말년사」와 순한글체로 된 「의티리국아마치젼」은 구별될 것이다. 말하자면, 이전 시기 신문들에 비해 『대한매일신보』에는 담론들의 배치가 세부화되어 있는바, 이는 『대한매일신보』가 앞선 시기의 신문들과 같이 4면 체제로 되어 있으나, 활자의 크기가 훨씬 줄어든 까닭에 6단으로 편집되었기에 월등히 많은 분량의 기사를 실을 수 있게 된 기술적인 측면과 무관하지 않다. 말하자면 신문 담론의 분화와 배치는 직접적으로는 인쇄 매체라는 기술적 차원의 발전과, 더 나아가서는 교통과 유통망의 발전을 조건으로

하는 근대적 저널리즘의 제도적 차원의 발전과 병행한다고 할 수 있다.

이들『대한매일신보』의 잡보란에 실린 서사들은 이전 시기의 논설란보다는 기사적 성격에서 멀어졌으나 여전히 기사의 속성을 강하게 지니고 있다. 이 경우 서사의 장르적 성격을 잡보라는 범주 자체가 말해주고 있다. 그것은 잡보일 따름이지 (아직은) 소설이 아닌 것이다. 잡보 내에는 다양한 형태가 존재하며 그 한 쪽 끝에 novel의 요소를 내포한 이데올로기 표현 형태가 존재한다. 이와 같은 담론 형식을 '신문/소설'이라 부를 수 있다면, 이 결합의 두 축이 각각의 방향으로 그 본질을 전개시켜 나가는 것이 그 이후의 과정이 될 터이다. 바로 이 지점에서 소설란은 잡보란으로부터 벗어나 신문 내에서 다른 영역과 구분되는 독립적인 위치를 점유하기에 이른다.

4. 개화기 서사의 장르적 성격

논설란이나 잡보란에서 서사가 분리되어 신문 내부에서 독립적인 소설란이 마련되는 것은 1906년 이후이다.『뎨국신문』과『만세보』『대한민보』의 경우에서 그 사례를 발견할 수 있다. 그 이전에도 물론 '소설'이라는 명칭을 달고 있는 서사들이 생산되었지만, 이 경우에는 여전히 잡보란의 한 부분으로 존재하고 있었다는 점에서 구분된다.

소설란이 잡보란으로부터 독립되었다고는 하나, 그럼에도 불구하고 그것이 저널리즘의 영향으로부터 벗어났다는 의미는 아니다. 개화기 신문 서사는 그 내용이나 형식의 차원에서뿐만 아니라 신문이라는 매체로부터 독립된 것이 아니라는 점에서 여전히 자율성을 얻지 못하고 있다. 이들 서사에서 내용이나 형식상의 변화는 그 매체로부터의 자율화 여부에 결정적으로 좌우되고 있다고 해야 할 것이다. 근대 소설의 기원의 문제는 구소설로부터의 탈피 여부의 문제가 아니라, 근본적으로 이러한 저 널리즘에 종속된 담론이 그 자체의 자율성을 획득해 나가는 문제라고 할 것이다. 이는 신문을 비롯한 사회의 전체 담론의 분화와 배치에 의거하 고 있다.[23]

개화기 신문 서사들은 사실과 허구의 양극 사이에 여러 가지 형태로 분화되어 있다. 이렇듯 수평적으로 분열되어 있는 사실/허구의 관계가 하 나의 작품 속에서 수직적 관련하에 들어오기 시작하면서 '신문/소설'로 부터의 탈피가 비롯된다고 할 수 있을 것이다. 그 초기 단계의 소설에서 도 여전히 '신문/소설'적 성격의 흔적이 드리워져 있는바, 그것은 사실과 허구의 착종 양상으로 드러나고 있다. 가령 백악춘사 장응진의 「다정다 한」은 '寫實小說'이라는 표지를 달고 있는바, 이러한 사실에 대한 강조는 역설적으로 텍스트의 허구성과 결합되어 있는 양상으로 드러나 있다.[24]

(A) 근일에 저술한 「박정화」「화세계」「월하가인」 등 수삼종 소설은 모두 현금에 있는 사람의 실지 사적이라 독자제군이 신기히 여기는 고평을 이미 많 이 얻었거니와 이제 또 그와 같은 현금 사람의 실적으로 『화의 혈』이라는 소 설을 새로 저술할 새 허언낭설은 한 구절도 기록치 아니하고 정녕히 있는 일 동 일정을 일호 차착 없이 편집하노니……[25]

(B) (作者曰) 此篇은 事實을 敷衍한 것이니 맛당히 長篇이 될 材料로더 學報 에 揭載키 爲ᄒ야 梗槪만 書ᄒ 것이니 讀者 諸氏는 諒察하시읍[26]

---

23) 또한 서사가 신문이라는 매체로부터 분리되어 자율성을 획득하는 과정은 근대적인 작 가 개념의 성립과 병행한다. 1910년에 이르기까지 개화기 신문 서사에 실명으로 밝혀 진 것이 「만세보」에 실린 「소설 단편」과 「혈의 누」의 이인직뿐이며 필명으로 서명된 몇 편의 작품들을 제외하면 전부 무서명소설임을 고려하면, 개화기 신문 서사의 필자는 전문적 작가가 아닌 기자라고 할 수 있을 것이다. 좀더 넓게 보면, 이러한 사정은 필자 를 확인할 수 있는 「만세보」의 이인직이나 「대한매일신보」의 신채호의 경우도 마찬가지 라고 할 것이다.
24) 「다정다한」이 실제의 인물과 사건에 기초하고 있다는 사실에 대해서는 김윤재, 「백악춘 사 장응진 연구」, 「민족문학사연구」 제12호, 1998. 참조.
25) 이해조, 「화의 혈」, 五車書廠, 1912. 1쪽.
26) 孤舟, 「無情」, 「大韓興學報」 12호, 1910. 4, 53쪽.

　(A)와 (B)는 각각 이해조의『화의 혈』서문의 일부와 이광수의 단편「무정」의 부기이다. 텍스트의 실제 사실에 대한 이와 같은 모호한 태도는 '신문/소설' 담론이 분화되어 가는 과정에서 그에 합당한 새로운 사실/허구의 관련을 마련하지 못하는 상황을 보여주고 있다. 사실/허구의 관계 문제는 신문 담론에서 출발한 근대 소설이 그 성립의 과정에서 반드시 해결하지 않으면 안 되는 과제로 등장하고 있는 것이다.

　근대 소설은 언문일치의 문체를 조건으로 한다. 여기에서 언문일치는 개별적인 음성이 균질적이고 보편적인 언어로 말해질 수 있는 초월적인 현전성의 획득을 의미한다. 그것은 텍스트에 담긴 현실이 그것을 읽는 독자의 읽기 행위 속에서 투명하게 현전되는(정확히는 현전된다고 생각할 수 있는) 보편적인 '음성'을 창출하는 기제이며, 이러한 기제의 획득을 통해 소설의 리얼리티가 발생하는 토대가 마련된다는 점에 언문일치 성립의 의의가 있다.[27] 이렇게 본다면, '신문/소설'의 단계에서는 언문일치에 의한 현전성의 획득이 보장되지 않는 상황 속에서 그 초기에는 논설이나 잡보란의 대화체, 우화, 몽유록, 전(傳) 양식 등의 이전 시대 서사 형식에 내재된 계몽의 음성이, 그리고 그 후기에는 '사실'로서의 사건에 대한 강조가 현전성을 대체하고 있는 형국이라고 할 수 있을 것이다.

　그런가 하면 '신문/소설'에서 기사적(news) 요소의 제거만으로 소설(novel)이 완성되는 것은 아니다. 그럴 경우 통속적인 이야기로 전락하고 만다. 문제는 '신문/소설'에 내재된 계몽과 서사 사이의 긴장, 사실과 허구 사이의 긴장을 지양하는 것이다. 하지만 이러한 과제는 앞선 단계에 곧이어 즉각적으로 해결되고 있지는 않다. 서사가 잡보란으로부터 분리되어 독립적인 소설란을 마련한 이후, 가령 1909년에서 1910년 사이『대한민보』에 실려 있는 서사들의 경우「혈의 누」의 성취를 계승하거나 발전시키고 있는 양상은 전혀 발견할 수 없다.

　'신문/소설'이 그 자체에 내포된 계몽과 서사, 사실과 허구 사이의 긴

---

27) 언문일치 문제에 대해서는, 李孝德, 박성관 역,『표상공간의 근대』, 소명출판, 2002. 89~139쪽 참조.

장을 지양하는 데 실패한 대표적인 사례로 1910년대 활자본 구소설, 통속적 신소설류들을 들 수 있다. 이들이 양적으로 한 시기를 지배했음에도 불구하고 근대 소설 장르 성립에 대한 기여가 극히 미미한 것은 이 때문이다. 정(情)의 자율성에 근거한 1910년대 신지식층의 '계몽의 기획'이 새로운 문학적 패러다임으로 등장하게 되는 것 또한 이러한 맥락에서 설명될 수 있을 것이다.

그 결과 근대적 의미의 소설과 통속적인 이야기의 두 극이 형성하는 여러 양상의 스펙트럼 속에 이 시기 서사가 놓이게 되며, 이는 1910년대 서사적 상황을 형성하고 있다. 물론 이 양극의 길항 관계는 서사의 주체 속에서도 작용하고 있는바, 1910년대의 문학적 주체들이 구소설적 형식과 근대 소설의 실험적 형식 사이를 왕복하고 있는 상황 또한 이러한 사정과 관련된다. 전시대의 이야기 양식으로부터 벗어나 있기는 하지만 그럼에도 불구하고 1910년대 신지식층이 추구해온 문학적 기획과도 일치하지 않는 이광수의 장편「무정」또한 이 스텍트럼 위의 한 지점을 선택한 것이라고 해야 할 것이다.

주제어 : 장르, 신문/소설, 언문일치, 자율성

◆ 참고문헌

1. 신문 및 잡지

『대한매일신보』『대한민보』『대한일보』『뎨국신문』『독립신문』『만세보』『미일신문』『신한민보』『한성순보』『한성신보』『한성주보』『협성회회보』『황성신문』『기호흥학회월보』『대한유학생회보』『대한자강월보』『대한흥학보』『서북학회월보』『장학월보』『태극학보』

2. 논문 및 저서

김영민, 『한국근대소설사』, 솔, 1997.

김윤식, 『한국근대문학양식논고』, 아세아문화사, 1980.

김윤재, 「백악춘사 장응진 연구」, 『민족문학사연구』 제12호, 1998. 179~202쪽.

송민호, 『한국 개화기소설의 사적 연구』, 일지사, 1975.

이재선, 『한국개화기소설연구』, 일조각, 1972.

정선태, 『개화기 신문 논설의 서사 수용 양상』, 소명출판, 1999.

한원영, 『한국 개화기 신문연재소설 연구』, 일지사, 1990.

中村光夫, 『明治文學史』, 筑摩書房, 1963.

本田康雄, 『新聞小説の誕生』, 平凡社, 1998.

李孝德, 박성관 역, 『표상공간의 근대』, 소명출판, 2002.

Davis, L. J., *Factual Fictions: The Origins of the English Novel*, University of Pennsylvania Press, 1996.

◆ 국문초록

　개화기 서사의 장르적 성격을 드러내기 위해서는 그 서사들에 접근하는 시선 속에 내재된 현재의 장르(소설)에 대한 관념을 우선 괄호 속에 넣지 않으면 안 되는, 일종의 방법적인 인식론적 단절이 요구된다. 현재의 소설이라는 관념을 벗어나서 개화기 서사의 구체적 존재방식을 살펴보면, 개화기 서사의 내용이나 형식상의 변화는 그 매체로부터의 자율화 여부에 결정적으로 의거하고 있다는 사실을 발견하게 된다. 기사적 성격을 갖는 잡보란 내의 서사들의 담론 형식을 '신문/소설'이라 한다면, 이 단계에서는 언문일치에 의한 현전성 획득이 보장되지 않는 상황 속에서 그 초기에는 대화체, 우화, 몽유록, 전(傳) 양식 등의 이전 시대 서사 형식에 내재된 계몽의 음성이, 그리고 그 후기에는 '사실'로서의 사건에 대한 강조가 현전성을 대체하고 있다. '신문/소설'에 내재된 계몽과 서사 사이의 긴장, 사실과 허구 사이의 긴장이 하나의 작품 속에서 수직적 관련 하에 들어오기 시작하면서 '신문/소설'로부터의 탈피가 비롯된다. 근대 소설의 기원 문제는 구소설로부터의 탈피 여부의 문제가 아니라, 근본적으로는 이러한 저널리즘에 종속된 담론이 그 자체의 자율성을 획득해 나가는 문제이며, 이는 신문을 비롯한 사회 전체 담론의 분화와 배치에 의거하고 있다.

◆ SUMMARY

On Generic Feature of Narratives of Enlightenment Era

Son, Jeong-Soo

To propose the generic feature of narratives of enlightenment era, an epistemological discontinuation should be needed. That is to say, we must suspend our generic notion of modern novel for that work. If we examine the concrete mode of existence of narratives of enlightenment era, getting out of the notion of modern novel of our days, we can confirm that transformation in contents or form of narratives of enlightenment era is based on the autonomy from media.

If we can call narratives of enlightenment era in the general news columns 'news/novel', in this stage the voice of enlightenment in the forms of narratives of fomer ages substitute reality of modern novel. Along the tension between enlightenment and narrativity is sublated, the narratives start escaping from 'news/novel'. At this point, korean modern novel starts its process.

Keywords : genre, news/novel, the unification of the oral and written languages, autonomy

이 논문은 1월 15일 투고되어 소정의 절차를 거쳐 2월 10일 게재 확정되었음.

근대소설과 낭만주의

소 영 현*

I. 머리말

근대문학과 낭만주의의 관계를 논의하는 자리에서 『백조』시대를 하나의 전형으로 떠올리는 것은 상식적인 접근이다. 그러나 문예사조를 염두에 두는 이러한 접근 방식이 낭만주의에 대한 일면적인 접근이라는 문제제기는 백철의 『신문학사조사』(신구문화사, 1980)에서도 이루어진 바있다. 사실 백철에 의해서뿐 아니라 일찍이 임화에 의해서도 낭만주의는 근대문학의 태동기로부터 신경향파 문학으로 이어지는 근대 소설사의 한 흐름으로 지적된 바 있다.[1] 이렇게 본다면 근대문학과 낭만주의의 연관관계에 대한 보다 포괄적인 논의의 필요성은 지속적으로 지적되어왔던 것이기도 하다. 그럼에도 불구하고 낭만주의에 대한 논의에서 여전히 유럽(프랑스나 독일)의 낭만주의 사조가 준거틀이 되고 있는 것도 사실이다. 김윤식·정호웅이 나도향을 중심으로 낭만주의를 언급한다거나, 특

---

* 연세대.

1) 임화, 「조선 신문학사론 서설」(『조선중앙일보』, 1935. 10. 9~11. 13), 『개설 신문학사』(임규찬·한진일 엮음, 한길사, 1993), 315~369쪽 참조.

히 나도향의 문학사적 의의를 낭만주의적 포즈로 규정하는 것 즉 '음악, 문학 등 이른바 예술이 신비하고 성스러운 것이라는 것만을 전면에 내세우는 『백조』파의 본질이 청소년기의 감상주의에 지나지 않는다'고 보는 평가[2] 등은 낭만주의에 대한 논의가 여전히 문예사조의 차원에서 이루어지고 있음을 보여주는 단적인 예라고 하겠다. 길게 언급하지 않더라도 낭만주의를 문예사조의 차원에서 접근하는 방식의 한계는 명백하며, 그러한 방식이 도달할 수 있는 결론은 우리의 낭만주의가 유럽의 그것에 못 미치는 일천한 것이라는 점에 대한 확인일 것이다.

이렇게 본다면 시에 한정된 논의이기는 하지만 김흥규의 논의는 주목할 만한 것이다. 그는 낭만주의를 3·1 운동 이후의 분위기나 실정과 관련된 것으로 보거나 일본에서 성행했던 문예 사조와 관련된 것으로 보는 기존의 관점을 거부하면서 낭만적 상상력을 1920년대의 문학이 보여주는 특질로 규정한다. 그는 1920년대 초기 시적 조류를 낭만적 상상력으로 요약하고 구체적으로 그 특징을 자아와 개성의 강조, 전적(全的) 생명의 갈구, 절대적 세계에의 동경, 죽음의 찬미로 정리하면서, 이러한 특징을 '중산층 유학생 지식인 집단'의 성격과 관련짓는다. 이렇게 본다면 그의 논의가 서구를 전범으로 삼는 문예사조로서의 낭만주의 논의를 극복한 지점에 놓여 있는 것은 분명하다. 그러나 그럼에도 불구하고 낭만적 경향을 문학사에서 특정한 한 세대의 특질로 규정함으로써[3] 그는 근대문학의 형성 과정에서 추동력의 역할을 했던 낭만적 경향의 의미를 극복하거나 지양해야할 특질로 과소평가하는 결론에 이르게 된다. 무엇보다 이러한 논의의 근간에는 한국의 근대문학을 리얼리즘/모더니즘적 경향 등의 구도로 계보화 하고자 하는 의도가 무의식적으로 작용하고 있었던

---

2) 김윤식·정호웅, 『한국소설사』, 예하, 1993, 110~12쪽.
3) 김흥규, 「1920년대 初期詩의 浪漫的 想像力과 그 歷史的 性格」, 『文學과 歷史的 人間』, 창작과비평사, 1980. 구체적으로 살펴보면, 그는 20년대 초기 시가 보여주는 절망과 우울이 식민지적 상황에서의 중산층의 정직성의 산물임을 인정하면서도, 그들의 정직성이 낭만적 도주와 감상의 탐닉으로 이어져, 결국 그들의 낭만적 상상력은 사회적 변혁의 이념으로 이어지지 못했다고 비판한다.

것으로 판단된다.

그런데 서구의 '문학'이나 '소설' 개념을 접하면서 그것을 지향하고 또 저항하면서 정체성을 확보해 나아갔던 한국 근대문학(근대소설)의 특질을 검토하는 자리에서, 특정한 한 시기나 세대 의식 혹은 문학 경향을 계몽/탈계몽의 시대, 리얼리즘/모더니즘적 경향, 근대/반근대 지향 등의 구도로 구획짓는 작업 방식은 서구를 전범으로 삼는 방식과 마찬가지로 한국 근대문학에 대한 풍부한 논의를 방해하는 측면이 적지 않다. 프랑코 모레티가 지적한 바 있듯이, 문학 체제 주변부의 근대문학은 서구적인 것과 지역적인 것 간의 타협compromise의 과정 속에서 등장한다. 그러므로 근대적인 문학이라는 체제 전체를 놓고 본다면, 근대문학은 하나의 전범과 무수히 많은 아류들이 아니라 온갖 변이들 자체로 이루어진 체제인 것이다.[4]

따라서 한국 근대문학의 특질을 검토하는 자리에서 중요한 지점들은 특정 시기 혹은 세대 의식이 어떤 배타적인 특질을 지녔는가를 해명하는 작업에 놓여 있지 않다. 한국 근대문학은 언제나 알게 모르게 뒤섞여 있는 다양한 문학 경향들의 혼용 속에서 존재한다. 그러므로 어떤 경향들이 어떻게, 왜 뒤섞여 있는가를 해명하는 것이 관건이다. 근대문학과 관련해서 낭만주의에 대한 새로운 논의의 필요성이 대두하는 것도 이 때문이다. 예컨대, 계몽의 기획이라는 자장에서 논의되어 왔던 이광수의 문학론과 소설에서 감각 중심의 새로운 인간관을 발견하고 있는 최근의 논의들[5]은 계몽의 기획으로만 포괄할 수 없는 이광수 문학의 특질을 밝혀줌으로써 근대문학의 형성 과정에 대한 보다 풍부한 논의를 가능하게 해준

---

4) Franco Moretti(조형준 옮김), 「세계문학에 대한 몇 가지 단상」, 『세계의 문학』, 1999. 가을, 263쪽.

5) 김우창, 「감각, 이성, 정신-현대 문학의 변증법」, 『한국 문학이란 무엇인가』, 민음사, 1995. : 황종연, 「문학이라는 역어」, 『한국문학과 계몽 담론』, 새미, 1999.: 구인모, 「《學之光》 文學論의 美學主義」, 동국대 석사논문, 1999.: 김행숙, 「근대시 형성기에 있어서의 '감정'의 의미」, 『어문논집』 44권, 2001.: 서영채, 「韓國 近代小說에 나타난 사랑의 樣相과 意味에 관한 硏究」, 서울대 박사논문, 2002.: 김성연, 「한국 근대 문학과 同情의 계보」, 연세대 석사논문, 2002. 등.

다. 이 글에서 밝히고자 하는 바는, 시대정신으로서의 낭만적 정신이 당대 신지식인층 일반에 보편적으로 유포되었던 신문화 건설의 욕망에서 배태되었으며, 그들을 강하게 사로잡았던 신문화 건설의 욕망과 그에 기반한 창조충동이 근대문학의 형성 과정에서 정신적인 지반의 역할을 했다는 점이다. 이 글은 이러한 연구의 시론에 해당한다고 할 수 있는데, 한국 근대문학과 시대정신으로서의 낭만적 정신의 관계에 대한 엄밀한 해명이 이루어진다면 근대문학의 형성과 전개가 안고 있는 '혼종'의 지점들, 그 다양한 결을 포착할 수 있는 시각이 열릴 것이라고 판단된다.

II. 낭만적 정신과 삶의 낭만화 기획

(1) 낭만적 정신의 발생: 신문화 건설의 욕망

근대적인 문학 개념의 수립에 전기를 마련한 글인 이광수의 「文學이란 何오」(1916) 전후로 등장하는 문학에 관한 논의, 특히 재일(在日) 유학생의 대표적 기관지인 『학지광』을 중심으로 구축된 근대적인 문학 개념은 1910년 전후의 유학생 출신인 지식인층에 의해 구축된 신문화 건설 기획의 구체적인 모습이다.6) 국비로 유학을 한 후, 정치, 경제계에 투신했던 전 세대 유학생 지식인층과는 달리, 이들 신지식인층은 1900년대 전반을 휩쓸었던 '문명개화'의 자리를 대치하는 '문화'라는 코드를 선택한다. 그들의 선택은 국제법의 관점에서 '문명한' 국가로 인정받을 수 없게 된 1910년 8월 이후의 조선의 상황과 긴밀하게 조응한다. '문화' 개념이 강조하는 '정신의 우월성'은 인류 전체의 진보와 보편성에 대한 순진

---

6) 박찬승, 『한국 근대 정치사상사 연구』, 역사비평사, 1992, 109~208쪽 참조.

한 믿음이 확보해줄 수 없는,[7] 물질적인 진보에 대한 저항 논리를 마련해줄 수 있었다.[8] 때문에 그들은 국권 침탈과 국가 상실이라는 부정적 현실을 극복하기 위해 갈등 없이 '문화' 건설 기획에 연금술사적 열정을 투입할 수 있었던 것이다. '문화' 개념은 자아의식의 표현인 업적 즉 정신적인 산출물의 가치와 성격을 강조한다는 점에서 정신적, 예술적, 종교적 사실들에 적용된다고 할 수 있는데, 이때 두드러진 특징으로 지적될 수 있는 것은 '문화' 개념이 정신적, 예술적 사실들과 정치적, 경제적, 사회적인 사실들 사이에 분명한 선을 그으려는 경향을 강하게 드러낸다는 점이다. 이는 '문화' 개념이 민족적 차이와 집단들의 특성을 유달리 부각하는 점과도 연관된다.[9] 이렇게 본다면 '조선적인 것이란 도대체 무엇인가'라는 질문에서 시작되는 신문화 건설 기획이 동인지 세대의 등장과 함께 점차 예술 내부의 기획으로 변화되어가는 과정은 신지식인층이 '문화'라는 코드를 선택함으로써 일어나게 되는 자연스러운 귀결이라고 하겠다.

어쨌든, 서구적인 논리에 입각한 정치 체제로서의 '국가'의 수립 가능성이 봉쇄된 지점에서 '국가'와 '물질'이라는 실체 개념의 대립항으로 '민족'과 '정신'이라는 추상 개념을 내세움으로써 신지식인층은 서구와

---

7) 예컨대, 대표적인 문명개화론자인 유길준은 진보와 보편성에 대한 확신을 보여준다. 그의 문명론에서 국가는 '권리'에 의해 정의되고 국가의 권리는 국제법의 체계에 의해 만들어지는 것이다. 전체 역사를 진보의 체계에 입각해서 보편적으로 해석할 수 있고 동시에 전체 세계를 문명의 체계에 입각해서 객관적으로 분류할 수 있다고 믿었기 때문에, 유길준은 '만국공법'을 받아들이고 그에 의거해서 청국으로부터의 독립을 주장할 수 있었다. 김현주, 「식민지 시대와 '문명'·'문화'의 이념」, 『민족문학사연구』 20호, 2002, 94~5쪽.
8) 西川長夫(윤대석 옮김), 『국민이라는 괴물』, 소명출판, 2002, 102~110쪽.
9) Norbert Ellias(박미애 옮김), 『문명화과정 I』, 한길사, 1996, 105~148쪽. 당연하게도 Norbert Ellias가 '문명', '문화' 개념을 사용할 때, 그 개념에는 공통의 체험을 토대로 형성된 집단의 표현이라는 의미가 내포되어 있다. 이러한 맥락에서 그는 문명/문화 개념 형성에 영국과 프랑스/독일의 특정 계층이 결정적인 영향을 미쳤다는 입장을 취하는데, 특히 독일의 경우에는 독일어를 사용하고 정치적으로 좌절된, 예술과 문화 방면에 업적을 남긴 시민 계급의 사회적 성격이 민족 성격으로 확대된 것으로 본다. '문화' 개념을 통해 '문명' 개념의 균열을 초래하는 독일의 예는 식민지 조선의 문화 중심적 경향에 대한 많은 시사점을 제공한다고 하겠다.

아서구인 일본과의 대등한 위치를 확보할 수 있는 가능성의 공간을 발견한다. 문명의 수준 차이와 수직적 위계 체계로 이루어진 서구 문명과의 '시간적' 거리를 물질과 정신간의 불균등한 발전이 표출한 '공간적' 거리로 새롭게 바라봄으로써, 그 '거리'는 정치적이고 경제적이며 기술적인 현실 논리 이외의 것으로 극복될 수 있는 것이 된다. 예컨대, 이광수가 「文學이란 何오」(1916)에서 말하고 있는 바, '우리 민족은 과거 신라, 백제, 고구려 등의 문명국을 이루었으나, 현재 중국 사상의 침입으로 정신적 문명의 수준에 이를만한 것이 절멸한 상황에 이르게 되었다. 그러므로 중국의 사상과 같은 구사상에서 벗어나서 새로운 정신적 문명의 창작에 착수한다면 서양과 과거 우리 민족이 달성한 수준의 정신적 문명의 수준에 이를 수 있다'는 식의 논리가 가능하게 된다.10)

이렇게 해서 낡은 사상을 공격하고 새로운 문화를 건설하는 작업은 조선의 상황과 맞물려 그 정당성을 확보하게 된다. 구사상과 구관습의 개혁을 통한 신문화 건설 기획의 밑바닥에 깔린 논리는 준비론에 입각한 실력양성론의 보완물, 즉 신교육의 보급과 민족자본의 육성을 가능하게 할 구체적인 방안이다. 무조건 배우고 가르쳐서 선진적인 국가의 수준에 이르면 자주적인 국권 회복이 가능하리라는 믿음은 당대 지식인 사회에 유포되었던 보편적인 것이라고 할 수 있는데, 김윤식에 의해 '심정적인 것의 분출'11)이라고 명명되고 있는 이러한 논리는 세계의 변혁 가능성에 대한 믿음에 근간한 것이며, 신문화 건설에의 의지는 상상적으로 완결된 세계를 창조하려는 초월적이고 비약적인 창조충동의 표출이다.

그러나 이 시기의 신지식인층의 의식을 장악했던 창조충동은 아직 실체화되지 못한 선언에 가깝다. 무엇을, 어떻게, 왜 만들어내야 하는가에 대한 섬세한 논의에 앞서서, 새로운 세계를 만들어내기 위해서 구습을 폐기처분해야 하고 그러기 위해서는 반드시 신교육이 필요하다는 당위만 역설된 감이 적지 않다. 무엇보다 '청년'이라는 메타포는 이들 논의의

---

10) 이광수, 「文學이란 何오」, 『李光洙全集 1』, 삼중당, 1966, 512쪽 참조.
11) 김윤식, 『이광수와 그의 시대 1』, 개정 증보판, 솔, 1999, 269~271쪽 참조.

추상성을 드러내주는 단적인 예라고 할 수 있다. 이광수가 「今日 我韓靑年의 境遇」(『소년』, 1910. 6)에서 당대의 '청년'은 스스로 교사도 되고 학생도 되어서 신문명 건설을 위한 직분을 다해야 한다고 언급한 이래로, '청년'은 "朝鮮文明에 새 貢獻을 하고 朝鮮民族의게 새福音을 傳"[12]해야 하는 존재이자 시대의 사명과 사회의 운명을 떠맡은 존재로 규정되기에 이른다. 동서고금을 막론하고 시대, 국가, 민족, 사회 내부에서 '청년' 세대가 떠맡아야 하는 역할은 이들 신지식인층이 강조하는 식의 직분론과 내용상 별반 차이가 없다. 그럼에도 이들은 스스로를 '청년'으로 규정하면서 그 메타포에서 '建設과 勇進'의 의미를 보다 강조하고, 동시에 '청년'이 요구되는 당대의 역사적이고 시대적인 맥락의 특수성을 강조한다. 이들 '청년'은 "維持保守"[13]를 주된 직분으로 삼아도 되었던 전세대의 '청년'과는 달리 "어른 노릇도 우리가 하여야하고 힘 잇는 이의 노릇도 우리가 하여야"[14] 한다고 외치는, 그야말로 열렬한 창조충동의 소유자들인 것이다. 이처럼 '청년'이라는 메타포에는 전대와의 차별성에 대한 요구와 '현재-이곳'에 없는 것을 만들어내려는 욕망이 강렬하게 각인되어 있는데, 시대정신으로서 낭만적 정신이라고 할 수 있는 이 창조충동은 문화나 예술의 창조라는 가시적인 산출물을 통해서 그 유동하는 힘의 실체를 확인받게 된다.[15]

---

12) 玄相允, 「구하는바靑年이 그누구냐?」, 『學之光』 3호, 1914. 12, 6쪽.

13) 金利峻, 「半島靑年의覺悟」, 『學之光』 4호, 1915. 2, 23쪽.

14) 玄相允, 「말을半島靑年의게붓침」, 『學之光』 4호, 1915. 2, 18쪽.

15) 당대의 시대정신에 대한 언급과 관련해서 특기할만한 점은 시대정신에 대한 논의가 종교(기독교)에 대한 언급과 맞물려 있다는 점이다. 예컨대, 眉湖生의 글 「謹告我半島父兄」(『學之光』 3호, 1914)에서 종교는 인류와 함께 하는 것일 뿐 아니라 시대 요구와의 상호 관련 속에서 출현하는 것이다. 이때의 종교라는 말은 인류의 정신을 지배하는 사상 혹은 시대정신에 가까운 함의를 지닌다고 할 수 있는데, 흥미로운 지점은 필자가 고려 시대, 조선 시대, 당대의 정신과 문화를 지배했던 종교를 각각 불교, 유교, 기독교로 규정하고 있다는 점이다. 이 글의 결론은 다음과 같다. "恒常慈悲의能力이豊富ᄒ시며弱한 者를强ᄒ게ᄒ시ᄂ우리救主耶穌基督以外에ᄂ更無ᄒ리로다."

(2) 삶의 낭만화 기획의 출발지: 정감적 주체의 발견

낭만적 정신의 발현은 신문화 건설의 주체가 '정신적'인 차원에서 극복 가능한 것으로 받아들였던 서구와 우리 사이의 공간적 '거리'에 대한 극복충동이기도 한데, 신문화 건설 주체가 이러한 창조충동의 실현 가능성을 발견하는 것은 예술의 영역이다. 실제의 현실보다 우월한 세계를 상상적으로 구축할 수 있는 가능성을 제공해주는 예술의 영역은 삶의 이상이 실현된 곳이다. 그러니까 신문화 건설의 주체는 새로운 정신문화를 건설하고 그것을 토대로 삶 전반을 혁신할 수 있게 해줄 매개로 예술을 선택한 것이며, 그러므로 그들에게 예술과 삶은 예술적인 삶 혹은 삶의 예술이라는 형태로, 즉 합치되어가야 할 영역으로 받아들여지게 된다. 여기서 확인할 수 있는 것은 물질문명과 정신문화 사이의 '거리'에 대한 감각이 그 거리감은 그대로 남겨진 채 대상이 바뀐다는 점이다. 이제 창조충동이 발휘되는 대상은 예술과 삶 사이의 '거리'가 되며, '거리'에 대한 극복 가능성의 문제는 예술과 삶의 일치 가능성의 문제로 전환된다. 그에 따라 예술과 삶의 일치 가능성을 타진할 수 있는 새로운 주체가 요구된다. 신문화 건설의 주체가 갖추어야 할 덕목으로 신지식인층이 '정감'을 강조하는 까닭이 여기에 있다.

1914년에 『학지광』에 실린 글인 「情感的 生活의 要求」(1914. 12)에서 최승구가 강조하는 것 즉 신문화를 만들어내야 하는 주체가 일차적 목표로 삼는 것은 구사상과 구관습에 의해 억압되었던 감정을 해방시키기 위해 감각기관을 일깨우는 것이다. 그가 "「月色은 淸明허다」허나, 淸明헌 것을 實際에 四肢가 興奮되도록 늣기지 못"하고 "「꼿은 어엽부다」하나, 實際에 花蕊의 향기를 쏙 싸러마실 듯이 늣기지 못"[16] 하고 있음을 지적하는 것도 이러한 맥락에서이다. 오관의 감각을 재생시키는 것의 궁극적 목적은 "藝術이 生活에 根底되"(17)도록 하는 것에 있고, 그러기 위해서

---

16) 崔承九, 「情感的生活의要求(나의更生)」, 『學之光』 3호, 1914. 9, 17쪽.(띄어쓰기는 인용자)

먼저 요청되는 것이 "情感的生活"(17)이다. 그러므로 이 글에서 최승구가 강조하는 것은 우선적으로는 신문화 건설 기획을 실현시킬 수 있는 터전, 즉 정감적 주체로서의 개인의 발견이며, 궁극적으로는 발견된 내면적 개인을 통해 신문화 건설에의 창조충동을 실현하는 것 즉 예술과 삶 일반을 일치시키는 것이다.17)

따라서 이제 예술과 삶은, 김억의 「藝術的 生活」(1915. 7)에 따르자면, 예술이 "인생을 向上식이며, 改革식이며, 創造식이며, 發展식이며, 模倣식이는"18) 관계에 놓이게 되며, 이러한 관계는 "人生과 밋 藝術은 한거름 더 깁흔 根底엣 의미는 合一이며, 一致며, 同一的인 바·合一이며, 一致며 同一的 아니여서는 아니될 것은 藝術이 人生에 對하야의 意味할 것이 업"19)다는 인생과 예술 합일론의 논리가 된다. 이러한 과정을 통해 예술작품이 보여주는 상상의 세계는 삶을 완성시키기 위한 필수품으로서 그 존재 의의를 인증받게 되는데, 보다 나은 존재가 되기를 꿈꾸며 나아가는 것, 이것이 바로 인생의 모든 것이 예술적인 것이 된다는 것의 내포이다. 이렇게 해서 예술은 정신의 산물이자 낭만적 정신의 산물이 된다. 이러한 인식의 전환은 근본적으로는 '문화'라는 코드의 선택과 '정신'의 평가절상된 가치와 함께 이루어진 것으로,20) 그 기저에는 지, 정, 의라는 삼분법에 의거한 인간정신에 대한 새로운 이해가 자리잡고 있다. 최두선에 의해서는 지/정의의 구분법이, 이광수에 의해서는 지/정/의의 구분법

---

17) 그런데 신문화 건설을 가능하게 할 기초로서 정감적 삶이 요청된다는 이러한 논리에서 주목해야 할 점은 예술과 삶이 일치되어야 할 것으로 상정되는 동시에 예술과 삶이 전적으로 차별적인 것으로 인식되고 있다는 점이다. 낭만적 정신은 예술과 삶 사이의 '거리'의 극복을 목표로 삼지만, 그 '거리'가 좁혀질수록 비약적으로 초월하려는 충동은 약화된다. 이 지점에서 낭만적 주체의 아이러니가 작동하게 되는데, 예술과 삶의 '거리'가 좁혀질수록 낭만주의적 정신의 발현 영역이 예술 내적으로 한정되는 것은 이 때문이다.

18) 金億, 「藝術的生活」, 『學之光』 6호, 1915. 7, 61쪽.

19) 金億, 앞의 글, 60쪽.

20) '미술'의 가치가 부상하는 것도 같은 맥락이다. "精神이 物類중에 現한 자"가 미술이며, 따라서 "美術品의 靈妙與否는 材料의 良否에 關함이 少하고 思想의 表顯에 存하"다는 안확의 논리는 물질이 아니라 정신, 문명이 아니라 문화에 가치를 부여하는 인식 방식이다. 安廓, 「朝鮮의美術」, 『學之光』 5호, 1915, 47쪽.

70

이 도입되고 있지만,21) 여기서 중요한 것은, 예술(특히 문학)이 제공하는 쾌감은 지(진리)적 만족과는 전적으로 다른 것이라는 인식이다.

물론 여전히 신지식인층의 창조충동의 소산인 '파괴와 건설'의 실질적인 '대상'은 삶 자체이며, 따라서 창조충동의 실제 함의는 예술의 창조에 한정된 것이라기보다는 삶 전반에 걸친, 보다 폭넓은 혁신이라고 할 수 있다. 「舊習의 破壞와 新道德의 建設」(『학지광』, 13호, 1917. 7)에서 전영택이 말하고 있듯이, '파괴와 건설'은 급변하는 정세 속에 놓여 있는 그 시대의 운용 원리이며, 그렇기 때문에 '파괴와 건설'이 없으면 "인류의 문명진보"도 없다. 그럼에도 불구하고 '파괴와 건설'의 논리가 당대뿐 아니라 모든 시대, 전 우주를 관통하는 보편적 원리로 끌어올려지고 있는 이 글에서 무엇보다 강조되고 있는 것은 먼저 "굿세고 豊富훈 個性들"(56)이 건설되어야 한다는 점이다. 어떤 파괴나 건설보다도 중요한 것은 "철저훈 「나」를 建設"하는 것이며 "완전훈 人格을 建設"(56)하는 것이다. "우리의 將來를 精神的으로 永遠不朽케홀만훈 大文學과 傑作의 美術을 建設"(56)하는 것은 '나의 건설' 없이는 불가능한 것이다. 이처럼 '현재-이곳'에 없는 것을 만들어내려는 창조충동이 구체화되기 위해서는 무엇보다 문화와 예술이라는 정신적 산물을 만들어낼 수 있는 주체의 출현에 관심이 집중될 수밖에 없다. 그 주체는 건설과 파괴를 관장하고, 정신의 작용인 상상의 힘을 통해 주어진 현실을 극복할 수 있는 공간을 확보하고자 한다는 점에서 신의 권능을 추구하는 주체라고 할 수 있다.

신적인 주체의 탄생을 가능하게 하는 것이 바로 내면적 개인의 발견 과정이며, 『창조』와 『폐허』에서 두루 강조되는 것도 이 점이다. 『폐허』 창간호에 실린 글 「廢墟에 서서」(염상섭)나 「時代苦와 그 犧牲」(오상순)에서 '眞자기'로 명명되는 내면이, 구사상과 구도덕이 파괴된 황량한 폐허 위에서 새롭게 솟아나는 떡잎과 같은 존재로 비유될 때,22) 폐허를 딛

---

21) 崔斗善, 「文學의意義에關하야」, 『學之光』 3호, 1914. 11, 27~8쪽.: 이광수, 「文學이란 何오」, 앞의 책, 508쪽.
22) 廉尙燮, 「廢墟에서서」: 吳相淳, 「時代苦와그犧牲」, 『廢墟』 창간호, 1920. 7, 2쪽, 53쪽.

고 솟아난 그 싹은, 오상순의 표현에 따르자면, "一切를 打破하고, 一切를 建設하고, 一切를 革新革命하고, 一切를 改造再建하고, 一切를 開放解放하야 진정 意味 잇고 價値 잇고 光輝 잇는 生活을 始作코자 하는 熱烈한 要求!"23) 자체와 이 과정 전체를 가리킨다. 모든 것을 새롭게 창조하기 위해서 모든 것을 파괴하려는 요구, 그 요구가 집약된 곳이 '자기' '내면' '개성'이라는 영역이며, 그곳이 바로 예술이 창조될 수 있는 기반이다. '개성'과 '내면'이 발견된 이 곳에서 예술은 상상의 의미를 강조할 수 있으며, 여기서 예술적 삶과 삶의 예술화를 추구하는 삶의 낭만화 기획이 작동 가능한 것이다.

III. 낭만적 주체의 형성

(1) 소설 충동: 예술을 통한 삶의 낭만화

구태의연하고 고루한 인습적, 노예적 생활을 파괴하고 새로운 문화를 건설하기 위해 창조 충동을 발휘해야 한다는 논리는 1919년의 정치적 좌절과는 거리를 유지하면서 1920년대 초반에도 여전히 힘을 발휘하는데, 사실 이 논리는 동인지 주체들이 이광수를 포함한 1910년대 신지식인층의 논리를 이어받은 것이기도 하다. 여기서 주목해야 할 것은 현실보다 우월한 세계를 향해 나아가고자 하는 창조충동은 '객관'에 이르려고 한다는 점이다. 즉 창조충동은 구체화된 예술작품의 형태로 객관화되려는 경향을 보여준다는 것인데, 1920년대 새롭게 등장하는 동인지 세대들이 '문화' 일반 중에서 특별한 지위를 부여하는 것은 예술, 그 가운데서도

---

23) 吳相淳, 앞의 글, 53쪽.

소설이다. 그러니까 추상적이었던 창조충동은 동인지 세대에 의해 소설 충동으로 구체화된다고 할 수 있다.

김동인은 『창조』 7호(1920. 7)에 실린 글 「자긔의 創造한 世界-톨스토이와 쩌스터에쁘스키-를 비교하여」에서, 이제 창조 충동이 발휘되는 영역이 예술 내부임을 분명하게 천명한다. <낭만적인 것Romantisch>의 어원이 <소설Roman>에서 도출된 <소설적Romanhaft>인[24] 것이라는 사실에서도 짐작할 수 있듯이, 새로운 문화 건설을 향한 창조충동은 창의적인 정신과 활동적인 기질과 생명력으로 규정될 수 있는[25] 소설의 존재 원리와 쉽게 만날 수 있거니와, 이미 이광수가 지적한 바 있듯이, 근대적인 의미의 소설은 이제 더 이상 <재담>이나 <이야기>가 아니라 상상의 힘이 발휘된, 전적으로 새롭게 '창조된' 공간이다. "小說이라 함은 人生의 一方面을 正하게, 精하게 描寫하여 讀者의 眼前에 作者의 想像內에 在한 世界를 如實하게, 歷歷하게 開展하여 讀者로 하여금 其世界內에 在하여 實見하는 듯하는 感을 起케 하는"[26] 것이라고 할 때, 이광수가 강조하는 것은 실제 현실보다 더 박진감 있게 '만들어진' 세계이며, 그 세계를 떠받치는 힘인 상상력인 것이다. 이렇게 해서 창조된 그 세계는 창조 주체에 의해 철저하게 통제되는, 인위적으로 '만들어진' 세계이다.

예술을 창조하는, 이 상상하고 만들어내는 주체는 1910년대 후반의 신지식인층에 의해 '발견'되어야 할 대상이었던, 신의 권능을 지닌 주체이다. 창조충동은 "不完全한 世界"(49)에 대한 불만에서 유래하기 때문에, '자기'에 대한 진정한 사랑이 없다면 자기만의 세계라고 할 수 있는 예술을 창조할 수 없다. 세계의 불완전성에 대한 '자기'의 의식이 있고 난 후에야,[27] "世界에 滿足치 몸한 「사람」은, 國家를 만드럿고, 여긔도 못滿足

---

24) 장남준, 『독일 낭만주의 연구』, 나남, 1989, 205쪽.
25) Marthe Robert(김치수·이윤옥 옮김), 『기원의 소설, 소설의 기원』, 문학과지성사, 1999, 14쪽.
26) 이광수, 「文學이란 何오」, 앞의 책, 513쪽.
27) 물론 "불평은 破壞를 計劃함이오 破壞는 建設을 意味함이니 不平은 곳 建設이라 하겟습니다. (…) 發達된 社會라고 하는 社會일사록 不平만흔사람이 만히 잇섯다함을意味함이외다. 不平은 爆팔 될 原動力이니 原動力업시 폭發 될수 잇스며 폭發업시 結果를 매

한 「사람」은, 家庭을 만드럿고, 여긔도 滿足치 못하여, 마츰내, 自己 一個
人의 世界이고도 萬人 함끠 즐길만한 世界-藝術이라는 것을 創造"(49)하
는 것이다.

> 小說家 卽 藝術家요 藝術은 人生의 精神이요 思想이요 自己를 對象으로 한
> 참사랑이요 社會改良, 神人合一을 遂行할 者이오./ 쉽게 말하자면, 藝術은 個
> 人全體이오./ 참 藝術家는 人靈이오./ 참 文學的 作品은 神의 囁이오. 聖書이오.
> (…) 現今 西洋에 流行하는 모든 思潮―超人生主義, 人道主義, 虛無主義, 自然
> 主義, 로-만쓰主義, 데카단主義, 享樂主義, 個人主義, 社會主義, 樂觀主義, 厭
> 世主義, 其他 헤일 수 업시 만흔 모든 思潮―들을 支配하는 자는 누구냐하면
> 文學者―널븐 意味의―들이오. **創造한 자 亦是 文學者들이요, 이제 撲滅하
> 고 改正하고 改造할 者도 다 文學者들이오. 文學者들의 使用한 武器는 論
> 文과 小說이오! 小說의 힘이 엇더하오!? 小說을 可히 不必要品이라 稱하겟
> 소! 西洋의 文明의 思潮를 支配하고 創造한 이 小說을!!**[28]

김동인이 예술가의 대표 주자로 소설가를 꼽는데 주저하지 않는 까닭
은 주어진 현실을 개조하고 개혁할 수 있는, 인간 정신과 사상의 총아가
바로 소설가이기 때문이다. 신문화 건설의 주체가 '문화'라는 코드를 선
택함으로써, 개인의 특이한 표현에 가까운 그들의 창조 행위는 외부의
어떤 것에도 의존하지 않는, 그래서 스스로 지탱하고 충족하며 만족하는,
자연적이거나 초자연적인 또 인간적이거나 부분적으로 신의 경지에 이
른 활동 즉 삶을 낭만화 하는 소설 창조의 활동이 된다.[29] 당연하게도
'정신'의 산물을 강조하는 그들에게 주관적이고 이상주의적인 것이 중시
되며, 그 필연적인 결과로서 심정의 순수함, 의도의 순수함 등이 강조된

즐수 잇겟슴닛가"라는 최승만의 언급에서도 드러나고 있듯이, 이때 자기에 대한 인식
이 당대 현실에 대한 구체적이고 적확한 인식이라고 평가하기에는 불충분한 지점들이
있기는 하다. 그럼에도 불구하고 창조충동을 실현하고자 하는 이 지점에서 파괴=건설
이라는 논리만 강조되는 것이 아니라 파괴와 건설이 왜 이루어지는가에 대한 논의도
함께 이루어지기 시작했음을 확인할 수 있다. 崔承萬, 「불평」, 『創造』 3호, 1919. 12, 1쪽.

28) 金東仁, 「小說에對한朝鮮사람의思想을…」, 『學之光』 18호, 1919, 46쪽.(강조, 띄어쓰기는
인용자)

29) H. G. Schenk(이영석 옮김), 『유럽 낭만주의의 정신』, 대광문화사, 1991, 추천의 말.

다. '진정한', '참된', '진(眞)'과 같은 수식어가 남발되는 현상도 이와 무관하지는 않을 것이다.

그럼에도 불구하고 태도의 진정성과 무관하게 예술적 삶과 삶의 예술화를 지향하는 삶의 낭만화 기획은 예술과 삶 사이의 거리가 만들어내는 분열의 체험에서 시작될 수밖에 없다. 식민지 현실 속에서 새로운 세계를 창조하는 소설가의 존재는 철저하게 고립된, 그래서 우월함을 누릴 수도 있는 특별한 영역일 것이기 때문이다. 보다 강렬하게 예술과 삶의 합일을 꿈꾸는 이들은 보다 완전하고 고유한 예술 자신의 삶만을 성취할 수 있게 되며, 따라서 이들은 내적으로 완결된 세계 속으로 들어가게 된다. 여기서 예술은 일자이자 일체(das Eins und Alles)가 된다.30) 자기 자신을 단 하나의 진정한 현실 즉 세계의 본질로 간주함으로써 완전히 독립적인 하나의 세계로 나아가고자 하며 동시에 자신의 지향을 삶 일반으로 확장시키고자 하는 내면적 개인의 창조충동은 '세계의 중심에 선 나로서의'31) 낭만적 주체의 그것에 다름 아니다. 이렇게 본다면 한국에서 근대소설은 예술과 삶이라고 하는, 개인의 내적 세계와 외적 세계의 분리가 발생시킨 '거리'에 대한 다양한 실험 속에서 구축된다고 할 수 있다.

1920년대 전후에 등장했던 두 장편소설인『무정』과『환희』는 근대적인 인간형의 한 전형인 낭만적 주체의 형성과 더 나아가서 근대소설의 형성과 관련해서 두 가지의 서로 다른 양상을 보여준다는 점에서 흥미롭다.『무정』은 우선 이상주의적 계몽의 열정으로 충만한 작품이며, 근대적인 개인의 등장을 선언하는 기념비적인 작품이다. 동시에『무정』이 드러내는 계몽의 열정이 '어떤 방식으로 구현되는가'를 주된 관점으로 살펴본다면『무정』은 낭만적 주체의 형성 과정에서 중대한 역할을 수행하는 작품이기도 하다. 구습과 인습에서 벗어나서 개인의 욕망을 중심으로 현실을 파악함으로써 인식의 주체가 자신임을 분명하게 밝히고 있는『무

---

30) Georg Lukacs(반성완·심희섭 옮김),「낭만주의의 삶의 철학에 대하여」,『영혼과 형식』, 심설당, 1988, 85쪽.
31) 김진수,『우리는 왜 지금 낭만주의를 이야기하는가』, 책세상, 2001, 16쪽.

정』의 이형식이 작품의 후반부에서 민족이라는 대의를 향해 나아가는 것은 낭만적 주체의 형성 과정에서 본다면 자연스러운 귀결이라고 할 것인데, 창조충동의 주체인 정감적 개인의 극대화가 바로 민족(민족적 주체)인 것이기 때문이다.

이처럼 이성적이면서 동시에 정감적인 개인인『무정』의 이형식이 개인의 내면과 외면 세계의 '거리'를 극복하고 보다 완전하고 유기적으로 통일된 세계로 나아가고자 하는 창조충동에 불타고 있다면,『환희』의 인물들은 내면세계와 외면세계의 분열을 보다 격렬하게 경험하며, 내면적 존재들 사이에서 보다 완전한 합일을 꿈꾸면서 그러한 합일이 '순간'에 지나지 않는다는 점을 인식한다. 그래서 그들의 삶의 진행은 <완전한 세계에 대한 열망/그러한 열망의 실현 불가능성에 의한 환멸>의 악무한적 원환 구조로 이루어질 수밖에 없다. 보다 완전한 합일의 '순간', 그것은 철저하게 고독한 내면인 '참자기'의 발견의 '순간'이기도 한데,『환희』의 인물들은 자살을 통해 '참자기'에 도달하고 동시에 소멸한다.『환희』를 통해서 우리는 완전한 세계로 나아가고자 하는 창조충동이 그 극점에서 파괴충동과 동일한 것이 되는 장면을 만나게 된다.

(2) 정서적 공감화의 아이러니:『무정』

나르시시즘적 몽상가의 면모와 상승하는 사회 계층의 대변자의 면모를 보여주는『무정』의 이형식은 '현재-이곳'에는 없는 무언가를 만들어 내겠다는 프로메테우스적 열정에 사로잡힌 인물이다. 이형식이, 구현된 형상으로서의 면모와는 무관하게, 전근대의 시대적 표상인 영채와 새롭게 도달하고자 하는 근대적 시대의 표상인 선형 사이에서 애정 관계의 갈등을 드러내는 것도 그의 내적 창조충동과 무관하지 않다. 무엇보다 근대적 개인으로서의 이형식은 정서적 공감화로 번역될 수 있는 '감화'의 기제를 통해 자신의 창조충동을 구현하고자 한다. 이는 그가 근대적

76

인 개인의 두 면모 즉 이성적이면서 동시에 감성적인 측면, 그 중에서도 감성적인 면모를 분명하게 인식했음을 보여주는 증거이다.32) 사실 주체적으로 인식을 했든 안했든, 감성적 개인으로서의 근대적 주체에 대한 인식은 『무정』의 인물들 전반에 각인되어 있다. 그리고 그들은 고립된 개인들이 소통할 수 있는 가능성을 정서의 교감 과정에서 발견한다. 그들은 자신과 타인의 참영혼을 만날 수 있는 정서적 공감화 기제를 통해 척박한 '현재-이곳'의 현실 너머의 공간을 꿈꾸는 것이다.

그들이 정서적 공감화 기제를 요청하게 되는 까닭은 개별 개인을 전체로 묶어줄 수 있는 유대감의 상실을 경험했기 때문이기도 하다. 그 유대감 상실은 개인의 내면과 외면세계의 거리에서 기인한 것인데, 『무정』에서 흥미로운 점은 이 '거리'가 끝없이 무화되면서 동시에 재생산되는 구조를 이룬다는 점이다. 여기서 정서적 공감화 기제의 이중성이 드러난다. 이광수의 문학 세계 내에서 '동정'이라는 용어로 명명될 수 있는 정서적 공감화 기제는 양가적이고 이중적인 역학 과정이다. 그 과정은 대등한 개체들 사이에서 이루어지는 쌍방적인 것이자 동시에 고귀한, 순정한, 덕이 높은 사람에게서 낮은 사람에게로 흘러드는, 벡터를 가진 위계적인 것이다.33) 따라서 그것은 약자를 향한 강자의 미덕이라고 할 수 있는 루소의 동정의 메커니즘과는 다른 것이다.

쌍방적인 교감의 과정이라는 측면에서 볼 때 정서적 공감화 과정은 내면의 상상력을 통해서 도달할 수 있는 것이고, 상상력을 통한 타자와의 동일시 과정을 거치면서 주체는 유기적 전체에 대한 상상을 완성할 수 있다. 그러나 위계적인 과정이라는 측면에서 정서적 공감화 과정은 대중과 선각자 사이의 거리를 끝없이 넓히게 된다. 예컨대, 단 한번도 타

---

32) 이형식은 『무정』에서 두 차례-선형과 순애의 아름다운 용모를 본 순간과 영채의 자살 여부를 확인하기 위해서 평양에 갔다가 어린 기생 계향을 만난 순간-에 걸쳐 아름다운 것, 미적인 것을 통해 즐거움을 느끼는 '쾌미'를 경험한다. 이형식은 그 순간 아무런 목적 없이 바라보고만 있어도 쾌감이 생겨날 수 있는 경험을 하게 된다. 「無情」, 新文館, 1918, 135~6쪽, 294쪽.
33) 이광수, 「文學이란 何오」, 앞의 책, 511쪽.

인의 영혼을 위한 정서적 동요를 경험해보지 못했던 영채의 기생어미인 노파는 자신의 신념과 삶 전체를 훼손당한 청량리 사건으로 고통 받는 영채, 영채가 깨문 입술에서 솟아나는 피를 보면서 영채의 고통에 진정으로 공감하게 된다. 그러나 순정한 영혼간의 만남인 이러한 교감이 가능한 것은 영혼의 존재를 알지 못하는 "「령감쟝이」"라는 "더러운 즘승"(256)의 존재 때문이기도 하다.

정서적 공감화 기제의 양가성을 강화하는 또 하나의 계기로 『무정』에서 문명화의 척도가 예술, 미적인 것으로 상정된다는 점을 들 수 있다. 형식과 선형의 약혼이 결정되던 장소, 김장로의 서양풍으로 꾸며진 서재에 대한 내포 작가의 품평은 얼치기 선각자로서의 김장로의 면모에 대한 적나라한 폭로인데, 김장로의 삶이 서양의 물질 문명을 표피적으로 흉내낸 것에 불과하다는 이 폭로의 과정에서 우리의 관심을 끄는 것은 김장로의 삶의 허위성을 판별하는 근거에 있다. 김장로의 무식은 무엇보다 예술에 대한 무식이며, 예술에 대한 식견 없음은 그가 얼치기 선각자임을 증명하는 가장 확실한 증거이다. 정서적으로 공감하는 능력은 지적인 교육을 통해 가르칠 수도 배울 수도 없는 것이며 점진적으로 배양되는 것도 아니며, 우리의 '마음'의 울렁거림은 일체의 학습이나 성찰 이전에 발생하는 것이다. 이렇게 본다면 이형식과 김장로 사이의 상징적 거리는 끝없는 위계화를 강화하는 것이다. 그러나 삼랑진의 수해 앞에서 이형식 일행에 의해 연주된 음악, 그 음악(예술)이 불러일으킨 감정은 그곳의 모든 사람들 사이의 거리를 한순간 무화시킬 수 있는 것이기도 하다. 따라서 정서적 공감화의 기제에 미적인 것이 끼어듦으로로써 공감화 과정의 양가적 상황은 강화된다고 할 수 있다. 이렇게 본다면 내면과 외면세계의 분열을 소화하고자 하는 이형식의 열망은 정서적 공감화 과정 속에서 '거리'의 재생산 구조를 맴돌면서 끝없이 지연된다. 그래서 내면과 외면세계의 합일 즉 유기적이고 통일적 세계를 꿈꾸는 이형식의 열망은 '민족'이라는 정서적 개인의 무한한 확장으로 나아가게 된다. 이것은 이광수가 발견한 '정(情)적 인간'의 결정판이라고 할 수 있다.

(3) 고독한 내면의 아이러니: 『환희』

낭만적 사랑에 대한 열망과 그 실현 불가능성이 불러오는 환멸의 이중 구조로 이루어진 소설 『환희』의 인물들(이영철과 김설화, 김선용과 이혜숙)은 형용사와 비유어를 사용해서 감정을 과도하게 과장하는 것으로 정평이 나 있으면서도 지극히 냉담하다. 냉정하고 쓸쓸한 세상뿐 아니라 그러한 세상에는 '참사랑'을 나눌만한 존재도 없다는 인식 즉 내면세계와 외면세계 사이에서 공유의 코드를 발견할 수 없다는 인식은 이들을 내면세계로 인도하며, 스스로 발견하고 창출해야 하는 내면세계는 외면세계에 대해 철저하게 냉담할 수밖에 없다. 그렇기 때문에 종교적 경지에 가까운 '참사랑'을 열망하는 이들의 삶에는 고독과 홀로 가는 여정만이 펼쳐져 있을 뿐이다.34) 이들은 '참사랑'이 사라져 버리는 과정을 두루 겪으면서 서로 스쳐 지나가는 영원히 낯선 존재가 되고 결국 자신의 고독한 내면세계로 되돌아오게 된다.35) 이렇게 본다면 『환희』의 인물들이 경험하는 내면과 외면세계의 분열은 존재 사이의 간극의 체험이다.

낭만적 사랑은 분열을 극복할 수 있는 가능성의 빛으로 이들을 미혹하기도 하지만, 이들은 그 빛이 현실이라는 맥락 속에서 빛바랜 '공상'에 불과한 것임을 명료하게 인식하고 있다. 이혜숙과 백우영의 결혼 소식을 접한 김선용이 "모든 몽상(夢想)과 이상의 실현을 바라던 내가 어리석은 자"(235)라고 부르짖었듯이, 백우영과 결혼 후, 혜숙은 "비로소 처녀 시대에 몽상하고 동경하던 모든 것이 한낱 붙잡으려 하나 붙잡을 수 없는 춘몽과 같이 사라짐을 깨닫고 바위에 부딪치는 물결같이 깨어져 사라짐"(265)을 깨닫게 된다. 그러나 이러한 성찰의 진정성에도 불구하고 '열망이 환멸로' 변모하는 이러한 전 과정은 개별 인물들을 통해 계속해서

---

34) 이러한 맥락에서 이혜숙이 결혼 후 정월(晶月)이라는 시적인 이름으로 방랑을 노래하는 하이네의 시를 경희에게 적어주는 행위는 의미심장하다. 이것은 고독하게 방랑하는 정월 자신의 내면의 발견을 말해주는 상징적 대목이다. 나도향, 『환희』(주종연·김상태·유남옥 엮음), 『나도향 전집 下』, 집문당, 1988, 257~8쪽.

35) Georg Lukacs(반성완·심희섭 옮김), 「새로운 고독과 그 고독의 시」, 앞의 책, 146쪽.

되풀이된다. 그들은 '참사랑'에 대한 열망의 끝, 그 부질없음을 확인하고
난 후에도 다시 처음부터 그 과정을 반복하는(/반복할 수밖에 없는) 아이
러니의 원환을 맴돌게 된다.36)37)

　'열망과 환멸'의 악순환 구조 속에서 『환희』의 인물들이 되돌아오게
되는 고독한 내면은 이중적인 의미망을 형성한다는 점에서 특징적이다.
'고독'은 내면적 존재들 사이의 합일불가능성에 대한 인식의 결과이면서
동시에 타인과 구별해줄 수 있는 자신만의 '참자기' 발견의 가능성의 영
역이기도 하다. 이들이 낭만적 사랑의 완성을 갈구하는 것도 이러한 맥
락과 정확하게 일치한다. 진정한 사랑에 대한 그들의 희구는 완전한 합
일에의 열망이지만 그것은 동시에 자유의 표시일 뿐만 아니라 세련된 감
정과 우월한 사회적 지위의 표현이기도 하다.38) 그들에게 가부장제나 결
혼 제도에 대항한 낭만적 사랑의 성취는 타인들과 구별되는 차별적 지위
를 점유할 수 있게 한다. 뿐만 아니라 본질적으로 쌍방적인 내밀한 감정

---

36) 『환희』의 인물들은 이중적 시선의 소유자들이다. 그들 모두는 충만한 자신의 내면세계
에 빠져서 '낭만적 사랑'이라는 계기를 통해 자기세계를 구축하면서도, 그 세계의 허약
성을 감지하고 폭로하는 초월적인 시선을 확보하고 있다. 예컨대, "(…) 혜숙이가 나를
보면 반가와 맞으려다가 주춤하고 물러서 부끄러운 마음에 자기 집 안으로 뛰어들어
가리라 하였다. 그리고는 선뜻 나와 맞아 주는 것보다 부끄러워 숨는 것이 더 귀엽고
말할 수 없는 그리웁고 사랑스러운 것이라 하였다. 그러다가는 다시 자기 얼굴과 체격
을 생각하여 보았다."(146쪽)와 같은 구절에서도 알 수 있듯이, 김선용은 통제할 수 없
는 청춘의 타오르는 열정의 소유자이면서도 "돈 없고 학식 없고 인물 곱지 못한 자기
에게"(139쪽) 참사랑을 구하려 할 여자는 없을 것임을 정확하게 인식하는 인물이기도
하다.
37) 악순환적 아이러니의 원환을 맴돌게 되는 까닭은 이들에게 사랑과 그 파멸이 돌발적인
'사건' 혹은 '운명의 희롱'처럼 발생하는 것이기 때문이다. 이념보다는 파괴적인 '사건'
과도 같은 것에 기대지평이 놓이게 될 때, 그것을 통해 우리는 그때그때의 '순간성'을
혁신의 장소로서 경험할 수 있게 된다. Karl Heinz Bohrer(최문규 옮김), 『절대적 현존』,
문학동네, 1998, 16쪽.
38) Jacqueline Sarsby(박찬길 옮김), 『낭만적 사랑과 사회』, 민음사, 1985, 60쪽. Jacqueline Sarsby
에 의하면, 서양의 경우, 낭만적 사랑은 귀족들의 관심사였다. 낭만적인 이상이 보여주
는 이러한 측면은 중세에 뿐만 아니라 18-9세기에서 그리고 바로 현대에 대중들을 상
대로 한 여성문학에서도 그대로 드러나는 것으로서, 결혼의 자유선택이 갖는 중요성만
을 강조하는 학자들의 논의에서는 대개 간과되어 왔다. 낭만적 사랑은 자유의 표시일
뿐만 아니라 세련된 감정과 우월한 사회적 지위의 표현이기도 한 것이다. 그러므로 사
회적으로 열등한 자에게는 사랑의 경험이 있을 수 없다는 주장을 중요하게 받아들이는
것이 그리 놀라운 일은 아니다.

의 교류를 전제하는 사랑의 감정은 '순간'적으로 경험될 수밖에 없는 것이다. 그래서 사랑에의 열망은 확신할 수 없는 상대방의 감정에 대한 끝없는 확인에의 열망과 동질적인 것이다.

그런데 이 모든 충만한 '순간'을 퇴락시키는 것은 바로 시간이다. 그 '순간'의 충만성을 앗아가는 것은 지루하고 타성적이며 항상적으로 흘러가는 시간의 힘인 것이다. 『환희』에서 그 시간의 힘을 막고 지나가는 현재의 순간을 포획하려는 시도, 그것은 결국 설화와 정월(혜숙)의 자살로 완성된다. 유기적이고 통일적인 세계를 창조하고자 하는 충동이 자체 내에서 완결되고 하나의 동질적인 내면세계를 창조하고 이 세계를 실제적으로 존재하는 삶의 세계와 동일시할 때,[39] 낭만적 주체는 한결같이 찾고자 했던 '참자기'를 발견할 수 있다. 그러나 존재의 소멸로 포획된 현재의 '순간'은 발견한 '참자기'의 파괴와 동일한 것이다. 이렇게 본다면 『무정』과 『환희』는 낭만적 주체 형성의 근원지라고 할 수 있는 정감적 개인이 드러내는 열망의 극단적인 진폭 즉 창조충동과 파괴충동의 양극단을 보여주고 있으며, 한국에서 근대소설은 예술과 삶이라고 하는, 개인의 내적 세계와 외적 세계의 분리가 발생시킨 '거리'에 대한 다양한 실험을 이러한 극단적 진폭 가운데서 진행시키면서 형성되었다고 할 수 있다.

Ⅳ. '이인화'가 서 있는 자리 – 결론을 대신해서

근대 문학사에서 낭만적 정신은 한편으로 개성과 개인의 다양성을 존중하고 창조적 활동, 독창성을 강조하며 개인의 왜곡되지 않은 감성의 욕구에 비추어 살고 행동할 자유를 존중했던 반면, 구관습을 파괴하고

---

39) Georg Lukacs(반성완·심희섭 옮김), 「낭만주의의 삶의 철학에 대하여」, 앞의 책, 89쪽.

새로운 사회를 만들어내는 과정에서 신적인 창조 주체를 숭배함으로써 독단적 힘과 열정과 잔인성에 대한 찬양, 더 나아가 격렬한 비합리주의와 파시즘으로 흐르기도 했다. 이와 같은 한국 근대문학 형성기뿐 아니라 문학사 전반에 걸친 낭만적 정신의 공과를 정당하게 평가하기 위해서는 낭만주의를 문예사조의 차원이 아니라 시대정신으로 볼 필요가 있다. 이 글에서 살펴본 바와 같이, 낭만적 정신을 1910년대 후반에서 1920년대 초반에 이르는 시기에 식민지 조선 현실이 배태했던 신문화 건설의 의지와 창조충동으로 파악함으로써 식민지 현실에서 표출된 낭만적 정신의 특질을 보다 면밀하게 고찰할 수 있다. 1910년대 중반에 새롭게 등장한 신지식인층은 서구 문명과의 '시간적' 거리를, 정신적인 문화 사이의 '공간적' 거리로 재인식하고 새로운 문화의 건설로 그 '거리'를 극복할 수 있을 것이라고 여겼다. 그들은 그 '거리'를 예술과 삶의 '거리'로 다시 한번 재인식하는데, 이때 예술과 삶의 관계는 분열된 채 합일을 지향하는 이중화 과정 속에 놓이게 된다.

예술과 삶의 거리, 내면세계와 외면세계의 거리에 대한 반응 양식에 따라 예술과 삶의 합일에의 충동은 유기적이고 완전한 세계에 대한 지향으로 드러나기도 하고 예술과 삶의 통합을 통해 소멸되는 파괴충동으로 드러나기도 한다. 낭만적 주체는 이러한 이중화의 역학 속에서 구성된다. 창조충동으로 충만해 있으면서도 고독한 낭만적 주체는 소설이 구축하는 세계를 통해서 그 모습을 드러낸다. 따라서 낭만적 주체의 형성 과정을 고찰하는 과정은 근대소설의 형성 과정에 대한 고찰이 될 것이며, 그러한 고찰 과정에서 조선적 의미의 낭만적 정신의 특질인 이중화 논리의 메커니즘이 파악될 수 있을 것이다. 그리고 궁극적으로 이러한 논의는 한국 근대문학을 틀 지우는 구도들 예컨대, 계몽/탈계몽의 시대, 리얼리즘/모더니즘적 경향, 근대/반근대 지향 등의 구도들을 가로지르는 새로운 구도를 수립할 수 있게 한다. 그것이 또 하나의 이항대립적 구도를 내세우는 방식이어서는 안될 것인데, 낭만적 정신을 체현하는 낭만적 주체의 개념은 앞선 구도들을 관통할 수 있는 새로운 관점을 제시해 준다고 하겠다. 「만세전」의 의미를 되새길 수 있는 자리가 바로 여기다.

　「만세전」의 주인공인 이인화는 앞서 언급한 낭만적 주체의 이중성 자체를 문제 삼는 곳에 존재한다. 이인화는 낭만적 주체의 외면적 특성이라고 할 법한 다양한 면모들 즉 환멸, 우울, 동경 등의 성격을 드러내고 있지만, 그는 내면과 외면세계의 분열을 처절하게 경험하면서도 내면세계로 몰입해 들어가지도, 내면세계와 외면세계를 통합할 수 있는 상상의 세계로 달려가지도 않는다. 유기적으로 통합된 세계의 구축 가능성을 조금도 드러내지 않는 지점, 그 '사이'라는 소중한 위태로움이 이인화가 지닌 유의미함이다. 이인화가 보여주는 영혼과 세계의 통합불가능성에 대한 인식은 식민지 지식인이 보여줄 수 있는 자의식의 최대치라고 할 수 있으며, 그 자리는 근대 문학을 논의하는 우리의 관점에 내면세계-외면세계(근대적 개인-근대성)라는 두 축 외에 식민지 현실이라는 제3의 축을 구축하도록 한다. 결국 통합 불가능성을 말해주는 이인화의 자리는 식민지성에 대한 성찰을 담고 있는 자리인 것이다.

주제어 : 낭만적 정신, 삶의 낭만화, 신문화 건설의 욕망, '문화'라는 코드, '거리'의 이중화, 정감적 주체, 창조충동과 파괴충동, 정서적 공감화, 고독한 내면

◆ **참고문헌**

『학지광』,『창조』,『폐허』,『백조』

『무정』, 신문관, 1918.『이광수 전집』, 삼중당, 1966.

『나도향 전집 下』, 주종연·김상태·유남옥 엮음, 집문당, 1988.

김윤식,『이광수와 그의 시대 1』, 개정 증보판, 솔, 1999.

김윤식·정호웅,『한국소설사』, 예하, 1993.

김진수,『우리는 왜 지금 낭만주의를 이야기하는가』, 책세상, 2001.

김현주,「식민지 시대와 '문명'·'문화'의 이념」,『민족문학사연구』20호, 2002. 91~
        116쪽.

김홍규,『문학과 역사적 인간』, 창작과비평사, 1980.

박찬승,『한국 근대 정치사상사 연구』, 역사비평사, 1992.

임 화,「조선 신문학사론 서설」,『개설 신문학사』, 임규찬·한진일 엮음, 한길사,
        1993, 315~369쪽.

장남준,『독일 낭만주의 연구』, 나남, 1989.

최문규,『문학이론과 현실 인식』, 문학동네, 2000.

Franco Moretti(조형준 옮김),「세계문학에 대한 몇 가지 단상」,『세계의 문학』, 1999.
        가을, 256~276쪽.

Georg Lukacs(반성완·심희섭 옮김),『영혼과 형식』, 심설당, 1988.

H. G. Shenk(이영석 옮김),『유럽 낭만주의의 정신』, 대광문화사, 1991.

Karl Heinz Bohrer(최문규 옮김),『절대적 현존』, 문학동네, 1998.

Marthe Robert(김치수·이윤옥 옮김),『기원의 소설, 소설의 기원』, 문학과지성사,
        1999.

Norbert Ellias(박미애 옮김),『문명화과정 Ⅰ』, 한길사, 1996.

Jacqueline Sarsby(박찬길 옮김),『낭만적 사랑과 사회』, 민음사, 1985.

西川長夫(윤대석 옮김),『국민이라는 괴물』, 소명출판, 2002.

◆ 국문요약

이 글에서 필자는 한국 근대문학의 형성 과정에 대한 보다 풍부한 논의를 위해서 근대문학과 낭만주의의 관계를 논의해 보고자 한다. 이 글에서 논의되는 바, 낭만주의는 문예사조로서의 낭만주의가 아니라 시대정신으로서의 낭만주의이다. 좀 더 분명하게 말하자면 필자는 1910년대 중반 이후 신지식인층 일반에 유포되었던 창조충동, 새로운 문화를 건설하려는 충동을 시대정신으로서의 낭만적 정신으로 규정하고자 한다. 시대정신으로서의 낭만적 정신이 한국 근대문학의 형성 과정에서 수행했던 역할에 대한 보다 엄밀한 천착이 이루어진다면, 지금까지 한국 근대문학의 특질을 검토하는 자리에서 이루어졌던 계보화 작업들 예컨대, 한국 문학의 특정한 한 시기나 세대 의식 혹은 문학 경향을 계몽/탈계몽의 시대, 리얼리즘/모더니즘적 경향, 근대/반근대 지향 등의 구도로 구획 짓는 작업 방식에서 벗어날 수 있는 가능성의 영역이 열릴 것이라고 판단된다. 근대문학과 관련해서 낭만주의에 대한 새로운 논의의 필요성이 대두되는 것은 이 때문이다.

1910년대 중반 이후 등장한 신지식인층은 서구적인 논리에 입각한 정치체제로서의 '국가'의 수립 가능성이 봉쇄된 지점에서 '국가'와 '물질'이라는 실체 개념의 대립항으로 '민족'과 '정신'이라는 추상 개념을 내세운다. 이로써 그들은 서구와 일본과의 대등한 위치를 확보할 수 있는 가능성을 발견하는데, 그것이 창조충동으로 요약되는 신문화 건설의 욕망이다. 신문화 건설 주체는 이러한 창조충동의 실현 가능성을 예술의 영역에서 발견한다. 그들은 예술의 영역을 발견하고자 할 뿐 아니라 예술과 삶의 합일을 추구하고자 하는데, 그 까닭은 예술의 영역이 실제의 현실보다 우월한 세계를 상상적으로 구축할 수 있는 가능성을 제공해주는 공간이고 삶의 이상이 실현된 지점이기 때문이다. 예술과 삶의 거리, 내면세계와 외면세계의 거리에 대한 반응 양식에 따라 예술과 삶의 합일에의 충동은 유기적이고 완전한 세계에 대한 지향으로 드러나기도 하고 예술과 삶의 통합을 통해 소멸되는 파괴충동으로 드러나기도 한다. 낭만적 주체는 이러한 이중화의 역학 속에서 구성된다. 창조충동으로 충만해 있으면서도 고독한 낭만적 주체는 소설이 구축하는 세계를 통해서 그 모습을 드러낸다. 따라서 낭만적 주체의 형성 과정을 고찰하는 과정은 근대소설의 형성 과정에 대한 고찰이 될 것이며, 그러한 고찰 과정에서 조선적 의미의 낭만적 정신의 특질인 이중화 논리의 메커니즘이 파악될 수 있을 것이다.

◆ SUMMARY

Modern novel and Romanticism (in Korean literature)

So, Young-Hyun

I'm rethinking about the relation of Korean modern novel and romanticism to do a plentiful study about the process of the formation of Korean modern novel. The greaterpart of an learned man seem to think about romanticism as the trend of modern literature. As we argues in favor of romanticism in this way, we can't surmount of location of Korean literature below European standard. Thus I'll prescribe romanticism not to the trend of modern literature but to the spirit of the times. Since the period of second half in 1910's, the new intellectual make an appearance in Korean intellectual society. They are dragged into the spirit of the times which is the desire of the invention and of the construction of the new culture. I'll supposed that the romantic spirit is the desire of the invention and of the construction of the new culture. The reason why the desire of the invention and of the construction of the new culture is the romantic spirit, it expresses in realm of art. Art is a territory that has been realized an ideal of life and that has been provided with potentiality that is able to establish a world which is superior to real reality through imagination. The desire of unity with art and life is based on the distance between art and life and the way that deals with the distance between in and out world. Romantic subject has constructed in duplicative mechanism. Both the desire of invention and destruction form essential factors in the process of construction of Kore- an modern literature.

Keywords : romantic spirit, romantic life, desire of new culture, 'cultural' code, duplication of the 'distance', emotional subject, desire of invention and destruction, emotional sympathization, solitary inside

이 논문은 1월 15일 투고되어 소정의 절차를 거쳐 2월 10일 게재 확정되었음.

근대 소설의 역사성과 허구성
- 역사와 문학의 동일성과 타자성 -

송 은 영*

1. 서사양식으로서의 소설과 역사

근대 초기 조선의 문인들이 소설을 시정의 재담이나 하찮은 이야기로 치부하던 종래의 견해로부터 구출하여 근대 문학의 하위 장르로 정착시키려 했다는 점은 잘 알려져 있다. 이는 문학이 가지고 있던 전통적 어의를 서양의 literature의 번역어로 전환시키는 담론적 실천이었으며,1) 소설로 한정시켜서 말하자면 재래의 소설 개념을 novel의 번역어로 새롭게 태어나게 하는 작업이기도 했다. 이 실천이 중국에서 유입되어 정착한 전통적 담론 체계에 대한 적극적인 결별을 의미했다는 점은 두말할 나위가 없다. 소설은 이미 1세기 경 반고(班固)의 『한서(漢書)』「예문지(藝文志)」를 통해 이 담론체계 안에 편입되어 있었다. 반고는 이 책에서 소설가를 사부(史部)가 아닌 자부(子部)의 제자략(諸子略)에 넣어 분류하면서도, 그

---

* 연세대.
1) 황종연, 「문학이라는 역어」, 『한국문학과 계몽담론』, 문학사와비평연구회, 새미, 1999.

것이 시정의 소소한 이야기를 기록하는 역사의 전통에서 나왔다는 부연 설명을 잊지 않았다. 중국에서 저작분류의 방식이 계속 변화하는 동안에도 이 분류와 설명은 계속 유지되어 소설의 지위와 운명을 좌우했다.[2] 즉 소설은 자부(子部)와 마찬가지로 경학의 이념과 도를 거스르지 않고 풍속과 인정의 교화에 도움이 될 경우에만 효용성을 인정받았고 혹은 사부(史部)의 저작처럼 저절로 명분을 바로잡고 포폄을 가릴 수 있는 사실 그대로의 기록임을 밝혀야만 존재가치를 선언할 수 있었다. 풍속 교화의 효용성과 실제 사적의 기록임을 강조하던 이해조의 그 유명한 『화의혈』 「서언」과 후기는 전통 사회에서 소설이 차지했던 이중의 존재의의를 남김없이 보여준다.[3] 특히 역사와 그 토대인 '사실'은 1890년대부터 1920년대에 이르기까지 조선에서 (신)소설[4] 뿐만 아니라, 신문,[5] 역사전기류 등의 존재가치를 보장하고 활성화시킨 직접적인 근거이기도 했다.

'역사'는 근대 소설의 자율화 과정을 서사양식의 관점에서 바라볼 때 비교대상으로 가장 눈여겨봐야 할 영역이다. 전통적 담론체계에서 소설이 역사를 보완하는(輔史) 미흡하고 불완전한 하급의 역사담론으로 간주되었기 때문만은 아니다. 오늘날의 '서사'에 상응하는 개념이 존재하지 않았던 유교 문화권에서 역사는 모든 서사 자료들을 이해하기 위한 창문과도 같았다.[6] 소설은 황당무계하고 기괴한 허언낭설이라는 유가의 비난

---

2) 班固의 『漢書』 「藝文志」(A.D. 1C)의 저작분류방식은 西漢 劉向과 劉歆 부자가 편찬한 『七略』(B.C. 1C)의 七分法을 따른 것으로, 經史子集의 사부(四部) 분류법을 확정시킨 『隋書』 「經籍志」(7C)의 분류법이 나온 이후에는 거의 통용되지 않았다. 그러나 소설을 제자략에 포함시키되 부분적으로 역사의 하부 담론으로 취급하는 전통은 중국 저작 분류의 집대성인 청대의 『四庫全書』(18C)에 이르기까지 변함 없이 유지되었다. 자세한 사항은, 이성규, 「동양의 학문 체계와 그 이념」, 『현대의 학문 체계』, 소광희 외, 민음사, 1994, 9~21쪽; 이장우·노장시, 『중국문화통론』, 중문출판사, 1993, 108~145쪽; 邱燮友 외, 『중국학 입문』, 박종혁 역주, 서해문집, 1994, 29~36쪽 참조.

3) 이해조, 『화의혈』, 보급서관, 1912, 1쪽, 100쪽.

4) 소설이 사실의 기록임을 주장한 사례들에 대해서는, 권보드래, 『한국 근대 소설의 기원』, 소명출판, 2000, 122~130쪽 참조.

5) "옛적의 패관과 야사가 잇서여 사긔짓는 사롬이 혹 취하더니 지금은 변흐야 신문니 되엿스니 그 법이 디개 구쥬와 미국서 창설하야 건리에는 각국에 성힝하니 아도 쏘한 사긔의 류라", 「본보발간지취지」, 『시사총보』, 1899년 1월 22일.; "오놀날 신문은 곳 녜날 스긔니", 『뎨국신문』, 1899년 3월 17일.

으로부터 완전히 자유롭지는 못했지만, 적어도 역사의 보호 아래서는 인간의 삶과 사회의 진실을 부분적으로 전달해주는 주변적 이야기로 인정받을 수 있었다. 전통적인 역사 체계 안에서는 아마 요즘 우리를 당혹시키는 양식의 혼종 상태나 사실과 허구의 뒤섞임도 그다지 문제가 되지 않았을 것이다.[7] 허구적 이야기들은 비공식적 역사기술로서의 소설에서뿐만 아니라 공식적 정전과 정사에서도 사실로 간주되어 무수히 기술되었다. 전통 사회에서 역사는 허구적 이야기들을 배척했던 토대였던 동시에 허구의 서사적 정당성과 가치를 승인해주고 서사를 구성하는 방식과 목적, 문제 등을 제공하는 토대였던 것이다.

이런 맥락에서 근대 소설이 문학 장르의 하나로 자율화되는 과정에 대한 논의는 소설, 문학, 허구 등 오늘날 문학 영역 안에 한정되어 있는 여러 담론들의 의미와 관계를 전환시키는 차원에 국한되지 않는다. 문학과 관련된 담론들의 전환과 그것을 뒷받침하는 인식론적 단절은 '역사'와의 비교를 통해 서사의 차원에서 그것들이 구체화되고 구조화되는 측면에 대해 분석할 것을 요구한다. 근본적으로 서사란 모든 사회에 존재하면서 인간이 삶과 경험, 존재와 세계에 대한 이해를 나름대로의 합리적 틀 안에 주조해낼 수 있게 해주는 형식이자 그 결과물이다. 그리고 역사와 문학은 인간이 사회적 삶과 경험들을 인식하고 설명하기 위해 창안되어 서로 교차하며 공존했던 가장 오래된 서사 양식들이다. 다행히 한때 근대의 인식론적 분할에 따라 '학문으로서의 역사'와 '예술로서의 문학'으로 엄격하게 분리되었던 역사와 허구는 탈근대적 반성과 함께 서사 양식의 일부로 이해되기에 이르렀다. 이성과 감성, 학문과 예술, 사실과 허구 등의 관계를 배치하고 구획하던 근대의 인식론과 그것을 떠받치던

---

6) 루 샤오펑, 『역사에서 허구로』, 조미원 외 옮김, 길, 2001. 23~24쪽, 73~96쪽 참조.
7) 동양처럼 역사 담론의 압도적인 우위에 시달린 적이 없는 근대 이전의 서양에서도 사정은 크게 다르지 않았다. 18세기초까지 영국에서도 romance, history, novel은 상호교환될 수 있는 용어로 쓰였을 뿐만 아니라, news에서도 사실적인 것the factual과 허구적인 것the fictional의 구분은 모호했다. Michael McKeon, *The Origins of English Novel: 1600-1740*, Baltimore: Johns Hopkins University Press, 1987, pp. 25~28, pp. 45~47.

인간 이성의 상대성과 허약성이 폭로되자, 예술에서 진리 인식의 계기를 찾으려는 시도 외에도 역사를 실체가 아닌 일종의 텍스트로 보려는 작업8)이 본격화된 것이다. 이러한 반성들은 주로 역사이론의 측면에서 더 본격화되기는 했지만, 문학의 자율성이라는 아직도 굳건한 신화와 그 토대인 근대적 인식론을 성찰하는 데도 도움이 된다. 역사가 사실과 특별한 관계를 유지하는 허구적 구성물인 것만큼이나, 문학 또한 여전히 역사적 글쓰기와 어떤 부분을 공유하고 있는 허구적 양식이기 때문이다.

실제로 한국 근대 소설의 서사 양식을 처음으로 본격적인 궤도에 올려 놓았던 이광수의 장편 소설『무정』과 그의 평론들을 살펴보면, 근대 소설의 자율성이 결코 장르나 양식의 혼종 상태를 객관적 사실과 허구적 구성으로 분리하여 이루어진 것은 아니라는 점을 확인하게 된다. 이광수가 새롭게 정립한 근대 소설의 허구적 서사양식은 역사와 완전히 결별했다기보다는 '역사'를 새롭게 인식하고 전유함으로써, 즉 허구를 역사적 사실의 재현에 관계하는 특수한 방식으로 확립시킴으로써 태어난 것이었다. 이 점은 한국 근대 역사학을 확립했다고 평가되는 신채호의 역사 담론에 대한 인식이나 그의 역사서술 등과 비교할 때 더욱 확연히 드러난다. 1900년대만 해도 자신이 주장한 구사(舊史)의 개혁을 완성시키지 못한 채 "사평체"의 사론과 역사전기류, 소설을 썼던 신채호는 중국 망명 중 근대 역사학의 흐름을 접하고 나서 1920년대 초 이후 역사서술을 근대적 학문으로 정착시켰던 장본인이다.9) 이 글이 1910년대 말부터 1920

---

8) 이 작업은 무엇보다도 역사의 실재성을 부정하는 태도를 함축한다. 포스트모던 역사학과 탈구조주의의 역사비판에 대해서 비교적 타협적인 입장을 취하는 로제 샤르띠에는, 이 과격한 주장을 완화시키기 위하여 역사가 "사실과 특별한 관계를 유지한다는 점에서 유일"한 이야기라고 표현한다. 그럼에도 불구하고 그의 말을 약간 뒤집어 표현하자면, 역사는 "사실을 파악할 수 있는 설명을 생산하는 기능을 수행"하는 "다양한 형태의 이야기 방법들 가운데 하나"일 뿐이다. George Iggers, 『20세기 사학사』, 임상우 외 옮김, 푸른역사, 1998, 30쪽.
9) 활동 초기의 신채호는 훗날 스스로 "史評體"에 불과한 것으로 평가했지만 역사에 대한 근대적 인식을 단편적으로나마 내보인 사론「독사신론」(1908)을 비롯하여, 「을지문덕」(1908), 「이순신전」(1908), 「최도통전」(1909-1910), 「꿈하늘」(1916) 등의 역사전기류를 남겼다. 그러나 1920년대 초반에 이르면 신채호는 자신이 예전에 썼던 글들을 비판하면서, 『조선상

년대 초반 이광수의 평론이 보여준 담론적 실천과 그의 소설이 도달한 서사양식을 신채호가 비슷한 시기에 썼던 역사저작들과 끊임없이 비교하려는 것은 바로 이러한 이유 때문이다. 새롭게 탄생한 근대적 소설 양식의 서사구성원리와 지향성은 자율화의 모색이 이루어진 인식론적 조건이 동일한 만큼, 비슷한 시기에 근대 역사학이 추구했던 역사서술의 그것과 유비 관계에 놓인다. 다시 말해 이 글은 역사와 소설의 원리 상의 유사성과 양식적 차이의 공존이 둘의 동근원성에서만 비롯된 것이 아니라, 두 영역의 근대적 자율화 과정이 일으킨 동일화와 타자화의 이중적 역학에서도 유래한다는 것을 밝히려는 것이다.

2. 새로운 실재론: 객관적 사실과 상상적 허구

역사와 소설은 근대적 학문과 예술의 하위 분과로 정착하기 위해 자신들의 영역이 다른 분야에 종속되지 않는다는 점부터 명확히 해야만 했다. 이광수가 문학이란 "政治, 道德, 科學의 奴隷가 아니라" "獨立한 一現象"[10]이라고 선언했듯이, 신채호도 "歷史는 歷史를 위하여 歷史를 지으란 것이요, 歷史 以外에 딴 目的을 위하여 지으라는 것이 아니"라고 주장

고문화사』(1920년대 초 가장 먼저 집필, 1931년 발표), 『조선사연구초』(1920년대 초 집필, 1924-25년 발표), 「조선혁명선언」(1922-23) 등을 집필하여 비로소 완숙한 한국 근대 역사학을 성립시키게 된다. 이 시기 신채호의 역사서술이 근대 역사학을 성립시킨 저작으로 평가받는 이유는, 역사 그 자체의 원리와 본질에 대한 이론을 전개했다는 점, 엄격한 사료 고증과 비판의 방법을 제시함으로써 체계적이고 실증적인 역사연구방법론을 확립했다는 점, 역사서술의 객관성과 체계성, 과학성 등을 꾀했다는 점 등에 있다. 김용섭, 「우리나라 근대 역사학의 성립」, 『한국의 역사인식 下』, 이우성·강만길 편, 창작과비평사, 1976.; 조동걸·한영우·박찬승 편, 「신채호」, 『한국의 역사가와 역사학 下』, 창작과비평사, 1994.; 한영우, 『역사학의 역사』, 지식산업사, 2002. 참조.

10) 이광수, 「文學이란 何오」, 『이광수 전집』 1권, 삼중당, 1966, 509쪽. 앞으로 이 글에서 인용할 경우 쪽수만 표시한다.

했다.[11] 더 나아가 이광수는 문학이란 "作者의 想像內의 世界를 充實하게 寫眞"(513쪽)하는 것이라 설명하여, 문학의 고유한 자질을 작가의 창조적 상상력이 빚어내는 허구에서 찾았다. 신채호 역시 "客觀的으로 社會의 流動狀態와 거기서 發生한 事實을 그대로 적은 것이 歷史요, 著作者의 目的을 따라 그 事實을 左右하거나 添附 혹 變改하라는 것이 아니"(35쪽)라고 주장하여, 역사가 객관적 사실의 기록이라는 점을 명시했다. 이 구분은 분명히 우리가 현재 지니고 있는 일반적인 상식과도 일치되는 것으로, 다르게 표현하자면 사실과 허구의 대립이다. 역사는 사실에 관여하며 문학, 더 좁게는 이광수가 염두에 두고 있던 소설은 허구에 관계한다는 것이다.[12] 또한 이 둘을 매개하여 역사적 사실을 허구적으로 처리할 수 있는 권리는 마치 역사소설에게만 할당된 것처럼 간주되곤 한다. 그러나 둘의 인식론적 근거와 구성방식들을 검토해보면 신채호와 이광수가 각각 근대적 역사와 소설을 특징짓는 근거로 제시한 사실과 허구는 서로 여집합보다 교집합이 더 많은 범주들이다.

이광수가 문학의 특질로 제시한 상상적 허구의 관념은 특수한 인식론적 상황을 전제한다. "人生의 一方面을 正하게, 精하게 描寫하여 讀者의 眼前에 作者의 想像內에 在하는 世界를"(513쪽) 생생하게 시각적으로 현전하게 한다는 허구의 관념은, 재현해야 할 객관적 실재가 인간의 내면 바깥에 존재한다는 실재론realism의 원리 안에서 가능한 생각이다. 다시 말해 객관적으로 존재하는 외적 실재가 있어서, 그것이 작자의 상상 내의 세계에서 표상된 다음에야 허구로 만들어질 수 있다는 발상이다. 역사는 역사가가 자의적으로 왜곡할 수 없는 사실의 기록이라는 언명으로 신채호가 지시하고 있는 것도 바로 그러한 객관적 실재의 존재다. 물론

---

11) 신채호, 「朝鮮上古史」, 『단재 신채호 전집』 상권, 형설출판사, 1995(개정판), 35쪽. 앞으로 이 글에서 인용할 경우 쪽수만 표시한다.

12) 이광수는 시를 허구와 적극적으로 연관시키지 않았다. 그는 "만일 누가 예루살렘의 廢墟를 대할 때 일어나는 느낌을 事實도 想像도 쓰지 아니하고 리듬(高低 長短) 있는 말로 直接으로 表現한다 하면, 이것이 위에 引用한 바와 같은 敍情詩가 되는 것이다."라고 쓴 바 있다. 이광수, 「文學講話」, 『이광수 전집』 16권, 삼중당, 1963, 73쪽.

'있는 그대로의 사실'이란 전통적인 역사서술 또한 표방했던 원리였으며 근대 이후 처음 생겨난 사고대상이 아니다. 그러나 전통 사회에서 그 함의는 지금과 달랐다. 동서양을 막론하고 근대 이전의 역사서술에서 가장 중요한 것은 언제나 시각적 증인과 청각적 증인의 언술이었다. 가령 옆구리로 아이를 낳았다가 구렁이에게 빼앗기고도 멀쩡하게 돌아왔다는 식의 황당무계한 이야기나 사건이라 해도,13) 만약 보고 들은 사람이 있다면 그것은 사실이기에 역사서술의 내용으로 채택되어야만 했다. 이때 사실이란 경험으로 인지된 모든 실재했던 사건의 집합을 가리키며, 경험적으로 지각되는 방식 그대로 존재한다.

근대의 역사와 소설은 이렇게 인간이 감각을 통해 경험한 내용을 그대로 실재라고 생각하는 '소박한' 실재론을 부정하는 데에서 출발한다.14) '새로운' 인식론은 개개의 감각적 경험은 현상에 불과하고 그 배후와 이면에는 어떤 본질이 숨어 있다는 발상을 중시한다. "一人事의 現象을 觀할 時에, 其 現象의 裏面과 根底까지를 洞察하고 一社會 一時代를 觀察할 時에 亦 如此하여야"(515쪽) 한다는 이광수의 문학적 천재론은 이 새로운 실재론적 인식에 대한 관심을 구체적으로 표명하고 있다. 즉 경험적으로 지각되는 사물과 사건들은 눈에 보이지 않지만 실재하고 있는 본질을 외화한 것이거나 혹은 거기에 참여하고 있는 개별적인 현상들에 지나지 않는다는 생각이 작용하고 있는 것이다. 개별적인 사건과 행위 속에서 상위의 법칙, 원리, 혹은 보편성을 직관하는 이러한 감각은 새로운 의미의 사실과 허구를 구성하는 데 중요한 역할을 차지한다.

---

13) 黃玹, 『梅泉野錄』, 김준 옮김, 교문사, 1994, 660쪽.

14) 지각 그대로의 경험을 '착각'이라고 부정하는 인식이나, 바로 옆에 있는 사건과 사실만을 검토하는 역사를 부정하려는 경향은 이미 1910년대 중반에 보편적으로 나타나 있다. 다음의 구절들은 이러한 인식을 단적으로 드러낸다. "우리는 往往히 外界의 事物을 實物대로 知覺하지 아니하고 그릇 知覺하는 일이 잇스니……學問上에 이것을 錯覺이라 하나니라. 錯覺은 感覺性 錯覺과 觀念性 錯覺 두 가지로 난홀지니", 「錯覺의 奇現象」, 『靑春』 1호, 56-57쪽. "대체 太古 사람은 自己 바로 녑헤 잇는 것밧게는 아모것도 모르니 그 소견이 참 좁고 그 만든 歷史며 按設 따위도 짜라서 매오 偏僻되며……지금 世上 사람이 보면 한번 들어볼價値가 업시 되엇도다." 「世界의 創造 (上)」, 『靑春』 1호, 1914년, 13쪽.

신채호는 전통적인 춘추필법에 의거하여 연월이나 사소한 사실들만 적은 옛 기록들에 대해 "듣고 전한 자 누구"인지 의문을 제기하면서, 사료의 경험적 기록들을 사실로 보지 말 것과 "時代의 本色을 그린 文字"(65, 67쪽)의 필요성을 주장한다. 신채호는 사실을 특수한 시대에 존재했던 사회의 본색, 즉 본질을 드러낼 수 있는 것에 국한시킨다. 그는 사료 고증의 필요성을 역설하면서, 역사적 사실이란 겨우 數十字라 해도 "數千卷을 反覆하며 出入하여, 혹은 無意中에서 獲得하며, 혹은 有意中에서 按出하여 얻은 結果"(52쪽)여야 한다고 말한다. 그는 사소한 사건들은 던져두고 중요한 "大問題에 注意하여, 訛를 正하고 眞을 求하여 朝鮮史學의 標準을 세움이 急務의 急務"(47쪽)라고 하였다. 실제로 신채호가 역사서술에 기울인 노력의 대부분은, 수많은 기록 중에서 믿을 만한 몇 가지 진실한 사실을 얻어낼 수 있는 방법을 찾아내고 또 그 방법을 통해 민족의 과거사를 재서술하는 일이었다. 다시 말해 신채호가 실제로 일어난 객관적 사실이라고 믿었던 것은 사실상 엄밀한 해석과 유추를 따르거나 무의식적인 통찰에 의지해 걸러진 주관적 구성물이며,[15] "생장과 발달"이라는 역사의 원리를 입증하고 시대의 본질을 상상적으로 "활화(活畵)"시킬 수 있는 개별자였다.

이광수는 허구가 작자의 창조적 상상력으로 빚어진 독자적인 세계라는 점을 분명히 함으로써, "述而不作"의 원칙을 깨뜨리고 소설을 쓰는 과정이 가상의 세계를 만들어내는poiein 행위라는 점을 처음으로 확인시켰다. 그런데 이 만들어진 가상, 실재하는 것이 아님에도 불구하고 마치 독자의 눈앞에 그 세계를 실제로 보는 것 같은 착각을 불러일으키는 허구의 세계는, 그것이 인생의 참된 보편적 가치를 말한다는 점에서 또 다른 의미의 사실이다. 그는 작자의 상상력과 창조 행위를 옹호하면서, 그것이

---

15) 신채호는 사서보다 허구적 이야기에 불과한 소설에 더 정확한 사실이 담겨 있을 수 있다는 점을 인정하기도 했다. "或曰 右의 事實이 新·舊 兩<唐書>에 보이지 않고 오직 小說中에 보일 뿐이니 어찌 遵信하리오 하나 어느때는 小說이 或 史冊보다 遵信할 價値가 있는 것이라." 신채호, 「朝鮮 古來의 文字와 詩歌의 變遷」, 『단재 신채호 전집』 중권, 형설출판사, 1995(개정판), 169쪽.

전혀 새로운 의미에서 참된 것임을 말한다. "참이란 …… 상상의 世界를 그린 것이 世上의 人情에 착 들어맞는다는 뜻이다. 여기 哲學的 眞과 詩的 眞 또는 藝術的 眞의 差異가 있는 것이다. 아무렇게나 재미있게만 꾸며어 댄 것은 藝術이 아니다. 自然과 人生의 形態와 行動과 情에 대하여 두말할 것 없이 참된 것이라야 비로소 價値 있는 文藝가 되는 것이다."16) 이성에 의해 인식될 수 있는 진리와 오직 시와 예술만이 도달할 수 있는 진리를 구분했다는 점에서, 이광수의 이러한 인식은 분명히 낭만주의자들로부터 발원한 예술옹호론을 따르고 있다. 상상적 허구는 삶의 참된 실재를 가시화시켜주기 때문에, 꾸며낸 것이지만 그 누구도 부인할 수 없는 보편적 사실을 말한다. 마치 역사의 사실이 과거의 참된 실재를 그려내기 위해 '상상된 구체적 사실들'이듯이, 허구 역시 인생의 참된 실재를 보여주기 위해 감각의 옷을 입고 '구체화된 상상의 세계'이다. 이것이야말로 허구가 자율성을 인정받을 수 있는 근본토대이다.

중요한 점은 이광수와 신채호가 모두 허구를 창조하고 사실을 구성할 수 있게 만드는 준거점을 "자아"에서 찾았다는 것이다. 이 자아는 학문이나 예술을 성립시키는 주관성의 특수한 영역에 한정되지 않는다. 이광수는 허구를 창조하는 소설가가 세계를 감각적으로 인식하는 능력만을 지녀서는 안 된다고 생각했다. 감성은 독립적이지만, 그것과 동등한 위치에 있는 오성이나 도덕이라는 다른 이성능력과 함께 발휘되어야 한다. 감성적 능력만 불구적으로 발휘하면 도리어 건강하지 못한 문학을 낳기 십상이다. "문사"가 "수양"을 통해 지식과 도덕을 터득하는 것은 자아를 더욱 완전하게 만드는 일이지 결코 감성의 독립성을 또 다시 빼앗는 것이 아니다. 신채호가 행한 '我와 非我'의 구분은 역사적 사실이 '我'에 따라 다르게 판단될 수 있음을 노골적으로 드러낸다. 계급, 민족, 국가를 막론하고 "무릇 주관적 위치에 선 자" 모두를 我라 할 때, 각각의 我마다 객관적으로 파악할 수 있는 역사와 사실은 모두 다르다. 각각의 我는 결코 서

---

16) 이광수, 「藝術評價의 標準」, 『이광수 전집』 16권, 삼중당, 1963, 163쪽.

로 화해할 수 없는 인식과 사실을 지니고 있기 때문에, 언제나 我와 非我 사이에는 투쟁과 정복의 관계만이 성립한다. 신채호가 말하는 사실(史實)의 세계는 결국 무한한 상대성의 세계이며, 사실은 언제나 我에 대한 사실이지 非我에게까지 사실은 아니다.[17]

이는 이광수와 신채호가 새로운 의미의 사실과 허구를 성립시키는 기반이 되었던 새로운 실재론이 일종의 인식론적 전도를 통해서 탄생했음을 의미한다. 그들은 자신들이 말하는 '이면과 근저, 본색'이 구체적으로 무엇을 지시하는지에 대해 더 깊이 생각하거나 철학적으로 논증할 필요를 느끼지 않았다. 다만 그동안 사실이라는 이름으로 지칭되던 실재가 외부의 객관적 경험에 의해 획득되는 지식의 축적만으로는 인식될 수 없다고 보기 시작한 것이다. 개별적인 대상이나 사건, 행위들은 경험을 통한 객관적 지식을 축적함으로써 알 수 있는 것이 아니라, 오직 자아의 판단과 내면을 통해서 알 수 있는 본질을 통해서만 접근될 수 있다. 그 본질은 바깥의 경험적 세계에서 발견할 수 있는 것이 아니라, 온전한 자질을 갖춘 자아가 자신의 내면적 판단에 따라서 상상적으로 구성하거나 부여할 수 있는 것이다. 이는 오늘날 통용되는 양식구분이나 사실과 허구의 이분법이 객관적 세계와 내면적 주관성의 분리를 전제하고 세계를 탈마법화시켜 얻어낸 근대적 논법일 뿐이라는 점을 함축한다. 이광수와 신채호는 근대적 허구와 역사의 개념을 만들면서, '사실'이라는 이름으로 호칭되던 객관적 실재의 범주와 그것을 인식하고 재현하는 방식을 변화시킨 것이다. 이러한 새로운 인식론적 전도 위에서 탄생한 사실과 허구는 새로운 '사실임직함'의 관례를 만드는 기반이자 각각 근대 역사서술과 소설의 서사양식을 만들어내는 원리가 된다. 결국 우리의 근대 역사

---

17) 이는 니체가 『권력에의 의지』에서 말한 유명한 구절을 상기시킨다. "그 자체로 순수한 사실적 사태란 없으며," "단지 여러 해석들"만이 있을 뿐이다. 또 하나의 세계가 아니라 "무한히 많은 세계들"이 있는 것이고 이 세계는 살아 있는 개인의 여러 관점일 뿐이라는 것이다. "'이것은 무엇인가'라는 질문은 하나의 의미를 정립하는 방식이다. …… 실상 그 물음은 언제나 '이것은 나에 대하여 무엇인가'라는 물음이다." Luc Ferry, 『미학적 인간』, 방미경 옮김, 고려원, 1994, 18쪽에서 재인용.

서술과 소설을 탄생시킨 기저에는 새로운 실재reality를 인식하려는 열망, 다시 말해 "세계에 대한 리얼리즘적 이해를 갈망"하는 욕구가 있었던 것이다.18)

3. 새로운 사실성: 상상된 사실과 사실적 허구

새로운 실재론적 인식은 우리의 서사적 전통에서 굉장히 낯선 양식을 창출한다. 새로운 실재론은 감각적으로 경험되고 지각되는 구체적인 현상들 속에서 실재를 발견하고 구성하는 방식을 변화시켰는데, 이러한 변화는 낱낱의 무질서한 현상들을 조직하고 엮어내는 서사의 측면에 반영될 수밖에 없다. 갑자기 소설가와 역사가는 자신의 판단에 의지하여 개별적인 사건과 행위들을 어떤 보편적 사실과 법칙 속에서 구성해내야만하게 되었기 때문이다. 이광수와 신채호는 객관적이고 보편적인 실재의 정체가 무엇인지 추상적인 수준에서 탐구하기보다, 개별적이고 감각적인 현상들 속에서 그 실재가 어떻게 드러나고 구성될 수 있는지에 대해 더관심을 기울였다. 그 새로움의 의미는 전통적인 역사서술의 방법과 비교해볼 때 더 잘 드러난다. 유교 문화권의 전통에서 역사서술은 "소재를 분석하고 해석하고 비판하고 종합해서 하나의 체계와 영상을 구성하려는의도와 노력은 처음부터 포기한 것 같고, 다만 개개의 대소 사건들을 세밀하게 나열, 기록할 따름"이었기 때문이다. 상상을 초월할 정도로 막대한 양의 역사기록을 남겼던 중국에서도 "역사 철학이 끝내 생겨나지 못했고, 역사의 흐름을 관통하는 원리라든가 역사의 방향에 대한 사고는싹트지 못했다."19) 역사적 사실에 대한 지식은 경전에 대한 지식과 구분

---

18) Hayden White, 『19세기 유럽의 역사적 상상력』, 천형균 옮김, 문학과지성사, 1991, 63~66쪽 참조.

되지 않았을 뿐만 아니라, 역사 그 자체가 하나의 독립된 대상으로 성찰될 수 있으며 그 진행과 발전의 과정이 어떤 보편적인 원리를 통해 서술되어야 한다는 생각은 존재하지 않았다.

신채호는 구사(舊史)의 서술방법이 역사 속에 내재한 실재를 재현하는데 적합하지 않다고 깨닫게 되자, 역사서술의 방식을 개혁하는데 관심을 기울였다. 그는 특히 새로운 인과성의 도입이 역사서술의 혁신에 필요하다고 생각하고 '회통'을 구하는 문제를 진지하게 논의했다. "會通은 前後 彼此의 關係를 類聚한다는 말"인데 그는 "舊史에도 會通이란 名稱은 있으나" 이 명칭이 제대로 응용된 곳이 없음을 한탄하였다. "무슨 事件이든지, 忽然히 모였다가 흩어지는 彩雲도 같고, 突然히 불다가 그치는 旋風과도 같아서, 도저히 摸捉할 수가 없다"는 것이다.(62쪽) 신채호는 새로운 역사가 사건들을 원인과 결과의 관계에 따라 서술해야 한다고 생각했다. 그가 서술하는 '묘청의 난'은 새로운 인과성의 형식을 잘 보여주는 역사서술의 사례이다. 신채호에 따르면, 묘청의 북벌론과 평양도참설은 『삼국사기』가 전하는 것 같은 갑작스러운 돌발 사태가 아니라 이미 태조 왕건의 꿈과 고려 건국의 이상에서부터 시작되어 무인들에게는 면면히 전해 내려온 생각이다. 이러한 생각이 역사적으로 잠재되어 있었기 때문에, 묘청의 생각은 그렇게 폭넓은 호응을 받을 수도 있었고 또 금(金)나라의 강성이라는 계기를 만나자 갑자기 터져나오는 결과를 필연적으로 낳게 한 것이다. 이 서술에 적용된 인과관계는 시간적으로 선후관계에 놓이는 기계적 연속성의 측면을 뜻하는 것이 아니라, 가능성의 형태로 잠재되어 있던 요소들이 어떤 구체적 계기를 통해 가시적으로 현현되는 형식을 의미한다. 하나의 역사적 사건은 언제나 다른 사건이나 환경과

---

19) 각각 고병익, 「중국인의 역사관」, 42쪽 및 「유교 사상에서의 진보관」, 70쪽, 『중국인의 역사인식 上』, 민두기 편, 창작과비평사, 1985. "중국인들은 개별적인 사례만을 주의한 까닭에 개별적인 것, 혹은 특수한 사례를 둘러싸고 있는 보편적인 그 무엇을 파악해 알아보려고 하지 않았다. 따라서 많은 특수를 하나의 보편 밑에 포괄시키는 것과 같은 사유 활동은 그다지 발전하지 못하였다"는 지적은 이와 함께 음미되어야 한다. 中村元, 『중국인의 사유방법』, 김지견 옮김, 까치, 1990, 42쪽.

연관되어서만 발생할 수 있으며, 그 이전에 보이지 않는 형태로 잠재되어 있던 싹들이 어떤 계기를 만나야 가시적으로 표현되고 현상될 수 있다는 것이다.

신채호가 여러 사건들을 '표현적 인과성'[20]의 관계로 구성하여 설명했을 때 노렸던 점은 역사의 이름으로 존재하는 객관적 실재를 사람들이 인식할 수 있게 하는 것이었다. 이 목적이 달성될 때 사실상 발휘되는 것은, 인간들의 주관적 판단과 행위의 산물인 인간의 역사를 마치 인간의 의도를 뛰어넘어 존재하는 객관적 실체의 표현인 것처럼 느끼게 하는 효과다. 이 효과가 객관적 인식처럼 기능하기 위해서는 각 사건과 행위들이 언제나 필연적인 결과로 설명되어야 하며, 개인의 의도와 주관적인 능력 바깥에 미리 이 필연성을 낳게 할 만한 요소들이 원인과 과정의 형식으로 존재하고 있었다는 점이 이야기로 엮어져서 제시될 필요가 있다. 신채호가 단편적 사건만을 무차별하게 나열하던 구사(舊史)의 서술전통에서 벗어나기 위해 받아들였던 이 인과성의 원리는 사실은 '처음·중간·끝'이 있는 시학의 서사구성이었다. 역사가는 새로운 인과성에 따라 해석되고 발견된 사실들이 객관적 사실이라고 납득시키기 위해, 행간에 숨겨져 있는 모티프들을 찾아내어 원인, 과정, 결과를 개연성 있는 이야기로 엮어내어 설명할 수 있어야만 한다. 즉 역사적 실재는 역사가의 주관적 판단력과 상상력을 통해 구성된 문학적 서사 속에서만 모습을 드러낼 수 있게 되는 것이다.

마찬가지로 이광수는 새로운 허구의 가치가 현실에 살고 있는 인간들의 감정과 행위를 일관되고 공통적인 본질에 따라 형상화하는 데 있다고 보았다. 그가 "人生의 生活狀態와 思想感情"이라면 뭐든지 문학의 재료가 될 수 있다고 보면서도, '정'의 재현에 대해 유독 자주 언급했던 것도 이러한 이유에서다. 이광수에게 '정'은 시대와 처지에 따라 다소의 변화가 있다 해도 대개 "일관불변"하고 "공통한 것"(517쪽)이기 때문이다. 그

---

20) '기계적 인과성'과 대비되는 '표현적 인과성'의 개념에 대해서는, Fredric Jameson, *The Political Unconscious*, Ithaca & New York: Cornell University Press, 1982, pp. 23~27 참조.

러나 이광수가 생각한 허구적 소설의 본령은 '정의 재현'이라는 소설의 제재적 측면이 아니라 독자에게 불러일으키는 "정의 만족"(510쪽)이라는 심미적 효과의 측면에 있었다. 정은 소설 속에 재현될 때만 보편적인 사실인 것이 아니라, 소설을 읽는 독자에게 보편적인 감정을 불러일으킬 때도 보편적인 사실의 형식으로 존재한다. 이광수가 문학의 자율성을 말하면서도, '동정'이나 '선악'에 대한 판단과 같은 보편적 심리를 '문학의 실효'에서 전혀 배제시키지 않고 공존시키는 데 모순을 느끼지 않는 것은, 이러한 맥락에서 파악될 수 있다.

그런데 "정의 만족"은 단지 그러한 보편적인 감정의 환기에 그치는 것이 아니라 다소 특수한 심미적 효과를 수반한다. 소설은 무엇보다도 "人生의 一方面을 正하게, 精하게 描寫하여 讀者의 眼前에 作者의 想像 內에 在하는 世界를 如實하게, 歷歷하게 開展하여 讀者로 하여금 其 世 界內에 在하여 實見하는 듯한 感을 起케 하는 者"(513쪽)이다. 허구로서의 소설이 독자적인 자율성을 얻게 되는 근거는 독자들에게 마치 실재하는 세계를 보는 듯한 효과를 낼 수 있는 측면에 있다는 것이다. 실제로 이광수는 질투와 충효의 감정을 그리지 않는다고 해서 소설이 자연히 도덕으로부터 독립하게 되는 것이 아니라, 질투와 충효가 인생생활에 일으키는 희비극과 인정미를 "여실하게 묘사"하여 "정의 만족"을 불러일으킨다면 그것은 고대 문학이 아닌 근대 소설이라고 말한 바 있다.[21] 그렇다면 상상적 허구의 핵심은 가상의 세계를 사실처럼 생생하게 느끼게 만들 수 있는 능력, 즉 사실효과를 창출하는 서사적 형식에 달려 있게 된다. 이광수가 역사와 문학을 비교하여 "歷史도 文學이 아니다. 歷史는 人類의 生活의 事實을 記述하고 그중에서 因果의 理法을 찾는다. 그러나 歷 史家는 오직 事實을 列記할 뿐이요, 創造的 想像力을 活用하여 藝術的 形式에 의한 人生生活의 表現이 아닌 때문이다"[22]라고 썼던 구절은 이에 대한 대답을 암시한다. 문학도 역사처럼 인과의 법칙에 따라 인생의 사

---

21) 이광수, 「懸賞小說考選餘言」, 『靑春』 제12호, 1918년 3월, 98쪽.
22) 이광수, 「文學講話」, 『이광수 전집』 16권, 64쪽.

실을 말하지만 예술적 형식에 차이가 있기 때문에 역사와 구분된다는 생각은, 역사와 문학이 모두 인간의 삶과 그 속에 내재해 있는 실재reality를 대상으로 삼지만 그것을 제시하는 '양식'이 다를 뿐이라는 점을 보여준다.[23] 결국 역사와 문학의 유비성과 차이는 리얼리티를 재현하는 '양식'의 문제, 넓은 의미에서의 리얼리즘의 문제이며, 『무정』이 발굴한 사실효과의 형식들은 소설 한 편에 국한되는 세부적인 기법이 아니라 우리 근대 소설의 양식적 윤곽을 가늠하게 하는 출발점에 해당된다.

『무정』이 허구에 생생한 사실성을 부여하기 위해 주로 사용한 방식은 소설 속의 지시대상들이 현실에 미리 존재하는 대상들을 상기시키게끔 재현하는 것이다. 몇 가지 대표적인 예를 들자면, "경성학교 영어 교사 이형식은 오후 두시 사년급 영어 시간을 마치고 내려쪼이는 유월 볕에 땀을 흘리면서 안동 김장로의 집으로 간다"[24]는 첫 문장이나 소설 속의 주요인물들이 모두 모여 조선을 구제하겠다고 결심하는 마지막의 장면은, 소설 외부의 현실과 일부러 경계를 모호하게 만드는 방식을 보여준다. 첫 문장은 이 소설의 이야기가 이미 지금 여기에 존재하는 현실로부터 계속된다는 환상을 만들어주고, 마지막 장면은 소설을 읽고 느낀 생각이 책을 덮은 후 미래의 현실 속에서 계속되어야 한다는 자극을 독자들에게 주고자 한다. 이 외에도 인물들에게 현실 속에서 존재하는 평범한 이름과 특성을 부여한다든가, 그 인물들을 시간, 공간, 사물 등과의 관계 속에서 환유적인 방식으로 묘사하는 것도 사실성을 강화하는 방식들이다. 이형식과 하숙집, 김장로와 그의 집, 평양성과 탕건 쓴 노인 등에

---

23) 허구성을 문학적 혹은 상상적 글쓰기의 기준이라고 생각하지 않았던 러시아 형식주의자들의 논의는 여기에 중요한 시사점을 준다. 러시아 형식주의자들은 르포르타쥬, 자서전, 일기 등 당시 성행했던 기록문학을 문학적 전통으로부터의 급진적 일탈로 간주하고 호의적으로 받아들였기 때문에, 허구성fictionality이 문학적 혹은 상상적 글쓰기imaginative writing의 기준이라고 생각하지 않았다. 그들은 "문학과 삶의 경계선은 유동적"(티니아노프)이라고 말하면서, 문학과 비문학 간의 차이점은 제재, 즉 작가가 다룬 현실의 영역에서가 아니라 '시적 화법'과 관련된 제시의 양식에서 찾아야 한다고 보았다. Victor Erlich, 『러시아 형식주의』, 박거용 옮김, 문학과지성사, 1983, 155~158쪽 및 222쪽 참조.
24) 이광수, 『무정』, 동아출판사, 1995, 11쪽. 앞으로 여기서 인용할 경우, 쪽수만 표시한다.

대한 묘사에서 단적으로 보이는 이 방법들은, 작품 전체에 골고루 퍼져 있으면서 이야기 전체와 의미론적으로 밀접한 관련을 맺는 구성요소가 되고 있다. 또한『무정』은 사실성의 획득을 위해 예전의 소설들이 세계 인식에 끌어들이곤 했던 환상과 꿈, 신비의 요소들을 황당무계한 것으로 치부하고 배제하여, 허구적 소설의 기반으로 제시되었던 상상력을 도리어 환상과 꿈의 세계로부터 차단시켰다.[25] 재현의 양식이라는 측면에서 보자면,『무정』은 그 출생의 기반이 된 낭만주의적 예술론에 기대기보다 도리어 사실주의 소설의 재현 방식을 따르고 있다. 물론『무정』이 사실주의 소설의 다른 중요한 요소들인 3인칭 화자와 과거 시제, 자유간접화법 등을 완벽하게 소화하고 있다는 것은 결코 아니다. 하지만『무정』이 추구한 사실적 재현 방식과 원리들은 우리 근대 소설이 현실 세계의 인정세태를 재현하는 리얼리즘의 정신과 양식에 경주하게 하는데 출발점이 되었던 것은 분명하다.

또한『무정』은 새로운 실재론적 인식을 두 가지 방향에서 서사적으로 조직화함으로써, 우리 근대 소설이 담당해야 할 영역의 경계선을 그었다. 적어도 여덟 차례에 걸친 이형식의 각성 과정을 통해 제시된 '각성과 성장의 서사'는, 그 구획선이 어느 지점에서 그어졌는지 단적으로 보여준다. 이 소설의 성장 서사는, 감각적 현상 뒤에 숨어 있는 본질적 의미를 발견함으로써 외적 현실을 객관적 실재로 구성해나가는 과정[26]을 하나

---

25) 르네 웰렉에 따르면, 리얼리즘이 주장하는 "객관적 현실의 재현"이란 내포 뿐만 아니라 배제의 원리에 따른 이론이다. 리얼리즘은 "환상적인 것, 동화 같은 것, 알레고리적이거나 상징적인 것, 높은 문체, 순수하게 추상적이고 장식적인 것을 거부한다. 이는 신화나 동화Mörchen, 꿈의 세계를 원하지 않는다는 것을 의미한다. 또한 이는 개연적인 것, 순수한 우연, 비일상적인 사건의 거부를 의미하는데, 왜냐하면 지역과 사람의 차이에도 불구하고 당시 리얼리티란 명백히 19세기 과학의 질서잡힌 세계, 인과율의 세계, 기적이 없는 세계, 개인들이 종교적 믿음을 개인적으로 가지고 있다 해도 초월적인 것은 존재하지 않는 세계로 생각되었기 때문이다." René Wellek, The Concept of Realism in Literary Scholarship, *Concepts of Criticism*, New Haven & London: Yale University Press, 1963, pp. 240~241.

26) 형식의 첫 각성은 말 그대로 세계에 대한 실재론적 인식을 획득함으로써 자아를 발견하는 장면이다. 형식은 갑자기 선형과 순애를 "우주와 인생의 알 수 없는 무슨 힘의 표현"으로 보는가 하면, 두부장수의 소리부터 거리의 사물들에 이르기까지 지금 당장

의 축으로 삼고, 인간의 유한성, 고유성, 역사성을 차례로 깨닫게 되면서 결국 개인의 독자성을 형성시켜나가는 과정27)을 또 다른 축으로 삼는다. 이 두 과정은 결코 분리되어 있지 않은데, 인물이 객관적으로 존재한다고 간주되는 외적 현실을 자신에게 주관적으로 의미가 있는 것으로 해석하면서 '내면화'시키는 행위가 끊임없이 반복되고 있기 때문이다. 『무정』은 이를 통해 개인의 내면과 객관적 현실의 발견이라는 일견 양면적으로 보이는 두 과정을 하나의 점진적인 과정으로 조직해낸다.

신채호의 역사서술에는 두 번째 축이 누락되어 있어서 결과적으로는 개인의 내면화 과정이 생략되어 있는 것처럼 보인다. 하지만 신채호의 역사서술에서 인물들이 내면화를 통해 현실을 객관적인 동시에 주관적인 실재로 구성해나가는 과정이 생략되어 있는 듯이 보인다 해도, 그것은 단지 표면상 보이지 않게 감추어진 것일 뿐 실제로 탈각된 것은 아니다. 그는 인과관계의 필연성에 따라 인물의 행위를 언제나 반드시 일어날 수밖에 없었던 결과로 설명해야 하기 때문에, 언제나 그 인물들이 이미 현실과 자신에 대한 내면적 판단을 마쳤으리라는 가정을 할 뿐이다. 예컨대 묘청과 김부식은 언제나 이미 불가 낭가 및 유가사상을 국가의

감각적으로 경험되는 모든 것의 배후에 "훨씬 중요하고 의미 있는" "더 깊은 무슨 뜻이 있다"고 생각하게 된다. 이 각성은 "기실은 지금껏 감고 오던 눈 하나가 새로 뜬 것"이라는 의미에서 개인성의 토대인 내면을 발견하는 순간이기도 하다. 이 첫 각성 장면은 신채호가 흡수한 인과성의 원리와 동일한 인식론의 자장 안에 있다. 형식의 각성은, 한껏 여물어 있던 형식의 "속사람"이 계기를 만나자 마치 자연이 생장하듯 필연적이고도 자연스럽게 밖으로 표현된 것으로 묘사된다. 『무정』, 91~93쪽 참조.

27) 형식은, 영원성이 아닌 인간의 유한성("무궁한 시간과 무궁한 공간의 일점을 점령한 일생", 144쪽)이야말로 개인이 새로운 세계의 인식거점으로서 자각되는 토대라는 것, 감성적 욕망의 해방과 사심 없는 만족이 유한한 개인의 고유한 특질이라는 것(185~186쪽), 개인은 각자 다른 시공간적 흔적을 지니고 있다는 것(195~197쪽) 등을 차례차례 깨닫고 나서야, 비로소 서울로 돌아오는 기차 안에서 다른 사람이나 요소로 환원될 수 없는 개체의 독자성을 모든 사물과 개인이 지니고 있음을 완전히 자각하기에 이른다.(201~204쪽) 또한 그는 이희경과 학생들의 배신을 통해 자신이 철저히 혼자이며 그 어떤 도움도 받을 수 없다는 것을 알게 하고,(223~224쪽) 선형에 대한 사랑을 반성함으로써 스스로 아무 것도 모르는 어린애의 무지한 사람에 불과하다는 것을 깨닫게 된다.(346~348쪽) 자신의 홀로 있음과 무지를 철저하게 자각하는 것은, 개인의 진정한 성숙이 일어나게 될 토대다. 이 토대 위에서, 형식은 개인을 뛰어넘는 공통된 생각이자 인간성의 이상이 공동체적 삶 속에서 실현될 수 있다는 최종적인 각성에 다다르게 된다.

106

외교적 현실에 적용하여 판단한 상태로 서술될 뿐, 그들이 그 판단이 왜 옳고 그른지 고민하는 과정은 누락되어 있다. 신채호의 역사서술에서 '만약'이라는 가정은 '묘청이 이겼다면'에는 적용될 수 있지만, '묘청이 번민하다 판단을 바꾸어 사대주의로 기울었다면'에는 적용될 수가 없는 것이다. 신채호는 역사가가 화자로 개입하는 장면을 삭제할 만큼, 서구의 역사서술이 '지시적 환상'을 만들어내기 위해 도입한 사실주의적 소설의 양식들을 그대로 따르지 않았다.28) 하지만 그는 전통적인 역사서술에서 존재했던 서사적 요소들, 즉 대화체를 통해 인물들의 갈등과 고민, 심경, 의도 등을 서술하는 장면 등만을 삭제함으로써, 역사서술만의 사실효과를 창출하는 서사를 시도했던 것이다.

근대 역사학이 객관성을 획득하기 위해 전통적 역사서술이 단편적 사실 나열 속에서도 보존하고 있었던 인물의 의도와 심경에 대한 묘사를 의도적으로 배제해야 했다면, 근대 소설은 이 요소가 마치 자기만의 특권인 양 적극적으로 끌어들일 수가 있었다. 그러나 소설과 역사 사이에 그어진 이 근대의 구획선은 표면상의 위장일 뿐이다. 근대 역사서술은 객관적 사실성을 획득하기 위해 인간의 감정과 의지와 판단의 결과로 생겨난 행위와 사건들을 보편적 원리의 표현으로 치환시키면서, 메마르고 건조한 문체 속에 역설적이게도 문학적 구성과 상상력을 받아들였다. 근대 소설은 상상적 허구를 표방하면서도 세계에 대한 인간의 감성적 태도와 내면화 과정을 사실적으로 그리게 되는데, 이것은 근대 역사서술이 감추어놓게 될 리얼리티의 한 측면을 새로운 방식으로 전유할 수 있었기

---

28) 롤랑 바르뜨는 역사가 문학적 서사를 필요로 하는 이유가 바로 사건이 발생한 시간과 그것을 기록하는 시간 사이의 간극 때문이라고 보았다. 그에 따르면, 역사는 시간적 차이를 제거하고 객관적 실재가 스스로 이야기하는 듯한 환상을 만들어내기 위해, 일인칭 화자를 억제하고 유명론적 서술을 취하거나 부정적 표현을 하지 않고 긍정어법을 사용하며 제유와 환유의 묘사를 즐겨 이용하는데, 이는 사실주의 소설의 서사기법과 다를 바가 없다는 것이다. 이렇게 하여, 역사가 지시하는 실재란 기호학적 관점에서 보면 언어적 구성물에 불과하다는 바르뜨의 유명한 명제가 나온다. Roland Barthes, "The Discourse of History", translated by Stephen Bann, *Comparative Criticism: A Yearbook*, vol. 3, 1981, pp. 7~18.

때문이다. 소설과 역사는 각각 자율성을 획득하여 근대적 영역으로 거듭나기 위해 서로의 자질들을 주고받는 과정을 거쳐야만 했다. 결국 근대의 소설과 역사는 실재를 새로운 방식으로 재현하기 위해 똑같이 사실성을 추구하면서도 분할된 것이다.

4. 새로운 역사의식: 역사의 과거성과 소설의 현재성

소설과 역사가 근대의 인식론적 분할 구도 안에서 견고한 자리를 차지하게 된 가장 큰 이유 중 하나는 근대 고유의 역사의식에 있다. 근본적으로 고대부터 모든 역사의식이 인간의 삶과 사회를 시간적 차원에서 바라볼 때 성립한 것이었지만, 이 근대의 역사의식은 단순히 과거를 뒤돌아보는 막연한 회고가 아닌, 현재와 미래에 대한 의식과 관심 속에서 형성된 의식이다. 이 역사의식은 역사가 진보한다는 명제로 인해 필연적으로 미래에 준거점을 둔 역사의 시간화를 낳고, 또 시간의 가속화 현상으로 인한 과거와 현재의 단절을 초래한다. 이때 과거는 현재와 완전히 다른 그 시대적 맥락과 본질을 가진 독자적인 관찰의 대상이자 현재의 잠재적 원인으로 간주된다. 뿐만 아니라 현재도 미래의 원인이자 가능성으로서 과거의 범례를 적용할 수 없는 독자적 영역으로 인식된다. 이러한 시간의 원근법은 새로운 실재론적 인식과 결코 무관하지 않다. 역사적으로 본질적인 것이 새롭게 구성될 수 있다는 감각이 전제되어야만, 아직 일어나지 않은 것을 통해 현재를 조망하고 가능성과 미래의 관점에서 현재를 일종의 잠재태로 간주하는 태도가 나올 수 있다. 그 자체가 일관된 원리를 지니고 있다고 파악되는 성찰적 개념의 역사, 특수성 속에서 반성된 보편성으로서의 역사 개념은 이러한 인식이 발달해야만 비로소 성립한다.

　새로운 시간의식으로서의 역사의식은 근대 초기의 조선에서도 이미 낯설지 않았다. 1880년대 처음 소개된 사회진화론을 필두로 하여 1910년대 여러 신문과 잡지에 소개된 서양 근대의 학문과 문물들은, 대부분 근대의 역사주의라는 토양에서 자라났기 때문에 새로운 역사철학적 전제를 암암리에 지니고 있었다. 이러한 역사의식은 당시까지 통용되던 ‘역사’의 담론을 변화시켰다. 언제나 현재를 과거의 황금시대로 돌려보내고자 했던 동양의 상고주의에서, 역사는 서양과 마찬가지로 삶에 대한 범례들이 무수한 사실의 형태로 존재하는 집합소였다. 과거의 범례들은 이질적인 거리감 없이 현재나 미래에 반복된다고 생각되었으며, “역사는 삶의 스승이라는 오래된 토포스”를 반영하는 교육적 효과를 지니고 있었다.[29] 하지만 이제 조선에서 “역사성”은 범례성이 아닌 시간의 흐름에 따라 변화하거나 형성되는 특성을 의미할 수 있는 용어가 되고, “역사적”이라는 표현은 과거에 일어난 사실 일반을 가리키는 것이 아니라 현재와 미래에 커다란 영향을 미칠 수 있는 중요한 가치를 가리키는 말로 탄생한다.[30] 무엇보다도 역사는 그때까지의 주임무였던 동시대적 현실의 기록에 대한 의식을 버리고 ‘과거’에 대한 연구로 퇴각하게 된다. 과거는 현재와 다른 본질을 지니고 있기 때문에 독자적인 연구의 대상이 되어야 하며, 현재에 미친 중요성과 영향이라는 관점에서 그 차이와 유사성도 재조명되어야 한다. 현재는 역사가 직접적으로 주시할 대상이 될 수 없는데, 왜냐하면 현재를 미래에 미칠 영향과 작용 속에서 객관적으로 이해하려면 일정한 시간이 흘러야 하기 때문이다. 현재를 역사의 일부로 파악하는 태도가, ‘진정한 역사가는 최신의 시대를 다루지 않는다’는 근대 역사학의 신화를 등장시키는 것이다. 따라서 “그때그때의 현재사가 방법

---

29) Reinhart Koselleck, 『지나간 미래』, 한철 옮김, 문학동네, 1999, 44~53쪽 및 고병익, 「유교 사상에서의 진보관」, 앞의 책, 47~49쪽 참조.

30) “현대 문명은 그 가운데 여러 가지 역사적 요소를 포함하였다. …… 근래 구미제국의 학자 간에는 이런 모든 요소 중에서 특히 …… 삼자만을 가지고 현대 문명의 중요한 역사적 요소를 삼는다. …… 그런즉 이 두 가지 사실(Historical Facts)의 역사적 가치가 과연 어떻게 크며 어떻게 장한가” 小星, 「文藝復興과 宗敎改革의 史的 價値를 論하야 朝鮮 當面의 風氣問題에 及함」, 『청춘』 12호, 1918년 3월, 33~34쪽.

론적으로 우선시되”고 당연히 “저자가 집필하고 있는 시대까지”를 역사
서술의 대상으로 삼던 오랜 전통이 과거의 유물처럼 사라지게 되었다.[31]
   신채호 역시 역사서술이 동시대적 현실이 아닌 과거를 다루어야 한다
는 사실을 의심하지 않았다. 그는 당대적 현실의 관점에서 과거가 새롭
게, 즉 객관적으로 조명될 수 있다는 점을 인정했을 뿐 동시대적 현실을
기록해야 한다는 전통적인 역사가의 임무에 대해서는 무관심했다. 지금
도 역사와 역사소설이 어느 정도 시간이 흐른 과거를 다룬다는 사실이
자명하게 받아들여지는 경향이 있는데, 이러한 생각은 실상 우리에게는
아직 백 년도 채 되지 않은 근대의 산물인 것이다. 중요한 것은, ‘역사’라
는 단어가 동시대적 사실의 기록이라는 우선적 임무를 버리고 오로지 과
거로 퇴각하여 객관적 “연구”를 자처하는 동안, 동시대의 리얼리티를
“감각”하고 그 “기저”를 통찰하여 “문자로 기록”하는 과제가 소설에 주
어지기 시작했다는 점이다. 특히 이광수는 소설이 시대의 본질과 인정세
태를 충실히 묘사하고 기록하는 데 관심이 있었다고 여러 곳에서 반복하
여 말함으로써, 소설에 이러한 책무를 암묵적으로 부여하고 있었다.[32] 근
대 소설은 전통적 역사서술이 가지고 있던 임무를 일정 부분 떠맡으면서
비로소 자율적인 영역이 된 것이다.
   소설과 역사는 취급하는 시기를 달리하게 되었음에도 불구하고, 새로
운 역사의식을 서사적으로 재전유하는 측면에서 또 다시 공통점을 보여
준다. 신채호가 새로운 역사의식을 역사서술을 개혁하는 데 적용한 방법
중 하나가 근대 소설이 달성해야 했던 서사적 기법과 별반 다르지 않기

---

31) R. Koselleck, 앞의 책, 346~349쪽.

32) 이광수의 말을 전적으로 신뢰할 수는 없겠지만, 이러한 언급은 그의 여러 평론에서 무
    의식적으로 자주 반복되고 있는 만큼 쉽게 간과할 수 없을 것으로 보인다. 그 중에서
    도 자신이 “소설을 ‘某時代의 某方面의 忠實한 記錄’으로 보는 경향이 많은 것”에 대해
    훗날 이광수 스스로 분석한 구절은, 발자크가 『인간희극』 서문에서 보인 역사학적, 사회
    학적 야심을 상기시키기도 한다. “『無情』, 『開拓者』, 『再生』, 『群像』 等에서 各各 當時의
    時代相의 一角을 如實히 그려 보려고 한 動機를 反省하여 分析해보면, 1. 그 時代의 指
    導精神과 環境과 人物의 特色과 및 時代의 弱點 等을 暴露·說明하자는 歷史學的·社會學
    的 興味. 2. 前時代의 解剖로 因하여 次時代의 進路를 暗示하려는 微衷. 3. 再現, 描寫
    自身의 藝術的 興味 等이다.” 이광수, 「余의 作家的 態度」, 『전집』 16권, 193~194쪽.

때문이다. 신채호는 구사(舊史)에 기록된 사실들을 객관적 사실로 믿을 수 없는 이유가 바로 역사적 시간에 따라 공간이 서술되지 않았기 때문이라고 조목조목 예를 들어가며 격렬하게 비판했다. "時·地·人 三者는 歷史를 構成하는 三大 元素"(36쪽)인데, 대부분의 구사는 "허다한 「時」의 拘束을 받지 않은 歷史를 지어, 自家의 偏僻한 信仰의 主觀的 心理에 符合하려" 했다는 것이다.(37쪽) 신채호가 객관적 사실의 조건이라 말하는 지리적, 공간적 정확성은 실은 지리적 공간을 규정하는 역사적 시간의 정확성이다. 게다가 그가 역사의 표준이 개인이 아닌 사회에 있다고 주장하기 위해 개인과 사회는 "環境과 時代를 따라서 自性이 성립한다"고 설명하는 대목(68~71쪽)이 실제로 함축하고 있는 의미는, 제 아무리 뛰어나고 특수한 개인일지언정 사회와 시대의 연관 속에서만 비로소 그 개인으로서의 의미를 지닌다는 사실이다. 그런데 인물, 행위, 배경, 공간 등을 역사적 시간의 구속 속에서 그리려고 하는 역사서술의 방식은, 근대 소설도 함께 추구하고 있는 목표 중 하나이다.

『무정』이 새로운 의미에서의 '역사적 글쓰기'일 수 있는 것도, 단지 당대의 현실을 재현했다는 사실 그 자체에 있는 것이 아니라 새로운 역사의식에 의해서만 조망될 수 있는 새로운 현실을 새로운 역사적 방법으로 재현했다는데 있다. 『무정』이 서사를 역사화시킬 수 있는 토대는 역사적 '전환'과 '이행'에 대한 감각이다. 작품의 서사를 추동하는 이형식의 삼각관계와 내면갈등이나 그의 평양행 등은, 은인의 딸에 대한 의리라는 이름으로 가지고 있던 과거에 대한 부담을 낡은 시대의 유물로 폐기처분하기 위한 장치다. 주인공이 갈등하고 번민하는 내면이나 타인들과 얽히면서 벌이는 행위들은 역사적인 시간의 관점에서 의미가 주조된다. 뿐만 아니라 『무정』은 곳곳에서 과거의 서사 관습을 조롱하고 파괴하는 방식으로 서사를 진행시킨다. 알다시피 이 소설에는 근대 소설이 아니라는 평가가 나오게 할 만한 서사 관습들이 잔존해 있다. 그러나 『무정』은 이 요소들을 새로운 시대에 더 이상 존속할 수 없는 것으로 처리함으로써, 과거를 현재의 역사라는 심판대 위에 올리는 한편 과거의 서사 관습과 결별하는 방식을 보여준다. 예컨대 아버지를 위해 기생이 되고 약혼자를 위해 정절을 지키는 전형적인 기녀담 소설의 관습, 즉 영채의 과거사는 눈물어린 동정의 대상은 될 수 있어도 결코 구원의 대상은 되지 못한다. 영채를 새로운 시대에도 살아남게 하는 방법은 정절의 훼손과 가상적 죽음이라는 서사적 장치를 통과시키는 것이다. 그러니『무정』의 몇몇 장면이 고전 소설의 재자가인을 묘사하는 수법을 답습하고 있다는 것도 별로 큰 문제가 아니다. 어차피 "구름 위에서 춤을 추고 노래하는 선녀 같은" 영채의 외관은 하루 뒤면 피범벅으로 찢겨져 죽음의 길을 재촉하는 계기가 될 것이고, '춘산 같은 검은 눈썹과 복숭아꽃 같은 두 뺨'을 가진 아리따운 선형의 얼굴은 한 달 후 질투와 시기심에 일그러져 마귀 같은 세상 앞에 속수무책으로 노출될 것이기 때문이다.『무정』은 인물들의 행위와 내면뿐만 아니라 예전의 서사관습조차 역사적 시간의 원근법 위에 올려놓고 있는 것이다.

　『무정』은 당대의 역사적 변화와 흐름을 포착할 수 있는 소재와 상황을 채택하는 한편, 서사, 인물, 행위, 배경, 공간 등을 역사화시켜서 재현한다.『무정』에 등장하는 당대의 공간은 시간적 차이를 부여받은 디테일들로 채워지고, 여러 인물들은 서로 다른 역사적 시간가를 지닌 것으로 형상화되고 있다. 결국『무정』은 평범하고 유한한 인간들이 구체적 상황에서 특수한 행위를 하는 이야기를 통해서, 인간과 사회와 삶의 '역사성'을 서사화한다. 이는 인간과 사회와 삶을 시간 속에서, 변화 속에서, 유한성과 구체성과 특수성 속에서 그린다는 것을 의미하며, 이것은 새롭게 발생한 근대적 역사의식을 배경으로 해서만 가능한 서사적 변화이다. '허구로서의 문학' 특히 소설은 '역사성'과 '역사적' 인식을 도입하고 난 이후에야 성립한다. 이 재현의 방식은 "그 시대인의 고유한 체험과 생활에서 형성된 시대정신이 자기를 표현하는 형식"[33]이자 이후의 소설들이 당대 현실의 리얼리티를 재현하는데 기초가 된 하나의 '양식'이다.

---

33) 임화,『신문학사』, 임규찬·한진일 편, 한길사, 1993, 383~384쪽.

『무정』은 새로운 역사적 시간의식을 구체적 현실의 재현에 적용시킴으로써 역사적 현실을 기록하는 서사양식을 새롭게 창안했다. 역사학이 과거에 대한 연구로 물러날 채비를 하고 있을 무렵, 근대 소설은 동시대적 현실을 관찰하고 통찰하여 삶의 보편적 사실과 실재들을 기록하는 임무를 자신도 모르는 사이에 떠맡게 된 것이다. 이런 의미에서 역사적 사실의 허구적 재현은 역사소설에만 국한되지 않는다. 근대 소설과 역사는 역사적 현실의 사실성에 대한 새로운 인식, 즉 실재론의 관점 위에서 사실과 허구의 내포와 범주, 관계 등을 재정립하는 인식론적 혁신에서 탄생하였다. 이 혁신이 소설과 역사가 각각 문학과 학문의 자율적 영역으로 자리잡기 위한 과정을 추동하지만, 이 과정은 역사학이 문학적 구성을 새롭게 끌어들이고 문학이 역사 내부에 있던 내면화와 사실효과의 형식들을 새로운 방식으로 끌어들이는 타자화의 과정이기도 했다. 이광수와 그의 근대 소설『무정』은 역사학보다 먼저 이 일을 시도하여 근대 문학과 역사가 새로운 담론체계 아래에서 새로운 서사양식으로 다시 태어나는 데 기여했을 뿐 아니라, 김동인, 염상섭, 박태원, 이상 등 무수한 근대 소설가들이 씨름하게 될 과제, 즉 동시대적 현실의 사실적 재현을 통해 이 땅에 살고 있는 인간의 삶과 감정에 내재한 보편적 사실을 말해야 한다는 과제를 근대 소설이라는 새로운 서사양식에 각인시켰다.

주제어 : 소설, 역사, 서사양식, 실재론, 객관적 사실, 상상적 허구, 자아, 상상된 사실, 사실적 허구, 사실효과, 시간의식, 동시대적 현실의 재현

◆ 참고문헌

김경미, 「조선 후기 소설론 연구」, 이화여대 국문과 박사논문, 1994.

김동식, 「한국의 근대적 문학 개념 형성 과정 연구」, 서울대 국문과 박사논문, 1999.

김재영, 「'임꺽정'의 현실성 연구」, 연세대 국문과 박사논문, 1997.

______, 「'핍진성'과 소설의 가능성: 20세기 초의 소설 인식을 중심으로」, 『20세기 한국문학의 반성과 쟁점』, 문학과사상연구회 편, 소명출판, 1999, 249~271쪽.

김현주, 「이광수의 문명·문화 개념 연구」, 연세대 국문과 박사논문, 2002.

임현수, 「한말 역사서술의 시간성」, 『한국 사회의 근대성과 종교문화』, 한국종교문화연구소 심포지움 자료집, 2001년 4월, 1~15쪽.

장석만, 「개항기 한국사회의 "종교" 개념 형성에 관한 연구」, 서울대 종교학과 박사논문, 1992.

장원철, 「문학과 역사의 거리」, 『새로운 인문학을 위하여』, 경상대학교 인문학연구소 엮음, 백의, 1993, 229~284쪽.

김진곤 편역, 『이야기 소설 Novel -서양학자의 눈으로 본 중국소설』, 예문서원, 2001.

陳平原, 『중국소설서사학』, 이종민 옮김, 살림, 1994.

E. Angehrn, 『역사철학』, 유현식 옮김, 민음사, 1997.

I. Watt, *The Rise of the Novel*, Berkeley & L.A.; University of California Press, 1957.

R. Barthes, *Writing Degree Zero*, translated by A. Lavers & C. Smith, New York: Hill and Wang, 1967.

______, "The Reality Effect", *French Literary Theory Today*, edited by T. Todorov and translated by R. Carter, Cambridge & New York: Cambridge University Press, 1982, pp. 11~17.

◆ **국문초록**

이 글은 서사양식으로서의 한국 근대 역사와 문학의 동질성을 밝혀, 궁극적으로는 한국 근대 소설의 성격과 자율과 과정에 대한 기존 논의를 재점검하려는 것이다. 이를 위해 이 글은 우선 역사와 문학의 기원에 대한 탐색이 필요하다고 보고, 각각 한국 근대 소설의 확립자인 이광수가 1910년대 말부터 1920년대 초반까지 썼던 평론과 소설『무정』을 비슷한 시기에 신채호가 썼던 최초의 근대적 역사저술들을 비교하였다. 이광수와 신채호는 모두 감각적 현상의 배후에 보편적 원리와 법칙이 실재로서 존재한다는 새로운 실재론적 인식 아래, 오직 자아만이 그 실재를 인식하고 구성할 수 있을 뿐만 아니라 그 실재를 기록하는 양식 또한 창안해낼 수 있다고 보았다. 그들이 근대 소설과 역사학의 토대로 생각한 상상적 허구와 객관적 사실은 사실 상 그러한 근대적 자아가 자신의 주관성을 근거지로 삼아 보편적 실재를 찾기 위한 주관적 구성물이다. 새로운 실재론에 기반한 이 인식론적 혁신이 소설과 역사가 각각 문학과 학문의 자율적 영역으로 자리잡기 위한 과정을 추동하지만, 그 과정은 역사학이 문학적 구성을 새롭게 끌어들이고 문학이 역사 내부에 있던 내면화와 사실효과의 형식들을 새로운 방식으로 끌어들이는 타자화의 과정이었다. 이는 새로운 시간의식으로서의 역사의식의 생성에 따라, 역사학이 과거에 대한 연구로 물러나는 동안 근대 소설이 동시대적 현실을 관찰하고 통찰하여 삶의 보편적 사실과 실재들을 기록하는 임무를 무의식적으로 떠맡게 되는 과정이기도 했다. 한국의 근대 소설과 역사는 동일한 인식론적 지향점과 서사구성원리 속에서 탄생했을 뿐 아니라, 재현의 양식 상의 차이 때문에 서로 닮아가면서 분할된 것이다.

◆ SUMMARY

The Historicity and Fictionality of Modern Korean Novel

Song, Eun-Young

This article is intended to clarify the homogeneity of modern literature and historiography as narrative mode and style and thereby to reexamine the process of modern Korean novel's being autonomous. It needs an analysis for the origins of modern Korean novel and historiography since the comparison Lee Kwang-Su's early literary criticism and his novel 『The Heartless』 with Shin Chae-Ho's historiography from late 1910's to early 1920's demonstrates their affinity for narrative principles and intentions. Lee and Shin, each founder of the two fields, thought that universe principle and law existed as genuine reality behind all the sensible phenomenon and only 'I' as a self could not only understand and compose the reality but also invent the style and mode to record and figure it. Imaginative fiction and objective fact regarded as the basis of renewing their fields by them, in effect, were the subjectively composed concepts to look for a genuine reality in their own subjectivity. This new revolution in epistemology impelled the process of modern novel and historiography's being autonomous. This process is also the resembling each other and mutual interchange, by which modern historiography newly introduced literary composition and modern novel became a new form of representing internalization and developed the devices of reality effect which had been in traditional historiography. At the same time, it is the process in which modern novel had the exclusive right to observe the present and record a contemporary reality while historiography took full charge of the past according to the rise of a new time consciousness. Modern Korean novel and historiography, which were born in a similar inclination to the same epistemology and narrative principle in representing a new reality, were divided only in their style and mode.

Keywords : novel, historiography, narrative mode and style, realism, objective fact, imaginary fiction, self, imagined fact, real fact, reality efect, consciousness of time, representation of contemporary reality

이 논문은 1월 15일 투고되어 소정의 절차를 거쳐 2월 10일 게재 확정되었음.

1930년대 가족사연대기 소설의 형식과 이데올로기

이 혜 령*

1. 문제제기: 차이와 반복

　무릇 형식이란 정체성을 드러내기 위한 방식이기도 하지만, 정체성을 창조하는 방식이기도 하다.[1] 1930년대 후반부터 40년대 초에 발표된『대하』,『봄』,『탑』[2] 등의 가족사연대기 소설은 실로 새로운 정체성을 창조하는 하나의 방식이었다. 한국근대소설사에서, 개인적 차원에서는 청소년기를, 역사적 차원에서는 개화기를 근대적 주체의 정체성 형성의 시원적인 단계로 설정하과 가부장으로서의 아버지 형상을 이들 작품만큼 풍

---

* 경복대.

1) 정진배,『중국 현대 문학과 현대성 이데올로기』, 문학과지성사, 2001. 64쪽.

2) 이 글은 다음의 텍스트를 대상으로 삼겠다.
　　김남천,『대하』, 인문사, 1939. 1.; 이기영,『봄』, 대동출판사, 1942.; 한설야,『탑』, 매일신보사출판부, 1940. 8.
　　단,『탑』의 단행본의 경우, 신문연재분(『매일신보』, 1940. 8. 1~1941. 2. 14) 중 마지막 3회분인 155~157회 분의 경우가 누락되었으나, 그 부분의 중요성을 인정하여 그 부분은 신문판본을 사용하겠다. 이 누락된 부분이 전체 서사구성상 차지하는 비중과 중요성에 대해서는 다음을 참고.
　　박헌호,「30년대 후반 '가족사연대기' 소설의 의미와 구조」,『민족문학사연구』4, 1993.
　　　　257~258쪽 참조.

요롭게 제시한 소설은 없었다. 이 글은 바로 이러한 차이로 집약되는 새로운 정체성 창조방식의 내적 질서와 그것의 효과로 산출된 이데올로기를 밝히는 데 목적이 있다.

가족사연대기 소설은 근대라는 문제틀이 시원적이고도 첨예하게 드러날 수 있었던 개화기의 시대를 배경으로 소설이 창작되었던 당대의 현세인의 기원과 생성의 과정을 밝혀보려는 의도 하에 생산되었다.[3] 이러한 의도는 분명히 '근대'의 필연적 도래와 승리라는 역사적 목적론에 부합하고 있으며, 따라서 그 목적론의 실현자로서의 근대적 주체의 형성과정이 서사의 동력이다. 그러나 가족사연대기 소설에 대한 기간의 연구에서도 지적되었듯이, 그 의도는 실패했음이 판명되었다. 예컨대, 정호웅은 김남천의 『대하』의 실패를 "토대와 상부구조의 규정적 관련성을 문제삼는 경향소설의 전통에서 일탈함으로써 결정적인 파탄에 봉착하고 말았다"고 평가한다.[4] 이 시기의 가족사연대기 소설은 역사적 목적론의 필연성을 설득력 있게 보여줄 수 있을 만큼 개화기 당대의 계급 갈등의 구조와 해체, 이행을 묘파하지 못했다는 것이다.[5] 이러한 평가는 가족사연대기 소설의 의도자체에 충실한 평가라고 할 수 있다. 또한 기존 연구에서 풍속묘사의 실패를 주로 언급한 근거도 이와 맞물려 있다. 물질적 토대에 기반한 공통적인 사회현상을 제시하려 했던 풍속 묘사 또한 근대적 주체의 탄생과 발전이라는 서사와 긴밀히 결합되지 못함으로써 가족사연대기소설에서의 풍속은 진보라는 선적인 시간의 전개에 조응하지 못했다는 것이다.

따라서 문제의 초점은 바로 이들 소설에서 형상화된 '풍속'을 어떻게

---

3) 박헌호, 앞의 글 참조.

4) 정호웅, 「김남천의 『대하』론」, 『장편소설로 보는 새로운 민족문학사』, 정호웅 외, 열음사, 1993. 247쪽.

5) 이러한 관점에 입각한 연구를 살펴보자면 대략 다음과 같다.
김상욱, 「거세된 현실과 방법의 포기-한설야의 『탑』을 중심으로」, 『한국국어교육연구회논문집』 43, 1991. ; 김외곤, 「『대하』와 『동맥』에 나타난 개화사상과 개화풍경」, 『한국근대장편소설연구』, 모음사, 1992. ; 김윤식·정호웅, 『한국소설사』, 예하, 1996. ; 서경석, 「이기영의 『봄』론」, 『장편소설로 보는 새로운 민족문학사』, 정호웅 외, 열음사, 1993.

평가하느냐 하는 것이다. 이에 류종렬은 이들 소설에서 다루어진 풍속의
발견과 가족사의 연속성 문제 등은 민족의 존립이 위협받던 그 시기에
민족의 정체성 회복과 보전 노력의 일환이었음을 주장한다.[6] 김동환은
이 세 작품에 나타난 풍속은 바로 잃어버린 유토피아를 그리기 위한 대
체현실로서, 유년의 입장, 즉 가족 내의 범주에서 경험한 풍속과 인간관
계를 통해 훼손되지 않은 가치를 지닌 세계를 제시하려는 의사 낭만성의
소산이었다고 평가한다.[7] 이 두 논자는 가족사연대기 소설의 '풍속'을
오히려 서사의 궁극적인 윤리적 의도로 바라보고 있는 셈이다. 하지만,
이것이 그렇다면 주인공 소년들의 맹목적이라 할 만큼의 근대 지향과는
어떤 관계를 갖는가의 문제는 난망인 채로 남아 있다. 여기서 한 걸음 나
아가 윤영실은 체험자아로서 소년주인공이 보여주는 맹목적인 서구적
근대에로의 지향이 전통 풍속을 추체험의 방식을 통해 그려내는 서술자
아에 의해 상대화되고 있다는 주목할 만한 주장을 제시했다.[8]

　위의 논의들이 시사하듯이, 가족사연대기 소설은 역사적 차원에서는
진보, 개인의 차원에서는 성장 내지 성숙이라는 단선적 시간의 차원에서
만 볼 수 없다. 그러나 풍속이란 용어와 겹쳐서 쓰이곤 하는 '전통'을 근
대화가 되지 않았더라면 잃어버리지 않았을 어떤 순수한 정체성의 장소
로 간주하고 그것을 근대와 절대적으로 대립하는 가치로 바라보는 시각
또한 재고되어야 한다. 균질적이고 조화된 표상으로서의 전통이나 공동
체의 이미지는 긴장과 균열, 갈등을 봉합하거나 무시하는 전제 위에서
성립되기 때문이다.[9] 한편 이들 소설이 쓰여졌던 시대는 일본이 실제로

---

6) 류종렬, 「1930년대 말 한국 가족사·연대기소설 연구」, 부산대 박사학위논문, 1991. 141쪽
　참조.
7) 김동환, 「1930년대 후반기 소설의 대체현실 추구와 의사 낭만성」, 『한성어문학』 13, 1994.
　5, 참조.
8) 윤영실, 「1930년대 후반 장편소설 연구-서사구조와 정체성의 관계를 중심으로」, 서울대
　석사학위 논문, 2000, 참조.
9) 여기에 대해서는 다음의 글을 참조할 것.
　Irvirn Scheiner, The Japanese Village: Imagined, Real, Contested, *Mirror of Modernity*, (ed), Stephen
　　　Vlastos, University of California Press, 1998.
　Stephen Vlastos, Agrarianism Without Trandition: the Radical Critique of Prewar Japanese Mo-

는 영국·미국 등 서구 제국주의 국가와 전쟁을 준비하고, 벌이고 있던 시점이며, 이데올로기적으로는 '서구적 근대'의 가치와 규범에 맞선 전쟁을 벌이고 있던 때이다. 이런 상황에서 '서구적 근대'를 성찰한다는 것의 정치성과 역사성은 되묻지 않으면 안 된다.

나는 가족사연대기 소설의 형식과 이데올로기는 이들 소설에 구조화된 두 가지 시간의 계기를 고려해야 해명될 수 있다고 생각한다. 하나는 진보, '문명과 개화'로 표상된 단선적인 시간의 계기이며 다른 하나는 '자연적 연속성'이라 부를 수 있는 것이다. 후자는 단적으로 이들 소설의 제목이 '대하'와 '봄'과 같은 장구한 연속성과 순환성이라는 자연의 표상에 의지하거나, '탑'과 같이 어떤 시간의 퇴적에 의해서도 견고하게 남아 있을 것만 같은 영원성을 암시하고 있다는 점에서 드러난다. 그것은 무엇보다 이들 소설의 가부장들을 관장하는 시간이라는 점에서 중요하다. 다시 언급하겠지만, 이것은 이들이 왜 '양반'으로 설정되어야 했는가의 문제와도 관련이 있다. 『대하』의 박성권, 『봄』의 유춘화, 『탑』의 박진사는 기존의 연구에서 단순히 새로운 세대인 아들에 의해 부정되어야 할 반(半)봉건적인 인물로 설정되었다는 분석이 지배적이었다. 서사의 귀결을 보자면 온당한 분석이지만, 가족과 식솔들을 잘 조섭할 뿐만 아니라 마을에서 주도적인 역할을 맡고 있는 이들 가부장의 형식상 이념상 기능을 밝히는 데는 부족하다. 이 글에서는 이들 가부장의 형상이 강력한 아우라를 지니고 풍속배치의 질서를 관장하고 있음을 논증할 것이다. 나아가 이들 소설이 자연적 연속성과 단선적인 시간이 결합된 소설형식 덕분에, 1920~30년대의 한국근대소설에 일관되게 나타난 성적·계급적 재현의 질서를 압축적으로 보여준다는 점에 주목하여 근대적 주체의 타자 재현의 정치학을 살펴볼 것이다.

---

dernity, University of California Press.

2. 가족사연대기소설의 시간: 자연적 연속성과 역사적 목적론

1930년대 가족사연대기 소설에서 특징적인 것은, 가족이 『삼대』와 『태평천하』같은 소설들과는 달리 사회적 변화와 현상을 응집한 사회적 축도로서보다는 농촌 마을에서의 유기적 기능, 그리고 탄생과 성장, 결혼과 재생산 등과 관련하여 그려지고 있다는 점이다. 여기에 관통하는 시간은 자연적 연속성의 시간이다.

가령, 『봄』에서 서술된 시간이 석림의 성장과 궤를 같이 하는 것은 정확하게는 석림이 학교에 들어가서부터라고 할 수 있다. 그 이전의 서술은 '봄→장마→음력 7월→겨울'이라는 자연적인 시간의 흐름에 따른다. 이는 농촌공동체의 리듬이자 농민들의 시간의식과 밀접한 상관성을 갖는다. 농민들의 시간의식은 현재적 삶의 반복으로 특징지을 수 있다. 농민들의 삶을 규정하는 현재는 과거와 미래와 대비되는 것이라기보다는 끊임없이 반복하는 과정으로 규정된다.10)

> 그해가 가고 새해가 왔다.
> 정월 그 한달은 여자들도 좀 한가하였다. 설날부터 사오 일 동안은 물론이지만 그 뒤에도 마디좀(牛日)은 일을 하면 일년 두루 마디마디 일이 막힌다고 놀고, 쥐날(子日)은 일을 하면 쥐가 껀다고 놀고, …(중략)… 그래서 동리 아낙네들은 정월이면 오래도록 놀지 못한 오력을 내느라고 부지런히 마슬을 다니며 갖은 노름을 다했다.(『탑』, 172쪽)

『탑』에 나오는 정월의 세시풍속은 바로 자연의 시간에 따른 반복과

---

10) 김종욱, 「1930년대 한국 장편소설의 시간-공간 구조 연구」, 서울대 박사학위논문, 1998, 38~39쪽 참조. 이 논문은 근대적 역사인식의 특징인 선적인 시간 인식과 그것에 따른 공간의 시간적 분할이 어떻게 1930년대 장편소설에서 구조화되었으며, 특정한 구조화 방식은 근대적 주체의 형성과도 직결된 문제임을 밝히고 있어, 이후 살펴보겠지만 나의 문제의식에도 많은 시사점을 주었다.

순환 속에서의 충족된 현재를 드러내는 데 할애된다. 정월 한 달 동안 놀지 않는 것이 오히려 미래의 재앙이 된다는 인식은 바로 현재적 충족을 최고의 가치로 삼는다는 것을 보여준다.『봄』에서의 추석 또한 풍요롭게 제시되는데, 금점꾼에게 지지말고 추석을 잘 쇠도록 준비하라고 마을의 일꾼들을 충동질한 유선달 자신에게 추석은 아들(석천)을 얻으면서 무엇인가 일신된 현재의 기쁨을 극대화할 수 있는 계기로 나타나는 것이다.

이와 관련해서 한 가지 더 언급하자면, 이러한 세시풍속이 제시될 때마다 마을과 집안 여성들의 등장이 두드러진다는 점이다.『탑』의 정월풍속을 다룬 장은 아예 "색시들의 풍경"이란 제목이 달렸다.『봄』에서의 추석은 유춘화의 후처가 되어 아들을 낳은 남술의 처가 비로서 안주인으로서 활약을 펼치는 무대로 제시되기도 하며, 석림이 죽은 어머니를 사무치게 그리워하는 계기이기도 하다. 잔칫날 한 곳에 모여 음식을 만들고 출산의 경험을 이야기하는 여성들에 대한 묘사는, 여성이 소외되지 않은 자연이나 유기체적 공동체와의 친화성을 갖는다는 인식을 보여준다.11)

한편, 인간사의 자연사적 계기는 탄생과 성장, 죽음이다. 그것은 재생산의 과정이기에, 거기에는 결혼과 가족의 형성이 개입된다. 물론 결혼과 가족은 루카치가 말한 바의 제2의 자연이라 할 수 있는 관습화된 제도의 성격을 더불어 갖지만, 그것은 그 밖의 사회적 제도와 비교한다면 자연의 계기를 더 많이 포함하고 있는 것처럼 보인다. 세 작품 모두 혼례식의 풍습이 장황하고도 화사하게 묘사되고 있다. 누가 누구와 짝을 맺느냐는 주인공 소년들에게 성장을 위한 '의식'성숙의 중요한 계기로도 설정되고 있지만, 온 동네 사람들이 모여들어 집단적인 축제의 흥겨움을 보여주는 혼례식 장면은 삶에 대한 공통적인 욕망이 무엇인지 보여주기에 충분하다. 기본적으로 그 욕망이란 재생산을 통한 삶의 자연적 연속성이다. "결

---

11) 리타 펠스키에 따르면, 여성을 자연적 감성적 존재로 부각시키된 데에는 19세기 산업화에 따른 시간의식의 변화가 놓여 있다. 산업화에 따른 가속적인 변화는 연속성과 전통에 대한 향수를 증가시켰는데, 여성은 보다 작연적인 과거를 상징하게 되면서 산업화로 인해 상실한, 그 이전의 유기적 사회의 순환적 리듬과 동일시되었던 것이다. 리타 펠스키, 김영찬·심진경 역,『근대성과 페미니즘』, 거름, 1998, 74쪽 참조.

혼과 가정은 삶의 자연적 연속성을 유지하기 위한 수단으로서 나타나고 있다."12)

이 소설들의 배경이 된 농촌마을에서 가장 풍요로운 집안의 혼례식의 광경은 식욕, 성욕과 같은 생물학적 욕망을 드러내준다. 『탑』에서 가을날 '돌메'로 치러진 상무의 혼례잔치의 풍성함은 다음과 같이 진술된다. "이만하면 이 지방 잔치로는 잘 차린 편이다. 보통 큰 소 한두 마리 잡으면 괜찮은 잔치인데 세 마리나 죽였으니 그것으로도 알 수 있는 것이었고 술은 얼마든지 무작정 하고 드는 대로 쓰기로 술 고는 집으로 미리 당부해 두었다."(『탑』, 91~92쪽) 첫날밤에 대한 호기심과 신부의 혼수에 대한 동네 아낙네에 대한 논평까지 포함해서, 혼례식은 일시적이고 관음증적인 상태로나마 거기 모인 사람들의 생물학적 욕망을 수렴·용해시키는 장으로 기능한다.

이러한 경향은 비단 혼례식에 국한되는 것은 아니다. 이들 소설에서 예외적인 경우―『탑』의 게섬의 욕망―가 아니라면 욕망은 문화(제도)와 자연과의 조화를 깰 정도로 과도하거나 결핍된 것으로 나타나지 않는다. 예컨대, 『대하』의 쌍네는 형걸과의 마지막 만남에서 '어딘가 자기는 이 사나이를 남편으로 섬긴다든가 그럴 수는 없는 사람같이 느껴지는 것이다. 그와 나는 피가 서로 다른 사람일런가'라는 결론에 이른다. 신분의 장벽은 단지 외적 장애물의 형태로서만이 아니라, 정서적 감정적 구조에까지 침전되어 있다. 한편, 쌍네가 운명의 배필이라 믿었던 형걸을 마지막으로 찾아갔을 때, 형걸은 쌍네에 대한 격정과 열정을 일시적이고 한시적인 것에 지나지 않기에, 즉 제 각각에게 놓여진 삶이라는 강물을 되돌이킬 수는 없는 것으로 생각한다. (『대하』, 384쪽 참조) 형걸과 쌍네의 관계에서 신분의식은 주인집 도령보다는 하녀에게 더욱 강박적으로 다가올 수밖에 없는 것도 사실이나, 형걸이 쌍네와 자신의 관계와 운명을 자기 결대로 흐를 수밖에 없는 강물로 비유한 것은 그만큼 신분질서와

---

12) 게오르그 루카치, 반성완 역, 『소설의 이론』, 심설당, 1985, 199쪽.

124

관습적인 규범 자체가 더욱 깊숙이 자연화된 심리 상태로 자리잡고 있다는 것을 반증한다. 또한, 박성권은 부용과 형걸과의 관계를 알자, 부용에 대한 자신의 욕망이 천륜을 깨는 일임을 알고 포기한다. 『봄』에 간헐적으로 나오는 남색(男色) 풍습조차도 성례 전 청년들의 한때의 일탈로 치부될 뿐, 성적 정체성의 문제로까지 심화되진 않는다.[13] 『탑』에서 하녀 계섬의 욕망은 광기에 이를 정도로 과도했지만, 그 과도함은 신분과 제도 차원의 어떤 균열도 일으키지 못하고 죽음, 즉 자연사의 과정으로 수렴되고 말뿐이었다.

이처럼, 루카치가 톨스토이의 세계를 두고 규정한 바의 내용, 즉 정열로서의 사랑, 너무나 고립되어 있고 너무나 문화적인 그런 사랑[14]은 가족사연대기 소설에서 용인되지 않는다. 즉 삶의 자연적 연속성을 보장해주지 못하는 사랑이나 나아가 자연화된 관습적 세계를 뛰어넘는 욕망은 허용되지 않는다. 욕망의 '허용'은 무반성적이고 위계적인(정태적인) 관계를 뛰어넘지 않는 한에서만 이루어졌던 것이다.

이제 이 소설들의 가부장의 역할과 성격을 재고해볼 필요가 있다. 예컨대, 김남천은 『대하』의 박성권을 통해 당대 신흥부호의 역사적 성격-부르조아지이면서 자본외적 관계에서는 봉건 질서의 옹호자-을 보여주고자 했지만 가부장의 측면만을 보여주는 데 그쳤다.[15] 그런데 위에서 서술한 삶의 자연적 연속성의 세계가 의도적이든 그렇지 않든 가족사연대기소설을 주도하는 계기 중 하나라면, 그것은 그러한 가부장의 성격과는 잘 조응된다. 박성권은 자신의 아버지를 증오했던 인물이다. 그 이유는 바로 방탕과 게으름 때문에 가족들의 삶과 세대의 연속성을 보장해주지

---

13) 에컨대 중국의 경우, 초기 민국시기까지도 남색 풍습은 대한 성 정체성의 문제가 아니라 이성애로 가기 위해 청년들이 거칠 수도 있는 과도기적 단계로 인식되었다. 따라서 남색에 대한 비난은 그것이 혼외정사의 한 형태, 즉 출산과 재생산을 목표로 한 성이 아니라는 데에 머무는 경우가 대부분이었다. 이에 대해서는, Frank Dikötter, *Sex, Culture, and Modernity in China: Medical Science and the Construction of Sexual Identities in the Early Republican Period*, Hawaii University Press, 1995, 137~145쪽 참조.

14) 게오르그 루카치, 앞의 책, 198~199쪽 참조.

15) 박헌호, 앞의 글, 253쪽 참조.

못했기 때문이다. 박성권의 역능과 자부심은 여기에 있었다. 여기서 우리
는 강물의 비유를 또 다시 만나게 된다.

> 그건 어쨌건 박참봉 성권네 가운은 활짝 뻗칠 대로 올라 뻗친 셈이다. 그가
> 만족할 뿐 아니라 온 가족이, 그리고 표면으로 보기는 종이나, 절게나, 막서리
> 나, 작인이나, 모두 만족해하는 것 같았다. 그는 때때로 뒤꼍에 나가 십이봉(十
> 二峰) 밑으로 유유히 흘러 대동강을 이루는 비류강(沸流江)의 강물을 만족하니
> 바라보았다. 이십 년 가까운 동안 저 강물은 나와 함께 노력과 공포와 기쁨을
> 일시에 휩쓸어 삼키면서, 몇천 년 한날처럼 대동강으로, 황해 바다로 흘러가
> 는, 그의 걸음을 멈춘 적이 없었다. (『대하』, 20쪽)

『봄』과 『탑』에서 가부장은 종국에는 시대의 흐름을 읽지 못하는 무능
력한 인물이지만 다른 한편으로는 식솔들과 마을 전체의 유능한 통솔자
로서의 성격이 두드러지게 부각된다는 것을 부인할 수 없다. 이들의 신
분적 지위는 양반이거나 진사, 선달, 참봉 등의 양반의 표상을 점하고 있
다. 가족사연대기소설이 '양반'의 사회적 존재방식과 생활양식 등에 근거
해야 하는 이유는 우선 양반이란 연대기적 계보를 성문화된 형태로 갖고
있는 신분이라는 데서 찾아야 할 것 같다. 이 소설들에서 '연대기'의 형
식의 의도는 이들 가부장의 차원에서 보자면, 수많은 변화와 풍파에도
불구하고 삶의 연속성이라는 가치를 드러내는 데 있다. 그것이 보존되고
있는 한에서는 과거, 현재, 미래라는 선적 시간은 모두 동질적이다. 미야
지마 히로시에 따르면, 족보 편찬의 이유는 일족의 역사 그 자체를 말하
는 데 있는 것이 아니라 일족의 현재 상황을 말하는 것, 즉 족보 편찬 당
시 살아 있던 사람이 얼마나 높은 사회적 지위에 있는가를 보여주는 데
있다.16) 이 소설들의 처음이 대부분 가계의 계보를 개괄하면서 현재의
만족스러운 상태를 제시하는 데 할애되고 있는 이유는 마치 이러한 족보
편찬의 목적과도 흡사하다.

---

16) 미야지마 히로시, 노영구 역, 『양반』, 강, 1996, 251쪽.

이러한 현세적 욕구는 삶의 연속성이란 가치를 단지 전근대적인 것에 머무르지 않도록 한다. 학교제도와 근대적 훈육의 총체적 스펙타클인 운동회에 부회장 자격으로 앉아 관람하는『대하』의 박성권, 학교건립과 확장에 앞장선『봄』의 유선달, 자기 집 뒤에 있는 빈터를 학교 운동장으로 내어준『탑』의 박진사, 이들은 자신의 가부장의 역능을 보여주는 일이라면 그것이 전근대적인 것이든 근대적인 것이든 상관하지 않는다. 가족사연대기소설에 나오는 개화기의 질료들이 여타의 풍속과 갈등 없이 평면적으로 나열, 병존될 수 있는 이유는 여기에 있다.

물론 다양한 계급·계층, 그리고 남녀, 다른 세대가 공존하고 있는 개별 농촌에 시각을 제한하여 그 속에서 개별 일상과 풍속에 초점을 맞추는 것은 근대적 역사의식에서 비롯된 거대서사를 거부하거나, 그 중심을 해체하는 한 가지 방식일 수도 있었을 것이다. 근대적 역사서술에 드러난 지배적인 시각은 "언제나 근대화, 산업화, 도시화 및 관료제적 행정국가, 국민국가 등으로 특징지어지는 '거대한 변환'의 관점에서 역사적 현상을-역사적 사건들의 '주변' 혹은 '중심'에 위치지으려 한다."[17] 여기에 비해, 모자이크나 콜라주와 같은 형식은 개별 계층들의, 또는 사회적 혼재 상태의 접합점을 생생하게 만들어 줄 수 있다. 이는 거대한 전환점이 아니라 개별 상황, 상황의 양의성 및 다의성에 대해 관심을 보이는 일상사의 연구방식과도 유사하다.[18] 그러나 앞에서 보았듯이, 가족사연대기소설은 가부장적 질서 속으로 계급, 성, 세대의 갈등을 수렴, 무화시키고 있다. 요컨대, 조화로운 공동체의 이미지는 가부장적 질서의 자장 안에서 생성된 것이며 계급갈등, 성적 갈등, 세대 갈등을 은폐했기 때문에 가능한 것이었다.

한국근대사의 거대한 전환의 계기였던 동학농민혁명과 의병투쟁, 러일전쟁에 대한 접근법 또한 마찬가지다.『대하』에서 러일전쟁은 박성권

---

17) 한스 메딕, 「"나룻배의 선교사들"?-사회사에 대한 도전인 인류학적 인식방법들」, 알프 뒤르케 외 저, 이동기 외 역, 『일상사란 무엇인가』, 청년사, 2002, 70~71쪽.
18) 알프 뤼트케, 「일상사란 무엇이며, 누가 이끌어가는가」, 앞의 책, 46~50쪽 참조.

의 결정적 치부를 가능케 한 더할 나위 없이 좋은 시절로 서술되고 있으며, 『탑』에서 의병투쟁은 그 와중에 박진사가 어떻게 처신하여 살아 남았는가를 보여주는 데 머무르고 있다. 이러한 사건의 설정은 실제의 사회변화의 방향에서 보았을 때는 개별적 우연일 수밖에 없다. 그러나 역사의 사사화(私事化), 역사적 사건들의 탈역사화는 이러한 가부장의 성격 창조에 이바지했다.

따라서, 『봄』과 『탑』에서 가부장적 권위의 추락은 그들이 시대의 흐름을 잘못 읽었다는 데서가 아니라, 그 결과로 더 이상 삶의 자연적 연속성을 보장해줄 만한 능력을 상실했다는 데서 결정적이게 된다. 허나, 조부와 같은 역능을 보여주지 못하고 결국에는 몰락을 길을 간 이인영(염상섭, 『무화과』)이나 1930년대 중·후반 나날의 먹고 마시는 삶조차 조섭할 능력이 없는 지식계급을 형상화한 카프의 전향소설 등을 보자면, 문학사에서 회고적으로 구성된 것일지라도 나날의 삶의 현장에서 보여줬던 아버지의 역능을 자신이 현상 유지시킨다든가, 그보다 월등한 능력을 보여준다는 것은 이미 불가능하다는 것이 판명되었다. 가족사연대기 소설에서는 바로 역사를 아버지로 삼음으로써 이러한 열패감의 상상적 극복을 기도한다. 여기서, 역사를 아버지로 삼는다는 것은 이러한 나날의 일상과 겨루지 않아도 좋다는 것을 의미하는데, 그럴 경우 현재적 삶의 충족이 아니라 미래가 최종적인 판단의 준거점이 되기 때문이다. 라인하르트 코젤렉에 따르면, 정치체와 관련된 근대적 이념과 혁명, 해방개념은 바로 미래를 판단 기준으로 삼음으로써, 행위자에게 책임을 지우는 동시에 그 책임을 덜어주는 시간적으로 불가역적인 과정을 지향한다. 왜냐하면 미래는 따라잡을 수 없는 것이기 때문이다.[19) 따라서 역사를 아버지로 삼은 이 아들들은 늘 소년이거나 청년일 수밖에 없다. 미래라는 기준은 현재를 언제나 미규정의 상태로 남겨 두며, 그럴 때만이 미래는 지연되기 때문이다.

---

19) 라인하르트 코젤렉, 한철 역, 「지나간 미래」, 문학동네, 1998, 382~386쪽.

3. 공간의 시간적 위계질서와 성적·계급적 재현의 질서

가족사연대기 소설에서 아들들이 자신의 행동의 장으로 삼는 역사란 집합적 단수 개념의 역사이다. 이때의 역사란 다양한 객관적인 사건들의 보고를 넘어서서 모든 분야에서 개별적이고도 구체적인 사건들에 통일성을 부여하면서 동시에 추상화된 총체적 성격을 지닌 <의식의 통제장치>로 자리잡게 되는 것을 뜻한다.[20] 모든 개별적 사건과 경험의 근대의 목적론적인 거대서사—자본주의로의 이행과 민족국가(nation-state)의 형성—로의 수렴은 역사의 이러한 개념 변화와 동시적인 과정이었다. 이러한 역사의 개념에서 보았을 때, 가족사연대기소설에서 '연대기'의 또 다른 형식상의 효과는 바로 과거, 현재, 미래를 역사의 순차적이고도 합목적인 과정으로 드러낸다는 것이다. 아버지와 아들의 세대를 봉건 내지 반(半)봉건과 근대로 구획 짓고, 그것을 발전 내지 진보의 개념에 근거하여 가치평가를 하는 해석이 여기에 해당한다. 이러한 역사적 시간 의식의 개입은 연대기적으로 동시적으로 일어나는 사건들과 공간들을 시간적 위계에 따라, 즉 공시적인 비교를 통해 통시적으로 정렬시키게 된다.

『탑』과 『대하』는 주인공의 가출로 대단원을 내린다. 『탑』의 상도가 '동경'에 가고자 하는 지향을 포함하여 가출은 더 나은 공간에로의 지향이며, 이때 '더 나은'이란 기준은 시간적으로 위계질서화된 것이다. 『봄』의 대단원이 '서울'을 동경했던 석림이가 통학 때문에 읍내로 옮겨오고 여전히 봉제사접빈객(奉祭祀接賓客)의 생활방식을 고수하고 있는 반촌(班村) 가코지의 안참령집(유선달의 매가) 큰사랑에 대한 비난으로 마무리되는 것도 마찬가지 맥락이다.거기에 모인 사람들은 '암흑한 딴세상에

---

20) 최문규, 『(탈)현대성과 문학의 이해』, 민음사, 1996, 21쪽. 집합적 단수 '역사'의 개념사에 대해서는 앞의 코젤렉 책 참조.

사는 유령들'에 비유되고, 그 공간 속에서는 '모든 것이 묵고 곰팡 슬고 먼지가 케케로 앉은 굴속의 생활과 같다'(『봄』, 547쪽)고 진술된다.

가부장적 역능의 장에서는 나란히 병존하고 있었던 공간들은 주인공의 성장이라는 관점에서 볼 때는 시간적으로 위계화된다. 예컨대, 촌락과는 떨어져 있는 읍내에 있는 근대적인 학교라는 공간에의 소속은 주인공이 그 전 세대인 아버지와 역사적으로 다른 세대임을 나타내주는 결정적인 지표이다. 『봄』에서 읍내 학교의 설립과 확장, 신식교사의 영입은 석림의 의식적 성장과 동일한 궤도에 놓이며, 그 과정에서 서당과 근대적학교의 서열이 정해진다. 이러한 양상은 『대하』에서 문우성 교사의 부임에 의한 동명학교의 발전, 『탑』에서는 학무시찰의 방문에 의한 학교의발전을 통해서도 드러난다. 이렇듯, 전통적인 공간(서당, 가정)보다는 근대적 공간과 거기에 속한 인물들과의 교류에 더 이끌려 가는 과정이 성장인 것이다.

이러한 공간의 설정은, 양적으로는 서사의 일부분만을 차지할 뿐이지만 소년의 성장에는 중요한 영향력을 미치는 인물의 배치와도 밀접하게 관련되어 있다. 예컨대, 『봄』에서 석림이에게 큰 영향을 끼친 선생은 우편소 소장으로 일어교사를 겸한 일본인 중산과 서울에서 배재학당을 졸업한 신선생이었다. 『대하』에서 동명학교 교사로 온 문우성은 "대성학교 물도 먹었고, 지난봄에 일신학교도 졸업했고, 그래서 신학문이나 개화사상엔 발이 활짝 넓은데다가, 또 하나 엎쳐서 예수를 믿는 덕에 양인들과도 교제상이 넓어 이즈음은 양서를 이책 저책 뒤적여 보는"(『대하』, 177쪽) 인물이다. 또한, 『탑』의 우길에게 근대적 감화를 준 사람은 읍내에서 만난 '본시 이 지방 사람으로 서울 가서 수산국장으로 있는 사람'인 정국장과 '완고와 야만은 멸망합니다. 씨가 없어집니다'라는 내용의 연설을 했던 '신개화의 사절(使節)' 학무시찰이었다. 말하자면, 그들은 더 문명화된 공간에서 온 사람들이었다. 이 도래인들(-다소 과장하자면 식민지 침탈)의 역할은 분명하다.

　학무시찰은 세계의 대세를 들어 말한 다음 차차 범위를 줄여서 조선의 현상으로 돌아와 일단 목소리를 높였다.
　그 격월한 말 가운데 조선이라는 어둡고 유치한 땅이 들볶여서 대단히 가엾은 존재로 여러 사람의 눈앞에 나타나고 또 동시에 그의 말대로 신학문을 배우고 개화와 문명을 얼른 맞아들이기만 하면 이 땅도 세계를 뒤흔들 엄청난 존재일 것같이 보여지는 것이다.(『탑』, 229~230쪽)

　『탑』에서 S항에 배를 타고 내려 철도를 타고 온 학무시찰은 우길이네 마을이 "다른 동리보다 그만치 완고와 야만의 풍이 덜 가신 것이다"(162쪽)라는 가치판단을 가능케 했던 인물이다. 완고와 야만이 개화나 문명의 대립쌍이자 시간적 위계로는 선/후라는 두말할 필요도 없다. 그의 출현은 마을간의 시간적 위계에 따른 분류를 하게 함과 동시에, 조선과 세계와의 관계, 조선의 과제를 설정하는 데로까지 나아간다. 그의 연설의 요지는 '세계' 속에서 조선의 퇴행적 위치를 규정하고, 따라서 현재의 사명은 개화와 문명을 따라잡고, 추월해야 한다는 것이다. 가족사연대기 소설에서, 역사적 목적론의 시간이 지향하는 세계는 궁극적으로 어떤 세계로 귀결되겠는가는 좀더 숙고한 후에 논해야 하겠지만, 이렇게 도래인들에 의해 규정되고 강화된 공간적 성격이 아시아에 대한 일본의 심상지리와 맞닿아 있음을 지적하고 싶다. '완고하고 고루함'(頑冥固陋), '의심많음'(狐疑), '구태의연'(舊套), '겁 많고 게으름'(怯懦), '잔혹하고 염치없음'(殘刻不廉恥), '거만'(傲然), '비굴', '참혹', '잔인' 등은 후쿠자와 유기치를 비롯하여 초기의 식민정책론자들이 서구의 오리엔탈리즘에 입각해 일본 이외의 아시아 제국과 제민족, 특히 중국과 조선을 규정할 때 반복적으로 사용된 표상이다.[21]

　이러한 표상은 공간뿐만 아니라 세대와 인물에게도 적용된다. 학무시찰의 방문을 계기로 우길은 아버지를 완고하고, 고집불통의, '문명이니 개화니 하는 일에 대해서 냉담' 한 인사로 바라보게 된다. 아버지는 또한

---

21) 이에 대해서는 강상중, 임성모 역, 『오리엔탈리즘을 넘어서』, 이산, 1997, 78~109쪽 참조.

'양반이니 벼슬아치니 하는 따위의 고집쟁이', '오백 년 자던 잠을 깨지 못하고 지내 자다가 죽을 것들-'에 포함된다. 이러한 인식이 앞선 과거와의 단절, 특히 표상화된 아버지 세대의 형상과의 단절을 기도한다. 가족사연대기소설에서 주인공의 공통된 성격은 명랑과 생기, 쾌활과 대담이다.『탑』에서 형 수길이 문약하다면, 우길은 그 반대이다.『봄』에서 유선달의 자식들 중 석림만이 활동적이다.『대하』의 형걸은 다른 이복 형제들보다 혈기왕성하다.

이러한 성격창조방식은 이들이 왜 아버지의 세대를 극복할 수 있는 새로운 세대인가에 근거를 제시하기에는 다분히 주관적이다. 그러나 이러한 성격이 비단 이들에만 국한되는 것이 아니라, 그들이 속한 학도들의 집단적 표상과 동일한 것이다. '양달령으로 양복을 지어 입고 목총(木銃)을 메고 군악을 울리며 기고당당(旗鼓堂堂)히' 나아가는 학도들의 행진, 기마전이 펼쳐지는 운동회의 광경은 에피소드적인 삽화라 할지라도, 새로운 세대의 성격과 결부되어 있음을 상기해야겠다.[22] 이 대목에서, 그들의 아버지들 또한 어느 정도까지는 활달하고 대담한 성격을 지닌 인물이라는 점과 비교가 가능해진다. 그들은 모두 양반으로서의 표상을 갖고 있지만, 문약함과는 거리가 있는 인물들이다. 하지만 이들의 활달하고 대담한 심성은 풍류가적 삶으로 귀착하거나 가부장의 역능을 보여주는 데 머물고 만다. 반면에 청년학도의 표상과 결부된 주인공들의 성격은 그러한 제한된 영역을 뛰어넘어 국가, 나아가 세계 등 더 큰 세계를 대상으로 한 가치를 지향한다. 그 세계가 서울이든, 동경이든 그것은 아버지의 세계와 공존하고 있으면서도 시간적 단계에 있어서는 발전한 세계임은 이미 밝힌 바이다.

단선적인 시간의 개입에 의한 공간의 위계화는 이렇듯 '누구'를 어떻게 '재현'하느냐의 문제를 불가피하게 제기한다. 우선 이들 소설이 굉장

---

22) 이들 소설에 나타난 학교의 운동회, 체조수업은 주인공의 근대적 주체 형성과정이 이념적인 것에만 머무는 게 아니라 근대적 신체규율권력으로까지 나아가고 있음을 보여준다는 윤영실의 견해는 타당하다. 윤영실, 앞의 논문, 26~27쪽 참조.

한 아우라를 부여하면서 그려놓은 가부장적 세계는 비역사적이고 탈역사적인 세계였다. 그 세계는 계급은 존재하지만 그것에 균열을 줄 만한 갈등과 대립은 존재하지 않으며, 일상은 묘사되지만 닫힌 세계에 머물 뿐이었다. 그런데, 역사적 목적론의 개입이 이러한 정태성을 극복할 수 있는 것은 아니었다. 왜냐하면, 사건들을 성찰하는 모든 사람들의 의식 내에 자리잡은 일종의 범주로서의 단수 개념의 <역사>는 실제의 개별적이고도 제한된 사건들의 경험 표출과 점점 멀어지며, 단일적인 언어 사용으로 인해 추상화의 길을 걷게 되기 때문이다.[23] 이는 가족사연대기 소설의 서사가 역사적 차원에서는 '문명과 개화', 개인적 차원에서는 '성장'에 근접해갈수록, 그 밖의 인물들과 사건들은 더욱 타자화, 주변화되어 가는 현상으로 나타난다.

『대하』에서 정보부, 쌍네, 부용 등의 여성인물은 형걸의 의식성장에 있어 통과제의에 필요한 희생양의 위치에만 머물게 된다. 이들 여성들은 형걸과 관계 맺는 한에서만 서사 생성 능력이 주어진다. 형걸이 떠난 후 그녀들이 어떻게 되었나를 묻는 일은 가뭇없는 일이 되어버린다. 무엇보다, 여성편력 방식의 통과제의 과정은 성적 욕망이나 감정상의 충족을 벗어나 이성과 문명의 세계로 접근해 가는 과정이었다. 내적으로는 금욕적 주체이자 외적으로는 계몽적 주체의 확립은 과거가 아니라 앞으로 나아갈 미래를 선택하며 그리고 현재의 시간 속에서 존재하는 근대의 제도적 공간을 새로운 가능성으로 받아들인다.[24]

다른 작품보다 여성 친화적이고 여성에게 우호적인 인물로 평가되는 『탑』의 우길의 계몽적 주체로의 확립은 게섬으로 대표되는 억압받는 민중, 누이로 대표되는 반봉건적 가부장제의 폭력에 희생될 위기에 처한 여성의 '대표자'(representer)의 역할을 자임함으로써 이루어진다. 게섬이 봉건제도의 희생자, 피억압 민중으로서 재표상되어 사회적·상징적 위계 질서로 편입되는 것은 우길에 의해서였다. 정략 결혼의 희생양이 될 처

---

23) 최문규, 앞의 책, 21쪽.
24) 김종욱, 앞의 글, 33쪽 참조.

지에 놓인 이순의 구원 또한 우길에 의해서였다. 이순과 동반가출한 우길의 행위는 "커다란 인간악(人間惡) 앞에 떨고 있는 한개의 약자"의 대리자로서의 행위였다. 말하자면, 공부를 해서 근대적 세계로의 진입하고자 하는 여성의 열망 또한 남성의 매개를 통해서 실현될 수 있다는 듯이 설정되었다.

그간의 논의는 게섬이 봉건제도의 희생양으로서, 게섬의 비극적인 운명은 우길의 반(反)봉건적 의식 성장에 중요한 계기가 되었다는 점에 초점을 두었다. 이러한 분석은 서사의 귀결로 보아서, 그리고 바로 '성장'이란 관점에서 보았을 때 타당한 것이지만, 그것 자체가 섹슈얼리티의 문제를 봉합했기 때문에 가능한 것이다.

> "정말 자기는 자나."
> 그러며 게섬이는 다시 손가락으로 하복을 살짝 찔러 보았다. 그리고 담으로 고추 끝을 찰싹 건드려 보았다. …(중략)… 게섬이는 제 뺨을 잠자는 우길의 뺨에 가져다 살며시 대었다. 참좋다. 무엇인지 모르게 좋다.(『탑』, 69~71쪽)

『탑』의 "봄과 함께"라는 장을 모두 할애하며 제시된 게섬과 우길이 함께 벌이는 말타기 놀이와 '우리'(어린애 잠재우는 기구)놀이는 하녀가 나이 어린 주인집 아이를 돌보며 데리고 놀아주는 차원을 훨씬 뛰어넘는 섹슈얼한 것이었다. 이 놀이에서 우길의 태도는 성적 쾌락과는 무관하다는 듯이 나타난다. 자신의 감각적 쾌락을 이끌어내기보다는 영문도 모른 채 게섬의 반복적 반응에 재밌어 할 뿐이다. 즉, 이 놀이장면에서 게섬의 성적 욕망은 극대화·표면화되고 있는 데 반해, 우길의 욕망은 탈성화된(desexualized) 것으로 그려진다. 애초에 서술자는 우길은 지적 능력에, 게섬이는 육체적 자질에 입각해 성격화시켰다. 이는 남성성/여성성의 표상 방식이기도 하며, 이성/본능, 문명/자연이라는 대립쌍으로 확장될 수 있다. 이러한 도식이야말로 가족사연대기 소설의 하층민에 대한 일관된 재현방식이기도 했다.

『봄』에서 남색 풍속은 서당의 학동들 사이에서 드러나는데, 영준과

월성의 관계가 그것이다. 월성이는 술장사 집에서 자라서, 술 따르는 솜씨가 제법에다 웬만한 남성이라면 유혹했으면 싶은 여성적인 특성이 많은 미소년으로 그려진다. 유선달의 매부인 안참령의 아들 영준과의 관계에서 월성은 여성의 역할을 하는 것으로 나타난다. 그 이후에 영준의 모습은 남색 풍속이 나오는 부분에서 자취를 감추지만 월성은 금점꾼과 짝패를 이루어 지내는 것으로 다시 등장한다. 금전꾼들의 칼부림의 원인이 되는 남색행위에서, 월성은 그 대가로 "전보다도 호사를 더 하고 히로를 사피우는" 물질적 향유를 누린다. 마찬가지로 김운선과 짝패를 이룬 오도령(인호) 또한 생김생김이나 김운선과의 관계에서 여성적 성격이 두드러지며, 그 또한 경제적으로 김운선에게 종속되어 있다. 즉, 남색은 남성들 간의 관계라기보다는 '여성'화된 남성과 '남성'과의 관계로서, 경제적 능력에 바탕을 둔 성에 대한 배타적 소유관계의 성격을 띤다. 그런데 유춘화가 일찍이 미동을 가까이 하는 남색취미를 버렸으며, 석림은 월성과 영준의 관계에 심한 불쾌감을 느끼고, 월성을 이상하게 여기기보다는 자신의 고종 사촌형(양반)이 그런 짓을 한다는 데 대해서 수치심을 느낀다. 이러한 태도는 정상적 '남성성'이란 무엇인지를 드러내고 있으며, 거기에는 내면화된 신분의식이 깔려있다. 같은 맥락에서 금전꾼의 남색풍속은 더욱 격화된 형태로 제시되었다. 육체적 특징과 욕망에 기초한 인물의 형상화 방식은 이들에 국한된 것이 아니라, 이들 주인공의 집안과 각별한 관계 있는 종들이나 마을 사람들에게도 적용된다. 가령, 『탑』의 게섬의 외삼촌인 을남,『봄』의 남술,『대하』의 두칠 이들은 힘이 장사이며, 자신의 본능적인 욕망에 충실한 자들이기도 하다. 을남은 '외입과 노름이 난당'이며, 두칠과 남술은 처의 부정을 알면서도 처에 대한 자신의 욕망을 포기할 수 없기 때문에 부정한 처를 내치지 않는다.

　여기서 『대하』,『봄』,『탑』의 가부장들과 거기에 반역한 아들들이 그리 큰 거리에 있는 것이 아니라는 것을 알 수 있다.이들 작품에서 아버지와 그들의 종들, 나아가 마을 사람들과의 관계는 여타의 갈등이 은폐되어 인간적인 관계를 유지하는 듯 보이지만, 그것은 바로 가부장에 대한 복종과 순종의 형태였다. 『탑』에서 박진사가 종의 문서를 불질러버렸음에도 불구하고, 을남은 거기에 반대하며 "종은 어디까지든지 종이요, 상전은 어디까지든지 상전이라는 생각"을 벌지 않는다. 『대하』의 두칠도 박성권에 대한 충성심이 강한 인물로 등장한다. 『봄』에서 남술은 자기 처와 유선달의 관계가 심상치 않다는 것을 눈치챘으면서도 유선달 집 물방아를 끌다가 낙상하여 죽음에 이르게 된다. 이들은 이렇게 우직하고 순박한 심성의 인물로 그려지지만, 바로 그 우직함과 순박함은 순종과 복종의 자연화된 심리적 기질로 나타난다. 육체적 힘이나 욕망의 차원에서 이들의 남성성은 부각되지만, 그들은 그것을 스스로 관장할 만한 자율성과 독립성을 갖춘 인물은 아닌 것이다. 여기에 대비되는 것이 바로 활달함과 능동성을 모두 갖춘 가부장의 형상이며 이들의 기질을 그대로 물려받은 주인공 소년들이다.

정리하자면, 이러한 여성과 하층민의 형상화 방식은 한편으로는 자연적 연속성의 시간이 관장하는 가부장적 질서를 이상화하는 데 기여했다면, 다른 한편으로는 역사적 목적론의 기획에서 누가 계몽의 주체일 수 있는가를 논증해주기도 했다. 역으로, 이러한 재현의 질서는 가족사연대기 소설의 내러티브가 (엘리트) 남성 지배적으로 전개되었다는 것을 증언하기도 한다. 그 과정 속에서 여성과 하층민은 이중의 타자로 구성되었다. 차이가 있다면, 전자의 세계에서 그들은 단편적으로나마 서사 생성의 기회를 부여받았던 반면, 후자의 세계에서는 아예 사라질 운명에 처했다는 것이다.

4. 지나간 역사의 자연화와 동양적 근대 기획

이러한 타자의 재현방식은 가족사연대기 소설의 두 가지 시간성의 상동성을 보여준다. 자연적 연속성의 시간과 역사적 목적론의 단선적인 시간은 서사전개에 있어 또다른 방식으로 서로를 규정하거나 구속하고 있다. 주인공 소년들의 근대적 가치에 대한 지향은 학교와 같은 제도, 그리고 학무시찰, 우편소장, 교사와 같은 제도 속의 기능적 인물이 매개하고 있으며, 공간의 시간적 위계질서화에 따라 드러난 심상지리는 단지 (서구적) 근대의 그것이라기보다는 제국주의 일본의 심상지리였다. 아버지 세계로부터의 이탈이 반(反)봉건적 지향으로 드러나며, 이는 일견 보편적 역사의 흐름에 조응하는 것 같지만, 실상 제국주의의 심상지리의 내부적 투사에 다름 아니었다. 여기서 이들이 "학교에서 유포되는 근대적 합리성만을 보편적 가치로 받아들이고 있을 뿐, 이 이면에 놓인 것이 자본주의적 근대이자 그 한 국면으로서의 제국주의임을 인식하지 못한다"25)는 평가는 온당하다. 그러나 이들의 맹목적인 근대 지향이 서사상의 일관성을 깨는 것이라고는 할 수 없다. 왜냐하면, 가부장의 권능을 증명해 주었던 한 방식이었던 역사의 사사화가 제국주의의 침략을 자연화시켰기 때문에, 자본주의와 제국주의의 문제가 사상된 근대 지향이 가능했던 것이다. 마르크스에 따르면, "인간은 자신의 역사를 만들어 가지만, 그들이 바라는 꼭 그대로 만드는 것은 아니다. 인간은 스스로 선택한 환경 속에서가 아니라 이미 존재하는, 주어진, 물려받은 환경 속에서 역사를 만들어 가는 것이다."26) 이들 소설이 사(史)로서의 형식을 취한다는 점에서 다소 무리하더라도 마르크스의 견해에 의지하자면, 이미 전개된 서사의 이어질 서사에 대한 규정력은 결코 쉽게 해소될 수 없다. 요컨대, 맹목적인 근대 지향은 이미 전개된 서사상 구속의 결과일 수밖에 없었다.

이제 다음과 같은 물음을 던질 때가 되었다. 자연적 연속성의 시간과 역사적 목적론의 시간은 대립적일 수밖에 없는가? 그 중 하나에 배타적

---

25) 윤영실, 앞의 글, 49쪽.
26) 칼 마르크스, 임지현·이종훈 역, 「루이보나빠르뜨의 브뤼메르 18일」, 『프랑스혁명사 3부작』, 소나무, 1993, 162쪽.

인 무게를 두어야만 이들 소설의 윤리적 의도 내지 이데올로기를 이끌어 낼 수 있는가? 생각건대, 이것은 전근대성과 근대성이 혼존했던 개화기와 이들 소설에 재현된 역사적 과거를 비교한다고 해서 해명되지 않는다. 주지하다시피, 가족사연대기 소설은 현재를 해석하거나 현재의 정체성을 재확립하기 위해 과거를 재구성한 텍스트이다. 따라서 이들 소설은 1930년대 후반에서 초반의 당대에서 야기된 불안과 원망, 소망이 과거의 재구성에 투영된 텍스트로 보아야 한다.

무엇보다 이 소설이 쓰여졌던 시대는 전시파시즘기(1937~1945)의 한복판이었다. 이 시기는 1937년 7월 중일전쟁의 발발로부터 시작하여 제2차 세계대전에 일본이 추축국으로 참여했던 시기다. 당시 일제 통치정책의 기본 기조는 개개인을 전체적·구조적으로 통제·장악하려고 했고 또 '천황제 이데올로기'라는 독특한 군국주의·전체주의 이데올로기 외에 모든 사상체계를 전면 부정했다는 점에서 파시즘의 성격을 띠고 있었으며, 전조선인을 전쟁에 직·간접적으로 참여시키는 전시파쇼적 정책이 실시되었다.27) 이렇게 1930년대 후반은 전시동원에 의해 물질적 삶의 조건이 극도로 황폐화되었던 때이기도 하고 전쟁의 추이에 따른 시대의 종언이나 전환에 대한 기대와 불안이 혼존했던 시대이기도 하다. 특히 세계사적 전쟁의 경험과 결부되어 근대에 대한 회의와 역사에 대한 종말의식이 지식인들 사이에서 팽배해 있던 때이기도 하다.

가족사연대기 소설에서 표상된 조화로운 공동체, 적어도 생물학적 욕망의 문제가 생존을 위협하지 않는 세계의 이미지는 1930년대 후반 불안과 위기에 대한 상상적 대응이었다. "불안정한 세계, 즉 모더니티의 경험이 불안정성의 경험이자 사회적 전위와 폭력적 죽음의 항구적 가능성으로 되는 세계, 다시 말해 모더니티의 경험이 고통이 되는 세계에 대한 반응 중 하나는 안정성에 대한 갈망이었다. 그리고 이것은 조화로운 세계라는 신비화된 과거 속에서 찾을 수 있다고 여겼다."28) 일견 가족사연대

---

27) 변은진, 「일제 전시파시즘기 조선민중의 현실인식과 저항」, 고려대 박사학위논문, 1998, 1~3쪽 참조.

기 소설은 자본주의의 진입으로 인한 견고한 사회관계의 해체를 증언하면서 그로 인해 훼손된, 그러나 복원해야 하는 전통적 가치를 상기시키는 것처럼 보인다. 가족사연대기 소설의 전통 풍속을 근대성에 대한 성찰로 받아들이는 견해는 여기에 근거한다.

그러나 그것이 결코 자본주의 자체를 겨냥했다고는 볼 수 없다. 예컨대, 『봄』에서 사금광에 의한 민심의 혼란상에 대해 강도 높은 비판을 하고 거기에 대한 마을 공동체의 대응을 보여주고 있지만, 그것은 자본주의 자체라기보다는 바로 돈을 사적인 육체적 쾌락에 모두 소진해버리거나 노름과 같이 돈 그 자체를 맹목적으로 추구하는 금전꾼들의 일탈행위와 무질서에 대한 것이었다. 이것이 앞에서 말한 하층민의 재현방식과 밀접한 상관이 있음은 물론이다. 『탑』에서 우길이가 이순의 정략결혼에 대한 강한 반감을 품는 보다 근본적인 이유는 사돈이 될 은행두취 송병교가 원래는 '상것'이기 때문이었다. 그 집 넷째 아들이 '학교 문 앞에도 못 가본 위인'이기 때문이다. "이순인 어느 촌으로 시집보내면 보냈지, 그놈의 읍으로 보내지 마십시요. 난 서울 가도 H읍 사람이라고는 말치 않습니다." H읍에 대한 부정적 인식은 그야말로 배운 교양도 없고 태생도 상것인 자들이 돈 좀 가졌다고 위세를 떠는 세태에 대한 거부반응이다. 이렇게 자본주의 자체라기보다는 사회적 규범으로부터의 일탈이나 신분 내지 계급질서의 동요에 대한 반응이다. 『대하』에서는 박성권의 치부과정에 드러난 냉정함과 주도면밀함을 보여주면서 드러낸 효과는 그것의 비인간적 속성이라기보다는, 박리균 형제가 대표하듯 대세의 흐름을 읽지 못한 채 과거의 신분의식에 사로잡혀 기생적으로 살아가는 기존 양반계층에 대한 희화화였다. 즉 자본주의 그 자체는 이런 맥락에서도 거부의 대상이 아니다. 이러한 양상 모두가 가부장적 질서의 수호와 맞물린 것이었으며, 주인공 소년들의 근대지향과 동일선상의 금욕성은 이것의 연장선상에 있다.

---

28) 마크 네오클레우스, 정준영 역, 『파시즘』, 이후, 2002, 164쪽.

　여기서 나는 가부장적 질서와 근대지향이 '동양적 근대'라는 수식어와 피수식어의 관계로 연역될 수 있다고 생각한다. 직분에 충실한 세계, 그러면서도 세계의 대세를 타락과 일탈로 경험하지 않는 세계, 그런 세계를 구축하고 그 세계의 일원이기 위해서는 정신적 도덕적 자질이 중요하다. '전통' 과 관계 맺는 한 방식인 노스텔지어는 상실의 경험에 위치하며 재생과 회복의 정치학, 그리고 그러한 임무에 적합한 정치적 주체(agency)를 요구한다.29) 이 기획의 궁극적인 주체 그리고 결코 심문 당하지 않는 주체는 국가였음을 상기해야 할 것이다. 이러한 전망이 나치즘에서는 산업적 근대주의 양식(style)들과 전근대적인 동기(motif)를 혼합했던 방법으로 드러났다30)는 지적은 천황제를 기축으로 한 일본 파시즘의 전략에도 적용될 수 있을 것이다. "1930년대 공식적 이데올로기적 정식은 근대 추구에서 '근대의 초극'으로 대체되었다. 그러나 천황제 이데올로기를 강화하려는 운동이 자유주의적인 서구적 가치에 대립적인 전통적 일본의 가치를 강조했지만, 그것은 일본 사회가 수행해왔던 근대화 과정의 결과였으며 그러한 과정의 결과들에 부합한 전략이었다. 일본 본토에서 전개된 천황제 이데올로기와 사상통제 방법의 식민지에서의 적용 또한 식민지 사회가 겪어온 사회경제적 변화라는 배경에서 이해되어야만 한다. 의사(擬似) 반근대 이데올로기 운동은 갈수록 통치적으로 되어갔던 (governmentalized), 지배 권력과 전략이 근대화된 국가에 의해 전유되고 적용된 규율기술을 통해서 이루어졌다."31)

　가족사연대기 소설을 통해서 제한적인 시대상황에서나마 시도하려했던 리얼리스트들의 "역사적 목적론"은 실상 마르크스주의의 그것이 아니었으며 오히려 파시즘 이데올로기의 비전에 가까운 것이었다. 또한 과거 공동체적 이미지 내지 온정주의적인 가부장적 세계의 구축은 맹목적

---

29) Dipesh Chakrabarty, Afterword: Revisiting the Tradition/ Modernity Binary, *Mirror of Modernity*, 289쪽 참조.

30) 마크 네오클레우스, 앞의 책, 157쪽 참조.

31) Chulwoo Lee, Modernity, Legality, and Power, Colonial Modernity In Korea, (eds) Gi-Wook Shin and Robinson, Havard Univerity Press, 1999, 51쪽.

근대지향에 대한 거리 두기나 유토피아적 비전과 무관한 것이었으며, 남성 중심주의적 가부장제는 단지 봉건적 유제도 아니었고 결코 근대와 상생할 수 없는 게 아니었다. 전통과 과거는 근대성 자체의 요구에 의해 호출되었던 것이다. 일본 파시즘의 기획에서 그 주체는 대화대애(大和大愛) 팔굉일우(八紘一宇)의 대이상을 몸소 체현한 천황이자 국가였다. 이를 가부장의 권능을 보여준 이들 작품의 가부장들의 초상, 그리고「등불」(김남천)이나 「이녕」(한설야)에서 '생활세계'로 복귀하여 가부장의 직분을 다하려는 지식인의 초상과 오버랩시키는 것이 근거 없지 않다면,[32] 아버지의 세계를 떠난 그들이 전장으로 떠나든지 가부장의 소임을 다하든지 해서 신민(臣民)으로 돌아올 것이라는 위험한 상상 또한 허용되어야 한다.

5. 나오며: 재현의 질서와 소설의 형식

1930년대 후반 가족사연대기 소설에는, 또는 그것을 해석하는 위치에는, 여전히 어떤 망설임과 주저함이 남아 있다. 아버지의 세계를 그렇게 풍요롭게 그려놓고서도 궁극적인 차원에서 역사적 목적론의 단선적 시간에 몸을 싣게 되는 이들 소설의 서사전개 방식은 어떤 의미에서는 복고적 퇴행에 대한 작가들의 저항일 수도 있다. 그리고 모든 욕망이 제한적이나마 충족된 삶에 대한 묘사는 역설적으로 총력전의 시대의 고통과 결핍의 정체를 밝혀 주는 것일 수도 있다. 그런데 이러한 해석에의 유혹은 억압과 수탈의 대상으로 규정되는 피식민 민족에 대한 동일화를 전

---

32) 동양 담론에 내재된 직분의식과 소명의식의 논리적 연관과 그것의 김남천 문학의 형상화에 대해서는 정종현, 「'동아시아' 담론의 문제와 가능성」, 『상허학보』 9집, 상허학회 편, 2002, 참조.

제로 할 때 필연적인 귀결이다. 여기서 나는 다시 가족사연대기 소설뿐만 아니라 한국근대소설사에 각인된 재현의 질서를 환기하면서 이 글을 매듭짓고자 한다. 왜냐하면 이러한 동일화는 식민지 내부의 불균등한 권력관계를 은폐할 위험이 있는데, 한국근대소설사에서 일관되게 드러난 재현의 질서는 이러한 동일화의 불가능성 내지 허구성을 보여주기 때문이다.

1920~30년대 한국소설은 여성에 대한 남성의 성적 지배를 승인하고 있으며 섹슈얼리티의 분할은 계급 내지 계층의 분할에 근거해 있다. 단적으로 남성 엘리트에게 있어서 섹슈얼리티는 도덕적 규범과 이성에 의해 통제될 수 있는, 통제되어야 하는 것임에 반해, 여성과 하층민에게 있어서 섹슈얼리티는 통제불능의 본능으로 그려졌다. 이러한 재현방식은 서사구조상으로도 다르게 나타나는데, 전자의 세계가 성적 욕망을 다른 고상하고 사회적인 이상의 추구로 대체시키는 승화의 구조, 즉 성숙과 발전의 구조로 드러났다면, 후자의 세계에서 성숙과 발전이라는 연속적 진보의 시간성은 해체되었지만 성적 욕망이 사물화·자연화 되어 더욱 흉폭한 질서로 구현되었다.[33] 흥미롭게도, 전자는 거의가 장편을 통해서-예컨대, 이광수와 이태준으로 대표되는 계몽주의 소설, 후자는 단편을 통해서-대표적으로는 1930년대 중후반 이효석, 김동리 등으로 대표되는 토속적 인간형을 그린 작품들- 제시되었다.

박헌호는 단편양식과 '향토성'의 관련성을 면밀하게 분석하면서, 이른바 '향토적 서정소설'은 대개 도덕적으로 사회적으로 열등한 자들을 대상으로 삼고 있으며, 이들을 중심으로 주조된 세계는 근대화에 의해 억압된 욕망과 정서를 환기시킨다고 지적한다.[34] 이것을 이렇게 바꿔 말한다 해도 크게 틀리진 않을 것 같다. 즉, 욕망을 관리·규율하는 합리적 이성과 도덕적 규범과는 거리가 먼 하층민의 형상은 중간계급 남성의 성적 억압의 전도된 반영이다. 나는 여기에 자신의 욕망의 관계성을 파악할

---

33) 이혜령, 「한국근대소설의 섹슈얼리티 연구」, 성균관대 박사학위논문, 2001, 참조.
34) 박헌호, 「한국인의 애독작품-향토적 서정소설의 미학」, 책세상, 2001, 참조.

능력이 없는 무규범적 비이성적인 존재형상은 세계와 개인의 인식론적 총체성을 추구하는 장편소설(novel)의 내러티브를 감당할 수 없다는 사실을 덧붙이고 싶다. 물론 이태준, 이광수 등의 계몽주의 소설을 비롯한 많은 소설이 경제적·사회적 권력관계를 은폐·사장시킨 채 총체성의 구현을 의식의 드라마로 대체해버렸지만 말이다.

『대하』, 『봄』, 『탑』 가족사연대기 소설은 바로 이 두 세계를 하나의 형식에 담고 있다는 점에서, 1920~30년대 한국근대소설사의 축도라고 할 수 있다. 『봄』에서 남술 처의 이야기는 1920년대 하층민 요부형을 그린 「감자」, 「뽕」 등의 여성 주인공을 연상시키며, 금전꾼의 타락상은 김유정의 몇몇 작품을 떠올리게 만든다. 『탑』의 성적 욕망 때문에 종으로서의 자기처지를 자각한 게섬의 원형을 나도향의 「벙어리 삼룡이」에서 찾는 것도 무리는 아니다. 이러한 인물들의 서사는 그 자체로 하나의 독립적인 서사-에피소드-로 기능하면서도 전체 서사로 수렴되는 방식을 취한다. 앞서 살펴보았듯이, 이는 조화로운 가부장의 세계나 역사적 목적론을 부조(浮彫)하는 기능을 했다. 앞에서 열거한 단편들이나, 중간계급인 남성 엘리트를 중심으로 했던 계몽주의 소설에서보다 가족사연대기 소설의 형식은 역설적 결과를 보여준다. 가족사연대기 소설에 나타난 재현의 질서와 구조화 방식은 그간 한국근대소설사에서 이성과 자율성의 육화로 제시된 근대적 주체가 사실상 계급과 성의 위계질서에 기초한 것임을 투명하게 증언하기 때문이다.

계몽주의 소설에서 민중의 형상은 계몽적 주체가 채워 넣는 대로 변주되는 텅 빈 용기에 지나지 않았음은 굳이 상술할 필요가 없을 것이다. 한편, 앞에서 열거한 단편들의 특징은 남성 엘리트가 등장하지 않는다는 점이다. 남성 엘리트가 등장인물로는 나오지 않으며 마치 캔버스 밖의 소실점의 위치에서 조망한 듯한 서술방식이 마치 자연을 모방한 동물원, 즉 철창을 보이지 않게 만든 동물원의 효과를 낳는다. 시선을 텍스트 외부에 위치시킴으로써 하층민은 탈역사적 탈사회적 존재, 자연보다 더 자연 같은 존재로 붙박아버리기 때문이다. 이런 작품에서 그 소실점이 문

명의 원근법이란 사실을 망각하기란 쉽다.[35]

　반면에 가족사연대기 소설은 그 소실점이 무엇이었는지, 그것이 어떻게 형성되었는지 잘 보여준다. 아버지와 가장 많이 닮아 있다는 점에서 세 작품의 소년 주인공들은 남다른 남성성을 전유하고 있으며, 금욕적이라는 점에서 그들은 계몽적 주체였다. 근대적 주체는 이렇듯 자율적 남성이었으며, 재현의 질서를 관장하는 위치이기도 하다. 주체성은 사회성과 다른 게 아니며, "주체성과 사회성은 무질서하고, 불결하며, 부적절한 것을 배제한다."[36] 바로 그러한 주체성과 사회성의 척도는 이 작품들에서는 개화의 사절들로 등장하는 인물들을 통해 매개된다. 교사, 수산국장, 학무시찰 등과 같은 그들의 직책이 단적으로 보여주듯이, 근대적 주체는 근대적 (국가)제도를 통해 새로운 사회적 규범과 인식의 범주를 내면화시킨 데서 창출되었다.[37] 즉 스스로를 타자로부터 구별하고, 자기 자신을 자율적으로 규제하는 근대적 인간형의 창출 메커니즘을 1930년대 가족사연대기 소설은 증언하고 있는 것이다. 1920년대 초반 동인지 문학에서 나타난 근대적 주체는 가족적·공동체적 유대로부터 벗어난, 즉 전근대적 제도로부터 이탈한 존재들이었으며 나아가 일부러 고독과 고립을 자초한 반사회적 존재들로 표상되었다. 1930년대 가족사연대기 소설은 바로 그 반사회성의 가치인 개성과 내면, 자율과 자유 등이 어디로부터 연유한 것인지를 보여주며, 반사회성의 사회성을 보여준다. 그 은폐된 사회성, 따라서 주체성은 타자의 재현질서에 기초하고 있으며, 그것은 내부로 투사된 제국의 심상지리이기도 했다.

　1930년대 가족사연대기 소설은 이러한 타자의 표상체계를 철폐하지 않는 한 제국의 심상지리 또한 거부할 수 없음을 증명한다. 또한 균질적인 전통의 발견을 통해서도 제국의 심상지리를 거부할 수 없음을 보여준

---

35) 이혜령, 「동물원의 미학」, 『한국근대문학연구』 6, 한국근대문학회 편, 2002, 130쪽 참조.
36) 프란세트 팍토, 이민아 역, 『미인』, 까치, 2000, 156쪽.
37) 김진균·정근식·강이수, 「일제하 보통학교와 규율」, 『근대주체와 식민지 규율권력』, 김진균·정근식 편저, 문화과학사, 1997, 77쪽 참조.

다. 균질적인 전통이란 바로 근대적 표상체계에 의존해 있기 때문이다. 억압된 것은 여전히 귀환하지 않았다.

주제어 : 가족사연대기 소설, 형식, 자연적 연속성, 역사적 목적론, 파시즘 이데 올로기, 타자의 재현, 일본 제국주의의 심상지리

◆ 참고문헌

1. 단행본

김윤식·정호웅, 『한국소설사』, 예하, 1996.

박헌호, 『한국인의 애독작품-향토적 서정소설의 미학』, 책세상, 2001.

정진배, 『중국 현대 문학과 현대성 이데올로기』, 문학과지성사, 2001.

최문규, 『(탈)현대성과 문학의 이해』, 민음사, 1996.

강상중, 임성모 역, 『오리엔탈리즘을 넘어서』, 이산, 1997.

미야지마 히로시, 노영구 역, 『양반』, 강, 1996.

라인하르트 코젤렉, 한철 역, 『지나간 미래』, 문학동네, 1998.

게오르그 루카치, 반성완 역, 『소설의 이론』, 심설당, 1985.

마크 네오클레우스, 정준영 역, 『파시즘』, 이후, 2002.

리타 펠스키, 김영찬·심진경 역, 『근대성과 페미니즘』, 거름, 1998.

알프 뒤르케 외 저, 이동기 외 역, 『일상사란 무엇인가』, 청년사, 2002.

Stephen Vlastos (ed), *Mirror of Modernity*, University of California Press, 1998.

2. 논문

김동환, 「1930년대 후반기 소설의 대체현실 추구와 의사 낭만성」, 『한성어문학』 13,
　　　　1994. 5, 99~122쪽,

김종욱, 「1930년대 한국 장편소설의 시간-공간 구조 연구」, 서울대 박사학위논문,
　　　　1998.

김진균·정근식·강이수, 「일제하 보통학교와 규율」, 『근대주체와 식민지 규율권력』,
　　　　김진균·정근식 편저, 문화과학사, 1997, 76~116쪽.

류종렬, 「1930년대 말 한국 가족사·연대기소설 연구」, 부산대 박사학위논문, 1991.

박헌호, 「30년대 후반 '가족사연대기' 소설의 의미와 구조」, 『민족문학사연구』 4,
　　　　1993, 244~266쪽.

변은진, 「일제 전시파시즘기 조선민중의 현실인식과 저항」, 고려대 박사학위논문,
　　　　1998.

윤영실, 「1930년대 후반 장편소설 연구-서사구조와 정체성의 관계를 중심으로」, 서

울대 석사학위 논문, 2000.

이혜령, 「한국근대소설의 섹슈얼리티 연구」, 성균관대 박사학위논문, 2001.

______, 「동물원의 미학」, 『한국근대문학연구』 6집, 한국근대문학회 편, 2002, 108~138쪽.

정종현, 「'동아시아' 담론의 문제와 가능성」, 『상허학보』 9집, 상허학회 편, 2002, 39~69쪽.

정호웅, 「김남천의 『대하』론」, 『장편소설로 보는 새로운 민족문학사』, 정호웅 외, 열음사, 1993, 231~247쪽.

Lee, Chulwoo, Modernity, Legality, and Power, *Colonial Modernity In Korea*, (eds) Gi-Wook Shin and Robinson, Havard Univerity Press, 1999.

◆ **국문초록**

이 논문은 1930년대 후반『대하』,『봄』,『탑』등의 가족사연대기 소설의 형식은 자연적 연속성과 역사적 목적론이라는 두 가지 시간적 계기로 구조화되어 있음을 논증하였다. 후자가 이들 소설의 소년 주인공에 의해 표상된 근대주의적이고 단선적인 시간이라면, 전자의 시간은 가부장에 의해 관장되는 시간으로서 자연의 순환론적 시간의 경향을 띤다. 이 두 시간적 계기는 상반된 것처럼 보이지만, 역사를 사사화 하고 근대에 대한 성찰적 반성이 없다는 점에서 공통된다. 그 결과, 가족사연대기 소설은 근대주의 양식과 전통적 모티프의 결합이라는 파시즘의 이데올로기적 효과를 낳게 되었다. 한편, 가족사연대기 소설은 하층민과 여성을 재현하는 데 있어서 남성 엘리트 중심적 방식을 드러냄으로써, 1920~30년대 한국근대소설사에 일관되게 나타난 재현의 질서와 그 메커니즘을 투명하게 보여주었다.

148

♦ SUMMARY

Form and Ideology of Korean Family History
—Chronicle Novels in the late 1930s

Lee, Hye-Ryoung

In this thesis,I examined form and ideology of Korean family history-chronicle novels in the late 1930s, focusing on time consciousness. These novels, Kim, Nam Chun's A Large Liver[Daeha], Lee, Ki Young's Spring [Bom] and Han, Seol Ya's A Pagoda [Top], have common features in sense of that their form is made of time consciousness of natural continuity and historical teleology. The former is time consciousness controled by patriarches, while the latter is controled by modernism represented as young men in these novels. At the first glance two they seem to be opposed to each other, in fact, they have common principles of privatization of histories and uncritical attitude of modernity, which is also appeared in oder and manner of representation of class and gender. In theses novels, patriarches and young men as elite men was represented as ascetic self by contrast with females and subalterns. Considering combination of modernist mode and traditional motif as a type of fascist ideology, form of these novels, mixing paternalism and modernism, cannot help causing in ideological effects of fascism. Moreover, order and manner of representation in these novels was based on imaginative geography of Imperial Japan.

Keywords : family history-chronicle novel, form, natural contiuity, historical teleology, fascist idedogy, representation of the other, imaginative geography of Imperial Japn

이 논문은 1월 15일 투고되어 소정의 절차를 거쳐 2월 10일 게재 확정되었음.

여성·수난사 이야기의 역사적 층위

권 명 아*

1. 과거의 교정(revision)과 수난사 이야기 – 수난사 이야기의 역사적 층위

근대 체제는 그 기원에 있어서부터 '과거'에 대한 특별한 자각을 내포한다. 근대 서사의 대표적 장르로서 소설이 '서사적 과거'라는 새로운 시간성을 그 중요한 특징으로 갖는 것은 이 때문이다. 또한 이는 근대 체제가 학문으로서의 역사학과 새로운(근대적) 시간관으로서 '역사'를 발명했다는 점과도 밀접한 관련이 있다. 그런 점에서 근대란 그 자체로 과거를 교정하는(revision), 즉 과거에 대한 새로운 전망(revision)을 통해 자신의 시공간을 창출하는 운동이라 할 것이다. 서구와 비서구를 막론하고 근대 체제가 공히 유물과 전통, 기념관과 박물관, 기록 제도와 매개(media)에 대한 집착과 강박 관념을 보여준다는 것은[1] 근대성과 '과거', '역사', '기록' 등의 범주와의 특별한 연관 관계를 의미한다.

---

* 성공회대.

1) 이에 대해서는 John R. Gillis, ed, *Commemoration-The Politics of national identity*, Princeton University Press, 1996. 참조

본고에서 고찰하고자 하는 수난사 이야기와 이의 변형태로서 여성 수난사 이야기는 이러한 근대 서사의 특정한 과거 인식, 역사 인식과 밀접한 관련을 맺는다. 한국에서 수난사적 '역사 서사'의 기원은 근대 초기로 거슬러 올라간다. 특히 박은식과 신채호와 같은 망명 역사학자들의 역사 서사는 이러한 수난사적 역사 서사의 원형태를 보여준다.[2] 박은식의 『韓國痛史』에서도 확인할 수 있듯이 수난사적 역사 인식은 결핍과 결여태로서 자신을 정립하면서 동시에 복원과 재생의 의지를 통한 주체의 재정립의 열망을 공통적으로 지닌다. 이러한 결핍과 재생의 이중적 욕망은 필연적으로 위기 담론과 쌍을 이룬다. 박은식의 『韓國痛史』가 망명지에서의 '망국'의 처절함과 위기 의식의 소산이었듯이 말이다. 그러나 이러한 위기 담론과 수난사적 역사 의식, 수난사 이야기의 내적 관련성은 단일하지 않다. 식민지 시대 이광수의 소설들이 내장한 수난사 이야기와 여성 수난사 이야기의 구조는 결핍과 재생의 이율배반적 갈등 구조와 '주체 재건'을 위한 '새로운' 길에 대한 내적 열망을 전형적으로 보여준다. 수난사 이야기는 근본적으로 재생을 통한 대주체로의 거듭남이라는 욕망을 내재하고 있다. 이광수의 '친일'의 길이 민족-반민족(친일)의 이분법적 구도에서보다는 '大我'에 대한 선망의 측면에서 좀더 명확하게 해명될 수 있는 것은 이 점에서이다. 이런 점에서 여성·수난사 이야기의 형성과 전면화 과정을 살펴보기 위해서는 민족 담론과 민족에 관한 상징 체계의 변화 과정에 대한 총체적인 연구가 필요하다. 이 문제는 향후 연구 과제로 남겨두고자 한다. 다만 여기서는 식민지 시대 여성·수난사 이야기의 서사 구조가 전면화되는 과정에는 민족 개조-민족 개량-민족 복귀론-일선동조론으로 이어지는 '민족 담론'과 재현 체계의 변화가 밀접하게 연결된다는 점을 지적하고자 한다. 즉 여성·수난사 이야기가 근본적으로 재생과 거듭남의 욕망을 특징으로 하는 것은 이러한 방식의 민족

---

2) 이에 대한 개괄과 분단 이후 신채호와 박은식, 이광수의 수용과 재생산, 그리고 이 과정에서 민족 이야기로서 수난사 이야기가 재생산되는 구조에 대해서는 졸고, 「국사 시대의 민족 이야기」(『실천문학』, 2002년 겨울호.)에서 이미 논한 바 있다.

서사와 역사 서사가 근본적으로 '민족'을 결여태에서 완성태로, 훼손 상태에서 정화된 '순결한' 상태로 복원해야 한다는 정치 기획의 산물이기 때문이다. 수난사 이야기가 표면적으로는 '민속', '토속', '향토'적 특성을 보여줌으로써 전통을 계승하는 '민족적' 서사로 평가되기도 하지만 실상 수난사 이야기를 관통하는 '민족' 담론과 상징 체계는 다분히 복합적이다. 특히 1930년대 수난사 이야기에서의 민속적 요소의 범람은 민족적 전통의 계승과 복원이라는 차원보다는 일선동조론에 의한 조선 상고사의 '복원' 작업과 밀접한 관련을 갖는다.3)

수난사 이야기는 위기 담론과 쌍을 이루어 나타난다. 1910년대와 1930년대, 1950-60년대, 1990년대에 급격하게 수난사 이야기가 전면화되는 것은 이러한 위기 담론과 밀접한 관련이 있다. 특히 여성 수난사 이야기는 1930년대부터 징후적으로 나타나며 한국 전쟁을 거치면서 일종의 지배적 서사로 전면화된다. 여기에는 몇가지 복합적인 원인이 작용하는 것으로 보인다. 먼저 여성 수난사 이야기의 등장과 전면화는 국가주의 기획의 하위 주체에 대한 통합 정책과 밀접한 관련을 맺는다는 점이다. 두 번째 요인으로는 대중적 장르의 부상과의 밀접한 관련성이다. 이는 첫째 요인과도 관련된다. 즉 이는 대중 장르를 통한 하위 주체들의 통합과 관련된다. 1930년대의 경우 대중적 잡지의 전면화, 역사 서사(역사 소설, 사화(史話), 여인 수난사), 이국 여성에 대한 이국주의적 관심을 내포한 이국 여행기, 일본의 대중 장르로서 '에로 그로'의 영향 등과 여성 수난사 이야기의 부상은 밀접한 관련을 맺는다. 1930년대 대표적인 '대중적' 잡지 『조광』이나 『삼천리』는 이전의 잡지들과 담론 생산 방식에 차이를 보인다. 이들 잡지는 기존의 근대적 지식 제도의 담론에 대한 지향

---

3) 1930년대 조선 민속에 대한 관심과 이의 연장선상에 있는 시조 부흥 운동, 토속과 향토미에 대한 '발견'의 의미는 차후의 연구 과제로 남겨두려 한다. 이에 대해서는 기존의 연구에서도 상반된 평가가 공존한다. 뒤에서 다루게 될 최남선의 경우 최남선의 민속 연구와 시조 부흥 운동, 그리고 일선동조론에 대한 지지와 친일 문제에 관해서도 상반된 평가들이 제기되고 있다. 이에 대한 자세한 언급으로는 保坂祐二, 「崔南善의 不咸文化圈과 日鮮同祖論」, 『한일관계사 연구』 제12집, 한일관계사학회, 2000, 참조.

보다는 지식에서 '상식'으로, 학문으로서의 역사 담론에서 이야기로서의 역사 담론으로 전환하는 중요한 기능을 수행하는 것으로 보인다. 이러한 전환은 1930년대 식민지 자본주의화의 확대와도 밀접한 관련이 있다고 판단된다. 특히 이들 잡지에서 제도화된 학문적 담론 생산 방식과 구별되는 '이야기'로의 변화는 수난사 이야기의 기원을 살펴봄에 있어 매우 중요하다. 역사, 과학, 지리, 인종, '민족'에 대한 담론이 제도화된 지식의 언어로부터 대중적 '상식'과 이야기(사화(史話)의 급격한 확산과 같이) 구조로 변화되는 것은 근대성에 대한 표상 체계와 재현 체계의 변화를 고찰하는데 중요한 지점이다. 또한 세계 각국의 정치적 동향에 대한 시사적 고찰을 담은 글들과 달리 세계 각국의 '이질적' 문화, 풍물, 습속에 대한 관심이 기담(奇談)의 형식으로 전면화되고, 과학과 위생에 대한 담론 생산은 부쩍 생활 습속의 차원과 관련된 '일상 상식'의 형태로 다양하게 생산된다. 이는 한편으로는 근대적 지식이 대중화, 속화되는 측면을 보여주는 것이며 이러한 대중화의 과정이 성별화된 상징 체계와 밀접한 관련을 맺는다는 점을 보여준다. 이러한 담론 구조의 변화는 기존의 지식으로서의 근대적 담론들이 성적 재현의 표상(eroticized representation)으로 전환되는 과정이기도 하다. 또한 여성 수난사 이야기나 수난사 이야기가 외견상 전통 서사의 형식을 차용하는 것은 여성·수난사 이야기가 종족성(ethnicity)의 문제와 밀접한 관련 속에서 생산되고 재생산되기 때문이다. 그런 점에서 여성·수난사 이야기 구조의 역사적 층위는 종족(ethnicity)과 민족에 대한 담론과 상징 체계의 역사적 층위와 밀접한 관련을 맺는다.

이러한 측면은 전후에 생산된 여성·수난사 이야기에서도 확인된다. 전후의 여성 수난사 이야기와 수난사 이야기의 범람은 전쟁을 강간의 메타포 속에서 표상하는 시대 정신에서 비롯된다. 강간의 메타포는 전쟁을 명확한 '인종주의적' 상징 체계 속에서 표상하는 방식을 전형적으로 보여준다. 강간의 메타포 속에서 전쟁은 '튀기', 즉 교배를 통한 잡종화의 문제로 담론화된다. 또한 전후의 여성·수난사 이야기는 신생 국가의 '민족주의'를 표방한 국가주의 정책과 국가주의 기획의 하위 주체 동원과 통합의 주요한 기제로 재생산된다. 특히 전후의 여성·수난사 이야기는 전쟁 체험의 차이와 이에서 비롯되는 사회적 갈등과 분열을 통합하여 이질적인 입장과 주체성을 지니고 있는 다중들을 단일한 표상, 즉 수난자인 민족으로 호명하고 통합하는 중요한 이데올로기적 호명 기제로서 기능하게 된다.

2. '해방'과 전쟁 - 수난사 이야기가 지배적 양식(dominant style)이 되는 과정

본고에서는 여성·수난사 이야기의 역사적 층위와 차별성에 대한 전제를 바탕으로 해방과 전쟁 이후 여성·수난사 이야기가 민족을 재현하고 표상하는 지배적인 양식으로 정착되는 과정을 중점적으로 고찰하고자 한다. 물론 이 과정에서 일제 하의 여성·수난사 이야기가 재생산되고 전유되거나 변형되는 방식을 함께 검토할 것이다. 본고에서는 여성·수난사 이야기라는 특정한 '역사 이야기' 방식이 문학 뿐 아니라 교과서, 대중 장르 등에서 지배적 서사로 자리잡는 과정을 중심으로 분단 시대 역사 서사와 민족 서사의 양식적 특질을 고찰할 것이다. 여성·수난사 이야기는 국사 교과서와 같은 공식적이고 지배적인 매체들의 서사에서뿐 아니라 본격 문학, 대중 문학, 문예 영화에 이르기까지 다양한 서사 장르에 걸쳐서 무수하게 생산되었다. 본격 문학의 경우 황순원의『별과 같이 살다』,『카인의 후예』,『나무들 비탈에 서다』와 같은 작품이나 이청준의『남도 소리 연작』등은 전형적인 수난사 이야기, 특히 여성 수난사 이야기의 구조를 보여준다. 또한 수난사 이야기는 1960년대 후반부터 담론화된 이른바 민중 서사이자 '전통 서사'로서 한의 서사들이 공통적으로 내장하고 있는 서사적 특질이기도 하다. 특히 여성 수난사 이야기 구조는 문학뿐 아니라 문예 영화와 이를 이어받은 대중적인 장르인 문예 드라마들을 통해 다양한 방식으로 재생산되었다. 또한 여성 수난사 이야기는 문학, 영화, 드라마의 통속화와 대중화, 상업화와 연결되면서 호스티스 영화 등과 같은 변형된 구조로 전환되기도 한다. 그런 점에서 수난사 이야기가 지배적인 민족 서사이자 역사 서사로 자리잡게 되는 과정을 고찰하기 위해서는 위로부터 부과되는 '민족사'에 대한 서사 구조와 아래로부터 형성되는 대중 장르들의 관계, 또 이러한 장르들과 충돌하고 교섭하면서 형성되는 문학 장르의 서사 특질을 총체적으로 고찰해야만 한다.

해방 이후, 특히 한국 전쟁을 거치면서 남·북한 체제는 각각의 '민족국가'의 틀을 구성하고 민족/국가의 정체를 규정하는 것을 최우선 과제로 삼았다. 한국 전쟁 이후 남북한 체제에서 민족/국가 정체를 구성하는 데 가장 중요한 것은 식민지 이후라는 특정한 멘탈리티의 작용이다. 여기서 식민지 이후라는 것은 식민지 경험과 뒤이은 전쟁과 분단의 경험이 남북한 주민 모두에게 피해자로서의 자기 규정을 형성하는 중요한 동력이 되었다는 것인데, 여기서 분단 이후 남북한에서 수난자로서의 자기 규정을 정당화하는 가장 중요한 요인은 식민지 체험이다. 즉 전쟁과 분단 이후 수난자로서의 자기 규정은 식민지 경험을 호출함으로써 더욱 강화된다. '해방기', 한국 전쟁, 분단의 경험을 통해 식민지 이후라는 특정한 멘털리티는 더욱 강화된다.4) 이를 식민지 이후라는 특정한 멘탈리티라고 할 수 있을 것이다. 물론 이런 식으로 분단 체제 하에서 수난자로서 민족적 정체성이 구성되는 데는 역사적 경험이 작용하는 것이 사실이다.

그러나 문제는 분단 이후 남/북한 사회에서 주민들의 민족 정체성을 국가주의적 시스템 하에서 구성하는 가장 중요한 재현 체제가 수난자 형상이었다는 점이다. 또한 보다 중요한 문제는 역사를 수난사적으로 재현하고, 민족 정체성을 수난자로 재현하는 재현의 체계는 단지 역사적 경험에 국한되는 것이 아니라 분단 체제 하의 민족/국가의 정체에서 개인

---

4) 이는 유태 민족이 '홀로코스트 이후'라는 멘탈리티를 통해 수난자로서의 자기 상을 강화하는 것과 유사한 형식이라고 할 수 있다.

의 정체성에 이르기까지 주체성의 정치학을 둘러싼 중요한 상징 체계와 재현 체제를 장악하고 영향을 미친다는 점이다.

먼저 여기서 전쟁과 분단의 경험과 한국인의 민족 국가적 정체성5)이 구성되는 과정에 '식민지 이후'라는 특정한 멘탈리티가 개입된다는 점에 주목할 필요가 있다. 식민지 이후라는 감정은 특히 '역사(혹은 정확하게는 과거와 현재, 미래에 대한 특정한 의식)'와 관련된 특정한 의식의 문제라는 점을 명확하게 해야 한다. 분단 시대의 서사 유형학을 고찰하는 데 있어서 식민지 이후라는 감정과 특정한 소설 서사 유형의 관계(반영 관계)는 다음의 네 가지 사항을 중심으로 논의될 수 있다.

첫 번째, 식민지 이후라는 감정은 분단 체제 하에서 역사적 단절감이라는 문제를 지속적으로 환기한다. 이는 과거, 역사, 그리고 이의 서사적 재현으로써 기억에 대한 문제이기도 하다. 여성·수난사 이야기가 지배적 양식이 되는 과정은 이런 과거, 역사, 기억을 둘러싼 국가주의적 기획과 문학적 기획 사이의 권력 관계의 문제이다.

이런 역사적 단절감의 문제는 1950년대의 문학 내부의 전통론이나 세대론에서도 확인할 수 있으며 이는 다양한 방식으로 변주된다. 역사적 단절감의 문제는 필연적으로 단절감을 보상할 지속성을 창출하고자 하는 욕망을 내포한다. 문학 서사 뿐 아니라 '신생 국가' 기획을 위한 지배 담론의 '정치' 서사에서도 이러한 욕망은 전통, 기억, 시간적 지속을 창출할 새로운 '기억(기념) 공간'의 필요성으로 표현된다. 물론 여기서 국가주의적 기획의 서사와 문학적 서사들을 과도하게 동일화할 필요는 없다.

국가주의적 기획이 전쟁의 고통을 환기하고, 약한 자로서 겪어야 했던 식민지 기억을 환기하기 위해 다양한 기념물, 의례, 기억 장치, 상징 공간을 발명했다면 문학 서사는 이러한 국가주의 기획과는 또 다른 방식으로 역사적 단절감을 '보상'할 수 있는 기억 공간과 기념물(commemoration), 의례, 기억 장치, 상징 공간을 발명했다. 물론 이러한 발명은 기존

---

5) 여기서 정체성 개념은 자기 동일성의 범주에 국한하여 사용한다. 즉 동일화에 의해(비균질적이지만) 지배되는 주체 구성의 방식을 지칭한다.

156

에 존재하던 낯익은 것을 전유함으로써 이루어진다. 따라서 이러한 유형의 서사 역시 과거로부터 전유된 것이기도 하다. 문제는 특정한 서사 유형이 지배적인 것이 되는 역사적 문맥이다.

전쟁 경험과 관련해서 보자면 분단 이후 소설의 동력학은 바로 이것이다. 이들은 비유적으로 말하자면 국가주의적 기획이 발명한 과거에 대한 기념물, 전쟁 기념관, 국립 묘지, 기념탑, 현충일에 대응하여 문학이라는 다른 장에서 '무명 용사를 위한 국립 묘지'를 건설하였다. 기억의 서사라는 근대 소설의 장르적 특질은 이 과정에서 갈등적인 역할을 수행한다. 여기서 기억 공간을 생산하기 위한 국가주의적 기획이 민족 국가 정체성을 구성하기 위해 집단적 주체성의 상징물과 기념물을 생산한 것과 대비하여, 문학의 기획이 '무명 용사'를 위한 기념물과 기억 공간을 창출하는 시도를 내포한다는 점은 매우 중요하다. 물론 문학적 기획 역시 집단적 주체성을 위한 기억 공간의 창출을 위한 시도를 내포하기도 한다. 그러나 전쟁 이후 한국의 문학, 특히 1950년대, 1960년대 문학이 '개인'의 기억과 역사를 사수하기 위한 '실패한 실험'에 몰두했다는 점을 다시금 상기할 필요가 있다.

그간의 연구에서 1950년대와 1960년대 문학은 전쟁 경험과 '식민지 체험'을 다룸에 있어서 개인의 경험에 국한됨으로써 역사적 총체성에 이르지 못했다는 평가를 받았다. 그러나 질문의 방식을 바꿔보자면 이 시기 문학이 그토록 개인의 기억 공간에 '몰두'하였던 것은 국가주의적 기획에 의해 창출된 지배적 서사 유형과 대비 속에서 재평가될 필요가 있다. 또한 이런 문제는 전쟁 경험과 식민지 경험을 서사화하는 작품들이 이 시기에 두드러지게 개인의 기억 공간으로서 '가족' 문제에 몰두하는 것에서도 드러난다. 가족 이야기는 직접적으로는 전쟁으로 인한 가족 해체의 경험과 관계되며 동시에 개인의 기억 공간의 '원형'으로서 가족이 (신체 역시 중요한 기억 공간으로서의 의미를 지닌다) 지목되는 역사적 맥락을 동시에 고찰함으로써 그 역사적 의미를 판단할 수 있다.[6]

가족 이야기에서 가족사 이야기로 역사적으로 확대되는 서사 유형은 이처럼 개인의 기억 공간을 전유하고자 하는 문학의 '은밀한' 욕망과 관련된다. 그러나 여기서 개인 -가족 -가족사-민족(사)로 서사 주체(agency)가 확대되는 과정은 개인사에서 민족사로의 지평의 확대라는 차원만으로 평가되기는 어렵다. 소설 서사에서 서사 주체의 이런 확대는 한편으로는 민족 정체성에 대한 지배 담론의 서사와 거기서 비롯된 양식화된 민족 서사를 내면화하는 것으로 이어지기 때문이다. 물론 이는 지배 담론의 민족 서사를 내면화하는 문제에 국한되는 것이 아니라 소설이 미학화된 서사 공간을 통해 특정한 민족 서사를 지배화하고 양식화하는 과정이기도 하다. 이 점에서 집단적 주체, 특히 민족 국가 정체성을 위한 기억 공간으로 전유되는 권력 관계 속에서 개인의 기억 공간을 맞세우는 최인훈의 서사적 시도는 이러한 측면에서 재평가될 수 있다. 최인훈의 소설적 시도는 형식 실험이 아니라 이러한 문제와 결부된 시·공간에 대한 지배적 양식을 해체·재구성하는 것으로서 재평가되어야 한다.[7] 물론 가족사 이야기와 최인훈이 시도한 개인의 기억 공간은 현실적으로나 역사적으로, 그리고 문학적 변화에서도 민족 국가적 정체성의 기획으로 확산되거나 전유되는 운명으로부터 자유롭지 못했다.

여기서 식민지 이후라는 감정은 분단 시대에서 기억의 서사를 둘러싼 권력 관계와 긴밀하게 결부된다는 점을 명확하게 할 필요가 있다. 분단 시대의 특정한 감정 체제로부터 도출된 이러한 기억의 서사에 대한 요구는 한편으로는 한국 문학사에서 문학적 전범으로 간주되는 근대적 서사의 전범과 일치하는 면모를 보이기도 한다. 그러나 이러한 기억의 서사들이 창출해내는 '서사적 과거'들은 단지 근대적 소설의 규약(특히 리얼리즘/모더니즘이라는 혹은 근대 서사의 규약)으로 해명될 수 있는 문제가 아니다. 오히려 현실 반영의 측면에서 보자면 분단 시대 서사들이 '서

---

6) 이에 대해서는 졸고, 『가족 이야기는 어떻게 만들어지는가』(책세상, 2000.)과 『한국 전쟁과 주체성의 서사 연구』(연세대학교 박사학위 논문, 2002.)에서 이미 다룬 바 있다.
7) 민족 이야기와 수난사 이야기의 층위와 최인훈의 소설적 시도가 지닌 의미에 대해서는 졸고, 『국사 시대의 민족 이야기』(앞의 글)에서 이미 다룬 바 있다.

사적 과거'를 창출함으로써 점점 더 국가주의적 기획으로 전유되는 방향에 가까워진다고 볼 수도 있다. 이는 단지 국가주의적 기획의 문제에 국한되는 것이 아니다. 오히려 이 시대의 기억의 서사들이 모더니티의 서사 전범에 가까워짐으로써 근대 국가의 기획을 완수하는 또 다른 기획으로서의 의미를 '전유'해내는 것이라고 할 수 있다.

역사적 단절감으로 이어지는 '식민지 이후'라는 역사에 대한 특정한 의식은 지속성을 창출하고자 하는 욕망과 관련된다. 이는 앞서 살핀 바와 같이 국가주의적 기획의 여러 가지 기념물과 상징물이 그러한 지속성 창출의 상응물이 되는 기제에서도 드러난다. 반면 문학이 '또 다른' 기억 공간을 위한 장으로 호출된다는 점은 식민지 이후라는 감정과 지속성의 공간에 대한 욕망이 문학의 존재 의미에 대해 '새로운' 의미를 부여하는 것과 관련된다. 전쟁 경험 세대의 문학에 부여되는 '기록과 증언의 소명'의 의미는 이런 점에서 갈등적이다.

두 번째 문제는 앞에서도 간략하게 언급하였듯이 식민지 이후라는 감정은 분단 시대의 주민들이 스스로를 수난자로 정립하는 기제와 밀접한 연관을 맺는다는 점이다. 수난자로서의 주체 정립의 과정은 필연적으로 수난자가 아닌 새로운 주체로 자기를 '거듭나게' 하려는 주체 '재건'의 욕망을 내포한다. 1950년대 이후 한국 사회에서 국가주의 서사와 문학 서사가 공유하는 또 다른 서사 형식은 바로 재생(과 몰락)의 서사이다. 문학 영역에서 이러한 재생(과 몰락)의 서사는 표면적으로는 수난사 이야기라는 형식으로 반복 생산된다. 장용학이 『원형의 전설』에서 보여준 알레고리를 통한 재생(과 몰락) 서사의 생산이나 이외에도 전쟁 경험 문학에서 특징적으로 나타나는 제사 지내기, 매장하기 등의 이른바 '전통적' 상징들은 이러한 재생(과 몰락)의 서사와 맥을 같이한다.

세 번째로 식민지 이후라는 감정과 신기원으로서의 현재라는 시간 의식의 결합 관계이다. 1950년대 이후 소설에서 뚜렷하게 드러나는 것은 부정한 과거, 신기원 창출, 새로운 미래라는 시간에 대한 도식이다. 전쟁 경험과 분단 체제의 문제를 가족 로망스의 구도 하에서 다룬 장용학의

『원형의 전설』은 이 시대의 무의식을 전형적으로 드러내 준다. 식민지 이후라는 감정은 침탈과 유린, 전쟁으로 이어진 과거를 부정한 것으로 의미화하면서 '새로운 과거'를 구성하고 이를 통해 현재를 새로운 역사를 위한 '신기원'으로 정립하려는 지향을 내포한다. 박정희 체제의 '역사 다시 쓰기' 작업이 사악한 지배자와 희생당하는 우매한 민중이라는 도식을 통해서 부정한 과거/구제해야 할 진정한 과거를 구별하고 '진정한' 과거를 전유함으로써 스스로를 신기원 창출의 역사적 담지자로 서사화하는 방식은 그 방식은 다소 다르지만 분단 시대 문학 서사에서도 공통적으로 발견된다.[8] 이는 단지 국가주의적 기획에 문학 서사가 어떻게 포섭되었느냐하는 문제가 아니라 분단 시대의 특정한 멘털리티와 이와의 역학 관계 속에서 자기를 기술하기 위해 생산하는 서사 유형과의 상관 관계를 고찰하는 문제이다.

이는 분단 시대의 서사들이 공통적으로 기억의 공간을 창출하기 위한 '기원의 서사'를 구축하는 과정에서 확인된다. 가족 이야기, 가족사 이야기, 성장 소설, 수난사 이야기, 이른바 전통 서사들은 표면적인 차이에도 불구하고 현재의 자신을 재정립하기 위한 기원의 서사라는 공통성을 지닌다. 이 기원의 서사는 장용학의 『원형의 전설』처럼 가족 로망스의 구도를 통해 위사(僞史)로서의 과거를 부정하고 부정한 과거의 유산을 '매장'함으로써 스스로가 신기원의 담지자로 재생하는 전형적인 서사 형식을 보여준다. 이러한 방식은 표면적으로 전혀 다른 면모를 보이는 전상국의 「아베의 가족」이나 황순원의 『별과 같이 살다』, 박완서의 『엄마의 말뚝』, 윤흥길의 『장마』에서도 반복된다. 이 작품들 뿐 아니라 전쟁 경험과 식민지 이후라는 감정을 반영하는 소설들은 많은 경우 부정한 과거의 유산을 매장함으로써 스스로가 신기원의 담지자로 재생하는 '제의적 형

---

8) 이에 대해서는 졸고, 「수난사 이야기로 다시 만들어진 민족 이야기」, 「여성 수난사 이야기와 파시즘의 젠더 정치학」(『문학 속의 파시즘』, 삼인, 2000.), 「여성 수난사 이야기, 민족국가 만들기와 여성성의 동원」, 『여성문학연구』(한국여성문학학회 제7호, 2002.)에서 이미 다룬 바 있다.

식'을 공유한다. 이 제의는 단지 현재의 주체를 재생하는 욕망 뿐 아니라 부정한 과거의 담지자(수난자)를 매장함으로써 정화하여 이들을 위한 기억의 공간을 생산하는 제의이기도 하다. 이들 작품에서 반복적으로 등장하는 무덤 만들기, 묘비명 쓰기, 제사 지내기는 이들을 매장하고 이들의 '주검'에 각인된 죄와 부정의 흔적을 정화함으로써 이들 '무명용사'를 위한 기념과 기억의 제의를 수행하는 과정이다. 이는 단지 이른바 봉건적 전통의 소산으로서 '샤머니즘 전통의 수용' 문제가 아니다. 전쟁 경험과 식민지 이후라는 감정이 결합된 서사들에서 이러한 제의적 형식이 공통적으로 발견되는 것은 기원의 서사를 통한 재생의 욕망과 밀접한 관련을 맺는다. 여기서 제사, 매장, 비나리 등의 이른바 '전통'으로 간주되는 상징적 장치들이 도입되는 것은 이러한 기원의 서사가 과거에 대한 특정한 교정의 작업을 통해 '새로운 전통'을 재구성하는 과정이라는 점을 보여준다. 특히 죄와 정화, 매장과 재생과 관련된 '낯익은' 상징들이 기원의 서사를 구축하는 과정에서 호출되어 '전통'이라는 새로운 정체성으로 재생되는 과정은 흥미로운 고찰의 지점이다.

'해방'과 전쟁 경험을 거치면서 여성·수난사 이야기가 분단 한국의 민족 이야기로 정착되는 과정은 소설 장르의 내적 발전 과정만을 고찰해서는 규명될 수 없다. 여성·수난사 이야기가 지배적 양식이 되는 과정은 국사 교과서와 같은 공식 매체를 통한 여성·수난사 서사의 정착화 과정, 대중 매체를 통한 수난사 서사의 '대중 장악' 과정, '국문학사'의 수립 과정, 또 이러한 문학 내·외적 서사 유형과의 길항 관계 속에서 소설 서사에서 수난사 이야기가 자리 잡는 과정이 총체적으로 고찰되어야 하기 때문이다.

3. 국사 교과서와 수난사 이야기

교과서는 국가의 통치 이념과 "학교 교육을 통해 길러지기를 원하는 인간상, 즉 그 사회의 교육관을 반영한다."[9] 해방 이후 한국의 교과서는 검·인정 제도와 '국정 교과서' 제도를 통해 국가의 지배 정책을 교육하는 이데올로기적 기구로서의 역할을 해왔다.[10] 특히 단일한 통로인 국정 교과서를 통해 이루어지는 민족 의식 교육은 '국민'을 단일한 형상의 '민족'으로 통합하고 호명하는 중요한 역할을 담당했다. 교과서의 역사 서사를 통해 분단 체제의 주민들은 특정한 민족 서사와 이를 통해 구성되는 민족 정체성을 익숙하고 자연스러운 것으로 내면화하게 된다. 또한 교과서의 민족 서사는 분단 시대 지배 이데올로기의 민족 서사의 특질을 명확하게 보여줄 뿐 아니라 이러한 지배적 민족 서사가 어떤 식으로 '대중'들에게 내면화되어 특정한 민족 서사와 민족에 대한 상징 체계를 구성하는지를 고찰할 수 있는 중요한 텍스트이다. 그럼에도 불구하고 해방 이후 한국 사회에서 국사 교과서의 서사 구조의 변화와 민족에 대한 상징 체계의 지배화와 대중 장악에 대해서는 그다지 많은 연구가 이루어지

---

9) 김한종, 「해방 이후 국사 교과서의 변천과 지배 이데올로기」, 『역사비평』, 역사문제연구소, 1991년 겨울, 65쪽.

10) 해방 이후 교과서 제도는 여러 단계에 걸쳐 변화된다. 미군정기 교과서는 군정청 문교부의 인정을 거쳐 사용되었으며 이러한 방식은 한국 정부 수립후에도 그대로 이어진다. 1950년 4월 23일 제정된 '교육법 시행령'에 의해 "대학, 사범 대학, 전문 대학을 제외한 각 학교의 교과용 도서는 문교부가 저작권을 가졌거나 검정 또는 인정한 것에 한한다."(157조)는 규정에 의해 교과목이나 교과서에 대한 정치적 통제가 본격화된다. 전시하에서는 모든 교육이 국가의 철저한 통제 하에 이루어졌다. 종전 후인 1954년 8월 1일 교과 과정(1차 교육과정)이 공표됨으로써 처음으로 정부 차원의 교육 과정이 수립되게 된다. 이에 따라 1955년부터 교과서가 편찬, 발행되었다. 2차 교육 과정은 1963년 지정, 공포되었다. 2차 교육 과정 이후 국사 교과서의 '단일화'와 '통일화'는 급속하게 진행된다. 이는 "1961년 당시 국가 재건 최고 회의 의장이었던 박정희가 국사 내용의 통일을 지시함에 따라" 이루어진 것이다. 이에 대한 자세한 논의로는 김한종, 앞 논문 참조.

지 않았다.[11]

해방 이후 교육은 미군정청의 통제 하에서 이루어졌다. 준비된 "정책이나 방향, 준비없이 취해진" 미군정의 교육 정책으로 인해 당시 학교에서 사용되는 교과서는 "일본어로 된 교재를 번역하고, 일본사 위주로 되어 있는 역사의 내용을 한국사 중심으로 바꾸는 등 최소한의 수정에 그치고 일단 일제말의 교육 제도를 그대로 유지한 채 교육을 하도록 하였다."[12] 해방 이후 최초로 만들어진 국사 교과서는 震檀學會 編, 『國史教本』(朝鮮教育圖書, 1946)이다.[13] 이 교재는 '第一偏, 上古의 前期, 上古의 後期', '第二偏, 中古의 前期, 中古의 後期', '第三偏, 近世의 前期, 近世의 中期, 近世의 後期', '第四偏, 最近'의 순서로 이루어져 있다. 이 국사 교과서는 몇가지 사건을 중심으로 편년체의 역사 서사를 간략하고 선택적으로 배열하고 있다.[14]

수난사 이야기와 관련하여 이 교과서에서 흥미로운 지점은 '第四偏, 最近' 장의 기술 방식이다. 한일합병(韓日合倂) 이후를 다루고 있는 이 부분은 '民族의 受難과 反抗'이라는 소제목으로 시작된다. 이 장에는 '海外

---

11) 해방 이후 국사 교과서에 대한 연구는 다음과 같다.
　　김한종, 「해방 이후 국사 교과서의 변천과 지배 이데올로기」, 『역사비평』, 역사문제연구
　　　　소, 1991년 겨울.
　　박봉성, 「해방 후 한국 역사 교육의 연구─ 중학교 교과서를 중심으로」, 부산대학교 교육
　　　　대학원 석사 학위 논문, 1983.
　　阿部 洋, 「미군정기에 있어 미국의 대한 교육 정책」, 『해방 후 한국의 교육 개혁』, 한국
　　　　연구원, 1987.
　　이광호, 「미군정의 교육 정책」, 『해방 전후사의 인식』, 한길사, 1985.
　　이정희, 「해방 이후 중학교 국사 교육의 변천 과정」, 이화 여자 대학교 석사 학위 논문,
　　　　1977.
　　한준상·정미숙, 「1948~1953년 문교 정책의 이념과 특성」, 『해방 전후사의 인식 4』, 한길
　　　　사, 1989.
12) 김한종, 앞 글, 65쪽.
13) 이 국사 교과서는 초등학교용과 중등학교용 두 가지가 있다. 여기서는 중등학교용 교과서를 중심으로 살펴 본다.
14) 이 교과서에 대해 김한종은 "일제 통치기의 역사 서술을 벗어나고 있지 못하며 역사 해석을 삼간 채 역사적 사실을 선택적으로 배열하는데 지나지 않았다"고 평가한다. 김한종, 앞 논문, 66쪽. 그러나 일제 시기 역사 교과서와의 비교는 좀더 진척된 연구를 통해 입증될 필요가 있다고 생각된다.

亡命’, ‘亡命志士活動’, ‘國權回復運動’, ‘三一運動’, ‘假政府樹立’, ‘爆彈事件’, ‘光州學生事件’, ‘新幹會運動’의 순으로 일제의 침략과 민족의 수난, 반항의 구도로 식민지 시대를 정리하고 있다. 교과서의 편제상에서 볼 때 이 부분은 부가적으로 덧붙여진 정도의 수준이다. 중요한 것은 이처럼 수난사로서 민족사라는 서사 구조가 해방 이후 부가적으로 덧붙여질 필요성이 등장했다는 점이다. 이러한 부가와 첨부의 방식은 흥미롭다. 특히 『國史敎本』에서 “우리는 이 때야말로 過去를 똑 바루 回顧하고 反省하고 現下의 內外情勢를 잘 把握하는 同時에 大國的인 立場에서 小我 小局的인 態度를 버리고 앞으로 新國家 新文化 建設을 위하여 一路邁進하여야 하겠고 또 나아가 世界의 平和와 文化에 이바지할 覺悟와 自負心을 가져야 할 것을 거듭 말하여 둔다.”15)라고 거듭 주창하고 있듯이 말미에 덧붙여진 이러한 수난사 이야기는 “過去를 똑 바루 回顧하고 反省”해야 한다는 과거에 대한 특정한 시각을 요청하는 서사라는 점이다. 여기서 수난사 이야기는 부가적이며 동시에 이러한 요청적인 의미를 내포한다. 달리 말하자면 수난사 이야기는 무수한 다중들을 ‘국민’으로 통합하는 요청과 호명의 서사라는 점이다. 수난사 이야기가 국가주의 기획 뿐 아니라 민중주의의 정치학을 반영하는 서사들에서도 공히 차용되고 재생산되는 것은 수난사 이야기가 내재한 이러한 요청과 호명의 서사로서의 성격 때문이다. 또한 이는 단지 해방과 전쟁을 거친 특정 시대의 역사적 산물일 뿐 아니라 근대의 대중 계몽의 서사들이 공통적으로 보여주는 성격이기도 하다. 이처럼 부가적이면서 동시에 요청과 호명의 서사로서 기능하는 수난사 이야기 구조가 이후 독재 체제하에서 쉽사리 대중 동원의 정치적 수사로 재생산될 수 있는 것은 이 때문이다.

『國史敎本』에서 수난사 이야기가 부가적인 방식으로 첨부된 것은 이 교재가 간략한 편년체 역사 서사라는 점과도 관련된다. 이와 대비하여 ‘해방기’에 가장 많이 사용된 것으로 추정되는 최남선의 국사 교과서들

---

15) 震檀學會 編,『國史敎本』, 군정청 문교부, 朝鮮敎育圖書, 1946, 177쪽.

은 편년체 역사 서사라는 공통점을 보여주지만 그 기술 방식과 서사 구
성 방식에서는 진단학회 편의 『國史教本』과는 큰 차이를 보인다. 최남선
의 『國民朝鮮歷史』(東明社, 1947)[16]는 고조선의 성립을 간략한 편년체 식
으로 기술한 『國史教本』과는 달리 단군 신화를 상세하게 기술하면서 민
족사의 기원을 구성한다.

> 아득한녯날에世界가秩序[질서]를일코뒤숭숭할째하느님의여러아드님가운데 桓
> 雄이라는어른이 人間으로나려가기를간절히바란대 하느님째서그뜻을삷히시고
> 人間을두로보시다가 太白山이조흔일터임을發見하시고 天上의세가지보배를내
> 여주시면서 이것을가지고가서人間을아름답게만들라하셧다.
> 　이에桓雄어른이部下三千을더리고 太白山頂의神檀樹下로나려오셔서 거긔神
> 市(신령님의모여서일하는터)를배포하고스스로天王이되셧다. 天王은 風伯·雨師
> ·雲師들을거느리고서 糧穀량곡에關한일, 生命에關한일, 疾病에關한일, 刑罰을
> 施行하는일, 善惡을辨別변별하는일等 무릇人間 三百六十餘事를다스리셧다.
> 　이째에 一熊과一虎가한구멍에살면서항상天王께祈禱호대人身을어더지이다
> 하거늘 天王이靈藥을주고니르시되이것을먹고百日동안日光을보지아니할진대
> 人身을어드리라하셧더니 虎는그대로하지못하고熊은니르신말을잘직혀서女人
> 의몸을어덧다.
> 　熊으로서變化한사람이라하야장가들려하는이가업스매 熊女ㅣ坐檀樹下에나
> 와서아이를나하지이다하고發願하얏다. 天王이이에人身으로變化하야熊女로더
> 부러婚姻하야이사이에서아드님이나시니 이름지여가로대檀君王儉이라하셧다.
> 檀君王儉이 朝鮮의 나라를배포하셧다.[17]

단군신화를 역사로 인정할 것인가 하는 문제와 또달리 교과서로서
『國民朝鮮歷史』가 단군 신화를 민족사의 기원으로 기술하는 서사 방법
은 흥미롭다. 진단학회 편의 『國史教本』역시 단군을 '국조'로 기술하고

---

16) 이외에도 이 시기 발행된 최남선의 국사 관련 저술과 교과서는 다음과 같다.
『朝鮮獨立運動史』, [쉽고 빠른] 朝鮮歷史』, [교과적용] 中等歷史』, [朝鮮本位] 中等 東洋史』, [東洋本位] 中
等 西洋史』, 『朝鮮常識問答』, 『朝鮮常識問答續編』, 『朝鮮의 山水』, 『朝鮮의 古蹟』, 『朝鮮의
文化』, 『朝鮮常識 風俗篇』, 『朝鮮常識 地理篇』, 『朝鮮常識 制度篇』, 『朝鮮遊覽歌』, 『朝鮮歷史
地圖』, 『성인교육국사독본』, 『歷史日鑑』 등이 있다.

17) 『國民朝鮮歷史』, 앞의 책, 1~2쪽.

있지만 신화적 내러티브를 교과서 기술의 한 방식으로 전유하고 있지는 않다. 이와 달리 최남선의 『國民朝鮮歷史』는 신화적 내러티브를 '국사 기술'의 한 방식으로 자연스럽게 도입하고 있다. 물론 여기서 신화와 역사 기술의 문제는 최남선의 일제하 역사 인식과도 밀접한 관련을 지닌다. 최남선의 역사 인식에 대해서는 상반된 평가가 제기되고 있으며 「不咸文化論」(1927)에 대한 평가 역시 진행중이다. 이러한 상반된 평가를 염두에 두면서 保坂祐二은 일어로 쓰여진 「不咸文化論」(1927)과 조선어로 쓰여진 『古事通』(1943), 해방 후의 『國民朝鮮歷史』에서 역사 기술 방식의 변화를 다음과 같이 정리하고 있다. 『國民朝鮮歷史』는 최남선의 이전의 역사 기술과 비교하여 볼 때 다음과 같은 차이와 공통점을 보인다.

• 단군과 불함문화권의 범위

먼저 단군의 출현은 한층 더 신화적으로 되어 있다. 소위 단군 신화 그 자체가 설명되어 있다. 즉 아시아 대륙의 안쪽으로부터 이동해 온 민족의 이야기는 없어지고, 환웅이 태백산 산정의 신단수에 내려와서 웅녀와 혼인하여 단군왕검이 탄생하는 이야기에서부터 조선의 역사는 시작되고 있다. 단군이 나라의 제사장적 역할의 명칭이라고 했던 주장도 모습을 감추었다. 단군 계통의 민족은 태백산의 기슭에서 사방으로 펼쳐져 각지에서 '불'을 만들었다고 한 기술은 비슷하다. 그러나 민족의 출발점이 조선 땅이라는 점이 식민지 시대의 주장과 다른 점이다. 즉 그는 단군이 만든 나라를 조선에만 한정시켜 광복 이전에 주장했던 제국주의적인 논리 부분을 제거했다. (중략)

• 조선의 古道

식민지 시대 최남선이 조선의 고신도(古神道)라고 불렀던 고유 신앙은 '신교(神敎)' 또는 '천도(天道)'라고 이름을 바꿨다. 그러나 그가 주장하는 신앙적 내용은 식민지 시대와 비슷하다. 해방전에 최남선이 주장한 조선의 '붉은'의 길은 지방에 따라서 '부루', '부군', '풍류(風流)', '팔관(八關)' 등으로 불리었다고 하는데, 해방후 그는 이 이름을 부루로 통일시켰다. 즉 '부루'의 가르침이 '신교(神敎)' 또는 '천도(天道)'라고 그는 주장한다. 최남선이 해방전에 주장했던 태양신 신앙이 한민족의 하느님 신앙으로 재해석되었다. 제국주의적 침략 사상으로 연결되었던 태양신 신앙이 해방 후에는 韓族 하느님과 그 아들에 대

한 민족 신앙으로 바뀌었던 것이 확인되기도 한다.[18]

즉 해방 이후 '국사' 서술에 있어서 최남선은 일제하 「불함문화론」의 논의를 거의 그대로 반복하면서 대동아공영의 논리와 관련된 부분을 '민족 서사'의 단위로 변형하였다. 대동아공영의 논리에 동원된 종교, 민족, 신앙, 민속 등의 단위들이 변형되는 과정은 앞으로의 연구를 통해 좀더 진전된 논의를 도출하고자 한다. 여기서는 이러한 서사의 변형 과정에서 단군 신화의 서사가 제도화된 '역사 서사'로 적극적으로 전유되면서 제도화된 역사 서사의 형식에 신화적 내러티브와 사화(史話)적 내러티브가 개입된다는 점을 지적하는데 그치고자 한다. 이는 앞서도 논의한 바와 같이 일제하, 특히 1930년대 중반 이후로 지속적으로 진행된 과정이기도 하다. 그러나 해방 이후 이러한 신화와 사화식의 내러티브가 교과서와 같은 제도화되고 공식화된 역사 서사로 적극적으로 전유됨으로써 대중들의 역사 인식에 지대한 영향을 미치게 된다. 특히 이러한 사화와 신화식의 내러티브는 최남선의 경우처럼 일제하의 논리에서 변형되어 민족주의적 역사 서사로 전유되고 소통되게 된다. 이러한 사화와 신화식의 내러티브와 민족 시조 신앙, 민족 서사와 여성 수난사 이야기의 긴밀한 연관 관계는 황순원의 『별과 같이 살다』(1946)에서도 공히 확인되며 전쟁 이후의 작품인 『카인의 후예』에서도 반복적으로 재생산된다. 또한 이러한 서사 구조는 서정주와 김동리의 미학화된 토속주의적 작품들에서도 공통적으로 발견된다. 또한 이 작가들의 작품이 해방과 전쟁 이후 한국 사회의 지배적 미학으로 자리잡게 되는 과정은 이러한 서사 형식의 특성과 무관하지 않다.

---

18) 保坂祐二, 앞의 글, 184~185쪽.

4. 국문학사의 수립과 '한'의 서사, 여성·수난사 이야기

해방 이후 '국사'의 정립과 기술이 민족 '문화' 건설을 위한 가장 중요한 기획으로 간주되었다면 '국문학사'의 정립은 국사의 정립과 같은 위상을 지녔다. 국문학사를 정립하는 과정은 국사의 정립과 유사한 궤도로 진행된다. 또한 국문학사의 기술에 있어서 수난사 이야기의 개입은 '국사' 기술에서와 마찬가지로 식민지 이후라는 감정과 대중을 '민족'으로 통합하는 호명의 서사로서의 역할에 의해 이루어진다. 그러나 국문학사에 있어서 수난사 이야기의 개입은 좀더 적극적인 의미를 지닌다. 즉 해방 이후 국문학사 기술에서 수난사 이야기는 '민족 문화'의 미학화된 기원으로 보다 적극적으로 전유된다. 그런 점에서 여성·수난사 이야기가 '민족 문화'(혹은 '신문화') 건설을 위한 '기원'으로 전유되는 데에는 한에 관한 담론이 중요한 역할을 담당한다. 민족 정서로 규정된 한이란 민족 감정을 수난자 의식 속에서 구성하는 것이라면 한의 서사는 민족의 표상을 여성 수난자의 표상으로 재현하는 중요한 기능을 담당한다. 또한 여기서 한의 서사는 여성 수난자의 표상으로 '민족'의 표상을 재현함으로써 민족의 여성화(퇴락)-수난-극복이라는 전형적인 도식을 형성한다. 이 점에서 이른바 한의 서사라고 규정된 여성 수난사 이야기는 전형적인 민족 재생의 욕망을 담지한다. 또한 한의 서사는 여성 수난사 이야기를 특정한 서사 방식(역사를 기술하는 특정한 내러티브)의 차원으로부터 민족 감정, 민족 정서, 민족적 리듬의 차원으로 미학화하는 중요한 역할을 담당한다. 즉 한에 대한 담론을 통해 여성 수난사 이야기는 민족을 둘러싼 상징 체계를 총체적으로 지배하게 된다. 민족에 대한 애정과 헌신을 '님'에 대한 연시의 형태로 재구성하고, 민족적 서사와 리듬, 정조의 담지자로서 민요를 전유하게 됨으로써 여성 수난사 이야기는 민족을 표상하고 생산하는 상징 체계 전체를 관통하게 된다.

기존 문학 연구에서 한의 정체를 규명하는 일은 한국적 정서, 민족적 전통과 관련된 논의에서 중심적인 지점을 차지하였다. 이른바 한이 드러나는 문학이 어디서부터 출발하는가, 동양권의 특정 정서와 한국적 한의 차이와 관계는 무엇인가, 한의 세부 범주로서 정한(情恨), 원한(怨恨), 해한(解恨) 등의 관계에 대한 논의 등이 지속적으로 제기되어 왔다. 특히 '국문학사'에서 한의 범주 설정은 매우 중요한 문제였다.

> 나는 大韓帝國時代에 나서, 日帝時代에 배우고, 解放後 軍政·過政 時代에 大學講堂에서 우리의 國文學史를 講하야 빛나는 大韓民國政府가 樹立되자 이 책을 公刊한다.
> 實로 感慨 無量한 일이다. 庚戌年에 우리 民族이 最大의 恥辱을 받은 以後 政治家는 마음에 칼을 품고 海內外에서 熾熱한 鬪爭을 하였으며, 文筆家는 붓을 들어 우리의 文化昂揚에 큰 노력을 할때 나는 우리 民族의 情神을 鼓吹하여 보고자 우리 古典文學研究에 발을 들여 놓았다.[19]

국문학사를 정립하는 과정은 '국사'의 정립 과정과 마찬가지로 민족의 '무구한 기원'을 회복하는 일과 밀접한 관련을 맺는다. 한의 범주 설정은 국문학사 정립에 대한 이와 같은 복합적인 기제 하에서 설명되어야 한다. 또한 한이라는 범주를 설정하는 과정이 필연적으로 먼 시원(고대)으로 거슬러 올라가게 되는 것은 '식민지' 경험에 대한 모순된 복합 감정과 결부된다. 조윤제의 문학사는 "古代 朝鮮民族이 祭天 時" 부르던 詩歌를 국문학의 기원으로 설정하면서[20] 국문학사의 궤도를 "胎動時代", "形性時代", "萎縮時代", "蘇生時代", "育成時代", "發展時代", "反省時代", "復歸時代"로 그려내고 있다. 국문학사의 종착역인 복귀시대는 3·1운동 이후 신문예 운동 시대이다. 해방 직후의 문학사에서 일제 강점기에 대한 의도적인 은폐는 비일비재한 것이었지만 여기서 논하고자 하는 것은 식민지 이후라는 특정한 감정이 일제 강점기의 특정한 역사적 의미를 삭

---

19) 조윤제, 『韓國文學史』, 東國文化史, 檀紀 四二八二年(1949), 五月, 서문 중에서.
20) 조윤제, 앞의 책, 13쪽.

제하면서 시원으로 거슬러 올라가게 되는 기제이다. 기원으로 소급하여 '민족적 전통'을 회복하고자 하는 시도들은 한편으로는 일제 강점기의 식민 통치와의 연루(서정주를 비롯한 순수주의적 관점에서의 한의 옹호로 대변되는)를 은폐하고 이 기제의 하나로서 '수난의 경험'으로서 식민 경험을 시원으로 투사하는 방식과도 밀접하게 결부되어 있다. 다른 한편으로는 식민지 이후라는 특정한 감정으로 인해 분단 체제 하에서 국문학사의 수립은 식민지 경험을 보상할 대리적인 '무구한 기원'을 수립해야 하는 강한 욕망과 보상 심리에 의해 추동된다.

한의 범주 설정은 분단 체제 하에서 국문학사 수립과 관련된 이러한 복합적인 기제와 관련된다. '한'이 드러나는 서사의 기원을 찾아 '민족의 시원'으로 거슬러 올라가는 담론들은 1960년대 이르러 본격화된다.

> 한문 문화권에서 '한'의 개념 설정과 그 용례는 너무나 많아 여기서 새삼 언급할 필요가 없을 것이다. 다만 그 발상지인 중국과 전래지인 일본이 모두 '증오와 원망'의 뜻으로 쓰는 경우와 달리 우리나라에서는 이미 근세 이후부터 독자적인 개념의 확장을 이룩하여 사용해 온 흔적이 역연하다. 곧 고전 작품에서 한의 정서가 나타난 것은 견해에 따라 다를 수 있겠으나 매우 오래되었다는 점만은 누구나 부인할 수 없을 것이다. 그러나 한의 개념 규정이나 여기에 대한 미학적 검토 작업은 1960년대에 들어와 본격화되기 시작하여 아직도 그 적용 범위가 애매한 상태에 있다.[21]

1950년대 말의 전통 논쟁과 신세대 논쟁에 이어 '한국적인 것'과 한의 문제에 관한 논의들이 진행된다. 이 시기 한에 관한 논의를 "순수주의로서의 한의 문학론"이라고 임헌영이 규정하고 있듯이 1950년대 말에서 60년대에 이르러 본격화된 한에 관한 담론은 '순수 문학의 전통'에 입각하여[22] 국문학사를 재구성하는 시도와 결부된다. 따라서 이 시기 "'한'의

---

21) 임헌영, 「恨의 문학과 민중의식」, 「오늘의 책」 2호, 한길사, 1984년 여름, 104쪽.
22) 한에 관한 담론은 전통론과 세대론 논쟁의 연장선에서 진행된다. 한을 "한국 고유의 정서"로 규정하고 순수주의적으로 평가하는 작업과 이러한 논의를 "전통 무용론적 서구주의적 관점"으로 비판하면서 한을 "애국적이고 낙천적"인 정서로 규정하는 입장(장

문학을 논한 글들이 거의 전부가 소월의 시를 다뤘다는 것은 우연이 아"
니다.23) 또한 한에 관한 논의는 "발상지인 중국"과 "재래지인 일본"과 구
별되는 한국적인 전통을 구명하는 것과 밀접한 관련이 있다.

또한 한에 관한 담론의 전개는 특정한 정서의 문제에서 역사적 현실
의 문제로 변화된다. 이는 한을 "한국 고유의 정서"라는 '제한된 관점'이
아니라 "역사적으로 줄기차게 뻗어 있는 외래 침략에 대한 저항의 완강
성"24)이라는 맥락에서 논하려는 시도와 결부된다. 이에 따라 논의 대상
역시 "서정적인 것"으로부터 "역사 의식이 있는 소설"로 확대된다.

> 거듭된 외국의 침략, 중세기의 정치적인 고질적 침학, 그리고 내림으로 물
> 려받은 저주스런 가난, 거기다 대가족제도가 빚은 혈연간의 갈등(시어머니, 며
> 느리 사이의 갈등과 같은) 등이 원한 의식의 성장을 부추긴 것은 사실이리라.
> 역사적·사회적으로 또는 문화적으로는 그같이 빚어진 원한 의식이 어느 사이
> 엔가 우리들 한국인 사이에서 무서운 컴플렉스를 형성한 것이다.25)

원한의 역사적, 사회적, 문화적 원인을 기술하는 김열규의 방식은 한
에 관한 논의가 특정한 정서에 대한 논의에서 역사적 경험의 문제로 확
대되는 과정을 보여준다. 한에 관한 담론의 변화 과정은 '한국적 전통'에
관한 논의가 한편으로는 무시간적 원형성(무구적 기원과 관련된)을 복원
하면서 동시에 '역사성'을 강화하는 비균질적인 방식으로 진행된다는 점
을 보여준다.

한의 범주 설정은 '국문학사'라는 범주 설정과 밀접한 관련을 맺는다.
즉 한의 범주는 ①동양권의 다른 전통과 구별되는 '한국적인 것'을 통해
구성되는 '국문학'이라는 범주, ②식민지 잔재로부터 '해방된' '국문학

일우, 「한국적인 것과 전통적인 것」, 『자유문학』, 1963년 6월호)으로 구별된다.
23) 대표적 논의로는 서정주, 「소월시에 있어서의 情恨의 처리」, 『현대문학』, 1959년 6월호,
    河壽珠, 「전통 의식과 한의 정서」, 『현대문학』, 1960년 12월호.
24) 장일우, 앞의 글, 105쪽.
25) 김열규, 『한국문학의 통시적 연구』, 지문사, 1981. 이외에도 김열규의 한에 대한 논의는
    『한맥원류』와 같은 책을 참조.

사', ③북한 체제의 국가 정체와 구별되는 남한 체제의 정체성과 정통성을 보증하는 '국문학사'의 범주를 설정하는데 매우 중요한 역할을 담당한다. 민중문학 논의에서 한의 범주 설정이 차지하는 의미에서 알 수 있듯이 한의 범주는 ④지배층의 '국문학사'와 대별되는 민중 중심의 '국문학사'를 설정하는 데에도 중요한 기제를 담당한다. 그런 점에서 여성 수난사 이야기, 이른바 한의 담론은 해방과 전쟁을 거치면서 '내부'의 모순을 완화하는 통합의 서사로 기능하는 동시에 내부의 식민지적 위계화를 재생산하는 중요한 기능을 담당한다.

5. '전쟁'과 '민족' 서사 – '통합'의 서사로서 여성·수난사 이야기

해방 이후 수난사 이야기는 일제 하의 주체 구성의 정치학을 둘러싼 갈등을 완화하고 제어하는 중요한 기능을 하였다. 친일의 문제는 일제하를 민족 수난 시대, 민족 수난사의 시대로 규정함으로써 담론 구조상에서 효과적으로 억압될 수 있었다. 즉 해방기에 있어서 수난사 이야기는 식민지 경험의 차이와 이에서 비롯되는 다양한 주체들 간의 갈등과 대립을 완화하는 기능을 하게 된다. 이러한 대립의 완화와 억제는 다양한 주체들을 수난자라는 단일한 민족 주체로 호명함으로서 수행된다. 단일한 민족 주체로의 '통합'과 호명의 과정은 동시에 내부의 식민화(다양한 주체들의 억압과 배제)를 통해 이루어진 것이다. 그런 점에서 여성·수난사 이야기는 식민지 이후라는 감정을 통해 갈등적인 주체의 위치들을 수난자인 민족이라는 등질적인 표상으로 배치함으로써 식민지 경험의 차이를 효과적으로 배제한다. 또 전쟁을 거친 후 여성·수난사 이야기는 전쟁으로 인한 심각한 갈등과 내부적 위기를 해소하기 위한 서사 장치로 기능한다. 전쟁 경험의 차이와 이로 인한 남한 사회 내부의 갈등은 이민족의 침입과 민족(내부)의 갈등이라는 도식을 통해 완화된다. 즉 이런 점에서 여성·수난사 이야기는 외부의 적(이질적 '종족')과 내부의 동일한 종족들 간의 가학과 피학의 구도를 구성함으로써 내부의 갈등과 모순을 완화하고 제어하는 이데올로기적 기능을 수행한다.

여성 수난사 이야기가 전면화되고 이러한 방식의 '민족' 서사가 지배적 양식이 되는 과정은 국가 내부의 모순과 갈등을 제어하기 위해 내부와 외부라는 도상을 끝없이 창출하고 재생산하는 과정이다. 여성·수난사 이야기는 이러한 국가주의 기획과 '외부'에 대한 무한히 확산되는 증오를 미학화된 형식을 통해 완성하고 재생산한다. 미학화된 형식인 여성 수난사 이야기는 바로 그 '미학화'의 형식을 통해 그 '기원'에 놓여진 외부에 대한 증오를 삭제한다. 이는 단지 여성 수난사 이야기가 서사 구조상에서 여성 표상을 내부 식민지로 동원한다는 점에 국한된 것이 아니다. 여성 수난사 이야기는 근본적으로 내부와 외부의 경계를 젠더화된 방식으로 재생산하고 외부에 대한 증오와 적개심을 '민족'이라는 통합된 주체에 대한 열망으로 전도하는 형식이다. 또한 여성 수난사 이야기는 단지 '민족'이라는 대주체에 대한 열망만을 담지하지 않는다. 1990년대 이후 급속하게 확산되는 여성 수난사 이야기는 수난자로서의 여성이라는 표상을 전유하여 '여성'이라는 대주체에 대한 열망을 역설적으로 표현하기도 한다. '여성' 정체성의 정치학을 표방하기도 하는 이런 작품들이 역설적으로 여성과 남성의 배타적 경계와 여성이라는 단일한 대주체를 상정함으로써 여성들 내부의 차이와 갈등을 무마하는 모순적인 정치 기획에 이르게 되는 것은 여성 수난사 이야기가 내포한 이러한 주체의 정치학의 결과이기도 하다.

주제어 : 여성 수난사 이야기, 민족의 수난사적 재현, 종족에 대한 젠더화된 상징 체계, 타자성의 표상, 위기 담론, 몰락과 재생의 서사, 민속, 지배적 양식.

◆ 참고문헌

1. 논문

金成俊, 「친일 반역자의 길」, 『근현대사강좌』, 한국현대사연구회, 1993, 255~275쪽.

김한종, 「해방 이후 국사 교과서의 변천과 지배 이데올로기」, 『역사비평』, 역사문제
　　　연구소, 1991, 64~86쪽.

박태순, 「역사를 위한 변명과 해명—최남선의 반민족사학」, 『역사비평』, 역사문제연
　　　구소, 1990, 183~204쪽.

保坂祐二, 「崔南善의 不咸文化圈과 日鮮同祖論」, 『한일관계사연구』, 한일관계사학
　　　회, 2000, 161~187쪽.

송지현, 「李光洙의 <再生>論」, 『한국언어문학』, 제34집, 한국언어문학회, 1995,
　　　295~268쪽.

양문규, 「최남선 계몽주의의 역사적 한계」, 『역사비평』, 역사문제연구소, 1990, 194~
　　　204쪽.

李東英, 「崔南善의 時調復興論」, 『韓國文學論叢』, 제15집, 한국문학회, 1994, 265~
　　　279쪽.

이명화, 「일제총독부 간행 역사 교과서와 식민 사관」, 『역사비평』, 역사문제연구소,
　　　1991, 52~63쪽.

이준식, 「일제 강점기 친일 지식인의 현실 인식 —이광수의 경우」, 『역사와 현실』,
　　　한국역사연구회, 2000, 175~197쪽.

정두희, 「단종과 세조에 대한 역사소설의 검토」, 『역사비평』, 역사문제연구소, 1992,
　　　84~107쪽.

홍일식, 「최남선-그의 親日是非와 先驅者로서의 비애」, 『근현대사강좌』, 한국현대사
　　　연구회, 1993, 238~254쪽.

2. 학위논문

박봉성, 「해방 후 한국 역사 교육의 연구— 중학교 교과서를 중심으로」, 부산대학교
　　　교육대학원 석사 학위 논문, 1983.

이정희, 「해방 이후 중학교 국사 교육의 변천 과정」, 이화여자대학교 석사학위 논

문, 1977.

3. 단행본

김열규,『한국문학의 통시적 연구』, 지문사, 1981.
조윤제,『韓國文學史』, 東國文化社, 1949.
震檀學會 編,『國史敎本』, 군정청 문교부, 朝鮮敎育圖書, 1946.
최남선,『國民朝鮮歷史』, 동명사, 1947.

◆ **국문초록**

　이 논문은 여성이 겪는 여러 가지 고초를 민족 수난의 상징적 등가물로 그려내는 서사들을 여성 수난사 이야기라고 규정하고 이의 역사적 변천 과정을 고찰하였다. 여성 수난사 이야기는 민족을 수난자로 형상화하는 수난사 이야기의 연장선에 놓여 있다. 민족사를 수난사로 표상하는 서사 방식은 근대 초기부터 지속되었다. 수난사 이야기는 위기 담론과 쌍을 이루어 근대 초기부터 주기적으로 반복되어 재생산되었다. 따라서 수난사 이야기의 역사적 층위를 밝히는 일은 위기 담론이 부상하는 역사적 맥락을 고찰하고 이러한 역사적 상황과 서사 생산의 상관 관계를 밝히는 것이다.

　본고는 1910년대부터 최근까지 지속적으로 재생산되는 수난사 이야기의 역사적 층위를 고찰하고 이를 통해 수난사 이야기가 근본적으로 '민족' 내부의 이질적이고 갈등적인 주체 위치를 균질적이고 등질화된 '수난자'의 형상으로 통합하는 작용을 한다는 것을 밝혔다.

　수난사 이야기는 몰락과 재생의 서사를 통해 수난자로부터 재생하는 민족이라는 민족에 대한 특정한 상상태와 욕망을 재생산하는 중요한 역할을 한다. 특히 여성 수난사 이야기는 민족에 대한 이러한 복합적인 표상 체계를 여성의 신체와 '운명'에 투영함으로써 여성을 민족 통합을 위해 동원하는 전형적인 방식을 보여준다.

　1910년대의 수난사 이야기는 '망국'의 경험과 밀접한 관련이 있으며 주로 망명 지사들의 '민족사' 기술에서 전형적으로 드러난다. 1930년대의 수난사 이야기는 위기 담론의 팽배와 '주체 재건'의 욕망, 대중적 장르의 부상과 '조선적인 것', 특히 민속과 신화에 대한 관심과 밀접한 관련을 맺는다. 이 시기 여성 수난사 이야기는 이러한 시대적 맥락과의 관계에서 도출된다. 여성 수난사 이야기는 종족, 민족을 둘러싼 젠더화된 상징 체계와 밀접한 관련을 맺는다. 특히 여성 수난사 이야기는 타자성에 대한 이해의 변화와도 밀접한 관련을 맺는다. 해방 이후 여성 수난사 이야기는 국사 교과서와 같은 공식 매체와 문예영화와 같은 '공적 매체'를 통해 보다 확산되고 지배적인 양식으로 자리잡게 된다. 이러한 역사적 과정을 통해 여성 수난사 이야기는 한국인이 민족을 상상하는 전형적인 서사 방식으로 자리잡게 된다.

◆ SUMMARY

A Historical Level of Women Crucible Hi-Story

Kwon, Myoung-A

This dissertation examines novels reflecting the experience of the Korean War with a view to defining the historical forms of subjectivity which emerged as a result of the experience of war. As long as the regime of division remains, the Korean War could be said to constitute the existential basis which effects the lives of all Koreans in some way. Yet the Korean War does not hold the same meaning for all people; rather the meaning of the war is intimately related to individual positionalities.

Through the differences in these individual positions towards the war, we can make some suppositions about position and status within the division regime, and about the world and historical views held by people. As a result literary texts(encloding novel, drama, film, the text for educatuon) should be seen as a treasure trove of finely detailed records of the different positions towards and experiences of the war.

An extremely broad range of Korean literary works fictionalize the war experience, this dissertation focuses on how the narrative of the History of (women's) crucible is formed and reproduced, and on what ways narrative either expands or secedes from this pattern. The Hi-story of (women's) crucible represented the Nation in the figure of women's life, which decade and damaged by Others. For a long time the narrative of this type is the stereotype of the Korean national Hi-story. Through this process Korean people imagined Nation as the figure of the crucible.

Keywords : the figure of the crucible, the stereotype of the Korean na-
tional Hi-story, the narrative of the Hi-story of (women's)
crucible, subjectivity, decade and damaged body, differen-
tiate.

이 논문은 1월 15일 투고되어 소정의 절차를 거쳐 2월 10일 게재 확정되었음.

1970년대 후반 '악한 소설'의 성격 연구

김 한 식*

1. 문제제기

이 글은 우리 장편소설에서 하나의 유형으로 자리잡고 있는 '악한 소설'에 대한 연구이다. 악한 소설의 성격을 밝히기 위해 이 글에서는 현대 소설에서 악한, 즉 악인형 인물을 주인공으로 한 소설이 하나의 유형으로 자리잡게 되는 배경과 이들 소설이 '본격소설' 또는 대중소설과 구분되는 특징을 살펴볼 것이다. 악인형 인물의 범위와 서사의 공통점, 공통된 주제 의식 등이 중요한 고찰 대상이다. 이는 본격적인 문학사적, 양식사적 연구가 되기보다는 소설 유형의 가능성을 타진해 보는 試論的 작업이 될 것이다.

악한 소설, 또는 악인 소설이라는 용어는 서구의 '피카레스크 소설 picaresque novel'을 번역한 것이다. 서구 소설사에서 피카레스크 소설은 16세기에서 17세기까지 스페인에서 번창한 소설로 이후 유럽의 모험소설, 풍속소설, 편력소설 등에 영향을 미친 일련의 작품을 이르는 말이다. 피

---

* 상명대.

카레스크 소설의 탄생에는 사회적 배경 외에 문화적·종교적으로 독특한 스페인의 상황이 중요한 배경이 된다.[1] 따라서 용어를 빌려왔다 해도 작품 성립의 배경이나 주인공의 성격 등에서 양자는 커다란 차이를 보인다. 서구에서 악한 소설이 근대소설 형성기에 중요한 역할을 했을 정도로 소설사에서 중요한 양식적 위치를 차지하고 있는 데 비해 우리 문학사에서 악한 소설은 긍정적 주인공이 아닌 부정적 주인공, 윤리적·법률적으로 악인에 속하는 인물이 주인공으로 등장하는 소설을 비평적 의미에서 범주화한 것이다. 그것도 소설에 특별한 명칭을 부여하기보다는 인물의 유형에 초점을 맞추어 사용한다. 이러한 우리의 용어 사용에 따른다면 악한 소설의 범주는 매우 넓어져서 『홍길동전』이나 『임꺽정』처럼 의적·도적이 등장하는 소설에서 『어둠의 자식들』처럼 최하층의 인물을 다루는 소설을 모두 포함하게 된다.

그렇다고 해도 피카레스크 소설의 몇몇 특징들은 우리 소설에서 '악한'의 성격을 규정하는 데 매우 유용하게 사용될 수 있다. 피카레스크 소설의 특징이 악인형 인물, 즉 피카로(picaro: 피카레스크 소설의 남성 주인공)나 피카라(picara: 피카레스크 소설의 여성주인공)에 있다고 보면 우리 '악한 소설'에서도 인물들이 가진 성격은 중요한 문제가 될 것이기 때문이다. 피카로가 "저열한 삶의 현장에서 생존을 위해 몸부림치는 하층민이며 부도덕하고 교활한 기지로 사회에 기생하면서 기존의 가치에 도전하는 인물"[2]이라면 협의의 악한 소설의 악인 역시 이와 유사한 성격을 갖는다고 할 수 있다. 인물 유형과 그러한 인물이 자본주의 현실 속에서 힘겹게 살아가는 과정이 소설의 중심 이야기가 된다는 면에서도 유사하다. 이처럼 악한 소설의 중심을 '악한'의 성격에 놓는다면 양자간의 공통점은 논의에 많은 도움을 주는데, 이 기준에서 보면 1970년대 후반에 유행했던 일련의 소설이 '악한 소설'의 의미에 가장 가깝게 된다.

---

1) 스페인 피카레스크 소설에 대해서는 이가형의 『피카레스크 소설』(민음사, 1997)과 김춘진의 『스페인 피카레스크 소설』(민음사, 1999)을 참조하였다.
2) 김춘진, 앞의 글, 63쪽.

　　지금까지 이 시기 악한 소설은 대중 소설의 하나로 평가되어 왔다. 70
년대 전반부터 큰 인기를 끌었던 이른바 '호스테스' 소설류와 큰 차이 없
이 취급되어 온 셈이다. 70년대 초반의 대중소설이 여성의 비극적 삶을
팔아 독자의 감상 취미를 만족시켰다고 한다면 이후 악인이 등장하는 대
중소설은 남성적이고, 저항적인 외피를 띠고 독자들의 또 다른 감상 취
미를 만족시켜 주었다는 것이다. 그러나 악한 소설은 연애를 중심으로
서사를 진행하는 여타의 대중소설과 구분해야 한다는 것이 이 글의 기본
적인 관점이다. 악한 소설은 세상에 뿌리를 내기지도 못하고 떠도는 이
들의 모습을 사회를 좀먹는 악만으로 다루는 것이 아니라, 누구나 처할
수 있는 상황으로 또 그런 상황에 처한 사람이 어쩔 수 없이 몰려갈 수
밖에 없는 행동으로 이해하게 만드는 힘을 가지고 있었다. 연애 중심의
대중소설이 개인적이고 자기 폐쇄적인 성격을 갖는다면 악한 소설은 사
회적이고 개방적인 성격을 갖는다고 할 수 있다. 현실 고발의 전통적인
방법은 아닐지라도 출구가 막혀버린 현실에 몸부림치는 군상들을 다룬
의미 있는 소설이라 할 수 있다. 본론에서는 '악한 소설'의 개념과 지금
까지의 평가를 간단히 살펴보고 이어 악한 소설의 주제와 서술 방법을
차례로 살펴볼 것이다.3)

---

3) 골드만은 『소설의 이론』과 『낭만적 거짓과 소설적 진실』을 거론하면서 소설이란 타락한
　사회에서 타락한 방법으로 가치를 찾아가는 장르라고 하였다. 그 근본적인 이유는 사
　용가치와 교환가치의 분리라는 자본주의 사회의 모순과 소설의 모순이 일치하기 때문
　이라고 한다 이 글에서는 소설 일반에 대한 지적이라 할 수 있는 골드만의 '타락한 개
　인' 개념을 따르는 것은 아니다.(L. 골드만, 『문학사회학의 문제들』, 『문학사회학의 방법』,
　김치수 외 역, 현암사, 1985)

2. 악인형 인물의 성격

지금까지 악인형 인물에 대한 논의는 주로 고전 문학 작품을 중심으로 이루어져 왔다. 고전 소설 논의에서 사용되는 악한이란 보편적 의미에서 악인으로 평가되는 인물이 아니라 의적에 가까운 인물이었다. 일부에게는 지탄을 받지만 실제로는 사회적인 선(善)을 구현하고 있는 인물을 악한이라고 부른 것이어서 사회적으로 해가 될 수도 있는 순전한 의미의 악당을 의미 있게 취급하였다고 보기는 어렵다. 비록 악당이란 이름을 붙이더라도 일상에서 쉽게 마주칠 수 있는 종류의 악당은 아니었다. 다음은 악한에 대한 분류를 시도하고 있는 글이다.

> Anti-hero들의 反撥과 抵抗이 積極的일 때 <Heroic Villain>이라 부를 만하고 消極的일 때 Picaro라 부를 만하다. 前者는 自身의 社會的 存在에 대한 公證을 爭取코자 할뿐만 아니라 나아가 旣存 社會體制 및 慣習的 槪念이나 行動規範을 顚覆코자 하는 反體制精神의 所有者다. 그는 挑戰者다. 이에 비해 後者는 旣成倫理나 行動慣習으로 볼 때 例外的이고 異端的인 行動을 取하나 挑戰的인 데까지 이르지 못하고 있다. 그는 넓은 意味의 犯法者고 悖倫兒다.[4]

> 小說史에 있어서 惡漢이 가질 意義는 惡行 自體가 人間的 極限 狀況으로서 追求되고, 惡漢이 善良한 人間을 浮刻시키는 背景으로서가 아니고, 그 自體가 人間存在의 深淵의 啓示者로서 다루어지면서 未曾有의 것이 되었다.[5]

이 논문은 홍길동을 피카레스크적 인물로 규정한 글에 대한 반론의 성격을 갖는다. 『홍길동전』의 인물 홍길동과 피카로의 유사성에 주목한 이전의 입장에 대하여 유사성보다는 차별성에 주목하고 있는 글이다. 홍

---

4) 김열규, 「李朝小說에 있어서의 惡人型의 검토」, 고전문학연구, 1971. 9, 6쪽.
5) 같은 글, 14쪽.

길동이 '숭고한 범죄인'이라면 피카로는 일상인으로서의 악한이라는 것이 이 글의 대략이다.6) 고전소설을 대상으로 하고 있어 위 글의 논지를 그대로 현대소설에 적용하기는 어렵겠지만 참고할 만한 점은 많다. 특히 악한 소설, 또는 악인형 인물의 범위에 대해 주목할 필요가 있는데, 위의 글에서는 넓은 의미의 악한을 두 가지로 분류하고 있다. 반발과 저항이 적극적인 경우와 그렇지 못한 경우로 나누어 앞의 경우를 영웅적 악한이라 부를 수 있고 뒤의 경우를 범법자나 패륜아라 부를 수 있다고 한다. 악한이라기보다는 의적 또는 반역자라고 부를 수 있는 앞의 경우와 달리 사회적으로 부정적으로 평가받는 뒤의 경우가 악한으로서 제대로 된 의미를 가질 수 있다는 것이다. 악한 사람이 선량한 사람을 부각시키는 경우가 많은 소설에서 발견할 수 있는 일반적인 구도라면, 악한 자체가 인간 존재의 심연을 보여주는 인물로 등장하는 경우는 또 다른 분류를 필요로 한다고 할 수 있다.

현대소설로 관점을 돌려도 위 글의 관점은 여전히 유효하다. 70년대 이전에서도 악인을 주인공으로 다룬 소설은 꾸준히 창작되었다. 그러나 많은 소설에서 다루어지는 악인형 인물은 풍자나 비판의 대상이었지 악한 성격 자체가 전면적인 제재로 등장하지는 않았다. 사회적 의미의 '악(惡)'을 구현하고 있는 인물에게 애정을 보이거나 그 악의 의미를 해석하려는 시도는 매우 드물었던 셈이다. 대표적으로 채만식 소설에 등장하는 윤리적으로 타락한 많은 인물들을 예로 들 수 있는데, 비록 주인공이지만 그들의 성격은 진지하게 탐구되고 있다기보다 풍자의 대상으로 희화화되는 경우가 많았다. 70년대에 주로 창작된 악한 소설의 주인공들은 순수한 영혼을 가지고 있으나 속악한 사회에 의해 더럽혀지는 수동적인

---

6) 장양수는 「<林巨正>의 義賊 모티프 一考」에서 홍명희의 『임꺽정』을 대상으로 의적과 악한을 엄격히 구분하고 있다. "꼭 저지르지 않아도 될 살인 등 잔인한 행동이 많이 등장하고 있"다는 점에서 악한으로 생각할 여지가 많지만 "義賊에게는 匪賊적인 일면이 있기 마련"이라고 하여 임꺽정을 의적으로 보고 있다. (『동의어문론집』, 1991. 65쪽) 이렇듯 악한과 의적을 구분하되 악한은 의미 없는 것으로 의적은 의미 있는 것으로 보는 일반적인 관점을 보여준 것이라 할 수 있다.

주인공이 아니라, 속악한 사회에 속악한 방법으로 맞서는 인물들이다. 가난하고 어려운 하층민의 생활을 건강한 방법으로 이겨내는 것이 아니라 역시 부정한 방법으로 이겨가려는 인물이라고 할 수 있다.[7] 그들은 비록 윤리적으로 선하거나 사회적으로 정당한 인물은 아니지만 감정적이고 개인적인 차원에서 세계와 대결하는 인물이기도 하다. 독자들에게는 거대한 상대에 대응하는 미약한 개인의 비극을 보여주어 합리적 해결이 불가능하다고 믿는 현실에 대해 감정적 승리감 또는 해방감을 느끼게 해준다.

악한 소설에 대한 지금까지의 평가는 중간소설이라는 개념에 함축되어 있다. 중간소설이란 대중소설과 본격소설의 특성을 함께 가지고 있는 소설을 분류하기 위해 편의상 고안된 용어로 지적이며 감상적 분위기를 품고 있는 70년대 대중소설을 대상으로 한다. 지금의 관점에서 보면 매우 애매한 개념일 뿐 아니라 구체적인 작품을 선정하는 데 있어서는 유용성이 떨어지는 개념이다. 그러나 어떤 시대적 맥락에서 이런 개념이 사용되었는지는 주목할 필요가 있다. 한편으로는 소설이 가지고 있는 예술로서의 특징과 대중문화로서의 특징이 함께 어우러져 소설의 발흥을 가져왔던 1970년대를 설명하기 위한 용어로 '중간소설'은 매우 유용한 것일 수 있기 때문이다. 이전 대중소설과는 다르지만 그렇다고 본격 소설의 문법으로 풀어내기 어려운 소설들의 등장을 설명하기 위한 용어였던 셈이다. 현재의 시각에서 중간소설은 시대의 문제를 소설의 배경으로 전제하고 그러면서도 그 시대의 문제를 본격적인 주제로 삼기보다는 그 안에서 살아가는 인간들의 구체적인 모습을 '본격적'이지 않은 '감상적'인 방법으로 다루는 방식을 선택한 소설 정도로 정의할 수 있을 것이다.

이들 중간 소설을 대표하는 작가로는 최인호, 조선작, 조해일, 박범신,

---

7) 김상옥은 「타락한 시대의 피카로들」과 「작가의 想像力과 피카레스크 취향」에서 조선작의 『장대높이뛰기 선수』, 유재용의 『聖域』, 김병총의 『춤추는 맨발』을 피카레스크 소설에 가까운 것으로 보았다. 작품을 평가하는 기준은 이 글과 크게 다르지 않으나 본격적인 논의라기보다는 짧은 서평에 가깝다.(김상옥, 『문학과 자기성찰』, 서울대학교 출판부, 1986)

송영, 김주영, 한수산 등 70년대 활발히 활동한 작가들을 꼽는다. 이들 작가들의 작품들은 장편 소설의 경우 대중 소설적 경향이 강한 데 비해 단편 소설은 미학적 완성도를 지향한다는 공통점을 가지고 있다. 우리 작가들의 이런 경향은 오래된 것이긴 한데, 이들의 장편을 단순히 통속으로 처리하지 못하는 이유도 작가의 전반적 경향과 무관하지 않다고 할 수 있다. 중간소설은 수준이 그리 수준이 낮다고만 볼 수는 없는 독자들을 포함해서 많은 독자들을 소설 쪽으로 끌어들였다는 긍정적인 의미를 갖는 것이기도 하다. 또 이들 중간소설의 작가들이 만들어놓은 두터운 독자층은 나중에 가서는 상품성과 예술성이 동시에 뛰어난 작품을 만들어내는, 한국소설사에서는 전례가 없다시피 한 바람직한 결과를 가져올 수 있었다는 긍정적 평가를 받는다. 그러나 부정적 평가도 가능해 70년대 소설은 당대의 사회와 동시대인의 삶의 모습을 총체적으로 또 본질을 추려내어 그리고자 하는 사실주의 정신과 방법이 뒤틀려버리거나 움츠리고 만 결과를 가져올 수밖에 없었다고 할 수 있다.[8]

　　중간소설로 불린 작품들에 대한 논의가 시들해진 것은 80년대 광주 민주화 운동과 군부의 독재라는 시대적 배경이 지대한 영향을 끼친 것으로 보인다. 70년대 후반은 대중소설이 창작과 유통이 매우 활발했던 시기이면서 동시에 대중문학에 대한 논의가 본격화 될 시점이었다. 그러나 야만적 정권의 등장은 대중문학에 대한 본격적이고 객관적인 논의를 10년 이상 뒤로 미루는 결과를 낳고 말았다. 사회적으로 독재에 대한 저항과 민주화가 지상 목표가 되면서 대중문학은 현실을 외면한 저급한 문학으로 본격문학은 민족문학과 동의어로 받아들여지게 되었다. 80년대 들어서는 70년대를 풍미했던 대중소설들이 상업소설이란 이름으로 불리고 이를 비판하는 글들이 대량으로 쏟아져 나왔다.

　　대중소설에 대한 비판의 초점은 사회적 유용성에 놓여 있었다. 대중소설의 현실성 결여를 대표적인 문제로 지적하고 대중들에게 헛된 만족

---

8) 중간소설의 긍정적인 면과 부정적인 면에 대한 평가로는 조남현의 「70년대 소설의 몇 갈래」(『현대문학』, 1989. 3, 299~301쪽)을 참고하였다.

과 정신적 위안만을 제공하는 부정되어야 할 대상으로 다루어졌다. 당시 대중소설 비판의 첨병으로 등장했던 한 논문에서는 대중소설은 "허상들의 사랑, 불건강한 섹스, 무협 소설류의 무술과 폭력, 범죄를 소재로 유발시키는 재미는 독자의 이성을 마비시킴으로써 지금 그 자신이 어떤 상황에 살고 있는가를 망각하게 만드는 환각제로 작용한다."[9]고 비판하였다. 그러나 현재의 시점에서 중요한 것은 대중소설(80년대 초반 논의에서는 상업주의 소설)의 성격이 아니라 왜 이 시기 들어 상업주의 소설에 대한 반응이 민감하게 나오기 시작했는가에 있다. 또, 대중소설로 아우르는 작품들간의 유사성과 차이점을 살피는 일도 중요하다.

본격 소설을 보는 엄격한 기준에 의하면 악한 소설 역시 여타 대중소설과 마찬가지로 대중성·통속성에 많이 침윤되어 있다. 특히 남녀간의 삼각관계를 기본 이야기 축으로 한다든지, 폭력·성애 등의 선정적인 요소를 빈번히 삽입하고 있다든지 하는 점은 기왕의 대중소설과 크게 다르지 않다. 그러나 이들 사이의 차이를 무시할 수는 없다. 구체적 현실이 작품의 서사를 추동하는 필연적 요소이고, 인간과 인간의 관계가 애정 등 몇 가지 추상적 연관으로 맺어지는 것이 아니라 환경적 제약이나 경제적 이해 등 구체적인 사실로 맺어진다는 점이 그렇다. 말초적이고 감상적인 흥미에 치우쳤다는 점을 인정하더라도 악한 소설에는 대중적 합의를 얻어내기에 충분한 사회적 요소가 없지는 않다. 따라서 악한 소설의 대중성은 사회에 대한 관심과 인간성에 대한 탐구를 어느 정도 수반하고 있다고 할 수 있다. 그런 의미에서도 악한 소설은 우리 장편소설의 흐름에서 일정한 자리를 차지해야 한다고 본다.[10]

---

9) 金鐘敏, 「상업주의 소설론」, 『한국문학의현단계』 2, 창작과비평사, 1983, 132쪽.
10) 우리 문학사의 경우 대중소설이 연애소설과 거의 같은 개념으로 사용되고 있다. 실제로 많이 창작되지 않아서이기도 하겠지만 서구 소설에서 중요한 자리를 차지하고 있는 탐정소설, 공상과학 소설 등에 대한 논의는 매우 적은 편이다. 연애소설 외에 대중소설로서 지속적인 사랑을 받는 양식으로 역사소설을 들 수 있다. 그러나 역사소설은 대중소설의 범주 안에서 다루어지는 경우가 드물고 나름대로 고유한 장르로서 대접 받아 왔다.

3. 도시의 윤리와 생존의 논리

70년대 악한 소설의 주인공은 무엇보다도 산업화 시대의 산물이다. 도시에서 살면서 소시민 또는 노동자가 되지 못하고 불규칙적이고 때로는 불법적인 방법으로 살아가는 사람들이다. 우리 소설에서 악인형 인물은 "한 남자(또는 드물게 한 여자)가 미천하고 소문이 나쁜 부모에게서 태어나 출생부터 시작하여, 어려서부터 빈곤과 싸워야 했고, 살아남기 위하여 어쩔 수 없이 사기와 기만 수단을 써야 했으며. 운명을 개선하려고 안간힘을 쓰다가 성공하거나 실패했던 인생행로"[11]를 가지고 있는 인물이라는 정의와 크게 어긋나지 않는다. 악인형 인물은 그 자신보다 나을 것 없는 세계의 거울이면서 인간 조건의 궁핍과 고독의 표현이며 동시에 고매한 이성, 또는 절대적인 법이 기능하지 못하는 세계에 대한 풍자이기도 하다.[12] 악한 소설은 도시가 생기고 산업화가 진행되면서 그 안에서 벌어지는 생존의 논리와 윤리의 문제를 본격적으로 다룬 소설이라 할 수 있다.[13] 악한 소설에서는 악한 인물 못지 않게 그런 인물을 만들어낸 환경이 중요한 의미를 갖는다.

비록 악한 소설로 분류하기는 어렵지만 도시의 논리에 의해 변해 가는 인간의 모습을 다룬 대표적인 소설로 황석영의 「장사(壯士)의 꿈」은

---

11) 이가형, 『피카레스크 소설』, 민음사, 1997, 11쪽.

12) 같은 글, 59쪽.

13) 물론 이런 정의는 서구의 피카레스크 소설 정의를 원용한 것이다. 앞서 지적한 대로 서구의 피카레스크 소설과 우리 악한 소설은 중요한 부분에서 분명한 차이가 있다. 첫째, 피카레스크 소설에서는 에피소드와 에피소드 사이의 필연적인 연관이 없다. 한 사람의 일대기라는 점에서 한 편의 소설로 읽힐 뿐 인과성 면에서는 취약한 것이 사실이다. 둘째, 피카레스크 소설에서는 사랑이 중요한 소재가 아니다. 로맨스에 대한 강한 반발과 그것에 대한 풍자, 패러디의 성격을 가지고 있기 때문이다. 우리 소설의 경우 로맨스에 대한 강한 반발은 없고 오히려 로맨스로의 회귀가 두드러진다. 그럼에도 불구하고 악인형 인물이 조건을 서로 통한다고 생각한다.(여기에 인용된 피카레스크 소설의 특징에 대해서는 이가형의 앞의 글, 158쪽 참조.)

악한 소설을 이해하는 데 시사해 주는 바가 크다. 이 소설의 주인공은 백
팔십에 가슴둘레는 일 미터가 넘고 삼두박근이 '고릴라' 같은 인물이다.
바닷가 고기잡이의 아들로 태어난 그는 성장하면서 장사라는 평을 받으
며 시골서는 꽤 주목을 받는 인물이 된다. 그가 서울로 온 이유는 레슬러
가 되기 위해서였다. 그러나 그는 일자리를 잡지 못하고 목욕탕의 때밀
이가 되고 만다. 목욕탕에서 알게 된 영화감독에게 발탁되어 애로 영화
를 찍게 되고 거기서 만난 애자라는 여성과 살림도 차리지만 가난 때문
에 둘은 갈라서고 '장사'는 유한마담을 상대로 하는 남성접대부로 '타락'
하게 된다. 그렇게 해서라도 돈을 벌려 하지만 결국 장사는 어디에도 뿌
리를 내리지 못하고 눈물을 흘리면서 도시를 떠난다.14) 굳이 이 소설에
서처럼 '장사'는 아닐지라도 도시라는 '현실'에 도전하다 좌절되는 구체
적인 인간의 모습이 등장하는 것이 70년대 장편의 한 경향이다. 비록 건
강한 정신을 가진 주인공이 아니어도 세상과 마주하는 길에서 마주치는
고난 그리고 거기서 좌절되는 인간의 모습을 그린다는 점에서 공통점을
가지고 있다. 거기에 출신마저 불안한 인물들의 미래는 '꿈'을 엄두도 못
내는 지경에까지 이른다.

　　이런 도시에서 살아가는 사람들이 악하게 되는 경우는 선하게 되는
경우보다 현실적인 설득력을 갖는다. 70년대 소설로만『내 마음의 풍차』
에서『풀잎처럼 눕다』,『걸어서 하늘까지』,『춤추는 맨발』,『장대높이 뛰
기 선수의 고독』을 거쳐『어둠의 자식들』등에서 도시적 삶의 환멸과 부
적응은 중요한 주제가 된다. 거기에 출생의 문제까지 첨가되면 하나의
유형화된 인간을 만나게 된다.『풀잎처럼 눕다』와『걸어서 하늘까지』의
인물들을 중심으로 이를 자세히 살펴보자.15)

---

14) 황석영, 「장사의 꿈」,『객지』, 창작과비평사, 1974, 참조.

15) 도시적 삶의 환멸과 부적응만으로 본다면 70년대 보다 많은 대중소설들을 거론하여야
　　할 것이다. 「별들의 고향」, 「겨울여자」, 「영자의 전성시대」,『죽음보다 깊은 잠』등의 소설
　　들도 도시를 배경으로 한 인간의 욕망과 몰락, 그리고 환멸을 주제로 하고 있다. 그러
　　나 이 소설들에게 앞서의 주제는 주장되는 것일 뿐 작품 안에서 구현되고 있다고 판단
　　하기는 어렵다. 주요 서사의 역할이나 서술의 질과 양으로 이를 구분할 수 있다고 생
　　각한다.

『풀잎처럼 눕다』의 세 인물은 도엽과 동오 그리고 은지이다. 성격과 배경이 반대되는 두 남성 사이에 두 남자로부터 사랑을 받는 한 여성이 등장하면서 이야기는 시작된다. 세 인물의 성격은 분명하게 유형화되어 있는데, 도엽은 부잣집의 서자로 태어나 법대를 다녔지만 이복형과의 불편한 관계로 학업을 계속하지 못하고 어두운 세계에 발을 들여놓게 되는 인물이다. 도엽의 동네 후배인 동오는 등록금이 없어 제대로 고등학교를 마치지 못하고 돈을 벌겠다는 일념으로 세상을 증오하며 살아가는 칼잡이이다. 경찰관의 딸인 은지는 '천성적'으로 따뜻한 마음을 가지고 태어난 여인으로 두 남자를 이해하고 감싸 안으려 노력하는 인물이다. 그의 묘사에는 항상 순결한 처녀의 이미지가 따라다닌다. 도시에서 의지할 곳이 없는 도엽은 선배의 이권 다툼에 끼어들게 되고 동오는 그 반대편인 프랑크라는 건달 편에 서게 된다. 복잡한 과정을 통해 도엽과 동오는 양쪽 모두를 피해 잠시 함께 살게도 되지만 동오가 주호를 찌르면서 이야기는 결말로 치닫는다. 주호와 프랭크 모두 최장군이라는 자에게 배반을 당한 것이 밝혀지자 동오는 최장군을 인질로 인질극을 벌이게 되고 도엽과 은지는 동오를 구하기 위해 스스로 인질이 된다. 어렵게 탈출에 성공한 도엽과 동오는 고향이 보이는 언덕에서 죽음을 맞이하게 된다.

문순태의 장편소설 『걸어서 하늘까지』는 여러 면에서 『풀잎처럼 눕다』를 연상하게 한다. 세 명의 인물은 박지숙과 정종호와 박정만으로 종호와 정만은 지숙을 사이에 두고 삼각관계를 이룬다. 지숙과 종호는 소매치기로 일종의 동업자이고 박정만은 부자집 아들이자 대학생이다. 지숙은 불우한 가정 환경 때문에 종호는 고아로서 각각 소매치기가 되었고 종호는 고아 출신의 어린 '가족'들을 거느리고 있다. 종호가 일방적으로 지숙을 좋아하는데 비해 뒤늦게 나타난 정만은 지숙의 애정을 얻는데 성공한다. 지숙을 잃고 무기력에 빠져 있던 종호는 '큰 건'을 시도하다 쫓기는 몸이 되고 지숙은 정만을 따라 새로운 삶을 계획한다. 지숙과 정만과 종호가 비슷한 비중으로 다루어지는데, 지숙을 중심으로 한 스토리는 한 여성이 여러 남자를 경험하면서 자기 삶을 찾아가는 이야기가 되고,

종호를 중심으로 보면 뿌리 없이 출발한 청년의 불행한 도시 체험기가 된다. 이야기 전개에 있어서는 활극적인 요소보다는 애정 갈등이 중요한 역할을 한다.

이렇듯 상투적인 스토리로 전개되는 두 소설이 대중적 인기를 얻고 통속이라는 '불명예스러운' 평가에서 비교적 자유로울 수 있었던 이유는 독자들의 동화를 적절히 추출해 낼 수 있었기 때문이다. 독자들의 동화가 발생한 이유는 단지 감각적이고 말초적인 만족을 넘어 작품이 보여주는 현실에 대한 비판과 야유에 독자들이 동의하였기 때문이었다. 사회적으로 악한인 주인공들의 처지가 갖는 개연성으로 인하여 독자들은 인물들에게 동정심을 가지게 되고 그것이 일종의 동류의식으로 발전해 비록 추상적이지만 서로간의 연대감으로 발전하게 된 것이다.

작중 인물과 독자들의 이런 연대가 이루어질 수 있었던 데는 70년대 후반이라는 시대적 조건이 매우 중요하게 작용하였던 것으로 보인다. 일반적으로 인정하고 있듯이 70년대는 개인의 자유나 개성에 대한 인식이 크게 성숙된 시기는 아니었다. 오히려 정상적인 경로를 통한 의식의 구체적 실현이나 이상의 구현이 근본적으로 차단된 시기였다. 근대화의 주류에서 밀려난 주변부의 소외현상은 매우 심각했으며 소외를 이성적으로 풀어낼 어떤 장치도 작동되지 않았다. 따라서 심정적으로 소외를 느끼고 있는 대부분의 사람들은 개인적·감정적인 저항을 시도할 수밖에 없었다. 장발과 미니스커트가 이런 저항의 아이콘이었듯이 악한 소설의 인물들이 보여주는 저항과 사랑이 일종의 대리만족이 될 수 있었던 것이다. 낭만적이고 돌발적인 충동만이 이상을 실현하는 유일한 수단이었던 시대였다.[16] 이러한 시대의 독자를 끌어들이기 위해 희생과 사랑이라는 추상적 감상의 전달을 공략 방향으로 삼은 것이 '호스테스'소설이었다면 악한 소설의 방향은 인간의 열악한 조건, 극한 상황의 제시, 그리고 그를 극복하기 위한 개인의 노력과 좌절을 보여주는데 있었다고 할 수 있다.

---

16) 1970년대 대중소설의 이러한 성격에 대해서는 김현주의 「1970년대 대중소설연구」(『1970년대 문학연구』, 민족문학사연구소 현대문학분과 편, 소명) 참조.

정의와 불의를 떠나 생의 끝에 이른 인간들이 선택할 수 있는 반항의 방법에 무의식적으로 동의하는 독자의 심리상태가 소설의 공감을 이끈 셈이다.

물론, 이러한 공감에는 대중문학 일반이 가지고 있는 대리 만족·여가 충족의 요소도 포함된다. 일반적으로 대중문학이 여가 산업으로서의 상품성을 높이기 위해서는 여가를 즐기려는 독자들의 욕구를 충족시켜야만 하고 이를 위해서 대중문학은 작품의 흥미에 특별한 관심을 갖지 않을 수 없다. 그러므로 대중문학은 독자들이 지루한 여가를 즐겁게 보낼 수 있도록 하기 위하여 여러 종류의 장치, 곧 독자의 흥미를 유지하는 기법을 마련한다. 이 기법으로는 독자들의 관심사인 당대 사회 문제에서 소재를 택하는 것이라든지, 독자들의 꿈의 현실화인 초인적 주인공의 등장이라든지, 인간 내면의 권선징악적 욕구의 반영인 정의의 승리와 같은 축의 설정이라든지, 줄거리의 전개 과정에서 긴장감을 고조시켰다가 결정적 위기에서 작품을 중단하는 소위 단절기법이라든지, 애정을 바탕으로 한 주인공과 악한의 대결구도와 같은 것 등이 활용되기도 한다.[17] 연연애를 중심으로 하는 대중소설이 이 기준을 처음부터 끝까지 충실히 따른다면 악한 소설은 이 기준을 따르면서도 일탈을 지향하면서 전개된다.

우선 악한 소설에서는 전래의 윤리가 어느 정도 무시된다. 인물들의 성격으로 볼 때 부르주아지의 윤리나 그것에 반대하려는 정신, 어느 쪽도 부족한 점이 이런 소설의 공통점이다. 적당한 비판과 함께 비장미를 전달해 주지만 결국 본격소설과는 차이를 드러낸다. 그런데 이런 부족은 어떤 면에서는 양쪽 모두를 과도하게 강조하지 않는다는 장점으로 작용하기도 한다. 기존 질서에 대한 반발과 그것을 대신할 어떤 질서도 발견하지 못한 상태에서 방황하는 개인의 모습을 솔직하게 보여주는 것일 수도 있기 때문이다. 상황에 따라 기존의 윤리를 부정하기도 하고 또 다른 상황에서는 기존이 질서를 거부하지 못하는 미숙한 정신으로 인해 오히

---

17) 임성래, 「대중문학을 어떻게 이해할 것인가」, 『대중문학이란 무엇인가』, 평민사, 1995.

려 살아 있는 인물에 가까워지는 효과를 보기도 한다.

악인형 인물이 가지고 있는 '惡'의 성격 역시 일반적인 의미와는 구분된다. 『풀잎처럼 눕다』와 『걸어서 하늘까지』에 한정한다면 악한들이 '악'의 의미는 매우 제한적이다. 일반적으로 악인에 대한 판단은 윤리와 법률에 의해서 이루어진다. 두 작품의 인물들은 법률적으로는 물론 윤리적으로도 악한에 속한다. 그런데 윤리적인 문제에 있어 이들을 판단하는 데는 심정적인 기준이 더 개입하게 된다. 이들이 윤리적으로나 법률적으로 '작은' 악한인데 비해 법률에서는 자유롭지만 윤리적으로 더욱 해로운 것들이 작품 안에 존재하기 때문이다. 이러한 큰 악이 상징하는 것은 돈 또는 권력이다. 비록 악한이지만 이들과 대결하고 있는 사람들 혹은 세상이 이들보다 더욱 악한 것으로 판단될 때 이들의 악은 상대적으로 미미한 것이 될 수 있다. 이 상대화를 규정하는 것은 현실적인 힘의 유무이다. 『풀잎처럼 눕다』는 주호 편과 프랑크 편의 이권 다툼을 서사의 주요 골격으로 하고 있는데 양쪽 모두 '善'하다고는 할 수 없는 사람들의 무리이다. 그러나 이들의 싸움을 이용해 실질적인 이익을 얻고 결국은 모두를 배신하게 되는 인물 최장군이 가장 악한 인물로 되면서 주요 인물들의 악은 미미한 것으로 보이게 된다. 비록 추상적이지만 최장군으로 상징되는 도시의 욕망과 어둠은 더 큰 악이기 때문이다. 『걸어서 하늘까지』의 종호나 지숙의 '범죄' 역시 충분히 용서받을만한 것으로 다루어진다. 종호는 어머니로부터 버림을 받고 온갖 학대를 견디며 성장한 고아이다. 그는 가난하고, 자신과 같은 아이들의 삶을 책임져야 한다는 의무감을 가지고 있는 인물이다. 그의 악행은 모두 생존을 위한 것이라고 볼 수 있다. 지숙의 경우 불행한 가정사와 첫사랑의 좌절이 현재의 행동을 합리화해 준다.

이와 같이 악한 소설에서 사용되는 악은 대상과의 비교를 통해 상대화되기도 하는 악이다. 이는 악한들이 새롭게 등장했다는 의미가 아니라 악에 대한 시대의 관념이 달라졌다는 점을 알려준다. 복잡하고 때로는 폭력적인 도시에서 사는 인간들을 판단하는 데 윤리와 법률의 잣대가 절대적이 아닐 수도 있다는 새로운 기준이 대두되는 것이다. 그 새로운 기준은 인간에 대한 애정이다. 역시 추상적이기는 하지만 사랑, 우정, 희생 등의 인간적 덕목을 어느 정도 갖추고 있느냐가 인물들을 판단하는 진정한 기준이 되는 것이다. 인물이 따뜻한 인간애를 가지고 있다면 객관적으로 정당하지 못한 행위들이 아무 일도 아닌 것처럼 취급되거나, 용서할 수 없는 일들이 가볍게 다루어지기도 한다. 반대로 배신, 몰인정, 물신주의 등은 부정적 덕목이 되는데 이런 부정적 덕목을 소유한 사람들은 다른 무엇으로도 자신의 인격을 보상받지 못한다.

다음 예문에서는 『풀잎처럼 눕다』에 반복해 등장하는 도시에 대한 부정적 이미지를 볼 수 있다.

> 틀렸어. 삽을 내던지며 도엽이 외쳤다. 아스팔트 아래에도 죽은 땅 뿐이야. 사람이 건설한 도시지만 이렇게 비대해지고 나면 우리들 사람의 힘만으론 구제할 수 없어. 두고 봐. 도시는 조만간 우리들까지도 야금야금 잡아먹고 말 거야.
>
> 아니라고, 우리를 구제할 수 없는 것은 도시보다 그 절망과 체념 때문이라고 그녀는 소리치고 싶었다. 그러나 생각뿐이었다. 말은 나오지 않았다.
>
> 은지는 혼자 풀을 심었다. 말라죽은 자리에 또 심고 또 심고 하였지만 풀은 살지 못했다. 그녀는 풀잎 하나 살아남지 못하는 도시가 서러워서 꿈 속에서도 실연한 소녀처럼 홀짝거리고 울었다. 하느님. 도시의 우리에게도 풀잎이 살아남을 수 있도록 알맞은 습도, 신선한 땅, 정결한 햇빛을 주옵소서, 하고 두 손 모으면서.18)

> “서울은 황야야.”
> 한참 동안 도엽의 턱짓에 따라 밖을 내다보고 있던 은지가 낮지만 확신에 찬 목소리로 말했다.
> “그치만 저곳에서 비명 소리만 듣는다는 건 한 부분만 보는 걸 거야. 황야에도 어느 곳에선가 풀잎들은 자라나. 난 도엽형 말에 완전히 승복할 수 없어.”19)

---

18) 박범신, 『풀잎처럼 눕다』, 삼성출판사, 1983, 191쪽.
19) 같은 책, 390쪽.

이들이 살아가고 적응하려 노력하고 그리고 때로 부정하기도 하는 대상은 도시이다. 도엽이 생각하는 도시는 생명으로 충만한 곳이 아니라 시멘트로 덮여 있어 풀 한 포기 제대로 키울 수 없는 곳이다. 몇 번 반복해 나오지만 도시를 표현하는 단어는 황야이다. 황야는 "풀잎 하나 살아남지 못하는 도시"와 같은 말이고, 풀잎은 연약한 생명 정도를 의미한다. 일부에게는 편안한 집을 제공해주지만 소외된 자들에게는 한없이 잔인한 곳, 이미 내린 뿌리가 없다면 결코 뿌리 내릴 수 없는 곳이 도시이다. 도엽과 동오는 애써 적응해보려 했지만 결코 뿌리 내릴 수 없었던 곳이다. 도엽이 보기에 도시는 희생당한 이들의 비명 소리만이 들리는 곳이다. 도시에 대한 이런 거부의 심리는 이들의 악을 정당화해주는 중요한 요소가 되기도 한다. 한데, 도시에 대한 이러한 비판만으로 독자에게 위안을 주지 못한다. 모순되는 심리이기는 하지만 사람들은 그곳에서도 삶은 계속되고 또 삶이 계속될만한 가치가 있음을 믿으면서 살고자 한다. 그 믿음을 받쳐주는 인물이 은지이다. 그는 결코 도시에서 비명만을 듣지 않는다. 희망의 씨를 심듯이 도시 어딘가에서 자라고 있을 풀잎들을 믿는 것이 은지의 마음이다. 은지는 "도시보다 그 절망과 체념"이 더 문제라고 주장하고자 한다. 도엽과 동호가 결코 은지와 하나가 될 수 없는 이유가 여기에 있고, 그러면서도 세상에 대한 희망을 완전히 버리지 못하는 이유도 여기에 있다.

도시에 대한 이러한 묘사는 『풀잎처럼 눕다』와 『걸어서 하늘까지』 곳곳에서 발견할 수 있는데, 주로 주인공들이 괴로움에 처했을 때나 외로움을 느낄 때 그 원인으로 묘사된다. 자신들까지도 야금야금 잡아먹고 말 도시, 절망과 체념뿐인 도시의 이미지를 강화함과 동시에 그 속에서 살아가는 주인공들의 곤란한 삶에 대한 독자들의 동의를 이끌어 내는 것이다. 물론 도시에 대한 이런 이미지들은 구체적인 사건이나 인물들의 고민을 통해서 자연스럽게 유도되기보다는 작가와 인물의 감정과 인상에 의해 미리 선언되고 있다는 인상을 준다. 어떤 면에서는 소설 속의 상황이 주제를 자연스럽게 이끌어내지 못한다는 인상을 주기도 한다. 이런 인상은 작품의 주제와 표현이 일상생활과 갖는 유비로 해결할 수밖에 없다.

4. '비극적' 결말과 상실의 이미지

악한들은 현실적으로 존재하는 강한 적에 도전하다 패배하기 때문에 그들의 몰락은 비극적이라는 인상을 준다. 그 도전의 대상이 마치 운명과도 같이 강력한 것이라는 점에서 악한 소설은 비장미마저 가지고 있다. 여기에서도 역시 과연 그들이 진정 윤리적으로 선한가 그렇지 못한가는 중요하지 않다. 대립하는 상대에 의해 의미를 갖는 것이 그들의 윤리였으므로 악한은 악한이 아니라 '피해자'가 되기도 하고 상대적으로 '보통' 사람이 되기도 한다.

악인형 인물이 몰락하는 영웅의 이미지를 가지고 있다는 사실은 대중의 심리를 이끌어내는 데 매우 효과적이다. 독자들은 애도의 무리가 그런 것처럼 같은 처지에 살다 장하게 추락하는 인물들에게 긍정적 감정을 갖게 된다.[20] 악인의 추락을 보면서 그를 '죽인' 다른 악인을 보고, 다른 악인을 통해 독자들은 주인공을 따르는 무리가 되는 것이다. 악한 세계에 의해 허무하게 무너지는 '순수한' 영혼은 아니지만 세계와 치열하게 대결하다 결국 무너져 버리는 인물에 대한 안타까움이 소설의 대중적 기반을 형성한다. 불우한 처지에서 자신의 상황을 극복하려 노력하다 결국 또 다른 몰락(혹은 제자리)으로 마무리된다는 점에서 인간 존재의 한계를 보여준다고도 할 수 있다. 악한 소설은 이런 인간 조건의 한계를 극복하거나, 최소한 목숨을 걸고 항거하는 모습을 보여주어 독자에게 충분한 대리만족을 제공한다. 이는 허구인 소설의 본래 기능이기도 하다. 우리가

---

20) 엘리아스 카네티, 『군중과 권력』, 반성완 역, 1982, 119~124쪽.

죽음을 체념하고 인정할 수 있는 조건은 오직 허구 세계에서만 충족될 수 있다. 말하자면 허구의 세계에서 이루어지는 인생의 온갖 우여곡절 뒤에서 현실의 삶은 여전히 안전하게 보호받을 수 있는 것이다. 인생이 한 수만 삐끗해도 승부를 포기해야 하는 체스게임과 같다는 것은 너무나 슬픈 일이기 때문이다. 다만 인생은 체스와는 달리 한 번 지면 그것으로 끝장이고, 설욕전을 가질 수 없다는 차이가 있다. 허구의 영역에서는 우리가 필요로 하는 수많은 삶을 찾을 수 있다. 우리는 소설 속의 주인공을 우리 자신과 동일시하고, 그 주인공과 함께 죽는다. 그러나 실제로는 살아남아서, 또 다른 주인공과 함께 다시 죽을 준비를 한다.[21] 연애 중심의 대중소설이 순수의 체험과 희생이라는 길을 통해 위안을 준다면 악한 소설은 세계에 대한 반항의 대리체험을 통해 또 다른 감정 정화를 이끌어 내는 것이다. 어쩔 수 없다는 의식이 이러한 비극적 효과를 더해 주는 것인데, 이 때 비극적 효과를 더하기 위해서는 패배의 장엄함이 무엇보다 중요하다.

실제로 악한 소설의 이야기는 운명에 대한 도전과 패배, 사랑의 좌절, 안주할 고향의 상실이라는 공식의 의해 이루어진다. 앞서 살펴 본 두 작품 역시 여기서 크게 벗어나지 않는다. 『풀잎처럼 눕다』는 도시에 도전하는 인물의 몰락이 중요하고 『걸어서 하늘까지』는 남녀의 애정 문제가 더 큰 비중을 차지할 뿐이다. 그러면서도 두 작품을 관통하는 가장 중요한 요소는 주인공들의 비극적 추락이다.

> 도엽의 가슴을 쓰다듬으며 동오는 말했다. 그건 사실이었다. 도엽은 아주 근사한 체격을 가지고 있었다. 일 미터 칠십 팔의 키, 부드럽게 흘러내렸으면서 탄탄한 어깨, 새 테니스 공처럼 팽팽히 당겨진 보디, 그리고 청동빛 피부, 깊은 눈……[22]

---

21) 프로이트, 「전쟁과 죽음에 대한 고찰」, 『문명속의 불만』 프로이트전집 15권, 열린책들, 1997, 60쪽.
22) 『풀잎처럼 눕다』, 14쪽.

　　도엽은 온 몸을 부르르 떨었다. 눈 덮인 산맥은 개 짖는 소리로 가득 차겠지. 피비린내 나는 바람이 불어올 거야. 철컥철컥, 노리쇠들이 잠기는 금속성. 이쪽으로 몰아, 하는 사냥감을 앞에 둔 가파른 음색, 아무데도 도망칠 곳 없는 노루, 노루 두 마리 … 그렇다. 그들은 눈쌓인 산맥에서의 아침 사냥이 끝나면 아마 알 것이다. 그들의 사냥감이 얼마나 힘없고 약한 노루였는지. 움직일 수조차 없는 상한 노루와 재크나이프는 가지고 있어도 사냥개 한 마리 잡을 수 없을 작은 노루, 동오. 그들은 어쩜 두개골이 깨져 쓰러져 있는 우리를 향해 침을 뱉을는지도 모른다. 이 따위 먹잘 것 없는 노루 때문에 아침식사만 망쳤잖아, 하고 중얼거리면서.23)

　　앞의 것은 소설이 시작되는 부분, 뒤의 예문은 소설이 마무리되는 부분이다. 앞의 예문에서 도엽은 큰 키에 탄탄한 어깨, 긴장된 몸과 건강해 보이는 피부 그리고 깊은 눈을 가진 매력적인 육체의 남자이다. 굳이 작가가 소설의 앞 부분에 소개한 감각적인 매력과 그의 육체가 갖는 건강성은 작품이 진행되면서 하나 둘씩 소진된다. 한 쪽 무릎이 부서져 목발을 짚고 다녀야 했고, 결국 사냥감처럼 쫓겨 눈 덮인 산에 고립된 형편에 이르기도 한다. 뒤의 예문에서 도엽은 스스로를 노루라고 생각한다. 처음에는 당당한 젊은이였지만 결말에서는 사냥꾼과 사냥개에 몰렸으나 결국 먹을 것 하나 없어 실망만 안겨줄 약한 짐승이 되고 마는 셈이다.

　　위에서처럼 처음의 인상과 끝부분만을 비교해보아도 이 소설이 하강의 구조, 비극적 구조를 가지고 있음을 쉽게 알 수 있다. 이러한 구조는 작품 내내 유지되어 오던 '악한'의 이미지를 약화시키는 효과를 거두기도 한다. 이러한 몰락은 그들의 좌절이 갖는 온갖 개인적인 이유들을 망각 속으로 밀어 넣는다. 그들이 도시에 적응하지 못하고 도시 밖으로 쫓겨난다는 결과만이 강조될 뿐이다. 그것은 상실의 이미지를 낳고 상실의 이미지는 작품의 주제가 된다.

　　주인공들이 잃어버린 것들이 무엇인지는 작품을 비극적으로 만든 것이 무엇인지를 확인하는 일과 같다. 그 상실이 갖는 설득력이 곧 비극적

---

23) 같은 책, 445~446쪽.

인상을 좌우하기 때문이다. 우선 주인공들이 좌절하는 첫 번째는 사랑이다. 사랑은 지극히 개인적일 것일 수 있으나 두 소설에서 인물들의 사랑을 좌절하게 만드는 요소는 개인적인 것이 아니다. 주인공이 처한 상황이 사랑을 온전하게 유지하는 데 방해가 되는 것이다. 도엽과 은지의 관계나 종호와 지숙의 관계가 그렇다. 도엽은 은지를 사랑하지만 끝까지 그녀를 지킬 수 없음을 알고 그녀를 거부한다. 조호가 지숙의 사랑을 얻지 못하는 이유는 지숙이 자신의 새로운 출발을 원하기 때문이다.

물론 이러한 사랑은 다분히 대중 추수적인 성격을 갖는다. 『별들의 고향』이나 『겨울여자』와 같은 이전 소설과의 유사성이 노골적으로 드러나는 부분도 있다. 남자 주인공들은 두 명의 연인을 가지고 있다. 하나는 처녀성을 상징하는 은지와 지숙이고 다른 하나는 아이 어머니이자 주인공들에게는 언제나 휴식이 되는 두 여인이다. 주인공 도엽과 종호는 두 여인을 원한다 할 수 있는데, 한 여인은 어머니에 가깝다면 한 여인은 '순결한 처녀'에 가깝다고 할 수 있다. 두 여인 모두 현실에서의 실패를 여성을 통해서 보상받으려는 주인공의 심리를 만족시켜 주는 대상이기도 하다. 어느 연구자의 지적처럼 "암울한 현실적 압박감에서 벗어나 '예쁘고 착한 여자' 그러면서도 자신의 환부를 감싸안을 수 있는 여성에게서 자신의 성적 욕망을 충족하는 공상의 세계"를 다룬 것이 70년대 대중소설의 특징이라면 이 소설 역시 "당대 남성들의 성적 욕망과 꿈과 환상이 투사된 성인동화"[24]라는 지적을 피하기는 어렵다. 또 연애 특히 여성을 다루면서는 순결주의를 강조하기도 한다. 이는 사랑하는 여인과의 정사를 아름답게 묘사하고, 이후에도 사랑하는 연인은 순결한 처녀처럼 여기게 되는 태도에서 잘 드러난다. 그밖에도 여성이 남성에 대해 갖는 순결의 부담감은 여성에게 순결이 중요하다고 믿는 일반인들의 정서를 이용하고 있다. 『걸어서 하늘까지』에는 정만의 집에서 일하는 정순이 등장한다. 남자들이 자신을 추행할 것을 몹시 걱정하는 여성인데, "돈도 읍고

---

24) 이정옥, 「산업화의 명암과 성적 욕망의 서사」, 『한국문학논총』 29집, 2001. 12, 403쪽.

배운 것도 읍으니께, 시집갈 때 몸이라도 성해야 안쓰것어유? 신랑한티
줄 건 읍고 단지 성한 몸뿐이랑께요"25)라고 하여 근거 없는 순결주의를
표나게 드러낸다. 그러나 이 역시 남성중심주의의 권위가 횡행하던 이
시대의 조건과 떼어서 생각하기 어려운 부분이다. 처녀성의 강조나 모성
의 강조는 사랑에 대한 남성 편향을 보여주지만 이런 사랑의 좌절은(매
우 남성적인 시각을 인정한다면) 단순한 사랑의 실패가 아니라 소망의
비극적 좌절이라는 인상을 지울 수 없게 한다.26)

   비극적 인상을 만들어내는데 두 번째로 중요한 것은 고향 상실의 이
미지이다. 여기서 고향은 자신이 떠나온 곳 또는, 정신의 안식처를 의미
한다. 『풀잎처럼 눕다』는 고향을 떠나는 데서 출발하여 일 년이 지난 뒤
고향으로 돌아오는 것으로 끝나는 소설이다. 떠나야 하는 이유는 그들에
게는 고향이 쉴 수 있는 안식처가 아니었기 때문이다. 도엽에게 고향은
자신의 꿈을 묶어두려는 이복형이 살고 있는 곳이었고, 동오에게 고향은
가난으로 받은 서러운 기억만이 드리운 곳이었다. 수배자가 되어 일년
뒤 찾아간 고향은 가까이는 갈 수 있으나 돌아갈 수는 없는 곳이었다.
『걸어서 하늘까지』의 종호는 힘들고 괴로울 때마다 자신이 자란 고아원
이 보이는 산으로 올라간다. 그에게 고아원은 지워버리고 싶지만 지워지
지 않는 고향이다. 그러나 돌아갈 수 없는 곳이다.

---

25) 문순태, 『걸어서 하늘까지』 下, 창작과비평사, 1980, 43쪽.
26) 고급함을 지향하는 대중소설이 늘 그렇듯이 독자들의 특별한 취향을 보여주고 있는 듯
    한 장식적 요소의 과도한 삽입도 중요한 특징이다. 『풀잎처럼 눕다』에는 정호승과 장석
    주의 시가 인용되는가 하면, 죄형법정주의와 관습법의 다툼, 쾨니히스베르크의 다리,
    이밖에도 티코와 황금날개 등 외국 동화들이 끌어들여지고, 특수강도로 쫓기는 과정에
    서는 '죄와 벌'까지 동원된다. 이런 장식적 요소가 동원됨으로 해서 "무언가 잘 이해할
    수는 없더라도 무언가 고상한 느낌을 주는 이 문화적 위압에 힘입어, 독자의 폭력에
    대한 건전한 비판력으로부터 도엽은 보호"(한만수, 「전형성 없는 나라, 죄인 없는 법정」,
    『사상문예운동』, 1991년 여름, 179~180쪽)된다. 이는 『걸어서 하늘까지』 역시 다르지 않
    다. 실연했을 때 들리는 나자레스의 처절한 노래나 지숙의 한을 달래주기라도 하는 듯
    한 판소리 가락 등은 사실 서사의 진행과 긴밀한 연관을 갖지 못하고 등장한다. 그러
    면서도 주인공들의 마음을 간접적으로 표현하여 그들의 진정성을 높여주는 역할을 수
    행하고 있다.

“하긴 떠나 봤자지만.”

그것은 절망의 다른 표현이었다. 도엽은 고개를 끄덕거렸다.

떠나 봤자지. 어디에 우리가 안주할 사랑의 땅이 있단 말이냐. 환상은 이미 죽어 버린 시대인 것을 도엽은 알고 있었다. 밤새 달려가서 남해바다 어디쯤 기차를 버린다고 해도, 역시 물거품이 되어 지금도 바다의 어딘가에 남아 있다는 인어의 전설은 살해되고 없다는 것을, 바다엔 단지 무장한 경비정, 괴물 같은 아라비아의 유조선, 죽어 버린 김 양식장의 부표 따위가 떠다니고 있을 뿐이라는 것을, 도엽은 자신의 손금보다도 더 환히 알고 있었다. 그래서 밤마다 도엽과 동오는 한번도 떠나지 못하고 잠들었다. 잠이야말로 그들이 자유롭게 누릴 최대한의 ‘떠남’이었다.[27]

고향은 공간적 개념이었다. 그러나 고향을 잃어버린 사람들에게 공간은 의미가 없다. 현재 이곳이 고통스러울 때 떠날 다른 곳을 가지고 있지 않기 때문이다. 고향에 대한 환상은 이미 죽어버렸기에 그들이 찾아갈 수 있는 자유는 꿈 속에만 있었다. 앞에서도 말했지만 도시에서 찾은 그들의 안식처는 실상 여인이었다. 도엽과 종호는 서희와 오마담이라는 여인을 가지고 있었다. 서희는 도엽의 대학 동창으로 그가 외로울 때마다 찾아가는 여인이다. 종호가 자주 찾아가는 오마담은 술집에서 일하는 아들 딸린 마담이다. 그들의 괴로움을 달래줄 사람은 도시에서 이들밖에 없다. 직접적 인과 관계는 아니지만 이들에게도 끝내 안주하지 못하게 된 후 그들은 도시를 떠나게 된다.

이렇게 악인들의 좌절과 몰락을 다룬 소설은 상실한 것들에 대한 회복을 꿈꾸며 끝이 난다.

동오가 고향에 가기로 한 결정적인 원인은 도엽에게 있었다. 아이를 보고 싶어하는 도엽의 간절한 소망을 그는 눈빛만 가지고도 알았던 것이다. 어쩌면, 아니 거의 백 프로 마지막이 될 소망이었다. 동오는 어떤 위험을 무릅쓰고라도 도엽의 마지막 소망을 이루어 주고 싶었다. 아이를 보고 나서 도엽 형은 죽을 것이다. 경찰이 형을 붙잡아 가기 전에 형이 형 자신을 죽일 것이다.

---

27) 『풀잎처럼 눕다』, 161쪽.

동오의 예상은 완전히 들어맞았다. 타이어 아래에 누워 도엽은 오직 한 번도 본 적이 없는 아이만을 생각하고 있었다. 한데나 다름없어 온몸이 뻣뻣이 얼어붙었지만 아이에 대한 상상으로 그는 따뜻하였다. 재용이, 재용이, 아버지라는 말을 도엽은 이윽고 입 속에 굴려 보았다. 아아, 한 번이라도 좋으니까 내게도 가장의 굴레가 씌워진다면, 그리하여 땀과 피를 다 바쳐서 일하고 지킬 가정, 아름다운 나만의 땅이 있어 준다면.

그러나 그건 헛된 소망이었다. 도엽은 그것을 깨닫고 있었지만, 그렇기 때문에 더욱 정화가 낳았다는 그 아이가 보고 싶었다.[28]

도엽이 상실한 것은 고향과 여성이었다. 이 두 가지 모두를 잃고 죽음 직전에 이른 그는 은지도 고향도 아닌 얼굴도 본 적이 없는 아들에게 돌아가고자 한다. 풀들에게 뿌리 내릴 땅이 필요하듯이 땀과 피를 바쳐 일하고 지킬 가정을 도엽은 이야기한다. 이 지점에서 비극적 결말을 지향하는 작품의 전개는 절정을 맞게 된다. 죽음을 앞두고 있다는 점, 현실에서의 마지막 소망을 품고 있다는 것, 그것이 가족이라는 가장 감정적이고 중요한 집단을 향한 소망이라는 것 등이 분위기를 고조시킨다. 특별히 사랑하지도 않는 여자에게서 얻어진 아이를 자신의 아들이라는 이유로 이렇듯 간절히 바란다는 것은 지금까지 윤리적으로 부정적 평가를 받았던 부분마저 긍정적으로 보상받는 효과를 거둔다. 『걸어서 하늘까지』의 물새 종호 역시 결말에서는 "용기 있고 의협심 강한 물새가 아니고, 한갓 평범한 좀도둑으로 변신"해버린다.

이러한 낭만적 취향은 인물들에만 해당하는 것이 아니라. 이 시대를 그리는 작가의 세계관과도 통하는 것이라 하겠다. 『풀잎처럼 눕다』의 작가는 "연일 모래바람이 불고, 순결한 사람들이 흘리는 피냄새가 나고, 또 그곳에선 연일 참담하게 말라죽은 우리들 사랑이 시멘트로 된 휴지통에 버려지고 있다"[29]고 도시를 평가한다. 『걸어서 하늘까지』의 작가는 "뿌리가 뽑히기는커녕 이 세상에 태어나서 한번도 뿌리를 박아보지도 못한

---

28) 같은 글, 431쪽.
29) 작가후기, 『풀잎처럼 눕다』, 금화출판사, 1980.(『풀잎처럼 눕다』(세계사, 2001)에서 재인용)

밑바닥 인생들", "사회를 좀먹는 버러지처럼 몰인정하게 매도(罵倒)"되어
온 사람들에 대해 "이들은 사랑할 줄도 알고 슬퍼할 줄도 알며 분노할
줄도 안다"30)는 것을 말하고 싶어서 소설을 쓴다고 하였다. 소외된 개인
이 온전히 살아갈 수 없는 도시에 대한 감상적 접근, 그곳에서 비참하게
몰락할 수밖에 없는 이들의 삶을 그려낸 것이 악한 소설이라 할 수 있다.

5. 시대에 대한 낭만적 충동

소설은 어떤 식으로든 '惡'과의 대결을 다룬다. 인물과 인물의 대결이
든 인물과 세계의 대결이든 기본적인 구도는 '善'과 '惡의' 구도라고 할
수 있다. 그 선이 담지하고 있는 윤리가 전체적·중세적 세계관과 관계되
는 것인지 시민의 개인 윤리로 좁혀진 것인지는 당연히 문제 삼아야 하
겠지만 속악한 세계와 인물이 만나 엮어내는 이야기가 소설의 기본 구조
임에는 틀림이 없다. 이광수의 『무정』에서 악은 개화하지 못한 조선이었
다. 그래서 작가는 '무정한 세상'을 향한 당당한 목소리로 소설을 마무리
지을 수 있었다. 노동소설에서는 자본가나 자본주의가, 농촌소설에서는
지주나 마름 혹은 왜곡된 근대화가, 『찔레꽃』류의 대중소설에서는 돈과
물신화된 사랑이 '惡'으로 등장한다. 그렇다면 악한 소설에서 '악'은 악
한 모습으로 살아가게 만드는 도시의 현실이고, 그 안에서 보이지 않게
움직이는 온갖 욕망들이라 할 수 있다. 뿌리를 내리기도 어려워 어쩔 수
없이 악한이 된 사람들이 아니라 낯을 내놓고 떵떵거리며 사는 사람들이
'악'이 된다.
악한 소설의 주인공들은 고향을 잃고 도시로 밀려들어온 사람들이다.

---

30) 문순태, 「작가의 말」, 『걸어서 하늘까지』 下, 405쪽.

순수함과 성실함으로 건실하게 살아가지 못하고 생존을 위해 윤리적·법률적 일탈을 감수하는 인물들이다. 그들은 도시 소시민이 못되는 것은 물론 건강한 노동자도 되지 못하는 인물이다. 따라서 그들이 도시 안에서 차지할 공간은 매우 좁다. 이런 삶의 조건이 전제되기 때문에 그들은 비록 긍정적인 인간상으로 제시될 수는 없겠지만 현실적인 인간상으로 충분한 설득력을 갖게 된다. 악한 소설의 주인공은 일종의 영웅 이미지마저 가지고 있었는데, 악한은 윤리적·법률적으로 '나쁜' 사람이지만 거대한 사회에 어떤 식으로든 대결하여 패배하고, 결국 몰락한다는 점에서 독자의 심정적 동의를 얻어낸다. 이렇듯 폭넓은 설득력은 성과이자 동시에 한계가 되기도 하는데, 이들 주인공의 행동은 개인적이고 낭만적인 충동으로 이루어진다. 시대에 대한 이성적인 이해는 고사하고 이성적인 접근 자체가 시도되지 않는다. 또, 소설의 인물들을 모두 이미지화되어 있다. 다시 말해 도엽과 동호와 은지와 종호와 지숙은 변화하는 인간형이라기보다 처음부터 끝까지 동일한 인상을 제공하는 하나의 이미지로서 존재한다.[31]

본론에서 살편대로 악한 소설은 대중 소설적 특징을 가지고 있으면서도 70년대 전반의 대중 소설과는 구분된다. 산업사회의 소외 문제를 개인의 입장에서 본격적으로 다루려는 의지를 가지고 있었기 때문이다. 세상에 뿌리를 내기지도 못하고 떠도는 이들의 모습을 사회를 좀먹는 악만으로 다루는 것이 아니라, 누구나 처할 수 있는 상황으로 그리고 있다. 연애 중심의 대중소설이 개인적이고 자기 폐쇄적인 성격을 갖는다면 악한 소설은 사회적이고 개방적인 성격을 갖는다. 현실 고발의 전통적인 방법은 아니지만 출구가 막혀버린 현실에 몸부림치는 군상들의 처절한

---

31) 차혜영은 「별들의 고향」을 다룬 글에서 주인공 경아를 이미지로 존재하는 인물이라고 평가한다. 이런 경향은 은지나 지숙에게도 어느 정도 해당된다. 그에 따르면 "소설 줄거리 속의 경아가 아니라, 이미지로서의 경아로 존재하는 방식이다. 즉 시간의 변화 과정 속에서 나름의 삶의 이력을 만들어 가는, 어떤 행동을 하고 사건을 일으키는 주체로서의 그녀가 아니라 정지된 화면 속의 인물처럼 순간의 생생한 이미지 그 자체로만 존재하는 방식"이다.(차혜영, 「최인호의 "별들의 고향"론-종합선물셋트로서의 소설」, 1970년대 장편소설의 현장, 2002, 181쪽)

모습을 다룬 소설이라 할 수 있다.

　이상으로 70년대 후반에 집중적으로 쓰여진 일련의 소설을 '악한 소설'이라는 이름으로 살펴보았다. 여전히 '악한 소설'이 하나의 양식으로 존재할 수 있을지에는 많은 의문이 남는다. 그렇더라도 특별한 시기에 특별한 주제를 담은 소설들이 집중적으로 생산되었고 그것이 동시대의 분위기를 반영한다는 사실은 무시할 수 없는 일이다. 이 글의 의미는 그런 시대적 분위기가 낳은 문학의 한 경향을 초보적 수준에서나마 검토해 보았다는 데 있다.

주제어 : 악한 소설, 대중 소설, 중간 소설, 악인형 인물, 피카레스크 소설, 산업 사회

◆ 참고문헌

김상옥, 「타락한 시대의 피카로들」, 『문학과 자기성찰』, 서울대학교 출판부, 1986, 195∼206쪽.

김상옥, 「작가의 想像力과 피카레스크 취향」, 『문학과 자기성찰』, 서울대학교 출판부, 1986, 207∼222쪽.

김열규, 「李朝小說에 있어서의 惡人型의 검토」, 『고전문학연구』, 1971. 9, 5∼17쪽.

金鐘澈, 「상업주의 소설론」, 『한국문학의 현단계』 2, 창작과비평사, 1983, 87∼132쪽.

김주연 편, 『대중문학과 민중문학』, 민음사, 1980.

김창식 편, 『연애소설이란 무엇인가』, 국학자료원, 1998.

김춘진, 『스페인 피카레스크 소설』, 민음사, 1999.

김현주, 「1970년대 대중소설연구」, 『1970년대 문학연구』, 민족문학사연구소 현대문학분과 편, 소명, 2001, 181∼205쪽.

문순태, 『걸어서 하늘까지』 上下, 창작과비평사, 1980.

박범신, 『풀잎처럼 눕다』, 삼성출판사, 1983.

박성봉 편역, 『대중예술의 이론들』, 동연, 1994.

엘리아스 카네티, 『군중과 권력』, 반성완 역, 1982.

이가형, 『피카레스크 소설』, 민음사, 1997.

이정옥, 「산업화의 명암과 성적 욕망의 서사」, 『한국문학논총』 29집, 2001. 12, 387∼405쪽.

임성래 편, 『대중문학이란 무엇인가』, 평민사, 1995.

장양수, 「<林巨正>의 義賊 모티프 一考」, 『동의어문론집』, 1991, 47∼81쪽.

조남현, 「70년대 소설의 몇 갈래」, 『현대문학』, 1989. 3, 297∼308쪽.

조성면 편, 『한국 근대대중소설 비평론』, 태학사, 1997.

차혜영, 「최인호의 "별들의 고향"론-종합선물셋트로서의 소설」, 『1970년대 장편소설의 현장』, 2002, 177∼198쪽.

프로이트, 『문명 속의 불만』 프로이트전집 15권, 열린책들, 1997.

한만수, 「전형성 없는 나라, 죄인 없는 법정」, 『사상문예운동』, 1991년 여름, 169∼199쪽.

L. 골드만, 김치수 역, 「문학사회학의 문제들」, 『문학사회학의 방법』, 현암사, 1985,
31~56쪽.

◆ **국문초록**

　본고는 우리 소설사에서 하나의 유형으로 자리잡고 있는 '악한 소설'에 대한 연구이다. 악한 소설이라는 용어는 서구의 '피카레스크 소설picaresque novel'을 번역한 것인데 피카레스크 소설의 중요한 특징은 우리 소설에서 '악한'의 성격을 규정하는 데 매우 유용하게 사용될 수 있다. 특히 1970년대 후반에 유행했던 일련의 작품들은 '악한 소설'의 의미에 가장 가까운 소설들이다.

　'악인소설'은 연애를 중심으로 서사를 진행하는 여타의 대중소설과 구분되어야 한다는 것이 본고의 기본적인 관점이다. 악한 소설은 산업사회의 소외 문제를 개인의 입장에서 본격적으로 다룬 소설이다. 세상에 뿌리를 내기지도 못하고 떠도는 이들의 모습을 사회를 좀먹는 악만으로 다루는 것이 아니라, 누구나 처할 수 있는 환경으로 또 그 환경에 처한 사람이 어쩔 수 없이 몰려갈 수밖에 없는 행동 방향으로 이끌어 가는 힘을 가지고 있었다. 연애 중심의 대중소설이 개인적이고 자기 폐쇄적인 성격을 갖는다면 악한 소설은 사회적이고 개방적인 성격을 갖는다고 할 수 있다. 현실 고발의 전통적인 방법은 아니지만 출구가 막혀버린 현실에 몸부림치는 군상들을 다룬 소설이라 할 수 있다. 악한 소설의 주인공들은 고향을 잃고 도시로 밀려 들어온 사람들이다. 순수함과 성실함으로 건실하게 살아가지 못하고 생존을 위해 윤리적·법률적 일탈을 감수하는 인물들이다. 그들은 도시 소시민이 못되는 것은 물론 건강한 노동자도 되지 못하는 인물이다. 따라서 그들이 도시 안에서 차지할 공간은 매우 협소하다. 이런 삶의 조건이 전제되기 때문에 그들은 비록 긍정적인 인간상으로 제시될 수는 없겠지만 현실적인 인간상으로 충분한 설득력을 갖게 된다.

　여전히 '악한 소설'이 하나의 양식으로 존재할 수 있을지는 필자 자신도 의문을 가지고 있다. 그렇더라도 특별한 시기에 특별한 주제를 담은 소설들이 집중적으로 생산되었다는 점은 주목할만한 일이다. 이 글은 그러한 작품을 하나의 유형으로 묶을 수 있는지를 타진해본 시도였다.

◆ SUMMARY

The Study on the Villain Novel's Character in
the Late 1970's

Kim, Han-Sik

This article is the study on the villain novel that has been a stereo-type in Korean novel's history. The term of the villain novel is translated on picaresque novel of Europe, which has an important point that is prescribed for character of the villain novel. Particularly, Korean novel which is widely liked in the late 1970's, it is similar to the villain novel.

This article has the primary view, which is distinguished by narrative any other popular novel on romantic story. The villain novel seriously touches the alienation problem of an industrial society. The villain novel's view is not that it describes wanderer as devils but that it depicts them as people whoever may become owing to their environmental situation. The villain novel is social and open while the love centered popular novel is self-closing and private. It can be said that the villain novel is a sort of novels which touch the people, who are struggling for survival in the closed reality, though it is not a traditional way which informs that real. Protagonists of the villain novel are the people who lost their hometown and were crowded into the city. They cannot live with purity and sincerity, moreover they are willingly to accept an ethic and legal deviation to survive. They cannot be a petit bourgeois nor a healthy worker. So, their territory in the city is so narrow. Because of this situation, they can be a realistic human model although they cannot be an affirmative human model.

It has some doubt that the villain novel can be a sort of genre. But it deserves to call attention that those kinds of novels were specially written in the distinctive times. This article was a small attempt which has checked out the possibility whether those kinds of novels can be categorized as one type.

Keywords : villain novel, mid-novel, picaro, picaresque novel, picaro, industrial society

이 논문은 1월 15일 투고되어 소정의 절차를 거쳐 2월 10일 게재 확정되었음.

90년대 환상(the fantastic) 문학의 또다른 가능성

– 메타 픽션(Meta-fiction)의 환상성에 관하여 –

장 세 진*

"초자연은 언어에서 생기는 것이다"
― 츠베탕 토도로프 ―

1. 왜 '환상'인가

잘 알려져 있다시피, 러시아 형식주의자인 로만 야콥슨은 문학을 하나의 "체계"로 간주하면서 이른바 "주변" 형식이나 대중 예술 형식이 "주류" 문학으로 동화되는 역동적 메카니즘이야말로 문학이라는 하나의 체계가 스스로 진보하게 되는 매우 결정적인 계기라고 주장한다. 바꾸어 말하면, 이는 "한 세대가 하찮고 순전히 순간적인 오락거리로 취급했던 것이 다른 세대에서는 보다 심오한 근심과 관심사를 표현할 수 있는 것으로 간주될 수 있다"[1]는 견해이기도 하다. 이와 같은 견해에 동의하든

---

* 연세대.

[1] 퍼트리샤 워, 「메타픽션」, 김상구 역, 열림원, 1989, 107쪽.

하지 않든, 야콥슨의 주장은 최근 몇 년간 환상(the fantastic) 혹은 환타지 (fantasy) 문학을 둘러싼 우리 문학계에서의 비평 담론을 상기시키는 바가 적지 않다. 왜냐하면 90년대 이전까지 상대적으로 별다른 주목을 받지 못하던 환상·환타지라는 용어의 경우, 가치 평가의 문제는 일단 차치하고서라도 문학에서뿐 아니라 영화와 에니메이션, 컴퓨터 게임 등을 비롯한 21세기 "유망" 문화 산업 전반에서 이미 핵심적이고 지배적인 의미소 (意味素)로 자리잡아 가고 있기 때문이다.

먼저 그동안 진행되었던 환상 문학에 관한 국내의 논의들을 살펴보면 이내 흥미로운 점을 하나 발견할 수 있는데, 말하자면 이론과 실제 작품에 대한 평가가 실상 다소간의 격차를 보이고 있다는 것이 하나의 특징이다. 쉽게 예측할 수 있듯이, 이론의 차원에서 환상 문학의 가능성은 매우 낙관적이다. 특히 영미나 중·남미 문학 전공자들에 의해 적극적으로 소개된 환상 문학 논의들은 "지난 시대 리얼리즘의 한계"를 넘어설 수 있는, 대안으로서의 이론적 신천지(新天地)의 성격이 매우 강하다. 예컨대 환상이라는 범주는 결코 현실 혹은 리얼리티와 무관한 어떤 것이 아니라 "삶의 세계가 **특정한 현실 개념에 의해 고정화되는 것을 저지하는 항체** 역할"[2]을 담당해왔기 때문에, 당면한 리얼리티를 구성하는 데 유례없는 어려움을 겪었던 90년대는 한편으로 현실 인식에 심각한 위기를 맞이한 시기이면서 동시에 기존의 현실 개념을 근본적으로 문제삼을 수 있는, 환상성의 비옥한 토양으로 이해될 수 있었기 때문이다.

그러나 이와 같은 이론 차원에서의 낙관과는 대조적으로 구체적 작품들에 대한 비전은 그리 밝지만은 않은 것이 사실이다. 이른바 환상성을 적극적으로 차용하고 있는 작품들에 대한 '평가 절하' 현상[3]의 원인은, 일단 비평의 대상이 되고 있는 텍스트들이 90년대 초반 주로 컴퓨터 PC

---

2) 황국명, 「90년대 소설의 환상성, 그 상상력의 모험」, 외국문학, 1997년 가을, 35쪽. 인용된 부분은 한용환, 「소설학 사전」(고려원, 1992)에서 재인용한 것임.

3) "팬터지 소설의 문학적 미래는 없다. 그러나 신종 문화 상품으로서의 미래는 있다. 그것이 팬터지 소설의 허와 실이다." 하응백, 「팬터지 소설의 허와 실」, 문예 중앙, 1999년 봄, 147쪽.

통신이라는 가상 공간 속에서 유통되었던 대중적인 환타지붐을 조성한 작품들4)이라는 점, 무엇보다 이들 작품들이 환상이라는 범주를 통해 현실 개념을 문제시하기보다는 오히려 기존 현실에 대해 철저하게 초월적인 태도로 일관한다는 점에서 찾을 수 있다. 그러나 아마튜어리즘―문학 제도권의 검증을 거치지 않았다는 의미에서―을 넘어선, 이른바 본격 문학 작가들의 텍스트들에 대한 평가도 소수의 몇몇 작품들을 제외하고는 사정이 크게 다르지 않다.5) "초보적" 단계에서의 문학적 실험이라는 평자들의 지적이 전적으로 타당하지 않은 것은 아니지만, 환상 문학에 관한 이론과 국내에서 생산된 구체적 작품들에 대한 평가가 이처럼 엇갈리는 이유는 '환상성'에 관한 다소 배타적인 규정아래, 비평의 시선이 해당 텍스트들을 적극적으로 포괄하지 않은 데서도 그 원인을 찾을 수 있다.

   물론 해당 텍스트의 장르를 배타적으로 규정하는 방식6)은 90년대 문학 담론의 문제라기보다는 "환상 문학론"을 이론적으로 확립한 토도로프에게까지 거슬러 올라갈 수 있는 성질의 것이기도 하다. 『환상성―문학 장르에 대한 구조적 접근(The Fantastic, A structual approach to a literary genre)』(1970)이라는 제목에서 이미 짐작할 수 있듯이, 사실 토도로프의 관심 자체가 문학의 하위 장르의 하나로서 환상 문학을 엄격하게 규정하려는 데 있었기 때문이다. 토도로프의 이론적 기획의 성공 여부에 대해서는 여러가지 상반된 의견들이 제시되고 있기도 하지만, 이때 주목해야 할 점은 무엇보다 그가 분석하고 있는 환상 텍스트들이 대부분 18세기 후반 내지 19세기에 편중되어 있다는 점, 다시말해 그의 작업은 역사상의 어느 **특정 시대가 생산해낸 환상의 성격에 대한 고찰**이라는 점이

---

4) 대표적인 작품으로 이영도의 『드래곤 라자』, 김예리의 『용의 신전』, 방지나의 『마왕의 육아일기』, 이수영의 『귀환병 이야기』 등을 들 수 있다.

5) 이와 같은 이론과 실제 작품 비평간의 괴리를 인식하고, 환상 문학론을 원론적으로 검토하면서 실제 우리 문학사에 적용시킨 최근의 연구로는 『한국 문학과 환상성』(서강여성문학연구회, 예림기획)을 들 수 있다.

6) 토도로프의 배타적 정의 방식과는 대조적으로 캐서린 흄은 『환상과 미메시스』에서 환상이란 특정 시대와 상관없이 모방 충동과 짝을 이루어 서구 문학을 추동해 온 초역사적 경향이라고 보고 있다.

다. 실제로 토도로프 자신 역시 마지막 장인 「문학과 환상」에서 카프카의 작품을 예로 들면서 20세기의 "현대적 환상"에 관해서는 새로운 이론적 규명이 필요하다는 것을 인정하고 있기도 하다. 그러므로 이 글의 1차적 관심은 여전히 채워져야 할 공백으로 남아 있는 환상 문학론의 이론적 확장 가능성을 타진하는 것이며, 궁극적으로는 현재 생산되고 있는 다양한 텍스트들—환상성을 적극적으로 표방하든 그렇지 않든—이 보여주고 있는 새로운 "환상성"의 흐름을 포착하고 이를 설명해내는 일이다.

2. 환상(The fantastic)의 계보학

토도로프가 환상 문학에 대한 이론적 접근을 시도하기 이전까지 "비평적 용어로서의 '환상'은 사실적 재현을 우선으로 하지 않는 문학적 경향에 무차별적으로 적용"[7]되어 왔다고 말할 수 있다. 이러한 맥락에서 보자면, "환상적인 것"에 대한 토도로프의 이론적 업적 중 가장 핵심적이면서도 탁월한 부분은 그가 환상(the fantastic)을 **현실적인 것**(the real)**과 상상적인 것**(the imaginary)**이라는 두가지 개념 사이의 밀접한 관계구조로** 이해했다는 점이다. 그러므로 널리 알려진 그의 유명한 정의—"환상이란 자연의 법칙(현실적인 것)밖에 모르는 사람(주인공)이 분명 초자연적 양상(상상적인 것)을 가진 사건들에 직면해서 체험하는 망설임이다"—에서 알 수 있듯이 경험적 현실을 넘어서는 초자연적 요소의 등장 자체가 곧 "환상"의 필요 충분 조건이 되는 것은 결코 아니다. 요컨대 환상의 핵심 요소로서 지적된 "망설임"이라는, 다소 수사학적인 이 용어는 "환상이란 불확실의 시간을 차지하고 있는 것을 말한다"는 토도로프의

---

7) 로즈마리 잭슨, 『환상성—전복의 문학』, 서강여성문학연구회 옮김, 문학동네, 2001, 24쪽.

자신의 지적처럼 현실적인 영역(the real) 과 상상적인 영역(the imaginary) 사이를 오가는 사유의 긴장된 운동, 혹은 존재와 비존재 사이를 끊임없이 진동하는 인식론적 불확실성의 또다른 이름인 셈이다. 토도로프의 이론적 작업을 보완, 발전시키고 있는 로즈마리 잭슨 역시 "환상적(fantastic)이라는 단어의 어원은 본질적인 모호성을 지시하고 있다. 그것은 비실재적인 것이다. 죽은 것도 아니고 살아 있는 것도 아닌 유령처럼, 환상적인 것은 존재와 무 사이에서 정지된 존재다"라고 규정함으로써 환상의 핵심 속성으로서 모호성과 불확실성을 가장 먼저 거론하고 있음을 알 수 있다.

사실 이와 같은 토도로프나 잭슨의 정의는 "환상 문학, 환타지=중세 기사 로망스 혹은 요정담(妖精談)"이라는 일반의 통념으로부터 꽤 멀리 벗어나 있는 것이기도 하다. 예컨대, 환타지의 대명사격으로 가장 널리 알려진 J. R 톨킨의 『반지의 제왕』과 같은 작품들은 작가에 의해 정교하게 구축된 "초자연적"이고도 "상상적인" 하나의 세계를 이미 '당연한' 전제로 삼고 출발하는 이야기들로서 쉽게 말해 그 이야기들 속에는 초자연적인 마법이라든지 요정들의 세계를 어떻게 받아들일지 몰라 "망설이는" 인물들이란 전혀 존재하지 않는다. 그러므로 토도로프의 정의를 따르자면, 톨킨 류의 이야기들은 초자연적 사건이 등장한다는 점에서 일견 "환상(the fantastic)"과 유사해 보이기는 하지만 실은 이른바 "경이(the marvelous)"에 속하는 것으로서, 이들은 "현실적인" 범주와의 불안정한 균형보다는 "상상적인(초자연적인)" 범주에 치우쳐 이를 전경화한 서사물들 즉, 근대의 사실주의적 소설이 등장하기 이전의 전통적 요정담이나 서구 중세 기사 로망스의 변형된 서사물로 분류될 수 있을 것이다.8) 그러나 이처럼 개별 텍스트에 명칭을 부여하는 것보다 훨씬 더 중요한 문제는 환상의 핵심 속성이 다름아닌 모호함과 불확실성으로 규정되고 있다는

---

8) 물론 『반지의 제왕』은 중세적 로망스의 구조를 그대로 차용하고 있지는 않다. 이 소설은 '아더왕 이야기' 와 같은 성배 탐색담의 구조를 전도시킨 것으로서, 말하자면 절대 반지를 찾아 떠나는 이야기가 아니라 반지를 버리고자 하는 여정을 그리고 있다. 또한 이와 같은 중세 로망스에서 초자연적인 요소로 형상화되는 악(惡)은 더이상 인간 외부의 초월적인 것이 아니라, 원정대 구성원들의 욕망과 불신, 회의로 그려지고 있다.

것, 다시말해 "환상성"이 전통적인 신화와 서사시·로망스 양식이 담보하던 인식론적 확실성의 세계로부터 근원적으로 이탈한 -루카치 식으로 말하자면 "선험적 고향으로부터 추방된"- 근대 소설(novel)의 지평에서야 비로소 가능한 논의라는 것을 인식하는 일이다. 실제로 앞에서 언급한 로즈마리 잭슨의 경우, 구조주의자로서의 토도로프가 명시적으로 다루고 있지 않은 환상성의 역사적 맥락을 적극적으로 도입하고 있다.

> 19세기 정확히 말해 **사고의 초자연적인 '경제'가 서서히 자연적인 것에 굴복해가지만 아직 그것에 의해 완전히 대체되지는 않은 그러한 때에, 환상적인 것이 자신의 고유함을 드러내 보이는 것은 그리 놀랄만한 일이 아니다.** 환상의 변화하는 형식에 대한 토도로프의 도식은 이를 명확하게 보여준다. 그것은 (초자연적이고 마술적인 것을 믿는 풍토가 지배적인) 경이the marvelous 에서 (어떠한 설명도 있을 수 없는) 순수한 환상을 지나 모든 기이함이 무의식적 힘들에 의해 산출되었다고 설명하는 기괴 the uncanny 로 이동한다.9) (강조인용)

그러므로 잭슨의 체계에서라면, 주인공의 "망설임" 유무에 따른 토도로프의 이론적 유형화 — 경이(the marvelous), 환상(the fantastic), 기괴 (the uncanny) — 는 인접 장르들이 서로 경쟁하는 동시대적인 현상이라기보다는 "환상" 장르 등장의 선후 맥락을 나타내는, 일종의 역사적 계보라는 점이 훨씬 더 부각된다. 예컨대 초자연적이거나 불가사의한 사건들이 등장하되 결국 현실적인 논리와 이성적인 분석을 통해 수수께끼가 해결되는 미스테리(혹은 기괴, mystery) 장르가 철저히 19세기라는 실증주의 시대 이후의 산물이라는 것, E. T. A 호프만의 작품을 필두로 한 초기의 많은 환상물들이 망원경이나 인조 로봇과 같은 기계 모티브를 즐겨 사용하고 있다는 사실은 그때까지 불가능했던 경험들이 과학과 논리적 이성의 힘을 통해 실현됨으로써 현실과 상상의 경계가 새롭게 설정되거나 혹은 해체되기 시작했음을 말해주기 때문이다.

---

9) 로즈마리 잭슨, 위의 책, 39쪽.

그러나 이처럼 환상의 역사성을 강조하는 맥락에서 보면, 19세기 이후의 "상상" 영역은 점점 더 축소될 수밖에 없다. 말할 것도 없이, 초자연은 경험 과학의 영토 안으로 속속 유입되었고 종종 인간 외부의 초월적 존재로 형상화되었던 "악(惡)"은 인간의 무의식과 내면이라는 근대적 학문 체계안으로 흡수·설명되기 시작했기 때문이다. 바야흐로, 환상의 생성 기반 중 하나였던 "상상"의 영토는 고갈되고 인간이 동일시할 수 있는 "현실"의 영역은 그 규모를 짐작할 수 없을 정도로 점점 비대해져만 가는 상황이 도래한 것이다.

그렇다면 이제 다음과 같은 질문이 가능하리라. 과연 "환상(the fantastic) 문학"은 초자연적 세계와 자연적 세계가 아직 대등한 세계 해석의 가능성으로 남아 있던, 저 과학적 실증주의의 여명기에만 가능했던 단명한 장르인가? 인간의 경험적 현실 저 너머의, 혹은 동일적 사유의 타자(他者)인 불확실성으로서의 환상의 영토는 이제 어디에서 발견될 수 있는가?

3. 환상 축(軸)의 이동: 초자연에서 언어로

사실 토도로프는 이 문제에 대한 어느 정도의 실마리를 남겨 주고 있기도 하다. 특히 그는 4장 『시와 우의(Allegorie)』에서 "환상"이 성립되기 위해서는 일단 "허구"가 보장되어야 한다는 점을 강조하고 있는데 이러한 맥락에서 보자면 시 장르는 자연히 "환상성"을 가질 수 없게 된다. 토도로프의 이와 같은 견해는 시와 허구라는 두 가지 담론 방식이 근본적인 차이를 가지고 있다는, 구조주의자들의 공통적인 생각에서 비롯되는 것이기도 하겠지만 어찌 되었든 시 장르의 경우 어떠한 대상(텍스트 바깥의 실제 대상)을 환기하고 표상하는 데 주된 관심이 있지 않은 것은 사실이다.

218

허구를 논하는 경우에는 보통 인물, 행위, 분위기, 배경이니 하는 용어들이 쓰이는데 이것도 단순한 우연은 아니다. 이러한 용어들은 **모두 비텍스트적인 (텍스트 바깥의) 현실을 지시하는 용어이기도 하다.** 이에 반해서 시가 문제가 되면, 아무래도 각운, 율동, 수사적 문채(figures of rhetoric)등등을 운운하게 된다… 일체의 표상 작용을 거부하고, 문장 하나 하나를 순수히 의미론적 조합으로 간주해 간다면, 거기에서는 환상 같은 것은 나타나지 않는다. 환상이란 표(재)현된 세계에서 일어나고 있는 사건에 대해서 일정한 반응을 요구하는 것이었음을 상기하기 바란다. 이런 이유에서 **환상은 허구속에서만 존재한다.**[10](강조인용)

토도르프가 이처럼 "허구"라는 범주를 강조하는 이유는, 소설에서의 허구가 담당하고 있는 몫이 바로 환상의 생성 기반 중 하나인 "현실the real)" 영역, 더 정확히 말해 "현실의 재현 가능성"이었기 때문이다. 그러나 문학이 현실의 단순한 반영이라는 견해가 소박한 것으로 느껴지기 시작하면서 이제 사정은 매우 달라진다. 예컨대 카프카를 위시한 20세기 모더니즘 작가들에게서 "허구"라는 범주를 통해 재현된 리얼리티는 더이상 "이것이 현실이다" 라는 공통된 합의를 이끌어낼 수 있는 성질의 것이 아니며,『변신』이나『심판』같은 작품들에서 금세 확인할 수 있듯이 소설 속에 재현된 현실 세계 전체가 그 내부에 등장하는 초자연적 사건 못지 않게 비현실적이기 때문이다.

그러므로 "19세기라는 시대는 확실히 현실 대 상상이라는 형이상학 속에 살고 있었다…그렇지만 오늘날은 이미 **부동의 외적 현실이니 하는 것도, 그런 현실의 전사(轉寫)에 지나지 않은 문학이니 하는 것도, 다 같이 믿기 어렵게 되었다"**는 토도르프의 지적은 매우 의미심장한 것일 수 밖에 없다. 왜냐하면 이는 확고했던 저 19세기적 사실주의 문학 개념의 동요와 와해에 관한 발언이면서 무엇보다도 "환상(the fantastic)" 장르의 전제 조건인 **현실의 "재현 가능성" 에 대한 근본적인 회의**이기 때문이다. 텍스트 바깥의 실제 현실에 대한 보편적 합의와 이를 재현하

---

10) 토도르프, 위의 책, 166~167쪽.

는 수단으로서의 언어―이것이야말로 바로 "허구"의 전통적 개념이다―
사이에 맺어졌던 강고한 규약은 이제 사실주의적 "장르 관습(convention)"
의 하나로 그 지위가 격하되기에 이른 셈이다. 소위 모더니즘 텍스트들
에서 자주 발견되는 바와 같이, 현실 재현의 문제가 더이상 자명하거나
가능한 것으로 간주되지 않는다면 이제 "환상(the fantastic)"은 이중으로
소생 불가능한 듯 보인다. 19세기의 상상 영역이었던 초자연(the supernat-
ural)이 고갈되어 가는 현재, 환상의 또다른 기반인 "현실 (the real)" 영역
마저 더 이상 재현 불가능한 것으로 여겨지고 있기 때문이다.

그러나 매우 역설적인 이야기로 들리겠지만, 이른바 "현대적 환상"은
바로 이 소생 불능의 지점에서 자신의 새로운 가능성을 모색한다. 이제
까지 단일한 범주로 상정되어 왔던 "현실(the real)" 영역이 자신이 은폐해
왔던 텍스트 바깥의 "실제 현실(the real)"와 언어로 된 "텍스트" 사이의
간극을 드러내면서 언어로 가공되기 이전의 실제 "리얼리티"와 그 이후
의 "픽션"이라는 대립을 자신 안에서 새롭게 창출해냈기 때문이다. 요컨
대, 19세기 이전까지 경험적 현실의 타자(他者)가 당대 과학의 수준에서
설명하기 어려웠던 초자연이었다면 20세기의 타자(他者)는 인간이 이제
껏 실제 현실 그 자체와 별다른 의심없이 친숙하게 동일시해왔던 기호
즉, "언어"로 재설정된 셈이다. 따라서 인간에게 낯선 존재로서의 언어
란, 의미를 명확하게 제시함으로써 실제 현실(the real)을 인식하게 해주었
던 투명한 수단으로서의 언어가 이미 아니다. 소쉬르 이후 현대 언어학
의 성취가 자세하게 일러주고 있듯이 언어가 가리키는 의미는 "끊임없이
유예되고 미끄러지는" 불확정적인 무엇이다. 더욱이 언어로 된 재현물이
우리가 경험한 "실제 현실"과 일치하지 않는다는 사실이 이토록 문제적
인 것은 결국 언어를 떠나서는 세계를 구성하거나 인식할 수 없는 우리
들이 과연 생생한 저 "실제 세계"라는 절대 기의(signifie, 記意)에 도달할
수 있을까에 관한 물음으로 나아가기 때문이다.

'진실'이나 '리얼리티'에 명확한 해석을 제시하는 것에 대한 저항이나 그렇

게 할 수 없는 무능력 때문에 **현대적 환상은 언어학적 체계로서의 고유한 관습에 관심을 기울이는 문학이 되었다**… 기표와 기의 사이의 간극은 '사실주의적' 서사에서는 닫혀 있는 반면, 환상 문학에서는 열린 채로 남아 있다… 캐롤로부터 카프카를 거쳐『미궁 Labyrinths』에서의 보르헤스와 같은 현대 작가에 이르기까지, 기표와 기의 간에 어떤 예상 가능한 혹은 신뢰할 만한 관계가 점진적으로 해체된다. **환상은 분열의 문학, 대상이 없는 담론의 문학이 되며, 그것은 현대의 반(反)사실주의적 텍스트에서 발견되는 문학의 의미화 행위의 문제들을 명백하게 초점화한다.**[11]

그러므로 "현대적 환상"이 이처럼 텍스트 바깥의 "실제 현실(the real)"과 "상상(the imaginary)"으로서의 허구 텍스트 사이의 틈새에서 생겨나는 것으로 규정될 수 있다면 최근 몇몇 우리 작가들에게서 발견되는 경향들은 눈여겨 볼 만한 것이다. 예컨대, 허구와 실제 사이의 간극에 촉수를 세우고 이를 은폐하기보다는 오히려 적극적으로 이 틈새를 노출하는 데 관심을 두고 있는 "메타 픽션 Meta-fiction"들이 그러하다.

물론 우리 문학사에서 메타 픽션이 비단 최근에만 생산된 것은 아니다. 멀리는 식민지 시대 이른바 예술가 소설의 계보로부터 시작되는 메타 픽션은 90년대 초반, 글쓰기의 괴로움을 작가가 직접 토로하는 형식을 취하면서 이른바 후일담 문학의 주된 유형을 형성하기도 했다. 그러나 자기 지시적(self-referential)인 형식으로서의 메타 픽션이라는 맥락에서 볼때 이제까지의 메타 소설들이 주로 소설의 생산 과정을 드러내는 데 치우쳐 있었다면 최근의 경향들은 이에 덧붙여 이전의 문학 형식에 대한 비평적인 자의식을 보이는 방식, 다시 말해 "기존의 이야기 위에 현재의 이야기를 겹쳐 쓰는" 또다른 양상을 보이고 있다. 특히 2001년 발표된 김영하의 소설『아랑은 왜』는 이와 같은 새로운 메타적 글쓰기의 경향 속에서 "현대적 환상"―리얼리티와 픽션의 경계 지점에서 생겨나는―의 가능성을 보여준다는 점에서 매우 징후적이고 주목할만한 작품이다.

---

11) 로즈마리 잭슨, 위의 책, 54쪽, 58쪽.

4. 메타(Meta) 텍스트의 환상

조선 시대와 현대에 벌어진 두 개의 살인 사건에 관한 다양한 "담론"들을 보여주는 『아랑은 왜』는 여러가지 의미에서 메타적 성격이 강한 텍스트이다. "아랑 전설"이라는 조선 시대의 구전 민담을 한편의 근대적인 소설로 재구성하는 이 소설은 소설의 생산 과정에 대한 작가의 언급을 곳곳에서 제시하고 있을 뿐 아니라 오히려 이러한 생산 과정 자체가 소설의 주된 내용을 이룬다.

> 아랑이 친딸이 아니라고 한다면, 아버지가 혈육을 죽인다는 패륜적 설정은 벗어날 수 있다. 이런 생각을 우리만 한 것이 아니라는 점이 흥미로운 데, 실제로 많은 판본이 아랑은 밀양 부사의 딸이 아니라 기생이었노라고 말한다. 기생이라. 기생이라면 우리는 여러가지 문제를 해결할 수 있다…이렇게 얻은 카드들은 잘 묻어두었다가 결정적인 순간에 내보여야 한다. 카드는 많을수록 좋으니까, 우리의 의심은 이야기의 재구성이 끝나는 순간까지 계속될 것이다.12)

그러나 자기 지시적 메타 서사로서 『아랑은 왜』는 기존 메타 픽션들과 몇가지 점에서 뚜렷이 구별된다. 일단 가장 먼저 눈에 띄는 것은 『아랑은 왜』를 이끌어가는 작가-화자의 경쾌한 서술 어조인데, 화자는 인용문에서도 알 수 있듯이 마치 퍼즐 짝맞추기와 같은 게임에 임하는 태도로 독자와 함께 전설을 재구성하는 이 지적 유희를 "즐기고" 있다. 이와 같은 차이는 90년대 초반 대표적인 후일담 소설들 중 하나인 양귀자의 『숨은 꽃』의 서술 어조와 비교해보면 좀 더 확연히 드러나는 특징인데, 이를테면 『숨은 꽃』의 작가-화자를 압도적으로 지배하고 있는 정서는

---

12) 김영하, 『아랑은 왜』, 문학과지성사, 2001, 33쪽.

막연한 피로감과 더불어 언제나 쫓기고 있는 듯한 초조함이었던 것이 사실이다. 말하자면 『숨은 꽃』에서 자기 지시적(self-referential)으로 드러나고 있는 소설의 "생산 과정"이란, 정확히 말해 마음먹은 바 소설을 "생산해내지 못하는 과정"이었기에, 이들 텍스트들이 글을 써내지 못하는 작가로서의 괴로움과 창작에 대한 강박증을 드러내는 것도 무리는 아니었던 셈이다. 예술가 소설의 전통에서도 상황은 크게 다르지 않은데, 잘 알다시피 우리는 이와 같은 작가-화자의 무기력과 심적 방황에 대한 토로로서 이미 "구보"라는 탁월한 문학사적 선례를 가지고 있기도 하다.

요컨대 기존의 메타 서사들과 『아랑은 왜』가 보여주는 서술 어조의 차이에 주목해야 하는 까닭은 이 작품들이 **"실제 현실 the Real" 과 작가에 의해 가공된 "텍스트" 사이에 존재하는 간극 즉, 메타 픽션을 포함한 광범위한 모더니즘 텍스트들을 추동해냈던 이 근본적인 대립에 관해 미묘하면서도 결정적으로 상이한 인식을 보이고 있기 때문이다.** 이를테면, 예술가 소설이나 90년대 초반 메타 서사들에서 확연히 드러나는 피로감의 원인이란 그것이 작가적 무능력에서 연유한 것이든 혹은 시대 상황의 변화에서 야기된 것이든 결국 자신의 "이야기"가 "실제 현실"이라는 절대적 기의(記意)를 담보할 수 없다는 절망감에서 찾을 수 있는 것이다. 바꾸어 말해, "이야기"와 "현실"이라는 이항 대립은 견고하고 완강한 무엇인 동시에 "이야기" 바깥의 "실제 현실"은 도달할 수 없는 무엇, 즉 절대적 기의(記意)로 상정되어 있는 셈이다. 그러므로 그들이 고통스럽고 무기력한 것, "완결된 최종적 의미"를 가진 작품이 아니라 기껏해야 "나는 쓰지 못한다"는 내용의 소설을 쓸 수밖에 없는 것은 어쩌면 너무나 당연한 일이다. 물론 이들 소설에서 "현실"과 "이야기" 사이의, 소통 불가능한 이항 대립이 극복될 수 있는 가능성이 전혀 없는 것은 아니다. 주지하다시피 『숨은 꽃』이 미래에 대한 조심스러운 기대와 낙관을 보여주면서 결말을 맺고 있다는 점, 외출을 마친 구보가 "내일부터 집필하리라"는 희망과 각오를 보이고 있다는 점은 일단 눈길을 끌만한 것이다. 그러나 만약 기대와 설레임으로 이 소설들이 종결될 수 있었다면 그 이유는 실상 이들이 이야기와 현실이라는 이항 대립의 극복을 다가오지 않은 내일로 유보하고 있기 때문이다. 그러므로 이러한 맥락에서 보자면 소설의 생산 과정(혹은 생산하지 못하는 과정)을 드러내는 기존의 자기 지시적인 메타 픽션의 기법이 이른바 "고갈"의 징후로서 인식되는 것, 혹은 "소설의 위기" 니 "소설의 죽음" 이니 하는 비난 조의 수사(修辭)들과 연결되는 것은 한편으로는 수긍할 만한 일이다.

그러나 『아랑은 왜』가 그 전형을 보여주는 최근의 메타 서사들은 "이야기"와 "현실" 사이의 관계에 대해 또다른 견해를 제출하고 있는 것이 사실이다. 이들은 리얼리티/픽션(현실/허구)이라는 기존의 대립 구도를 간직하고 있으면서도 이들이 더이상 단순한 이항 대립의 구도로, 혹은 양자택일의 이분법적 형태로 존재한다고 인식하지 않는다. 주지하다시피, 프레데릭 제임슨은 『정치적 무의식(Political Unconscious)』에서 사회적 상징 행위로서의 서사를 서술하는 가운데, 리얼리티와 픽션 간의 상호 소통이라는 문제를 이미 거론한 바 있기도 하다. .

> 역사 — 알뛰세의 '부재 원인' (absent cause), 라깡의 '현실(REAL) — 는 근본적으로 비서술적이며, 비재현적이기 때문에 텍스트가 아니다. 그러나 덧붙여 말한다면 역사는 텍스트의 형식이 아니고는 우리가 접근할 수 없다. 다시 말해서 **역사는 선행된 (재) 텍스트화를 통해서 가능하다.**[13]

리얼리티는 확실히 "텍스트 너머"에 존재하지만 "텍스트를 통해서만" 도달할 수 있다는, 대립항의 구조를 전제하면서도 대립을 지양·해체하는 소위 "탈구조주의적"인 인식은 최근 메타 픽션에 덧붙여진 또다른 자기 지시적 경향에서 발견될 수 있는 하나의 흐름이다. 말하자면, 이러한 소설들 속에서 "실제 현실"이란 "이야기"의 바깥에 선험적으로 주어진 고정된 실체가 아니다. 오히려 그것은 "이야기"와 "이야기"의 "관계(relation-

---

13) 프레데릭 제임슨, 『The Political Unconscious: Narrative as a Socially Symbolic Act』, Ithaca, NY: Cornel Univ Press, 1981, p. 82.

ship)" 속에서 능동적으로 "구성"되는 어떤 것이며 "구성"의 다양한 가능성만큼이나 선택의 자유가 허용된, 일종의 "가능성"의 놀이인 셈이다. 『아랑은 왜』의 작가 화자가 『숨은 꽃』의 화자와 달리 시종일관 '경쾌한' 어조를 유지할 수 있었던 것도, 소설의 생산 과정이란 이제 더이상 도달할 수 없는 "실제 현실"에 대한 강렬한 동경이나 향수가 아니기 때문이다. 오히려 그것은 이제 여러가지 가능한 유형의 "현실(the real)"을 선택하고 구성하는 능동적 행위이자 유희이다.

그러므로 최근 메타 텍스트들의 "재텍스트화" 경향을 두고 새로운 "환상성"을 이야기할 수 있는 것도 바로 이 대목이다. 왜냐하면 기존의 메타 서사들이나 예술가 소설들 혹은 다수의 모더니즘 텍스트들에서 발견된 현실과 텍스트 사이의 대립이 소통 불가능하고 극복하기 어려운 것이었다면, 두 대립되는 세계 사이에서의 왕복 운동, 토도로프 식으로 말해 주저이며 망설임인 "환상the fantastic"은 이들 텍스트에서 적극적으로 생겨나기 어려울 것이기 때문이다. 따라서 이러한 맥락에서 본다면 최근 메타 텍스트들이 보여주는 "재텍스트화" 방식은 매우 흥미로운 것이다. 양립할 수 없는 이야기들의 병치에서 탄생한 다수의 리얼리티, 그리고 그 속에서 독자들이 경험하는 저 "불확실성"의 느낌과 "망설임"은 그야말로 "환상the fantastic"의 다른 이름이기 때문이다. 실제로 『아랑은 왜』의 경우 "아랑 전설"이라는 민담(제임슨 식으로 말하자면 선행된 텍스트)을 토대로 현대적인 소설을 겹쳐 쓰는(재텍스트화) 전략을 구사하고 있는데, 이 과정에서 독자들은 "아랑 전설"에 연루된 인물들이 제시하는 그들 각각의 해석을 대면함으로써 실체로서의 진실이 아닌 가능성으로서의 "진실들"과 조우하게 된다. 예컨대 "아랑 전설"은 한편으로 고을 수령이상사가 주장하듯이, 음흉한 아전의 손에 죽임을 당한 원통한 넋의 이야기, 토도로프 식으로 말하자면 이른바 전근대적 "경이 이야기the marvelous"이다. 그러나 사건을 파헤치는 낭관 김억균의 눈으로 본 "아랑 전설"이란 고을 아전들의 물질적 이해 관계와 남녀 간의 치정이 복잡하게 뒤얽힌, 그야말로 다양한 인간들의 욕망이 빚어낸 한편의 근대적 "미스테리(the mystery, 혹은 the uncanny)"이기도 하다. 물론 "경이(the marvelous)"
나 "기괴(the uncanny)"라는 장르 자체는 토도로프의 분류대로라면, 현실
과 상상 사이에서의 "망설임"을 종국에 가서는 제거·해결한다는 의미에
서 이른바 순수 "환상the fantastic"은 아니다. 그러나 소설『아랑은 왜』에
서의 새로운 환상이란 경이―환상―기괴로 진행되는 역사적 계보로서의
환상은 이미 아니다. 그것은 구전 설화와 근대 미스테리라는 상호 이질
적인 두가지 이야기 양식이 충돌하면서 만들어내는 복수(複數)의 "진실
들"이며, 무엇보다 가능한 선택들 사이에서 과연 어떤 것이 실제 일어났
던 현실인가를 끊임없이 질문하는 독자들의 주저와 망설임이다.

　이처럼 이질적인 이야기들 사이에서 피어나는 이 최근 메타 텍스트의
환상을 가리켜 푸코는 이미 "도서관 환상" 이라고 명명한 바 있는데, 그
는 플로베르의 소설『성 앙트완의 유혹』을 분석하면서 이 소설이 한마디
로 일종의 "지식의 기념 건조물" 로서 다양한 분야의 선행 텍스트들에서
취합한 이미지와 지식을 토대로 만들어진 **특이하게 근대적인 하나의
환상**"이라고 설명하고 있다.

> 　상상적인 것은 실제의 것을 부정하거나 혹은 보충하거나 하지 않는다. 그것
> 은 기호들 사이에서 그리고 책에서 책으로, 재언(再言)들과 주석들의 틈 안에
> 서 펼쳐져 나간다. 그것은 텍스트 한 중간에서 태어나 형성된다. 말하자면 그
> 것든 도서관의 한 현상이다. 미슐레는 그의『마녀』에서 키네는『아아베뤼스』
> 에서 각기 이 박식의 몽상의 형태들을 개척했다. 그러나『유혹』은 점차 자라
> 나서 한 작품의 크기로 완성되는 그러한 지식이 아니다. 그것은 지식의 공간
> 에서 처음부터 단번에 형성되는 작품이다. **그것은 책들과의 본질적인 관계
> 속에서 존재한다.**[14]

　물론 이 박식(博識)함의 지적인 몽상 형태를 19세기의 플로베르에게
서만 찾을 수 있는 것은 아니다. 돌이켜보면 근대 소설의 전범이라고도
불리우는, 17세기 세르반테스의『돈키호테』의 환상은 다름아닌 선행한

---

14) 미셸 푸코, 「도서관 환상」, 「미셸 푸코의 문학 비평」, 문학과지성사, 김현 편(編), 219쪽.

226

중세 기사 로망스Romance 에 관한 "박식함"에서 출발했으며 최근 국내에
도 널리 수용된 20세기 보르헤스의 소설들, 특히 「피에르 메나르, 돈키호
테의 저자」의 환상은 바로 『돈키호테』에 관한 "해박함"에서 탄생한 것이
기도 하다. 그러나 이 박식함이라는 미덕이 궁극적으로 의미하는 것은
지식의 권위를 기반으로 한, 세계에 대한 단일하고 독백적인 견해가 결
코 아니다. "대화적 잠재성(Dialogic potertial)"이라는 소설에 관한 바흐찐
의 저 유명한 정의가 상기시켜 주듯이 소설이란 그 탄생의 순간부터 쭉
저널과 일기, 편지, 시와 역사서, 법조문들의 다양한 스타일들이 경합하
는 역동적인 힘의 장이었으며 또한 그렇게 이질적이고 모순되는 담론들
의 병치를 통한 "상대화 효과"로 존재해왔기 때문이다.

　　그러므로 이러한 맥락에서 본다면 이 "새로운" 환상성이란 근대 소설
역사의 첫 페이지부터 최근의 페이지까지 늘 함께 해 온 매우 "오래" 되
었으면서도 여전히 "진행중"인 어떤 것이며 혹은 탁월한 근대 소설이라
면 공유하고 있는 일종의 보편적인 속성일 수도 있다. 아닌게 아니라, 엄
격한 구조주의자답게 하위 장르의 하나로서 환상 문학을 정립하고자 시
도했던 토도로프는 이 딜레마를 너무나 잘 알고 있었던 것이 분명하다.
그는 마지막 장 「문학과 환상」에서 환상의 핵심 속성인 현실/상상 사이에
서의 망설임을 문학 일반의 존재 방식으로 확대시켜 사유하기에 이른다.

　　　우리가 세운 환상의 정의는 그 기초를 현실이라는 카테고리에서 얻고 있는
　　셈이다. 그러나 그 사실을 깨닫자마자 우리는 놀라서 멈추게 된다. 문학이란,
　　그 정의부터가 현실적인 것과 상상적인 것, 존재하는 것과 존재하지 않는 것
　　의 구별을 넘어서는 것이다…문학은 더욱 일반화해서 말한다면 어떠한 이분
　　법의 존재도 부인하는 것이다.15)

　　만약 구조주의자로서의 토도로프의 이론적 기획이 "실패"로 돌아갔다
면 이는 현실과 상상의 대립 사이에서 진동하는 "환상적인 것 the fantas-

---

15) 토도로프, 위의 책, 293쪽.

tic"의 정의 자체가 "구조"라는 개념의 안정성을 "지양"하고 "해체" 하는 반(反)구조적 혹은 탈(脫)구조적인 특성을 가지고 있기 때문일 것이다. 그러므로 후기의 토도로프가 문학 자체에 대해서 구조주의자로서의 기존의 입장을 완화하고 역사주의와 이론적 화해를 모색했다는 점, 그와 같은 시도의 과정 중에서 바흐찐의 문예 이론과 조우하게 되었던 것도 결코 우연한 일은 아니다. 주지하다시피, 바흐찐 소설론의 핵심이란 생성 중인 현재적 장르로서의 소설을 설명해내는 일이었으며, 이 불완전한 현재의 속성이야말로 개념적 사유의 타자(他者)인 인식론적 불확실성, 달리 말해 "환상the fantastic"의 마르지 않는 원천이기 때문이다.

주제어 : 환상성, 현실(the real)/상상(the imaginary), 메타 픽션, 리얼리티/픽션, 재텍스트화, 구성, 불확실성

◆ 참고문헌

1. 단행본

김영하, 『아랑은 왜』, 문학과지성사, 2001.
츠베탕 토도로프, 『환상 문학 서설』, 이기우 옮김, 한국 문화사, 1996.
로즈마리 잭슨, 『환상성』, 서강여성문학연구회 옮김, 문학동네, 2001.
패트리샤 워, 『메타 픽션』, 김상구 옮김, 열음사, 1989.
프레데릭 제임슨, 『The Political Unconscious』, Ithaca, NY: Cornell Univ Press, 1981.
김 현, 『미셸 푸코의 문학 비평』, 문학과지성사, 1991.

2. 비평자료

황국명, 「90년대 소설의 환상성, 그 상상력의 모험」, 외국문학, 1997년 가을, 34~
       57쪽.
하응백, 「팬터지 소설의 허와 실」, 문예 중앙, 1999년 봄, 130~147쪽.

◆ **국문초록**

이 글은 90년대 이후 우리 문학계에서 활발하게 논의되고 있는 환상 문학의 이론적 가능성을 모색하고 그 해답으로서 최근 메타 픽션의 한 흐름―김영하의『아랑은 왜』에서 대표적으로 나타나고 있는―을 제시하려는 시도이다. 환상 문학의 이론을 확립한 토도로프에 의하면 "환상적인 것(the fantastic)"의 정의는 현실(the real)과 상상(the imaginary) 사이에서의 "망설임"인데, 실상 이는 개념적 확실성에 반대되는 불확실성과 모호함의 다른 이름이다. 그러나 토도로프의 환상 이론이 "현실"에 대한 합의가 가능했던(혹은 가능하다고 믿었던) 19세기 사실주의 소설의 풍토 위에서 탄생한 것이라면 이른바 모더니즘 텍스트들에서 보이는 환상은 또다른 종류의 것이다. 모더니즘 텍스트들에서는 현실 자체가 언어로 재현하기 어려운 것이 되어버리기 때문이다. 그러므로 이들은 언어가 리얼리티를 담보할 수 없다는 문제 의식을 공유한다. 최근의 메타 픽션은 이와 같은 "모더니즘" 텍스트의 기본적인 대립인 리얼리티와 픽션의 관계에 대해 새로운 견해를 제시한다. 그들은 리얼리티란 이야기(허구)로는 도달할 수 없는 절대적 기의가 아니라 이질적인 이야기들을 충돌시키는 재텍스트화를 통해 능동적으로 "구성"할 수 있는 것이라고 여긴다. 그리고 이때 구성된 현실은 단수가 아니라 복수이며 독자들은 메타 텍스트가 제시하는 다수의 리얼리티 사이에서 새로운 형태의 망설임, 즉 환상(the fantastic)을 경험하게 된다.

◆ SUMMARY

Another Potentiality of the 1990's "the fantastic" novels -On "the fantastic" of Meta-fiction

Chang, Sei-Jin

This article attemps to check the literary possibility of "the fantastic" novels which has produced various kinds of literary discourse since the 1990's. As a new kind ofthe fantastic novel, this article suggests the lately procuced Meta-fiction. (김영하's 『아랑은 왜』 is chosen as the representative) Tzvetan Todorov, who had established the theory of "the fantastic" novels, defined the "the fantastic" as hesitation of the hero between "the real" and "the imaginary". In fact, this hesitation means uncertainty of the cognition. Todorov's theory of "the fantastic" was the product of 19th century(During that period, people can be sure of "the real").

But so called Modernist writers think that "the real" itself go beyond the language.(Let's call it "the Real") So they think the novel —which is made of language— can't represent "the Real". Lately produced Meta-fictions suggest the new view of the realationship between "the Real" and "the fiction". They think they can "compose" the "Real" by colliding two literary heterogeneitic styles. As the Result of that practice, "the Real" is not one, but plural. So readers can experience the new kind of hesitation, the "fantastic" between the many realities

Keywords : the fantastic, the veal/the imaginary, meta-fiction, veality/ fiction, retextualization, composition, uncertainty

이 논문은 1월 15일 투고되어 소정의 절차를 거쳐 2월 10일 게재 확정되었음.

한국 근대 자유시의 형성과 의미

김 신 정*

1. 머리말

　시는 오래된 장르이다. 근대에 이르러 대표적인 장르로 급부상한 소설과 달리, 시는 오래된 역사를 지닌 문학 장르라고 할 수 있다. 시의 역사가 포괄하는 시간의 길이는 시의 개념과 존재 방식 면에서 다양한 변화의 층위를 형성한다. 단적으로, 고대의 음유시인, 혹은 서사시인이 불렀던 즉흥시와 현대시 사이에 존재하는 개념과 인식 상의 크나큰 격차를 생각해 볼 수 있을 것이다. 두 개의 서로 다른 대상에 대해 동일하게 '시'라는 용어를 사용하고 있지만, 하나의 말이 지시하고 함축하는 내용은 차이를 지닌다. 고대의 시(poetry)가 '문학'의 대표적인 장르이자 '문학' 일반의 개념으로 통용된 반면, 근대에 이르러서는 장르 사이의 경계가 좀더 강조되고 있다고 하겠다. 그런 면에서 현대시의 출현은 두 가지 방향에서 이루어졌다고 볼 수 있다. 한편으로 그것은 정치·도덕적 이념과 종교적 제의로부터 문학·예술이 독립해나가는 과정이면서, 또한 창작 문

---

* 추계예대.

학 전체를 포괄하는 개념으로서의 시가 서정, 서사, 극 등의 범주에 의해 장르 분화되어가는 과정이라고 할 수 있을 것이다. 이처럼 문학 장르의 분화와 자율화 과정 속에서 근대의 시는 자신의 육체와 존재방식을 수정·변경하면서, 근대 사회와의 갈등과 균열을 고유의 방식으로 표출하고 있다고 하겠다.

우리의 경우에도, 서구시가 처한 일반적 상황과 크게 다르지 않다고 할 수 있다. 다만 시기적인 차이와 전통 양식과의 착종 문제가 조금 다른 면에서 제기될 수 있을 것이다. 한국의 근대시는, 이미 상당 기간의 전투를 벌인 서구시의 '지친 몸'과 한국의 토양에서 자라난 전통 시가의 '낡은 몸'을 '신시(新詩)'라는 근대 문학 양식으로 새롭게 갱신해야 하는 임무 속에서 출발했다. 그러한 상황에서 외부적 형식과 지역적 소재·형식의 갈등과 결합 과정은 근대적 자아의 자기 정체성에 대한 물음에 의해 추동되면서 무수한 변종의 문학 현상들을 낳았다. 특히 근대 초기는 다양한 문학 경향들이 다각적으로 실험되고 각축을 벌이던 때로서, 선행 양식의 몰락과 붕괴, 혹은 그것이 지닌 친숙한 보수성, 그리고 새로운 양식의 낯선 충격과 발랄한 도전이 다양한 빛깔의 스펙트럼을 형성하던 시기라고 말할 수 있을 것이다.

이 글은 바로 그 스펙트럼을 형성한 이질적 힘들의 충돌과 대립, 공모와 결탁의 과정을 살펴보고자 하며, 이를 위해 특히 '양식' 개념에 주목하여 근대시의 형성 과정을 규명하고자 한다. 주지하다시피, 근대 초기는 다양한 문학 현상들이 새롭게 등장하고 변형되며 또한 소멸·쇠락하는 시기였다. 그 안에 존재하는 신·구의 세계관과 이념, 이질적인 개성과 문학 형식들의 대체와 변화, 그리고 자기 운동의 과정을 포착하기 위해서는 어떤 작가나 작품, 혹은 장르에 국한되지 않는 좀더 포괄적이고 역동적인 개념이 요구된다고 하겠다. 이런 면에서 '양식'은 흔히 문학사나 예술사를 구성하기 위한 기초 개념[1]으로 사용되는 바, 작가나 작품 단위에서

---

1) 최유찬·오성호, 『문학과 사회』, 실천문학사, 210쪽.

포착하기 어려운 시대적 연속성과 구조적 지속성을 끌어내고, 또한 장르류 연구에서 발생하는 고정된 유형화 경향을 극복하는 데 유용한 방식을 제공할 수 있다.[2] Style과 mode의 개념상의 경계를 허물고 폭넓은 방식으로 사용되는 '양식' 개념 자체가 이미 '형성'의 의미를 함축하고 있다고 볼 수 있기 때문이다.[3] '양식'은 특정한 대상이나 일정한 고형체가 아니라 '공통적인 형성상태', 곧 과정과 결합된 사유의 형식과 밀접한 관련을 맺는다. 즉, 인간의 삶의 통로이자 산물이라고 할 수 있는 시대 현상이 개성의 표현으로서의 예술 형식과 결합·충돌하는 가운데 장르의 고유한 원리를 통해 형성되어가는 과정이 바로 '양식'이라고 할 수 있으며, 여기서 우리가 살펴야 할 문제는 자아의 고유한 운동이 왜 하필 그러한 양식으로 귀결될 궤적을 밟아나가야 했는가라는 물음일 것이다. 이 글은 그 '궤적'을 다시 밟아나가는 과정으로서, 이를 통해 한국 근대시의 형성과 변화 과정을 규명하게 될 것이다. 특히 서정 장르에 주목하는 이 글은, 근대시 형성 과정에서 나타나는 양식의 혼종과 대체 양상 가운데서 각기 자유시와 민요시로 집약되고 다시 흩어지는 과정, 그리고 그 속에서 형성되는 서정시의 지배적 양상에 대하여 논의하고자 한다. 다만 이 글은 기본적으로 시에 관한 담론 구성 과정에 주목했기 때문에, 구체적인 작품의 특성과 의미, 그리고 그에 대한 평가는 논의 과정의 중심을 차지하지 않는다. 이같은 접근 방법은 이 글의 한계이기도 한 반면, 담론적 고찰을 중심으로 '시'에 관한 담론이 어떻게 구성되고 있으며 또한 또다른 담론의 장과 어떻게 연계되고 있는가를 살필 수 있다는 점에서 새로운

---

2) 본고 역시 서정 장르를 중심으로 양식의 갈등 형성 과정에 주목한다는 점에서, 장르류의 고찰 범위를 미리 한정하고 있다고도 말할 수 있을 것이다. 그러나 본고가 경계하는 '장르류 연구에서 발생하는 고정된 유형화 경향'이란, 장르를 문학 현상의 원인이나 본질로 한정함으로써 다양한 문학 작품과 현상을 장르적 기원으로 소급하는 연구경향을 이른다. 이같은 연구에서는 어떤 장르의 귀속 여부가 가장 중요한 판단과 평가의 근거를 이루게 된다.

3) '양식'에서 '형성'의 의미를 강조하는 관점은 N. 하르트만의 논의에 가깝다. 하르트만은 예술 양식이 "가능한 개별적 형식의 형성방식이나 또는 공통적인 형성 상태에 있다"고 보며, 그러한 관점에서 "양식은 일종의 형성유형이다"라고 규정한다.(N. 하르트만, 전원배 역, 「미학」, 을유문화사, 1983, 273쪽 참조.)

논의의 가능성을 제기할 수 있을 것이다.

2. 형식에의 동경과 '순수서정'의 공간

자유시는 근대 계몽기 이래 진행되어 온 '조선 신시 운동'의 또다른 갱신의 형태이자 구체화된 이념형이라고 할 수 있다. 엄격한 정형률과 노래 형식, 교훈적이고 계몽적인 목소리, 집단적 서정성 등의 특징으로 나타났던 근대 초기의 시가 양식들 - 개화가사, 창가, 신체시, 민요조 시가 등은 '자유시'라는 새로운 지향을 통해 변화된 형태와 가치를 보여주게 된다. 계몽기 시가 양식이 형식의 개방성을 통해 다양한 대중의 욕망에 '동일성'을 부여하고[4] 시대 이념을 구현하는 공적 양식으로 기능한 반면, 10년대 중반 이후에 구체적인 작품으로 나타나는 자유시는 근대적 개성의 형식화를 지향하는 사적 양식이었다고 볼 수 있다.

계몽기 시가와 근대 자유시 운동 사이에서 나타나는 이러한 차이는 문학의 존재 방식과 내면의 존재 방식 면에서 두 시대 간에 큰 변화가 발생했음을 보여준다. 근대 자유시인들에게 문학(예술)은 이제 정치적 이념이나 시대적 표상에 종속되는 가치로 받아들여지지 않는다. 그들에게 문학(예술)은 다른 영역에 포함되거나 구속받을 수 없는, 분화된 자율적 영역으로 인식되고 있으며, 이같은 인식은 지(知)·의(意)와 분리되는 정(情)의 가치, 그리고 정(情)의 객관화된 이상인 미(美)의 자율성에 대한 인정을 전제로 한 것이다. 따라서 "개인의 중심적 생활을 예술적 되게 하여라"[5]라는 김억의 선언은 인간의 감성적 세계를 "유일한 단 하나의 세계의 지위"[6]로 끌어올리려는 의도, 곧 삶의 미학화를 통한 심미적 기획의

---

4) 정우택, 「한국 근대 자유시 형성 과정과 그 성격」, 성균관대 박사학위논문, 1998, 43쪽.
5) 김억, 「예술적 생활」, 「학지광」 6호, 1915. 7, 62쪽.

의도로 해석해도 무방할 것이다.[7] 이들에게서 개인의 내면이 고유의 가치를 얻게 되는 지점도 바로 여기에 있다. 황석우의 다음과 같은 글은 내면의 공간을 신적 의의를 띤 공간으로 격상시키고 있다.

> 자아 최고의 美를 훔키며 그 美에 촉할 때의 '느낌'은 보통 '靈感' 혹은 '神興'이라 한다. 더 강하게 말하면 영감은 신의 설백의 향기로운 頰에 촉할 때, 그 손을 꽉 질 때 일어나는 흔한 '淨의 육감'일다. 이 육감의 滴이 엉켜 '뜨거운 말'이 되어 전 신경의 纖維의 현에 스쳐 떨어질 때가 서정시의 낫는 경일가, 시가 한 액체란 의의는 이곳에서 더욱 밝게 진하여 진다.[8]

위의 인용문에서 시인은 자아의 내면에서 일어나는 신(神)과의 접촉 과정을 감각적 체험의 영역에서 묘사하고 있다. 초월적 영역에서 이루어지는 절대적 타자와의 통합이 자아의 감각적 체험을 통해 매우 구체화된 느낌을 환기시키며 표현을 얻고 있는 것이다. "이 육감의 滴이 엉켜 '뜨거운 말'이 되어 전 신경의 纖維의 현에 스쳐 떨어질 때가 서정시의 낫는 경일가"라는 말에서 짐작할 수 있듯이, 황석우는 자아와 타자의 상호융합의 순간을 통해 일어나는 어떤 내면의 변화와 감각적 운동의 과정을 서정시의 충족요건으로 인식하고 있는 듯하다. 이같은 인식은 서정적 체험에 대한 기본적 이해 과정을 보여주는 것으로서, 특히 서정적 체험을 '신(神)'과의 접촉으로 이해하는 부분은 그가 서정적 합일의 어떤 핵심을 파악하고 있었던 증거라고 하겠다. 종교적 체험이란 근대 사회에서 서정적 합일의 순간을 뚜렷하게 체험할 수 있는, 얼마 안 되는 영역 가운데

---

6) 뤽 페리, 방미경 역, 『미학적 인간』, 고려원, 1994, 32쪽.

7) 돌이켜보면, 미적인 영역에서 자아를 발견하고 삶을 재조직한다는 미학적 사유는 비단 1910년대 자유시 창작자들에게만 나타나는 것은 아니다. 이들의 문학관은 당대의 문학인, 특히 『학지광』의 동경 유학생들과 『태서문예신보』, 그리고 1920년대 동인지 문학인들의 미학적 사유와 일정하게 유사한 흐름을 형성하고 있다. 이들은 '개인', '개성', '자기', '예술' 등의 표상을 통해 구시대와 자신의 시대를 단절시키며, 동인들과 소수의 동류집단에게만 소통되는 고유한 담론의 장(場)을 형성한다. 그러나 우리의 논의에서 좀 더 중요한 문제는, 자유시론자들과 당대의 문학인들 사이에서 발견되는 공통성뿐만 아니라 특별히 자유시로 귀결되는 필연성과 주체 운동의 특성이 되어야 할 것이다.

8) 황석우, 「조선시단의 발족점과 자유시」, 『매일신보』, 1919. 11. 10.

하나이기 때문이다. 그가 남긴 또 한 편의 글은 "시를 쓰지 안을 수 없는" 시인의 절절한 육성과 심각한 내면의 갈등을 확인하게 한다.

> 나는 詩를 쓰지 안을 수 업는 어느 큰 설흠을 가슴 가운데 뿌리 깊게 안어 왔다. 그는 곳 나의 어렷슬 때붓어 밧어 오든 모든 現實的 虐待와, 또는 나의 간난한 어머니와, 나를 爲하여 犧牲되얏던 나의 不幸한 누이의 運命에 대한 설흠이엿다. 그는 마츰내 나로 하여금 남 몰으게 歎息해 울고 또는 성내여 현실을 사회를 詛呪하면서 더욱더욱 내 누이를 울녀 가면서 모든 주위의 誘惑과 輕蔑과 싸와 가면서 詩를 쓰게 하엿다. 나의 詩를 쓰는 環境은 實노 괴로윗엇다. 그는 宛然히 地獄 以上이엿다.9)

황석우에게 정작 시적 창조의 욕망을 불러일으키는 계기는 내면을 맴도는 감정 현상이나 감각적 체험이 아니라 자아 밖의 타자들에게서 주어진다. 외적 현실, 곧 타자들의 세계로부터 촉발된 자아의 감정 - '설흠'이 시적 창조의 계기를 제공하고 있는 것이다. 그가 "남 몰으게 탄식해 울고" "현실을 사회를 詛呪하"고 "모든 주위의 誘惑과 輕蔑과 싸와 가면서" 시를 써나가는 과정은, 시적 자아의 내면 공간 안에서 자아와 타자의 갈등이 지속적으로 이루어지고 있음을 확인하게 한다. 그러나 그는 "地獄 이상"의 현실에서 자아와 타자의 격렬한 갈등을 충분히 경험했지만, 그것을 시적 형상화의 계기로 끌어오는 과정에서는 어떤 한계에 다다랐던 듯하다. 황석우 시에 대한 평가에서 공통적으로 지적되는 '관념화 경향'과 '시적 형상화의 실패'는 결국 그가, 타자적 현실을 자아의 내면 공간 안으로 충분히 끌어들이지 못하고 또한 언어를 통한 형상화 과정을 통과하지 못한 데서 기인했다고 추론해 볼 수 있을 것이다.

황석우의 글을 통해 확인되는 자아의 존재 방식과 작품의 특징은 당시 문단의 평균적인 양상이라고 할 수 있다. 10년대 후반 시에 관한 논의에서 주로 '감정'을 중심으로 시가 정의되는 방식도,10) 자아의 내면과 타

---

9) 황석우, 「自文」, 「自然頌」, 조선시단사, 1929, 3쪽.
10) 물론 '감정'에 관한 논의는 이미 '정(情)'을 중심으로 문학에 대해 정의하던 방식과 일

자들의 세계 사이에서 어찌하지 못하고 있는 시인들의 딜레마적 상황을 짐작하게 한다. '감정'은 서정적 체험을 유발하는 가장 기초적인 주관의 상태로서, 고독한 개인의 영혼이 거주하는 내면성의 공간이자 그것을 느낄 수 있는 모든 사람과 공유하는 익숙한 소통의 근거를 만들어낸다.[11] 그런 점에서 근대 초기 자유시론자들은 '감정'을 통해서 고립된 내면의 세계와 타자의 존재를 서로 연결시키려는 구상을 했던 것으로 보여진다. 그들에게 '감정'은 자아와 타자가 갈등하는 상황을 해결할 수 있는 가장 명확한 방법이었고, 또한 서정적 체험의 집중적인 한 측면을 담보해 줄 수 있었을 것이다. 또한 그들의 이해 방식은 근대적 개성과 자아의 내면을 중심으로 근대 자유시를 구상하고 실현해나가는 한 과정으로도 평가할 수 있다. 그러나 그 과정에서 시적인 것을 '감정'에 국한시키며 비시적인 것을 배제하는 정의 방식은,[12] 시적 자아가 반드시 겪어야 할 타자와의 관계맺음을 '감정'을 통해 축소시키거나 해소하는 결과를 가져온다고 판단된다. 타자를 향해가는, 혹은 타자를 이끌고 오는 자아의 운동 과정에서 '감정'은 극히 일부에 해당되는 자아의 상태를 가리킨다. 따라서

정한 연계선상에 있는 것이 사실이다. 다만 '감정'이란 서정적 체험을 유발하는 가장 기초적인 주관의 상태를 뜻하기 때문에, 시에 관한 논의에서 가치정당화의 측면을 좀 더 보장받을 수 있다.

11) 후고 프리드리히, 『현대성의 구조』, 한길사, 1996, 29~30쪽 참조. 김억의 이해 또한 동일한 선상에 있다. "시가로의 읊음을 바들만한 감정은 대단히 듬을어 엇더한것이라도 關치안타고 할 수는 업습니다. 선택바든 감정으로 - 다시 말하면 시인 그 자신의 감정인 동시에 다른 사람의 감정에 반영될만한 감정이 아니여서는 아니됩니다."(김억, 「詩論」, 『大潮』 2호, 1930. 4. 15. 박경수 편, 『안서김억전집』 5, 한국문화사, 1987, 443쪽)

12) 다음과 같은 내용들이 그러한 정의 방식의 예가 될 것이다. "理智를 떠나 感情世界를 逍遙하는 것은 詩歌입니다. 그러기에 非科學的이며 非論理的입니다."(김안서, 「작치법」, 박경수 편, 위의 책, 285쪽.) "시에는 이론이 업습니다. 시에 만일 과학적 사변이 잇다하면 그것은 시가가 아니고 철리임니다. 사변이라든가 고찰가튼 것은 시인으로 하야금 철학자 만드는 것임니다. 다시 말함니다만은 냉정한 사색에는 시가가 업고 다만 뜨겁고 뜨거운 열정에만 잇슴니다."(김억, 「조선심을 배경삼아」, 『동아일보』, 1924. 1. 1., 박경수 편, 위의 책, 215쪽.) "한데 시는 한마디로 말하면 정조(감정, 정조, 무드)의 음악적 표백입니다. 그러기 때문에 시에는 이지의 분자가 있어서는 아니될 것입니다. 이에는 역시 시라는 것은 사색적이 아니며, 찰라찰라의 정조인 까닭입니다. 시에는 이론이 잇을 것이 아니고, 단순한 비이론적인 순실한 순실성(純實性)이 제일이라고 생각합니다. 시에는 열정이 필요합니다. 열정의 소유자가 아니면 시라는 아름다운 화원에는 들어갈 수가 없습니다."(김억, 「서문 대신에」, 『잃어진 진주』, 평문관, 1924, 22쪽.)

238

감정을 중심으로 서정적 체험의 한 부분이 특화됨으로써 자아와 타자의 운동은 고요한 소강 상태를 유지하게 된다.

결국 자아와 타자의 갈등을 예술적 형상화를 통해 외화시키지도 못하고, 혹은 둘 사이의 갈등을 역동적 운동 과정으로 밀고 나가지도 못하는 상황 속에서, 10년대 자유시 창작자들의 창조적 욕망은 '형식'을 통해 외화(外化)의 계기를 얻으려 한다. 그들이 구상한 '형식'의 의미는 '노래'와 '음악성'에 대한 공통된 지향을 통해서 확인할 수 있다. 자유시의 선구자라고 할 수 있는 주요한이 '시'를 '노래'로 규정한다거나 김억이 "고조된 감정의 음악적 표현"13)으로 정의하는 내용은 그들이 '노래'와 '음악성'을 통해 시적 형식화의 중요한 계기를 얻으려 한 것으로 이해할 수 있다. 특히 김억이 그의 첫 창작시집 『해파리의 노래』에서 "복기는가슴의, 내맘의 설음과깃붐을 갓튼동무들과함끽 노래하랴면 나면서부터 말도몰으고 「라임」도업는 이몸은 가이업게도 내몸을내가 비틀며 한갓 떳다 잠겼다 하며 복길따름입니다."14)라고 고백한 부분에서는 고유한 형식의 창조를 향한 그의 절실함이 뚜렷하게 나타나고 있다. 그런데 이때 이들이 형식적 계기로서 강조한 '노래'와 '음악성'은 그 기원과 성격 면에서 차이를 보인다. '노래'가 낭송과 가창(歌唱)의 전통에 바탕을 둔 전통 시가 양식에 뿌리를 둔다면, '음악'은 서구 상징주의 시의 언어 사용 방식에서 유래한 것으로, 우리의 경우 김억의 번역시를 통해서 구체화된 형태로 드러난다. 이렇게 볼 때, 형식에 대한 시인들의 열망과 구체적인 시적 형식화의 계기에는 매우 이질적인 힘들이 가로놓여 있다고 말할 수 있을 것이다. 자아와 타자, 그리고 각기 다른 토양에서 출발한 서구시와 전통 시가 양식이 서로를 제약하면서 '형식'의 창조 과정에 참여하고 있는 것이다. 그러나 결과적으로 '노래'와 '음악성'은 이러한 이질적 힘들의 충돌과 대립을 잠재우면서 단일화된 형태로 제시하는 기능을 하고 있다. '운율'을 통해 '조선 근대시'의 형식을 수립하려 했던 김억의 이해 과정은

---

13) 김억, 「작시법」, 박경수 편, 위의 책, 288쪽.
14) 김억, 「해파리의 노래」 서문, 조선도서주식회사, 1923, 1쪽.

이같은 측면을 잘 보여준다.

> 시가에는 무엇보다 복잡을 단순케하는 '리듬'이 필요합니다. 다시말하면 인생의 감정이 언어에 표현되야 언어로 생기는 여러 가지 변화와 그것을 조화하는 형식이 '리듬'입니다. 음수니 평측이니 하는 것이 반듯이 아름답은 '리듬'을 짜아내는 것이 아니고 감정을 생명삼는 시가의 '리듬'은 감정 그 자신 속에 임의 '리듬'이 내재된 것이라 하지 아니할 수가 업습니다. 이것은 반듯이 감정으로 생기는 고유한 곡조가 잇습니다. 다시 말하면 '리듬'이란 그속에 살아 활약하는 것으로 설은 노래에는 설음 리듬이 있고 깃븐 노래에는 깃븐 리듬이 잇는 것임니다.[15]

김억이 이해하는 '내용'과 '형식'은 서로 대응의 관계를 이루고 있다. "감정 그 자신 속에 임의 '리듬'이 내재되"어 있으므로 그 고유한 '리듬'을 드러낼 때 곧 "조화"로운 형식이 마련된다고 보는 것이다. 김억의 이 같은 견해는 전통 시가의 관습적 정형률에 대한 대타 의식에서 기인한 것으로, 개인의 체험과 감정에 기초해 개성적인 형식을 창안하려는 의도를 보여준다. 그러나 반면, 내용에 형식을 직선적으로 대응시키는 그의 관점에서는 내용과 형식 사이에 존재하는 차이와 간격이 발견되지 않는다.[16] 그는 "내 몸을 내가 비틀며" 간절히 형식을 열망하지만 형식의 고유한 운동성을 인정하지 않으며 다만 내용을 완성하는 부차적 도구로 설정하고 있다. 형식에 대한 이같은 이해는 "근대시론의 체계화와 조선에서의 새로운 시가의 출현과 정착이라는 과제의 두 논지가 착종"[17]됨으로써 나타난 결과라고 볼 수 있을 것이다. 김억 자신의 용어로 바꾸자면

---

15) 김억, 「작시법」, 박경수 편, 위의 책, 304쪽.
16) 오문석은 김수영의 시론에 대한 분석에서, 시의 내용과 형식의 관계를 '통일'이 아닌 '투쟁'의 관점에서 해명한다. 그에 따르면, 내용과 형식은 양자의 차이를 통해서 비로소 견고하게 결합되는 것이며, 그 차이를 통한 결합이란 양자간 투쟁의 산물이라고 할 수 있다. 이러한 관점은 '내용'과 '형식'의 불가분성에 내재된 '차이'와 '운동'의 과정에 주목하는 것으로서, '내용의 한계를 극복하는 형식의 자유로운 비상'을 통해 시의 완성 여부가 결정될 수 있다고 보는 것이다.(오문석, 「김수영의 시론 연구」, 연세대학교 박사학위 논문, 2002, 30~44쪽 참조.)
17) 허윤회, 「한국 근대시의 양식론적 접근」, 「상허학보」 10호, 2003. 2, 참조.

‘개성’과 ‘조선심(朝鮮心)’에 대한 지향이라고 할 수 있는 두 개의 착종된 힘 가운데서, 궁극적으로 그의 관심은 후자를 향해 기우는 것으로 판단된다. 그는 ‘개성’과 ‘조선심’ 사이의 불편한 충돌과 삐걱거림을 오래 견디지 못했다. 따라서, 결국 그가 자발적 감정을 정형화시키는 관습적 틀을 거부함으로써 얻으려 했던 개성적 형식은, ‘조선 근대 시가’의 평준화된 형식을 마련하는 것으로 귀결되고 있다.[18]

근대 초기 자유시 창작자들의 시에 대한 이해 과정은 근대시의 기초적 요건에 대한 이해와 실제 적용이 이루어지는 과정이었다. 그들은 무엇보다 ‘개성의 표현’으로서 시를 이해했고, 그것은 개인의 고유한 감정과 체험을 자유로운 언어 형식을 통해 표현하는 과정으로 받아들여졌다. 개인의 체험으로부터 언어적 형식화에 이르는 시의 창조 과정에서 그들은 자아와 타자 사이에 이루어지는 갈등과 충돌,[19] 또는 합일의 순간을 어느 정도 체험했던 것으로 짐작된다. 그리고 그러한 과정을 통해 시의 장르적 원리로서의 ‘서정’에 대해 기본적인 이해가 이루어진다. 그들의 실제 창작 과정은 이처럼 각자가 이해하고 체험한 ‘서정성’이 형상화 과정을 통해 각기 분화되고 특성화되는 실험장이었다고 볼 수 있을 것이다. 그러나 그들은 형상화의 계기를 통해 자아와 타자, 내용과 형식의 갈등을 더욱 심화시키는 것이 아니라 오히려 갈등을 잠재우는 정형화된 틀로 완결지음으로써, 서정적 체험에서 빚어지는 긴장된 힘을 시적 자아의 창조적 운동으로 지속시킬 수 없었다. 결론적으로 근대 초기 자유시 창

---

18) 김억은 번역시형을 통한 근대시의 형식 창조에 몰두하였고 그 과정에서 근대적 서정의 핵심으로 “모든 것을 그리워하는 마음”, “까닭업시 울고만 십픈듯한 감정”, “곱고도 서러운 정조”, “Sweet Sorrow” 등을 정식화하였다. 김억이 정식화한 근대적 서정의 핵심과 그 형식적 틀은 당시 “새로 나오는 청년의 시풍”이 모두 “『오뇌의 무도』화하였다 할이만큼” 당대의 시 창작에 막대한 영향을 미치게 된다.(근대적 서정에 대해서는 김억, 「사로지니 나이두의 서정시」, 『영대』 4-5호, 1924.12-1925.1.; 「서문 대신에」, 『잃어진 진주』, 평문관, 1924.; 당시 문단에 번역시집 『오뇌의 무도』가 끼친 영향에 대해서는 이광수, 「문예쇄담」, 『이광수 전집』 16권, 삼중당, 1963, 118쪽 참조.)

19) 자유시 창작자들에게 ‘타자’는 대체로 ‘시를 쓰지 못하게 하는 현실’로 이해되었고, 그들은 그러한 타자적 현실로부터 등을 돌림으로써 시의 고립된 영역과 내면의 공간을 보존하려 했던 것으로 보인다.

작자들은 그들에게 주어진 두 개의 과제 가운데 한 가지, 곧 근대시론의 기초를 마련하고는 있지만, 또다른 과제였던 '조선 근대 시가'로서의 자유시 양식에 대한 모색에 있어서는 적지 않은 혼돈과 갈등을 보여주었다고 평가할 수 있을 것이다.

한편 근대시론의 기초를 마련하는 과정에서 시 장르의 원리와 위상에 대해 그들이 이해한 내용은 자유시 운동의 범위와 시 장르의 존재 방식을 대체적으로 틀지우는 역할을 하였다. 그에 따라 근대 초기 자유시 운동은 그들이 이해한 바대로 '고조된 감정', '순정한 감정'을 표백하는 좁은 의미의 서정시 창작으로 제한되기에 이른다. 특히 "오랫동안 망각된 시가의 본질"을 회복하는 것이 자유시 운동의 지향점이라고 보았던 김억은 "순간순간의 감정을 표현하는" "짤막한 서정시가"가 '오래된 본질'의 추구과정이라고 판단함으로써,[20] 한국시의 '서정'을 협소한 영역에 귀착시키는 계기를 제공한다. 그들은 장르의 성격과 현실적 존재근거 면에서 나타나는 이 '협소함'을 '근대적인 것', 또는 '순정(純正)함'의 증거로 이해했던 듯하다. 시에 대해 "純正한 예술품 중에서도 가장 깁흔 純正性을 가진 것"[21]이라거나 "모든眞理, 모든美가 그本質을詩歌에"[22] 둔다고 보며, 또한 소설과 희곡의 확대 현상과 대조되는 시의 소외된 영토를 "근대적"인 것으로 이해하는 관점으로부터,[23] 스스로 소외된 영역 안에서 서정시의 장르적 특성과 시단의 존재근거를 보존하려는 의도를 발견할 수 있기 때문이다. 이렇게 볼 때 근대 초기 시인들의 장르 선택의 조건에는 '고립'과 '순정(純正)'이 중요한 표지로 놓여 있었으며, 결국 시를 선택함으로써 그들은 스스로 소외된 '고립의 성소(聖所)'에 가두어지기를 원했던 것으로 판단된다. 그리고 '고립의 성소'로서 선택했던 시와 시단의 좁은 영역 안에서 그들은 '순수 서정'과 내면의 공간을 유지시킬 수 있었

---

20) 김억, 「작시법」, 박경수 편, 위의 책, 312~313쪽.
21) 김억, 「시론」, 박경수 편, 위의 책, 437쪽.
22) 회월, 「序」, 박월탄, 「黑房秘曲」, 조선도서주식회사, 1923, 1쪽.
23) 김억, 「작시법」, 「조선문단」, 1925. 4-10, 박경수 편, 앞의 책, 312쪽.

다. 마찬가지로 근대 자유시의 기초 역시 그 '좁고 순정한' 창작의 조건과 장르적 특성 안에서 마련되었다고 말할 수 있을 것이다.

3. 통합의 욕망과 근대적 서정의 위기

　1910년대 후반에서 1920년대 초반까지 자유시로 밀집되었던 시적 주체들은 이후 다양한 양상으로 분화되기 시작한다. 1920년대 전반기는 일종의 장르적 혼돈기로서, 많은 문학담당자들이 다양한 문학 장르·양식을 동시에 창작하거나 혹은 장르·양식의 전환을 시도하는 시기이다.[24] 소설의 경우를 보면, "대다수의 작가들이 장르나 작품의 형태적 구성, 형상화에 대한 의식이 없이 창작에 임했다고도 할 수 있는"[25] 이 시기에, 시의 경우에는 많은 창작자들이 시 창작 자체를 포기하거나 다른 장르나 양식으로 전환하는 일이 이루어진다. 이같은 상황은 어디서 기인하는 것일까. 우선 자유시 창작자들이 서정적 체험의 긴장을 견뎌내지 못했고, 따라서 자아의 존재론적 변화를 동반하지 않아도 되는 타자와의 성급한 통합을 시도하게 되며, 또한 서구문물과 문화의 수입으로 인해, 서정적 체험을 대체할 대중 매체와 문화 현상들이 발생하기 시작했다는 점[26]을 그 원인

---

24) 김윤식은 「백조」 3호를 예로 들어, 월탄이 시, 소설, 희곡, 감상문과 평론을 각각 시도하고 있으며 회월과 홍사용의 경우도 이와 같다는 점, 그리고 羅彬의 소설도 거의 감상문에 준한다는 점을 들어, 이 무렵이 '장르 미결정 상태'였음을 증명한다.(김윤식, 「한국 근대문학 양식 논고」, 아세아 문화사, 1980 참조) 이 외에도 시에서 에세이, 그리고 비평으로 전환하는 김기진, 아울러 시와 소설을 모두 창작하는 주요한 등 다수의 예를 들 수 있다.

25) 김예림, 「1920년대 초반 문학의 상황과 의미」, 상허학회, 「상허학보 2집: 1920년대 동인지 문학과 근대성 연구」, 깊은샘, 2000, 194쪽.

26) "현대 초기에 물질의 도입과 함께 뒤따른 신문물에 대한 관심은 새로이 등장한 문화현상이 보편화하기 시작한 1920년대 중후반 이후에는 문화적 현상 자체에 대한 관심으로 바뀌기 시작했다. (…) 활동사진이라는 새로운 물건은 영화라는 장르로 정착되고, 라디오

으로 생각해 볼 수 있겠다. 그러므로 중요한 것은 장르적 혼돈의 현상적 파악에 그치는 것이 아니라 혼돈을 겪고 있는 자아 운동의 변화와 양상을 들여다보는 일일 것이다.

먼저 시에서 소설이나 비평으로 전환한 경우에는, 두 개의 글쓰기 형식이 모두 객관적 현실에 대한 인식을 주요한 전제로 한다는 점에서, 타자적 세계를 향한 자아의 기투가 적극적으로 시도되고 있다고 볼 수 있을 것이다. 시의 경우에도 여러 가지 양식이 동시에 시도되고 있는 바, 자유시 이외에도 서사시, 민요시, 동요, 속요, 시조, 소곡(小曲) 등 당시에 사용된 다양한 시가의 명칭이 그 예증이 될 수 있다. 이 가운데 김동환에 의해 적극 창작된 서사시는 소설, 비평의 경우와 마찬가지로, 고립된 자아의 존재 운동에서 벗어나려는 하나의 시도라고 하겠다. 그러나 이같은 시도 역시 오래 지속되지 않는다. 김동환 뿐만 아니라 자유시 운동의 선구자였던 김억, 주요한과 홍사용, 박종화, 그리고 신체시 창작을 주도했던 이광수, 최남선 등은 민요와 시조 등의 전통 시가 양식에서 새로운 창작의 동인을 찾으려 한다. 이러한 경향에 대해서는 서구적 편향에 대한 반성과 극복의 태도로 이해하거나[27] 또는 민족주의 담론의 자장 내에서 고찰해 볼 수도 있겠지만,[28] 서정적 자아의 존재 상황과 관련하여 어떤 변화를 읽어내는 것도 또다른 접근 방법이 될 것이다. 즉, 자유시 창작 과정에서 서정적 체험의 혼돈과 긴장을 끝까지 밀고 나가지 못했던 자아가 이미 마련된 '통합'의 완성된 형태, 즉 전통 시가 양식을 끌어옴으로써 자아와 타자의 통합을 안전하게 이루려는 시도를 행하게 된다는 것이다. 1920년대 중반에 시단의 중심 현상으로 나타나는 민요시론과 민요시

는 대중매체로 자리잡으며, 선교사들에 의해 벌어지던 놀이는 스포츠로 정착되면서 이들의 대중매체가 지니고 있는 현대 문화의 속성이 그대로 대중들의 삶을 지배하게 된 것이다". 그러므로 1926년 1월에 이미 "사실상 영화는 소설을 정복하였다"라는 언술이 현실적인 지배력을 지니고 등장할 수 있었다.(김진송, 『서울에 딴스홀을 허하라』, 현실문화연구, 1999, 155쪽; 승일, 「라디오, 스포츠, 키네마」, 『별건곤』, 1926. 1, 참조)

27) 민요시에 대한 기존 연구에서는 특히 이러한 점이 부각되었다.

28) 구인모, 「고안된 전통, 민족의 공통감각론 - 김억의 민요시론 연구」, 동국대학교 한국문학연구소, 『한국문학연구』 제23집, 2002. 12.

244

창작은 이러한 관점에서 살펴볼 수 있을 것이다.

민요시론과 시 창작은 크게 세 갈래로 나누어 볼 수 있다. 첫 번째 갈래를 전통지향성, 혹은 문화적 민족주의의 일환으로 이해할 수 있다면(주요한, 이광수), 두 번째는 개인 서정의 심미적 형식화의 방안으로서 시의 '운율'에 대한 관심으로 볼 수 있다.(김억) 마지막으로 김소월이 예증하듯이, 근대적 자아의 서정적 체험을 심화시키고 형상화하는 과정에서 하나의 계기로 주어진 경우를 들 수 있을 것이다.29) 이같은 세 가지 경향은 동시에 발생하는 것이 아니라 김소월의 시를 중심으로 앞, 뒤로 배치되는 양상을 이룬다. 다시 말해, 김억의 민요시론과 김소월의 민요시는 서로 이론과 창작의 바탕을 형성하며, 또한 1924년 이후에 발표되기 시작하는 민요시론은 김소월의 민요시가 이룩한 성과로부터 그 자양분을 얻고 있다고 할 수 있다.30)

그렇다면 김소월과 다른 민요시론자들의 민요시 창작은 구체적으로 어떻게 구별되는가. 결론을 미리 말한다면, 김소월의 시는 자아/타자, 전통/현대, 서구/봉건 등 식민지 근대사회에서 자아가 처한 존재론적 위기와 갈등을 스스로 겪어낸 텍스트이다. 반면 김억과 주요한 등 다른 시인들의 민요시에서는 자아가 존재론적 위기의 상황 밖에서 타자와 손쉬운 통합의 상태를 이루고 있다. 그것은 시적 주체 편에서 뿐만 아니라 전통, 혹은 봉건 편에서의 타자와의 관계도 마찬가지라고 할 수 있다. 김억의 경우, 자유시론의 이론적 지향을 그대로 지니면서 다만 내재율에서 정형률로의 형식적 전환만을 보인다고 해도 과언이 아닐 것이다. 오히려 전통시가의 구절을 그대로 차용하고 음절수마저도 고정시킨 정형률을 취

---

29) 민요시론의 주요 내용에 대해서는 박경수, 『한국근대민요시연구』, 한국문화사, 1998; 심선옥, 「김소월 시의 근대적 성격 연구」, 성균관대 박사논문, 2000, 128~132쪽; 장부일, 「민요와 민요조 서정시」, 이승훈 편, 『한국현대시론사』, 모음사, 131~140쪽 참조.

30) 심선옥, 위의 논문, 126쪽. 심선옥은 1922~3년에 사용된 '민요시'라는 용어가 김억과 김소월의 사적인 관계 속에서 형성되었을 가능성을 제기한다. 그에 따르면 김소월의 민요시 창작에서 이론적 바탕을 형성한 김억이, 민요에 대해 '노래'의 한 형식에서 민족적 가치의 발현태라는 측면으로 그 관심을 바꾸게 된 것은 1927년이다.(이에 대해서는 심선옥, 위의 글, 129쪽 참조)

함으로써 형식화 과정에서 기대할 수 있는 약간의 변이 가능성마저도 차단된다. 또한 자유시에서 비쳐졌던 자기 고백의 정서 표현 역시 관습적 어구와 형식적 틀 속에서 약화되거나 상투화된 양상을 띠고 있다. 이같은 관습적 양상은 자기정체성을 향한 자아의 운동이 충분히 진행되지 못했다는 증거로서, 주요한의 민요시에서는 좀더 심각한 양상으로 드러난다.

이들과 달리 김소월의 시는 타자를 향한 자아의 적극적인 운동 과정을 보여준다. 「진달내꽃」에서 나타나듯, 그의 시에서는 사랑하는 이와의 '이별'도 자아의 의지에 따라 이루어진다. 또한 「초혼(招魂)」에서 사랑을 상실한 자아의 애절한 원망의 목소리가 각인시키는 것처럼, "사랑하던 그사람"의 혼이 결코 다시는 되돌아올 수 없음을, 그와의 완전한 통합이란 영원히 불가능한 일임을 뚜렷이 인식하고 있다.31) 「산유화」의 유명한 시어 "저만치"가 표상하듯이, 그는 자아와 타자 사이의 엄연한 차이와 거리를 당대의 어떤 시인보다도 깊이 체험하고 인식했던 시인이라고 하겠다. 아울러 이같은 거리에 대한 인식이 존재에 대한 성찰, 그리고 자아 내면에서 이루어지는 끊임없는 차이와 생성의 운동을 통해 이루어지고 있다는 점에서 그의 탁월함은 더욱 두드러진다. 「시혼(詩魂)」은 이같은 면을 잘 보여주고 있다.

(…) 都會의 밝음과 짓거림이 그의 文明으로써 光輝와 勢力을 다투며 자랑할 때에도, 저, 깁고 어둡은 山과 숲의 그늘진 곳에서는 외롭은 버러지 한 마리가, 그 무슨 슬음에 겨윗는지, 수임업시 울지고 잇습니다. 여러분. 그버러지 한 마리가 오히려 더 만히 우리 사람의 情操답지 안으며 난들에 말라 벌바람에 여위는 갈대 하나가 오히려 아직도 더 갓갑은, 우리 사람의 無常과 變轉을 설워하여 주는 살틀한 노래의 동무가 안이며, 저 넓고 아득한 난바다의 뛰노는 물결들이 오히려 더 조흔, 우리 사람의 自由를 사랑한다는 啓示가 안입닛가. (…) 우리는 적막한 가운데서 더욱 사뭇처 오른 歡喜를 經驗하는 것이며, 孤

---

31) 심선옥은 각각 두 작품이 보여주는 '사랑'과 '불귀의식'에 주목해 김소월 시의 근대적 성격을 심도있게 규명하였다.(심선옥, 위의 논문, 139~140쪽, 157~161쪽 참조.)

246

獨의 안에서 더욱 보드랍은 同情을 알 수 잇는 것이며, 다시 한 번, 슬픔 가운
데 서야 보다 더 거룩한 善行을 늣길 수도 잇는 것이며, 어둡음의 거울에 빗치
어 와서야 비로소 우리에게 보이며, 살음을 좀 더 멀리한, 죽음에 갓갑은 山마
루에 섯어야 비로소 사름의 아름답은 빨래한 옷이 生命의 봄두던에 나붓기는
것을 볼 수도 잇습니다. 그럿습니다. 곳 이것입니다. 우리는 우리의 몸이나 맘
으로는 日常에 보지도 못하며 늣기지도 못하든 것을, 또는 그들로는 볼 수도
업스며 늣길 수도 업는 맑음을 지어바린 어둡음의 골방에서며 사름에서는 좀
더 도라안즌 죽음의 새벽빗츨 밧는 바라지 우헤서야, 비로소 보기도 하며 늣
기기도 한다는 말입니다. 그럿습니다. 分明합니다. 우리에게는 우리의 몸보다
도 맘보다도 더욱 우리에게 各自의 그림자가티 갓갑고 各自에게 잇는 그림자
가티 반듯한 各自의 靈魂이 잇습니다. 가장 놉피 늣길 수도 잇고 가장 놉피 깨
달을 수도 있는 힘, 또는 가장 강하게 진동이 맑지게 울니어 노는, 反響과 共
鳴을 恒常 니저바리지 안는 樂器, 이는 곳, 모든 물건이 가장 갓가히 빗치워
드러옴을 밧는 거울, 그것들이 모두 다 우리 各自의 靈魂의 標像이라면 標像
일 것입니다.32)

　시인은 먼저 "文明"의 "光輝"와 "勢力"으로부터 소외된 자연의 미물
에 눈길을 던진다. '슬음에 겨운 버러지', "저 넓고 아득한 난바다의 뛰노
는 물결들"처럼 그가 응시하는 자연은 물질적 현존으로서의 자연이 아니
라 "차이·생성 능력으로서의 자연",33) 곧 자연성을 뜻한다. 그는 자연에
서 벌어지는 장구한 존재의 운동을 관찰하면서, 아울러 자기를 비롯한
존재의 내부를 향해 시선을 돌리고 있다. 그 속에서 그가 발견하는 것은
모든 존재에 드리워져 있는 "各自의 그림자", 다시 말해 "各自"를 가장
"各自"답게 하지만 깊숙한 곳에 감추어져 잘 드러나지 않는 "各自의 靈
魂"이다. "靈魂"의 발견이란 곧 존재에 대한 발견이며 바로 이 지점에서
부터 시의 창조를 향한 존재의 운동이 시작된다고 할 수 있다. 하지만 그
가 말하듯, "영혼"이란 결코 "直接 詩作에 移植되는 것이 안이"다.34) 시
는 "영혼" 속에서 자신의 육체를 기다리고 있다. 그리하여 "詩魂"은35) 운

---

32) 김소월, 「詩魂」, 『開闢』 통권 59호, 1925. 5, 11~12쪽.
33) 윤채근, 앞의 책, 254쪽.
34) 김소월, 앞의 글, 17쪽.

율, 정조, 심상 등과 같은 시의 구성 요소들과 다양한 차원의 관계를 맺
으며, 이것을 자신의 내면성과 결합하는 운동 과정을 벌이게 된다. 그리
하여 동일한 시인의 작품이라고 하더라도 "各自 特有한 美的 價値"에 따
라 "儼然한 各個로 存立"하게 되는 것이다.

김소월이 남긴 유일한 시론인 「詩魂」은 근대 시인으로서의 그의 인식
의 깊이를 짐작하게 하는 중요한 자료라고 할 수 있다. 무엇보다 "孤獨의
안", "슬픔 가운데", "죽음에 갓갑은 山마루", "어둡음의 골방"과 같은 세
계·존재의 후미진 공간에 대한 반복된 강조와 "存在에는 반드시 陰影이
따른다"는36) 그의 말은 존재 안에 감추어진 타자성에 대한 인식을 암시
하고 있다고 보여진다. 그는 이같은 존재의 타자성에 대한 인식을 바탕
으로, 자아의 세계를 단지 밀폐된 내면으로 한정하지 않을 수 있었고, 나
아가 타자와의 관계맺음 속에서 변이되고 새로운 생성을 낳는 존재의 운
동을 포착할 수 있었던 것이다. 그런 점에서 김소월의 시는, 타자로부터
고립되거나 또는 자아의 존재 변환 없이 쉽사리 타자와 통합을 시도하는
당대 다른 시인들의 시와는 큰 차이를 지닌다고 할 수 있을 것이다.

이처럼 자아와 타자의 결합·갈등·변이의 운동을 통해 텍스트를 풍성
하게 만드는 김소월 시의 특징은 문학 양식의 수용 면에서도 확인된다.
그의 시 창조 과정에는 전통 시가와 서구의 번역 시형이라는 두 갈래의
양식이 일정한 영향을 미치고 있다. 그 가운에 우선 전통양식 면에서 본
다면, 여류 한시·시조, 구전 민요, 잡가 등과 같이 주로 여성이나 무명의
집단이 향유한 변두리 양식들이 큰 비중을 차지한다. 그런데 이같은 변
두리 양식이 그의 텍스트 형성에서 주류로 부상하는 과정에는 번역시형
이라는 낯선 양식이 중요한 매개항의 역할을 하고 있다. 전통 시가 양식
의 개방적이고 동적인 구조가 번역시형이 마련한 시행 구조와 틀을 통해
근대적 시가 형태로 새롭게 출현하게 되는 것이다.37) 한편 생경한 외래

---

35) 김소월에게 "영혼"과 "시혼"은 비슷한 범주로 다루어진다. 즉 "시혼" 역시 "본체는 영
혼"이며 구체적으로 시를 통해 표현된 "영혼"을 "시혼"으로 규정하고 있다.
36) 김소월, 앞의 글, 14쪽.

시형으로 존재했던 번역시형 편에서도 전통 시가 양식을 매개로 하여 역시 주류로 부상하는 과정이 진행된다. 그렇게 하여 지극히 모호하고 막연한, 정형화된 감정의 틀로 존재했던 번역시형은, 조선 시대 하층민에게 불려졌던 구전 민요와 1920년대 대중들에게 폭발적인 호응을 불러일으켰던 서도 잡가를 바탕으로 정서적 공감의 기틀을 마련하게 된다. 번역시형은, 전통 양식의 익숙한 정서적 체험과 표현 형식, 그리고 감정의 통합 기능에 기대어 새로운 영토를 일구어 나가게 되는 것이다. 그런 점에서, 김소월의 시는 제각기 '안'과 '밖'에 기원을 둔 두 줄기의 변두리 양식이 서로를 매개로 변형과 갱신을 시도하는 상호텍스트적 공간이라고 할 수 있을 것이다. 그의 시는 낯익은 경험의 지평과 문학적 규범을 흡수·포괄하면서 그것들을 다시 일깨우는 새로운 텍스트이다. 따라서 그의 시를 읽는 독자들은 이전에 향수했던 작품이나 양식 속에서 이미 익숙해진 어떤 규범들을 떠올려서 다시 적용하는 가운데 새로움과 낯익음을 동시에 경험하게 된다.

이렇게 볼 때, 김소월의 시는 한국 근대 자유시 형성 과정에서 시적 주체가 처한 존재론적·양식상의 혼돈을 시적 창조의 운동 속으로 포괄해 내는 텍스트라고 할 수 있을 것이다. 그의 시에서 자기정체성을 향한 물음은 시적 창조를 향한 자아의 운동 과정에 매개되고 있으며, 그 과정에서 전통 지향과 외래 지향, 그리고 시간적 기원이 다른 다양한 양식들이[38] 결합하고 갈등하면서 텍스트 형성을 향한 창조적 동력으로 작용하

---

37) 김소월 시편은 대체로 4행 1연, 3행 1연, 그리고 4행 1연과 3행 1연의 혼성 형태 등으로 그 시형을 크게 나누어 볼 수 있는데, 그 중에서 김소월이 가장 많이 채택한 것은 4행 1연의 형태이다.(유종호, 「20세기 전반 한국시의 형성」, 「식민지의 노래와 꿈」, 대산문화재단 탄생 100주년 기념문학제 발표문, 2002. 9. 26.) 4행 1연의 형태로 행과 연을 배열하는 시행 분절 의식, 그리고 개인의 화법으로 발성하는 서정시의 어조는 김억의 번역시집 「오뇌의 무도」(1921)에서 영향받은 바가 크다고 판단된다.

38) 민요, 시조, 가사, 판소리 등을 차용·혼합함으로써 탄생한 잡가는 1920년대 사회적 분위기와 조응하면서 '애상'과 '비판', 또는 '유흥'과 '쾌락'의 주제와 정조를 급격히 대중화시킨다. 잡가가 표방한 '애상'과 '비탄', 또는 '이별의 정한'은 번역시형의 정형화된 감정의 틀에 매개되면서 소월 시 특유의 '슬픔'과 '상실감'으로 개성화되는 과정을 보여 준다. 이러한 과정은 소월 시편의 선행 텍스트가 시·공간적으로 매우 다양한 양식에 원

고 있다. 그리하여 그는 근대 초기 자유시론자들이 갈망했던 근대적 개성의 형식화와 근대적 서정의 한 유형을 이룰 뿐만 아니라, 문학적 소통과 정서적 보편화의 바탕을 마련하고 있다.

그러나 김소월이 이룬 근대 자유시 운동의 한 귀결점은 그의 시에서 그리 오랜 기간 동안 지속되지 못한다. 1926년 이후의 그는 다시 초기의 정형률로 회귀하거나 또는 산문화 경향으로 치달아 형식의 파탄에 이르며, 결국에는 1934년에 스스로 삶을 마감한다. 그가 보여주는 시와 삶의 '파탄'은 어디에서 기인하는 것일까. 일찍이 「詩魂」에서 문명의 '밝음'과 자연의 '어둠'을 대비시켰듯이, 그는 자연에 내재된 존재의 존재론적 회복의 운동과 그것을 억누르는 "都會의 밝음과 짓거림" 사이의 갈등을 예리하게 파악했던 시인이었다. 역시 자연과 마찬가지로 존재의 운동으로서 시작(詩作) 과정을 이해했던 김소월은, 서정성과 근대성이 근본적으로 갈등을 겪을 수밖에 없는 시대적 상황, 그리고 근대적 서정의 위기를 누구보다도 깊이 체험하고 인식했던 것으로 보인다. 그러나 그는 '위기'를 직감하기는 했지만 새로운 서정적 모험을 시도하기에는 '아직' 한국 근대시의 전통이 축적되지 못한 상황이었고, 그 가운데서 통합의 열망과 분열 사이에서 오는 긴장을 오래 견뎌낼 수 없었다. 결국 사회의 부자유와 자아의 부자유를 돌파할 내적인 힘을 스스로 마련하지 못한 김소월은 시적 형식과 시인으로서의 삶의 파탄을 맞이할 수밖에 없었을 것이다.

이렇게 '위기'와 '분열'을 체험함으로써 근대 자유시 운동의 한 성취를 이룬 김소월은, 한국의 근대 자유시가 근대적 서정의 '위기' 속에서 고유의 양식으로 확립되는 과정을 보여준다. 그런 점에서 우리 시에서 근대적 서정의 확립과 위기는 거의 동시에 나타난다고 해도 과언이 아닐 것이다. 그러나 '확립'에 내재된 '위기'의 징후를 충분히 겪어내지 못한 자유시 운동은 이후의 시사에서 감정의 표출을 지배적으로 양식화하고 일정한 관습과 문법으로 반복·순환하게 만드는 중요한 계기를 마련한다.

천을 두고 있음을 예증하는 것이다.

250

여기서, 당대의 어떤 시인보다도 타자와의 '거리'와 '차이'를 처절히 체험했던 김소월의 시는, 매우 역설적이게도, 정서적 보편화의 구조를 만들어내고 한국 시사의 전통지향성을 이끌어내는 데 일정한 역할을 하고 있다. 이것은 그 자신 '민요시인'으로 불리기를 거부했지만[39] 그의 의도와 달리 한국의 대표적인 민요시인으로 평가받게 되는 과정과도 관련되어 있다. 앞에서도 살펴보았듯이, 김소월의 시는 민요시론을 중심으로 1920년대와 그 이후 '전통'과 '민족' 담론이 구성되는 과정에서 실제 텍스트를 제공하며, 또한 뿌리깊은 '한국적 정한론(情恨論)'의 기초를 이룬다.[40] 이같은 결과는 그의 시가 내포한 '상실감'과 낯익은 '전통성'의 토대에서 기인한다고 볼 수 있다. 우선 김소월의 시에 형상화된 '좌절한 여성의 상실감'은 한국 독자들의 보편적 공감을 이끌어내는 주요 매개체로 작용했다. 죽음 또는 이별로 인해 사랑하는 연인을 잃은 여성의 깊은 상실감은 식민지 체제의 보편적 '결여'의 상태 및 감정과 결합함으로써 정서적 공감의 폭을 확대하는 것이다. 더욱이 '여성'의 좌절과 상실은 전통 시가가 기초한 양식적 토대, 그리고 여성을 타자로 위치짓는 남성적 규범 체계 안에서 특별한 거부감 없이 수용되는 구조 안에 놓인다. 그럼으로써 그의 시의 '좌절한 여성'은 "한국 서정시에 있어서 한에 살면서도 그 한을 삭이며 사는 지혜를 간직한 전형적인 한국 여인상"[41]이란 보편적 범주로 추상되고, '상실한 자아'가 토로하는 격렬한 고백의 파토스는 서정시의 정형화된 정서적 표현으로서 시사적 의의를 획득하게 된다. 이같은 전도는 어떻게 일어나는 것인가. 김소월은 여성성에 내포된 자연성과 사회적 타자로서의 위치를 직감하고 있었는지도 모른다. 그러나 사회적·역사적

---

39) 김억은 "素月이 自身은 어떤 理由인지 몰으거니와, 民謠詩人과 自己 불으는 것을 그는 싫어하야 詩人이면 詩人이라 불너주기를 바래든 것이외다"라고 회고한 바 있다.(김억, 「夭折한 薄倖詩人 金素月의 追憶」, 『삼천리』 126호, 1938. 11, 참조.)

40) "이 정한론은 한결같이 시인 김소월을 논하는 과정에서 거론되어 왔다는 데에 일련의 공통성이 있다. 말하자면 이 정한이라는 말은 김소월의 인간과 시의 성격을 표상하기 위하여 쓰여왔다고 해도 과언은 아닌 것이다."(천이두, 『한의 구조 연구』, 문학과 지성사, 1993, 54쪽.)

41) 천이두, 위의 책, 90쪽.

으로 여성 일반이 처해 있는 상황과 여성에 대한 일반적 관념 속에서, 여성의 존재 방식에 내포된 '통합'의 측면과 서정시의 장르적 본질은 서로를 강화하며 담론 구성의 계기로 작용하게 된다. 결국 한국 근대 시사는 김소월이 내포한 '위기' 혹은 '전복'의 징후를 진단하고 좀더 심화된 형태로 그것을 겪어내는 것이 아니라, 그가 이룬 '확립'의 의의를 견고히 하는 방향으로 진행된다고 말할 수 있을 것이다.

4. 맺음말

이 글은 기본적으로 근대시 형성 과정에서 나타나는 '시'의 개념과 존재 방식의 변화를 '양식' 개념을 중심으로 규명하려는 의도에서 출발하였다. 이러한 의도하에서 이 글은 한국 근대 자유시 형성 과정에서 나타나는 '시'의 개념 형성, 그리고 양식 상의 혼돈과 대체 양상에 주목하였다. 우선 근대 초기 자유시 창작자들의 시에 대한 이해 과정은 근대시의 기초적 요건에 대해 소화하고 실제로 적용하는 과정으로서, 그 가운데서 서정성에 대한 기본적 이해를 통해 장르적 특성과 시대적 요건 면에서 자유시 양식에 대한 다양한 모색이 이루어졌다. 그러나 자유시 창작자들의 경우, 대체로 서정적 체험에서 빚어지는 긴장된 힘을 시적 자아의 창조적 운동으로 지속시키지 못함으로써, 결과적으로 '순수 서정'과 고립된 내면의 공간에 안착하기에 이른다. 따라서 근대시 양식의 기초 또한 좁은 의미의 '서정'의 범위 내에서 마련되었다.

이처럼 초기 자유시 창작자들이 '고립'과 '순정'의 표지로서 시를 선택하고 이후 민요시를 통해 기존의 '통합' 구조에 안착했던 반면, 김소월은 자아의 존재론적 운동으로서 시를 창작하며 시작(詩作)을 통해 '존재함'의 의미를 추구하려고 했다. 그리하여 자유시와 민요시 창작자들이 각기 '오래된 시가의 본질'로 회귀하거나 혹은 자아의 운동이 부재한, 타자와의 통합에 안주했다면, 김소월은 근대의 시적 자아가 처한 분열과 위기의 상황을 마주하며 존재론적·양식상의 혼돈을 시적 창조의 운동 속으로 포괄하였다. 하지만 그는 당시의 역사적·시사적 상황 속에서 그 '분열'과 '위기'를 지속적으로 밀고나갈 수 없었고, 그의 시에 내포된 '통합'의 국면은 이후 '전통', '한', '감정주의' 등 한국 시사와 문화의 주요 담론 구성에 일정한 역할을 하게 되었다.

이 글의 목적은 자유시 양식을 어떤 '확립'의 국면으로 고정하고 그 성격과 미학을 특성화시키는 것이 아니라, 한국 근대 자유시 운동 과정에서 나타나는 다양한 양식의 부침과 갈등, 혼재와 변환의 양상에 주목함으로써, 그 안에서 벌어지는 시적 주체의 운동 과정을 규명하는 것이었다. 무엇보다 문학 양식이란, 한 시대를 살아가는 자아의 개성적 표현이자, 자기를 묻는 존재론적 운동 과정에서 형성되는 것이기 때문이다. 그러므로 양식의 갈등과 혼돈은 근대시의 '실패'나 '미달', 혹은 '확립' 등의 단계로 단순화될 것이 아니라, 근대시 양식 형성의 생산적 도정으로 아울러 존재의 '존재함'의 회복을 향한 서정 운동의 일환으로 평가되어야 할 것이다.

주제어 : 근대시, 자유시, 민요시, 양식, 서정성, 형식

◆ 참고문헌

1. 자료

『학지광』, 『태서문예신보』, 『창조』, 『폐허』, 『개벽』, 『동아일보』, 『조선문단』

김 억, 『해파리의 노래』, 조선도서주식회사, 1923.

김 억, 『일허진 진주』, 평문관, 1924.

박월탄, 『흑방비곡』, 조선도서주식회사, 1923.

황석우, 『자연송』, 조선시단사, 1929.

김소월, 『진달내꽃』, 매문사, 1925.

박경수 편, 『안서김억전집 5』, 한국문화사, 1987.

2. 단행본

에밀 슈타이거, 이유영 역, 『시학의 근본개념』, 삼중당, 1978.

윤채근, 『차이와 체계: 서정과 서사의 존재론』, 월인, 2000.

최유찬·오성호, 『문학과 사회』, 실천문학사, 1994.

아우엘바하, 김우창·유종호 역, 『미메시스-고대·중세편』, 민음사, 1987.

뤽 페리, 방미경 역, 『미학적 인간』, 고려원, 1994.

후고 프리드리히, 『현대시의 구조』, 한길사, 1996.

김윤식, 『한국근대문학양식논고』, 아세아문화사, 1980.

김진송, 『서울에 딴스홀을 허하라』, 현실문화연구, 1999.

천이두, 『한의 구조 연구』, 문학과 지성사, 1993.

김우창, 『지상의 척도』, 민음사, 1982.

한국현대문학연구회, 『한국현대시론사』, 모음사, 1992.

3. 논문

정우택, 「한국 근대 자유시 형성 과정과 그 성격」, 성균관대 박사학위 논문, 1998.

오문석, 「김수영의 시론 연구」, 연세대학교 박사학위 논문, 2002.

김예림, 「1920년대 초반 문학의 상황과 의미」, 『상허학보』 2집, 2000, 181~209쪽.

심선옥, 「김소월 시의 근대적 성격 연구」, 성균관대 박사학위 논문, 2000.

◆ 국문초록

이 글은 근대시 형성 과정에서 나타나는 '시'의 개념과 존재 방식의 변화를 '양식' 개념을 중심으로 규명하려는 의도에서 출발하였다. 이러한 의도하에서 이 글은 한국 근대 자유시 형성 과정에서 나타나는 '시'의 개념 형성, 그리고 양식 상의 혼돈과 대체 양상에 주목하였다. 근대 초기 자유시 창작자들의 시에 대한 이해 과정은 근대시의 기초적 요건에 대해 소화하고 실제로 적용하는 과정으로서, 그 가운데서 서정성에 대한 기본적 이해를 통해 자유시에 대한 다양한 모색이 이루어졌다. 그들은 대체로 서정적 체험에서 빚어지는 긴장된 힘을 시적 자아의 창조적 운동으로 지속시키지 못함으로써, 결과적으로 '순수 서정'과 고립된 내면의 공간에 안착하기에 이른다. 이에 반해, 김소월은 자아의 존재론적 운동의 일환으로서 시를 창작하였다. 김소월은 근대의 시적 자아가 처한 분열과 위기의 상황을 마주하며 존재론적·양식상의 혼돈을 시적 창조의 운동 속으로 포괄하였다. 하지만 그는 당시의 역사적·시사적 상황 속에서 그 '분열'과 '위기'를 지속적으로 밀고나갈 수 없었고, 그의 시에 내포된 '통합'의 국면은 이후 '전통', '한', '감정주의' 등 한국 시사와 문화의 주요 담론 구성에 일정한 역할을 하게 되었다.

◆ SUMMARY

The Formation and Meaning of Modern Free-Verse in Korea

Kim, Shin-Jung

The purpose of this study is to examine the concept and existential method changes of 'poetry' that in principle appeared in the course of forming modern poetry. With this purpose, this paper focused on the concept formation of 'poetry' that appear in the course of Korean modern free-verse type, and the confusion of their patterns and general patterns. First of all, at the early stage of modern times, free-verse composers understood and learned the basic elements of modern poetry and applied them practically. In doing this, various explorations were conducted on free-verse by basically understanding lyricism. In general, they have settled down between 'pure lyricism' and isolated space of the heart, as they could not last the tensed strength of lyric experiences towards the creative movement of poetic self. On the other hand, Kim So-Wol created poems as part of the existential movement of the self. He faced the division of the modern poetic self and its crisis, and embraced the confusion of patterns with the movement of poetic creation. However, he could not persist the 'division' and 'crisis' constantly under the historical and sensitive times. The aspect of 'integration' implied in his poems has played a certain role for the main discourse formation of Korean current affairs and cultures such as 'tradition', 'resentment' and 'sentimentalism'.

Keywords : modern poetry, free-verse type, folk verses, style in litera-
ture, lyricism, form

이 논문은 1월 15일 투고되어 소정의 절차를 거쳐 2월 10일 게재 확정되었음.

한국 근대시의 양식론적 접근

허 윤 회*

1. 머리말

　한국 근대시의 중심된 흐름은 서정시이다. 그렇다면 이러한 시의 개념을 한국의 근대시는 언제부터 체득하게 되었는가? 그 시기와 함께 다른 가능성에 대한 선택과 배제의 과정은 없었는가? 그리고 그 선택의 과정에서 지배적인 양식화의 과정이 갖고 있는 의미는 무엇인가? 라는 질문이 주어질 수 있다.

　일반적으로 문학론에서 시문학은 내용(장르)적인 측면과 형식적인 측면을 분리하여 살펴지고 있다. 이 때 전자에서는 서정시, 서사시, 극시의 구분이, 후자에서는 정형시, 자유시, 산문시의 분류가 정식화되어 있다. 대체적인 경우에 있어서 '시'라고 지칭 했을 때에는 서사시나 극시보다는 서정시를, 정형시나 산문시보다는 자유시를 떠올린다. 만약에 시의 개념적 정의를 '개인의 정서와 감정을 자유스러운 상상과 리듬(운율)에 맞추어 표현하는 문학의 한 형식(양식)'이라고 하는데 크게 이의가 없다면,

---

그 이유는 서정시의 내포적 의미가 시문학 일반을 대표하고 있기 때문일 것이다.

한국의 근대시는, 최남선의 「해에게서 소년에게」(『소년』 창간호, 1908. 2)를 염두에 둔다면, 이제 거의 백 년의 역사를 갖고 있다. 새로운 시의 역사에서 시의 장르적 측면이 서정시의 내포적 개념으로 일반화되었다면 형식적인 측면에서는 자유시의 형식이 시의 주도적인 틀(frame)로서 인정되어 왔다. 다시 말하자면 자유시라는 시의 형식적 측면이 시대를 대표하는 시적인 규범으로서 여겨지고 있다. 그렇다면 자유시가 동시대의 대표적인 시적 형식으로 양식화할 수 있는가의 문제가 자연스럽게 거론될 수 있다. 왜냐하면 자유시 이외에도 어떤 정형성을 지향한 정형시(시조, 현대시조)와 시의 형식적인 제약을 일탈하려는 산문시, 서술시, 해체시 등으로 불리는 시대의 시가 출을 면하고 실재 마주하기 때문이다.

자유시라는 시적인 표현 양식이 갖는 시대적인 의미에 대한 점검이 필요한 까닭이 여기에 있다. 그렇지만 정형시나 그 밖의 형식 혹은 해체에 대한 문학적 질서가 주류가 아니란 점에 수긍을 한다면 근대시의 주된 흐름을 자유시에 두지 않을 수 없다는 것이 시에서의 현실적인 접근이라고 할 수 있겠다. 즉 서정시와 자유시라는 하나의 쌍은 내용과 형식적인 측면에서 두드러지게 나타나는 우리 시문학 일반의 주된 흐름이라고 볼 수 있다.

문학에서 양식(style)을 말할 때 시대와의 관련성을 떠올리지 않을 수 없다. 양식이란 해당 시기 혹은 시대의 문학이 표현하고 있는 총체적인 양상 혹은 흐름을 뜻한다. 그런데 이 양식 속에는 동시대의 문학적 산물이 모두 포괄되지 않는다는 의미에서 제한적이다. 이 제한적인 성격은 해당 시기의 양식이 이전과 이후의 시기에 맺고 있는 변화와 지속의 관계를 통해서 살펴질 수밖에 없기 때문이다. 변화에 대한 요구와 실현 그리고 또 다른 양상으로의 전이(轉移)라는 순환의 형식이 문학의 양식에는 그 자체의 특성으로서 내재해 있다고 보아야 한다. 이때 양식은 다시 역사라는 통시적인 관점과 결합이 된다. 이러한 관점에서의 문학사 기술이 가능한데 이를 양식사라고 한다. 그렇다면 해당 시기의 양식에 대한 탐구는 역사의 진화과정에 대한 해당 시기의 단면을 공시적인 관점에서 점검하는 작업이라고 할 수 있을 것이다. 이 글에서는 서정시-자유시라는 문학일반론적인 결합이 갖는 의미를 양식론적인 차원에서 검토하고자 한다.

2. 문학사에서의 양식적 접근

한국 근대시에 대한 양식적인 고찰에 있어서 첫 번째로 고려되어야 할 인물은 임화이다. 임화는 양식을 '비평의 최후의 과제이면서 문학사의 최초의 과제'라고 전제한 뒤 '시대의 양식이란 것은 단순히 그것이 하나의 특이한 양식에 그치는 것이 아니라, 그 시대인의 고유한 체험과 생활에서 형성된 시대정신이 자기를 표현하는 형식'이라고 정의하였다.[1] 그리고 그 과제로서 장르의 형성을 양식사적 문제를 통해 제기한 바 있다.

주지하는 바와 같이 이식문학사를 전제한 임화에게 있어서 새로운 문학양식이란 신문학이 이입되기 이전과 이후의 시기에 나타난 문학현상의 차이를 의미한다. 그에게 있어서 새로운 시의 첫 번째 작품은 최남선의 「해에게서 소년에게」이다.[2] 이전에도 찬송가나 창가와 같은 외래의 시가가 유입되어 있었지만 근대적인 자유시의 시작으로서 최남선의 「해에게서 소년에게」는 재래의 시가와는 다른 시의 양식을 '새롭게' 선보인 선구적인 작품으로 설정되어 있다. 아쉽게도 이후의 근대시 일반에 대한 그의 기술이 없어서 확언할 수는 없지만, 최남선의 신체시는 시문학이

---

1) 임화, 「조선문학 연구의 일 과제」, 『임화의 신문학사』, 임규찬·한진일 편, 한길사, 1993, 383~384쪽.
2) 임화, 위의 책, 108쪽.

전개되어 나갈 하나의 방향타와 같은 역할을 담당하고 있다는 점에서 그 의의가 인정되어 왔다.

물론 최남선이 '받아들인 '새로운 시'가 시간적으로 너무 늦었'던 점을 지적하지 않을 수 없다.[3] 최남선의 신체시가 갖는 선구적인 위치에도 불구하고 근대시의 전개과정에서 이입되는 시간의 격차는 메울 수 없는 공백으로 남아 있다. 최초의 근대시를 어느 작품으로 볼 것인가에 대해서는 다양한 견해들이 피력되었다. 이에 따라 최남선의 「해에게서 소년에게」가 아닌 「꽃두고」와 같은 작품으로 보는 견해, 주요한의 「불노리」 혹은 그의 일본 유학시절 『학우』지에 발표된 작품으로 보는 견해, 실전되어 알 수 없지만 유암 김여제의 「만만파파식적」(『학지광』, 창간호)으로 보는 견해 등이 있다. 이렇듯 근대시의 시작을 여타의 작품에서 찾으려는 시도는 근대시의 실제적 의미와의 차이를 좁히려는 의도의 소산이다. 한발 더 나아가서 정지용의 초기 시작활동을 탐구하려는 연구 경향도 근대시의 시작이라고 일컬어지는 출발선에서 나타나는 일종의 결여된 모습을 메우려는 모양새처럼 비쳐진다. 어떤 의미에서 이러한 논의들은 근대시의 정체성에 대한 원형을 찾으려는 노력이라고 풀이될 수 있을 것이다.

논자들마다 타당성이 없는 것은 아니지만 이런 식의 접근은 그렇게 생산성이 있어 보이지 않는다. 1900년대에 들어서 나타나기 시작한 새로운 시가의 양식의 출발을 어디에 둘 것인가 하는 문제는 결국 시사를 바라보는 입장의 차이를 전제한 것인데 이것은 쉽사리 판결이 나지 않을 것이기 때문이다. 그 보다는 오히려 이 과정에서 시에 대한 인식이 어떻게 표출되었는가를 검토하는 것이 근대시의 형성과정을 이해하는 데 있어서 좀 더 유익할 것으로 판단된다.

그런데 임화가 앞서 제기한 문제의식을 충실히 따르고 있는 연구의 경향을 발견하기란 쉽지 않다. 우선 지적되어야 할 사항은 임화의 문제

---

3) 정한모, 「한국현대시문학사」, 일지사, 1974, 180쪽.

제기가 많은 문제점을 포함하고 있기 때문이다. 그리하여 서구 혹은 일본을 통해서 유입된 근대문예에 대한 대타적인 의식이 이후의 연구에 있어서 상당부분 영향을 미치게 된다. 이른바 내재적 발전론에 대한 1970년대의 연구 시각이 임화의 문학사를 보정(補整)하는 지렛대의 역할을 하고 있다. 문제는 임화 자신조차도 문학사에 대한 양식적인 고찰을 완결시키지 못했다는 점이다. 이것은 임화 자신의 문제만이 아니라, 이런 문제의식을 가지고 있을 때조차도, 한국의 근대시는 형성과정에 있었기 때문이 아닐까 판단된다. 이를 완성하려는 노력들이 문학사 일반의 양식화에 대한 가능성의 타진으로 이어지기도 했다.[4]

> 우리의 경우 서구 사상의 移入期와 그 土着化 과정은 그것이 비록 새로운 植民地論을 일으키는 歷史展開法을 안고 있는 것이라 하더라도 客觀性 구축의 한 내용을 만들고 있음이 엄연한 현실이다. 만일 이것이 부정된다면 文學史는 따로 기술될 필요 없이 韓國史의 일반에 귀속될 것이며, 보편적 時代認識이란 거추장스러운 용어에 지나지 않을 것이다. 결국 新文學에서부터 새로운 시대 개념을 볼 것이냐 하는 문제는 서구의 문학 이념의 土着化가 성공하고 있느냐 하는 현실의 반성이며 文學理論의 재점검이다. 판소리와 辭說時調 등은 그러므로 自己 傳統이 단절된 것이냐, 확산된 것이냐는 관점에서 살펴져야 할 것인데, 이것은 결국 우리 문학의 樣式 改編 문제를 몰고 온다. …… 文體와 樣式의 變異를 발견해 내고 그 集合에서 한국 문학의 숙명을 규정할 理念과 그 理念의 개선을 가능케 하는 異論을 찾아낸다면 우리 시대의 한 評價는 끝나는 것이다.[5]

김주연의 위의 글은 역사와는 다른 문학에 내재된 고유한 대상과 그에 대한 인식의 변화를 촉구하고 있다. 그는 문학사란 객관적 대상인 작품의 축적과 이 작품에 대한 시대적인 인식과 평가를 떠나서는 이루어질 수 없다는 점을 강조하고 있다. 이러한 인식은 "문학에서의 영향이란 그렇게 직선적이 아니다. 그것은 마치 빛과 같아서 그 빛을 받아들이는 물

---

4) 김현, 「한국문학의 양식화에 대한 고찰」, 『현대한국문학의 이론』, 민음사, 1972, 33~34쪽.
5) 김주연, 「문학사와 문학비평」, 『현대한국문학의 이론』, 민음사, 1972, 22~23쪽.

체에 따라 굴절된다. 그 굴절은 한 문화를 수용하는 토양의 성질에 따른 다"[6])는 인식으로 발전하고, 작품(텍스트)에 대한 주체적인 창조자로서의 영역을 마련하게 된다. 그러나 이러한 영향의 평가는 상대적이라는데 그 특성이 있다. 시간의 흐름에 따라 작품 인식의 변화뿐만이 아니라 그 지향점도 변화한다. 김현이 "한국문학은 그 나름의 신성한 것을 찾아내야 한다"라고 문학사의 한 목표를 설정하였을 때 그 신성한 것의 실체에 대한 접근은 어느 만치 이루어졌는지에 대하여 이제는 물을 때가 되었다고 생각한다.

지금까지 근대시에 대한 연구는 다각도로 이루어져 왔다. 근대시의 형성과정에 대한 연구를 비롯하여, 근대시가 지향한 시대의식, 전통과의 관련성, 동시대의 장르현상에 대한 비교고찰, 형식적(운율적) 고찰, 타 문화적 현상과의 관련성, 개별 시인의 활동양상에 대한 점검, 매체에 대한 고찰 등을 열거할 수 있다. 그러나 이러한 근대시에 대한 연구는 양식적인 차원에서의 논의로 진전되지는 않고 있다. 근대시의 전개과정에 대한 객관적인 실체의 파악에 그 주안점이 주어졌다고 보아야 할 것이다. 그 가운데에서 근대시를 양식적으로 파악하려는 연구의 경향이 전혀 없었던 것은 아닌데 다음의 경우를 참고할 수 있다.

김춘수는 근대시의 형태(form)에 관심을 갖고 근대시를 일별한 바 있다. 그에게 있어 양식이란 너무 큰 범주이기 때문에 형태에 국한하여 고찰함이 적절하다는 전제를 바탕으로 하고 있다.[7]) 김춘수의 관점은 한국 근대시사에서 근대시의 형태, 이른바 자유시가 어떠한 과정을 거쳐 정착하게 되었는가에 초점이 맞추고 있다는 것이 가장 큰 특색일 것이다. 시의 형식적 특성을 고찰한다는 것은 시의 물질적 조건을 통하여 작품에 표현된 궁극적 의미를 발견할 수 있다는 의미이기도 하다. 다만 임화처럼 양식을 통한 직접적인 접근을 시도하지 않은 점은 양식을 해명하기 위해 수반되어야 할 정신의 문제가 시의 본질을 해명하는 데 있어서 불

---

6) 김현·김윤식, 『한국문학사』, 민음사, 1973, 17쪽.
7) 김춘수, 『한국현대시형태론』, 해동문화사, 1959, 15~16쪽.

가능한 것처럼 비쳐졌기 때문일 것이다.

　문학을 '시대정신이 자기를 표현하는 하나의 형식'이라고 할 때 자기의 표현이 완결되지 않은 형상에 대한 인식은 선 이해를 낳을 수밖에 없다. 또한 이때 시대의 정신은 추상적인 영역에 머물게 된다. 그것을 포착한다는 것은 불가능할뿐더러 시창작의 실제에도 도움이 되지 않으리라는 판단을 미루어 짐작할 수 있다. 한편 양식이라는 항목은 문학사와 긴밀한 관계에 놓여 있다. 이는 문학사에 대한 전체적인 이해의 차원 위에서 논의가 가능하다는 것을 의미한다. 근대시 연구는 개별적인 장르사의 기술이 시도되고 그 나름의 성과를 이루었으나 시인별, 시기별, 주제별 고찰에서 머물고 있는 실정이다. 근대시라는 단위 시대의 장르로서의 시에 대한 전체적인 논의는 이와는 별도로 이루어지고 있는 것이 사실이다. 즉 근대시의 양식에 대한 개념 부재는 근대시에 대한 반성의 결여라는 양상을 보여주고 있다. 이론과 실제의 결합에 대한 모색이 있었지만 이에 대한 합의가 이루어지지 않은 상태에서 양식에 대한 논의는 공소해질 가능성이 많다.

　이승훈은 한국의 모더니즘 시를 일별하면서 모더니즘과 모더니티를 표나게 구별하고 있다. 그 이유는 모더니즘의 시사적 전개과정에 있어서 모더니티의 포착이 무엇보다도 중요하다는 점을 강조하기 위해서이다.[8] 이러한 시각의 전환은 첫째로 연구의 대상이 포착되어야 하며, 둘째는 대상의 전개과정이 일정한 생명력을 갖고 자기 운동해야 한다는 것을 전제한 뒤에 가능하다. 모더니티란 모더니즘을 가능케 하는 본질적인 측면을 의미한다. 한국의 모더니즘시가 나름의 형태를 갖고 있다면 그것은 모더니티를 통해서 새로운 모습으로 끊임없이 자기 운동해왔다는 점을 인정한 결과이다. 이를 통해서 모더니즘시의 형태(양식)적인 접근을 시도했다. 그렇다면 근대시 일반에 대한 양식적인 접근도 가능할 수 있을 것이다. 문제는 이승훈 자신이 이전의 시 특히 1920년대의 시와 1930년대

---

8) 이승훈, 「한국모더니즘시사」, 문예출판사, 2000, 400쪽.

모더니즘 시를 변별적으로 파악하고 있는데 이러한 구분을 넘어서는 시각이 필요하다. 그리고 이러한 변화의 시기에 공통적 자질 혹은 성격을 추출하는 것이 필요하다.

김춘수와 비교해 본다면 상대적으로 형식적인 고찰이 줄어든 데 반해서 시대와의 관련양상이 많은 부분 포함되어 있다. 문학사는 시대에 따라서 변화된다. 그 변화되는 길목에서 모더니즘 시는 출현하였다. 그리고 모더니즘 시는 그 시사적 의미를 모더니티에서 찾을 수 있을 것이다. 이때 모더니티는 단위 시대의 개념으로 포착될 수 있어야 한다. 전시대의 양식과 구별된다는 의미에서의 모더니티는 다음 시대와 구별된다는 의미에서 이미 닫힌 항목이 되었다는 것이 이승훈의 판단이다. 이것이 바로 양식과 문학사가 맺는 관계일 것이다.[9] 그런데 이승훈의 경우 모더니즘시라는 개념을 1920년대의 시문학과 변별하여 다루고 있다. 모더니즘 시를 양식화할 수 있는가의 문제와 함께, 서정시 혹은 자유시의 양식과 모더니즘시의 차이를 전제한다면 양자의 유사성과 계기성의 문제 또한 다루어져야 할 과제라고 볼 수 있다.

3. 근대시론의 형성과 인식

양식적으로 새로운 시라고 했을 때 그것은 서구의 시를 의미한다. 그 가운데에서도 프랑스의 상징주의는 근대시를 인식하는 과정에서 많은 영향을 준 것으로 알려져 있다. 이른바 1910년대 자유시론에 대한 논의

---

9) 티니야노프는 「문학의 발전에 관하여」에서 '여러 체계의 대체의 개념과 전통의 문제'(츠베탕 토도로프, 「러시아 형식주의」, 김치수 역, 이대출판부, 1981, 129쪽)를 제기하고 있다. 앞으로 시사에서 양식사적 논의가 가능하다면 양식의 '대체' 양상과 변화가 판별되어야 할 것이다. 이러한 모듈적 인식이 문학사의 양식적인 접근을 통한 해당 장르의 정신적 지향을 살피는 데 도움이 될 것이다.

는 프랑스 상징주의와 밀접한 관련을 맺고 있다. 이에 대한 관심은 최남선의 신체시와는 그 질적인 차이를 보여주고 있거니와 근대시의 본격적인 진입을 알리고 있다. 한계전은 자유시론의 수용과정을 1) 1916년 상징주의 시인에 대한 소개, 2) 1918년 상징주의 시론에 대한 소개, 3) 1919년 자유시론으로의 발전 등으로 항목화하여 그 과정을 기술한 바 있다.[10] 첫째와 둘째 시기, 상징주의 시인과 시론의 소개에 주력한 이로는 백대진과 김억을 손에 꼽을 수 있으며, 세 번째 시기에 이르러서는 김억과 황석우의 활동을 주목하게 된다. 이후에도 시의 번역의 둘러싸고 김억과 논쟁을 벌였던 양주동의 활동이 있었다.

이 과정에서 특기할 만한 사항은 '한국에서의 산문시 수용은 자유시의 경우와 달리 산문시론이 수립되지 못했고, 프랑스 상징주의 이론의 수용과 아무런 직접적인 관련이 없'었다는 점이다. 또한 『태서문예신보』를 살펴보면 '산문시의 구조가 자유시 구조로 변환되고, 자유시론의 소개와 더불어 산문시 장르는 자유시와 장르상의 격심한 혼란을 초래'[11]한다. 이것은 서구시의 수용이 일방적으로 이루어지는 것이 아니라 어느 정도의 변형을 거칠 수밖에 없다는 것을 의미한다. 하지만 왜 이러한 과정이 일어나게 되었는가에 대한 의문은 쉽게 사라지지 않는다.

산문시의 수용은 상징주의의 대표적 시인 보들레르와 깊은 관련이 있다. 보들레르는 그의 산문시집을 통해서 현대성을 표현하려고 하였다. 고답파의 율격을 파괴하면서 자유시로 나아간 상징주의 시인들은 자유시의 이른바 '내재율'까지를 거부하기에 이르러 '산문시'에 도달한 것이다.[12] 산문시보다는 자유시의 수용이 훨씬 용이한 측면이 있었다는 것을 의미하지만 자유시로의 일반화가 훨씬 더 심하게 나타났다는 점은 근대시의 한 특성을 이루게 된다. 임화는 이상화의 시작에 대하여 다음과 같이 다루고 있다. 그는 '긴 시를 리듬의 저조·이완에 빠뜨림이 없이 조선

---

10) 한계전, 『한국현대시론연구』, 일지사, 1983, 13쪽.
11) 한계전, 위의 글, 36쪽.
12) 김현, 「산문시소고」, 『상상력과 인간』, 일지사, 1973, 89~91쪽.

어를 강한 열정의 표현에 조금도 부족함이 없는 시어로 창조’하고 있다.[13] 즉 이상화의 시는 조선어로 시적 메시지를 표현함에 있어 내용뿐만이 아니라 리듬의 저조와 이완이 없이 질적으로 우수한 시를 제작했다는 것이다. 형식적인 측면에서 리듬이란 ‘호흡’처럼 중시된 자유시론의 핵심이라는 점을 감안한다면 이상화에 이르러 자유시의 정착이 이루어졌다고 봐도 될 것이다.

시조나 가사 등의 전통적인 시가 양식과 창가 혹은 찬송가 등의 외래적인 시가 길항하는 가운데 최남선이 신체시가 등장하고, 신체시의 정형률이 변화를 겪으면서 자유시와 산문시로 확대되었다는 것이 이 시기의 일반적인 흐름으로 간주되어 왔다. 한계전은 이 과정에서 자유시의 정착 과정에서 가장 대표적인 시인으로서 이상화와 한용운을 들고 있다.[14] 물론 자유시가 우세하게 일반화 되었다는 점이 전제된 지적이다. 이미 조동일은 김소월과 이상화 그리고 한용운의 시를 통해서 운율의 문제를 검토한 바 있다.[15] 이 운율의 문제는 그들의 시에서 공통되는 ‘님’이라는 대상과 관련을 맺고 있다. 시인들의 시대정신이 운율을 통하여 어떻게 형상화되고 있는가하는 문제가 가장 큰 관심사였다고 볼 수 있다.

김억은 초기에 상징주의에 대한 이 땅에 소개한 대표적 인물이다. 그는 이를 체계화시킬 필요성을 느끼는데 그 결과 「근대문예」(『개벽』 15-21호, 1921. 9−12. 3)를 연재하기에 이른다. 「근대문예」는 구리야가와 하쿠손(廚川白村)의 『근대문학십강』(近代文學十講)에서 많은 부분을 요약하여 소개하였다.[16] 대표적으로 상징주의를 ‘신낭만주의’의 범주에 넣어 설명하는 방식이 그러하다. 구리야가와는 낭만주의의 반동으로 자연주의가 등장하고, 다시 자연주의의 반동으로 신낭만주의가 출현하였는데, 상징주의는 이에 속한다. 아울러 신낭만주의는 ‘비현실성’을 그 특징으로

---

13) 임화, 「조선신문학사론 서설」, 앞의 책, 348쪽.
14) 한계전, 「자유시론의 수용과 그 형성」, 「한국현대시론사연구」, 문학과지성사, 1998, 56~61쪽.
15) 조동일, 「김소월·이상화·한용운의 님」, 「우리문학과의 만남」, 홍성사, 1978, 268~69쪽.
16) 구리야가와 하쿠손(廚川白村), 「근대문예십강」, 대일본도서주식회사, 1912.

한다.

이 대목을 김억은 다음과 같이 기술하고 있다. "과학적 방법으로는 인생의 알 수 없는 靈的 방면의 썩깁히 숨어있는 신비적 진실을 알 수 없습니다. 하기 때문에 奔放的 分子가 적고, 어디까지든지 진정한 태도로 온건하게 인생을 관찰하며, 인생을 사랑합니다. 정적인 듯하여도 그 실은 가장 힘있는 동적이며, 조는 듯하여도 그 영은 항상 깨(어) 있습니다."17) 그리고 안서는 「근대문예」의 말미에서 '시가에 대하여는 단독으로 긴 글'을 쓰겠다고 언급하였는데 「작시법」(『조선문단』 7-12호, 25. 4-25. 10)이 이에 해당된다. 「작시법」은 「예술적 생활」(『학지광』 6, 1915. 7)이래 김억의 문학관을 중간 결산한다는 의미를 갖고 있다.

> 詩歌의 本職을 밝히는 近代의 詩歌에는 어데까지든지 主觀의 意義를 높힌 것으로 이 主觀의 意義가 높하지쪽 높하질사록 그 權威는 强固케 됨에 따라 近代詩歌의 特色이라할만한 個人的과 個性的이 舊詩歌의 그것과는 엄청나게 다른 것입니다.
>
> 이 점입니다. 近代詩歌가 個性的인건만큼 舊詩歌의 機械的에서 버서나온 것을 볼 수 있음에 따라서 이 합흐로의 純實한 詩歌의 커렌트는 더욱 個性的 傾向을 가지게될 것이니 詩歌답은 詩歌는 오직 이곳에서 그 意義와 價値가 잇음이라 합니다. 舊詩歌에서 新詩歌로 끌어온 功德은 프랑스의 象徵派詩歌도 그들의 運動에 對하야는 實로 特筆大書할 만합니다. 해가 여러 番 밧구인 今日와서는 비록 그 詩歌를 돌아보는 사람이 업다하더라도 까닭스럽고 拘束만흔 어둡은 房안에 잠기어 窒息하랴든 詩歌를 救해내왓다는 事實 하나만은 否認할 수 없는 것입니다. 이러한 意味에서 象徵詩는 個人의 感覺과 情緒에게 새롭은 解放과 價値잇는 自由를 위하야 勇敢하게 싸흔 가장 尊敬밧을만한 희생된 先驅者란 感을 禁할 수가 업습니다.18)

김억이 위의 글을 쓰면서 강조하고 있는 것은 구시가와 신시가의 차이점이다. 구시가가 기계적이라면 신시가의 특징은 개성적인 것에 있다.

---

17) 김억, 「근대문예」 8, 『개벽』 21, 1922. 3. 1.
18) 김억, 「작시법」, 『조선문단』 12, 1925. 10, 145쪽.

신시가가 주도하는 흐름은 이후에도 주관적이면서, 개성적이고, 개인적인 특성을 유지해나갈 것임을 분명히 하고 있다. 이것을 가능케 한 연원을 김억은 예의 프랑스의 상징시에서 찾고 있다. 이미 이러한 근대시의 흐름은 바꿀 수 없다는 것이 김억의 판단이라고 보여진다. 그리고 이러한 관점은 현재의 시에 대한 일반적인 관념과도 거의 일치한다는 점에서 그 시사적 의의가 있다.

그런데 김억은 「작시법」을 집필할 무렵에 조선의 문학이 나아가야 할 방향은 '조선심(朝鮮心)'에서 찾고 있다. 그 이유는 "외래의 사상과 감정을 그대로 삼키고 그대로 吐하지 않도록 하여야 진정한 우리 시가가 생기게 될"[19]터인데, "우리의 주위의 시작에는 우리의 주위를 배경 삼은 사상과 감정은 하나도 없고, 남의 주위를 배경으로 삼은 사상과 감정을 빌어다가 우리의 시작을 삼는 경향이 있음에 따라 진정한 '조선현대의 시가'를 얻어볼 수가 없"[20]다는 판단에 연유한다.

김억은 외래의 사상과 감정을 '우리 주위의 사상과 감정'을 비교하고 있다. 근대시 유입의 초기에서 이러한 발상은 지극히 정당한 사고로 받아들여진다. 아직 외래의 근대시가 주체적으로 흡수되지 않았다면 외적인 영향뿐만이 아니라 내부적인 요건, 이를테면 시인의 사고나 감정의 조정은 반드시 필요한 사항이다. 「작시법」은 서언, 1) 시란 무엇이냐(시의 정의), 2) 운문과 산문, 3) 서(양)시와 한시의 운율, 4) 조선시, 5) 새로운 시가와 그 역사, 6) 시가의 종류(장르갈래론) 등의 소제목과 체제를 갖고 있다. '작시법'이라기보다는 개괄적인 '시이론'에 가깝다. 그리고 형식적인 시작의 틀로서 동서양의 운율에 대하여 상당히 심도 깊은 설명을 하고 있지만, 상당부분 김억 자신이 이를 실제적인 적용에 대하여 구분하고 있는 태도를 취하고 있다. 그 이유는 앞에서 지적한 '조선심'의 문제와 관련이 있을 것으로 판단된다. 근대시를 둘러싼 다양한 문제들을 체계화시키고 싶다는 의욕이 「작시법」을 시도케 하였다고 볼 수 있다.

---

19) 김억, 「朝鮮心을 배경삼아」, 「동아일보」, 1924. 1. 1.
20) 김억, 위의 글.

내용을 잠시 살펴보면 김억은 시의 정의를 "감정의 고조된 것에게 음악적 표현을 주되, 상상적인 것을 잃지"[21] 않는 것에 두고 있다. '리듬'은 시의 본질을 의미하는데, 김억은 이를 퍽 광의적으로 해석하기도 한다. "예술가의 손을 거쳐 조절되야 예술가가 자기 식으로 만든 우주, 다시 말하면 대우주에 대한 자기의 조화시킨 소우주라고 할 만한 것입니다. 이 때문에 예술이란 인생의 표현이요, 작품이란 개성의 표현이라고 합니다."[22] 이 대목에서는 그의 초기 시론인 「요구와 회한」(『학지광』 6, 1915. 7.)을 다시 보는 것 같으며, 그의 「플로베르론」(『폐허』, 1921. 1.)을 다시 보는 것 같으며, 또한 구리야가와의 『근대문학십강』을 떠올리지 않을 수 없다. 김억의 문학관이 문제가 된다는 것인데 그는 문학에서 개성의 표현은 인간과 인생의 자각으로 수렴된다. 결과적으로 김억의 시론에서는 추상적으로 '리듬'의 개념만이 시의 특성으로서 남게 된다. 이러한 논의의 혼란은 근대적인 시론의 체계화와 조선에서의 새로운 시가의 출현과 정착이라는 과제의 두 논지가 착종(錯綜)된 결과라고 볼 수 있다.

그럼에도 불구하고 김억은 왜 '시'라는 문학적 장르에 집착하는지에 대한 설명이 부족하다. 「작시법」이 건조하게 읽힌다면 그러한 육성이 부족한 까닭은 아닐까 추측해본다. 그나마 그의 심정을 엿볼 수 있는 대목은 다음과 같다. "날마다 늘어가는 소설과 희곡의 세력은 서사시가의 영토를 점차 잠식하여 시가의 영토는 純正한 감정을 表함으로서 생명삼는 서정시로 한정되고 말았으니, 이것을 가르쳐……'근대적'이라는 三字로 덥허버리는 것[23]이라는 표현에 이르러서는 근대시에 대한 고뇌어린 표정을 읽을 수 있다. 김억은 상징주의 소개를 통해서 근대시를 본격적으로 소개한 장본인이면서도 이것의 실현이라는 문제에 대해서는 그것이 꼭 바람직하다고 보지는 않은 듯하다. '조선심'의 강조는 경우에 따라서는 근대시의 표현을 잠시 유보할 수도 있다는 것을 의미하기 때문이다.

---

21) 김억, 「작시법」, 289쪽.
22) 김억, 「작시법」, 292쪽.
23) 김억, 「작시법」, 312쪽.

김억은 짧은 근대시가의 역사에 있어서 상징시가 갖고 있는 의미를 개성에서 찾고 있음과 동시에 이것의 조선적 표현을 위해서는 다른 모색을 시도하기에 이른다. 그는 외래의 사조와 어떤 경향을 추수하는 것에 대해서 상당한 경계를 표시하였는데 이러한 불안이 가중될수록 '조선심'에 대한 강조는 굳어지게 되었다. 이른바 '격조시'라는 형식의 안출이 그 증거이다.

비슷한 시기에 쓰여진 김억과 주요한의 글들을 살펴보면 공통점과 차이점이 있다. 주요한은 「노래를 지으시려는 이에게」(『조선문단』 1-3, 1924. 10-12)를 통해서 자신의 신시에 대한 생각을 피력한 바 있다. 이때 주요한은 '창작의 대상을 시'라고 하지 않고 '노래'라고 하였다. 앞으로 지어져야 할 시의 가능성을 '노래'에서 찾고 있는 것이다. 근대자유시의 첫 제작자로 볼 수도 있는 주요한의 이러한 입장은 약간의 의문을 낳게 한다. 그의 대체적인 시작경향이라고 일컬어지는 이상주의를 염두에 둔다 하더라도 의문점을 쉽게 지울 수 없다.

주요한의 입장은 살펴보면 다음과 같은 것이다. 현재는 '국민적 동창 문학을 건설'해야 할 시기인데 과거의 시가에는 한시, 시조, 민요, 동요와 같은 형식이 있지만 민족혼을 담기에는 한시나 시조보다는 민요와 동요에서 그 출발점을 찾는 것이 바람직하다는 것이다. 그리하여 재래의 시가에 남아있는 민족 정서의 발견을 위해서는 민요와 동요에 대한 탐구가 필요하다. 그리고 자유시는 이제 막 시작된 새로운 시적 형식이지만 그 형식은 외래적인 요소가 강하고 이입된 역사가 극히 적고 따라서 형성중인 시가 형식이므로 유보할 수밖에 없다[24]는 것이다.

주요한도 민족혼을 내세우면서 시적인 개성을 개인이 아닌 민족과 사회라는 전체적인 입장에서 고려하고 있다. 1920년대 김억과 주요한은 근대시의 방향을 설정하게 되는 데 중요한 역할을 담당하고 있다. 이들의

---

24) 주요한은 그 이유를 "첫째는 민족적 정조와 사상을 바로 해석하고 표현하는 것 둘째는 조선말의 미와 힘을 새로 차저내고 지어내는 것"(『조선문단』 창간호, 1924. 10, 50쪽)에서 찾고 있다.

공통점은 개인의식의 표현이 근대시의 가장 큰 특징이지만 이것은 사회와 민족의 공익에 수렴되는 한에서 수용되어야 한다는 이중적인 잣대를 갖고 있었던 것으로 판단된다.

물론 김억 자신이 『태서문예신보』를 통하여 상징시의 수용에 일정한 역할을 한 것은 잘 알려진 사실이다. 문제는 주요한과 김억만의 고찰만으로는 확신 있게 말할 수 없겠지만, 근대시의 특성을 '개성의 표현'이라는 정도의 인식수준에서 크게 진전시키지 않았다는 사실이다. 따라서 김억의 경우 그의 상징주의 소개는 그 자신의 문학적 입장에 따른 제한된 혹은 걸러진 수용이라고 볼 수 있다. 이를테면 김억의 「근대문예」에서 알 수 있듯이 그는 낭만주의 혹은 신낭만주의에 대한 문학적 흐름을 소개하면서 상징주의 역시 이러한 측면에서 받아들이고 있다. 일견 주요한과의 차이에도 불구하고 형식적 운율을 간직한 격조시로 나아가는 것은 그의 시사적 특성이자 한계로 지적될 수 있다. 그렇다면 상징주의시가 굴절되어 수용된 까닭은 어디에서 연유하는 것일까? 이것은 아마도 근대시 혹은 자유시의 양식적 특성을 규정하는 가장 큰 원인일 것이다.

최남선과 이광수를 거쳐 주요한에 이르러 재래의 시는 새로운 모습으로 탈바꿈하게 되었다. 이 즈음에 오면 최남선은 역사 쪽으로 기울고 이광수는 소설 쪽으로 자리를 옮긴다. 그리하여 근대시에서 주요한은 근대시의 '실질적인' 선구의 자리에 서게 된다. 이런 그의 위상이 「노래를 지으시려는 이에게」라는 글을 생산케 한 요인이라고 할 수 있을 것이다. 그럼에도 불구하고 지도비평이라고 할 만한 그의 글에서 '노래'를 강조한 것은 문제적이라고 할 수 있다. 일본에서 낭만주의와 상징주의의 영향은 물론 이미지즘의 영향까지 받고 온 그의 발언으로는 조금 기대에 못 미치는 것이 사실이다. 아마도 당시의 조선현실에 대한 인식이 그에게 이런 시관을 갖게 한 중요한 요인이라고 추측할 수 있다. 이미 1920년대 중반이 되면 신경향파시에 시단에 확산되고 새로운 양식에 대한 모색이 시도된다. 이를테면 김기진이 제기한 '단편서사시'의 시적 형식이 그것이다.[25]

4. 근대시의 정신분석

1910-20년대에 산문시가 도입된 사실은 다수 발견된다. 대표적인 경우가 투르게네프의 산문시가 수용된 사실이다. 엄격한 의미에서 자유시임에도 산문시라는 명칭을 붙인 경우를 발견할 수 있다. 또한 주요한의 「불놀이」를 형식적인 측면에서 산문시로 볼 수도 있지만 시에서 발견되는 리듬과 개인정서의 표현 등은 시인 자신이 산문시가 아닌 자유시를 의도했음을 알 수 있다. 그밖에도 시인들 자신이 의식하지는 못했다하더라도 자유시의 형태에 대한 노력은 다양한 실험을 유도하였는데 이 과정에서 이미지즘의 창작이 시도되기도 한다. 이미지즘의 영향은 이미 주요한의 시에서 발견된다. 그는 예이츠의 시를 소개하면서 사상파(이미지즘)의 영향을 받고 있었던 것으로 보인다.26)

이 대목에서 근대 시인들의 일본체험을 문제 삼지 않을 수 없다. 일본에서의 근대시 전개과정은 한국의 근대시 전개과정과 매우 흡사한 경로를 갖고 있다. 신체시와 상징시의 소개와 영향 등이 그러하며, 이에 따라 상징시, 자유시, 산문시, 민요시 등의 명칭과 부여방식은 한국 근대시사의 명명법이 어디에 근거하는가를 가늠케 한다.27) 이때 동시대에 이미 사상시 혹은 철학시의 명칭도 보이는데 이러한 다양한 명칭들이 새로운 시 혹은 근대시의 가능성으로 탐색되고 있었다. 그 가운데 주요한 자신이 새로운 시작 경향과 이론을 수용하고자 했을 것으로 볼 수 있다. 그런데 주요한은 이 새로운 시의 과도한 압박에서 비교적 자유스러운 행보를 취하고 있다는 점은 앞에서 살펴본 그대로이다. 이른바 '시적 근대'의 마루에서 그는 한발 쯤 거리를 두고 있었는데, 그가 근대시의 새로운 시작

---

25) 김기진, 「단편서사시의 길로」, 「조선문예」, 1929. 5.
26) 심원섭, 「한·일 문학의 관계론적 연구」, 국학자료원, 1998, 291쪽.
27) 이쿠다 슌게쓰(生田春月), 「新らしき詩の作り方」, 新潮社, 1918, 참조.

을 알렸음에도, 김소월과 한용운, 이상화의 시작품이 시적 전통의 주류로서 이해되는 결과를 낳았다. 마찬가지로 김소월, 한용운, 이상화 등의 작품이 '시적 근대'의 구경에 부합하는가 하는 질문에 대해서도 유보적인 조항을 달 수 있다면, 독자적인 한국의 '시적 근대'의 모습은 유보되지 않을 수 없다.

가와지 류코는 「사상파의 태도」에서 이미지즘을 요약적으로 제시하고 있다.[28] 내용적인 면에서 '실재에 대한 강력한 요구의 표현'이라는 항목은 '이미지로 된 회화'라는 항목에 수렴된다. 이 수렴처의 반대편에는 상징주의가 놓여져 있다. 상징주의는 상투적인 이론과 개념에 대한 반항의 성격에서는 이미지즘과 같지만 몽롱, 환상, 암시를 강조하기보다는 정확한 세계의 지향과 추상적이 아닌 구상적인 세계의 표현이라는 측면에서 그 차이를 갖는다. 이때 문제가 되는 것은 이러한 회화적인 시가 형식적인 측면에서는, 상징주의의 앞선 노력이 있었지만, '자유시'의 맥락에서 다루어지고 있다는 점이다.

형식적인 측면에서만 살펴본다면 상징주의와 입각점을 달리한다 하더라도 이미지즘 역시 자유시라고 하는 현대시의 형식적 흐름에 대해서는 동의하고 있는 듯하다. 새로운 시적 형식으로서의 자유시는 이제 시대의 새로운 시형식으로 자리를 잡아가게 된다. 자유시가 갖고 있는 시대적인 함의는 여기에서 찾아질 수 있을 것이다. 아울러 이것의 실질적

---

28) 1) 이미지스트는 두 가지 새로운 요구사항을 내걸고 있다. 첫째, 재래 시에 대한 반항으로써 자유로운 신시형을 요구한다. 이는 자유시로 발전하였다. 둘째, 실재에 대한 강력한 요구의 표현이다 - 근대회화의 표현과 같이 생 혹은 실재에 직면, 육박해 가는 경향이다. 2) 형식적인 외형률을 피하며, 대상을 대하는 작자의 내적 호흡을 중시한다. 3) 최신의 수사법을 쓴다. 미사여구를 쓰지 않고 솔직한 표현을 쓴다. 4) 이미지를 존중한다. 즉 감각을 존중한다. 상투적인 이지 개념에 대한 반항의 성격을 지니고 있다. 이 면에서는 상징주의와 상통한다. 5) 이미지의 발랄성이나 리얼한 면을 보면, 이미지즘은 몽롱주의가 아니라 정확한 세계를 지향하는 것을 알 수 있다. 6) 재래 시인과 같은 관념이나 환상, 암시보다는 생생한 직접성을 지향한다. 한 마디로 이미지로 된 회화를 그려내는 것이다. 7) 상징파의 음악과 색깔에 대해 새로운 회화, 형태를 존중한다. 8) 과거의 추상을 벗어나 구상을 지향한다. 9) 일상적이고 평범한 제재를 취급한다. 가와지 류코 (川路柳虹), 「사상파의 태도」, 「현대시가」 1918. 3, 11~12쪽.(심원섭, 「한·일 문학의 관계론적 연구」, 국학자료원, 1998, 276~277쪽 재인용)

인 내용을 채우는 일은 그 층위를 달리하는데 내용상에서 민족주의, 자유주의, 계급주의를 포괄하는 것이면서도 동시에 형식적으로 언어에 대한 세심한 표현과 주의는 물론 이에 대한 극단적인 부정까지를 내포하게 되었던 측면을 간과할 수 없다.

그 가운데서도 상징시의 도입 같은 경우에는 현실적인 제약이 있었기도 하지만 상당히 선택적으로 받아들여졌다고 할 수 있다. 그것은 상징주의시의 시적 지향이 시의 본질주의적 지향과 많이도 흡사하다는 점뿐만이 아니라 자유시형의 부족한 측면에 대한 갈증과 뒤늦은 자각으로 나타난다. 시의 본질을 운율, 형식적인 측면에서 받아들인 결과 시의 궁극적인 지향에는 시간적인 편차와 지연을 드러냈다고 할 수 있다. 상징시에 대한 소개가 1930년대에도 발견된다거나 서정주의 초기작이 서구의 시, 프랑스의 보들레르에 대한 반응이었다는 측면은 형식적인 한계에도 불구하고 시적 질서에 대한 지연된 탐색의 과정이라고 할 수 있다. 그리고 이상과 정지용의 산문시도 그러한 연장선상에서 이해할 수 있으며, 이른바 1930년대의 시문학파로 대표되는 순수서정시의 그룹은 그러한 서정에 대한 뒤늦은 자각을 표현한 것은 아닌가 되묻게 한다.

주요한을 통하여 상징주의와 이미지즘의 관계를 살펴보듯이 이 양자의 관계는 현대시의 시작을 알렸다는 측면에서 그 시기의 선후와 상관없이 그 의미는 매우 크다. 그 공통항은 기존의 것에 대한 반항, 혁신, 부정의 개념으로 묶일 수 있을 것이다. 이른바 모더니즘의 내재적인 메커니즘으로서 부정을 떠올릴 때 상징주의가 그 첫머리에 오고 그 다음에 이미지즘에서 비롯된 주지주의의 고전적 지향을 발견할 수 있다. 이러한 메커니즘이 산출하는 것은 '새로운 것'에 대한 관심으로 모아진다. 기존의 것과는 다르다는 측면에서 '생산된 것'은 현대시의 생산물인 것이다. 그리고 이러한 생산의 질료는 '언어'이다. 언어는 따라서 모든 표현되어 생산되는 것의 중심에서 작용한다. 하나의 실체로서 언어가 현대시에 받아들여진 것은 근대시의 형성과정에서 가장 특기할 만한 사항이라고 할 수 있다.

김기림이 전시대의 센티멘탈 로맨티시즘과 프롤레타리아시를 지칭한 편내용주의의 극복을 당시 시의 과제로 설정하였을 때 그 터전은 '이미지즘'에 근거하고 있다. 그런데 그가 설정한 두 가지의 극복 대상 가운데 전자는 문학을 바라보는 태도의 차이에 따른 포착이었지만 후자의 경우는 시대적인 문학의 과제가 고려된 결과이다. 편내용주의에 대한 반대항으로서 '편형식주의'가 설정되었다고 볼 수 있다. 즉 그의 '전체시론'까지도 형식논리적인 비판의 대상이 되었던 것은 그가 내세운 '편내용주의'의 함의가 시대적인 변화의 상대성에서 비롯된 것에서 찾을 수 있다. 이후에 김기림 자신이 내용과 형식의 결합을 이야기하였을 때, 이를 과학적 시학이라는 명칭으로 포장했을 때조차도 시대의 요구에서 자유로울 수 없었던 그의 내면을 엿볼 수 있다.

반면에 김기림의 문학론에서 근본적인 반대항은 '상징주의'에 있을 것이다. 그의 비평에서 '상징주의'에 대한 비판은 첫머리를 장식하는 것만으로도 알 수 있다.[29] 주류시론에서 상징주의가 극복의 대상이 되는 것을 발견하는 것 또한 특이한 현상이라고 할 수 있는데 그것의 가장 큰 특징은 암시적인 언어표현과 시대적인 변화에 대한 둔감에 있다. 비현실의 강조에 따른 현실의 몰이해는 당시의 식민지 현실에서 '도피적인 시'로 보여질 수밖에 없다. 이때 남는 것은 표현의 수단으로서의 언어 혹은 언어 그 자체이다. 정지용이 '시의 주는 언어'라고 말했을 때 언어의 상징적 의미는 연소되어 버린다. 그리고 이와 함께 한국의 현대시는 본격적인 시작을 이룬다.

이때 언어는 표현의 새로움 뿐만이 아니라 그 실체의 혁신까지를 강요받게 된다. 언어라는 실체의 너머에 있는 언어를 관장하는 즉 언어주체에 대한 관심(언어를 언어이게 하는 실체의 문제)이 일어나게 되는 것도 이 대목에서 이다. 언어의 물질성과 언어의 초월성이 대립적으로 보이는 때이기도 한데 이를 우리는 서정주에서 발견할 수 있다. 그의 『화사

---

29) 김기림, 「상아탑의 비극」, 『동아일보』 1931. 7. 30 ‐ 8. 9.

집』은 관능성과 육체의 시적 표현으로 다루어지고 있다. 이는 정지용과 김영랑의 『시문학』과는 다른 의미에서 근대시의 새로운 장면을 연출하기에 이른다. 『화사집』의 첫 장을 장식하고 있는 『자화상』은 '시인 자신이 상징계/상상계 안에 극심하게 분열된 주체'로서 정체성의 모색을 겨냥한 작품으로 그 시사적 의의가 있다.[30]

마찬가지로 『화사집』의 마지막 작품은 「부활」이 장식하고 있다. 기독의 부활을 연상시킬 수 있는 이 작품은 『귀촉도』와 같은 이후의 시작과정을 가늠하는데 있어서 중요한 지표의 역할을 하고 있다. 이를테면 「부활」은 화사집의 세계가 '개(個)의 입장으로부터 전(全)의 입장으로 변신'하는데 있어서 하나의 분기점이 되는 작품으로 볼 수 있다.[31] 그런데 『화사집』은 형상적인 측면에서 프랑스 상징주의의 영향을 받고 있는 것처럼 보이지만 「부활」에서 보이는 영향관계는 괴테에서 찾을 수 있다. 괴테의 『파우스트』 서장은 『화사집』의 마지막 작품에 중요한 기여를 하고 있는 것으로 판단된다.

이른바 서정주의 주된 시론의 요체를 '개념의 시'가 아닌 '예지의 시'라고 했을 때, 그 예지의 영향관계는 보들레르에서 괴테로 이어지고 있는 것이다. 괴테의 『파우스트』와 『빌헬름 마이스터의 수업시대』와 『방랑시대』에 대한 그의 애착은 그의 산문들에서 발견된다. 모더니즘 시의 메커니즘을 부정과 새로운 것에서 찾는다, 근대시의 지향은 현실적인 것에서 발견되지 않는 비현실적인 것으로의 방향을 취하지 않을 수 없다. 물론 이것을 바라보는 수용자의 태도에 따른 시각의 편차를 무시할 수는 없다. 하지만 서정주에 이르러 이른바 '시적인 것'에 대한 영토의 재확인이 이루어지고 있다는 점만을 기억하기로 한다.

서정주는 『작고시인선』(정음사, 1950)을 출간한 바 있다. 여기에는 만해와 소월, 고월과 상화, 용아와 영랑 그리고 이상과 석정의 시가 실려

---

30) 김승희, 「정신분석적 기호학으로 본 서정주와 오장환의 시세계」, 『현대시 텍스트 읽기』, 태학사, 2001, 114쪽
31) 고석규, 「서정주 언어서설」, 『초극』, 1954.(『시인의 역설』, 지평, 1990, 190쪽)

있다. 이 시기에근대시에 대한 앤솔로지의 형태가 다수 출간되는데 이봉래와 유정이 엮은『한국시인전집』1(학우사, 1955) 등을 들 수 있다. 그런데도 서정주의『작고시인선』을 다시 살펴보는 이유는 서정주의 시를 바라보는 시선이 어디에 놓여져 있는가의 문제이다. 모더니즘 계열 가운데 이상의 경우를 살펴본다면 그의「역단」계열의 작품이 실려 있다. 지금은 다소 시사적인 맥락에서 논의가 뒤처지고 있는 이장희의 경우를 보면 언필칭 근대시를 '상징주의'의 맥락에서 살펴보고 있는 것처럼 보여진다. 물론 이것은 상대적인 평가에 따른 것이지만 다른 근대시의 수준작과 포개어지는 것을 발견할 수 있다. 이른바 '개념적인 표현'과는 다른 실존의 체감을 다룬 작품으로 서정주는 작품을 선별하고 있다.

이때 그 작품들이 보여주는 세계는 현실에 실재하고 있으나 일상적으로는 포착되지 않는 '비현실적인 대상'의 포착이라고 보아야 할 것이다. 이를 표현한 시인의 입장에서 살펴보자면 경제적인 교환의 관념으로는 무용한 것이지만 그렇다고 현실에서 없다고 할 수 없는 실재의 반경제적인 실상의 표현이라고 볼 수 있다. 이를 바타이유는 '저주의 몫'이라고 언표하였으며 이를 에로티즘을 경유하여 '신성의 포착'으로 유도하고 있다. 하지만 이를 문학적 표현의 맥락에서 살펴보자면 언어의 물질성을 초월할 수 없다는 한계가 동시에 내재한다. 이를 줄리아 크리스테바는 '말하는 주체'의, 기표/기의의 미끄러짐이라는 자크 라캉의 도움을 얻어 이를 언표하고자 하는, '기호적/욕동적 코라'를 통해서 설명하고자 하였다. 이 욕동적 코라가 산출하는 잉여의 표현은 초월적 대상을 지시하고, 일상적인 경제의 관념을 넘어서게 한다. 그 잉여의 표현을 다른 말로 하자면 아브젝시옹이라고 한다.[32] 실상 우리가 보게 되는 시적인 것 혹은 시성(poeticity)이란 언어적 표현의 잔존물 내지는 잔해라고 해야 할 것이다. 우리는 이러한 시적 모색을 서정주 이후에도 김춘수, 김수영 등에게서 발견할 수 있다.[33]

---

32) 줄리아 크리스테바,「공포의 권력」, 서민원 역, 동문선, 2001, 26~36쪽.
33) 졸고,「언어의 물질성과 초월의 가능성」,「민족문학사연구」16집, 2000. 6, 76쪽.

5. 맺음말

한국 근대시에 대한 양식론적 접근을 시도하려고 했을 경우에 부딪히는 문제는 여러 층위에서 제기될 수 있다. 고전주의와 낭만주의, 리얼리즘과 모더니즘, 전통지향과 근대지향 등의 대립되는 사조나 유형은 어렵지 않게 한국의 근대시문학사에서 발견할 수 있다. 양식론적 접근이란 이러한 대립뿐만이 아니라 이를 관통하는 공통분모의 추출에 있다고 할 것이다. 또한 이것은 이러한 대립에 포함되는 작가와 작품뿐만이 아니라 외국의 작가와 작품 그리고 영향관계를 추적한다는 의미에서 양식의 개념에 이르는 지난한 과정을 예상하기가 어렵지 않다. 이것은 어쩌면 가능하지 않은 과제이면서 그것이 문학 연구의 대상이라고 말할 수 있는가라고 『문학의 이론』을 집필한 필자들은 묻고 있는 듯하다.[34]

그럼에도 불구하고 양식론적 접근이라는 제목을 달고서 이 글을 시도한 이유를 밝혀야 할 단계에 도달하게 되었다. 양식이란 작품의 형식과 내용을 포괄하는 시대와 정신의 상위개념인 것이다. 어떤 시대의 양식으로 해당 작품을 지칭할 때 그 작품이 그 양식을 온전히 대표할 수 없다는 어려움은 그대로 남아있다. 이를테면 폐허 위에 있는 도리안 식의 신전 기둥이 있다고 할 때 그 신전의 기둥이 그 신전의 원래모습과 그 신전에서 제의를 하면서 기도를 바치던 사람들의 정신까지를 모두 보여주는 것은 아니라는 말이다. 하지만 그 신전의 기둥을 통해서 후세의 사람들은 상상의 나래를 펼쳐서 그 유형무형의 양식에 근접할 수 있게 되는

---

34) "어떤 시대 전체의, 또는 고전주의와 낭만주의라고 하는 문학 운동 전체의 형을 기술하려고 하면 그것은 극복하기 곤란한 난관에 봉착하게 된다. 그 까닭은, 우리들은 그 성격이 가장 다른 작가들, 때로는 많은 국가의 작가들 상호간에 공분모를 발견하지 않으면 안 되기 때문이다. ……그러나 그렇게 할 때에 우리들은 예술과 문학과의 관계, 모든 예술 간의 병행관계, 또는 인류문명의 위대한 시기가 계속해서 다가온다는 사실 등의 문제로 다시 되돌아와 있는 것이다." 르네 웰렉·오스틴 웨렌, 김병철 역, 『문학의 이론』, 을유문화사, 1982, 289쪽.

것이다.

  양식론적 접근이란 달리 말하면 현재의 관점에서 지난 시기의 시문학이 보여준 양상을 점검하는 반성의 개념 그 이상도 이하도 아니다. 현재 우리가 양식이란 말을 사용하고 있다면 그리고 양식이라는 말에 담고자 하는 함의는 이것이라고 할 수 있다. 이때 근대시에 대한 다양한 접근들 이를테면 시대상황과의 관련성이나 근대시의 형성과 인식의 문제, 이후의 모더니즘의 시사적인 전개에서 나타나는 문제 등은 어떤 고정점도 형성해 주지 않고 있다. 그러한 개념들이나 지표들은 문학작품의 표상들처럼 시사에서 부유하고 있다고 해도 과언이 아니다. 가장 일차적인 문제점은 이러한 지표들에 대한 실질적이고 형식적인 접근이 비교적 미흡하게 이루어졌기 때문이다. 이것은 문학연구에 있어서 방법론의 수용이라는 명목으로 작품을 해석하는 관행에 비추어보아서 알 수 있는 내용들이다.

  다른 한편 지금까지 검토한 것을 토대로 살펴본다면 제반 논의들은 그 시대와 문학이 요구하는 최소의 공통분모에서 개념화되고 있다는 것이다. 이것을 양식론의 물질적 기반이라고 볼 수 있다. 형식적인 것보다는 시대의 유의미성에서 물질적 기반을 확보하려는 이러한 노력은 형식적인 것을 부수적인 자리에 위치시키고 있다. 본질주의적인 측면에서의 시와 시성 그리고 시본위주의는 이런 면에서 형식적인 범주에 머물게 된다. 이러한 형식적인 범주에 있어서의 근대시는 내용성을 갖지 못하는 것으로 인하여 결핍을 갖게 되고 이것을 부정하는 방식을 택하게 된다. 이러한 부정의 계기가 바로 한국 근대시 전개과정의 메커니즘으로 작용하고 있다는 것이 주지의 사실이라면 이 부정성은 근대적 시문학에 있어서 양식을 산출하는 하나의 양상이다.

  그렇다면 이 부정성의 기반은 무엇인가? 모순적이게도 이 부정성은 언어에 기반하고 있다. 작품이 언어를 떠나서는 이루어질 수 없다는 것은 근대문학에서 있어서 하나의 불문율이다. 언어는 이중적인 양상을 띠고 있는데 이른바 기표와 기의의 양상이 그것이다. 그런데 언어에 기반하고 있는 부정성은 기표의 부정에 대해서는 인정하면서도 기의에 의한 부정에 대해서는 반쯤 눈감고 있다. 그 이유란 시대정신의 표현인 양식을 지탱하는 '정신'의 중심에는 이성이 위치하고 있기 때문이다. 다시 양식론의 물질적 기반이 내용 중심적이라면 그것은 이성 중심적이라는 것이며 시대의 타자로서 시는 현상된다. 그리고 시의 명칭으로서 '비현실'과 '비이성'이라는 특성이 부여된다. 이 비현실과 비이성이 이성의 시야에서 화해할 때 한국 근대시의 양식은 마감되고 하나의 명칭을 부여받게 될 것이다. 그러나 비현실과 비이성이 타자로 존재하고 언어가 현실과 이성을 표상하는 기능에 만족할 때 한국 근대시의 양식은 유예된다.

주제어 : 양식, 근대시, 자유시, 이미지, 모더니즘, 정신분석

◆ 참고문헌

고석규, 『시인의 역설』, 지평, 1990.
김승희, 『현대시 텍스트 읽기』, 태학사, 2001.
김춘수, 『한국현대시형태론』, 해동문화사, 1959.
김현·김윤식, 『한국문학사』, 민음사, 1973.
김현 외, 『현대한국문학의 이론』, 민음사, 1972.
김 현, 『상상력과 인간』, 일지사, 1973.
박인기, 『한국문학의 현대적 전개』, 지식산업사, 1999.
심원섭, 『한·일 문학의 관계론적 연구』, 국학자료원, 1998.
이승훈, 『한국모더니즘 시사』, 문예출판사. 2000.
임 화, 『임화의 신문학사』, 임규찬·한진일 편, 한길사, 1993.
정한모, 『한국현대시문학사』, 일지사, 1974.
한계전, 『한국현대시론연구』, 일지사, 1983.
한계전, 『한국현대시론사연구』, 문학과지성사, 1998.
구리야가와 하쿠손(廚川白村), 『근대문예십강』, 대일본도서주식회사, 1912.
이쿠다 슌게쓰(生田春月), 『新らしき詩の作り方』, 新潮社, 1918.
르네 웰렉·오스틴 웨렌, 김병철 역, 『문학의 이론』, 을유문화사, 1982.
츠베탕 토도로프, 『러시아 형식주의』, 이대출판부, 1981.
줄리아 크리스테바, 『공포의 권력』, 동문선, 2001.

◆ 국문초록

　시는 여러 가지 형식이 있다. 하지만 일반적으로 시를 머리에 떠올릴 때 그 형식은 자유시이다. 이 자유시의 내용적인 측면에서는 서정시와 결합된다. 이른바 근대시의 양식적인 측면에서 가장 우세하게 나타나는 양상이라고 할 수 있을 것이다. 양식이란 시대적인 의미와 밀접한 관련을 맺고 있다. 하지만 이른바 현재의 입장에서는 근대자유시를 상대화시킬 수 없다. 현재에도 시는 진화과정 중에 있다고 판단되기 때문이다.

　이 글에서는 한국의 근대시에 대한 양식적인 검토가 어떻게 이루어져 왔는가를 살펴보았으며, 특히 1920년대 자유시의 수용과정에서 나타난 굴절의 양상을 살펴보았다. 특히 이 시기에는 김억과 주요한의 논의가 주된 고찰의 대상이 되었다. 이들의 논의에는 자유시의 수용이라는 문제와 함께 자유시의 창작이라는 과제가 병치되어 있다. 이 때문에 이후의 시사에서 끊임없이 새로운 시에 대한 새로운 영역에 대한 도전이 이루어진다. 그리하여 현대시의 시작이라고도 일컬어지는 1930년대의 시문학을 이전의 시기와 연계하여 살펴볼 수 있다.

　1930년대 시문학의 가장 큰 특징은 시의 본질에 대한 탐구가 행하여졌다는 점과 함께 시에 있어서의 언어에 대한 자각이 동시에 이루어졌다는 점이다. 이것은 이론과 창작 사이의 일정한 간격을 유발시키게 되었는데 이러한 '틈'에 대한 인식은 한국 시문학의 특수성을 부각시킨다. 그렇다면 이러한 대상에 대한 고찰의 인식도 변화되어야 할 것인바 그리하여 이러한 태도를 '정신분석'이라고 칭하였다. 다른 말로 하면 이 시기에 이르러 한국의 시문학은 하나의 존재로서 인식되기에 이르렀다는 것이다.

◆ SUMMARY

Approach to Stylistic Method on Modern Poetry in Korea

Heo, Yuhn-Hoi

We can see that poem form divided various way. When we imagined poetry generally, we across free-verse type in poetic form. Free-verse type matched Lyric poetry in subject matter's way. So We call that Free-verse type is dominant style on poetry in modern times. Style in literature is associated with the time's meaning disclosure as well as nowaday. It's meaning for style in literature to absolute approach not relative. Poetry style is going to evolution until times on. This article poetry style is influenced how course drive on modern poetry in korea. Specially, we search for how refracted under process of perception of foreign literature in modern poetry. Kim-Euk(金億) and Ju-Yo han(朱燿翰) is outstanding figure as the poet and the critic. Their's argument is juxtaposition with process of perception and production on free-verse type. Because of many poet are challenge to newer territory of poetry in history of modern poem timeless. Therefore modern poetry is connected with previous poetry in modern character so call epoch of modern poem realm in poetic language. Vice versa these phase take on a symptom like that tree became grow up, a branch take on distance each route gradually. Awakening of gap in modern poetry show us the difference between theory and realm. We call it that psycho-analytical way, such a view poetry consider as a being like human with blood and vein. It's meaning new beginning is process of intrinsic struggle at that time with perception of poetry on realm step by step.

Keyword : style in literature, modern poetry, free-verse type, image, modernism, psycho-analytical approach.

이 논문은 1월 15일 투고되어 소정의 절차를 거쳐 2월 10일 게재 확정되었음.

1920년대 민요시의 근원(根源)과 성격

심 선 옥*

1. 문제의 제기

1920년대 민요시 운동에 대한 지금까지의 연구는 민족문학과 민중문학의 관점에 집중되어 왔다. 이러한 관점에서 접근할 때 1920년대 민요시는 "민족적인 것, 민중적인 것, 전통적인 것의 탐구라는 문학적 대응양식"[1]으로서 그 의미를 갖는다.

이 논문은 한국 근대시의 형성과정에서 민요와 민요시의 역할에 주목하여, 1920년대 민요시의 의미를 살펴보고자 한다. 이를 위해 민요시 운동이 제기되었던 배경과 그 문학사적 근원을 해명하는 일이 우선되어야 한다. 지금까지 단절적으로 연구되어 왔던 애국계몽기와 1910년대, 1920년대를 하나의 연구 범위로 포괄하여, 민요의 근대적 변용(變容)이 실현되는 양상을 살펴보는 작업이 필요하다. 애국계몽기의 가곡개량운동을 통해 민요의 사설을 변형한 '민요조 시가'들이 근대적인 인쇄물을 통해 다수 발표되었으며, 이는 1910년대까지 계속되었다. '민요조 시가'는 민

---

* 성균관대.

[1] 박경수, 「한국 근대 민요시 연구」, 부산대 박사학위 논문, 1989. 7쪽.

요와 근대시가 접합하는 지점에서 만들어진 과도적인 시가(詩歌) 형식이라고 할 수 있다.

1920년대 민요시는 이러한 '민요조 시가'의 성과를 바탕으로 삼고 있다. 그런데 민요의 창곡(唱曲)과 형식 원리에 의존하는 '민요조 시가'와 달리 민요시는 근대적인 의미의 자유시, 개인 서정시가 확립되는 시기에 제기된 것으로, 민요의 형식적인 구속력이 약화된 반면 민요의 정서적·미적 특징이 부각된 양식이다. 1920년대 민요시의 특징을 해명하기 위해서 우선적으로 민요의 정서적·미적 특징에 대한 당시 지식인들의 의식을 살펴보아야 하는 이유가 여기에 있다. 이들의 민요 의식이 민요시 운동에 반영되어 있기 때문이다.

또한 1920년대 민요시운동은 동일한 성격으로 규정할 수 없는 내부적인 다양성이 존재하였다. 시기적으로도 1924년을 전후하여 민요시의 성격이 달라진다. 이러한 차이의 양상과 그 의미를 밝혀냄으로써 한국 근대시의 형성과정에 내재하는 다양성과 역동성을 이끌어낼 수 있을 것이다. 대표적 민요시인인 김소월의 작품을 통해 민요시의 근대적 성격과 가능성을 구체적으로 밝혀 보고자 한다.

2. 애국계몽기와 1910년대의 민요와 민요조 시가

한국 근대시의 형성과정에서 민요의 역할에 처음으로 주목한 것은 애국계몽기의 지식인들이다. 이들은 향락적인 민요와 통속민요2)가 세간의

---

2) 통속민요는 "잡가를 불러온 전문 음악인들에 의해 만들어져 잡가의 하나로서 연행된 민요풍의 노래"이다.(강등학·강진옥 외, 「한국 구비문학의 이해」, 월인, 2000, 198쪽) 19세기 후반에 잡가가 성행하면서 각 지역에서 전승되던 민요를 다듬어 노래하게 되었고, 또 민요와 유사한 노래를 새롭게 만들어내기도 하면서 민요풍의 노래가 잡가의 하위 장르로 자리잡게 되었다. 이후 통속민요의 인기가 점점 높아져서 1910년대에 이르면

풍속을 어지럽히고 있다고 우려하면서, 가곡개량운동을 전개하였다.

　　소위 가곡(歌曲)이 도시(都是) 수심가, 난봉가, 알으랑, 홍타령 등류뿐이니 차하 궁흉거악(窮凶巨惡) 음담패설지성야(淫談悖說之成也)오3)

　　우리나라 근래에 여항간(閭巷間)에 홍타령이 다수히 파전되나 약시(若是)히 명사(名詞)가 호(好)한 가조(歌調)로 치남우녀배(痴男愚女輩)가 음풍왜음(淫風哇音)으로 변작(變作)하여 상간복상(桑間濮上)의 습속(習俗)을 전염케 하니4)

　　근세(近世) 아국(我國)에 유행하는 시가를 관(觀)하건대 태반 유미(唯靡) 음탕(淫蕩)하여 풍속의 부패만 양(釀)할지니5)

애국계몽기의 지식인들은 당시에 널리 유행하던 민요와 통속민요를 음담패설, 음풍왜음, 유미 음탕의 노래라고 비판하면서, 그 사설을 직접 개량하는 일에 앞장섰다. 이들의 민요 이해는 두 가지의 특징을 보여준다.

첫째는 민요와 통속민요를 구분하지 않고 동일한 차원에서 이해하고 있는 점이다. 가곡개량운동의 대상이 된 노래도 수심가, 아리랑, 홍타령, 영변가, 육자백이, 양산도, 뱃노래, 농부가 등으로 민요와 통속민요가 섞여 있다.

둘째는 가곡개량운동이 표면적으로는 향락적인 성격의 민요와 통속민요를 부정하는 것처럼 보이지만, 실상은 민요와 통속민요의 대중성을 절대적으로 인정하고 있다는 점이다. 가곡개량운동에는 민요와 통속민요의 대중적인 영향력에 힘입어 계몽의 이념을 전파하려는 의도가 깔려있었다. 애국계몽기의 지식인들이 민요와 통속민요를 구분하지 않은 이유가 여기에 있다. 이들에게 민요와 통속민요의 차이는 중요하지 않았으며,

---

　　잡가의 주류 장르로 부상하였다. 통속민요는 다시 각 지역으로 역유입되어 지역민들의 민요에 영향을 주는 등, 잡가에 속하면서도 민요와 긴밀한 영향관계를 유지하였다.
3) 금혜(琴兮), 「가곡개량의 의견」, 『대한매일신보』, 1908. 4.
4) 아양자(莪洋子), 「가조(歌調)」, 『태극학보』, 1908. 7.
5) 『대한매일신보』, 1909. 11. 11.

288

다만 풍속을 개량하고 애국계몽의 이념을 전파하기 위한 대중적인 수단으로서 그 의미가 있었기 때문이다. 그리고 가곡개량운동의 대상이 된 노래 중에서 통속민요가 압도적으로 많은 사실을 볼 때, 이미 통속민요의 대중적인 영향력이 민요보다 우세했음을 알 수 있다. 항간의 노래가 음풍, 유미(唯靡)하여 풍속을 저해한다는 이들의 주장도 당시 대중적인 인기를 얻고 있던 통속민요에 근거해서 나온 것임을 짐작케 한다.

가곡개량운동을 통해 민요와 통속민요는 각각의 형식과 미의식에 맞는 근대적인 형태의 '민요조 시가'로 전환하였다. '민요조 시가'는 『독립신문』 이후 1910년대까지 근대적인 인쇄물을 통해 발표된 시가 작품으로서, 민요의 관용구와 후렴을 사용하거나 민요의 창곡(唱曲)에 근거하여 사설을 변형한 시가를 가리킨다. '민요조 시가'는 민요의 관용구와 후렴, 창곡을 유지하는 점, 생활 현장에서 우러나온 민중들의 정서와 미의식을 지향하는 점에서 민요와 공통점을 갖는다. 하지만 자생적이고 집단적으로 창작되는 민요와 달리 개인 창작이 중심이며, 노래로서의 기능 뿐 아니라 읽는 시로서의 기능을 겸하였고, 민요와 같이 지역 공동체를 기반으로 구비 전승, 전파되는 것이 아니라 근대적인 형태의 저널리즘을 통해 문자의 형태로 창작, 전파되는 점에서 민요와 다르다. '민요조 시가'는 민요와 근대시가 접합하는 지점에서 만들어진 과도적인 시가(詩歌) 형식이라고 할 수 있다. 즉 민요의 언어와 정서, 미의식을 계승하고 당대의 이념적인 지향을 결합시켜 근대적으로 변형된 형식이다.[6]

아르랑 아르랑 알알이오 아르랑 철철 비 씌워라
아르랑타령 정 잘ㅎ면 동양삼국이 평화되네
우리 삼국은 형뎨갓치 동죵동문에 친밀일세
　　　　　　　　− 축동(丑童)의 동요, 「아르랑타령」[7] 부분

6) 졸고, 「애국계몽기와 1910년대 '민요조 시가'의 양상과 근대적 의미」, 『민족문학사연구』 20호, 2002. 6, 32~33쪽.
7) 『대한매일신보』, 1907. 7. 28.

쟈고야 우지 말아 울나거든 너 혼쟈 울지
국가스샹에 잠 못든 날 샌지 웨 씨우느냐
녕변의 약산 동디야 네 부디 평안이 잘 잇거라
내 명년 츈삼월에 오거든 쏘 다시 맛나쟈
남산을 브라보니 번화ㅎ기가 한량이 업고나
언졔나 뎌 사롬 이긔고 잘산단 말이냐
— 「슈심가」8) 부분

뱃노래, 농부가, 흥타령, 아리랑 등의 민요를 변형한 민요조 시가들은 육체 노동과 자연 순응의 민중적인 삶에서 우러나온 건강함과 낙관적인 의식을 표현하였다. 실제로 아리랑은 "윤리·규범의 질곡을 거부하는 감성적 해방, 개화와 함께 밀어닥친 기막히는 세태, 일제 식민지로의 편입 과정에 직면하는 생활 체험 등에 때로는 맞서고 때로는 우회하면서 개인적 민족적 현실을 모두 노래의 대상으로 삼"으면서 "공동체로서의 민족적 자아를 확인해 나가는"9) 근대 민요의 성격을 확립하였다. 이러한 근대 민요로서 아리랑의 성격은 민요조 시가에도 영향을 주었다. 아리랑을 변형한 민요조 시가의 창작은 1920~30년대 초반까지 이어졌는데, 1922년에 김형원이 발표한 「아이들노래」(『개벽』, 1922. 3)를 시작으로 김동환의 「아리랑고개」(『조선지광』, 1929. 2), 김형원의 「그리운 강남」(『별건곤』, 1929. 4), 이경로의 「농촌아리랑」(『조선일보』, 1930. 3. 9), 허수만의 「숫장사의 노래」(『농민』, 1933. 10) 등의 작품이 있다.

한편 위의 「슈심가」에서 보듯이 통속민요는 남녀간의 연정(戀情)과 이별의 정한(情恨)을 주로 노래하였다. 그런데 가곡개량운동을 통해 님과 시적 화자의 관계가 국가와 민족 구성원의 관계로 전이(轉移)되면서 국권 상실의 위기에 처한 현실과 그 비통한 심정을 표현하는 민요조 시가로 변형되었다.

---

8) 『대한매일신보』, 1907. 9. 5.
9) 김시업, 「근대민요 아리랑의 성격 형성」, 임형택·최원식 편, 『전환기의 동아시아문학』, 창작과비평사, 1985, 233쪽.

일제 강점을 계기로 1910년대의 시단은 크게 변화하였다. 애국계몽기의 국문운동으로 위축되었던 한시가 다시 전면에 나서고, 상대적으로 민요조 시가·시조·창가·가사 등의 국문시가는 답보의 상태에 빠져든다. 『매일신보』의 「가요」난에 발표된 국문 시가를 보더라도 일본 천황의 은덕과 식민지 지배정책을 찬양하는 송축가들이 대부분이다. 민요조 시가도 인생무상과 유흥의 정서를 노래하거나 농민들을 계도하여 신민(臣民)의 의무를 촉구하는 내용이 많아졌다.

이처럼 국내의 민요조 시가들이 시대적인 이념과 미의식을 담아내지 못하는 상황 속에서 민요조 시가의 근대적인 의미는 국외로 옮겨가게 된다. 상해나 연해주로 망명을 떠난 우국지사들, 북간도와 미주지역의 이주민들, 해외 유학생들에 의해 민요조 시가의 창작이 이어졌다. 이들은 국권 상실의 비통함과 우국충정, 떠나온 조국과 고향에 대한 그리움을 민요조 시가에 담았다. 국외에서 민요조 시가의 창작이 계속될 수 있었던 데는 민요의 역할이 컸다. 조국을 떠나 국외에서 살아야 하는 사람들에게 민요는 새로운 의미와 위상으로 자리잡았다. 상해나 연해주로 망명을 떠난 우국지사들은 민요를 독립군의 노래, 항일혁명의 노래로 불렀다. 가난과 수탈을 견디지 못해 북간도를 유랑하던 사람들과 미주 지역의 이주민, 해외 유학생들에게 민요는 한(恨)과 그리움의 노래로 불려졌다. 이들은 민요를 통해 조국과 고향에 대한 그리움을 달래고, 민족 구성원으로서의 정체성과 동질성을 확인하였다.

탁목됴야 탁목됴야 / 고목나무 쑈ㅂ지말아
네 아모리 비 곱하도 / 고목나무 쑈ㅂ지말아
바람비를 다 격고셔 / 수천년을 늙어고나
쏫치퓌면 보기됴코 / 입사귀는 그늘이라
우리형뎨 의지ㅎ니 / 고목나무 쑈ㅂ지말아
뎌 가지가 부러지면 / 금슈강산 젹막ㅎ다

— 「탁목됴」[10] 전문

저 건너 불함산(不咸山)에, 무궁화 한 쌍을 심었더니,
모진 광풍에, 다 쓰러지난 모양
오장이 터져, 내가 못볼게나
　　　　　　　　− 양구생(兩球生), 「육자가(六字歌)」11) 부분

「탁목됴」는 동학혁명 당시 널리 불렸던 「파랑새 노래」를 변형한 것이다. 「파랑새노래」에서 동학 교주인 전봉준을 상징했던 녹두나무와 파랑새의 비유가 「탁목됴」에서는 조국의 상징인 고목나무와 그 나무를 쪼는 탁목죠(啄木鳥)로 바뀌었다. 일본 유학생이 지은 「육자가」는 식민지로 전락한 조국의 운명에 대한 비통한 심정을 표현한 것이다.

‘민족의 노래’ ‘고향의 노래’로서 민요의 기능은 국권 상실을 전후하여 새롭게 형성된 것이다. 이전까지 민요는 지역을 단위로 하여 노동과 생활 공동체의 내부에서 불려지고 전승되던 노래였다. 통속민요의 유행으로 민요의 지역적·집단적·계층적 경계가 확장되고 정서적인 보편성을 얻게 되었지만, 통속민요에서도 민족이나 고향에 대한 의식은 크게 두드러지지 않았다. 국권 상실을 전후하여 국외로 이주한 사람들을 통해 민요는 ‘민족의 노래’ ‘고향의 노래’로 새롭게 ‘발견’된 것이다. 이러한 기능의 변화는 민요의 정서와 미의식에도 변화를 불러일으켰다. 민요에서 민족성과 향토성을 표현하는 언어와 제재가 점차 부각되었으며, 이것은 다시 ‘민족의 노래’ ‘고향의 노래’로서 민요의 성격을 확고하게 만드는데 기여하였다. 민요는 그 자체만으로 민족의 비극적인 운명을 환기시키는 시적 장치가 되었다.

---

10) 「신한민보」, 1912. 2. 5.
11) 「학지광」 4호, 1915. 2, 51~52쪽.

3. 1920년대의 민요 의식

1920년대 초부터 『개벽』을 중심으로 민요의 채록과 소개가 활발하게 이루어졌다. 당시민요에 대한 의식은 크게 두 가지로 나타난다. 하나는 민요를 '설움과 한의 노래'로 규정하는 것이며, 다른 하나는 '민족성을 표현한 노래'로 규정하는 것이다.

1920년 11월 『개벽』에 「경성시내의 현행 동요」가 채록되어 있는데, 그 소개의 글에는 민요를 부녀자들이 처량한 곡조로 부르며 시집살이의 쓰라림을 애소(哀訴)하는 노래라고 설명하였다.

> 경성 시내의 13-4세 이하의 여자는 자기 몇 사람이 만나기만 하면 우(右)의 노래를 부르며 즐긴다. 그 곡조는 심히 처량하게 되었다. 그 의의를 알지 못할 점은 있으나 여하간 시집살림의 쓰라림을 서로 애소(哀訴)함이다.[12]

그리고 C. S. C생은 경북 지역에서 널리 불리는 민요인 길쌈 노래를 소개하면서 "다정다한(多情多恨)" "다루다애(多淚多哀)"한 노래라고 설명하였다.[13] 이러한 민요 이해는 민요의 성격을 '애(哀)'와 '한(恨)'으로 일면화시킨 문제가 있지만, 민요를 구연자의 생활에서 우러나온 삶의 노래로 이해하고 있는 것이 특징이다.

제주도의 민요 50수를 채록하여 『개벽』에 발표한 강봉옥(康奉玉)은 민요에 대한 복합적인 이해를 보여준다. "민요는 그 민족성의 표현된 꽃"이라고 설명하는 한편 "노골적 단조로운 <리리크>로써 참으로 우리 민족이 인정에 주리고 사랑의 동경에 심정의 샘이 넘쳐나는 설음이올시

---

12) 『개벽』 5호, 1920. 11, 94쪽.
13) C. S. S 생, 「다한 다루(多恨 多淚)한 경북의 민요 - 새벽 길삼지기는 넌, 사발옷만 입더란다」, 『개벽』 36호, 1923. 6, 24쪽.

다.……추종(追從)없고 겁나(怯懦)없는 순결한 인간성, 소박한 애소(哀訴), 흠없는 고백이 원시적 선율로써 노래한 <센티멘탈>의 미입니다."14)라는 설명을 덧붙이고 있다. 민요를 '설음의 노래'이자 '민족의 노래'로 규정하고 있는 것이다. 그런데 실제로 소개된 민요들을 보면 '설음의 노래'에 집중되어 있어서 "민족성의 표현된 꽃"이라는 규정은 수사(修辭)적인 표현에 그치고 있다.

이에 앞서 박종화는, 19세기말부터 시작된 러시아의 신민요(新民謠) 창조운동을 소개하면서 민요와 민족성, 민요와 민중성을 결합시킨 바 있다.

> 한 민족의 민요가 곧 그 민족성의 반향임을 따라 그 민족문화에 대하여 얼마나 큰 가치와 심절(深切)한 관계가 있음은 우리가 일찍이 안 바거니와 ……러시아의 민요는 세계 민요 속에 첫째로 손을 꼽는 중의 하나이다. 이야말로 러시아 민족시의 정화(精華)요 민중 예술의 경이라 할 것이다.15)

박종화의 이 글에서는 민요를 "민족성의 반향"이며 "민족시의 정화"라고 규정한다. 그가 말한 '민족성'은 '한 민족의 고유한 정서와 문화'라는 의미보다 '민중성의 표현'에 그 핵심을 두고 있다. 그는 이어서 고대 민요와 신민요의 차이점에 대하여 "고대 민요는 너무 개성미가 엷으나 현대에 유행되는 민요는 자기의 말과 자기의 감정 곧 자기 개성의 각 방면을 자기의 마음으로 노래하고자 하고 자기의 감촉 아래에 아름다운 시의 결정을 읊고 싶은 바 곧 근대인의 경향을 솔직하게 표현"하는 것이라고 설명한다. 즉 고대 민요와 신민요의 차이는 개성의 자유로운 표현에 있다는 것이다. 이러한 설명은 근대시의 형성과정에서 민요의 역할 및 그 변화의 방향을 짚어낸 점에서 주목된다.

홍종인은 평안북도 용강 지역에서 불리던 민요 30수를 채록하여 발표하였는데, 민요의 성격을 "비곡(悲曲)"으로 규정하였다. 특히, 그는 근대

---

14) 강봉옥, 「제주도의 민요 50수 - 맷돌가는 여자들의 주고받는 노래」, 「개벽」 32호, 1923. 2, 39쪽.
15) 박종화, 「러시아의 민요」, 「백조」 1호, 1922. 1, 135쪽.

시인과 민요의 관계를 강조하고 있다.

> 이에 다시 세계 인류로 조선 사람으로 우리 강산에 우리의 말로써 살 우리 민족의 장래에 올 새 시인은 먼저 우리의 민요 애요(哀謠)에 튼튼히 악수하여야만 할 것을 말해둔다.16)

이 글에 따르면, 민요는 '조선 사람으로 우리 강산에 우리의 말로써' 창조되는 민족시와 '새 시인'이 창작하는 근대시가 결합하는 지점으로서 중요한 의미를 갖는다. 홍종인은 김소월과 같은 오산학교 출신이다. 이러한 사실을 미루어 볼 때, 일찍부터 오산학교에서 민요와 근대시, 민족시의 관계에 대한 고려가 있었을 것으로 짐작된다.

민족적인 관점에서 민요의 역할에 주목하는 태도는 1924년 이후에 보편화되었다. 주요한은 외국문화의 전제에서 벗어나서 국민적 독창문학을 건설하기 위해서는 우리 민족이 가진 사상, 정서, 전통, 창조력을 발견하고 해석하는 것이 중요하다고 말한 뒤 "우리가 가진 유일한 발족점이 한시도 아니오 시조도 아니오 민요와 및 동요"라고 주장한다. "조선말로 쓴 노래가 조선 사람의 가슴에 먼저 울리기 전에 예술적 가치가 생길 것 아니"기 때문이다.17) 이광수도 근대시의 창작에서 민요의 가치를 높이 평가하였다.

> 민요 속에서 우리 민족에게 특별히 맞는 리즘[리듬; 인용자]을 발견하는 동시에 우리 민족의 감정의 흐르는 모양(이것이 소리로 나타나면 리즘이다)과 생각이 움직이는 방법을 볼 수가 있다. 새로운 문학을 지으려하는 우리는 우리의 민요와 전설(이야기)에서 이것을 찾는 것이 절대로 필요하다.18)

이광수는 민요의 바탕이 되는 민족적 리듬을 '느리고' '즐겁고' '한가

---

16) 홍종인, 「용강민요 30수」, 『개벽』 34호, 1923. 4, 84쪽.
17) 주요한, 「노래를 지으시려는 이에게」, 『조선문단』 2호, 1924. 11, 49쪽.
18) 이광수, 「민요소고(1)」, 『조선문단』 3호, 1924. 12, 31쪽.

한 것'에서 찾고 있다. 또한 그 형식적 특징으로는 평조(平調)인 4·4조를 기본으로 악조(樂調), 변조(變調), 비조(悲調), 격조(激調), 난조(亂調)가 있으며, 서로 대(對)되는 구절, 대(對)하는 위치에 운(韻)을 다는 것이라고 설명하였다.

주요한과 이광수의 민요 이해는 기본적으로 1910~20년대 초기의 신문학에 대한 반성에서 나온 것이다. 즉 신문학이 대중적인 기반을 얻지 못하고 있는 현실에 대한 반성 및 전통적으로 존재해 온 모든 정형율의 파괴를 지향했던 자유시에 대한 반성을 바탕으로, 신시 운동의 새로운 방향을 모색하였다. 그것은 민족 고유의 전통에 근거하여 민족적인 정서와 사상, 언어와 리듬을 표현하는 근대시의 창조로 구체화되었다. 이와 함께 민족의 고유한 역사와 생활을 반영하고 있는 문화유산으로 민요의 중요성이 부각되었다. 그런데 이러한 관점은, 민요가 지닌 삶의 핍진성(逼眞性)과 역동성을 부차적인 것으로 만들고, 민족적인 사상과 감정의 구현체로서 민요를 관념화·고정화시키는 경향이 있었다.

한편, 김동인의 소설 「배따라기」(『창조』 9호, 1921. 6)는 민요를 이해하는 새로운 방법을 보여준다. 평안도 영유가 고향인 이 소설의 주인공에게 '영유 배따라기'는 그의 운명에 대한 위로이자 운명을 견디는 힘이다. 만약 배따라기가 없었다면 그는 자신에게 덮쳐온 '운명의 힘'을 견뎌내지 못했을 것이다. 자신의 실수로 아내를 잃고, 집나간 동생을 찾아 떠돌아다니면서 그가 부르는 배따라기 속에는 지나온 삶에 대한 회한과 고향에 대한 그리움, 아내와 동생에 대한 뉘우침이 들어 있다. 이러한 것들이 응축되어 그의 배따라기에는 사람의 마음을 움직이는 어떤 특별한 힘이 생겨난다. 그래서 똑같은 가사와 곡조일지라도 그의 배따라기는 다른 사람이 부를 수 없는 그 자신만의 배따라기가 된다. 소설 「배따라기」는 집단적인 체험과 정서를 대변해온 민요가 개인의 운명에 주목하는 근대 사회로 넘어오면서, 개인적인 체험과 결합하여 새롭게 자신의 위상을 정립하는 양상을 보여주고 있다. 이를 통해, 민요의 근대적 전환이 가사(歌詞)의 차원뿐 아니라 개인의 생활체험에서 오는 정서의 변화까지도 동반해야 하는 것임을 알 수 있다.

4. 민요시론과 민요시 - 김억과 김소월을 중심으로

1) 김억의 민요시론

지금까지 확인된 것으로, 한국 근대시문학사에서 '민요시'라는 용어는 1922년 7월 『개벽』에 김소월이 「진달래꽃」을 발표하였을 때 처음 사용되었다. 1923년 8월 『신천지』에 발표한 「왕십리」에도 '민요시'라는 형식 명칭이 붙어있다. 이후 1923년 12월의 평론에서 김억은 「삭주구성」 등에 대해 "재래의 민요조 그것을 가지고 어떻게도 아리땁게 길이로 짜고 가로 엮어 고운 조화를 보여"주었던 작품으로 평하면서 김소월을 "민요시에 특출한 재능이 있"[19]는 민요시인으로 규정하였다.

김억에 앞서 김소월의 시재(詩才)에 주목했던 박종화는 "아름답고도 슬픈 애수의 조율(調律)"[20] "서정적 아름다운 말과 이름" "안타까운 정서"[21]라고 평했을 뿐 민요시에 대한 언급은 없었다. 김기진은 김소월의 시를 '민요적 서정 소곡'이라고 이름 붙였다. 김기진이 사용하는 '민요적 서정 소곡' '민요적 서정시'는 "조선 재래의 민요(혹은 동요)적 리듬과 그 부드러운 시골 정조"라는 의미이다.[22] 김기진은 프로문학의 입장에서 민요와 민요시에 대해 부정적인 시각을 갖고 있었으며, 김소월의 민요시에 대해서도 다분히 비판적인 입장("보잘 것이 없다." "단순히 리리시즘인

---

19) 김억, 「시단의 1년」, 『개벽』 42호, 1923. 12, 43쪽.
20) 박종화, 「월평」, 『백조』 2호, 1922. 5.
21) 박종화, 「문단의 1년을 추억하여」, 『개벽』 31호, 1923. 1.
22) 김기진, 「현 시단의 시인」, 『개벽』, 1925. 4.

것”)을 취하고 있다. 주요한은 김소월의 시에 대해 ‘민요적 기분’[23] ‘민요조’[24]라고 평하는데, 이것은 시의 정서적 특징을 규정한 것이었다.

이상에서 알 수 있듯이 ‘민요시’라는 용어는 1922~1923년 사이 김소월과 김억에 의해 처음으로 제기되었다. 이는 1924년 이후에 주요한·이광수 등이 제기한 민요시 운동보다 앞선 것이었다. 또한 김소월과 김억이 사용한 ‘민요시’의 개념은 1924년 이후의 그것과 다른 점이 있다.

김억은 다음과 같이 ‘시의 족보’를 분류하면서, 민요시를 서정시 장르의 하위 범주인 양식 개념으로 규정하였다.

시의 족보

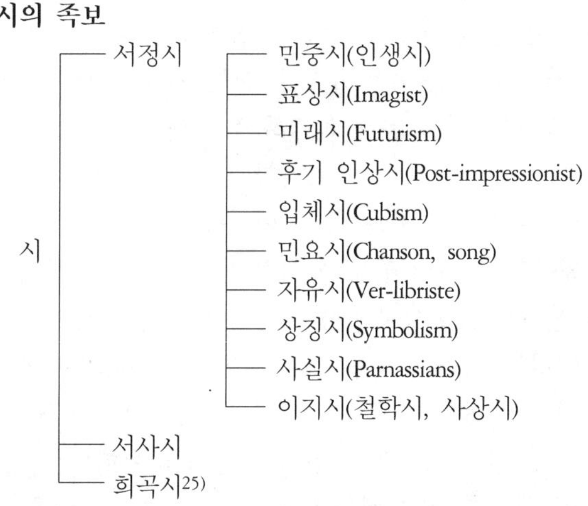

김억은 민요시를 미래시, 입체시, 자유시, 상징시 등의 근대적인 시 양식과 대등한 하나의 양식 개념으로 설정하고 있다. 특히 자유시와 대비

---

23) 주요한, 「문단시평」, 『조선문단』 1호, 1924. 10, 66쪽.

24) 주요한, 「7월의 문단」, 『동아일보』, 1926. 7. 25.

25) 김억, 「서문대신에」, 『잃어진 진주』, 평문과, 1924. 이 번역시집은 1924년에 출판되었지만 「서문대신에」의 탈고날짜가 “1922년 정월 25일/ 역자 출세(出世)후 9천6백2십3일 되는 날”로 표시되어 있다. 당시 김억은 소월의 고향집 근처인 평북 정주군 곽산면에 머물고 있었으며, 소월과 계속 교류하였다. 따라서 이 글은 1922년 1월을 전후하여 뼈대가 작성되었으며, 출간할 때 다듬어졌을 것으로 짐작된다.

298

하여 민요시의 형식적인 특징을 설명한다.

> 자유시의 특색은 모든 형식을 깨뜨리고 시인 자신의 내재율을 중요시하는 데 있습니다. 민요시는 그렇지 아니하고, 종래의 전통적 시형(형식상 조건)을 밟는 것입니다. 이 시형을 밟지 아니하면 민요시는 민요시다운 점이 없는 듯 합니다.26)

이러한 민요시의 규정에는 근대시의 이상적인 양식으로 추구되어 온 자유시가 실제 창작에서 드러냈던 문제점이 반영되어있다. 김억은 일본 유학시절부터 『학지광』을 통해 자유시의 창작을 선도해왔다. "시인의 호흡과 고동에 근저를 잡은 음률(音律)의 정신과 심령(心靈)의 산물일 절대 가치를 가진 시"27)로서 자유시를 지향하였다. 그는 자유시에서 내적 통일성을 시의 형식, 특히 음악성을 통해 해결하고자 하였다. 이것은 그의 시와 시론에서 음률(音律), 음조(音調), 곡조(曲調), 악조(樂調) 등을 강조하는 것으로 나타난다. 하지만 김억은, 모든 형식을 파괴하고 시인의 내재율만을 강조했던 자유시가 시의 압축과 내적 통일성을 감당하지 못하고 주관적인 감정의 산만한 표현으로 떨어지는 것을 경험하였다. 이러한 자유시의 문제를 해결하는 하나의 방법으로서 민요시가 제기된 것이다.

김억의 민요시론에서 주목할 것은 '민요시'와 '민요'의 관계에 대한 언급이 없다는 점이다. 또한 민족적인 사상과 감정의 구현체로서 민요에 대한 의식도 나타나지 않는다. 민요시를 Chanson, song으로 규정한 것에서 알 수 있듯이, 김억이 구상했던 민요시는 자유시에 대응하는 '노래'의 양식이었다.

김억은 민요시의 전형적인 작품으로 김소월의 「금잔듸」와 「진달래꽃」을 제시하면서 자신의 민요시론을 구체화시키고 있다.

---

26) 김억, 앞의 글.
27) 김억, 「시형의 음률과 호흡」, 「태서문예신보」, 1919. 1. 13, 5쪽.

순실(純實)한 심플리시티가 떠도는 고운 시라고 하고 싶습니다. 단순성(單純性)의 그윽한 속에, 또는 문자를 음조 고르게 여기저기 배열한 속에 한없는 다사롭고도 아릿아릿한 무드가 숨어있는 것이 민요시입니다.[28]

김억은 민요시의 조건으로, 음조가 고르게 문자를 배열(형식)하고 다사롭고도 아릿아릿한 무드(정조)를 표현하는 것을 든다. 음조에 대한 고려는 언어의 음성적 자질, 즉 청각에 대한 세심한 배려를 의미한다. 김억은 시에서 '음악성이 없는 벽자(僻字), 벽음(僻音)을 피할 것'을 주문하였거니와, 실제로 김억과 김소월의 민요시에는 '아롱아롱, 해적해적, 산들산들, 찰랑찰랑, 송이송이, 하늘하늘, 너훌너훌' 등의 부드럽고 둥근 어감(語感)을 지닌 의성어와 의태어가 많이 나타난다. 그런데 이러한 어휘들은 대부분 유아적인 차원의 단순 감각을 표현하는 것으로서, 1920년대 민요시가 동요적인 기분으로 떨어지는 원인이 되었다.

김억이 민요시의 정조(情調)로 제시한 '한없는 다사롭고도 아릿아릿한 무드'는 '스윗·쏘로우'(Sweet Sorrow)를 가리킨다. 그는 '스윗·쏘로우'에 대하여 "괴롭고도 설운 즐거움입니다. 심령(心靈)의 속삭임이 리듬이라는 비를 받아, 곱게 핀 애달픔 많은 꽃이라고 하고 싶습니다. 배암에 물리운 죽으려도 죽을 수 없는 개구리의 심정 같은 시인의 심정에는 무엇이라 말할 수 없는 Sweet Sorrow가 있습니다."[29]라고 설명하였다. '스윗·쏘로우'는 슬픔과 고통 속에서(또는 슬픔과 고통을 통해) 아름다움을 느끼는 복합적인 정서로서, 사랑과 고통의 아름다움이 공존하는 섬세한 심리 묘사를 통해 가장 잘 드러나는 것이다.

김억의 민요시론에서 민요시의 형식과 정조를 통괄하는 상위 기준은 '심플리시티'(simplicity), 즉 '단순성'에 있다. '단순성'은 시의 언어와 형식, 이미지, 시적 대상 등에 모두 적용되는 창작방법이다. 한 편의 시에 사용되는 어휘와 이미지를 최소화한 뒤 그것을 반복·변형함으로써, 시적

---

28) 김억, 앞의 글.
29) 김억, 「서문 대신에」, 아서 시몬스, 김억 역, 「일허진 진주」, 평문관, 1924.

300

인 응축과 긴장을 높이고 정서적인 효과를 증폭시키는 방법을 통해 실현된다.

2) 김소월의 민요시

1922~23년에 창작된 김소월의 민요시는 김억의 민요시론을 핵심적인 창작방법으로 삼고 있다. 「金잔듸」는 민요시의 형식적인 원리가 구현되는 초기적인 양상을 보여주는 작품이다.

> 잔듸,
> 잔듸,
> 金잔듸,
> 深心山川에 바알한 불빗은
> 가신님 무덤가엣 金잔듸,
> 봄이왓네, 버들가지꼿에도
> 봄빗이왓네, 봄날이왓네,
> 深心山川에도 金잔듸에도.
>
> — 「金잔듸」[30] 전문

먼저 시적 통일성을 유지하기 위한 반복과 변형이 두드러지게 나타난다. 반복과 변형은 음절 단위(잔듸—잔듸—金잔듸)와 구문 단위(봄이 왓네—봄빗이 왓네—봄날이 왓네)로 실현되고 있으며, 수미상관(深心山川에 바알한 불빗 — 深心山川에도 金잔듸)을 통해 시상(詩想)의 도입과 마무리를 시도하였다. 특히, 음절 단위의 반복과 변형은 민요의 기본 형식인 AAXA형과 유사하다. 민요에는 "성아성아 사촌성아" "구야구야 담바구야" "아배아배 우리아배" "도라지 도라지 백도라지"와 같은 음절 반복의 형식이 관습적으로 사용된다. 김소월의 시에도 "잔듸 잔듸 金잔듸"

---

30) 「개벽」, 1922. 1.

"접동접동 아우래비접동"(「접동」)과 같은 AAXA 형식의 음절 반복이 자주 나타난다.

「金잔듸」는 발표 당시 '소곡(小曲)'으로 형식이 규정되어 있었다. 근대시 양식이 확립되기 전인 1920년대 중반까지는, 시의 형식을 규정하기 위해 사용된 용어들에 주목할 필요가 있다. 당시에는 내용이 형식을 규정할 뿐 아니라 형식에 의해 시의 내용과 시인의 시 의식이 규정되기도 했기 때문이다. 김소월은 규모가 작은 작품이라는 의미로 '소곡'을 사용하고 있다. 그는 3행~7행의 단연시(單聯詩)를 많이 창작하였는데 '소곡'은 이러한 형식의 작품을 통칭하는 데 적절한 용어이다.[31] 소곡의 핵심적인 원리는 단순화에 있다. 단순화는 한 편의 시에 사용되는 어휘와 이미지를 최소화함으로써 시적인 응축과 긴장을 높이는 것을 의미한다. 「金잔듸」에서 시적 화자의 정서를 표현하기 위한 시적 대상물은 金잔듸, 深心山川의 무덤, 버들가지로 한정되어 있다. 시의 어휘도 '가신' 님과 '오는' 봄으로 압축하여 극적인 긴장감을 높인다. 그런 한편으로, 어휘와 시적 대상의 단순화가 시상(詩想)의 단순화로 귀결되는 것을 막기 위해 유사한 음절과 구문을 반복·변형하고 "잔듸,/잔디,/金잔듸,"와 같은 자유로운 시행(詩行)의 분절(分節)을 시도하였다.

김소월의 민요시에서 음절 반복이 좀더 심미적으로 실현된 양상을 「왕십리」와 「삭주구성」에서 찾을 수 있다.

비가 온다
오누나
오는 비는
올지라도 한닷새 왓스면 좃치.

여드레 스무날엔

---

31) 김소월의 시는 대부분 4행이 1연을 구성하고 있다. 따라서 독립된 연 구분이 가능하기 위해서는 최소한 8행 이상이 필요하며, 7행 이하의 작품들은 단연시(單聯詩)가 될 수밖에 없다.

온다고 하고
초하루 朔望이면 간다고 했지
가도가도 往十里, 비가 오네
                    ― 「往十里」32) 부분

물로 사흘 배 사흘
먼 三千里
더더구나 거러넘는 먼 三千里
朔州龜城은 山을 넘은 六千里요
물마저 함빡히 저즌 제비도
가다가 비에 걸녀 오노랍니다.
저녁에는 놉픈 山
밤에 놉픈 山.

朔州龜城은 山넘어
먼 六千里
각금 각금 꿈에는 四五千里
가다오다 도라오는 길이겟지오.
                    ― 「삭주구성」33) 부분

　위의 시들은 김소월이 동경에 유학 중일 때 국내에서 발표된 작품이다. 「왕십리」에서는 동사 '온다' '간다' '운다'의 반복과 변형이 시의 핵심 원리이며, 그 중에서 '온다'가 기본 축을 형성하고 있다. '간다'는 '온다'의 의미를 강화시키는 대립항으로, 또 '운다'는 '온다'에서 파생된 음절로써 존재한다. 1·2연의 '온다'가 3·4연에서 자연스럽게 '운다'로 변화되는데, 그것은 "음성적으로 유사한 낱말이 의미에서도 서로 이끌린다"34)는 원리를 실현한 것이다.
　이 시의 기본 동사인 '온다'는 '온다―오누나―오는―올지라도―왓스

---

32) 「신천지」, 1923. 8.
33) 「개벽」, 1923. 10.
34) 로만 야콥슨, 「언어학과 시학」, 신문수 편역, 「문학 속의 언어학」, 문학과지성사, 1989, 79쪽.

면—온다고 하고—오네' 등으로 반복·변형되면서 내적 통일성을 유지하고, 정서적인 울림을 증폭시킨다. '온다'의 반복과 변형에 따라 시의 의미도 변화하는데, 비가 오는 상황에 대한 객관적인 인식("비가 온다")에서 출발하여, 그것을 정서적으로 포착하는 단계("오누나")를 거쳐서, 객관적인 상황에 시적 화자의 처지와 감정을 이입하는 상태("오는 비는/올지라도 한닷새 왓스면 좃치")로 이어진다. 이것은 「금잔듸」에 나타난 음절 반복이 고도화된 형태로써, 그 효과도 단순한 음향 효과의 차원을 넘어 시의 전체적인 의미를 형성하는 데까지 확장되고 있다.

「삭주구성」은 '사흘—삼천리—삭주구성—산'과 같은 'ㅅ'음의 반복을 통해 어떤 주술적인 효과를 불러일으킨다. 여기에 '삼천리—육천리—사오천리'의 거리 감각이 보태져서 시적 화자의 애절한 그리움을 강조하고 있다.

지금까지 살펴보았듯이 1922~23년에 발표한 김소월의 민요시는 김억이 민요시론에서 제기한 형식과 정조, 단순성의 원리를 구체적으로 실현하고 있다. 이것은 오산학교 이후 김억과 김소월이 맺어온 각별한 관계를 고려할 때 충분히 가능한 일이다. 실제로 김억이 민요시론을 구상하였을 무렵 김소월의 고향집 근처에 머무르면서 함께 아서 시몬스의 시를 읽고, 시의 창작 및 시론에 대한 생각을 교류하였다.

하지만 김소월의 민요시와 김억의 민요시론이 합치되는 지점은 여기까지이다. 김소월이 일본 유학에서 돌아와 1924년 낙향한 뒤에 창작한 민요시는 자신만의 고유한 방법을 드러내고 있다. 「나무리벌노래」에서 그 변화의 방향을 감지할 수 있다.

新載寧에도 나무리벌
물도만코
쌍조흔곳
滿洲나 奉天은 못살고쟝

왜 왓느냐

> 왜 왓드냐
> 자곡자곡이 피짬이라
> 故鄉山川이 어듸메냐
>
> 黃海道
> 新載寧
> 나무리벌
> 두몸이김매며사랏지요
>
> 올벼논에 다은물은
> 츠렁츠렁
> 벼자란다
> 新載寧에도 나무리벌
>
>   — 「나무리벌노래」[35] 전문

이 시는 반복과 변형, 수미상관 및 단순화를 그 형식적인 원리로 삼는 한편, 시행 분절을 통해 시상(詩想)의 단조로움을 벗어나고 있는 점에서 이전의 민요시와 같다. 그러나 시의 정조는 완전히 달라졌다. '다사롭고도 아릿아릿한 무드' '괴롭고도 설운 즐거움'을 표현했던 이전의 민요시와 달리 「나무리벌노래」는 식민지 농촌의 현실 속에 파고든 작품이다. 이 시는 그의 고향 인근에 있는 황해도 재령군 북률면 일대의 농민들이 동양척식 주식회사의 수탈을 견디지 못해 소작쟁의를 일으켰지만 결국 토지를 빼앗기고 유랑 길에 올라야 했던 실제 사건을 바탕으로 쓰여진 것이다.

황해도 재령평야는 전라도의 만경평야 다음 가는 제2의 곡창지대였다. 예로부터 토질이 비옥하고 관개 수리시설이 잘 돼 있어 쌀의 생산량이 많고 질도 우수하였다. '나무리벌'이라는 지명도 이곳의 생산물이 너무 풍족하여 '먹고 입고 쓰고도 남는다'는 뜻에서 붙여진 것이라고 한다. 그러나 일제는 재령군 북률면에 동양척식 주식회사의 농장을 설치하여

---

35) 「동아일보」, 1924. 11. 24.

쌀 생산량의 70%를 일본으로 반출하였다. 동척의 수탈에 저항하는 소작
농민들의 쟁의가 격렬해지자 일제는 '동척 이민'으로 불리는 일본인들을
대량으로 이곳에 이주시켰다. 동척 이민에게 땅을 빼앗긴 농민들은 누에
를 치고 산나물을 뜯으며 생계를 이어갔지만 결국은 고향 산천을 떠나
유랑의 길에 오를 수밖에 없었다.[36]

이러한 이유로 「나무리벌노래」에서 반복하여 나타나는 "新載寧에도
나무리벌" "黃海道/新載寧/나무리벌"은 실제의 지명이면서, 일제의 수탈
로 고통받는 식민지의 농촌에 대한 상징이 된다. 또한 당시에 널리 불리
던 민요들에서 '나무리벌'이 풍족함을 뜻하는 대명사로 사용되었던 사
실—"신지령 나무리 올베 풍년이 지드니/나잇는 곳에는 님에 풍년이 졋
다"(「긴난봉가」[37]) "에헤 두들겨라 에헤 두들겨라/우리 마당에 두태를 치
고/신재령 나무리 볏대를 친다"(「도리깨질 소리」[38]) 등—도 이 시가 지닌
민요시로서의 가치를 풍요롭게 해준다.

김소월이 고향집을 떠나 구성으로 거처를 옮기고 몇 년간 실의의 날
을 보낸 뒤 민요시는 그의 삶 속에서 더욱 깊어졌다.

三水甲山 내왜왓노 三水甲山 이 어듸뇨
오고나니 奇險타 아아 물도 만코 山 첩첩이라 아하하

내 故鄕을 돌우가쟈 내 고향을 내 못가네
三水甲山 멀드라 아아 蜀道之難이 예로구나 아하하

三水甲山 이 어듸뇨 내가 오고 내 못가네

---

36) 1924년에 재령군 남·북률면의 농민들은 총독부에 연명장을 낸 뒤, 동척 이민을 금지하
고 자신들에게도 토지를 분배할 것을 요구하며 격렬한 소작쟁의를 일으켰다. 당시 나
무리벌의 소작쟁의는 사회적인 문제가 되었다. 『동아일보』에는 1924년 9월 26부터 10월
3일까지 「위기에 함(陷)한 나무리벌」이라는 장문의 사설이 연재되었다. 마침내 사이토
마코토(齋藤實) 총독은 11월 2일 '동척에 무리한 이민은 제한토록 지시하겠다'는 성명
을 발표하였다.
37) 김구희, 『가곡보감』, 평양기생권번 발행, 1928, 77쪽.
38) 한국 구연민요연구회 엮음, 『한국구연민요·연구편』, 집문당, 1997, 447쪽.

不歸로다 내 故鄕아 새가 되면 쩌가리라 아하하

님게신 곳 내 고향을 내 못가네 왜 못가네
오다 가다 야속타 아아 三水甲山이 날 가둡엇네 아하하

내 고향을 가고지고 오호 三水甲山 날 가둡엇네
不歸로다 내 몸이야 아아 三水甲山 못 버서난다 아하하
　　　　　　　　　 ─ 「次岸曙先生 三水甲山韻」[39] 전문

이 시는 김소월이 1934년 11월에 『신인문학』에 본명으로 투고한 작품
이다. 제목에서 나타나듯이 김억의 시 「삼수갑산」의 운(韻)을 따서 지어
졌다. 김억의 「삼수갑산」과 김소월의 「차안서선생 삼수갑산운」은 모두
함경도의 민요 「삼수갑산 가고지고」에 뿌리를 둔 작품이다.

三水甲山 보고지고 三水甲山이 어듸메냐
三水甲山 아득타 아하 山은 첩첩첩 흰구름만 싸인곳

三水甲山 가고지고 三水甲山 내 못가네
三水甲山 길멀다 아하 배로 사흘 물로 사흘 길 멀다.
　　　　　　　　　 ─ 김억, 「삼수갑산」[40] 부분

삼수갑산 가고지고 삼수갑산 어디미냐
삼수갑산 아득하고 산은 첩첩 흰구름은 사라져

경성시내 가고지고 경성시내 어디미냐
경성시내 아득하고 산은 첩첩 흰구름은 사라져
　　　　　　　　　 ─ 민요 「삼수갑산 가고지고」[41]

---

39) 김종욱 편, 『원본 소월전집』(홍성사, 1982)에 수록된 편지에서 원문을 인용하였다.
40) 『삼천리』, 1933. 8.
41) 전경욱, 「함경도 편」, 한국구연민요연구회 엮음, 앞의 책, 356~357쪽. 이 민요의 제보자
　　는 함경남도 북청군 출신의 박계순, 이금단 씨이다.

김억의 시는 그 형식과 정서 면에서 민요 「삼수갑산 가고지고」와 다르지 않다. 김억의 시와 민요 「삼수갑산 가고지고」에서 '삼수갑산'은 가고 싶은 그리운 곳 또는 고향에 대한 비유이다. 그래서 "삼수갑산 보고지고" "삼수갑산 가고지고"라고 노래한다.

그런데 김소월의 시에서 '삼수갑산'은 비유가 아니라 현실이다. 구성에서 보낸 십 년 세월이자 그가 지금 발 딛고 있는 절망적인 현실이다. '삼수갑산'을 떠나 '내 고향'으로 돌아가고 싶지만 삼수갑산에 갇힌 나는 삼수갑산을 못 벗어난다. 매 연마다 반복되는 탄식 같고 한숨 소리 같기도 한 '…… 아아 …… 아하하'는 이러한 깊은 상실과 허무감을 드러낸다. 그 소리는 운상(運喪)할 때 부르는 노래의 후렴으로, 울음 또는 탄식의 의성음에서 비롯된 '…… 어허'를 연상시킨다. 「차안서선생 삼수갑산 운」은 시인의 삶과 내면, 민요시의 형식적인 조건이 완전한 일치를 이루어서 그 경계를 구분하기 어려운 작품이다.

5. 맺음말

이 논문에서는 1920년대 민요시 운동을 중심으로, 한국 근대시의 형성과정에서 민요와 민요시의 의미를 살펴보았다. 이러한 관점에서, 지금까지 단절적으로 연구되어 왔던 애국계몽기와 1910년대의 '민요조 시가'와 1920년대의 민요시 운동을 연속선상에서 살펴보았다.

애국계몽기와 1910년대 '민요조 시가'는 1920년대 민요시 운동의 문학사적 근원(根源)이자 그 근대적 성격을 가늠하는 중요한 기준이 된다. 애국계몽기와 1910년대 '민요조 시가'의 근대적 성격은, 근대 전환기와 국가적 위기 상황에 대처하여 시대적인 이념을 내포하고 대중화시키면서 개인 서정을 표현하는 시 형식을 창조하는 데서 찾아진다. 전통성과 민중성, 지역성에 토대를 둔 민요가 근대적인 이념을 통합하면서 어떻게 정서적 보편성과 미적 근대성을 확립해 갔는가를 밝혀낼 때 한국 근대시의 형성과정은 더욱 풍요로워 질 것이다.

1920년대 민요시 운동은 두 가지의 뿌리를 갖고 있었다. 민중들의 삶 속에서 건져 올린 민족의 문화유산으로서 '민요'라는 뿌리와 '자유시'라는 뿌리이다. '자유시'는 1920년대 민요시 운동을 촉발했던 실제적인 바탕이다. 1910~20년대 초기의 자유시에 대한 반성으로부터 신시운동의 새로운 방향이 모색되었으며, 그 과정에서 김억·주요한·이광수 등에 의해 민요와 근대시의 결합이 제기되었기 때문이다. 따라서 1920년대 민요시 운동은 그 근원에서, 자유시가 이룩해 놓은 주관적인 체험과 감정의 표현, 개성적인 언어와 시 형식을 발전적으로 계승해야 하는 문학사적인 과제를 안고 있었다. 1920년대의 민요시론과 민요시의 성과는 이에 따라 평가되어야 한다.

그런데 실제로 1920년대의 민요시는 많은 부분 관습적인 정서와 심미적 언어, 정형적인 율격에 의존하거나 동요(童謠)적인 경향을 드러내고 있다. 이것은 시의 형식과 시 의식에서 퇴행하는 현상이었다. 이 논문에서는 심미적인 형식화에서 출발하여 주관적인 체험과 운명을 표현하는 개성적인 시 형식을 창조해 간 김소월의 민요시를 통해 1920년대 민요시의 근대적인 성격과 그 가능성을 살펴보았다.

주제어 : 민요조 시가, 민요시, 근대시

◆ **참고문헌**

강등학·강진옥 외, 『한국 구비문학의 이해』, 월인, 2000.
강명관·고미숙 편, 『근대 계몽기 시가자료집 ①~③』, 성균관대학교 대동문화연구
　　　　원, 2000.
김시업, 「근대민요 아리랑의 성격 형성」, 『전환기의 동아시아문학』(임형택·최원식
　　　　편), 창작과비평사, 1985, 212~257쪽.
박경수, 『한국 근대 민요시 연구』, 부산대 박사학위 논문, 1989.
심선옥, 「애국계몽기와 1910년대 '민요조 시가'의 양상과 근대적 의미」, 『민족문학
　　　　사연구』 20호, 2002. 6, 30~61쪽.
──────, 『김소월 시의 근대적 성격 연구』, 성균관대학교 박사학위논문, 1999.
한국 구연민요연구회 편, 『한국구연민요·연구편』, 집문당, 1997.

◆ **국문초록**

이 논문은 1920년대 민요시 운동의 근원과 성격을 연구하였다. 그 근원으로 애국계몽기와 1910년대의 '민요조 시가'의 근대적 성격을 고찰하였다. 1920년대 지식인들의 민요 의식과 민요시 운동의 영향 관계도 검토하였다. 주요한·이광수의 민요시론과 김억의 민요시론에 내재하는 차이점을 밝혔다. 그리고 김소월의 민요시가 변화하는 과정을 연구하여, 민요시의 근대적 성격과 가능성을 밝혀 보았다.

◆ SUMMARY

The Source and Central Features
of the 1920s' Folk-song-styled Poems

Shim, Seon-Ok

This study inquired into the source and central features of the 1920s' folk-song-styled poems. The study of the source was focused on the modernity of the folk-song-styled Shiga which were written in the period of Enlightening Patrioticism and the 1910s. A research was also done on the mutual influence between the movement of folk-song-styled poems and the contemporary intellectuals' thoughts of the folk song. The differences in the poetic theories of the major writers such as Joo Yo-Han, Lee Kwang-Soo and Kim Eok were important aims of this study. The modernity and possibility of the folk-song-styled poems were brought out in the changing process of Kim So-Wol's folk-song-styled poems.

Keywords : folk song, the movement of folk-song-styled Poems, folk-song-styled Shiga, modern poetry

이 논문은 1월 15일 투고되어 소정의 절차를 거쳐 2월 10일 게재 확정되었음.

1970년대 서술시의 양식적 특성
- 김지하, 신경림, 서정주의 시를 중심으로 -

이 혜 원*

1. 서론

한국 현대시사는 이미지 중심의 단형 서정시가 주류를 이루는 가운데 서사적 요소가 강한 장형의 시들도 지속적인 흐름을 이어왔다. 1930년대와 1970년대의 시들은 장형화가 두드러지면서 우리 시의 양식적 확충을 가져왔다는 점에서 각별한 주목의 대상이 된다. 1930년대의 백석, 이용악, 김기림, 정지용 등은 전시대 김동환이 시도한 서사시와 다른 장형의 서정시를 다양하게 시도하여 독자적인 개성을 획득한 바 있다. 우리 시사에서 장형의 개성적인 서정시가 광범위하게 시도되는 또 다른 시기는 1970년대이다. 김지하, 신경림, 서정주 등의 시인들이 1970년대에 보여준 장형의 서정시들은 전통적인 서정시와도 다르고 서사시와도 다른 새로운 양식을 담고 있다. 특히 1970년대의 장형 서정시들이 전통적인 문학 양식을 적극적으로 수용한 공통점을 보이고 있다는 것은 주목할만한 사

* 대진대.

항이다.

　본고에서는 1970년대의 장형 서정시를 대표하는 김지하의 담시 「五賊」(1970)과 신경림의 시집 『農舞』(1973)과 『새재』(1979), 서정주의 시집 『질마재 神話』(1975)를 중심으로 그 양식적 특성과 시대적 맥락을 고찰해보고자 한다. 이 시들의 양식을 통칭할만한 용어로 본고에서는 '서술시'의 개념을 택하려 한다. '서술시'는 시행의 배열이 운문적이든 산문적이든 상관없이 시 속에 들어 있는 이야기와 그 이야기가 전달 소통되는 과정을 포괄하는 개념이다. '서술'이란 원래 인식의 양식인 동시에 설명의 양식이기도 하기 때문이다.[1] 위의 시들은 시행의 배열방식은 각양각색이지만 공통적으로 '서술'의 양식을 채택하고 있다는 점이 분명한 특징이다. 이 시들에서 서술의 방식이 두드러진 것은 1970년대의 시대상황과 미적 인식의 변화와도 밀접한 관련을 갖는 것으로 보인다. '서술시'에서는 이미지 중심의 서정시가 보여주는 일방적인 정서의 표현과는 달리 '화자'와 '청자'의 긴밀한 상호 작용이 전제된다. 이 시들이 각별하게 '화자'의 역할을 강화하고 '청자'와의 의사소통의 가능성을 다각도로 시도한 것은 당시의 시대적 분위기와 미의식의 변화를 반영하는 것이라 할 수 있다.

　1970년대 서술시의 양식적 특징에 주목할 때 이 시들이 보여주는 전통양식의 수용양상은 중요한 의미를 갖는다. 이 시기의 시들은 그동안 서구 문학 양식의 수용에 의존했던 전 시기의 시들과는 다르게 우리의 문학 전통 속에서 적극적으로 새로운 양식의 가능성을 발견하려 하는 공통점을 보인다. 이들은 특히 판소리나 민요, 민담 등의 전통적인 구비문학의 양식을 창조의 원천으로 삼았다. 이러한 전통적인 구비문학 양식은 공동체적인 정서와 상호교감을 바탕으로 하고 있다는 점에서 '서술시'의 양식적 특성과도 상관성을 갖는 것으로 보인다.

　그런데 이러한 전통적인 문학양식을 수용하는 데 있어 이 시기의 시

---

1) 김준오, 「서술시의 서사학」, 『한국 서술시의 시학』, 태학사, 1998, 18쪽.

들은 상당히 창조적인 역량을 발휘한 것으로 나타난다. 이들은 전통을 소극적으로 계승하는 데 그치지 않고 독창적인 양식을 창안하는 데 이르고 있다. 그 결과 이들은 우리 현대시사에서 유례 없는 독특한 시 양식을 선보이게 된다. 이런 시들은 양식의 혼합이 가져오는 문학의 창조적 가능성을 확대시킨다는 점에서 양식에 대한 논의에서 각별한 관심을 불러일으킨다. 본고에서는 이 시들이 보여주는 전통의 요소와 함께 변화와 창조의 측면을 살펴 그 양식적 특성을 규명해보고자 한다.

지금까지 김지하, 신경림, 서정주의 1970년대 시에 대한 개별적인 논의는 적지 않다. 특히 김지하의 '담시'는 그 양식의 독창성과 관련된 본격적인 논의가 이루어져 왔다.2) 신경림의 시에 대해서는 서사적 특징과 공동체의식의 관련성을 살핀 연구3)가 주류를 이루는 가운데 전통 구비문학 양식인 민요나 굿과의 상관성을 언급한 연구들도 있다.4) 서정주의 『질마재 신화』에 대해 서술시적 특성이나 화자와 청자의 요소에 주목한 성과도 축적되어 있다.5) 그런데 각 시인에 대한 개별 연구가 상당히 진행된 것에 비하면 이들의 시를 공통 분모로 묶고 그 시대적 의미를 해명하는 시사적 연구는 찾아보기가 힘들다. 시대적 맥락에 주목한 이시영의 글6)이 있지만, 이는 주로 내용과 관련된 논의에 한정된 것이다. 양식과

---

2) 박애리, 「김지하 담시 <오적> 연구」, 한남대 석사논문, 1994.
　 이승하, 「한국현대시에 나타난 풍자성 연구」, 중앙대 박사논문, 1995.
　 강영미, 「김지하 담시의 판소리 수용 양상 연구」, 고려대 석사논문, 1995.
　 차창룡, 「김지하의 담시 연구」, 중앙대 석사논문, 1996.
　 홍용희, 「김지하 문학 연구」, 경희대 박사논문, 1998.
3) 박윤우, 「민중적 상상력의 양식화와 리얼리즘의 탐구」, 『시와시학』, 1993년 봄호.
　 윤호병, 「치열한 민중의식과 준열한 서사의 힘」, 『시와시학』, 1993년 봄호.
　 고형진, 「서사적 요소의 시적 수용」, 『한국 현대시의 서사지향성 연구』, 시와시학사, 1995.
4) 김홍진, 「신경림 시의 장르 패러디적 특성」, 『한남어문학』 23, 1998. 12.
　 박혜숙, 「신경림 시의 구조와 담론 연구」, 『문학한글』 13, 1999. 12.
5) 강희근, 「서정주 시의 서술성에 대하여」, 『월간문학』, 1984. 1.
　 김동일, 「서정주 시 연구 - 화자를 중심으로」, 성균관대 교육대학원 석사논문, 1989.
　 심혜련, 「서정주 시의 화자 청자 연구」, 이화여대 석사논문, 1992.
　 고형진, 「서정주의 『질마재 신화』의 '이야기시'적 특성 연구」, 『예술논문집』, 예술원, 1995.
　 나희덕, 「서정주의 『질마재 신화』 연구 - 서술시적 특성을 중심으로」, 연세대 석사논문, 1999.

관련해서 이들의 시를 함께 언급한 것으로 유종호의 글7)이 선구적이다. 여기서는 한용운, 김소월, 김지하, 신경림, 서정주 등의 시에서 내간체나 민요, 서사적 창악, 노동요, 전설이나 음담패설 등의 '변두리 형식'을 주류화 시키는 창조적 승화의 양상을 보여주었다는 사실을 간파하고 있다. 그러나 이 글은 양식과 관련된 본격적인 논의라 하기 어렵고 '변두리 형식'이라는 개념도 자의적으로 쓰인 것이어서 試論으로서의 의미가 강하다.

본고에서는 이상의 연구 성과들을 바탕으로 1970년대 서술시의 양식적 특성과 그 시대적인 맥락을 밝히고자 한다. 1970년대의 서술시는 특히 전통양식의 창조적 계승이라는 측면에서 주목할 만하다. 따라서 본고에서는 1970년대의 서술시가 보여주는 전통적인 요소와 창조의 양상을 구체적으로 검토하여 귀납적으로 그 양식적 특성을 증명하려 한다. 양식의 개념 중에는 이론적이고 사변적으로 구성되는 것이 있는 반면 실제 작품의 분석으로 얻어지는 개념이 있다. 개념들로 정의되는 양식의 '본질'과 구체적인 '현상'은 일치되어야 마땅하지만 실제로는 불일치하는 경우가 많다. 특히 현대문학의 경우 양식의 '환원'이 아니라 '증대'로 해서 생기는 양식이 증가하고 있어 비배타적인 포괄성으로서의 양식의 개념을 적극적으로 받아들일 필요가 있다.8) 본고에서는 양식과 관련된 논의들이 선험적이고 이론적인 잣대에 얽매어 실질적인 문학 현상을 설명하는 데 취약했던 것에 대한 반성으로 구체적인 현상과 시대적 맥락을 중시하며 양식의 '증대'와 '창조'라는 측면에서 70년대 시의 특이한 양상을 이해하고자 한다. 이렇게 볼 때 '서술시'의 개념은 서정과 서사라는 기존의 양식 개념을 두루 포괄하면서 세 시인의 상이한 개성을 묶어낼 수 있는 공통분모로서 유용하게 기능하리라 본다. 김지하, 신경림, 서정

---

6) 이시영, 「70년대의 시 - 신경림과 김지하의 시를 중심으로」, 「동서문학」, 1990. 11.

7) 유종호, 「변두리 형식의 주류화」, 「세계의문학」, 1984년 가을호.

8) 김준오, 「한국현대쟝르비평론」, 문학과지성사, 1990/1991, 179쪽 참조.
　본고의 '양식' 개념은 기존의 '쟝르' 개념과 흡사한 것으로 쓰여진다. 인용문에서도 '쟝르'를 '양식'으로 대치하였음을 밝혀둔다.

주의 순으로 각 시인의 장르의식과 양식 면의 혁신을 검토해보고 전통양
식의 확산과 창조가 광범위하게 이루어진 1970년대의 사회적·미학적 변
화의 근거를 살펴볼 것이다.

2. 전통의 재인식과 양식의 창조

(1) 판소리의 다성화법과 풍자의 가능성: 김지하

「五賊」은 1970년 5월 『사상계』에 발표된 김지하의 최초의 '譚詩'이다.
1971년에서 1974년까지 시인은 지속적으로 여러 편의 담시를 발표한다.
그러나 「오적」은 김지하 최초의 담시이며 또 담시의 특성을 가장 함축적
으로 드러내는 대표작이라 할 수 있다. 김지하는 「오적」을 쓰기 여러 해
전에 이미 장편 서사시를 시도하였지만 형식 문제에 부딪치면서 포기한
바가 있다. 그러던 중 우리문학연구회에서 민요, 판소리, 무속, 탈춤 등에
접하게 되면서 전통적인 문학과 민예에 관심을 갖게 된다. 「오적」은 판
소리의 현대화를 위한 최초의 시도로 쓰여진 것이라 할 수 있다.[9]
'譚詩'는 김지하가 자신의 단형 판소리에 붙인 용어로서, 글자 그대로
'이야기 구조'를 지닌 시가 형식을 통칭하는 말이다. 김지하는 판소리를
비롯한 서사민요나 내방가사, 민담 등의 전통적인 문학 양식에서 '이야
기 구조'를 발견하고 여기에서 형식문제를 해결할 실마리를 찾았다. 김
지하의 담시는 이 중에서도 판소리의 독창적인 구조와 어조, 유장한 호
흡을 전면적으로 수용한 것이다. 그는 풍부한 사설과 다양한 화법이 가
능한 판소리 양식을 통해 당대 현실에 대한 실감 있는 묘사와 신랄한 비

---

9) 김지하, 「생명문학의 산알」, 『오적』, 솔, 1993, 9~10쪽.
　　윤구병·김지하 대담, 「시인 김지하의 사상세계」, 『철학과현실』, 1990년 봄호, 165쪽 등 참조.

318

판을 시도하였다. 김지하의 담시는 일찍이 우리 시에서 볼 수 없었던 특이한 형식을 보이기 때문에 그 양식에 대한 분류가 쉽지 않다. 김지하의 담시는 노래체의 비교적 긴 형식으로 일정한 구조를 지닌 사건이 전개된다는 점에서 서사시로 분류되는 경우도 있다. 그러나 이렇게 볼 때 김지하 담시에 나타나는 다성적 화법이나 열등한 인물 중심의 서술은 위대한 영웅의 생애나 민족의 운명을 밀도 있게 다룬 장형의 서사시에 비해 열등한 요소로 간주된다.[10] 김지하의 담시를 서사시로 분류하는 경우 분량이나 구성이나 인물 등의 여러 측면에서 함량 미달일 수밖에 없다. 그러나 '서술시'의 범주에서 볼 때는 그 독특한 형식을 모두 포괄하면서도 하나의 양식으로 수용될 수 있다. 시인은 '서술'의 방식으로 당대 현실에 대한 구체적인 묘사를 행하려 했고 분량이나 구성이나 인물 등의 모든 요소에서 효과적인 비판과 풍자의 형식을 도모한 것이다.

김지하의 담시가 '서술시'로서 갖는 분명한 특징은 뚜렷한 '화자'가 등장한다는 사실에서 드러난다. 「오적」의 구성은 크게 보면 서두와 본시와 결구로 짜여지는데, 이 중에서 '화자'의 존재가 부각되는 것은 서두와 결구이다.

詩를 쓰되 좀스럽게 쓰지말고 똑 이렇게 쓰랏다.
내 어쩌다 붓끝이 험한 죄로 칠전에 끌려가
볼기를 맞은지도 하도 오래라 삭신이 근질근질
방정맞은 조동아리 손목댕이 오물오물 수물수물
뭐든 자꾸 쓰고 싶어 견딜 수가 없으니, 에라 모르겠다
볼기가 확확 불이나게 맞을 때는 맞더라도
내 별별 이상한 도둑이야길 하나 쓰것다.[11]

---

10) 김재홍은 김지하의 「오적」을 서사민요와 판소리의 구조를 수용한 단형서사시로 보았다. 그는 김지하의 담시가 "서사민요와 판소리의 장점을 잘 살리고 있으면서도 정작 총체적 장르로서의 판소리의 스케일을 살리지 못하고 당대사회의 모순의 한 면만을 단선적 틀로 제시하는 데 그친 것은 분명 아쉬운 점이 아닐 수 없다"고 하여 그 한계를 지적하고 있다. 김재홍, 「한국근대서사시와 역사적 대응력」, 『문예중앙』, 1985년 가을호, 268~277쪽 참조.
11) 김지하, 『오적』, 솔, 1993, 25쪽. 이후 김지하 시 인용은 이 책에 의거함.

이와 같은 「오적」의 서두 부분은 이 시의 전체적인 인상을 결정하며 판소리 사설 구조와의 강한 연관성을 보여준다. 이 시의 화자는 '시인'으로서 붓끝이 험한 죄로 갖은 수난과 고초를 당한 바 있는 저항적인 인물이다. 그가 자신에게 닥칠 위험을 감수하면서도 다시 붓을 든 이유는 '이상한 도둑 이야기'를 쓰기 위해서이다. 서두에서의 소개에 의해 화자의 신분과 입장, 그리고 앞으로 펼쳐질 이야기의 윤곽이 그려진 셈이다. 이 시에서 도입한 판소리의 구조와 어법은 문어체에서 기대하기 어려운 강한 흡인력과 흥미를 유발하고 있다.

이어지는 본시에서 화자는 판소리 창자와 같은 다성적 화법을 적극적으로 도입하여 각개각층의 다양한 인물 군상들을 실감나게 묘사한다. 판소리를 구현할 때 창자는 자유롭게 다성적인 화법을 구사하며 일인다역을 실행할 수 있다. 「오적」의 화자 역시 여러 등장인물의 묘사에서 각자의 신분과 개성에 따라 다양한 어법을 구사한다. 예를 들어 최상류층인 오적과 하층민인 꾀수 사이의 중간계층에 해당하는 포도대장이 상대에 따라 다르게 표출하는 어조는 이 시의 역동적인 화법을 증명한다.

> 만장하옵시고 존경하옵는 도둑님들!
> 도둑은 도둑의 죄가 아니요, 도둑을 만든 이 사회의 죄입네다
> 여러도둑님들께옵선 도둑이 아니라 이 사회에 충실한 일꾼이니
> 부디 所信껏 그길에 매진, 용진, 전진, 약진하시길 간절히 간절히 바라옵고 또 바라옵나이다.
> 이 말끝에 박장대소 천지가 요란할 때
> 포도대장 뛰어나가 꾀수놈 낚궈채어 오라묶어 세운뒤에
> 요놈, 네놈을 무고죄로 입건한다.

인용문은 오적을 잡으러간 포도대장이 휘황찬란한 오적들의 잔치에 기가 죽어 오적을 잡는 대신 좀도둑 꾀수를 잡아들이는 대목이다. 오적들이 권한 술에 취한 포도대장은 오적들에게 극존칭을 써가며 그들이 저지른 죄상을 호도한다. 강자에 대해 비굴하기 그지없던 그의 태도와 어

조는 약자인 꾀수에 대해서는 단호하고 강압적인 자세로 돌변한다. 「오적」의 화자는 이처럼 자유로운 선택에 의해 다양한 화법을 구사하며 주제의식을 강하게 표출한다.

이 시의 다성적인 어조 못지 않게 역동적인 느낌을 주는 것은 특이한 구성의 방식이다. 이 시는 통상 서사시들이 보여주는 긴밀한 사건의 전개와 유기적인 구성과는 달리 탄력적이고 불연속적인 서술방식을 나타낸다. 일반적인 서사구성의 방식에 의해 본시의 구성을 보자면, 옛날 우리나라 서울에 다섯 도둑이 모여 살았다(발단), 어명이 떨어져서 포도대장이 오적을 잡으러 나섰다(전개), 오적들의 잔치에 포도대장이 기가 죽는다(절정), 오적을 잡아들이는 대신 꾀수를 잡아 감옥에 보낸다(결말)는 줄거리로 간추릴 수 있다. 발단, 전개, 절정, 결말의 구성이 긴밀하고 균형이 잡혀있는 일반적인 서사양식과 달리 이 시에서는 발단과 절정 부분이 비대한 것에 비해 다른 부분은 소략되는 등 불규칙한 흐름을 보인다. 이는 이야기 속의 여러 상황이 지닌 의미·정서를 강화 확장하여 '부분이나 상황의 독자적인 美와 쾌감을 추구'하는 판소리의 양식적 원리[12]와 상통하는 특성이다. 따라서 판소리에서는 주제나 정서가 강조되는 대목은 길어지고 그렇지 않은 부분은 빠르게 전개되는 탄력적인 구성이 실현된다. 「오적」에서는 발단 부분에서 오적들의 존재와 비리를 장황하게 서술하고 절정부분에서는 온갖 사치와 타락을 일삼는 그들의 실태를 낱낱이 묘사하여 철저한 비판을 가하려는 의도를 엿볼 수 있다. 즉 「오적」의 구성 원리는 오적들의 부정과 비리에 대한 비판과 풍자에 의거한 것이다. '오적'에 대한 비판에 초점이 맞추어져 있기 때문에 하층민 주인공인 꾀수의 역할과 의미는 상대적으로 미약할 수밖에 없다. 이 시를 당대 현실에 대한 총체적 조망을 행하는 서사시로 기획했다면 전체 구성 방식과 등장인물들의 역할은 크게 달라졌을 것이다. 그러나 이 시에서 서술의 흐름을 주도하는 것은 '오적'의 실상과 그에 대한 비판의식이다. 이 시는

---

12) 김흥규, 「판소리의 서사적 구조」, 「판소리의 이해」, 창작과비평사, 1978/1991, 116쪽.

꾀수가 감옥으로 들어간 후 어느 날 아침 포도대장은 갑자기 벼락을 맞아 죽고 오적도 피를 토하며 거꾸러졌다는 결말을 보여준다. 오적의 행태에 대한 묘사가 장황했던 것에 비하면 너무도 간결하고 허망한 결론이다. 시인은 오적의 실상을 비판하고 풍자하는 데 비중을 두었고 그 결과보다는 비판의 과정을 중시했던 것이다. 더불어 이 시의 갑작스럽고 황당한 결론은, 당대 현실을 통해 볼 때 오적의 위세가 꺾이는 것은 벼락을 맞는 것만큼이나 실현이 어렵다는 사실에 대한 허탈감의 표현으로 볼 수 있다. 결국 이 시에서 의도한 것은 오적의 실상에 대한 고발과 풍자이고, 판소리 식의 반복 어법이나 탄력적인 구성의 방식은 이러한 의도를 효과적으로 실현시키고 있다.

지금까지 살펴본 것처럼 「오적」과 판소리는 많은 유사성을 보여준다. 그러나 다른 한편으로 「오적」의 특성과 성과는 판소리와의 차이점을 통해서 보다 긴밀하게 밝혀질 수 있다. 「오적」과 판소리를 비교할 때 간과할 수 없는 차이점은 창작의 주체이다. 판소리는 창작의 주체가 뚜렷하지 않은 채 일반 민중의 목소리를 반영하는 것에 비해 「오적」은 지식인이자 시인인 창작 주체에 의해 의도적으로 쓰여진 것이다. 따라서 판소리에서는 민중들의 욕망과 현실의 갈등에서 기인하는 이중적인 주제[13]가 드러나는 것에 비해 「오적」은 훨씬 직접적이고 분명한 주제의식을 보여준다. 「오적」에서는 지배계층에 대한 민중의 비판적 시각을 대변하는 지식인의 관점이 일관된 주제의식을 형성한다. 김지하가 우리시의 새로운 방향을 모색하면서 주력한 것은 '풍자'의 가능성이다. 그는 전통적인 민예나 민요에서 풍자의 요소들을 발견하고 이를 우리시의 폭발적인 힘

---

13) 판소리에는 두 가지 주제가 있다. 표면적 주제와 이면적 주제가 그것이다. 판소리의 표면적 주제는 열이나 효나 우애와 같은 전래적인 도덕률이다. 이에 비해 그것의 이면적인 주제는 이 같은 교훈이 아니고 오히려 교훈에 대한 비판이다. 춘향전의 경우 표면적 주제가 烈인 것에 비해 이면적 주제는 춘향이 신분적 제약을 극복하고 인간적 해방을 이루고자 하는 것이다. 판소리의 이면적 주제를 민중의 경험적 갈등론은 표면적인 주제를 이루는 양반의 관념적 인과론을 거부하고 기존사회의 불평등과 허위를 비판한 것이다.
조동일, 「판소리의 전반적 성격」, 「판소리의 이해」, 같은 책, 26~28쪽 참조.

322

으로 계승할 수 있음을 확신했다. "풍자의 방향은 민중적인 것, 민중의 증오의 방향에 일치하지 않으면 안 된다. 강력한 민중적 자기긍정에 토대를 둔 비판이요 폭로·규탄이어야 한다. 결코 그것은 민중 자체를 매도하는 시적 폭력 표현으로 될 수가 없다. 그것은 본질적으로 반민중적인 소수집단에 대한 폭력의 표현인 것이다."14)에서 알 수 있듯 그는 풍자를 민중적인 양식의 특성으로 보았고 특권계층에 대한 강력한 비판의 기능을 행할 수 있는 도구로 인식했다. 「오적」은 풍자에 대한 시인의 관심과 실천이 가장 잘 드러난 작품이라 할 수 있다.

「오적」에서 창작 주체의 지식인적 관점이 드러나는 또 다른 예는 한자의 용례에서 찾아볼 수 있다. 이 시에서 五賊은 '狋犿, 猲狋猿, 跍礎功無源, 瞕猩, 瞕猣矔'이라는 한자로 표현된다. 각각 재벌, 국회의원, 고급공무원, 장성, 장차관을 가리키는 것이지만 이면적으로는 '엮어놓은 미친 개, 간교한 곱사등이로 개싸움을 하는 원숭이, 공은 없이 우뚝 솟게 걸터앉은 돼지, 나이 많은 성성이, 예막이 생긴 눈을 성내어부릅뜨고 휘두르고 다니는 형상'15)을 뜻한다. 이러한 희귀한 한자의 특이한 조합으로 인해 오적의 추악한 실상은 더욱 선명하게 부각된다.16) 시인은 한자의 의도적인 조합으로 특권층의 허위의식을 날카롭게 비판한다. 이는 판소리에 쓰이는 한자가 양반식자층의 어법과 사유방식을 대변하는 것과는 다른 양상이다.

「오적」은 전체적으로 볼 때 이야기 중심의 서술시로서 지배 계층에 대한 강력한 풍자의 양식으로 쓰여진 것이다. 이 시에서는 판소리의 구조와 어법을 탄력적으로 도입하는 한편 지적이고 날카로운 풍자의 방식을 통해 당대 현실에 대한 비판적 양식의 가능성을 실험하고 있다. 김지

---

14) 김지하, 「풍자냐 자살이냐」, 『타는 목마름으로』, 창작과비평사, 1982, 154쪽.
15) 강영미, 앞의 논문, 27쪽.
16) 또 다른 담시 「蜚語」에서는 꾀수와 비슷한 처지의 이농민 안도를 문책하는 과정에서 "건방지게 無許可着足罪, 제가뭔데 肉身休息罪, 싹아지없이 心氣安定罪, 가난뱅이 주제에 直立的人間本質 簒奪劃策罪, 못난놈이 思惟時間消費罪 (중략)" 등의 한자어를 잔뜩 늘어놓아 권위와 억압의 상징인 법조어를 풍자하고 있다.

하는 전통 속에서 새롭고 진보적인 저항의 가능성을 발견하고 현대적으로 실현함으로써 우리 시의 주제와 양식을 대폭 확장하였다.

(2) 서술의 핍진성과 정한의 가락: 신경림

신경림은 1970년대에 괄목할만한 두 권의 시집을 내놓는다. 1973년의 『농무』와 1979년의 『새재』가 그것이다. 『농무』는 기존의 시에서 보기 힘들었던 농민의 삶에 대한 질박하고 구체적인 묘사로 인해 시사적인 관심의 대상이 되어 왔다. 『농무』에서 서술적인 서정시의 가능성을 실험했던 시인은 『새재』에 이르면 민요의 가락을 적극적으로 도입하여 전통 양식과의 접맥을 시도한다. 본고에서는 『농무』와 『새재』를 서술시라는 일관된 맥락에서 파악하면서 그 변모의 동인과 양상을 살펴보고자 한다.

『농무』는 소외계층의 삶을 대변하는 문학으로서 문단의 관심을 불러일으킨다. 그러나 『농무』의 진정한 성취는 그러한 소재 자체보다는 구체적인 묘사와 독특한 서술의 방식에서 기인하는 것이다. 『농무』에서는 가난한 농민이나 소외계층의 육성을 그대로 살려 그들의 삶을 실감나게 재현한다. 표제시인 「농무」(1971)는 이러한 특성을 함축적으로 드러내주는 작품이다.

　　징이 울린다 막이 내렸다
　　오동나무에 전등이 매어달린 가설무대
　　구경꾼이 돌아가고 난 텅 빈 운동장
　　우리는 분이 얼룩진 얼굴로
　　학교 앞 소줏집에 몰려 술을 마신다
　　답답하고 고달프게 사는 것이 원통하다
　　꽹과리를 앞장 세워 장거리로 나서면
　　따라붙어 악을 쓰는 건 쪼무래기들뿐
　　처녀애들은 기름집 담벽에 붙어서서

철없이 킬킬대는구나
보름달은 밝아 어떤 녀석은
꺽정이처럼 울부짖고 또 어떤 녀석은
서림이처럼 해해대지만 이까짓
산구석에 처박혀 발버둥친들 무엇하랴
비료값도 안 나오는 농사 따위야
아예 여편네에게나 맡겨두고
쇠전을 거쳐 도수장 앞에 와 돌 때
우리는 점점 신명이 난다
한 다리를 들고 날라리를 불거나
고갯짓을 하고 어깨를 흔들거나
― 「農舞」 전문17)

이 시의 길이와 형태는 보통의 서정시와 다를 바가 없다. 그러나 이 시는 이미지나 정서의 표출에 의거하는 대부분의 서정시와는 달리 구체적인 장면의 서술에 의해 전개되고 있다. 따라서 서술을 담당하는 화자의 존재와 역할은 다른 서정시들에 비해 훨씬 두드러진다.이 시의 화자는 '비료값도 안 나오는 농사'일을 하는 가난한 농부이다. 울분과 설움으로 가득한 이 화자의 내면은 직접적으로 표출되지 않고 구체적인 삶의 묘사 속에서 자연스럽게 그려지게 된다.

이 시에서 삶의 묘사가 생생한 느낌을 주는 것은 구체적인 장면의 배열에 의한다. '오동나무에 전등이 매어달린 가설무대'는 당시 근대화에 밀려 소외되었던 농민을 독려하려고 마련한 어설프고 한시적인 시설이다. 이곳에서 꼭두각시처럼 분장하고 흥도 나지 않는 공연을 마친 화자와 그 일행은 '학교 앞 소줏집'에 몰려가 술을 마신다. '가설무대'를 떠난 '소줏집'에 이르자 그들의 속마음이 표출된다. "답답하고 고달프게 사는 것이 원통하다"는 것이다. 전체 농민의 울분을 대변하는 이러한 발언은 극적인 전개 속에서 한결 절실한 육성으로 표출된다. 다음 장면부터는

---

17) 신경림, 「농무」, 창작과비평사, 1975, 16~7쪽.

소줏집을 나와 장거리를 향하는 공간 이동이 그려진다. 그러나 이 시에서는 카메라기법과 같은 객관적 묘사에만 의지하지 않고 중간중간에서 화자의 감정과 육성을 드러낸다. 술기운이 도는데다 보름달이 밝아 흥분이 더하게 되면서 화자와 그 일행의 울분과 허탈감도 고조된다. 비료값도 안 나오는 농사를 지으며 "산구석에 처박혀 발버둥친들 무엇하랴"는 항변은 그들의 가장 절실한 심정을 담고 있다. 마지막 장면은 쇠전을 거쳐 장거리의 중심에 해당하는 도수장에 이르는 과정을 보여준다. 이는 첫 장면이 '전등이 매어달린 가설무대'에서 시작되었던 것과 대조적이다. 보름달이 환하게 뜬 도수장에 이르러 화자와 그 일행의 신명은 절정에 다다른다. '가설무대'에서 공허한 공연을 했던 그들은 장거리의 중심에 이르자 비로소 신명이 나서 춤추게된다. 삶의 터전인 마을의 중심에 이르러 그들은 진정한 주인공으로서의 자신을 느끼며 자발적으로 자신들의 춤 '농무'를 출 수 있는 것이다. 이 춤을 통해 그들의 울분과 애환과 신명은 한데 어우러지고 강한 일치감을 이루게 된다.

「농무」는 이와 같이 소외계층인 농민의 실상을 전례 없이 구체적이고 핍진한 서술을 통해 그려냈다. 농민의 육성을 실현한 화자는 공동체적인 삶의 문제를 관념이 아닌 실감으로 표출해낼 수 있었다. 이 시는 또한 구체적인 삶의 묘사가 장황한 수사가 아닌 간명한 서술에 의해 실현될 수 있음을 보여주었다. 효과적인 장면 배치와 간결한 상황 묘사, 적절한 육성의 배합은 서정시의 간결한 구조로도 서술의 가능성을 극대화시킬 수 있음을 증명한다. 아울러 이 시는 서술적인 시들이 흔히 간과하는 리듬에 대한 세심한 배려로 인해 독자의 호응과 공감을 배가시켰다. 「농무」는 서정시의 양식 속에서 서술의 효과를 극대화한 시로서 서정시의 새로운 가능성을 제시하였다.

첫 시집 『농무』에서 서정시와 결합할 수 있는 서술 방식을 실험했던 시인은 두 번째 시집 『새재』에서는 '서술'과 '리듬'의 결합을 시도하게 된다. 『농무』에서도 리듬에 대한 고려가 나타나지만 『새재』에서는 한결 의식적으로 그것을 실천한다. 그는 특히 민요의 가락과 정서에서 민중의 생활과 감정을 표현할 수 있는 양식적 특성을 발견하고 적극적으로 그 가능성을 실험하게 된다.

하늘은 날더러 구름이 되라 하고
땅은 날더러 바람이 되라 하네
청룡 흑룡 흩어져 비 개인 나루
잡초나 일깨우는 잔바람이 되라네
뱃길이라 서울 사흘 목계 나루에
아흐레 나흘 찾아 박가분 파는
가을볕도 서러운 방물장수 되라네
산은 날더러 들꽃이 되라 하고
강은 날더러 잔돌이 되라 하네
산서리 맵차거든 풀속에 얼굴 묻고
물여울 모질거든 바위 뒤에 붙으라네
민물 새우 끓어넘는 토방 툇마루
석삼년에 한 이레쯤 천치로 변해
짐부리고 앉아 쉬는 떠돌이가 되라네
하늘은 날더러 바람이 되라 하고
산은 날더러 잔돌이 되라 하네
　　　　　　　　　　　─「목계장터」 전문[18]

「목계장터」는 민요의 수용 양상이 잘 드러나는 시이다. 이 시의 화자는 장터를 떠도는 방물장수이다. 시인은 여전히 소외계층의 육성을 재현할 수 있는 화자를 설정하여 그들의 삶을 표현하고 있다. 그런데「농무」의 화자가 구체적인 정황과 배경 속에서 움직이는 사실적인 인물인 것에 비해 이 시의 화자는 떠돌이의 보편적인 삶을 대변하는 인물이다. 「농무」에서 구체적으로 묘사되었던 삶의 공간도 이 시에서는 대략적으로 그려질 뿐이다. 사건의 설명과 묘사는 개인적인 태도와 성향이 개입되기 쉬운 반면, 행위를 중심으로 한 사건의 제시는 이러한 개입을 방지할 수 있

---

18) 신경림, 「새재」, 창작과비평사, 1979, 6쪽.

다.19) 「목계장터」는 대략적인 행위의 서술과 반복 어구가 중심을 이루면서 구체적인 묘사와 육성이 드러나는 「농무」에 비해 더욱 비개성적인 문체를 보여준다. 비개성은 곧 전형성을 이루는 바탕이다. 그리고 이러한 전형성을 이룰 때 전승공동체의 전통적인 그리고 공유의 감각과 호흡을 맞출 수 있다.20) 『새재』에서 시도한 민요풍의 시에서 시인은 이전 시들에 비해 훨씬 보편적이고 전통적인 삶과 정서의 표현에 주력하게 된다.

「목계장터」를 구성하는 원리는 「농무」에서처럼 구체적이고 사실적인 서술의 방식보다는 민요 특유의 가락과 정서이다. 4음보의 규칙적인 운율과 반복적인 어구, 동일한 어미의 사용은 이 시를 전체적으로 리듬의 흐름에 따라 읽게 만든다. 사설과 후렴이 교차되는 민요의 형식은 서술의 구체성과 일관성을 보장하기보다는 삶에 대한 포괄적인 정서와 감응을 일으킨다. 일정한 리듬이나 후렴, 반복적 어구는 삶의 세목에 대한 몰입과 집중을 차단하는 대신 보편화된 정서의 차원을 열어놓는다.

신경림은 민요의 계승을 통해 『농무』에서보다 보편적이고 전통적인 삶의 정서를 표출하려 했다. 그는 "그릇된 서구문화의 맹목적인 수입에 의해서 끊어진 우리 가락의 줄을 거기서 (민요에서: 필자) 찾아 오늘의 삶과 일에 맞는 노래를 새로 만들자"21)는 생각으로 민요를 적극 수용하였다. 우리 문화에 깊이 침윤된 서구의 영향에서 벗어나 민족 고유의 전통에서 새로운 창조의 동력을 찾으려는 노력으로 민요의 가락을 되살려냈던 것이다. 그러나 전통의 가락을 '오늘의 삶과 일에 맞는 노래'로 만드는 일은 그가 의도한 만큼 성과를 얻지는 못한 것으로 보인다. 『농무』에서 보여준 당대 현실에 대한 현장감 있는 묘사에 비해 『새재』의 민요풍 시들은 현실의 삶보다는 재래의 가락과 정서에 경도되는 경향이 강하다. 이로써 그의 시는 『농무』에서 보여준 당대 삶에 대한 구체적인 재현

---

19) 강등학, 「서사민요와 반복의 기능」, 『한국민요의 현장과 장르론적 관심』, 집문당, 1996, 271쪽.
20) 같은 글, 같은 쪽.
21) 신경림, 「민요기행 I」, 한길사, 1985/1989, 96쪽.

의 성과에서 멀어지는 대신 뿌리깊은 정한의 가락을 재창조하는 변화를 초래한다. 이 과정에서 서술의 방식과 비중은 달라졌지만, 소외계층의 삶을 대변하려는 서술의 핍진성과 보편정서에 대한 호소력 있는 양식은 서정시의 범주와 공감의 차원을 크게 확대시켜 놓았다.

(3) 설화의 양식화와 영원성의 추구: 서정주

『질마재 신화』(1975)는 서정주의 시세계를 크게 가르는 계기를 마련한 시집이다. 이 시집을 중심으로 전통 서정시의 범주에 들어있던 그의 시는 뚜렷한 산문성을 보이게 되고 문체나 형식의 변화가 두드러지게 된다. 삼국유사나 신라정신을 시의 원천으로 삼았던 그는 자신이 들으며 자란 민간의 설화나 속설에서 새롭게 시의 보고를 발견한다. 이러한 변화에는 다분히 시인 자신의 의도가 내재하는 것으로 볼 수 있다. "예, 그게 말하자면 액션이거든. 액션이란 말씀야. 액션이 없으니까 독자들이 떠나가는 것 같아요. 그러니까 시에도 액션을 넣었지. 소설처럼 말이오. 어디 樣式이란 걸 그런 식으로 만들어 본 것이거든"22)이라는 시인의 말에서 시에 산문성을 도입하게 된 계기를 짐작해 볼 수 있다. 서정주가 시에 도입한 '액션'이란 독자들에게 친근감을 줄 수 있는 소설 같은 이야기의 양식을 뜻한다. 그는 이전 시의 정신적인 지향이 독자들에게 거리감을 주었다고 판단하고 실감 있는 이야기를 시도했다. 이 때의 이야기는 민간 설화와 같이 전통적이고 친근한 액션이다. 그런데 이러한 이야기가 단지 소재의 차원에 그치는 것이 아니라 '양식'으로 인식되고 있다는 사실을 주목할 필요가 있다. 그는 시에 소설처럼 생생한 이야기를 도입하는 새로운 양식을 통해 독자의 흥미를 유발시키려 한 것이다.

양식으로서 이야기를 도입하려는 시인의 적극적인 의도는 이 시집에

---

22) 김주연, 「이야기를 가진 시」, 「나의 칼은 나의 작품」, 민음사, 1975, 11쪽.

서 이야기를 담당한 화자의 역할을 극대화시킨다. 시집 전체는 이야기꾼이 들려주는 개개 이야기의 집합으로 구성되어 있다. 모든 화소는 이야기꾼의 목소리를 거쳐 독특한 어조와 분위기로 굴절되어 전달된다. 서정적 주체의 정서 표출이 섬세하게 이루어지는 이전의 서정시에 비해 이야기의 전개, 즉 서술 자체에 비중이 주어진 가운데 이야기꾼 자신의 관점과 해석이 부각된다. 따라서 독자의 흥미를 유발시키기 위해서는 이야기꾼의 솜씨와 입담이 결정적인 작용을 하게 된다.

> 질마재 上歌手의 노랫소리는 답답하면 열두 발 상무를 젓고, 따분하면 어깨에 고깔 쓴 중을 세우고, 또 喪輿면 喪輿머리에 뙤약볕 같은 놋쇠 요령 흔들며, 이승과 저승에 뻗쳤읍니다.
> 그렇지만, 그 소리를 안 하는 어느 아침에 보니까 上歌手는 뒤깐 똥오줌 항아리에서 똥오줌 거름을 옮겨 내고 있었는데요, 왜, 거, 있지 않아, 하늘의 별과 달도 언제나 잘 비치는 우리네 똥오줌 항아리, 비가 오나 눈이 오나 지붕도 앗세 작파해 버린 우리네 그 참 재미있는 똥오줌 항아리, 거길 明鏡으로 해 망건 밑에 염발질을 열심히 하고 서 있었습니다. 망건 밑으로 흘러내린 머리털들을 망건 속으로 보기좋게 밀어넣어 올리는 쇠뿔 염발질을 점잔하게 하고 있어요.
> 明鏡도 이만큼은 특별나고 기름져서 이승 저승에 두루 무성하던 그 노랫소리는 나온 것 아닐까요?
> — 「上歌手의 소리」 전문[23]

『질마재 신화』의 서술방식은 이처럼 마치 구연된 이야기를 채록해 놓은 듯한 생생한 구어체가 중심을 이룬다. 청자를 분명하게 의식하고 있는 듯한 존칭어 뿐 아니라 이야기의 현장성을 살린 반복이나 생략 어법, 구어체적인 화술 등으로 인해 시를 읽는다기보다는 이야기를 듣는 듯한 느낌을 준다. 화자의 정서적 상태에 공감하며 자발적으로 감정이입을 시도해야하는 보통의 서정시에 비해『질마재 신화』의 서술시들은 옛날 이

---

23) 서정주, 『미당 서정주 시전집 1』, 민음사, 1983, 282쪽. 이후 서정주 시 인용은 이 책에 의거함.

야기를 듣는 식으로 편안하고 자연스럽게 공감의 영역으로 들어가게 한다. 창작 주체의 자기 표현이 중심을 이루는 서정시와 달리 청자의 존재를 강하게 의식하고 배려한 까닭이다. 친근한 소재와 서술방식으로 독자의 흥미를 유발하려는 시도가 이처럼 독특한 양식을 창출한 것이다.

이 시에서는 이야기꾼인 화자가 질마재의 상가수에 대해 이야기하고 하고 있다.『질마재 신화』에서는 이런 식으로 인물 중심의 서술이 주를 이루는데, 대체로 처음에 인물의 특징에 대한 설명이 들어가고 가운데서 인상적인 일화를 소개한 후 간단히 요약하며 끝내는 짜임으로 이루어진다. 흥미로운 일화를 중심으로 한 인물의 특징을 선명하게 각인시킬 수 있는 방식인 것이다.

『질마재 신화』의 등장인물들은 하나같이 평범한 신분의 민초들이다. 시인은 자신이 자라면서 접했던 많은 이웃들의 삶에서 귀중한 이야기 거리를 발견하고 있다.『질마재 신화』에서 그가 선택한 민중의 삶은 답답하고 고달프게 사는 그들의 사회적 현실이 아니다. 그는 평범한 민중의 삶에 내재해있는 비범한 삶의 질서를 그리고자 했다.『질마재 신화』의 주인공들은 현실적인 신분과 상관없이 인간의 자존과 소우주적인 신비를 간직한 신화적 인물들이다. 위의 시에서 그려지는 질마재의 상가수도 마을의 소리꾼에 불과하지만 타고난 예술적 감각을 가진 인물이라 할 수 있다. 상가수의 비범함은 그가 염발질을 하기 위해 비추는 거울이 '하늘의 별과 달도 언제나 잘 비치는 우리네 똥오줌 항아리'라는 데서 단적으로 드러난다. 더럽고 추한 똥오줌항아리를 자연의 거울삼아 태연하게 염발질을 하는 그의 타고난 예술가 기질이야말로 이승과 저승을 넘나드는 그 노랫소리의 원천이라 할 수 있다.

상가수를 비롯하여『질마재 신화』의 주인공들은 우주 자연과 소통하는 신비한 능력을 보유한 것으로 나타난다. 그것도 현실에서 소외 받은 약자일수록 자연과의 교감은 더욱 활발하게 이루어진다.『질마재 신화』의 많은 여성 주인공들은 고단하고 신산한 삶을 살아가면서도 대모신과 같이 풍성한 자연의 섭리를 보유하고 있다. 가령「小者 李 생원네 마누라

님의 오줌 기운」에서는 마을에서 제일 무성한 무밭을 만드는 안주인의 오줌 기운이 그려지고, 「알묏집 개피떡」에서는 달 좋은 보름 동안은 행실이 궂어지고 달 안 좋은 보름 동안은 개피떡 장사를 하는 과부 알묏집의 생체 리듬이 흥미롭게 표현된다. 「石女 한물宅의 한숨」의 한물댁은 불모성의 상징이면서도 솔바람 소리로 재생하여 마을사람들과 희로애락을 함께 한다. 『질마재 신화』에서는 가난이라는 현실적인 주제조차도 비범한 능력을 강조하는 장치로 작동할 때가 많다. 「눈들 영감의 마른 명태」에서는 눈들 영감이 마른 명태의 억센 뼈다귀를 모조리 먹어치우는 것을 가난의 증거라기보다 비범한 능력을 드러내는 '神話의 일종'으로 그려 보인다. 「大凶年」에서는 흉년이 들어 흙을 집어넣고 끼니를 때울지언정 씨나락까지 먹어치우지는 않았던 조상들의 습속을 언급한다. 『질마재 신화』는 가난 속에서도 삶의 저력을 잃지 않는 민초들의 끈끈한 생명력을 보여준다.

이 시집에서는 불행하고 천한 운명을 타고난 인물일수록 신비한 존재로 부각된다. 「단골 巫堂네 머슴 아이」의 '세상에서도 제일로 천한 단골 巫堂네 집 꼬마둥이 머슴'은 어느 사이 마을의 敎主가 되고, 「神仙 在坤이」의 앉은뱅이 사내는 날개가 돋아 하늘로 신선살이를 하러 간 것으로 전해진다. 질마재를 떠도는 갖가지 소문이 '신화'가 될 수 있는 것은 가난과 불행을 승화시키는 그들의 놀라운 생명력과 신성의 발견에 기인하는 것이다.

질마재를 떠도는 온갖 속설과 여러 인물들이 이렇게 세속적 기준과는 다르게 신화화되는 데에는 시인 특유의 독특한 역사관이 작용한다. '완결된 세계'로서의 '신라' 이후 우리 역사는 그에게 타락의 과정에 지나지 않는다. 특히 근대의 '시, 분, 초라는 순수 추상 시간'은 '우리 생활과 관계 있는 공간 속의 좋은 시각적 영상들을 담은' 시간 경험, 다시 말해 주관적·경험적 시간 체험을 완전히 추방하는 것으로 인식된다.24) 폐쇄적이

---

24) 최현식, 「타락한 역사의 구원과 '질마재'」, 「한국언어문학」 41, 1998. 12, 121쪽.

고 자족적인 공간을 형성하고 있는 질마재의 시간은 근대적인 시간의식과는 다른 주관과 경험의 감각에 의거한 것으로 그의 반근대적 성향을 대변하는 것이다.

『질마재 신화』를 지배하는 시간의식은 「박꽃 時間」의 '박꽃 때'와 같은 시간단위에서 단적으로 드러난다. 이 시에 나타나는 시간은 근대적 시간 개념과는 전혀 다른 여유 있고 자연적인 시간이다. 근대의 계량적인 시간이 생산성을 고취시키기 위해 인간을 도구화하는 인위적인 장치인 것에 비해 전근대적인 삶에서 시간은 생활의 리듬과 자연의 질서를 반영하는 경험적인 사실로 작용하였던 것이다. "박꽃 때는 하로낮 내내 오물었던 박꽃이 새로 피기 시작하는 여름 해으스름"이라는 진술에서 알 수 있듯 질마재의 시간은 지극히 자연 친화적이다. 질마재 사람들의 삶의 리듬은 자연의 원초적이고 순환적인 질서에 맞추어져 있어 좀처럼 변하는 법이 없고 자족적이다. 질마재 사람들은 경쟁과 생산을 독촉하는 근대적인 시간의 자장에서 자유롭기 때문에 여유 있고 낙관적인 삶의 태도를 견지할 수 있는 것이다. 시인은 '박꽃 시간'과 같은 자연의 시간을 영원 불변하는 가치로 인식했다.

『질마재 신화』의 '신화적' 의미는 바로 이 영원성을 추구하는 시간의식과 불가분의 관련을 갖는다. 시간의 파편화와 인식의 해체가 극단에 다다른 근대에 있어 그것을 다시 통합하는 데 신화는 매우 유용한 방법[25]일 수 있다. 시인은 산업화가 본격화되는 70년대에 근대적인 시간의 파행을 비판하면서 자연적 시간의 영원성을 일깨우려 했다. 질마재 사람들에게 내재해있는 충만한 우주적 교감과 자족적인 삶의 모습을 통해 근대의 이념에 의해 망각돼가고 있는 존재의 영속성을 증명하려 한 것이다. 이 시집에서 그리려 한 것은 질마재의 근대적 현실이 아니라 영원성의 관념 속에 고정된 질마재의 탈근대적 공간이다. 구전을 통해 영속되는 설화의 힘을 빌어 시인은 자신의 정신적인 지향과 영원성에 대한 기

---

25) 김형효, 「구조주의 사유체계와 사상」, 인간사랑, 1989, 201쪽.

원을 담았다. 속설에 불과한 이야기들을 윤색하고 의미화한 시인의 역량은 남다른 바가 있다. 설화와 시의 결합 가능성에 대한 집중적인 탐색은 개인적인 정서에 매몰되어 가는 서정시의 소재와 양식을 대폭 확충하였다.

3. 서술시의 확산과 시대적 맥락

1970년대의 많은 시들은 서술적 경향이 강해지고 전통 문예양식을 적극적으로 도입하는 양상을 보여준다. 앞에서 살펴본 김지하, 신경림, 서정주의 70년대 시는 그 대표적인 예라고 할 수 있다. 이들의 새로운 시를 통해 전통적인 서정시의 개념과 범주는 획기적인 변화를 맞이한다. 동일한 시기에 각기 다른 성향의 시인들이 이와 같이 양식상의 전환을 꾀하게 된 동기는 무엇일까? 또한 그들은 왜 공통적으로 서술시에 관심을 갖게 되었으며 한결같이 전통 양식에 눈을 돌리게 된 것일까? 여기서는 이런 의문을 갖고 그 시대적 맥락 속에서 연관성을 찾아보고자 한다.

1970년대는 외향적으로는 산업화시대가 본격화되어 근대화가 급진전되는 시기였지만 독재정권이 장기화되고 부정부패가 극심해지는 가운데 대외적으로는 외채가 누적되고 해외의존도가 커지면서 위기감이 고조된 시기이다. 급격한 근대화 과정에서 빈부 격차로 인한 계층 간의 양극화 현상이 일어나고 농촌과 도시간의 소득 격차도 커지게 되면서 사회·경제적으로 모순과 갈등이 심화되었다. 산업화로 인한 소외 현상이 심각해지고 기존의 질서와 가치가 무너지는 등 갖가지 사회 변화 속에서 현실의 문제에 대한 문학적 관심이 높아졌다. 70년대는 문학 내적으로 볼 때 4·19후의 민주주의적·통일운동적 경험을 배경으로 한 민중의식의 성장과 7·4남북공동성명 등에 자극됨으로써 민족문학론이 다시 부각된 시기로 특기할만하다.[26) 이 시대의 문학은 전례 없이 현실적 삶과 민족의식에 대한 치열한 탐구를 보여주었다. 70년대 소설의 괄목할만한 성과로도 알 수 있듯 이러한 격동의 시대를 형상화하는 데는 산문의 형식이 유리하다. 소설의 서술 양식과 다양한 형식은 혼돈과 갈등의 삶을 구체적으로 표현할 수 있기 때문이다.

삶의 다양성과 구체성을 담보하려는 시대적 흐름은 시의 영역에서도 서술의 역할을 강화시켰다. 기존 서정시의 영역을 크게 넘어서는 정도에서 서정시의 형태를 유지하는 정도까지 다양한 층위에서 서술시 양식이 활발하게 실험된다. 역사적 격변기의 다채로운 시대상황을 표현하기 위해 기존 서정시의 양식은 지나치게 협소한 것으로 인식되었던 것이다. 구체적인 삶의 정황을 그려내거나 사라져가는 재래의 삶을 복원하기 위해서는 풍부한 서술의 양식이 효과적이었다.

서술시는 또한 소통의 측면에서도 기존 서정시와는 다른 관점을 반영한다. 기존의 서정시에서 서정적 주체가 중심이 되어 표현 면에 역점을 두는 것과 달리 서술시는 청자의 존재를 뚜렷하게 인식하고 전달의 측면을 최대한 고려한다. 서술은 많은 이야기를 수월하게 전달할 수 있는 청자 중심의 소통 양식이다. 70년대의 서술시들은 청자와의 긴밀한 소통의 공간을 상정하고 전달의 가능성을 충분히 배려하였다. 이 시기 시들의 연희적 특성은 청자와의 소통 가능성을 입증한다. 김지하의 담시는 소리꾼 임진택에 의해 창작판소리로서 실제로 구연된 바 있으며 신경림의 민요풍 시들도 가창이 가능한 양식을 보여준다. 서정주의 『질마재 신화』 역시 연행적 상황에 적합한 문체와 형식을 갖춘 것으로 입증된 바 있다.[27) 이 시들의 실제 연행 여부나 그 성과의 문제를 떠나서 청자의 호응과 전달의 필요성에 대한 절실한 요청이 70년대의 시 양식에 결정적으로 작용하고 있음을 부인하기는 힘들다.

또한 이들이 소통의 대상으로 상정한 청자가 기층 민중이라는 사실도

---

26) 강만길, 『한국현대사』, 창작과비평사, 1985, 297~8쪽 참조.
27) 나희덕, 앞의 논문.

70년대의 독특한 현상이라 할 수 있다. 이들은 한결같이 가난하고 소외된 계층의 인물을 주인공으로 삼아 그들의 삶을 구체적으로 서술함으로써 문제의식을 유발하고 있다. 민중의 삶과 역량을 외면하고서는 당대 문학의 핵심적인 주제에 도달할 수 없다는 인식이 보편화되었던 것이다. 물론 실제로 이들의 시가 기층 민중들에게 더 잘 읽혔다는 증거는 없다. 김지하의 담시는 앞에서도 살펴본 바와 같이 고도의 비판적 전략이 담겨 있고 그 표현에 있어서도 지식인적 관점이 강하게 드러난다. 서정주의 시 역시 '심미적 삶'에의 가치부여를 위해서 '사실'로서의 역사에 담긴 삶의 추악한 국면을 슬며시 제거하거나 도덕적·윤리적 가치판단을 유보하기까지 한다28)는 비판에서 자유로울 수 없다. 그들은 자신의 계급적 위치를 특징짓는 지식인적 관점이나 보수적 예술가의 위상에서 벗어날 수는 없었지만 당대의 요청과 사회적 흐름을 적극적으로 반영하여 사회적 공감의 폭을 넓히려 하였다.

이들이 공통적으로 보여준 전통 양식의 수용 역시 70년대에 크게 고양된 민족문학에 대한 관심과 무관하지 않다. 산업화로 인한 급격한 사회 변화와 전통의 붕괴는 역으로 민족의 문화적 전통을 재인식하게 한다. 지속되는 정치·경제적 파행 속에서 민족적 동질성의 훼손과 계층 간의 위화감을 절감하게 되면서 판소리나, 민요, 민담 등의 전통적인 민중예술에서 민족 정체성과 공동체적 정서를 되살려보려는 움직임이 일어나게 된 것이다. 전시대에도 전통의 문학 양식을 계승하려는 움직임이 없었던 것은 아니지만 70년대 들어서는 전면적인 현상으로 자리잡는다. 이 시기의 시들은 또한 진부하고 고답적인 연계에 그치기 쉬운 전통 양식을 혁신적으로 재창조한다. 김지하의 담시는 전통 판소리의 양식을 단형화하면서 서술의 기능을 강화하여 비판과 풍자의 효과를 극대화시킨다. 신경림은 『농무』에서 서술의 양식과 리듬의 조화를 실험한 후 『새재』에서는 본격적으로 민요의 가락을 도입하여 기층 민중의 삶과 정한을

---

28) 최현식, 앞의 글, 130쪽.

담아낸다. 서정주는 민간 설화의 양식을 독자적으로 개발하여 유년의 기억과 재래의 삶을 흥미롭게 재구성한다. 각기 다른 성향의 시인들이지만 모두 전통 양식을 새롭게 주목하게 되었다는 데서 이 시대의 전체적인 분위기를 엿볼 수 있다. 이와 같이 70년대 시는 전통양식의 창조력을 새롭게 발견하고 개화시켰다. 전시대의 시들이 외국시의 양식을 전범으로 삼았던 것에 비하면 민족 주체성과 창조적 역량이 증대되었다는 증거이다.

70년대의 시는 독재정치가 강화되고 민족 동질성이 훼손되려하는 시대에 오히려 위기를 전화시키는 저력을 발휘하였다. 전통 양식의 수용을 통해 직접적인 현실 비판의 통로가 차단된 억압적인 상황을 돌파하고 민족문화의 창조력을 발현시켰다. 이 시들은 근대의 위기를 극복하려는 정신적이고 미학적인 대응의 양식을 전통 문화 속에서 발견하였다. 이 때의 전통의 탐색과 양식화는 근대를 넘어서는 새로운 전통의 창조를 기획하려는 의지의 소산이다. 70년대를 통해 우리시는 전통 양식의 수용이 복고 취향의 답습이 아닌 새롭고 획기적인 전위의 양식이 될 수 있음을 보여주었다. 또한 이 시기에 대폭 확장된 서술시의 가능성은 이후 지속되는 우리시의 산문화 경향으로 비추어볼 때도 선구적인 양식적 시도로 주목할 만하다.

4. 결론

본고에서는 1970년대 시에서 서술시적 경향과 전통 양식의 창조적 수용의 양상이 두드러지다는 사실을 주목하고 그 양식적 특성과 시대적 맥락을 살펴보았다. 1970년대 서술시를 대표하는 김지하, 신경림, 서정주의 시를 대상으로 하여 대표작들을 중심으로 양식상의 특이성을 고찰하였다. 또한 1970년대에 전통양식을 수용한 서술시가 크게 확산된 현상과 관련하여 그 시대적 맥락과 미학적 근거를 추적해 보았다. 양식에 대한 기존의 논의들이 서구의 개념을 기준으로 연역적인 규정을 행하는 것에 대한 반성으로 여기서는 구체적인 작품분석을 통해 드러난 현상을 포괄적으로 수렴하면서 귀납적인 결론을 도출하고자 했다.

70년대 초반에 발표된 김지하의「오적」은 그의 담시를 대표할 뿐 아니라 당대의 문학 현상을 주도해 나간 선구적인 작품이다. 김지하는 판소리의 독창적인 구조와 화법에서 서술의 양식을 발견하고 단형의 판소리로 그것을 실현시켰다.「오적」에서 서술을 담당한 화자는 판소리 창자와 같은 다성적인 화법으로 강한 흡인력과 흥미를 유발하며 각개 각층의 다양한 인물들을 실감나게 묘사한다. 판소리의 다성적인 화법 외에도 강조점이 분명한 탄력적인 구성방식은 이 시에 역동적인 실감을 부여하고 주제의식을 확연하게 드러낸다. 판소리와는 달리 창작의 주체가 지식인이자 시인이라는 점도 주제의식이 분명한 이유이다.「오적」은 판소리의 구조와 어법을 효율적으로 도입하는 한편 지적이고 날카로운 풍자의 방식을 통해 새롭고 진보적인 저항의 양식을 실현하였다.

신경림은 70년대에『농무』와『새재』두 권의 시집을 통해 서정시의 범주 안에서 서술의 양식을 다양하게 실험하였다.『농무』는 구체적인 묘사와 독특한 서술의 방식으로 소외계층의 삶을 재현하였다.『농무』에서 삶의 묘사가 실감을 주는 것은 구체적인 장면의 배열과 간명하면서도 핍진한 서술에 의거한다. 이 시집에서는 또한 서술시로서는 드물게 리듬을 섬세하게 배려하여 서정시의 양식 속에서 서술의 효과를 배가시켰다.『새재』에서는『농무』에서보다 훨씬 의도적으로 서술과 리듬의 조화를 시도한다. 이 시집에서는 삶에 대한 포괄적인 정서와 감응에 호소하는 민요의 양식을 수용하게 되면서 그의 시는 서술의 구체성에서 멀어지는 반면 전통적인 정한의 가락을 재현할 수 있었다.

서정주는『질마재 신화』에서 민간 설화의 소재와 양식에서 서술시의 가능성을 적극적으로 실험하였다. 서술에 비중이 주어지면서 화자의 역할이 극대화되어 이야기꾼의 관점과 해석이 부각된다. 서술의 방식에 있어서는 이야기의 현장성을 살린 생생한 구어체와 반복이나 생략 어법 등으로 청자의 호응을 높이고 있다. 『질마재 신화』에서는 평범한 민중의 삶에 내재해있는 본연의 질서와 우주적인 교감을 그려낸다. 가난과 불행을 승화시키는 민초들의 놀라운 생명력은 시인의 독특한 역사관에 의해 신화화한다. 시인은 재래의 삶에 내재해 있는 충만한 우주적 교감과 자족적인 삶의 양상을 통해 근대적 시간에 의해 망각되어온 존재의 영속성을 추구하고자 하였다.

70년대에 서술시가 확산되고 전통양식이 적극적으로 수용된 배경은 국내외적인 변화와 민족문학론의 전격적인 대두와 관련을 맺고 있다. 독재정권이 장기화되는 가운데 산업화가 급진전되고 해외의존도가 심화되면서 근대화의 모순과 갈등이 심각해진 이 시기에 문학은 현실적 삶과 민족의식에 대한 치열한 탐구를 행하게 된다. 삶의 다양성과 구체성을 표현하려는 욕구가 강해지면서 시에서도 서술의 역할이 강화된다. 70년대의 서술시는 민중을 청자로 삼아 가난하고 소외된 계층의 삶을 구체적으로 재현하여 당대의 요청과 사회적 공감대에 호응하려 하였다. 이 시기의 서술시들은 또한 공통적으로 판소리나 민요, 민담 등의 전통적인 민족 문화를 적극적으로 수용하여 새롭게 발현시켰다. 전통 문화의 창조적 저력을 재발견하여 근대의 위기를 극복할 수 있는 정신적이고 미학적인 대응의 양식을 수립하려한 70년대의 시는 우리시의 양식적 확산에 있어 획기적인 전환점을 이루었다.

주제어 : 양식, 서술시, 담시, 화자, 청자, 판소리, 민요, 설화, 산업화, 근대화,
       1970년대

◆ 참고문헌

김지하,『오적』, 솔, 1993.

서정주,『미당 서정주 시전집 1』, 민음사, 1983.

신경림,『농무』, 창작과비평사, 1975.

신경림,『새재』, 창작과비평사, 1979.

강만길,『한국현대사』, 창작과비평사, 1984/1985.

김준오,『한국현대장르비평론』, 문학과지성사, 1990/1991.

김준오 외,『한국 서술시의 시학』, 태학사, 1998.

김형효,『구조주의의 사유체계와 사상』, 인간사랑, 1989.

신경림,『민요기행 Ⅰ』, 한길사, 1985/1989.

강등학,「서사민요와 반복의 기능」,『한국민요의 현장과 장르론적 관심』, 집문당, 1996, 261~286쪽.

강영미,「김지하 담시의 판소리 수용 양상 연구」, 고려대 석사논문, 1995.

강희근,「서정주 시의 서술성에 대하여」,『월간문학』, 1984. 1, 128-144쪽.

고현철,「장르 패러디로 본 김지하의「오적」」, 부산대『국어국문학』30, 1993. 12, 65~81쪽.

고형진,「서사적 요소의 시적 수용」,『한국 현대시의 서사지향성 연구』, 시와시학사, 1995, 229~253쪽.

고형진,「서정주의『질마재 신화』의 '이야기시'적 특성 연구」,『예술논문집』34, 예술원, 1995, 30~59쪽.

김도연,「장르 확산을 위하여」,『한국문학의 현단계 Ⅲ』, 창작과비평사, 1984, 211~289쪽.

김동일,「서정주 시 연구 - 화자를 중심으로」, 성균관대 교육대학원 석사논문, 1989.

김영철,「이야기 시의 발화 형식 및 전개 양상 연구」,『문학 한글』13, 1999. 12, 115~145쪽.

김재홍,「한국근대서사시와 역사적 대응력」,『문예중앙』, 1985년 가을호, 250~277쪽.

김주연,「이야기를 가진 시」,『나의 칼은 나의 작품』, 민음사, 1975, 8~15쪽.

김지하,「풍자냐 자살이냐」,『타는 목마름으로』, 창작과비평사, 1982, 140~156쪽.

김홍진, 「신경림 시의 장르 패러디적 특성」, 『한남어문학』 23, 1998. 12, 91~104쪽.

김홍진, 「「오적」의 판소리 패러디와 비판적 사회 풍자」, 『한남어문학』 26, 2002. 2, 129~149쪽.

김흥규, 「판소리의 서사적 구조」, 『판소리의 이해』, 창작과비평사, 1978/1991, 103~127쪽.

나희덕, 「서정주의 『질마재 신화』 연구 - 서술시적 특성을 중심으로」, 연세대 석사논문, 1999.

박명자, 「신경림 시 연구」, 수원대학교 석사논문, 1995.

박애리, 「김지하 담시 <오적> 연구」, 한남대 석사논문, 1994.

박윤우, 「민중적 상상력의 양식화와 리얼리즘의 탐구」, 『시와시학』, 1993년 봄호, 105~119쪽.

박혜숙, 「신경림 시의 구조와 담론 연구」, 『문학한글』 13, 1999. 12, 148~170쪽.

심혜련, 「서정주 시의 화자 청자 연구」, 이화여대 석사논문, 1992.

염무웅, 「서사시의 가능성과 문제점」, 『한국문학의 현단계 I』, 창작과비평사, 1982, 7~51쪽.

오세영, 「장르실험과 전통장르」, 『작가세계』, 1989녀 가을호, 135~153쪽.

유종호, 「변두리 형식의 주류화」, 『세계의문학』, 1984년 가을호, 37~53쪽.

윤구병·김지하 대담, 「시인 김지하의 사상세계」, 『철학과현실』, 1990년 봄호, 155~180쪽.

윤호병, 「치열한 민중의식과 준열한 서사의 힘」, 『시와시학』, 1993년 봄호, 133~149쪽.

이승하, 「한국현대시에 나타난 풍자성 연구」, 중앙대 박사논문, 1995.

이시영, 「70년대의 시 - 신경림과 김지하의 시를 중심으로」, 『동서문학』, 1990. 11, 174~194쪽.

정호갑, 「김지하 담시 「오적」 읽기」, 『경상어문』 5.6, 2000. 6, 309~343쪽.

조남현, 「농무의 시사적 의미」, 『문학과비평』, 1988년 여름호, 253~260쪽

차창룡, 「김지하의 담시 연구」, 중앙대 석사논문, 1996.

최현식, 「타락한 역사의 구원과 '질마재'」, 『한국언어문학』 41, 1998. 12, 113~130쪽.

한만수, 「신경림, 왜 널리 오래 읽히나」, 『창작과비평』, 1990년 가을호, 255~276쪽.

홍용희, 「김지하 문학 연구」, 경희대 박사논문, 1998.

◆ **국문초록**

　본고에서는 1970년대 시, 특히 김지하, 신경림, 서정주의 서술시를 중심으로 그 양식적 특성과 시대적 맥락을 살펴보았다.

　김지하의 담시 「오적」은 판소리의 독창적인 구조와 화법에서 서술의 양식을 발견하고 단형의 판소리로 그것을 실현한 것이다. 판소리의 다성적인 화법과 강조점이 분명한 탄력적인 구성방식, 그리고 지적이고 날카로운 풍자의 방식은 이 시에 역동적인 실감을 부여하고 주제의식을 확연하게 드러낸다.

　신경림은 『농무』에서 구체적인 묘사와 독특한 서술의 방식으로 소외계층의 삶을 재현하였고, 『새재』에서는 민요의 가락과 정서를 통해 보편적이고 전통적인 정한의 정서를 표현하였다.

　서정주는 『질마재 신화』의 민간 설화의 소재와 양식에서 서술시의 가능성을 적극적으로 실험하였다. 평범한 민중의 삶에 내재해있는 본연의 질서와 우주적인 교감을 통해 그는 근대적 시간에 의해 망각되어온 존재의 영속성을 추구하고자 하였다.

　1970년대에 서술시가 확산되고 전통양식이 적극적으로 수용된 배경은 산업화와 근대화에 따른 시대적 변화와 민족문학론의 전격적인 대두와 관련을 맺고 있다. 삶의 다양성과 구체성을 표현하려는 욕구가 강해지면서 시에서도 서술의 역할이 강화된다. 이 시기의 서술시들은 또한 민족의 동질성을 강하게 의식하면서 전통양식의 창조력을 새롭게 발견하고 양식화하였다.

◆ SUMMARY

The Genre-character of Narrative Poems in 1970s

Lee, Hye-Won

The purpose of this study is to consider the genre-character and their periodic context of narrative poems in 1970s, especially those of Kim ji-ha, Sin gyung-lim, and Seo jung-ju.

Kim ji-ha finds the method of narration in the unique structure and narration of *Pansori* (the Korean traditional monologue opera), and changes it to short form in his *Damsi* (a narrative poem) [*Ojuk* (Five thieves)]. This poem shows dynamic realization and definite subject matter by means of polyphonic narration like *Pansori*, elastic composition method that has obvious emphasis part, and intellectual and acute satire.

Sin gyung-lim makes the life of alienated class reappear with concrete description and unique narration in his collection of poems [*Nongmu* (the dance of peasant)]. Also he represents general and traditional emotion through melody and feeling of folk song in another collection of poems [*Seje*].

Seo jung-ju, in his collection of poems [*Jilmaje Sinwha* (the Myth of Jilma Hill)], experiments the possibility of narrative poem progressively with the material and form of folk fable. He pursuits the perpetuity of existence that has been forgotten in modern times, by means of intrinsic order and natural rapport that is indwell in the lives of masses.

The reason of narrative poems spread and positive admission of traditional genre in 1970s is concerned with periodic change that was brought about by industrialization and modernization and genuine rise of national literature debate. As the desire that expresses the variety and substance increases, the role of narration in poem is strengthened. Also the narrative poems of this period realize the national homogeneity strongly, so discover and restore the creativity of traditional genre newly.

Keyword : Genre,Narrative Poems, Damsi (a narrative poem), Narrator, Auditor, Pansori (the Korean traditional monologue opera), Folk song, Fable, Industrialization, Modernization, 1970s

이 논문은 1월 15일 투고되어 소정의 절차를 거쳐 2월 10일 게재 확정되었음.

여성수난 서사와 가부장제 이데올로기

- 1910년대 멜로드라마를 중심으로 -

이 승 희*

1. 머리말

이 글이 대상으로 다루고자 하는 것은, 일반적으로 지극히 상업적이며 통속적인 동시에 매우 진부한 도덕적 교훈을 함축하고 있으며, 부자연스럽고 과장되어 있는 무언가의 총체로 여겨져 왔다. 1910년대에 '신파극'으로 등장한 그것은 희극적이지도 비극적이지도 않은 주정주의적인 경향을 뚜렷이 보여주었다. 그간 이를 당대에는 '신파극' '흥행극' '상업극' 등으로, 후대에 와서는 '대중극' '멜로드라마'라고도 불러왔다. 필자는 다른 지면에서 이 대상과 관련된 기존 논의를 검토하면서 이 대상을 '멜로드라마'로 지칭할 것을 제안한 바 있다.[1]

그럼에도 불구하고 이 양식을 정의내리는 일은 쉽지 않아 보인다. 어

---

* 광운대.

[1] 이승희, 「멜로드라마의 근대적 상상력-1910년대 신파극을 중심으로」, 『한국극예술연구』 15, 한국극예술학회 편, 2002. 4, 97~103쪽 참조. 이 글에서 1910년대 멜로드라마를 지칭하는 경우 종래의 '신파극'이란 용어를 함께 사용하는 것도 무방하리라 보았는데, 이는 멜로드라마 양식의 1910년대적 존재태로서의 의미를 존중하고자 함이다.

346

떻게 보면, 한국의 근대 문학예술은 '멜로드라마적'이라는, 다분히 '형용
사적'이라 할 수 있는 특정한 국면에 놓여 있는 것으로 보이기 때문이다.
극 장르만 하더라도, 사실주의와 멜로드라마는 미학적·정치적 입장에 있
어서 상호 배타적인 듯이 보이지만, 실상 양자간의 유사성과 상호침투성
은 조금만 주의를 기울여도 확인될 수 있다.2) 그러나 동시에 양자간의
차이를 무화시킬 수 없음 또한 분명하다. 그렇다면 한편으로는 양자 사
이 어딘가에 있을 정체성이 모호한 텍스트들을 노출시키는 유연한 시각
속에서 '형용사적' 의미를 탐색하는 동시에, 다른 한편으로는 그럼에도
특징적으로 양식적 규범성을 보여주는 대상들에 대한 체계화를 시도해
야 한다.

　이를 위해 필자는 우선 1910년대 신파극을 추동한 근대적인 상상력이
과연 무엇이었는가를 검토했다.3) 그 결론은 식민지적 근대에 대한 불안
이자 그 이전 시대에 대한 향수였다. 즉 근대의 혼란스러움, 흔들리는 주
체, 불확실한 이념과 전망 그리고 억압적인 정치적 환경으로부터 신파극
이 상상하고 있었던 것은 명료한 도덕의 세계였고, 이 세계는 과거를 향
해 있었다. 이 시대에 향수는, "정치적 입장들과 결합할 수 있는 문화적
불안이라는 모호한 징후"4)로 나타났다. 그러나 이러한 근대적 상상력은
공교롭게도 일본의 식민화 전략과 공모하고 있었다. 이 논의과정에서 식
민지적 근대에 대한 불안감이 성적 정체성의 위기감으로 표면화되었다
는 것, 신파극에서의 가부장제 이데올로기가 민족적 억압이라는 정치적
상황으로부터 제약된 특수한 국면이라는 점을 거론하였다. 이러한 논제
는 좀더 별도의 논의를 필요로 하기 때문에 과제로 남겼고, 희곡이 남아
있어 좀더 유용한 정보를 제공해줄 것으로 기대되었던 1930년대로 옮겨
가 멜로드라마의 양식적 특질과 관련하여 논의를 진전시켰다.5)

---

2) 사실주의 희곡과 멜로드라마의 친연성은 이승희, 「한국 사실주의 희곡 연구」, 성균관대
　박사논문, 2001, 222~225쪽 참조.
3) 이승희(2002. 4), 앞의 논문.
4) Rita Felski, 김영찬·심진경 역, 「근대성과 페미니즘 The Gender of Modernity」(1995), 거름,
　1998, 103쪽.

이 글은 바로 그 연장선상에서 과제로 남겨두었던 1910년대 신파극과 가부장제 이데올로기의 상관성을 살펴보고자 한다. 여성 수난의 서사(敍事, narrative)는 바로 그런 각도에서 탐구될 가치가 있다. 1910년대에 남성적인 힘과 권력, 의리를 욕망하는 것이 역력한 액션물도 많이 공연되었지만, 수차례 공연되면서 관객들에게 강한 인상을 남기고 멜로드라마의 번성을 주도한 작품들은 아무래도 여성의 수난을 그린 것들이었다. 이 서사는 1910년대뿐만 아니라 1930년대에 이르기까지 당대 관객들에게 가장 애호되는 대표적인 이야기로 정착되었다.

이 서사는 전대의 소설과 별로 달라 보이지 않았다. 악인모해·계모박해·처첩갈등 등 동원된 모티프들과 권선징악·개과천선의 천편일률적인 전개는 구소설의 반복이었으며, 많은 부분 구소설의 형식을 이어받은 가운데 개화사상의 이상주의가 뒤섞여 있는 신소설의 통속화로 비추어졌다. 초기 연구에서 이두현이 신파극의 대표작들이라 할 수 있는 가정비극이 '구파연극'의 봉건도덕의 비극과 본질적으로 다를 바 없고 다만 그 세계와 풍속이 다를 뿐이라고 한 것도 그 같은 맥락이었다.[6] 확실히 신파극은 이른바 '구도덕'에 근거한 선악 이분법의 세계를 보여준다는 점에서 고전소설 혹은 1910년대 신소설과 공유지점을 이루고 있었고, 이는—임화가 신소설의 '퇴보'를 낡은 양식에 대한 새 정신의 지도적 지위의 약화와 소멸의 신호로 읽은 바 있듯이—신파극이 '퇴행'의 지점에 놓여 있다는 것을 의미했다.[7]

그러나 이를 좀더 정교하게 읽을 필요가 있다. 우선, 멜로드라마에서 여성 수난의 서사를 지배하는 도덕이란, 다름 아닌 가부장제 이데올로기라는 점이다. 이 서사에서, 봉건 도덕 혹은 전근대 도덕이 절대적인 효력을 지배하고 있는 것처럼 보였던 것도, 사실은 가부장제 도덕이 '여전히'

---

5) 이승희, 「멜로드라마의 이율배반적 운명─<사랑에 속고 돈에 울고>와 <어머니의 힘>을 중심으로」, 「민족문학사연구」 20, 민족문학사학회 편, 2002. 6.
6) 이두현, 「한국신극사연구」, 서울대출판부, 1990[1966], 232쪽 참조.
7) 이승희(2002. 4), 앞의 논문, 110쪽.

'이곳'에서 작동하고 있었기 때문이다. 그래서 모티프의 반복이란 실은 가부장제 이데올로기의 지속을 의미하였다. 그러나 가부장제 이데올로기가 지속적인 힘을 발휘하고 있었을지라도, 이제 이 이데올로기는 '세계와 풍속'이 달라지고 있던 근대 전환기를 맞이해—집단적·공적인 쟁점을 사적인 것으로 전환시킨 근대 대중예술양식의 하나로 출현한—신파극이라는 장(場)에서 갈등과 협상의 과정을 거치고 있었다. 그리고 이 과정은 멜로드라마의 주도권을 일찌감치 쥔 여성 수난의 서사에서 진행되고 있었다. 이런 작품들은 분명 1910년대, 가부장제 사회에서 살고 있던 여성들의 억압·욕망과 연계되어 있었고, 여성 관객들은 이를 준 공공영역이라 할 수 있는 극장에서의 집단적 관극 체험을 통해 배설했던 것이다.

따라서 이 글은 여성 수난의 서사에 흐르는 근대의 물결과 여성의 욕망을 탐색하면서 멜로드라마의 양식적 특질이 어떻게 가부장제 이데올로기와 연관되는지, 그리고 그것의 역사적 의미가 무엇인지 탐색하고자 한다. 비록 현전하는 대본이 단 한 편도 남아 있지 않아 양식의 구체적인 국면에 대한 논의로서는 역부족이겠지만,8) 이 논의 과정을 통해서 멜로드라마에 대한 좀더 심층적인 논의를 기대해본다.

---

8) 그럼에도 불구하고 다음의 실증적 연구들은 이 글이 논의를 풀어 가는 데 많은 도움을 주었다.
양승국, 「한국 최초의 신파극 공연에 대한 재론」, 『한국극예술연구』 4, 한국극예술학회 편, 1994.
______, 「1930년대 대중극의 구조와 특성」, 『울산어문논집』 12, 울산대 국어국문학과, 1997. 12.
______, 「1910년대 한국 신파극의 레퍼터리 연구」, 『한국극예술연구』 8, 한국극예술학회 편, 1998. 6.
______, 「1910년대 신파극과 전통연희의 관련양상」, 『한국극예술연구』 9, 한국극예술학회 편, 1999. 4.
______, 「한국 근대문학 형성에 미친 일본 신파극의 영향에 대한 연구」, 『한국극예술연구』 14, 한국극예술학회 편, 2001. 10.
김재석, 「한일 신파극의 형성과 특성에 대한 비교연극학적 연구」, 『어문학』 67, 1999. 6.

2. 신분하강의 불안과 전통적 질서의 수호

참영 한 아이 잇는디 마부와 부인과 계집하인이 잇는 바 참영이 마부로 더 부러 츌젼ㅎ얏다가 참영이 사로잡힌 바이됨이 마부는 참영이 죽은 줄로 알고 집으로 도라와 참영의 부인을 쇽이고 각죵 흉계를 부릴시 그 부인은 홀일업셔 두루 방황홀 지음에 참영이 쥭지 안코 도라온즉 마부가 부인의 ᄉ실을 무쇼로 고흔되 홀일 업시 그 계집하인의 정직홈을 츄ㅎ야 인히 작첩동거ㅎ얏고 마부 는 그 후에 텬벌을 마져 죽엇스며 그 후에 부인이 다시 집을 차져온 즉 하인 과 동거ㅎ고 부인은 도로혀 링디ㅎ거늘 부인이 ᄌ탄홈을 그 하인이 듯고 불상 히 녁여 참영에게 간절히 말을 ㅎ야 도로 살게 ㅎ고 아돌 한아를 다리고 집을 쩌나 뎡쳐업시 나아간 일.9)

1910년대에 공연 회수 3회10)를 기록한 <가련처자(可憐妻子)>의 내용 을 소개한 당시 기록이다. 한 여성이 마부의 흉계로 방황하다가 끝내는 정실의 자리로 돌아온다는 이야기이다. 1910년대에 가장 인기 있는 멜로 드라마들 중에는 이 연극처럼 한 여성의 간난신고(艱難辛苦)를 연민의 시선으로 바라보고 그녀의 자리를 지켜주고자 부단한 노력을 기울인 작 품들이 있었다. <가련처자> 외에도 <눈물>(6회),11) <반수천죄(反受天 罪)>(3회), <청춘>(1회), <단장록(斷腸錄)>(5회)12) 등이 그런 예에 속하 는데, 이 작품들은 얼마 지나지 않아 등장한 초기 사실주의 희곡들과 여 러모로 구별된다는 점에서 흥미롭다.

우선, 이 멜로드라마들에는 사실주의 희곡에서와 같은 구여성/신여성

---

9) 『매일신보』, 1912. 6. 15.

10) 이하 작품명 옆에 병기한 공연 회수는 양승국, 「부록1: 1910년대 한국 신파극 공연 연 보」, 『한국 신연극 연구』, 연극과인간, 2001, 참조. 그런데 이 공연 회수는 확인된 것만을 포함시켰기에 최소 공연회수로 받아들이면 될 듯하다.

11) <눈물>은 이상협이 『매일신보』(1913. 7. 16~1914. 1. 21)에 연재한 동명소설의 각색물.

12) <단장록>은 柳川春葉의 『生きぬ仲』(1912~1913)을 조일재가 『매일신보』(1914.1.1~6.9)에 번안한 작품의 각색물이다. 원작에 대해서는 양승국(1998), 앞의 논문, 108~109쪽 참조.

의 이항대립화가 아직은 형성되어 있지 않은 것으로 보인다. 오히려 <미신무녀후업(迷信巫女後業)>(4회)에는 근대적 교육의 혜택을 받은 여성에게 상당한 무게를 실어주고 있는 형편이니, 1910년대 멜로드라마에는 사실주의 희곡에서와 같은 '신여성'은 없다고 해도 무방하다. 이는 이 작품들이 시기적으로 앞서 있다는 것과 상관이 있는데, 신여성에 대한 담론이 적극화되고 신여성에 대한 세간의 통념적인 인식이 형성된 이후에는 사실주의 희곡에서뿐만 아니라 멜로드라마에서도 이를 발견할 수 있기 때문이다.[13]

그럼에도 불구하고 이 작품들에 등장하는 여성들은 계급이나 성격에 있어 '구여성'과 매우 닮아 있다. <가련처자>의 부인은 참영의 아내였으며, <눈물>의 서씨 부인은 실업가 서협판의 여식이자 이후 동양은행의 평양지점장으로 임명된 조필환의 아내였다. <반수천죄>의 여성은 육군 장교의 딸이자 소위의 아내였고, <청춘>의 정이는 일본에 유학하였다가 이후 은행에 취업한 송진수의 아내였으며, <단장록>의 황씨 부인은 제지회사 경영주인 정준모의 아내였다. 이들은 모두 중상류층 계급에 속하는 여성이었다. 또한 그녀들이 근대적인 교육을 받았는지 안 받았는지는 확실히 알 수는 없지만, 그 점은 정작 별로 중요해 보이지 않는다. 다만, 그녀들은 일부종사를 저버리지 않는 정숙하고 순종적인 전통적 여성상에 가까우면 된다는 가정 하에 놓여 있는 것으로 보인다. 가령, 신소설 『눈물』을 참조하자면, 서씨 부인은 조필환과 평양집의 음해로 내쫓겼음에도 불구하고 여전히 자신의 누명이 벗겨지길 기다리며 남편 조필환을 그리워한다. 또한 모든 사실을 알고 난 이후에도 3년 동안 감금되어 있는 남편을 구할 방도만을 생각한다. 즉 그녀는 어떤 모진 역경 속에서도 설혹 남편이 부부간의 신의를 배반할지라도 언제나 조필환의 아내로서 지켜야 할 의무를 포기하지 않는 것이다. 중요한 것은 바로 이러한 '미덕'을 갖추고 있다는 점이다.

---

13) 임선규의 <사랑에 속고 돈에 울고>(1936)가 대표적인 예이다. 이에 대해서는 이승희 (2002. 6), 앞의 논문 참조.

　그렇기 때문에 그녀들이 조강지처든 후처든 그런 것은 문제되지 않는다. <가련처자> <눈물> <반수천죄> <청춘> 등의 '아내'들은 조강지처이고 <단장록>의 황씨 부인은 후처였지만, 그녀들에 대한 연민의 시선은 동일했다. 황씨 부인은 전처였던 김정자와 여러모로 비교되면서 비호의 대상으로 재현되었으리라 짐작되는데, 전처는 기생 출신인 데다가 가정을 버리고 미국으로 건너가 재혼하였을 뿐만 아니라 남편의 죽음으로 유산을 상속받고 귀국, 사채업자로 일하면서 자신의 아들을 되찾겠다고 황씨 부인을 위협하는 존재이기 때문이다.

　그러나 이 멜로드라마들이 사실주의 희곡과 결정적인 차이를 보이는 지점은 '구여성'과 매우 닮은 그 인물들이 절대선으로 기호화되어 있다는 점이다. 주지하는 바와 같이, 이광수의 <규한>(1917)을 비롯한 초창기 사실주의 희곡들은 당자들의 자율적인 의사에 의하지 않은 조혼을 전근대적인 행위라 규정짓고 정실과 결별해야 하는 것을 시대의 필연으로 읽었다. 이 필연을 입증하기 위해 남성 인물들은 본처를 자신과 의사소통이 불가능한 존재, 사람이 아닌 존재로 간주하는 것이 필요했다.[14] 그러나 이 사실주의 희곡들보다 시대적으로 조금 앞선 이 연극들은 그와는 정반대로 동요하는 시대적 변동 속에서도 그녀들의 자리를 지켜주고자 했던 것이다.

　이는 단지 시기적으로 앞서고 뒤서는 문제가 아님이 분명하다. 그 차이의 본질은 멜로드라마가 시대의 지배적인 도덕 관념을 증명하고자 하는 양식이라는 점에 있다. 멜로드라마는 결코 자의식을 강하게 드러내는 법이 없다. 사실 대중적이라든가 관객의 저속한 취미에 영합한다는 비판도, 이 양식이 일반적으로 대다수의 사람들이 공감할 수 있을 만한 통념에 의존한다는 데서 비롯한다. 위에서 언급한 멜로드라마들에서 그 여성들이 절대적인 비호를 받을 수 있었던 것은, 그녀들 스스로 자신의 지위를 추락시킬 만한 어떤 행위도 하지 않는 이상 그녀들의 지위는 보장받

---

14) 이에 대해서는 이승희, 「초기 근대희곡의 근대적 주체 구성에 대한 연구」, 「한국극예술연구」 12, 한국극예술학회 편, 2000. 10, 참조.

아야 한다는 질서의식 때문이다. 문제는 이 작품들이 그토록 그녀들에 대한 지지를 강조하는 이유가 무엇인가라는 점이다.

그에 대한 해답은 이를 역설적으로 이해할 때 얻어질 수 있다. '마땅히' '최소한' 지켜져야 할 도덕을 강조한다는 것은, 그만큼 '최소한'의 도덕도 위태롭다는 것을 반증하는 것이다. 물론 여전히 한 남편의 '아내'로서의 위치는 견고한 듯이 보였지만, 부부간의 관계가 예전과는 달리 유동적인 국면에 접어들었음이 분명했다. 경제적 혜택을 어느 정도 누리고 있던 여성들은, 하층계급 여성에 비해 훨씬 더 사적 영역에 감추어져 있는, 즉 타인과의 '객관적' 관계와 이 관계들에 의해 보장되는 현실성이 박탈되어 있는 존재였다. 그렇기 때문에 부부간의 결별은 그녀들에게 새로운 삶으로의 출발이기보다는 죽음과 맞먹는 최대의 수치이자 신분의 강등을 의미했다. 따라서 이러한 변동으로 인해 불안을 느낄 수밖에 없었던 기득권 계급 여성들 입장에서는 과거의 질서를 수호하는 보수적인 태도를 견지할 수밖에 없었다.

멜로드라마는 바로 이러한 여성들이 느꼈던 신분하강의 불안과 반사적으로 강화된 보수적 심리를 표현했던 것이다. 작품들이 이 문제를 매우 사적인 문제로 전달하고는 있지만, 사실 조강지처든 후처든 그녀들이 전통적 가치의 표상으로서 지지를 받는다는 것은, 전통적 질서에 대한 위협으로 다가온 근대의 격랑에 심리적 저항을 지니고 있음을 집단적으로 공표한 것이나 다름없었다. 더욱이 정치적인 주권의 박탈과 함께 다가온 타율적인 근대화가 마냥 좋을 수만은 없었을 것이며 이런 상황은 일종의 불안으로 다가왔을 것이다. 이후 사실주의 희곡이 말해주듯이 근대화의 혜택은, 소수 유한계급 남성이거나 근대적 지식을 사적(私的)으로 전용한 혐의가 짙은 지식인 남성 정도에게나 돌아갔을 뿐이었던 것이다.

따라서 <가련처자> 등의 작품들에서 그 여성들은 '무조건' 선이어야 하는 기호로 등장하며 이를 위협하는 자들은 악으로 규정되어야 했다. 선의 기호인 여성들은 결백함에도 불구하고 수난에 처해야 했으며, 악의 기호인 인물은 물욕과 애욕 때문에 결백한 여성들을 수렁에 빠뜨렸다.

<가련처자>의 마부는 자신이 모시던 참영이 전쟁터에서 죽은 줄 알고 "참영의 부인을 속이고 각종 흉계를 부"려 부인을 방황케 하는데, 그것은 아마도 재산 때문이었을 것이다. <눈물>에서는 조필환의 방탕한 성정 그리고 그의 재산을 노린 기생 출신의 첩(설화)과 그녀의 정부 장철수의 계략이 서씨 부인을 곤경에 빠뜨렸고, <단장록>에서는 사채업자로 성공한 전처가, <반수천죄>에서는 올케를 자신의 연적으로 간주한 시누이가 그녀들을 위험에 빠뜨렸다. 그리고 <청춘>만이 사실주의 희곡과 유사하게 유학생 남편의 조혼 아내에 대한 외면으로 그렸을 뿐이다. 이렇듯 절대적으로 지켜져야 하는 그녀들과 계략을 꾸미는 존재들간에 성립된 도덕적 양극화를 통해서, 이 멜로드라마들은 경제적인 여유는 있으나 그 계급적 지위가 불안했을 여염집 부인들 혹은 그보다 계급이 높은 여성들의 불안을 내보였다.

그런데 흥미로운 것은 이런 가운데 이미 새로운 도덕이 작품에 개입해 들어가고 있다는 점이다. 일부일처제의 도덕이 그런 예이다. 물론 일부일처제가 전통적으로 이어져 오던 규범이었기는 하지만, 그것은 어디까지나 축첩을 허용한 일부일처제였다는 점에서—처의 권리사항을 논외로 한다면—일부다처제와 다를 바 없었다. 그러나 1910년대 멜로드라마에 새롭게 들어온 것으로 보이는 일부일처제의 도덕이란, 자본주의적 가족 제도가 요구하는 명실상부한 일부일처제였다.

<가련처자>에서 이를 엿볼 수 있는데, 참영 부인이 정실의 자리로 돌아올 수 있었던 것은 그녀가 내몰릴 만한 어떤 부덕한 행위도 하지 않았기 때문이고 그녀의 지위를 회복시키는 것이 이 작품의 이데올로기적 요구였기 때문이지만, 참영의 첩이 자신의 아들과 집을 떠난 것은 통상적인 '구도덕'으로는 이해할 수 없는 일이다. 실제 연극에서 참영 부인이 극에서 얼마만큼 비중이 있는지는 모르지만, 하인 신분이었으나 참영의 첩이 된 그 인물의 비중이 결코 낮지 않음은 분명하다. 이 연극을 소개한 신문기사에서 그녀의 성정을 정직하다고 표현하고 참영의 정실을 다시 집으로 돌아올 수 있도록 한 것도 그녀였음을 기록한 것만 보아도 짐작

할 수 있겠지만, "아둘 한아를 다리고 집을 쩌나 덩쳐업시 나아간 일"로 매듭짓는 대목에서 '가련처자'란 곧 집을 정처없이 떠난 '그녀와 아들'을 가리킨다는 것을 확인할 수 있다. 이 연극은 불가피하게 참영의 정실을 지켜야 했지만, 한 집안에 첩으로나마 남아 있을 수 없어 떠나야 했던 여성에 대한 연민을 표했던 것이다.

이렇게 보자면, 신파극은 외견상 '전근대적인' 도덕의 효력이 반복되고 있는 것처럼 보이지만 실제로는 새롭게 들어온 가치들과 협상하는 현실의 동요를 반영하고 있었다. 천편일률적으로 정형화되어 있던 인물에 일정한 변화가 일어나고 있음도 전대와 달라지고 있다는 또 하나의 증거이다. <눈물>에서는 여전히 기생이 정실을 위협하는 악녀로 등장하고 있지만, <가련처자>에서 참영의 첩이 되었다가 정실을 위해 집을 떠나는 여종이나 <청춘>에서 정이와 송진수를 다시 맺어주는 일본인 기생은 기존의 정형화에서는 벗어나 있다. 이 여성들의 존재는 분명 예전과 달랐으며, 이런 변화는 시대의 진동을 간접적으로 알려주는 신호였다.[15] '구도덕'이 위세를 떨치고 친숙한 모티프들이 반복되고 있는 듯하였지만, 이 수난의 서사는 이제 다른 국면에 놓이고 새로운 의미를 도출하고 있는 것으로 보였다. 다음 논의는 바로 그런 동요가 좀더 현저하게 반영되어 있으면서도 양상을 다소 달리한 작품들을 검토하고 있다.

3. 신분상승의 욕망과 환상의 실현 형식

봉건적인 제관계로부터 자본주의적인 제관계로 이행하는 근대로의

---

15) 그런 점에서 1910년대 신파극에서의 기생이 일본 신파극과는 달리 고전소설의 계모형으로 나오고, 기생이 연민의 대상으로 등장하는 것은 1930년대 동양극장 시대라는 유민영의 논의(『개화기연극사회사』, 새문사, 1987, 102쪽)는 재고되어야 한다. 이 점에 대하여는 다음 장에서 좀더 논의를 하였다.

전환에서 한국은 봉건적 신분제도의 와해와 제도적인 철폐, 도시의 성장, 새로운 직업·조직·제도의 출현, 가족구조 및 남녀 관계의 변화 등 경제적·사회적·문화적 변동을 겪어야 했다. 그리고 1910년에는 일제의 공식적인 강점이 이루어짐으로써 이러한 변동은 일본의 식민정책의 통제 아래 놓이게 되었다. 바로 이런 시기에 결백한 여성의 수난과 회복을 보여준 멜로드라마들은 전통적 질서를 옹호함으로써 식민지적 근대화에 대한 불안을 역설적으로 드러냈다. 때로는 명실상부한 일부일처제와 같은 새로운 가치가 이미 자명한 것으로 주어지기도 했는데, 이는 전통적 질서의 도덕이 이제는 이전과는 다른 국면에 놓이게 되었음을 의미하였다. 그렇기는 해도 동요하고 있던 사회의 변동은 중상류층 계급의 여성이 등장하는 멜로드라마들보다는, 하층계급 여성이 등장하는 멜로드라마에 좀 더 적극적으로 반영되어 있었다.

물론 1910년대 멜로드라마가 당시의 사회적 변동을 반영한다고 하지만 그 주제의 폭은 제한되었다. 『매일신보』의 후원 속에서 은밀히 육성된 신파극이 식민통치로 야기된 정치적인 문제를 주제로 삼을 수는 없었으며, 다만 주제는 남녀간의 사랑과 결합의 문제로 제한될 수밖에 없었다. 결백한 여성이 고초를 겪다가 누명을 벗고 자신의 지위를 회복하는 과정도 흥미로웠겠지만, 용이하지 않은 남녀간의 사랑과 행복한 결합 역시 관객들이 좋아할 만한 것이기도 했다. 갈등의 발생은 모두 여성의 계급으로부터 비롯되었다. 그녀들은 <무죄사필귀정(無罪事必歸正)>(1회)에서는 창기, <허언학생(虛言學生)>(2회)에서는 기생, <사민동권교사휘지(四民同權敎師輝志)>(2회)에서는 백정의 누이, <재봉춘(再逢春)>(3회)[16]에서는 백정의 딸로 그 모습을 드러냈다.

이 여성들이 멜로드라마 안으로 들어올 수 있었던 것은 일정 부분 여

---

16) <재봉춘>은 渡邊霞亭의 『想夫憐』(1894)을 이상협이 번안한 『재봉춘』을 각색해 올린 것이다. 『매일신보』(1912. 10. 26)에 실린 공연소개에 의하면, 반봉건성의 비판과 개화 논리의 긍정을 주장한 원작보다는 한 여성의 수난에 초점을 둔 듯하다. 그리고 '백성달'이 '백만보'로, '허 부령'이 '허 참령'으로, 개화기 지식인으로서 참서 직위에 있는 이균영을 '이소위'로 바꾸는 등 인물에도 손질을 가했다.

356

성 관객의 계층적 성격과도 상관이 있겠지만,[17] 좀더 근본적인 이유는 이 여성들의 역사적 지위에 있다. 신분제의 제도적인 철폐가 이루어지고 '사민' 즉 사농공상이 평등하다는 인식이 확산되고 있었지만, 여전히 이전의 계급관계가 효력을 발휘하고 있었고 부의 획득 정도에 따른 또 다른 계급적 질서로 재편되고 있었다. 또한 여기에 일본의 식민정책에 따라 불평등이 심화되기 시작하여 '성(性)'을 매매하는 현상이 증가하였고, 1900년경부터 한국에 유곽이 생기면서 확산된 공창은 성 매매로 팔려온 여성들을 흡수하였다.[18] 그리하여 하층계급 여성은 성 매매에 의해 창기나 기생으로 다시 한 단계 추락해야 했으며, 경제적 기반이 어느 정도 여유가 있을지라도 신분제의 효과로 시달리는 여성 또한 전자의 여성보다 그 지위가 그리 썩 좋은 편은 아니었다. 때로는 <국의 향>(1회)[19]에서처럼 여학생이 성 매매에 의해 기생으로 전락하기도 했다.

그녀들이 이런 지위에서 벗어날 수 있는 가장 운이 좋은 기회는 계급적·사회적인 지위가 높은 남성과의 결합이었다. 첩실이 되는 방법도 있었으나 그것은 계급의 수평 이동일 뿐이었고, 정실이 되기는 매우 어려웠다. 그래서 그녀들에게 있어서 첩실이 아닌 정실이 된다는 것, 즉 상위 계급에 성공적으로 진입한다는 것은 늘 욕망의 대상으로 남을 수밖에 없었다. 그런데 이러한 신분상승에의 욕망이 실현될 가능성은 결코 높지는 않았으나 완전히 불가능한 일만은 아니었다. 왜냐하면 일단 제도적으로 보장되어 있었을 뿐만 아니라, 그녀들은 '근대'가 심어준 환상, 즉 '사랑의 힘'을 믿고 싶었기 때문이다.

사실주의 희곡이라면 이런 욕망을 실현시키지 못하겠지만,[20] 멜로드

---

17) 당시 신파극의 관객은, 여성의 경우 여염집 부인·기생·소실·학생 등으로 이루어졌다고 하며, 남성의 경우 그들과 대동한 중간 계층 이상의 남자들이거나 학생·지식인 등이었다고 한다. 안종화, 『신극사이야기』, 진문사, 1955, 112쪽.; 이서구, 「한국연극운동의 태동기 야사」, 『신사조』, 1964. 1, 86쪽.; 유민영(1987), 앞의 책, 102~105쪽 참조.

18) 식민지하 매매춘에 대한 것은 손정목, 『일제강점기 도시사회상 연구』, 일지사, 1996, 442~519쪽 참조.

19) 조일재, 『매일신보』, 1913. 10. 2~12. 28.

20) 사실주의 희곡에서는 1930년대 중반에 가서야 성 매매로 팔려간 여성들의 그러한 욕망

라마는 이를 가능케 했다. 앞에서 열거한 멜로드라마들은, 바로 이처럼 통념상 불가능할 뿐더러 금기시 되는 '좋은' 남성과의 결합이라는 환상을, 제도에의 신뢰와 낭만적 상상력으로 실현시킨 작품들이다. 물론 이 멜로드라마들은 계급 문제를 중심주제로 다루지는 않는다. 비록 이러한 상상력이 계급의 하강과 상승 등 계급적 질서의 동요를 반영하는 것이고 성적·계급적·민족적 억압으로부터 비롯된 것이기는 하지만, 그것은 어디까지나 멜로드라마적으로 재현된다.

> 한 사람이 ᄌ녀 남미가 잇ᄂ더 가셰가 빈한홈으로 녀아를 린근 로파에게 쥬어 양육ᄒ더니 그 로파가 치무로 인ᄒ야 쳥인에게 그녀ᄌ를 팔고져 홀 즈음에 마참 림셩구라ᄒᄂ 학싱이 지나다가 현화홈을 듯고 드러가 그 부친를 쳥쟝훈 후 리치에 온당치 못훈 일을 효유ᄒ고 갓더니 그 후에 로파가 긔어히 창기로 팔아스나 그 녀ᄌᄂ 림셩구의 은혜를 잊지 못ᄒ야 비록 지산가가 소실로 치가ᄒ려 ᄒ여도 듯지 안코 결심ᄒ다가 림셩구의 공부 셩취홈을 기다려 결혼훈 일[21]

위 인용문은, 창기 신분으로 전락하였으나 마침내 여염집 아내로 신분상승하는 데 성공하는 <무죄사필귀정>의 줄거리이다. 여기에 등장하는 여성이 창기로 팔려간 것은 가난 때문인 것으로 설명되고 있다. 이는 <허언학생>의 경우도 마찬가지인데, 삼월이는 재산가의 아들과 정분이 싹터 결혼하기로 하였으나 집안의 가난으로 돈 5백원에 기생으로 팔려갔기 때문이다.

이 작품들은 공통적으로 경제적 궁핍 때문에 창기나 기생으로 팔려갔는데, 텍스트의 핵심은 그녀들이 자신들의 계급보다 훨씬 좋은 조건에

을 엿볼 수 있는데, 한태천의 <산월이>(1936), 김송의 <도색의 집>(1936)과 <노래하는 여자>(1936), 박아지의 <명일의 정서>(1937) 등이 그러하다. 여기에 등장하는 여성들은 돈을 벌어놓을 수 있을 때 벌어놓아야 하며, 천한 기생과 일생을 같이 할 남자는 없기 때문에 남자를 결코 믿지도 사랑하지도 말 것을 수없이 듣고 다짐한다. 그러면서도 사랑에 한 가닥의 기대를 걸지만 결코 그 '사랑'과 결합하는 문턱에도 다다르지 못한다. 이승희(2002. 6), 앞의 논문, 222쪽.

21) 「매일신보」, 1912. 6. 29.

있는 남성들과 '우여곡절' 끝에 재회하고 결합한다는 데 있다. <무죄사필귀정>의 '학생' 임성구는 그녀가 창기로 팔려가는 현장을 우연히 목격하고 빚을 청산해줄 뿐만 아니라 그의 은혜를 잊지 못해 그를 기다리던 그녀와 결혼까지 하였고, <허언학생>의 재산가의 아들은—집안에서 정해준 정혼자가 아닌—삼월이를 자신의 배필로 맞이할 것을 정하고 한동안 기생 신분에 있던 그녀와 결혼했던 것이다. 이상의 줄거리로 현실을 뛰어넘는 이러한 비약을 어떻게 설득하였을지 궁금하기도 하지만, 중요한 것은 이 멜로드라마들에서는 그것이 가능했다는 점이다.

이러한 환상성은 이 멜로드라마들이 얼마나 여성 관객들의 욕망과 밀착되어 있는지를 선명하게 보여준다. 앞장에서 살펴본 멜로드라마들은 여염집 부인들에게 보다 호소력이 있었겠지만, 이 같은 경우에는 보다 많은 수를 차지했을 기생과 소실 신분의 여성 관객들에게 호소력이 컸을 것이다. 그만큼 하층계급 여성이 받은 억압이 매우 깊었기 때문이다. 물론 이들의 억압은 '성적'인 것으로 표면화되었다. 그녀들이 그런 지위로 전락한 것도 그녀들의 생물학적 성이 여성이라는 점이 작용했던 것이고, 그녀들이 여염집 부인으로 신분상승하기 힘든 것도 바로 성적인 순결을 잃어버렸기 때문이다. 따라서 그녀들의 훼손된 육체와 지위를 보상해줄 만한 존재와 결합할 수 있다는 환상은 곧 그녀들이 받은 억압의 강도와 비례하는 것이다.

이처럼 1910년대에 이미 기생과 창기는 중상류층 계급의 여성을 위협하는 악녀형만으로 재현되지는 않았다. 물론 <눈물>의 평양집처럼 여전히 기생에 대해 악의적으로 묘사한 작품들도 공존하였다. <우정삼인병사>(1회)에서는 기병부교 다니는 임성구와 백년가약할 것을 언약하였음에도 불구하고 이를 배반한 기생이 그려지고, <단장록>(5회)에서는 후처 황씨 부인을 위협하는 존재인 전처 김정자를 기생출신으로 설정하기도 하였다. 그럼에도 불구하고 이 두 작품에 등장하는 기생들은 기생이라는 신분 때문에 어떤 장애를 겪고 있는 것처럼 그려지지는 않았던 것 같다. 확실히 이 시기에 벌써 가난에 의해 어쩔 수 없이 기생이나 창기로 전락해야 하는 여성을 연민의 대상으로 재현하기 시작했던 것이다. 이는 곧 신파극의 주요 관객이었던 그녀들의 신분상승의 욕망을 반영한 것이었다.

한편, <사민동권교사휘지>와 <재봉춘>에서도 기생이나 창기는 아니지만 계급적 서열상 가장 낮기는 마찬가지인 백정 계급의 여성 인물들이 신분상승하는 데 성공한 사례를 보여준다. 조선시대의 백정은 창기와 마찬가지로 '천격(賤格)'에 속하는 존재였고, 1894년 갑오개혁 이후 신분제가 제도적으로 철폐되었다고는 하나 여전히 신분제의 효과에 시달리는 계급이었다. 비록 자신이 백정의 일에 관여하지 않을지라도 그 계급에 속해 있는 이상, 그로부터 여전히 결코 자유롭지 못했다. <사민동권교사휘지>는 이 점을 의식한 듯 만민평등 사상을 제목에 적극적으로 반영하였고,22) <재봉춘>은 "빅만보라 ㅎ는 한 빅뎡이 지산은 부요ㅎ나 한갓 천인됨을 한탄ㅎ는"23) 상황을 제시함으로써 그의 무남독녀를 허참령의 양녀로 보낸 이유를 계급 차별로 설명했던 것이다.

물론 이 두 작품들이 여성 수난의 원인을 계급 차별에 있는 것으로 그렸는지는 확실치 않으나, 사적인 도덕성의 문제로 그려냈을 확률이 높다. <사민동권교사휘지>는 "림셩구의 의부가 그 며느리를 보고 금슈의 무옵"24)을 품어서 그녀를 겁간하려 한 것으로 묘사하는데, 남편의 아버지가 친부가 아닌 의부로 설정되어 있는 점, 그의 품성이 '금수의 마음'을 품을 정도로 나쁘다는 점 등이 강조된 것으로 보아, 이 연극의 제목이 지향하는 것과는 달리 실제 전개양상은 지극히 개인적인 도덕성 문제로 의미화된 것으로 보인다. <재봉춘>의 경우도 허참령의 물욕과 이소위에게 딸을 출가시키고 싶어했던 사람의 시기가 백정의 딸을 곤경에 빠뜨린 것으로 묘사된다.

그런데 이 멜로드라마들에서 백정의 누이와 딸이 수난에 처하는 오해

---

22) 원래 '사민'은 사농공상을 지칭하는 것으로, 백정·창기·노비와 같은 천인들은 그에 속하지 않았다. 그럼에도 불구하고 이러한 제목을 붙인 데에는 '사민'을 '모든 백성'의 의미로 확장시켜 사용한 것으로 보인다.

23) 「매일신보」, 1912. 10. 26.

24) 「매일신보」, 1912. 6. 22.

와 음모의 중심에는 반드시 여성의 정조가 문제가 된다는 것을 눈여겨볼 필요가 있다. <사민동권교사휘지>에서는 시부의 겁간 위기가, <재봉춘>에서는 친부의 편지를 정부의 편지로 둔갑시켜진 위기가 놓인다. 일견 매우 선정적이고 통속적인 장치처럼 보이지만 이러한 설정이 지니는 상징적 의미는 결코 작지 않다. 백정의 누이와 딸이 상위계급에 안착하는 데 있어 아무런 제도적인 장애는 없었기에, 텍스트상 그녀들을 '거절'할 수 있는 가장 강력한 도구로써 바로 '정조'가 동원된 것이기 때문이다. 멜로드라마가 성차·사회·정치·인종·민족 등의 문제를 남녀간의 사랑이나 순결의 문제로 전치시켜 드러낸다는 것이 바로 이런 맥락이다.

요컨대, 1910년대 멜로드라마에는 확실히 계급적 질서의 동요가 반영되어 있었다. 기생과 창기, 백정의 누이와 딸 등 하층계급 여성들의 존재는 당대 사회계층과 계급의 변동이 반영되어 있던 존재들이며, 이 존재들은 자신들보다 계급적 지위가 높은 남성과 결합하는 데 성공한다. 이러한 성공은 이 멜로드라마들을 마치 백일몽처럼 만들고 있는데, 그 성공이—행복한 결말로 가기까지가 힘들었던 것처럼—현실에서는 불가능한 것이기에 한낮에 꾸어보는 찰나의 꿈처럼 보이기 때문이다. 그러나 바로 이런 점 때문에 이 멜로드라마들은 현실의 견고한 법칙을 돌파하면서 질서의 보수성을 뒤흔드는 힘을 지니고 있는 것으로 평가되기도 한다. 자의식이 적은 양식인지라 그만큼 다양한 목소리들이 틈입해 들어와 단성적인 관점을 파열시킬 여지가 많기 때문이다.

4. 환상의 조건과 가부장제 도덕

멜로드라마 양식에 있어서 환상성은 중요하게 다루어질 필요가 있다.25) 멜로드라마는 현실을 모방하는 것을 이용하여 실재적인 것과 대화를 꾀하면서도 그 실재적인 것을 밀어내는 운동성을 지니고 있기 때문이다. 이러한 운동성은—바꾸어 말하면—식민지적 근대에 대한 불안을 가장 세속적인 방식으로 방출하기를 바라는 집단의 열망 속에서 비롯된다. 이를 멜로드라마적 상상력이라 부를 수 있을 것이다. 결백한 여성들의 수난과 회복이 그러했고(제2장), 계급적 지위가 낮은 여성들의 곤경과 신분상승이 그러했다(제3장).

이런 점에서 보자면 멜로드라마는—사실주의 양식이 여성을 '재식민화'하였던 것에 비해[26]—유아적이긴 하나 욕망에 대한 표현에 있어 훨씬 솔직한 미덕을 지니고 있다. 여성 관객의 욕망과 연계되어 있는 것이 분명한 이 양식은, 여성들이 집단적으로 공유하고 있는 특정한 불안을 남김없이 표출하면서도 소원성취를 위해 쾌락원칙에 충실한 태도를 보여준다. 멜로드라마의 정서구조가 종종 꿈의 경험과 유사하다고 지적되어온 것도 그 때문이다.[27] 그리하여 이 백일몽의 첫 단계는 악몽 체험과 유사하다. 결백함에도 불구하고 결코 원하지 않는 나락에 떨어져야 하는 상황이 바로 악몽 그 자체이기 때문이다. 아무런 잘못도 없이 정실의 자리에서 구축되어야 하고 성 매매로 팔려가 창기와 기생 혹은 첩실로 전락해야 하는 무력한 상황은 공포의 순간이다. 멜로드라마는 이렇게 격렬하고 극단적인 고통에 처해 있는 인물들이 경험했던 것과 유사하게 관객

---

25) 멜로드라마는 사실주의적으로 가장(假裝)하는 환상의 세계이자, 환상(fantasy)의 가장 세속화된 근대적인 양식이 아닌가라는 잠정적인 정의를 내리고 있는데, 이러한 생각은 구조주의적인 틀에 기대어 있으면서도 맑시즘적이고도 프로이트적인 접근을 시도하고 있는 Rosemary Jackson의 『환상성: 전복의 문학 Fantasy: The Literature of Subversion(1981)』(서강여성문학연구회 역, 문학동네, 2001)으로부터 시사받았다. 이와 같은 접근방법은 Peter Brooks가 『멜로드라마적 상상력(1976)』에서 시도한 것과 유사한데, 필자는 이 두 저서의 시각을 한국 멜로드라마 양식의 근대성을 탐구하는 데 있어 매우 유용한 것으로 받아들이고 있다.

26) 이에 대해서는 이승희, 「한국 사실주의 희곡에 나타난 성의 정치학: 1910~1945」, 한국극예술학회 주최 2003년 전국학술발표대회 자료집 『한국연극의 여성성』, 2003. 1. 24 참조.

27) 이에 대해서는 다음을 참조.
Eric Bentley, *The Life of Drama*, NY: Applause, 1991[1964], pp. 195~218.
Peter Brooks, *The Melodramatic Imagination—Balzac, Henry James, Melodrama, and the Mode of Excess*, NY: Columbia University Press, 1984[1976], p. 35 참조.

362

이 그러한 기본적인 감정을 경험하도록 한다. 그리고 나서 멜로드라마는 정실의 자리를 지키고, '좋은' 남성과 만나 여염집 아내로 평범하게 살아가고자 하는 그녀들의 바램을 실현시킨다. 그래서 멜로드라마는 악몽의 순간을 거쳐 평온하고 안전한 현실로 되돌아오기 마련이었고, 관객들은 이를 너무나 잘 알고 있었다.

그러나 이러한 백일몽이 결국은 이를 만들어낸 억압의 근원지인 가부장제와 그 이데올로기에 붙들려 있음을 지적하지 않을 수 없다.[28] 명백한 증거는 이 멜로드라마들이 제시하고 있는 환상의 조건이다. 이 조건을 수락해야만 관객들은 그녀에게 지지를 보낼 수 있으며, 도덕적 정의가 준수되는 환희를 경험할 수 있다. 그 조건이란 어떤 혐의 앞에서도 그녀들은 결백해야 한다는 사실인데, 그 결백 혹은 누명이 대체로 그녀들의 '정조'와 관련되어 있다는 점은 주목할 만하다. 줄거리만 남아 있어 이를 확인하기 어려우나 <반수천죄>의 '음해'란 이혼까지 할 성질인 것으로 보아 정조와 관련이 있지 않나 추정해볼 수 있고, <눈물>에서는 동명의 신소설을 참조하자면 서씨 부인이 정조를 잃었다는 누명이 문제가 되었다. 반드시 누명이나 곤경의 직접적인 원인은 아닐지라도, 여성들이 만약 정조를 잃어 전통적인 가치의 표상으로서의 위상이 훼손된다면 그녀들이 다시 제자리로 돌아오기는 힘들 것이다.

그런 점에서 <무죄사필귀정>이나 <허언학생>에서 창기와 기생 신분의 여성이 여염집 아내로 전신할 수 있었던 비결 혹은 알리바이가 바로 육체적 순결에 있지 않았을까 짐작할 수 있다. 물론 이들이 이렇게 해서 신분상승에 성공한다 할지라도, <사민동권교사휘지>와 <재봉춘>에서처럼 결혼 후에도 그녀들의 정조는 늘 의심의 대상이 되어야 했을 것이다. 이러한 추정이 무모한 것만은 아닌데, 조일재가 『금색야차(金色夜

---

28) 물론, 이와는 다르게 멜로드라마 관습을 이용하면서도 멜로드라마가 주조하는 지배 이데올로기를 비판한 사례를 우리는 알고 있다. 영화의 경우, 미국의 더글라스 서크, 한국의 김기영, 독일의 라이너 베르너 파스빈더 감독의 영화가 그 대표적인 사례인데, 연극에서의 그러한 작업이 얼마나 축적되어 있는지는 잘 알려져 있지 않다. 앞으로 이 논제는 심도 있게 탐구되어야 할 대상이다.

叉)』를『장한몽(長恨夢)』으로 번안하면서 과감히 시도했던 그 유명한 '거짓말', 즉 심순애가 김중배와의 결혼생활에서도 육체적 순결을 지켰다는 설정을 참조할 때, 충분히 있을 수 있는 일이다. 연극 <장한몽> 역시 1910년대에 7회나 공연될 정도로 인기 있는 레퍼터리였음을 고려하면, 이 시기의 멜로드라마가 환상을 실현하기 위한 알리바이로써 여성의 육체적 순결을 주장하는 것이 그리 무리한 억지만은 아니었던 듯하다. 만약에 육체적 순결이 끝내는 훼손되었다손 치더라도, 많은 작품들이 그랬던 것처럼 순결의 상실이 전적으로 타의에 의한 것이라는 설정이 필요했을 것이다. 정조를 잃은 충격으로 자살을 기도하는 절절한 심정을 보여주면 되었던 것이다. 20여 년 후에 <사랑에 속고 돈에 울고>와 <어머니의 힘>에서 홍도와 정옥의 육체적 순결이 그처럼 강조될 수 있었던 내적 논리가,29) 이미 이 시기에 형성되어 있었던 것이다.

환상의 조건이 여성의 정조와 관련된다는 것은 그것이 곧 멜로드라마의 플롯을 이끌어 가는 핵심 동력임을 말해주는 것이기도 하다. 그녀들의 육체적 순결과 정조를 입증하는 것처럼 어려운 일이 없어 보이는 것이 멜로드라마의 세계이기도 한데, 그 때문에 그녀들은 온갖 음해에 휘말리면서 방황하고 심지어 자살까지 기도한다. 그녀들에게 있어서 결백을 증명할 도리가 없다는 것은 정조를 잃은 것이나 다름없기 때문이다. 그리하여 극은 이들의 결백함, 순결함을 억압당하는 과잉의 극점에까지 전개되다가 돌연 뜻하지 않은 사건에 의해 그녀들의 결백이 밝혀짐과 동시에 행복한 결말을 맞이한다.

물론 정반대의 접근도 있다. 수난의 원인이 그녀들의 외부에 있어서 그녀들의 결백을 입증하고자 하는 과잉된 노력들이 한편에 있었다면, 수난의 원인을 그녀들 내부에게 있는 것으로 설정하여 그로부터 도덕적 교훈을 이끌어내려는 노력들이 다른 한편에 놓여 있었다. 정조를 스스로 훼손시킨 여성들을 다룬 <수전노(守錢奴)>(3회)와 <쌍옥루(雙玉淚)>(5

---

29) 이승희(2002. 6), 앞의 논문, 225~227쪽 참조.

회)가 그런 예이다.

<수전노>는 <장한몽> 이전의 동명 번안소설의 각색물로 추정되기도 하는데 그 줄거리는 다음과 같다—중학교 생도 임성구와 고등여학교 생도가 결혼한 지 8년이 되었는데, 여학생 부모는 임성구가 가난하니 자신들의 딸을 다른 곳으로 개가시킨다. 임성구는 분한 마음에 돈을 저축하기로 결심하고 부자가 되었고, 그 여학생은 부모의 명령을 어기지 못해 개가는 하였으나 "녀즈가 한 번 결혼혼 후에 타쳐로 기가홈은 녀즈의 도리가 안이라" 하는 회개와 함께 실성한다.[30] <수전노>는 수전노가 될 수밖에 없었던 임성구의 처지에서 전개되며, 임성구를 그런 처지에 놓이게 한 배금 풍조에 대한 비판을 담고 있다. 여기서 주목이 되는 곳은 개가한 임성구의 부인이 회개하면서 실성한다는 설정이다. 이 실성은—그녀의 입장에서 보자면 자신의 의지대로 일부종사하지 못한 죄책감의 반영인 동시에—정조를 저버린 여성에 대한 내러티브상의 처벌이다.

정조를 잃은 것에 대한 좀더 극적인 사례는 번안소설의 동명 연극 <쌍옥루>[31]이다. 동명 소설의 줄거리는 다음과 같다. 이경자는 혼전에 서병삼과 관계하여 옥남이를 낳고 자신의 비밀을 알지 못하는 정욱조와 결혼하여 정남을 낳는다. 서병삼이 이경자에게 재결합하자고 제의하나 그녀는 이를 거절한다. 우연히 옥남과 정남이 함께 바다에 빠져 죽자, 이경자는 자신의 과거를 남편에게 말하고 버림을 받는다. 자신의 죄에 대한 속죄 차원에서 간호부 일을 하다가 우연히 다 죽게 된 정욱조를 간호하여 살려내고 다시 두 사람은 재결합한다. '己か罪'에서 '雙玉淚'라는 개제에서 짐작되듯이 번안소설은 이경자의 슬픈 수난이 그 중심이 되었는데, 연극 <쌍옥루>는 이보다 훨씬 더 통속적인 해석으로 나아간 것으로 보인다. 즉 연극 <쌍옥루>는 이경자가 한때의 실수로 정조를 잃은 대가를 톡톡히 치르는 과정에 강조점이 있는 것으로 보이며, 근대적 교육을 받

---

30) 「매일신보」, 1912. 5. 22.
31) 동명 번안소설 「쌍옥루」(1912~1913)는 일본의 菊池幽芳의 「己か罪」(1899)를 조일재가 번안하였다.

은 한 여성의 무책임하고 무분별한 성 관계가 자신뿐만 아니라 자식들에게도 대를 이어 고통받게 한다는 '경계'를 담고 있음에 틀림없다. 이경자가 정욱조와 재결합하는 행복한 결말은 부차적으로 다루어졌거나 삭제되었을 가능성도 없지 않다.

이렇게 보면 멜로드라마가 취하는 환상이란 전적으로 가부장제 이데올로기가 요구하는 도덕을 준수했을 때만이 얻어질 수 있는 것임이 분명해진다. 여성의 수난과 회복을 그린 멜로드라마는 기본적으로는 흠 없고 순결하며 정숙한 여성을 모델로 하고 있는 것이며, 설혹 그 신분이 기생이나 창기라 할지라도 정조를 잃지 않으면 충분히 여염집 아녀자로의 전신이 가능하다는 환상을 제공하고 있는 것으로 보인다. 이러한 가정법은 모두 여성의 '정조'를 전제 조건으로 달고 있으며, 이것이 충족되었을 때 환상은 실현될 수 있는 것으로 간주된다. 만약 '정조'를 가벼이 여겼을 경우 <수전노>와 <쌍옥루>에서와 같이 그 대가를 톡톡히 치러야 한다. 왜냐하면 그녀들은 결코 '결백'하지 않기 때문이다. 따라서 이 멜로드라마들에서 지켜지는 도덕적 정의란 가부장제 도덕, 즉 좀더 구체적으로 말하자면 여성의 성(性)을 남성에게 귀속시키는 도덕률을 가리키며, 그녀들의 승리란 곧 가부장제 도덕의 승리를 의미한다.

결백한 여성들의 수난에서 과연 그녀들에게 남겨진 것이 무엇인지 살펴보면 그 점이 확실해진다. 그녀들에게는 간난신고의 과정을 거치고 '제자리'로 돌아왔다는 안도감 외에는 아무것도 남는 것이 없는 반면, 그녀들의 남편에게는—<눈물>의 조필환이 동양은행장으로 승진하는 것처럼—이 과정이 때로는 좀더 나은 지위로 상승하는 계기로 작용된다. 아니면, 성 매매로 팔려갔다가 여염집 아내로 안착하거나 백정의 누이와 딸이 그럴듯한 남성과 결혼하는 것은 너무나도 명백한 자위적인 비관주의로 비추어질 뿐이다. 그녀들에게 최종적으로 남는 유일한 것은, '정조'를 지키고 남성의 선택을 기다리다 보면 언젠가는 안정적인 지위에 머무를 수 있다는 가부장제 도덕의 교훈인 것이다. 남성 인물은 이와는 대조적이다. 그들은 비록 고아일지라도 주체적으로 신분상승이 가능한 존재로 설정되었다. 그래서 그들은 군인·경찰·형사·은행가·교사·학생이라는 신종 신분을 지닌 이들이며, 연극은 그들의 입지전적 성공이라는 '신(新)' 영웅담을 다루는 것이 일반적이었다. 그리고 그들은 근대 교육을 수혜받은 선각자로서 계몽의 주체로 그려지는 것이 보통이어서, 매우 종종 악인을 징벌·개과천선케 하고 어려움에 빠진 이들을 도와주기도 한다.[32]

그런데 이러한 가부장제 도덕이 작중 여성 인물의 계급에 따라 각기 다른 전술을 구사하고 있음을 눈여겨볼 필요가 있다. 동일하게 여성 수난의 서사를 취하고 있다고 할지라도, 그 양상은 크게는 두 가지로 나뉘는 것으로 보인다. 여염집 부인 혹은 중상류층 계급의 여성인 경우, 신분 하강의 불안이 서사의 동력이었고 서사는 간난신고 끝에 그녀들이 결백을 인정받아 자신의 지위를 회복하도록 전개되었다. 한편 하층계급 여성인 경우는, 신분상승의 욕망이 서사의 동력이었고 서사는 역시 간난신고 끝에 그녀들이 그 욕망을 성취하도록 전개되었다.[33] 양자가 모두 계급적 질서의 변동과 관련된 정치성을 띠고 있음에도 불구하고, 작중 인물의 계급적 성격에 따라 서사의 구체적인 양상은 이처럼 다르게 나타난다. 계급 문제는 환상의 형식을 좀더 분명히 보여주는 후자의 경우에만 해당되고 전자의 경우는 그와 전혀 상관없는 것처럼 보이기도 한다. 또한 이러한 차이는 어떻게 보면 모순적이기도 한데, 양자의 계급적 이해가 서로 상반되기 때문이다. 즉 기득권 계급 여성들의 불안은 사실 하층계급 여성의 욕망과도 관련되어 있는 것이고, 양자의 평화로운 공존이란 사실상 불가능하기 때문이다.

이런 차이는 그러나 본질적으로 하나의 이데올로기, 즉 가부장제 이데올로기의 지휘 아래 있다. 전자의 경우 계급 문제가 아닌 '구도덕'의 당위성으로 표면화하였을지라도, 이러한 자연화 과정은 가부장제 도덕의

---

32) 이승희(2002. 4), 앞의 논문, 114~115쪽 참조.
33) <수전노> 혹은 <장한몽>과 <쌍옥루>의 경우는, 근대적 교육을 받은 여성들로 구분될 수도 있을 듯하지만 이를 확정짓기에는 다소 무리가 따르고, 전자에 속하되 정조를 스스로 훼손한 여성들에 대한 경계라는 특이한 사례로 분류하는 것이 좋을 듯하다.

지속적 효과를 도모하면서 하층계급의 진입을 간접적으로 저지하는 것이다. 이 점은 후자의 경우에 환상성을 강화한 양상과의 비교에서 좀더 확실한 근거를 찾을 수 있다. 현실에서는 실현 불가능한 것을 자연스럽게 그리고 있는 이 환상에는, 곧 하층계급 여성들의 억압을 배설·완화하려는 이데올로기적 의도를 감추고 있는 것으로 이해될 수 있기 때문이다. 백일몽의 조건으로써 정조를 내세우고 있는 점은 그 의도를 분명히 드러낸다. 정조의 요구는 한편으로는 가부장제 이데올로기의 효과이겠지만, 다른 한편으로는 그녀들의 신분상승을 '거절' 혹은 '저지'하기 위해 동원된 상징인 것이다.

　따라서 여성 수난의 서사에 관철되고 있는 가부장제 이데올로기는 본질적으로 중상류층 계급의 성적·정치적·경제적 이해가 응집된 결과물이라 할 수 있다. 다만, 한편으로는 계급적 불안을 애써 감추고 전통적 질서를 수호하는 것으로, 다른 한편으로는 가부장적 질서를 혼란에 빠뜨릴 위험이 있는 억압된 욕망을 위무하는 것으로, 지배방식을 달리 하였을 뿐인 것이다.

5. 맺음말: 멜로드라마의 이율배반성

　1910년대 멜로드라마에서 특징적인 양상 가운데 하나는, 여성 인물이 간난신고의 과정을 거친다는 것인데 대체로는 다시 '제자리'로 돌아오지만 설혹 돌아오지 못할지라도 이를 통해 매우 친숙한 도덕적 교훈을 웅변한다는 점이다. 이 글은 이러한 여성 수난의 서사를 통해 1910년대 멜로드라마의 양식적 특질과 가부장제 이데올로기의 상관성을 해명하고자 하였다. 현전하는 대본이 없는 상황에서 대략적인 줄거리만으로 논의를 풀어 갔기에 충분한 결과를 기대하기는 어려웠지만, 1930년대의 주요작

368

들을 떠올리면서 그리고 식민지 기간 동안 멜로드라마와 양대 거두를 장식하고 있는 사실주의 희곡을 의식하면서 1910년대 멜로드라마가 어떻게 존재하고 있었는지 그 실체에 다가가고자 하였다.

먼저, 이 시기의 멜로드라마가 기본적으로 당대 여성들의 억압적인 지위와 심리를 비교적 투명하게 드러내고 있음을 확인할 수 있었다. 이런 데에는 이 작품들이 개인의 미적 자율성보다는 대중의 집단적인 열망이 절대적으로 효력을 발휘하는 양식을 취하였다는 점이 작용했다. 특히 여성 수난의 서사가 그 소비의 대상이 되는 이와 같은 경우 필연적으로 그 대중의 집단적 열망이란 여성 관객의 그것을 의미했다. 근대전환기를 맞이하여, 여염집 부인 혹은 중상류층 계급의 여성들은 가정 내에서의 위치가 불안정해졌고, 하층계급 여성들은 성 매매로 계급의 추락을 강요당해야 하거나 신분제 효과로 인해 계급의 상승을 저지당해야 했다. 멜로드라마는 이러한 여성들의 편에 서서 그녀들의 불안과 욕망을 대변하였다. 결백한 여성들은 결국 그 지위가 회복되었으며 계급의 상승은 성공적이었다. 그리하여 여성 관객은 멜로드라마를 "자신의 주체성을 발견하는 동시에 재확인하는 거울"[34]로 받아들였다.

분명, 1910년대 여성 수난의 서사에서 엿보이는 서사의 동력은, 이처럼 근대에 들어와 발생한 여성의 억압과 직접적으로 관계가 있는 것으로 보였다. 이후에 등장한 사실주의 희곡과 비교할 때, 멜로드라마는 확실히 여성의 억압과 욕망에 관한 한 유아적일 만큼 좀더 투명한 태도를 지니고 있었다. 전복성에 대한 강박증을 버린다면, 멜로드라마의 이런 면모는 충분히 가치 있는 것으로 평가될 수 있을 것이다. 현실에서는 결코 조정될 수 없는 갈등이 삐죽이 솟아올라 역시 조정될 수 없는 과잉이 흘러넘치는 멜로드라마는, 비록 가부장제의 논리라는 안전장치를 마련해놓고 있기는 하지만 가부장제의 금기와 구속을 위협하는 시도를 감행하기 때문이다.

---

34) Rita Felski, 앞의 책, 140쪽.

그러나 동시에, 일종의 백일몽처럼 보이는 이 멜로드라마들이 그녀들의 욕망을 재편하고자 하는 의도를 드러내고 그 이데올로기적 효과가 결코 가볍지 않음을 지적하지 않을 수 없다. 첫째는 여성 수난의 서사를 이끌어 가는 진짜 동력이 '정조'와 관련된 그녀들의 결백이었다는 점에서, 둘째는 작중 여성인물의 계급적 차이에 따라 이중전술을 취하고 있는 데서, 멜로드라마의 투명함이 결코 정치적으로 순수하지 않음을 읽을 수 있었다. 전자로부터는 여성의 성을 남성에게 귀속시키는 가부장제의 도덕률이 훨씬 강화되는 양상을, 후자로부터는 계급적 질서의 동요에 대한 중상류층의 계급적 경계를 볼 수 있었다. 이처럼 멜로드라마는 표면상 가장 사적(私的)인 양식처럼 보이지만, 그 심층에는 명백히 집단적이고 공적인 쟁점이 은폐되어 있었다.

이런 데에는 일차적으로 세간의 지배적인 통념을 이용하고 이를 삶의 진리로 확정시키는 힘을 발휘하는 멜로드라마의 속성에서 기인한다. 이때의 통념이란 가부장제라는 객관세계로부터 구성된 것임은 물론이다. 그러나 이를 구체적인 시공간, 즉 식민지적 근대화가 진행되고 있었고 일제강점이 이루어진 직후인 1910년대의 한국으로 가져오면, 우승열패를 실감하면서 상당히 위축된 '아버지'의 얼굴을 만날 수 있다. 민족을 빼앗겼다는 수치감은 가부장으로서의 권위가 훼손된 것을 의미했고, 더욱이 밀려들어오는 근대의 표상들은 가부장의 존재 자체를 위협하는 듯했다. 가부장제는 여전히 견고했으나 이러한 상징적인 변화는 분명했다. 이런 각도에서 보자면, 1910년대 멜로드라마는 여성 관객으로 하여금 이런 작품들이 억압되어 있는 자신들의 욕망을 표현해준다고 믿게끔 하면서, 다른 한편에서는 가부장제 이데올로기의 효과를 지속적으로 재생산하고 있었던 것이다.

이와 같은 멜로드라마의 이율배반성은 이 양식의 본질을 지시한다. 그러므로 각기 동등하게 타당성을 지니고 있는 이 양가성은 그 자체로 놓아둘 필요가 있다. 이는 이전의 연구에서[35] 가부장제 이데올로기 비판으로 성급하게 수렴시키고, 이어 일본 식민화 전략과의 공모를 연계시켰던 것에 대한 유보이자 반성을 의미한다. 여전히 멜로드라마가 막강한 가부장제 이데올로기적 효과를 생산하는 매체라는 생각에는 변함이 없지만, 이 양식이 성취하고 있는 상상력과 이것이 개개인에게 미칠 잠재적 효과 또한 외면할 수 없기 때문이다. 우리는 이런 상상을 해볼 수도 있을 것이다. 1910년대 당시 연흥사나 단성사라는 극장공간 안에서 서로 다른 계급의 여성들이 서로 다른 계급적 욕망을 추구하였음에도 불구하고, 여성의 억압적 환경에 대한 의식적·무의식 배설이라는 쾌락을 '함께' 공유할 수 있었다는 것—여성간의 연대라는 무리한 비약까지는 아니더라도 그 장면만큼은 최소한 가부장적인 위계질서가 물렁해지는 순간은 아니었을까 하는 것이다.

이런 입장을 취하는 또 다른 이유도 있다. 그것은 '멜로드라마적' 텍스트에 대한 관심이다. 멜로드라마적인 환상성 혹은 상상력은, 확실히 이를 억압하려는 현실원칙의 모든 시도들을 순간적이나마 무력화시키고—가부장적임이 명백한—'현존하는 현실로서의 근대'36) 서사의 토대를 침식시키는 힘을 지니고 있다. 때로는 이것이 퇴행적인 향수로 비추어지기도 하지만 식민지적 근대의 모순을 가장 세속적이고 사적인 방식으로 관통하고 있다는 점이 중요하다. 한국근대극사에서 멜로드라마와 사실주의의 친연성 혹은 그 경계가 묘연한 텍스트들의 정체는 그런 점에서 심도 있게 검토되어야 한다. 이러한 작업은, 한편으로는 형용사적인 의미에서 한국근대극사의 '멜로드라마적' 국면을 탐색하는 일로서, 다른 한편으로는 식민지적 근대성을 서로 다른 정치적 입장들이 경합하는 갈등의 장으로 받아들여 미래를 위한 기획으로 삼는 이론적 실천으로서, 그 의미가 있을 것이다.

주제어 : 멜로드라마, 가부장제 이데올로기, 계급, 환상, 정조, 이율배반

---

35) 이승희, 「멜로드라마의 근대적 상상력」(2002. 4)과 「멜로드라마의 이율배반적 운명」(2002. 6).
36) Felski, Rita, 앞의 책, 230쪽.

◆ 참고문헌

1. 단행본

손정목, 『일제강점기 도시사회상 연구』, 일지사, 1996.

안종화, 『신극사이야기』, 진문사, 1955.

유민영, 『개화기연극사회사』, 새문사, 1987.

이두현, 『한국신극사연구』, 서울대출판부, 1990[1966].

Bentley, Eric, *The Life of Drama*, NY: Applause, 1991[1964].

Brooks, Peter, *The Melodramatic Imagination—Balzac, Henry James, Melodrama, and the Mode of Excess*, NY: Columbia University Press, 1984[1976].

Felski, Rita, 김영찬·심진경 역, 『근대성과 페미니즘 The Gender of Modernity』(1995), 거름, 1998.

Jackson, Rosemary, *Fantasy: The Literature of Subversion*(1981); 『환상성: 전복의 문학』, 서강여성문학연구회 역, 문학동네, 2001.

2. 논문 및 기타

김재석, 「한일 신파극의 형성과 특성에 대한 비교연극학적 연구」, 『어문학』 67, 1999. 6, 169~195쪽.

양승국, 「한국 최초의 신파극 공연에 대한 재론」, 『한국극예술연구』 4, 한국극예술학회 편, 1994, 9~49쪽.

양승국, 「1930년대 대중극의 구조와 특성」, 『울산어문논집』 12, 울산대 국어국문학과, 1997. 12, 125~201쪽.

양승국, 「1910년대 한국 신파극의 레퍼터리 연구」, 『한국극예술연구』 8, 한국극예술학회 편, 1998. 6, 9~69쪽.

양승국, 「1910년대 신파극과 전통연희의 관련양상」, 『한국극예술연구』 9, 한국극예술학회 편, 1999. 4, 47~68쪽.

양승국, 「한국 근대문학 형성에 미친 일본 신파극의 영향에 대한 연구」, 『한국극예술연구』 14, 한국극예술학회 편, 2001. 10, 9~49쪽.

이서구, 「한국연극운동의 태동기 야사」, 『신사조』, 1964. 1, 84~88쪽.

이승희, 「초기 근대희곡의 근대적 주체 구성에 대한 연구」, 『한국극예술연구』 12, 한국극예술학회 편, 2000. 10, 1~37쪽.

이승희, 「한국 사실주의 희곡 연구」, 성균관대 박사논문, 2001.

이승희, 「멜로드라마의 근대적 상상력—1910년대 신파극을 중심으로」, 『한국극예술연구』 15, 한국극예술학회 편, 2002. 4, 93~129쪽.

이승희, 「멜로드라마의 이율배반적 운명—<사랑에 속고 돈에 울고>와 <어머니의 힘>을 중심으로」, 『민족문학사연구』 20, 민족문학사학회 편, 2002. 6, 208~237쪽.

◆ 국문초록

　　이 글은 1910년대 멜로드라마에서 특징적인 여성 수난의 서사와 가부장제 이데올로기의 상관성을 검토하였다. 그 결과, 서사의 동력은 근대에 들어와 발생한 여성들의 억압과 직접적으로 관계가 있었으며, 사실주의 희곡에 비해 멜로드라마는 확실히 여성의 억압과 욕망에 관한 한 좀더 투명한 태도를 지니고 있었다. 그러나 이 투명함은 결코 정치적으로 순수하지 않았는데, 이는 여성의 성을 남성에게 귀속시키는 가부장제의 도덕률이 강화되는 양상과, 계급적 질서의 동요에 대한 중상류층의 계급적 불안을 처리하는 형식을 통해서 확인할 수 있었다. 결국 1910년대 멜로드라마는 여성 관객으로 하여금 이런 작품들이 억압되어 있는 자신들의 욕망을 표현해준다고 믿게끔 하면서, 가부장제 이데올로기의 효과를 지속적으로 재생산하고 있었다. 그러나 바로 이 이율배반성을 긍정하는 데서부터 우리는 좀더 진전된 논의를 진행시킬 수 있을 것이다.

◆ SUMMARY

The Narrative of Women's Sufferings and The Patriarchal Ideology
- focusing on melodrama in the 1910s -

Lee, Seung-Hee

In this paper, I tried to examine the matters relevant to the narrative of women's sufferings and the patriarchal ideology in melodrama of the 1910s. These works revealed it are as follows. The motive power of narrative had something to do with suppressed status and psychology of women caused by the modern, comparatively speaking with realism style, melodrama was as transparent as infancy within the limit of that point. But this transparency wasn't pure politically. These dramas were strengthening patriarchal morals, which were on the bourgeois guard against the penetration of the lower classes. Like this, melodrama seems the most private style, but it conceals the public issues. In short, melodrama of the 1910s made the women audience believe that these dramas represent their desire suppressed, while it reproduced the effect of patriarchal ideology continually. But when we affirm this antinomy itself, we will advance further in argument about it.

Keywords : melodrama, patriarchal ideology, class, fantasy, chastity, antinomy

이 논문은 1월 15일 투고되어 소정의 절차를 거쳐 2월 10일 게재 확정되었음.

이태준 연구

이태준의 지식인 소설에 나타난 민족의식

공 종 구*

1. 들어가는 말

한 작가를 연구하는 과정에서 1차 텍스트 이상의 자료적 가치를 지니는 것은 없을 것이다. 한 작가에 대한 평가나 해석이 작품 내적 논리의 정치한 뒷받침을 동반해야만 하는 것도 그러한 이유에서이다. 그럼에도 불구하고 상식에 가까운 이러한 원칙이 제대로 지켜지지 않는 경우를 우리들은 종종 만나게 된다. 1930년대 문학사의 한 봉우리를 점하고 있는 이태준 또한 그러한 경우에 해당된다.

이태준의 문학은 기존의 문학사나 작가론에서 순수문학이나 모더니즘 계열의 문학범주에 속하는 것으로 평가받아 왔다. 그러한 평가나 해석과 맞물리면서 이태준의 작가적 표지를 범박한 의미에서의 형식주의자로 규정해 온 것이 기존 문학사나 작가론의 주류적 경향이었다. 그런데 기존 문학사나 작가론의 주류적 규정이나 해석은 한 작가의 연구과정에서 중요한 원칙으로 앞서 지적한 작품 내적 논리의 정치한 뒷받침을

---

* 군신대학교.

동반하지 않고 있다는 점에서 많은 문제를 지니고 있다. 이태준을 범박한 의미에서의 형식주의자로 규정하는 기존의 해석이나 평가는 적어도 이태준이 구인회의 핵심 구성원이라는 기대지평에 선입된 규정이 아닌가 하는 혐의로부터 결코 자유로울 수 없기 때문이다. 그것은 이태준의 1차 텍스트인 작품들이 다투어 증명하고 있는 바이다.

꼼꼼하게 읽어보면 알겠지만, 이태준 작품의 이념적 에토스는 한마디로 '민족주의'라고 할 수 있다. 초기작은 물론이고 공격적이고도 전투적인 민족주의의 왜곡된 형태로 분출되는 월북 이후 일련의 작품들에 이르기까지 이태준 문학은 민족주의의 이념적 지향을 분명하게 보여주고 있기 때문이다.

한편, 일제의 식민지적 근대는 타자의 배제와 차별 전략을 통해 우리 고유의 민족적 에토스를 주변화하는 폭력적 과정의 연속이었다. 일제의 식민지적 근대를 자신들의 사회·역사적 조건으로 하여 창작활동에 임할 수밖에 없었던 일제 식민지 시대의 작가들이 대부분 자신들의 이념적 지향에 상관없이 민족주의적 성향을 지니게 되었으리라는 것은 어렵지 않게 추측할 수 있다. 더욱이 기능적으로 미분화된 당시 상황에서 전문적 문인이라기보다는 지사나 지식인의 범주에 더 가까웠던 일제 식민지 시대의 작가들에게 민족의식은 어찌 보면 사회화 과정을 통한 이차적 의식이라기보다는 생득적인 일차적 의식에 오히려 가까웠을 것이다. 더욱이 이태준은 집단적인 형성동인 이외에도 그의 가계나 성장환경, 수학과정 등에서 보여준 일련의 기질과 행동[1]들을 보더라도 개인적인 형성동인 또한 누구 못지 않게 강했으리라 추측된다. 그러한 추측이 전혀 근거없는 예단이 아니라는 것은 작가 이태준의 민족의식이 그대로 투영된 것으로 보이는 인물들이 중심인물로 등장하는 작품들이 몸소 증명하고 있다. 이 글은 그 과정을 논증하는 데 그 목적이 있다. 따라서 이 글은 이태준

---

1) 이에 대해서는 이태준의 자전적 소설로 평가되는 장편 「사상의 월야」와 이명희의 「상허 이태준 문학세계」, 국학자료원, 1994, 31~40쪽, 박헌호, 「이태준과 한국 근대소설의 성격」, 소명출판, 1999, 29~47쪽, 장영우, 「이태준 소설 연구」, 태학사, 1996, 37~68쪽 참조.

작품의 이념적 에토스로 기능하고 있는 민족주의의 양상을 구체적인 작품분석을 통해서 밝혀보고자 하는 의도와 동기를 가지고서 출발한다.

구체적인 분석 작업은 「고향」, 「장마」, 「패강랭」, 「토끼이야기」, 「사냥」, 「무연」 등의 작품들을 중심으로 진행할 것이다. 분석 대상을 작가 이태준의 대리인으로 추정되는 지식인이나 소설가들이 서술자나 초점인물로 기능하는 이 작품들 중심으로 한정하게 된 것은 크게 두 가지의 이유에서이다. 하나는 이 작품들이 이태준의 민족의식과 관련된 작가적 정체성을 가장 분명한 형태로 보여주고 있다는 점이다. 다른 하나는 이 작품들이 시대상황의 변화와 맞물리면서 전개되는 민족의식의 변화 궤적을 일정하게 반영하고 있다는 점이다.

2. 민족의식의 변화 궤적

2.1 억압적 감정의 충동적 분출

1931년 『동아일보』에 연재된 「고향」은 작가 이태준의 자전적인 요소가 상당히 강하게 반영된 작품이다. 어린 시절 양친을 여의고 뿌리뽑힌 삶을 전전하다 신산스런 6년 간의 동경 유학을 마치고 귀국한 지식인 주인공 김윤건이 경험하는 식민지 조선의 실상과 그에 대한 비판적인 문제의식을 형상화하고 있는 서사 정보는 상당 부분 이태준의 자전적인 정보에 부합하고 있기 때문이다. 따라서 식민지 조선의 실상과 그에 대한 김윤건의 비판적인 문제의식을 살펴보는 작업은 이 글의 목적인 이태준의 민족의식과 관련된 작가적 정체성을 규명하는 데 중요한 관건이 된다.

우선 이 작품에서 주목할 만한 점은 중일전쟁을 계기로 군국주의 체제가 노골적으로 강화되기 시작하는 1937년 이후에 발표되는 다른 작품들에 비해 식민지 조선의 실상과 그에 대한 지식인의 비판적인 문제의식이 훨씬 직접적인 형태로, 그리고 강도 높게 표출되고 있다는 점이다. 이와 관련하여 서사의 초점으로 전경화되는 대상은 크게 두 가지이다. 하나는 '식민 지배 권력의 억압과 폭력성'이며, 다른 하나는 '식민지 조선 지식인 사회의 부패와 타락상'이다. 먼저 식민 지배 권력의 억압 및 폭력성과 관련하여 미시적 감시망과 통제 시선의 내면화 과정을 통해 식민지 조선의 비판적 지식인들을 개인화하고 하나의 사물처럼 대상화하고자 하는 식민 당국의 규율 권력을 들 수 있다.

> '윤건은 그 형사에게 선행지가 불분명한 점으로 유다른 조사를 받았다. 갑판 위에다가 손가방을 열어제치고 책갈피마다 털어보인 뒤에 선실로 들어간 즉 윤건을 위해서 남겨논 자리는 없었다…… 윤건은 정거장 대합실에 들어서서 가방을 내려놓고 길게 기지개를 켜보았다. 그러나 윤건은 무슨 죄나 진 사람처럼 갑자기 움찔하였다. **그것은 배가 하관에 있을 때 자기를 취조한 형사가 부산 와서도 자기 눈 앞에 버티고 섰기 때문이다.**[2](「고향」, 『달밤』, 128쪽)

> 그는 초량까지 따라오면서 조선 형사처럼 우르딱딱거리지는 않는 대신 진땀이 나도록 지지콜콜히 캐어물었다. 나중에는 보는 것이 무슨 책이냐고 엄두를 내어 가지고 가방을 들고 저리 가자고 하였다. 윤건은 시렁에 얹었던 가방을 내려 가지고 그의 뒤를 따라 변소 앞 손 씻는 데로 가서 그가 하라는 대로 가방 속을 털어 보았다.
> **윤건은 참말 땀을 흘렸다. 참말 자기가 무슨 범인이나 아닌가 하고 의심하리만치 불안을 품지 않을 수가 없었다.**(「고향」, 『달밤』, 130쪽)

이 문면은 「만세전」의 이인화를 통해서 명료한 형식을 얻은 바 있는 식민지 지배 권력의 폭력적인 작동 방식에 대한 비판적인 문제의식을 예각적으로 보여주고 있다. 일반적으로 헤게모니가 취약한 권력 집단일수

---

2) 앞으로 본문에서의 작품 인용은 인용문 다음에 인용 작품의 제목과 인용 쪽수를 명기하는 방식으로 통일하고자 한다. 인용 텍스트로는 깊은샘 출판사, 1995의 이태준 문학전집을 선택했다.

록 강제와 폭력을 수단으로 하는 다양한 억압적인 국가기구와 감시 장치를 통한 주체의 개체화 과정을 통해 권력을 유지해 왔음은 동서고금의 역사가 다투어 증명하고 있는 바이다. 이 과정을 통해 감시와 통제의 시선을 내면화하게 되는 개인들은 원자처럼 분리되어 저항의 에너지를 결집할 수 있는 통로인 공동체의 연대의식을 상실하게 되면서 합리적인 예속화의 길에 들어서게 된다. 때와 장소를 가리지 않고 작동하는 감시와 통제의 편제적 시선을 내면화하는 과정에서 자신을 마치 범인인 것처럼 순간적으로 착각하는 김윤건의 모습을 통해서 당시의 식민지 지배 권력의 개체화 과정 수준이 마치 "감금된 자가 권력의 자동적인 기능을 보장해주는 가시성의 지속적이고 의식적 상태로 이끌려 들어가는 일망 감시 장치(panopticon)의 주요한 효과"3)를 방불케 할 정도로 폭력적이고 철저했음을 알 수 있다.

검열이나 위협, 배제와 선택과 같은 강제와 억압의 방법을 통해 사물의 질서를 배우게 하는 한편 금기, 관계, 명령을 익히게 하여 마침내 복종할 줄 아는 주체로 소환하는 식민지 지배 권력의 작동 방식에 대한 윤건의 지배적인 정조는 '그래서 윤건은 의례로 그만한 취조쯤은 차장이 차표 조사하는 것 같은 예상사로 알고 다니는, 이미 중독된 사람들과 같이 무신경 무비판적으로 당하고 지나칠 수는 없었다. 윤건은 유리같이 맑은 조선의 봄하늘을 오래간만에 바라보면서도 마음속에는 **폭풍우와 같은 울분이 뭉게거리고 있었다.**'라는 서술자의 진술에서 알 수 있는 바와 같이 아주 강렬한 수준의 '울분'이다. 그 방법의 유효성이나 현실 정합성과는 상관없이 이 울분의 정조는 식민지 지배 권력의 폭력적인 작동 방식에만 국한되는 것이 아니라 동경 유학 시절 막연하게 품고 있었던 자신의 기대나 이상과는 너무나도 어긋나는 식민지 조선의 현실에서 경험하게 되는 타락한 질서나 전도된 가치 전반에 무차별적으로, 그것도 충동적으로 관철되고 있다.

---

3) 미셸 푸코/오생근 역, 『감시와 처벌』, 나남출판, 2000, 297쪽.

식민지 조선 지식인 사회의 부패와 타락상과 관련하여 김윤건의 민족 의식을 자극하는 서사 정보로는 식민지 조선의 지식인 사회에 팽배해진 물신화된 사고 방식과 지식인들의 변절을 들 수 있다. 『만세전』에서의 이인화와 유사하게 윤건이 그러한 계기를 마련하는 공간 또한 6년 동안의 신산스런 동경 유학 생활을 청산하고 귀국하는 귀로에서이고, 그 계기를 마련하는 인물은 귀로에 우연히 동행하게 되는 동경 유학생이다. 유력자의 배경에 편승하여 은행원으로 취업이 보장되어 귀국하는 동경 유학생과의 대화를 통해서 윤건은 울분과 분노만을 느낄 뿐이다. 자신의 전공지식을 생산적으로 활용할 수 있는 이상을 추구하고자 하는 윤건의 지향과는 달리 동경 유학생은 취업이나 보수와 같은 속물적인 욕망 이외의 다른 문제에 대해서는 영도의 인식 지평을 드러내기 때문이다. 그와의 만남을 '무슨 미끼나 받아먹은 것처럼 꺼분하고 무슨 전염병자와나 식탁을 같이하였던 것처럼 불안스러웠다'라는 진술에서 알 수 있는 바와 같이 윤건에게 동경 유학생은 "한 인간이 동물적 상태를 뛰어넘어 '정신'으로 존재할 수 있는 가장 기본적인 조건인 자기 고유의 개별적 내면성을 소유하지 못하고 사회 일반에 통용되고 있는 담화를 반복하기만 하는 자동 반복 기계"[4]에 불과할 뿐이다. 그런데 문제는, 귀국 이후 자신의 전공지식을 활용할 수 있는 이상적인 공간을 모색하는 과정에서 만나게 되는 식민지 조선의 지식인들이 하나같이 식민 지배 체제에 영합하거나 속악한 자본의 논리에 포섭되어 개인의 안위와 영달만을 추구하는 체제 순응적인 타락한 속물들 뿐이라는 점이다.

'부르주아로 살아남아야 한다'는 지상명제를 떠받치고 있는 두려움과 불안은 부르주아로 살아남는 것을 보장해주는 수단인 화폐를 최종 목적으로 전화시킨다. 화폐의 이러한 최종 목적화는 부르주아의 내면에 자리 잡고 있는 두려움과 불안, 그리고 변별적 씨니피앙을 간직하려는 욕망이 얼마나 큰 것인가를 말해주는 것일 뿐이다. 이렇게 신격화된 목적 또는

---

4) 이종영, 「내면성의 형식들」, 새물결, 2002, 40쪽 참조.

적어도 최종 목적으로서의 화폐가 공동체적 유대에 입각한 사회적 신뢰를 붕괴시키는 것은 당연하다. 화폐가 최종 목적이 됨에 따라 타자들을 포함한 다른 것들 대부분은 그 최종 목적에 종속되는 수단이 되기 때문이다. 짐멜에 의하면 돈을 벌기 위해서 주어지는 기회를 닥치는 대로 이용하는 사람들의 삶의 내용은 선험적 규정성을 완전히 결여[5]하고 있다고 하는데 귀국 이후 윤건이 만난 식민지 조선의 대부분 지식인들은 그러한 삶의 존재론적 특성을 전형적으로 보여주고 있는 인물들이다.

귀국 이후 서울에서의 경험을 통해 발견한 식민지 조선의 실상은 '구복(口腹)에만 충실한 개'의 삶에 비견되는 타락한 지식인들에게는 온갖 부귀와 명예가, 그리고 '사람의 하루'의 삶에 비견되는 정직한 지식인들에게는 온갖 차별과 배제가 주어지는 전도된 가치가 지배하는 타락한 현실일 뿐이다. 식민지 조선 현실에서 적극적인 참여와 실천을 통해 새로운 질서를 모색하고자 하는 체제 비판적인 지식인들에게 주어지는 보상이란 제도의 질서에서 추방당하는 일 이외의 다른 길이 있을 수 없다. 환멸의 비애만을 경험하게 할 뿐인 식민지 조선의 타락한 질서에 맞서고자 하는 윤건이 '위험스러운 타자'로 격리되는 것은 어찌 보면 '제2의 자연'에 가까울 정도로 자연스러운 일이다. 식민지 조선 지식인 사회의 부패와 타락상에 대한 극도의 울분과 좌절의 감정을 수습하지 못한 채 배회하다 우연히 만난 동경 유학생 일행을 따라나선 요릿집에서 취업률만으로 대학 교육의 성취를 판가름하는 전문대학의 사은회 석상을 충동적인 폭력의 분출을 통해 아수라장으로 만든 윤건이 곧장 범죄자의 신분이 되어 제도의 질서에서 추방을 당하게 되는 것도 그러한 맥락에서이다. 윤건의 그러한 처지에 대해 '그는 얼마 전 동경서 올 같은 불경기에 조선서는 감옥 증축에 삼십여만 원을 예산한다는 기사를 신문에서 읽은 생각이 났다....이리하여, 육 년 만에 돌아온 고향이나 의탁할 곳이 없던 김윤건의 몸은 그날 저녁부터 관청의 신세를 지게 되었다'라고 서술하고 있는

---

5) 이종영, 앞의 책, 76쪽.

작가의 의도는 분명해 보인다. 상황논리에 편승하거나 현실과 타협하기를 거부하는 윤건과 같은 체제 비판적인 지식인의 자유의지를 거세하는 설정을 통해서 작가는 억압과 폭력에 의해 유지되는 식민지 지배 체제와 그러한 체제에 맞서기는커녕 수단과 방법을 가지리 않고 영합하고자 하는 속물들만이 판을 치는 속악한 식민지 조선의 지식인 사회에 대해 통렬한 비판을 가하고 있는 것이다.

물론 충동적인 폭력의 분출을 통해서 문제의 해결을 시도하는 윤건의 방식에는 문제가 많다. 특히 그 중에서도 사회 구조적인 거시적인 차원의 문제를 개인의 윤리적 차원에서 접근하고 있는 점이나, 자신은 절대선, 그리고 자신 이외의 다른 사람들은 모두 절대악이라는 존재론적 우월감을 바탕으로 모든 문제를 배타적일 정도로 폐쇄적인 대립항을 통해서 접근하는 점 등은 현실과의 구체적 교섭을 통한 총체적 접근을 불가능하게 한다는 점에서 문제가 아닐 수 없다. 그럼에도 불구하고 윤건의 행위는 대부분의 타락한 속물적인 지식인들과는 달리 당시의 시대적·민족적 과제를 해결하기 위해 식민지 지식인에게 마땅히 요구되는 비판적인 자유의지를 실천하고자 했다는 점에서 충분한 의미를 지닌다. 그러한 맥락에서 "윤건의 이상주의적 사고와 행동은 본질적으로 현실을 타락한 사회로 규정하고 거기에 동화될 수 없다는 자의식에서 비롯된 것으로, 그러한 자의식이 지사적 의기라든가 민족주의 정신에 바탕을 둔 것으로 해석할 수 있는 근거를 찾기는 그리 어렵지 않다"[6]라는 지적은 설득력이 있어 보인다.

1936년에 『조광』에 발표된 「장마」는 작가 개인의 심경을 반추하고 토로하는 사소설적 외피를 쓰고 있는 작품이다. 1930년 이화여전 음악과 출신의 이순옥과 결혼하여 낳은 장녀 소명의 이름이나 당시 두터운 친분 관계를 유지하며 지내던 이상이나 박태원과 같은 문우들의 이름과 지명들이 실명 그대로 제시되는 등 여러 가지의 서사 정보로 미루어 볼 때

---

6) 장영우, 앞의 책, 83쪽.

이 작품은, 당시 이원조가 '수필적 경향'7)이라 명명한 바 있는 신변담 형식으로 규정될 만한 충분한 근거를 가지고 있다. 이태준의 단편에서 작가의 개인적인 체험을 최소 수준의 허구화 과정을 거쳐 형상화하고 있는 신변담 형식이 우세해지기 시작한 것은 30년대 후반과 40년대 초반이다. 그리고 그러한 변화는 당시 체제 유지를 위해서는 사상 통제와 검열 등과 같은 국가 이데올로기적 장치에 의존할 수밖에 없을 정도로 악화되어 가던 식민 통치 방식과 밀접한 관련이 있다는 것이 일반적인 진단이다. 그런데 태평양 전쟁을 기점으로 천황제 파시즘의 논리가 무차별적으로 관철되던 1940년대 초반에 발표된 「토끼 이야기」(1941), 「사냥」(1942), 「무연」(1942), 「석양」(1942) 등의 신변담 형식들이 작가의 개인적인 신상이나 가족사와 관련된 주변적인 이야기나 주관적인 소회를 토로하는 수준에 갇혀 있는 데 비해 이 작품은 동일한 신변담 형식임에도 불구하고 「고향」에서의 기본적인 문제의식을 그대로 유지하고 있다. 물론 「고향」에 비해 비판의 강도와 빈도는 현저히 약화되어 나타난다. 그런 점에서 이 작품은 이태준의 민족의식의 변화 궤적을 살펴보고자 한 이 글의 목적과 관련하여 주목을 요한다.

"결국 작가가 평범한 생활인으로서의 자신을 인식하고 긍정하는 계기들을 보여주는"8) 이 작품에서 단편적이긴 하나 작가의 민족의식을 엿보게 하는 층위 또한 「고향」에서와 마찬가지로 두 가지이다. 먼저 일제의 식민 통치 방식의 억압성과 관련하여 '나'의 민족의식을 자극하는 대상은 일제의 행정 구역 명칭 변경과 창씨 개명이다. '그렇게 비즈니스의 능률만 본위로 문화를 통제하는 것은 그릇된 나치스의 수입이다'라는 고백적 서술에서 알 수 있는 바와 같이 일률적인 강제를 통해 행정 구역 명칭을 일본식으로 변경하는 작업에 대한 작가의 비판 강도는 결코 약하다고 할 수 없다. 더욱이 이 작품은 불과 몇 년 후에 실제로 강행된 창씨

---

7) 이원조, 「丁丑一年間문예계총람」, 「조광」 1937년 12월, 45~46쪽, 황종연, 「반근대의 정신」, 「비루한 것의 카니발」, 문학동네, 2001, 432쪽에서 재인용.
8) 황종연, 앞의 글, 133쪽.

개명 작업을 정확히 예상하고 있어 작가의 민족의식이 당시의 구체적인 현실에 상당히 밀착해 있었음을 알 수 있다.

한편 식민지 조선 지식인 사회의 부패와 타락상과 관련하여 나의 민족의식을 자극하는 계기로 작용하는 것은 장마로 인해 울적해진 심사를 달래기 위해 나선 거리 산책에서 우연히 만난 중학 동창 강군과의 대화이다. '낚시줄의 처세관'을 통해 자신의 생존방식을 변호하고 있는 강군의 태도는 두 작품들에서 통렬한 매도의 대상으로 초점화되고 있는 지식인 군상들과 한치의 차이가 없는 속물의 전형이다. 물론 이 작품에서는 「고향」에서와는 달리 강군으로 대변되는 식민지 조선 지식인 사회의 부패와 타락상에 대해서 충동적인 폭력의 분출로 감정을 해소하지는 않는다. 그러나 그 문제의식에 있어서만큼은 "개인적 영달에 눈이 먼 친일 모리배의 속물 근성을 통렬하게 꾸짖으려 했던 것"9)으로 보인다. 그런 점에서 볼 때 이태준의 글쓰기 작업을 "장인적 기교를 강조하는 근대적 미의식의 소산으로 자기 목적적인 것으로서의 예술작품을 창조하는 일과 정확하게 일치하고 있다"10)는 지적은 일면적인 해석이 아닐 수 없다.

1938년에 발표된 「패강랭」은 「고향」이나 「장마」에서의 기본적인 문제의식은 어느 정도 유지하고 있으면서도 비판의 강도나 빈도는 「장마」에 비해서도 현저히 약화되어 나타난다. 그러나 이 작품은 태평양 전쟁을 기점으로 천황제 파시즘의 논리가 무차별적으로 관철되던 1940년대 초반에 발표된 작품들에 비한다면 민족주의적 지향이 비교적 분명한 편이다. 그런 점에서 이 작품은 1940년대 초반 객관적인 정세의 악화로 인한 작가의식의 급속한 후퇴를 반영하면서 발표된 사소설 형식의 과도기적 양식이라고 할 수 있다. 상식적인 지적이겠지만 이 작품의 그러한 서사 양상은 1937년 중일전쟁을 계기로 구체화되기 시작한 전시체제로의 질서 재편과 밀접한 관련이 있다. 중일전쟁을 계기로 식민지 조선 사회의 전 부문을 전시 동원체제로 정비해나가던 일제의 식민 당국은 반도를

---

9) 장영우, 앞의 책, 150쪽.
10) 서영채, 「두 개의 근대성과 처사의식」, 「소설의 운명」, 문학동네, 1996, 347~348쪽.

일본화하여 내선일체를 구현하는 것을 통치의 최고 목표로 설정한다. 그 목표를 효과적으로 달성하기 위한 두 가지의 구체적인 방법론으로 일제의 식민 당국이 내세운 것이 바로 '조선인 지원병 제도의 실시'와 '학교의 쇄신과 확충'이었으며, 후자의 핵심은 조선 고유의 문화와 민족정신을 말살하여 조선인들의 저항 에너지를 거세시키는 것이었다. 그런데 이 작품은 상당히 암시적인 수준에서이긴 하지만 일제 식민 당국의 야만적인 의도를 정확하게 간파하고서 그에 대한 비판적인 문제의식을 정확하게 반영하고 있다.

작가의 분신으로 추정되는 소설가 현이 초점인물로 기능하는 이 작품에서 작가의 민족의식을 엿보게 하는 층위 또한 「고향」에서와 마찬가지로 두 가지이다. 먼저 일제의 식민 통치 방식의 억압성과 관련하여 현의 민족의식을 자극하는 대상은 일제의 야만적인 문화정책이다. 그와 관련하여 십여 년 만에 평양에 들른 현의 비판적 의식에 포착된 구체적인 세목들로는 민족혼의 정수라 할 수 있는 조선어 시간의 축소, 평양 고유의 문화적 정체성을 상징하는 여자들의 하얀 머릿수건과 빨간 댕기의 소멸 등을 들 수 있다. 이에 대한 현의 비판 강도는 '그런 아름다운 그 고장에 와서도 구경하지 못하는 것은, 평양은 또 한 가지 의미에서 폐허라는 서글픔을 주는 것이었다'라는 감상적인 진술에서 알 수 있는 바와 같이 울분의 감정이나 직접적인 진술로 대응하던 「고향」이나 「장마」에서와는 달리 상당히 소극적이며 암시적이다.

그러나 한편으론 이 작품에서는 평양 시가에 새롭게 들어선 대규모의 경찰서 건물과 군사 보안을 이유로 을밀대 주변의 비행장에 대한 삼엄한 경계와 통제 등의 서술 정보를 통해서 당시 전시 동원체제의 수준이 일상의 차원에서까지 미시적으로 작동하고 있었음을 암시하고 있어 이태준의 현실적 촉수가 결코 무디지 않았음을 엿보게 한다. 더욱이 주역에 나오는 '서리를 밟거든 그 뒤에 얼음이 올 것을 각오하라'는 뜻의 '이상견빙지'를 반복적으로 되뇌이며 '밤 강물은 시체와 같이 차고 고요하다'라는 내적 독백을 통해 일제의 식민 억압 정책이 갈수록 혹독해지면서 그 야만의 도를 더해갈 것이라는 것을 정확히 예언하는 데 이르러서는 시대를 읽는 이태준의 날카로운 통찰력 또한 범상치 않았음을 알 수 있다.

이러한 사실들에 비추어 보더라도 이태준이 당대의 시대상황과 절연된 진공상태에서 문장이나 기교에만 공을 들인 미문가나 형식주의자만은 아니었음을 잘 알 수 있다. 그것은 무엇보다도 자신의 소설관을 압축하고 있는 듯한, "현세의 제현상에 촌가의 방심이 없는 가장 정력적인 집착의 기록, 문자로 흐르는 곤곤한 인간장강이 곧 산문, 곧 소설의 정체요 위용일 것이다. 오늘 작가들로서 가장 반성해야 될 것은 시력의 박약, 산문을 수예화시키려는 데서 일어나는 욕교반졸이 아닐까"[11]라는 진술이 증언하고 있다.

한편 부귀와 명예만을 추구하는 속물적 지식인들에 대한 환멸과 울분의 감정을 충동적으로 분출하는 「고향」에서의 모티프는 이 작품에서도 반복적으로 변주되고 있다. 이 작품에서 속물적인 지식인의 전형을 보여주는 인물로는 학교 동창으로 평양의 부회의원과 실업가인 김이 등장한다. 두 작품에서의 타락한 지식인들과 마찬가지로 김 또한 수단과 방법을 가리지 않고 재산증식과 신분 상승에만 관심을 가지는 속물이다. 모든 것을 환금 가능성의 세계로 치환해서 생각하는 물신숭배의 사유 회로를 지닌 김에게 평양 여인들의 머릿 수건조차도 호사스런 사치이며 낭비일 뿐이다. 또한 김에게 당시 지식인 사회에서 일종의 유행처럼 확산되던 방향 전환은 분별력이 있는 처신이며, 현과 같이 정신적인 귀족주의를 고집하며 작가의 자존심을 내세우는 지식인들은 세상물정에 어두운 아둔패기일 뿐이다. 「고향」에서와 마찬가지로 이 작품 또한 김에 대한 현의 혐오와 울분을 충동적으로 분출하는 것으로 두 사람 사이의 갈등과 대립을 해소하고 있는데 그것은 문제의 해결과는 너무나도 거리가 멀다. 그러한 감정 분출은 오히려 현과 같은 문제적 개인의 윤리적 열정이나 사명감만으로 넘어서기에는 일제의 강고한 식민 지배 질서가 너무

---

11) 이태준, 「소설」, 「무서록」, 깊은샘, 1999, 145쪽.

강력하고 거대함을 무기력하게 승인해야만 하는 데서 오는 절규이기 때문이다.

2.2 민족의식의 내면적 잠복

1940년 이후에 발표된 지식인 소설에서는 중요한 변화가 나타난다. 이 글의 목적인 민족의식과 관련하여 주목할 만한 변화는 민족의식이 현저하게 약화되어 나타난다는 점이다. 보다 구체적으로는, 1940년 이전의 지식인 소설에서 서사의 양축을 형성하던 식민 지배권력의 폭력성과 타락한 지식인 사회에 대한 비판은 흔적의 형태로 내면화된 채 일상의 세목들이 서사의 중심에 전경화된다. 이러한 서사 양상의 변화는 태평양 전쟁을 전후하여 최악의 상태로 치달은 객관적인 정세의 악화와 밀접한 관련이 있는데, 이태준은 당시의 정세를 한 개인의 힘으로는 감당하기 불가능한 불가항력적인 흐름으로 접수하였던 것으로 추정된다. 이러한 추정은 당시 일제의 강요에 의해서이긴 하지만 자신이 주재하던 『문장』 지에 발표했던 「지원병 훈련소의 일일」(1940. 11)과 「대동아공영권 확립의 신춘을 맞이하여」(1941. 1) 등과 같은 글을 보더라도 큰 무리는 아니라고 생각한다. 그러한 추인을 하는 과정에서의 소회나 일상이 이 시기를 전후하여 발표된 지식인 소설에 별다른 허구적 여과 과정 없이 반영된 것으로 보인다.

태평양 전쟁을 불과 열 달 정도 앞둔 1941년 2월, 자신이 주간으로 있던 『문장』에 발표한 「토끼 이야기」의 서사 대상으로 초점화되는 것은 크게 두 가지이다. 하나는 당시의 시대상황에 순응해가는 자신의 무기력함과 본격소설을 써야만 한다는 평소의 당위적인 다짐과는 달리 생계 수단으로서의 신문소설 창작에 매달리는 소시민적 왜소함에 대한 성찰적 자의식이다. 다른 하나는 호구지책의 수단으로 시작한 토끼 사육을 둘러싼 가정의 일상이다. 양적인 비중으로만 따지면 후자가 압도적이나 실질적인 서사의 핵심은 작가의 대리인으로 추정되는 현의 성찰적인 자의식과 관련된 의미이다.

> 현의 비장한 결심이 그렇지 않아도 굳어질 무렵인데 '동아'가 '조선'과 함께 고스란히 폐간이 되는 것이었다.
> 명랑하라, 건실하라, 시대는 확성기로 외친다. 현은 얼떨떨하여 정신을 수습할 수 없는데다, 며칠 저녁째 술이 취해 돌아왔던 것이다.
> 새 사조가 지나갈 때마다 많으나 적으나, 또 그전 것을 위해서나 새것을 위해서나 반드시 희생자는 났다. 그 사조가 거대한 것이면 거대한 그만치 넓은 발자취로 인류의 일부를 짓밟고 지나갔다.
> 오는 날도 비지를, 소위 실적의 반도 못 가져온다. 건조사료도 선금과 배달비까지 후히 갖다 맡겼는데도 오지 않는다. 콩이 잘 들어오지 않아 두부 생산이 준 것, 그러니 두부 대신 비지 먹는 사람이 는 것, 그러니 비지는 두부보다도 더 귀해진 셈이다. 건조사료란 잡곡의 겨인데 무슨 곡식이나 칠분도 내지 오분도로 찧으니 겨가 나올 리 없다.(「토끼 이야기」, 『돌다리』, 174~178쪽)

현의 의식의 편린을 통한 단편적인 정보이기는 하나 이 문면은 무모한 전쟁을 목전에 두고서 갈수록 경화되어 가던 일제의 군국주의 체제의 광기로 인해 당시의 객관적인 정세가 어떠했는가를 잘 보여주고 있다. 당시의 시국이나 정세와 관련하여 이 문면이 제공하는 사회·경제사적 정보들은 조선과 동아의 강제 폐간을 통한 사상 통제, 온갖 선전 선동을 통한 침략전쟁의 합리화, 콩이 부족하여 두부 대신 비지를 먹는 사람이 늘어날 정도로 악화된 식량 사정 등이다. 그리고 이러한 서사 정보들은 1941년 태평양 전쟁을 전후로 식민지 조선의 모든 부문을 전시 동원체제로 전환하는 과정에서 일제가 강행했던 야만적인 민족 말살 및 식민 수탈 정책들에 그대로 부합된다.

한편 이 작품이 발표되던 1941년의 식민지 조선 문단은 1939년에 결성된 조선문인협회를 중심으로 시국강연회, 전쟁문학의 밤, 결전문예좌담회, 해군 견학단 파견 등의 다양한 사업을 통해 황도문학 건설에 총력을 기울이던 상황에 놓여 있었다. 당시 이광수, 김동인, 백철, 최재서 등의 중진급 문인을 중심으로 한 많은 작가들이 시대의 대세라는 상황논리를 내세우면서 황도문학 건설의 도구로서의 글쓰기에 경쟁적으로 투신하였다. 이러한 시대상황을 고려할 때 이태준은 시대상황에 대한 긴장의 끈을 놓지 않으려는 안간힘을 통해 식민지 지식인으로서의 역사의식과 작가정신을 끝까지 고수하려 했던 양심적인 지식이었음을 이 작품은 증언하고 있다. 물론 친체제적 글쓰기만이 활자화의 은전을 누릴 수 있었던 야만의 광기가 지배하는 시대의 압력으로부터 이태준 또한 결코 자유롭지는 못했을 것이다. 실제로 이 작품에서 이태준의 대리인으로 추정되는 현이 당시의 시대상황에 대해 단편적으로 언급할 뿐 그에 대한 비판적인 개입이나 논평 없이 성찰적인 자의식을 반추하는 것이나, '야만의 광기가 지배하는 시대의 압력'과 '내면의 양심이 요구하는 역사의 논리' 사이에서, 그리고 '예술적인 완성도 높은 본격소설'과 '생계 수단으로서의 신문소설' 사이에서 극도의 분열과 갈등을 경험하며 이기지도 못하는 술을 연일 황음으로 탕진하며 소일하는 것도 모두 그러한 맥락에서일 것이다.

한편 이 작품에서 토끼 사육은 시대의 압력과 내면의 양심, 본격소설과 신문소설 사이에서 불행한 의식을 반추하며 힘든 생활을 이어가던 현에게 '생활의 발견과 생계의 해결'이라는 합리화를 통한 현실도피의 명분을 제공한다.

> 토끼를 기르기에는 날마다 붙잡히는 일이기는 하나 날마다 신문소설을 써대는 것보다는 마음의 구속은 적을 것 같았고, **토끼를 기르면서는 넉넉히 책도 읽고 십 년에 한 편이 되더라도 저 쓰고 싶은 소설에 착수할 여력도 있을 것 같았다. 이런 것은 시대가 메가폰으로 소리쳐 요구하는 명랑하고, 건실한 생활일 수도 있는 점**에 현은 더욱 든든한 마음으로 토끼 치기를 결심하였다.(「토끼 이야기」, 『돌다리』, 175쪽)

문면에서 보는 바와 같이, 아내의 강권이 동기가 되어 선택한 토끼 사육의 의미는 크게 두 가지이다. 하나는 토끼 사육이 신문소설에 한 눈을 팔지 않고 본격소설에만 정진할 정도로의 고소득을 보장한다는 점이다. 다른 하나는, 당시 식민 당국의 정부 시책에 협조하는 방편이 될 수도 있다는 점이다. 그러나 토끼 사육의 결과는 참담한 실패로 끝나게 되고, 결국 현에게 남은 선택지란 가족의 생계를 해결하기 위해 그 전보다 더 열심히 신문소설을 써대는 한편으로 정부 시책에도 적극 협조하는 길 뿐이다. 따라서 토끼 사육을 선택하게 된 현의 진정한 의도는 앞으로 가정의 생계를 위해 어쩔 수 없이 내면의 양심보다는 시대의 압력을, 본격소설보다는 신문소설을 선택할 수 밖에 없음을 밝히고자 함이다. 그러한 해석이 전혀 무리가 아님은 이 작품에 이어서 발표된 「사냥」이나 「무연」과 같은 작품들을 살펴보면 잘 알 수 있는데, 이 작품들에는 발표 당시의 시대상황에 대한 암시는 흔적조차도 없이 주인공 주변의 사소한 일상을 수필적 담론의 수준에서 평면적으로 형상화하고 있기 때문이다.

태평양 전쟁 이듬해인 1942년 2월과 6월에 발표된 「사냥」과 「무연」을 살펴보면, 태평양 전쟁 이후의 시대상황이 얼마나 여유없이 급박하게 전개되고 있었는가를 간접적으로 유추할 수 있다. 두 작품들을 지배하는 서사의 중심은 오로지 사냥과 낚시에 관한 일상들 뿐이다. 불과 몇 달 전에 발표된 「토끼 이야기」에서 단편적인 형태로마나 가능했던 당시 시대상황에 대한 사회·경제사적 정보를 이 두 작품들에서는 그 흔적조차도 찾아보기 힘들다. 그 정도의 표현의 자유마저도 허용할 수 없을 정도로 전황은 시시각각 일제에 불리하게 전개되고 있었던 것이다.

「사냥」은 언론사 퇴직 후 시골서 대서업자로 어느 정도의 기반을 잡은 중학 동창의 주선으로 따라나선 사냥에서의 경험을 평면적으로 기록하고 있는 작품이다. 이제까지 살펴 본 작품들과의 상호 텍스트적 맥락을 전혀 고려하지 않고서 이 작품 자체만을 독립적으로 본다면 한 편의 단정한 사냥 기행문 정도로도 읽힐 수 있는 작품이다. 따라서 텍스트의 표면상으로만 보면 당시의 시대상황에 대한 서사의 긴장이나 밀도 같은 것이 전혀 느껴지지 않는 작품이다. 그러나 장영우의 심층적 독해처럼, 한의 사냥 동행의 동기를 일제에 의해 언론사로 추정되는 직장을 물러난

후 그에 따른 복잡하고 우울한 심정을 이성으로 조절할 수 없게 되자 마침내 자연 속에서 잊고 지냈던 야성적인 정열을 되찾고자 하는 마음에서 찾으면서 이 작품의 의미를 직장을 잃은 도회인의 우울한 내면풍경을 사냥이란 사건에 간접 투사시킴으로써 일제말 지식인의 고민과 갈등을 형상화한 것[12]으로 규정하는 것은 무리한 해석이라고는 보이지 않는다. 그리고 사실, '이제 막상 손을 더 댈려야 댈 수가 없게 되고 보니 그것들이 잡무만은 아니었든 듯 와락 그리워지는 그 편집실이요 그 교실들이었다'라는 서술 정보나 이 작품이 발표된 당시의 시국이나 정세를 고려할 때 한의 퇴직이 발악에 가까운 일제의 무차별적인 사상 통제와 검열에 의한 강제였음을, 또한 작품 말미의 '단돈 삼십원으로도 달아날 수 있는 그 양복조끼에게는 세상이 얼마나 넓으랴 싶었다'라는 한의 고백적 진술을 통해서 주체의 자유의지를 완전히 거세당한 채 박제화된 삶을 강요당할 수밖에 없었던 당시의 시대상황 및 자신의 처지에 대한 징후를 발견해 낼 때 그러한 독해는 설득력을 지니기조차 한다. 그러나 앞서 분석한 작품들과의 상호 텍스트적 맥락에서 볼 때 이 작품은 객관적 정세의 악화 및 그러한 정세를 개인의 열정이나 저항의지로는 거역하기 힘든 시대의 흐름으로 간주하는 작가의식의 후퇴로 인해 이전의 다른 작품들에 비해 작가의 민족의식이 현저하게 약화되어 나타나고 있음도 부인하기 어려운 사실이다. 이 작품의 이러한 서사 양상은 네 달 뒤에 『춘추』에 발표된 「무연」에서도 반복적으로 변주되고 있다.

「무연」 역시 「사냥」과 마찬가지로 태평양 전쟁 이후 일제에 불리하게 전개되던 전황과 함께 한치 앞을 내다볼 수 없을 정도로 급박하게 돌아가던 시국이나 정세에 대한 긴장을 조금도 찾아보기 힘든 작품이다. 이 작품의 서사를 지배하는 것은 어린 시절 한때를 보낸 외가에서 외조부나 외삼촌들을 따라다니며 즐겼던 용못에서의 낚시에 얽힌 추억들과 상전벽해를 떠올리게 할 정도로 너무나도 변해 버린 외가의 주변 풍경에 대

---

12) 장영우, 앞의 책, 175~177쪽 참조.

한 회상이다. 그리고 그 회상을 지배하는 정조 또한 회고적인 정취와 상실감이다. 사실 이 단편은 1912년 어머니마저 여의고 외조모를 따라 철원 용담으로 귀향한 후 학업을 위해 상경하는 1918년까지 이태준이 머물렀던 어린 시절의 추억을 기록하고 있는 「용담 이야기」(1932년 9월, 『신동아』)라는 수필의 소설적 번안이라고 해도 좋을 정도로 체험의 직접성이 강한 작품이다. 불과 네 달 전에 발표된 「사냥」에 비교해서도 이 작품의 이러한 서사 양상은 주목할 만한 변화를 발견하게 한다. 그 이전의 다른 지식인 소설들에 비해 현저한 작가의식의 약화를 반영하면서도 「사냥」은 징후적인 맥락을 통해서나마 당시의 현실에 대한 지식인의 고민과 갈등을 담아내려 한 흔적이 엿보였다. 그런데 「무연」에서는 그러한 고민의 흔적조차 잘 보이지 않고 있다.

무엇보다도 이 작품 이전의 다른 모든 지식인 소설들이 지식인으로 등장하는 서술자나 초점인물이 경험하는 타락한 식민지 질서에 대한 울분이나 비판 또는 고민을 현재의 시점에서 서술하는 것과는 달리 당시의 암담한 시대상황을 외면한 상태에서 회고적인 정취로 일관하고 있는 이 작품만이 유일하게 과거의 회상 시점에서 서술하고 있는 서술 상황을 보더라도 그러한 서사 양상의 차이를 잘 알 수 있다. 그러한 점에서 이 단편을 "시대의 흐름에 체념한 듯한 담담한 심정"[13]을 형상화한 작품으로 규정한 지적은 적절해 보인다. 한편 이 작품은 기권도 하나의 정치적 선택 행위이듯이 파시즘 체제의 히스테리적 폭력이 일상적으로 자행되던 당시 시대상황에 대한 외면 역시 그 체제에 대한 묵시적 또는 소극적 승인일 수 있다는 사실을 작품 말미의 '상전벽해라 일러는 오나 **모든 게 따로 대세의 운행이 있을 뿐, 처음부터 자갈을 날라 메꾸듯 할 수는 없을 것이다.**'라는 '나'의 진술을 통해 확인하게 한다. 신체적 불구를 비관하여 선비소에 투신하여 자살한 자신의 작은 아들의 혼백을 불러내기 위해 노구를 이끌고 자갈로 연못을 메꾸고자 하는 할머니의 필사의 노력

---

13) 강진호, 「이태준연구: 단편소설을 중심으로」, 고려대 석사학위논문, 1987, 115쪽.

을 시대의 대세를 거역하는 무모한 행위로 단정하는 나의 모습에서, 야만의 광기가 무차별적으로 분출해내는 폭력의 부하를 더 이상 감당하지 못하고 시대의 대세라는 상황논리를 내세워 일제의 파시즘 체제를 접수하는 고뇌에 찬 이태준의 얼굴이 읽혀지는 것은 자연스러운 일이다.

3. 나오는 말

이 글은 한 가지의 중요한 문제의식을 가지고 출발했다. 기존 문학사나 작가론의 일반적인 규정과는 달리 이태준은 누구 못지 않은 분명한 민족주의적 지향을 지닌 양심적인 작가라는 사실을 논증하려는 것이었다. 이 글의 분석 대상을 이태준의 대리인으로 추정되는 지식인이나 소설가들이 서술자나 초점인물로 기능하는 지식인 소설들로 한정하게 된 것도 바로 그러한 연구목적과 밀접한 관련이 있다. 구체적으로는 「고향」(1931), 「장마」(1936), 「패강랭」(1938), 「토끼 이야기」(1941), 「사냥」(1942), 「무연」(1942) 등의 작품들을 대상으로 한 논의를 요약 정리하면 다음과 같다.

이태준의 지식인 소설에 나타나는 민족의식은 두 차례에 걸쳐 단층에 가까울 정도의 변화를 보인다. 1937년의 중일전쟁과 1941년의 태평양 전쟁이 그 변화를 가져오는 동인임을 밝혔다. 중일전쟁을 전후하여 발표한 작품들에서 태평양 전쟁을 전후하여 발표된 작품들로 올수록 민족주의적 지향이 점진적으로 약화되어 나타남을 알 수 있었다.

먼저 중일전쟁 이전인 1931년에 발표된 「고향」은 이태준의 민족주의적 지향이 가장 분명하게 드러나는 작품임을 알 수 있었다. 그 작품을 통해서 작가가 드러내고자 했던 민족의식의 핵심은 식민 지배권력의 억압 및 폭력성과 식민지 조선 지식인 사회의 타락상이었음을 밝히고자 하였다. 그리고 이 작품을 지배하는 정조는 타락한 식민지 질서에 대한 울분의 감정임을 알 수 있었다. 본격적인 전시 동원체제가 작동하면서 갈수록 객관적인 정세가 악화되어 가던 중일전쟁을 전후하여 발표된 「장마」와 「패강랭」에서는 「고향」에서의 기본적인 문제의식은 그대로 유지되면서도 타락한 식민지 질서에 대한 비판의 강도나 빈도에서는 「고향」에 비해 현저하게 약화되어 나타남을 알 수 있었다. 야만의 광기가 무차별적으로 자행되던 태평양 전쟁을 전후하여 발표된 「토끼 이야기」, 「사냥」, 「무연」 등의 작품들에서는 그 이전의 지식인 소설들과는 달리 민족의식이 내면적으로 잠복되는 양상을 보임을 알 수 있었다. 그러한 변화와 함께 이 시기의 작품들에 나타난 가장 중요한 서사 양상의 변화는 식민 지배 권력의 폭력성과 타락한 지식인 사회에 대한 비판이 내면화된 채 일상의 세목들이 서사의 중심으로 전경화되는 것이었다.

시대의 변화를 정확하게 반영하면서 변주되는 민족의식의 변화 추이를 토대로 이 글은 이태준의 작가적 정체성을 시대상황에 대한 긴장의 끈을 놓지 않으려는 안감힘을 통해 식민지 지식인으로서의 역사의식과 작가정신을 끝까지 고수하고자 했던 양심적인 지식인으로 규정하였다. '이상적 사회주의자를 꿈꾼 뛰어난 문장가'라는 표제 아래 월북 이후의 유명을 달리 하기까지의 비운의 행적을 소개하는 글을 보더라도 그러한 규정이 큰 무리라고는 생각되지 않는다. 반복되는 정치적 숙청과 복권을 거듭하다 결국은 1974년 강원도 장동 탄광 노동자 지구로 부인 이순옥과 함께 재추방되어 뇌혈전으로 죽은 부인의 병간호를 하다 '어딘가로 사라졌다'라는 공식적인 기록만 있을 뿐 정확한 사망 연도나 일시도 불분명할 정도로 비참하게 생을 마감한 이태준의 마지막14)에서 야만의 광기가 무차별적으로 분출해내는 폭력의 부하를 안간힘을 다해 버티고자 하는 식민지 지식인의 모습이 겹쳐지기 때문이다.

'성격이나 기질이 한 사람의 제 2의 천성이다'. 이태준의 글쓰기 행위

---

14) 이에 대해서는 조영복, 「오래 잊혀진 그들 월북 예술가」, 돌베개, 2002, 275~298쪽 참조.

와 생애의 의미를 힘겹게 따라가면서 새삼스레 확인하게 되는 통찰인 것
같다.

**주제어 : 민족의식, 지식인 소설, 울분, 식민 지배 권력의 폭력성, 지식인 사회의
　　　　 타락상**

◆ 참고문헌

1. 단행본

미셸 푸코/오생근 역, 『감시와 처벌』, 나남출판, 2000.
박헌호, 『이태준과 한국 근대소설의 성격』, 소명출판, 1999.
서영채, 『소설의 운명』, 문학동네, 1996.
이명희, 『상허 이태준 문학세계』, 국학자료원, 1994.
이종영, 『내면성의 형식들』, 새물결, 2002.
이태준, 『사상의 월야』, 깊은샘, 1996.
이태준, 『달밤』, 깊은샘, 1996.
이태준, 『돌다리』, 깊은샘, 1996.
이태준, 『무서록』, 깊은샘, 1999.
장영우, 『이태준 소설연구』, 태학사, 1996.
조영복, 『오래 잊혀진 그들 월북예술가』. 돌베개, 2002.
황종연, 『비루한 것의 카니발』, 문학동네, 2001.

2. 논문

강진호, 「이태준 연구: 단편소설을 중심으로」, 고려대 석사학위논문, 1987.

◆ 국문초록

　이 글의 목적은 민족의식과 관련된 이태준의 작가적 정체성을 규명하는 것이다. 그러한 목적을 위해 분석 대상을 「고향」(1931), 「장마」(1936), 「패강랭」(1938), 「토끼이야기」(1941), 「사냥」(1942), 「무연」(1942) 등 여섯 편의 지식인 소설로 한정하였다.

　이태준의 지식인 소설에 나타나는 민족의식은 1937년의 중일전쟁과 1941년의 태평양 전쟁을 계기로 두 차례에 걸쳐 단층에 가까울 정도의 변화를 보인다. 이태준의 민족의식은 중일전쟁을 전후하여 발표한 작품들에서 태평양 전쟁을 전후하여 발표된 작품들로 올수록 점진적으로 약화되어 나타난다.

　시대의 변화를 정확하게 반영하면서 변주되는 민족의식의 변화 추이를 토대로 이 글은 이태준의 작가적 정체성을 시대상황에 대한 긴장의 끈을 놓지 않으려는 안간힘을 통해 식민지 지식인으로서의 역사의식과 작가정신을 끝까지 고수하고자 했던 양심적인 지식인으로 규정하였다.

◆ SUMMARY

A study on national consciousness
of Lee Tae-Jun's intellectual narrative

Kong Chong-Goo

The purpose of this thesis is to search the authorial identity of Lee Tae−Jun which is related to national consciousness. For the purpose of this, this thesis limited analytical objects to six intellectual narratives. (「Hometown」 1931, 「The rainy spell in summer」 1936, 「Pai Kang Laing」 1938, 「Narrative of rabbit」 1941, 「Hunting」 1942, 「Muyen」 1942)

The national consciousness of Lee Tae−Jun's six intellectual narratives showed twe gaps. They are triggered the Chinese−Japanese War (1937) and the Pacific War(1941). The national consciousness of Lee Tae−Jun's six intellectual narratives is gradually weakened coming the last years of Japaness imperialistic rule.

This thesis regulated authorial identity of Lee Tae-Jun as conscientious intellectual.

Keyword : national consciousness, intellectual narrative, resentment, violence of colonial power, corruption of intellectual community

이 논문은 1월 15일 투고되어 소정의 절차를 거쳐 2월 10일 게재 확정되었음.

누나야 달좀보렴

李　泰　俊

누나야 달좀보렴?
울지만말구—
밝은달은 작구만소사오른단다
그래서——
왼天地에 뷔친다는구나
아—누나야 저달은—저빗은—
압山넘어 골에 모신 어마님무덤
그우에도 빗취겟지? 아—저달을보겟지?

누나야 달좀보렴?
울지만말구—
밝은달은 어듸든지 다가치빗처준단다
그래서—
仁王山 그아래도 뷔친다는구나
아—누나야 저달은—저빗은—
아버님울고게신 쓸々한鐵窓에 監房
그안에도빗취겟지? 아—저달은보겟지?

누나야 달좀보렴?
울지만말구—
밝은달은 그빗이 솟이업단다
그래서—
白頭山 그넘어도 뷔친다는구나
아—누나야 저달은—저빗은—
우리아젓씨 彷徨하는 시베리아넓은들
그곳에도빗취겟지? 아—저달은보겟지?

누나야 달좀보렴
울지만말구—
아—엇지할가 누나야?
나는달이되고 너는해가되여볼가??
아니 저—적은별이라도되엿으면—
　　九月七日밤 고요히흐르는달빗속해서

漢江 꿈

섯을〰 가을밤 알구진바람
잔자는 漢江물 흔드러일들쩨
아—무서워— 나는보앗지?
성낸魔王의시커먼눈섭처럼—
씽긋〰 접흐리는사나운물 그우로
꼿업는怨울품은 男女靑春의
쩌러진꼿처럼시들푼녁(魂)은
한숨에 뿜너는 불결에써서
출녕〰—아— 꼿업시彷徨하는것。
그리고 보기도섬직한 시커먼무엇이
긴다란붉은혁(舌)헐떡어리고
녹쓰른쇠사슬 쓰을고다니며
그들을 을그려—하는그것을。
아—무서워— 나는보앗다
섬벅〰 혼들니는 초생달빗
능실〰 漢江물 그우에어리울때
아—무서워— 나는보앗지?
—누 나야 달좀 보렴

毒오른魔女의시퍼런 눈알처럼—
힐긋힐긋굴니는 밋친물 그우흐
꼿업는恨을품은 男女靑春의
쩌러진꼿처럼 시들푼녁(魂)은
蒼白한달빗 쏘우름에씨여
출녕출녕—아! 꼿업시呼訴하는것。
그리고 듯기도섬직한惡魔의猛吼
물을흔들고 魂을부르며
녹쓰른長釼을춰々두를졔
그들의哀懷롭게부르짓는것。
아—무서워! 나는들엇다

九月二日밤

해제 – 습작 시절, 이태준의 시 두 편

박 헌 호*

1.

　상허 이태준이 습작기 시절에 발표한 시 두 편이 발견되었다.[1] 1922년 11월 1일에 발행된 『學生界』 18호에 게재된 「누나야 달 좀 보렴」과 「漢江 꿈」이 그것이다. 작품에 기재된 창작일시가 각기 9월 7일, 9월 2일로 되어 있다. 그의 나이 만 18세 때이며, 휘문고보(1921년 4월 입학)에 재학 중이던 시절이다. 그러므로 현재까지 밝혀진 바에 따르면, 이들 작품은 이태준의 작품 중 최초로 활자화된 것이라 말할 수 있다.

　주지하듯이 이태준은 1925년 7월 「五夢女」가 『조선문단』에 입선하면서 등단하였다. 이태준 연구에 기초를 확립한 민충환 교수의 고증에 의하면, 등단 이전의 작품으로는 휘문고보 교지인 『徽文』 제2호(1924. 6.)에 발표된 「물고기 이약이」를 포함한 6편의 작품이 있다.[2] 여기에는 가람

---

* 성균관대.

1) 이 자료는 성균관대학교 동아시아학술원의 한기형 교수를 통해 입수하였다. 귀한 자료를 제공해준 데 대해, 이 자리를 빌어 깊이 감사 드린다.

2) 민충환, 「상허의 습작기 작품 검토」, 『이태준 연구』, 깊은샘, 1988, 참조.

이병기 선생 選으로 교내 문학 콩쿨 1등상을 수상한 기행문 「扶餘行」을 비롯하여 수필, 편지글, 短詩, 童話 등 다양한 장르의 글이 포함돼 있다. 이들 작품이 실린『휘문』제2호는 이태준이 학예부장으로 활약하던 시기에 간행되었다.3) 교지 편집과정에서 대두된 필요에 따라 다양한 장르의 글이 실리게 된 것이라 추정할 수도 있는 것이다.『학생계』에 실린 이들 시 두 편이 대외적인 여과장치를 통과한 첫 작품인 셈이다.

휘문고보에 입학한 뒤 이태준은 책장사 등을 하며 어렵게 고학을 하였다. 그 후 그의 딱한 처지를 알게 된 교장 선생님의 배려로 교장실 청소를 전담하고 학비 면제의 혜택을 받는데, 이로 인해 시간적 여유를 얻게 된 상허는 위고의『레 미제라블』, 투르게니에프의『전야』, 괴테의『젊은 베르테르의 슬픔』, 톨스토이의『부활』과 같은 작품을 탐독했다고 전해진다. 이번에 발견된 두 작품 「누나야 달 좀 보렴」과 「한강 꿈」의 투고 시기가 이 시기 어름일 것인데, 활자화된 자신의 첫 작품을 받아든 문학 소년 이태준이 얼만큼의 문학적 자신감을 얻게 되었을 지는 충분히 상상할 수 있다. 2년 뒤에 휘문고보의 학예부장으로 나아가게 만든 힘, 하여 『휘문』지 제2호에 6편에 걸쳐 다양한 장르의 글을 싣게 만든 원동력도 이러한 자기확인과 무관치 않을 것이다. 먼저 작품을 읽어보기로 하겠다.

---

3) 민충환, 위의 책, 29쪽. 이태준의 생애에 관련된 사실은 이 책에 의거하였다.

2.

누나야 달좀보렴

이 태 준

누나야 달좀보렴?
울지만말구!
밝은달은 작구만소사오른단다
그래서―
왼天地에뷔친다는구나
아―누나야 저달은―저빗은―
압山넘어 골에모신 어마님무덤
그우에도 빗춰겟지? 아―저달은보겟지?

누나야 달좀보렴?
울지만말구!
밝은달은 어듸든지 다가치빗처준단다
그래서―
仁王山 그아래도 뷔친다는구나
아―누나야 저달은―저빗은―
아버님울고게신 쓸쓸한鐵窓에監房
그안에도빗춰겟지? 아―저달은보겟지?

누나야 달좀보렴?
울지만말구!
밝은달은 그빗이 끚이업단다
그래서―
白頭山 그넘어도 뷧친다는구나
아―누나야 저달은―저빗은―
우리아저씨 彷徨하는 시베리아넓은뜰

그곳에도빗춰겟지? 아―저달은보겟지?

누나야 달좀보렴
울지만말구!
아―엇지할가 누나야?
나는달이되고 너는해가되여볼가?!
아니 저―적은별이라도되엿으면!

九月七日밤 고요히 흐르는달빗속에서

漢江 꿈

선들선들 가을밤 얄구진바람
잠자는漢江물 흔드러일쿨째
아―무서워! 나는 보앗지?
성낸魔王의시커먼눈섭처럼!
씽긋씽긋 썹흐리는 사나운물 그우로
끗업는怨을 품은 男女靑春의
쩌러진 꼿처럼시들푼넉(魂)은
한숨에 불니는 물결에쩌서
출넝출넝―아! 끗업시彷徨하는것.
　　그리고 보기도씀직한 시커먼무엇이
　　길다란붉은혀(舌) 헐덕어리고
　　녹쓰른쇠사슬 쯔을고다니며
　　그들을 올그려! 하는그것을.
　　아! 무서워! 나는보앗다

썸벅썸벅 흔들니는 초생달빗
늠실늠실 漢江물 그우에어리울째
아―무서워! 나는 들엇지?
毒오른魔女의시퍼런 눈알처럼!
힐긋힐긋굴니는 밋친물 그우로
끗업는恨을품은 男女靑春의

쩌러진 꼿처럼 시들푼넉(魂)은
蒼白한달빗 쪼우름에싸여
출넝출넝—아! 꼿업시呼訴하는 것.
　그리고 듯기도씀직한惡魔의猛吼
　물을흔들고 魂을부르며
　녹쓰른 長釖을휘휘두를제
　그들의 哀悽롭게부르짓는것.
　아—무서워! 나는들엇다

九月二日밤[4]

3.

　1922년 현재, 만 18세 문학소년의 작품임을 고려한다면 두 작품은 상당한 완성도를 지녔다고 말할 수 있다. 그러나 그런 만큼 습작기적 전형성과 건강한(?) 유치함을 지니고 있다. 定型律에 대한 강력한 지향은 습작기적 전형성을 이루면서 두 작품의 형식적 완결성을 지탱해준다. 對句는 이들 작품이 자신의 질서를 창안한 근간이다. 詩行과 詩行, 聯과 聯은 對句를 통해 자신이 질서 속에 있음을 증명한다. 특정한 위치에 동일한 (유사한) 구절들이 배치됨으로써 리듬감은 획득되고, 이로써 시의 형식적 완결성이 구현되는 것이다. 운율에 대한 강박감은 對句와 代位, 頭韻과 脚韻, 그리고 유사한 구조의 후렴구를 반복하는 것으로 전위된다. 시적 질서가 이들에 의해 지탱된다면 변화는 내용에 의해 주어진다.

　건강한 유치함이란 이처럼 장르의 특성에 스스로 긴박되려는 강박감

---

4) 원문 그대로 옮겼다. 원문 사진을 참고할 것. 「누나야 달 좀 보렴」은 30쪽, 「한강 꿈」은 31쪽에 실려 있다.

과 긴장 속에서 드러난다. 장르의 (표피적)전형성에 충실하려는 욕구는 자신의 작품을 '문학'으로 인증 받으려는 습작기의 전형적인 태도이다. 그러면서 내용을 통해 자신의 개성적 표현을 담아내려 하는데, 그것은 과밀한 修辭와 명시적인 표현을 통해 드러난다. 표현하려는 욕구에 불타 내용과 형식의 긴장감을 유지하지 못하는 것이다. 독서를 통해 습득한 것들을 자기화하고자 노력하는 문학소년 이태준의 모습이 역력하다.

'누나'와 '달'은 이태준 문학 상징사전의 첫머리에 올라 있는 것들이다. 「누나야 달 좀 보렴」은 그 연원이 뿌리깊은 것임을 다시 한번 증거한다.5) 상허의 작품에서 '누나'의 텍스트 내적 위상은 다중적이다. 여기에서 그는 누나에게 '울지만 말고' 함께 달을 보며 희망을 이야기하자고 조심스럽게 타이른다. 두 사람 앞에는 「달밤」의 '情恨'과 『思想의 月夜』의 '熟省'이 한데 버물러진 듯한 달이 정서적 투영으로 떠올라 있다. 그것은 '어머니 무덤' 곧 개인적 고통의 영역으로부터 철창에 갇히신 아버지로, 백두산과 시베리아 넓은 뜰을 방황하는 아저씨로 확대된다. 명백하게 민족해방에 대한 열망을 암시하는 이러한 메타포는 이태준 문학의 근원적 출발점으로 오랫동안 논의돼왔던 것들이다.6)

울고 있지만 말고 '감방'과 '시베리아 넓은 뜰'의 세계로 나아가게 만드는 매개는 '달'이다. 그것은 '자꾸만 솟아오르며', '어디든지 비추며', '끝이 없다'. 요컨대 달의 지속성과 광범위함, 무한대적 성격은 작가의 희망과 의지의 표상으로써 빛을 발한다. 달이 지닌 그러한 성격에 의탁하여 작가는 현재의 '어둠'으로부터 미래의 희망을 길어 올리고 있다. 비록 밤의 본질은 어두움이지만, 빛을 발하는 달의 존재로 인하여 희망을 얘기할 수 있는 것이다. 오랜 세월을 두고 이태준 문학의 가장 기본적인 상징물로 기능하게 될 '달'의 이미지는 이처럼 첫 작품부터 계몽과 희망

---

5) 이에 대해서는 이혜원, 「이태준 소설의 이미지 연구」, 상허학회, 「이태준 문학연구」, 깊은 샘, 1993과 이병렬, 「이태준 소설연구」, 평민사, 1998, 87~101쪽 참조. 무엇보다 자전적 소설로 평가받는 「사상의 월야」의 제목과 내용으로 이를 설명할 수 있을 것이다.

6) 초기작 「고향」에 드러난 지식인적 의식이라든지, 해방 이후의 행적의 연원에 대한 오래된 논란을 여기서 다시 반복할 필요는 없으리라

의 메타포로 출현하고 있다.

「한강 꿈」의 분위기는 훨씬 그로테스크하다. '초생달'조차 '창백한 달빛'이며, 원한을 품은 청춘남녀의 생명을 삼키는 강물의 이미지를 강화시켜주는 배경으로 등장한다. 창백한 초생달이 어른거리는 어두운 한강물은 '마왕의 시커먼 눈썹'이나, '독오른 마녀의 시퍼런 눈알'과 같은 공포와 죽음의 이미지를 만든다. 작가는 이러한 대상 속에서 원한 맺힌 청춘남녀의 영혼이 끝없이 방황하고 哀訴하며 애처롭게 울부짖는 것을 듣는다. 결국 어두운 한강물과 원한 맺힌 남녀청춘은 하나의 대립각을 형성한다. 남녀청춘의 원한의 내용이 무엇인지는 묘사되지 않는다. 그런 만큼 한강물의 의미도 묘연하다. 다만 소박하게 짐작해본다면, 청춘남녀로 하여금 자신의 사랑과 꿈을 펼 수 없게 만드는 시대의 흐름이 한강물의 이미지로 형상화된 것이라고 볼 수 있다. '녹쓰른 쇠사슬'로 청춘남녀를 '올그려' 한다는 서술 속에서 그것이 구시대적 관습이나 사고방식, 제도임을 짐작할 수 있는 것이다. 여전히 완고하게 작용하고 있는 반봉건성과의 투쟁에서 속절없이 패배하며, 이에 죽음으로 항거할 수밖에 없는 청춘남녀의 원한을 어둠 속에 출렁이는 한강물과 연결시킨 것으로 해석할 수 있다.

이로써 우리는 이중의 적 앞에 노출돼 있는 당시 청년들의 정신을 다시 한번 확인할 수 있다. 이것은 우리에게 이미 '반제반봉건'이란 표상으로 익숙하게 알려져 있는 것이다. 문학소년 이태준에게도 반제반봉건의 과제는 확연하게 앞을 가리고 있었다. 시베리아 넓은 뜰을 헤매며 민족해방의 대의 앞에 목숨을 걸고 싶은 욕망 - 그것은 '달이 되고 해가 되어볼까?'라는 희망 속에 응축되어 있으며, '적은 별'이라도 되고 싶은 욕망 속에 응어리져 있다. 그러나 한편으로는 젊음의 꿈과 사랑을 가로막는 반봉건의 현실도 격퇴되어야 할 대상이다. 두 가지의 민족적 과제 앞에 고스란히 몸을 드러낸 채 떨고 있는 정신, 만 18세의 꿈 많은 청년 이태준의 자화상이다.

4.

　새로운 자료를 발굴하여 문학사의 빈자리를 채우는 일은 아무리 강조하여도 지나치지 않다. 문학연구는 보다 더 많이 자료로 歸一되어야 할 것이기 때문이다. 제대로 된 전집조차 희귀한 우리의 학문적 현실을 고려할 때 더욱 그러하다. 새롭게 발견되는 자료는 우리가 알지 못했던 작가나 시대의 새로운 변모를 일깨워주기도 하고, 기존의 인식을 강화시켜주는 역할을 하기도 한다. 아마도 이번에 발견된 이태준의 습작기 시작품들도 이와 같은 해석의 영향권 내에 놓여지게 될 것이다.

　그러나 그것이 '민족의식이냐, 미의식이냐' 하는 식의 선택적 질문으로 환원되지는 않을 것으로 기대한다. 이미 그러한 논의방식에 문제를 제기한 연구가 상당하며, 그러한 방식으로는 식민지 시대 우리 문학을 보다 풍부하게 보기 어렵다는 사실이 자명해졌기 때문이다. 하여 바라건대는, 이 두 작품이 상허 이태준의 문학을 더욱 풍부하게 해석하는데 작은 밑거름으로 작용하길 바란다. 그것이 비록 습작기의 건강한 유치함을 벗어나지 못한 작품이라 할지라도, 혹은 정련되지 못한 젊은 의식의 분출에 불과하다 하더라도, 때로는 한국 근대문학사의 아픈 전제들을 확인시켜주는 것이라 하더라도.

한국 근대문학 양식의 형성과 전개

2003년 2월 25일 인쇄
2003년 2월 28일 발행

저 자　상 허 확 회
펴낸이　박 현 숙
찍은곳　신화인쇄공사

１１０ − ２９０
서울시 종로구 인사동 153-3 금좌B/D 305호
T. 723-9798, 722-3019　　F. 722-9932
펴낸곳 도서출판　**깊 은 샘**
등록번호/제2-69. 등록년월일/1980년 2월 6일

ISBN　89-7416-119-2
※ 잘못된 책은 교환해 드립니다.
※ 깊은샘은 E-mail : kpsm80@hanmail.net,
kpsm@hitel.net에서 만나실 수 있습니다.

값 15,000